한림신서 일본현대문학대표작선 ❷

해변의 광경

야스오카 쇼타로 지음 · 이 양 옮김

KAIHEN NO KŌKE, SHISETSU RYŌSAISHII
by YASUOKA Shōtarō
Copyright © 1959, 1980 by YASUOKA Shōtarō
Originally published in Japan

한림신서 일본현대문학대표작선 ❷

해변의 광경

야스오카 쇼타로 지음 · 이 양 옮김

小花

해변의 광경
한림신서 일본현대문학대표작선 ❷

초판인쇄   1997년 12월 5일
초판발행   1997년 12월 15일

지은이   야스오카 쇼타로
옮긴이   이양
발행인   고화숙
발 행   도서출판 소화
등 록   제13-412호
주 소   서울시 영등포구 영등포동 94-97
전 화   677-5890, 636-6393   팩스 636-6393

ISBN 89-85883-77-1
ISBN 89-85883-75-5 (세트)
잘못된 책은 언제나 바꾸어 드립니다.

값 6,500원

차례

역자의 말 · 7
해변의 광경 · 13
사설 요재지이(私說聊齋志異) · 147

역자의 말

이 책은 『海邊の光景 花祭』(安岡章太郎, 新潮現代文學 38, 新潮社, 1980년 10월)를 번역한 것이다.

작가 야스오카 쇼타로는 1920년 5월 30일 일본 시코쿠 고치시(四國 高知市)에서 태어났다. 육군 수의사였던 아버지를 따라 이사를 자주 했고 따라서 전학도 잦았다. 중학을 졸업한 후 계속해서 3번 고등학교 입학시험에 실패하고, 재수한 끝에 1941년 4월 게이오대학(慶應義塾大學) 문학부 예과에 입학했다. 1944년 재학중에 현역병으로 입대하여 만주로 갔는데 이듬해 흉부질환으로 본국으로 송환되어 육군병원에서 제대했다. 전후에도 척추결핵으로 병상 생활을 계속하였다. 1951년 『미타(三田)문학』에 발표한 「유리구두(ガラスの靴)」가 아쿠타가와상 후보작품이 되었다. 1953년 「나쁜친구(惡い仲間)」, 「우울한 즐거움(陰氣な愉しみ)」으로 제29회 아쿠타가와상을 수상한 이래 각종 문학상을 수상했다. 현재 일본문학가협회이사, 아쿠타가와상 선고위원을 맡고 있다. 그

는 정치적인 주제보다는 일상생활에 중점을 둔 작품을 주로 썼으며, 요시유키 준노스케(吉行淳之介) 등과 함께 소위 전후 제3의 신인파에 속한다.

그러나 그의 소설을 소위 전후문학이라고 한다면 어쩌면 작가 자신은 아니라고 할 것이다. 작가는 전쟁을 직접 그린 적은 없다. 그가 그린 주인공 뒤에 전쟁의 그림자가 깔려 있을 뿐이다. 다시 말해서 좀더 개인의 내부에 밀착해서 전쟁을 그리고 있다. 여기에 실은 소설에도 제2차 세계대전을 전후로 작가 주위에서 벌어지는 일상적인 삶의 모습과 거기에서 야기되는 여러 가지 문제들을 통해 전쟁이 그려지고 있다.

1959년 작품인「해변의 광경」은 그의 대표작이다.

고치시의 한 정신병원에서 어머니의 임종을 맞이하는 이야기로, 회상의 형태로 사이사이 전쟁 전후의 생활이 그려져 있다. 그러나 이 소설을 읽고 있으면 그러한 시대를 잊게 한다. 바로 우리들이 살아가는 이야기이기 때문이다. 남편과의 사이가 별로 좋지 않은 어머니가 아들에 거는 기대, 그것으로부터 벗어나고 싶은 아들, 왠지 서먹서먹한 타인 같은 아버지. 작가의 예리한 심리묘사가 읽는 이로 하여금 거울을 통해 알몸이 된 자신의 모습을 쳐다보는 것 같은 착각을 일으키게 한다. 여기에서 작가는 모자관계에 대해 다음과 같이 결론을 내린다.

어머니는 그 아들을 가진 그 자체로 보답받고, 아들은 그 어머니의 자식이라는 것으로 보답한다. 그들 사이에 무슨 일이 일어나든 그들간에 해결할 문제다. 다른 사람이 이러고 저러고 할 성질의 것이 아니다(본문에서).

작가의 말에 의하면, 이 소설의 마지막 장면이 제일 먼저 그의 머리속에 있었던 것 같다. 거기에 대해 작가는 다음과 같이 적고 있다.

1959년 7월부터「해변의 광경」을 쓰기 시작했다.
먼저 제목과 최후 장면이 작품을 쓰기 시작하기 전부터 머리속에 있었다.
……(중략)……
솔직히 말해서 나는, 내가 지금까지 뭔가 써 온 것은 이 작품으로 일단락 지어진 기분이 들었다. 물론 내가 써야 할 것을 모두 다 썼다는 의미는 아니다. 그러나 여기서 쓰지 못한 것은 또 새로 다른 각도에서 다른 수법으로 쓰지 않으면 안된다. 그 새로운 각도라는 것은 우선 가족 속의 개인으로서의 자신이 아닐까 생각했다. 그리고 거기에서 아버지가 막연히 머리에 떠올랐다(작가의 말).

이 아버지에 대한 생각이 결국에는 조상과 고향으로 이어져 야스오카의 또 다른 명작 「유리담(流離譚)」이 탄생하게 된 것일 것이다.

「사설 요재지이(私說聊齋志異)」는 1973, 4년 『아사히(朝日) 저널』에 연재된 것이다.

300년 전 청나라에 실존한 포송령(蒲松齡)이란 작가의 일생과 그의 저서 『요재지이』에 얽힌 이야기다. 『요재지이』의 작가 포송령은 평생 과거에 낙방했으며, 그런 작가를 과거 시험장까지 "귀호(鬼弧)"가 따라다녔다고 한다. 그런 환상적인 이야기를 『요재지이』로 엮었다. 야스오카는 자신의 낙제 인생을 포송령의 그것과 비교해 가면서 이 작품을 써 나갔다. 그런 의미에서 보면 야스오카의 인생의 낙제생을 그린 많은 소설 가운데 한 형태라고도 볼 수 있다.

중국에서 과거제도는 당나라 때부터 청나라 말까지 1,300년 간 지속되었다고 한다. 그리고 그것이 유일한 출세의 관문이었던 만큼 거기에 얽힌 애환도 많았다. 이 작품은 그러한 이야기와 더불어 과거시험이 어떤 사람들에 의해 어떻게 치루어졌는지 등도 그리고 있어, 우리의 지적 호기심도 충족시켜 준다. 우리나라에도 고려시대 이후 과거제도가 입신출세의 관문으로 존재해 왔던 만큼 여기에 그려진 이야기가 더욱 생생하게 느껴지는 반면, 차이점도 발견돼 흥미롭다.

『요재지이』의 작가 포송령은 대단한 공처가였다고 하는데, 그러한 자기의 처지를 소설의 형태를 빌려 책으로도 남겼다. 소설 「성세인연전」의 머리에서 포송령을 다음과 같이 말하고 있다.

세상에서 제일 가까운 것은 자기 마누라지만 또 제일 무서운 것도 자기 마누라다. 천자가 무서우면 세상을 버리고……(중략)……정말로 마누라라는 것은 머리에 난 뾰루지 같은 것으로 어설프게 베어 버리면 목숨이 위험하고 베어 버리지 않으면 괴로워 참을 수가 없다.……세상의 '공처가'라고 불리는 남자들은 모두, 이렇게 전생의 인과응보를 받는 사람들인 것이다(본문에서).

이렇던 포송령도 인생의 황혼기를 맞아 회상에 젖게 된다. 집안살림이 어떻게 돌아가는지도 모르고 글만 읽었는데, 아내는 알뜰히 살림을 꾸려 나가며 자식도 번듯하게 키워 놓았다. 한 가지 목표만을 향해 정신없이 살아왔는데 어느새 찾아온 백발. 거기에서 느끼는 허무함. 평생 고생만 시켰는데 앞서 떠난 아내, 그리움—. 이 그리움을 포송령은 두 편의 시로 남겼다.

……(전략) 왜 나를 두고 먼저 갔나, 생사이별을 이 눈으로 보고, 그저그저 침통해, 애간장이 타는 이 마음,……(중략)……누구보다도 외로움을 타는 네가 지금, 황야에 홀로 잠자고 있다. 기운을 내라, 두려운 것 없다, 네 시부모도 바로 옆에 있지 않느냐, 그렇게 오랫동안 기다리게는 하지 않는다, 머지않아 나도 여기에 와서, 아침저녁으로, 네 얼굴을 보며 살리라(본문에서).

이 작품에서도 작가는 시공(時空)을 넘나들며 우리들의 살아가는 이야기를 그리고 있다.

끝으로 이 작품을 번역할 기회를 주신 김진만 교수님과 지명관 교수님께 감사드린다.

해변의 광경

●

신타로는 눈앞에 펼쳐지는 (해변의) 광경에
충격을 받아 발을 멈추었다.……
바람은 자고 바다 냄새는 사라져,……
그는 분명히 하나의 '죽음'이
자기 손에 잡히는 것을 보았다.

해변의 광경

한쪽 차창 너머로, 고치만(高知灣)의 바다가 납빛으로 빛나고 있다. 소형 택시 안은 찜통 속처럼 덥다. 부두를 지나니, 석회 공장의 흰 가루가 바람에 날려, 연막을 치듯이 차 앞을 지나갔다.

신타로(信太郞)는 옆 좌석에 앉은 아버지, 신키치(信吉)의 얼굴을 살펴봤다. 햇볕에 그을린 목을 앞으로 쭉 빼고, 조수석 등받이에 팔을 걸치고, 관자놀이에 검은 빛을 띠기 시작한 반점을 만지며, 가만히 정면을 바라보고 있는 볼에, 웃을 때 생기는 것과 같은 주름이 있다. 일년 만에 보는 얼굴이다. 목젖에 하나, 구레나룻에 둘, 면도할 때 미처 깎지 못한, 일 센티 정도로 자란 수염이 있다. 큰 두상에 비해 유난히 작은 눈은 운 없는 남자에게 어울리는 누렇고 힘 없는 빛을 발하고 있었다.

"그래, 어때요, 상태는?"

"전보는 뭐라고 쳤었지, **위독**이었나?……오늘밤 당장 어떻게 되는 건 아니지만, 시간 문제겠지."

신키치는 입술 양 끝에 침자국을 남기며, 소가 풀을 되새기듯 천천히 대답했다.

"네에."

신타로는 아버지가 말하기 시작하자 사무적으로 대답했다. 창을 활짝 열었지만 저녁 바다에서 불어 오는 바람은 더워서 차 안 온도에 아무런 영향도 주지 못했다. 땀투성이가 된 손목에 들러 붙은 셔츠 소매를 걷어 올리며, 마른 속옷으로 갈아 입을 때의 기분을 몇 번이나 되풀이해 떠올렸다. ― 갑자기, 썩은 생선 창자 끓이는 냄새가 코를 찔렀다. 요란한 소리를 내며 볏까지 새하얗게 먼지를 뒤집어 쓴 닭 몇 마리가 차 앞을 가로질러 지나갔다. 조잡하게 판대기만 두른 집들이 쓰러질 듯이 처마를 맞대고 서 있었다. '부락민'(신분적, 사회적으로 강한 차별을 받았던 사람들의 집단. 17, 8세기에도 시대에 형성되어 19세기 말 메이지 무렵에 법적으로 신분 해방이 되었지만, 사회적 차별은 여전히 존재함― 역주)이라고 불리는 사람들의 거주 지구다. 그 부락을 지나자 길이 평탄해지며 두 갈래로 나뉘었다.

다 왔다 하고 신타로는 생각했다.

일년 전, 기사가 라디오를 켠 곳은 이 근처였다. 낡은 대형 자동차였다. 기사 옆 좌석에는 신타로가, 뒷 좌석에는 가운데 어머니를 사이에 두고 양 옆에 아버지와 큰어머니가 앉아 있었다. 트렁크에는 이부자리 한 벌을 싣고—.

주파수가 잘 맞지 않던 라디오가 '부락'을 지나가자 큰 소리를 내기 시작했다.

만담프로였다. 와 하고 나오는 웃음 소리 가운데 날카로운 여자 소리가 들렸다.

'좀 꺼 주세요'라고 신타로는 말하고 싶었지만, 입만 벌린 채 소리가 나오지 않았다. 기사는 검은 가죽장갑을 낀 손을 득의만만하게 들어 올리고, 기합을 넣듯 핸들을 꺾었다. 좁은 길 양 옆에 찻집을 가리키는 빨갛고 작은 깃발이 눈에 띄었다. 신타로가 당황해서 말했다.

"아니, 이 길이 아닌데."

"……"

기사는 브레이크를 밟으며, 이해할 수 없다는 듯이 선글라스를 낀 눈으로 쳐다보고 있었다. 뒷 좌석의 아버지와 큰어머니도 상체를 앞으로 내밀었다. 백미러에 어머니 얼굴이 비쳤다. 웃고 있었다. 만담하던 여자가 부르기 시작한 유행가를 따라 흥얼거리고 있었다.

"K해변이라고 하셨죠, K해변이라면……."

신경질적인 기사 목소리가 차 속에 퍼졌다. 아버지는 뭔가 말하려고 했다.

신타로는 아버지를 가로막으려고 큰 소리로 말했다.

"아녜요.……K해변 근처긴 하지만, 조금 못 미치는 곳에서 커브를 틀어야 해요."

자동차 주위에 사람들이 몰려들기 시작했다. 찻집 옆집 처마에 매달린 빨갛고 파란 수영복들이 흔들리고 있었다. 기사가 혀를 찼다.

"K해변에 간다고 해서 K해변인 줄 알았더니……. 커브를 튼다니 어느쪽으로요? 오른쪽이요, 왼쪽이요?"

"왼쪽이에요. 하지만 어찌됐든 조금 되돌아가지 않으면……."

"되돌아가요? 도대체 어디 가려는 거요."

어디 가냐구? 신타로는 혼자 마음속으로 중얼거렸다. 왜 그것을 말 못하는 것일까. 이유는 뻔했다. 행선지를 어머니 모르게 하기 위해서였다. 하지만 그뿐이었을까. 만일 이유가 그뿐이었다면 왜 전날 밤, 이 차를 예약하러 갔을 때 미리 상세한 지도를 그려 가지 않았을까. 기사 기분을 그대로 나타내듯 자동차 엔진 소리가 왱왱 계속 울렸다. 자동차 주위에 사람들이 계속 더 몰려들었다. 전부 피서객들이었다. 물에 빠져 죽은 사람을 쳐다보듯이, 갈 길을 잃은 채 서 있는 차를 보고 싶은 것이었다. 더 이상 차를 세워 둘 수가 없었다. 신타로는 기사 귀에 대고 속삭이듯 말했다.

"영락원, 아시죠? 그쪽에 볼 일이 좀 있어요."

"영락원."

기사는 일부러 그러는 듯이 큰 소리로 물었다. 차 주위에서 웅성거리는 소리가 났다. 기사는 라디오를 끄면서, 천천히 신타로를 쳐다봤다. 그리고 새삼스럽게 오사카 사투리로 "음, 그래서였군" 하며, 자기 머리를 손가락으로 가리키며 원을 두세 개 그리더니, 난폭하게 핸들을 돌려, 반대 방향으로 커브를 틀었다. 신타로는 지금까지 억눌러 왔던 불안이 갑자기 누구를 향해서도 아닌 노여움으로 변해 가는 것을 느꼈다.

그로부터 일년이 지난 지금, 그것이 무엇이었는지 생각나지 않았다. 어쩌면 그것은 누구를 향한 노여움이 아니라 그냥 단순한 당황이었는지도 모른다. 어쨌든 그 덕분에, 자기 자신을 그림 보듯이 확실히 볼 수 있었던 것은 사실이었다. 그때 그는 어머니에게, "이제 함께 도쿄에 가요"라고 말해 두었었다. 도쿄에 돌아가요. 그런데 그전에 K해변에서 큰어머니와 함께 하루 푹 쉬었다가 가요라고 해 두었었다. 토방 옆에 달린 차실의 어두운 전등 밑에서 그렇게 말하자, 어머니는 갑자기 생기가 나며, 토방의 툇마루를 걸레로 훔치기 시작했었다—.

택시는 오르막길을 올라가기 시작했었다. 그 주위는 모두 병원 땅이다. 언덕길 양 옆 쪽으로 벚나무가 가로수 길을 이루고 있다.

"벚꽃이 필 때면, 시내에서 꽃구경 오는 사람들이 많아요."

병원을 처음 보러 왔을 때 간호사 청년이 말한 게 생각났다. 확실히 장관이었다. 꽃이 활짝 피면 언덕 전체가 온통 꽃으로 뒤덮일 것이다. 하지만 이곳이 꽃구경꾼들로 북적댄다는 게 이해되지 않았다. 너무나도 정돈이 잘 돼 있어 꽃구경이라는 복잡함과는 상관이 없어 보였다. 간호사 말과는 반대로 신타로는 한적한 가운데 만개된 벚나무 숲을 상상해 봤다. 벚나무 한 그루 한 그루가 보이지 않는 '광기'를 대지로부터 빨아들여서는, 담홍색 꽃 모양으로 내뿜는 것 같은 생각이 들었다. 언덕 중턱부터 길은 두 갈래로 다시 나뉘어져, **영락원 여자병동**이라고 적힌, 좌측 화살 표시를 한 푯말이 보였다. 자동차는 단숨에 언덕을 올라갔다. 그러자 시야가 확 트이면서 눈 밑으로 조그마한 강 어귀와 그것을 U

자형으로 감싸고 있는 평야와 하얀 새 콘크리트 건물이 황혼녘 어두컴컴한 공기 속에서, 마치 초콜릿 상자의 천연색 그림과 같은 풍경을 보여 주고 있었다. 병동이었다.

"어때요. 깔끔하죠. 병원으로서의 설비는, 역시 지방인 만큼 뒤지기는 하지만, 뇌수술 같은 것이 거의 없어서……. 하지만 이렇게 보니 병동이 정말 깔끔하지요."

언덕에 있는 벚꽃을 자랑하던 청년이, 역시 신타로가 처음 왔을 때 말했다. 벚꽃 구경하러 사람들이 온다는 말엔 수긍이 잘 가지 않던 신타로도, 이 '깔끔하다'는 말에는 수긍이 갔다. 정말이지 이 그림같이 아름다운 경치에 어떤 다른 설명도 필요 없었다.

그러나 나중에 생각해 보니 청년이 말한 것은, 병동이 위생적이고 청소가 잘 되어 있다는 뜻 같기도 했다. 아닌 게 아니라 그런 점에서도 신타로가 보아 온 도쿄 근교의 병원과 비교하면 확실히 이곳이 깨끗했다. —택시는 절벽같이 깎아지른 듯한 언덕의 꾸불꾸불한 길을 조심스럽게 내려갔다.

병동 현관에는 이미 등불이 켜 있었다. 현관 바로 앞에 호수같이 잔잔한 바다가 펼쳐져 있고, 거기에 아직 지지 않은 해가 남아 있었지만, 이미 소등 시각이 지나 환자 모습은 보이지 않았다.

"자, 상태가 어떤지 보고 올까?"

신키치는 한쪽 뺨에 엷은 미소를 띤 채 아들 얼굴을 쳐다보며 말했다.

"가요."

신타로는 초조한 듯이 대답했다. 위독한 어머니를 보러 온 아들이니까, 그런 게 당연하지. 그러나 불 꺼진 긴 복도를 회중전등을 든 간호사의 안내를 받으며 걸어가는 사이에, 문득 자신이 연기하는 것처럼 느껴졌다. 나는 정말로 어머니를 만나고 싶은 걸까, 만나고 싶지 않은 걸까? 이미 의식을 잃은 사람 곁에 간다는 게 얼마나 의미 있는 일일까? 이렇게 급한 걸음으로 걷는 것은 단순히 아들로서 마땅히 해야 할 일을 해야 한다는 생각 때문은 아닐까.

"이쪽입니다."

안내하는 사람이 회중전등을 흔들며 말했다. 신타로는 반대 쪽으로 발을 옮기려다, 뒤집힌 슬리퍼를 다시 신으며 섰다.

"이쪽으로 옮겼어요······."

남자는 사무적으로 항변하는 듯한 어조로 말하고는 앞서 걸어가기 시작했다. 입원할 때 밝은 해변 쪽 방을 부탁했었다. 도대체 언제부터 방이 바뀐 걸까? 그러나 이제 와서 그런 것을 물어 본들 무슨 소용이 있을까 싶었다. 철문이 있었다. 어둠 속에서 쉰 듯하기도 하고 달큼하기도 한 것 같은 냄새가 감돌기 시작했다. 중환자 병실이 복도 양쪽으로 있었다. 창마다 쇠창살과 철망이 쳐 있었다. 작은 창 하나하나에 '침묵'이 소리가 되어 들려 오는 듯했다. 한 발자국 옮길 때마다 동물적인 공포가 엄습해 왔다. 안내하는 사람이 든 회중전등이 마음대로 좌우로 흔들릴 때마다 철망에 바싹 들이댄 얼굴이 보이고 빛나는 눈이 빨아들이듯이 이쪽을 바라보고 있었다. 왼쪽에 반쯤 열린 문이 하나 있었다.

"여기입니다."

안내를 맡았던 간호사가 운동화 뒤꿈치를 꺾어 신은 발을 멈췄다. 다다미 한 장만을 깐 마루방에, 얇은 짚으로 만든 요와 목화솜 요를 겹쳐 깔고, 그 위에 어머니가 누워 있었다.

"아주머니, 좀 어떠세요?"

베갯머리에 몸을 구부리고 간호사가 깜짝 놀랄 정도로 큰 소리로 말했다. 외창을 통해 달빛이 직사각형이 되어 흘러내렸다. 회중전등의 불빛에 비친 어머니 얼굴은 바싹 마른 데다가 흉하게 일그러져 원래 모습을 거의 찾아볼 수 없었다. 간호사는 회중전등을 더욱 바싹 대고는 손가락으로 눈꺼풀을 벌렸다. 잿빛 눈동자가 한 점을 응시하듯 움직이지 않았다.

"아주머니, 아주머니이. 도쿄에서 아드님이 왔어요. 아주머니가 늘 말씀하시던 아드님이 말이예요."

귀에 대고 외치듯 말하고는, 간호사는 신타로를 바라보았다. 잘 길들인 동물을 구경꾼 앞에서 이리저리 움직이게 하고는 값을 매기는 장사꾼 같았다.

"당신이 아무 얘기나 해 보세요. 어쩌면 정신이 들지도 몰라요."

그 남자의 반쯤 직업적인 말투에 신타로는 하라는 대로 자기 얼굴을 어머니 얼굴 곁에 가까이 댔다. 땀 냄새, 체취, 부패한 분비물 냄새가 코를 찌른다. 그런데 그 냄새를 맡으니 오히려 안도감이 돌았다. 무겁고 시큼달큼하고 뜨거운 그 냄새가 가슴속 깊이 스며들면서 자기 자신의 내부와 외부가 균형이 잡혀 가는 것 같았다. 지금은 변해 버린 어머니 모습 속에서 옛 모습을 느낄 수 있었다. 언제나 어린애 같은 인상을 풍겼던 이마는 누렇게 변했고 깊게 주름이 패어 있었다. 고무공같이 통통하던 볼은 속에서 살을 전부 도려낸 것같이 움푹 들어갔고, 앞니 하나만을 남긴 채 틀니를 빼 버린 입은 검은 동굴 속같이 움푹 패인 채 뻥 뚫려 있었다. 게다가 그렇게 살쪄서 보기 흉할 정도로 두 겹 세 겹이었던 턱도 거짓말처럼 살이 빠져서 주름 투성이 목에 딱 달라붙어 있다. 그래도 하나하나 뜯어보니 정들었던 옛 모습이 드러났다—. 그렇다고 해서 이런 어머니에게 뭔가 얘기하고 싶어지는 것도 아니다. 아니 그렇다고 하기보다는 어머니라고 느끼면 느낄수록 입을 벌리려고 하면 할수록 입이 굳어지는 것이다.

그러자 남자는 벌써 눈에 띄게 초조해져서,

"아주머니, 아드님이예요⋯⋯. 모르시겠어요, 아드님이 와 있는데"라고 어머니 귀에 대고 외치고는, 머리를 흔들면서 새삼 실망하는 표정을 지으며,

"도리가 없네, 어째서 이렇게 못 알아볼까?"라고 중얼거리고는 이번엔 어머니 양 손을 잡고 상하로 세게 흔들기 시작했다.

소매자락에서 거의 뼈만 남다시피한 팔이 나왔다.

"괜찮아요⋯⋯"라고 신타로는 웃으며 말을 건넸다. "괜찮아요, 그냥 조용히 주무시게 놔 두세요."

사실, 신타로는 자기가 왜 웃는지 몰랐다. 40도 가까이 열이 오르고, 수십 시간 동안 혼수상태에 있었을 어머니는, 귀에 대고 큰 소리를 치고 몸을 뒤흔들어서인지 점점 더 혼수상태에 빠지는 듯, 낡고 오래된 천 조각처럼 누운 채 거칠게 숨을 쉬며 가슴을 파도치듯 들썩였다. —이럴 때 웃는 것은 경건치 못한 태도일 거야. 그리고 자기가 생각해도 웃을 일이 없는데, 웬일인지 볼 언저리가 저절로 웃을 때처럼 근질

근질해지는 것이었다. 이게 도대체 어떻게 된 일이야?

신타로는 다시 입을 다물었다. 그러나 왠지 마음이 가라앉지 않았다. 그는 습관적으로 담배를 입에 물었다가, 병실 내에서는 금연이라는 사실을 떠올렸다. 그러나 입에 문 담배를 다시 주머니에 넣는 것도 귀찮았다.

"자, 한 대."

생각났다는 듯이 그는 남자에게 담뱃갑을 내밀었다.

"예."

남자는 짧게 대답하고는 빠른 걸음으로 방을 나갔다가, 재떨이 대용으로 빈 풀병을 갖고 돌아왔다. 남자 뒤로 아버지 신키치가 얼굴을 내밀었다.

신타로는 새삼 남자를 바라보며 성냥을 켰다. 성냥불에 비친 남자의 얼굴을 살펴보니 볼이 하얀 게 의외로 젊다—미성년자가 아닌가 할 정도로—는 것을 알게 됐다. 세 사람이 성냥 한 개로 불을 붙이기 위해 얼굴을 한데 모으자, 그 순간, 그 병실에 넘쳐 있던 이상한 침묵이 물밀듯이 밀려오는 것 같았다.

신타로는 담배를 피우고 있는 아버지 얼굴이 싫었다. 두꺼운 손가락 끝으로 집어올린 담배를 쫑긋이 세운 입술에 물자, 마치 숨 넘어가는 물고기처럼, 턱에서 목젖까지 움직이면서 첫 모금을 아주 바쁘게 들이마시는 것이었다. 일단 담배 연기를 들이마시자 그것이 몸속 구석구석까지 퍼지는 것을 기다리듯이 반쯤 감은 눈으로 허공을 쳐다봤다—. 담배가 몸에 밴 사람이라면 누구나 담배가 피우고 싶어지게 마련이다. 하지만 아버지의 담배 피우는 모습은 그런 정도를 넘어서, 담배 피우고 있는 동안은 옆에서 누가 말을 걸어도 대답도 못할 정도였다.

이 병원에서도 환자들은 무엇보다도 담배에 굶주린다. 그래서 간호사 사무실이나 의무실에 있는 재떨이는 늘 방금 씻은 것처럼 깨끗하다. 조금만 틈이 보여도 담배 꽁초를 누군가가 주위가기 때문이다. 설령 담배가 손에 들어와도 성냥이 없으니까, 환자들은 끊임없이 돌을 부빈다든지 천장에 올라가 전기줄로 전기를 일으킨다든지 해서 불을 붙인다.

"정말이지, 환자라는 사람들은 보통사람들이 생각지도 못할 일을 하니까, 조금도 마음을 놓을 수가 없어요."

젊은 간호사가 하는 말을 별 생각 없이 들으면서, 신타로는 양친과 함께 살았던 구게누마(告鳥沼) 해안의 집을 생각했다. 제2차 세계대전이 끝난 다음해였다. 아버지는 계급장을 떼낸 군복에 이상하게 생긴 가죽 배낭을 맨 모습으로 남방에서 송환되어 오자, 집 한구석에서 포로수용소 생활을 시작했다. 마당 전체를 파헤쳐서는, 보리, 피 등 잡다한 식물을 심으면서, 문밖 출입을 딱 끊고 외부와의 접촉을 피했다. 수용소에서 재봉병을 시켜 만들었다는 배낭 속에는, 세면기와 겸용할 수 있는 식기, 방사선으로 펴지는 모기장 등 기묘한 물건이 들어 있었는데, 그런 것 모두가 아버지에게는 보물이었다. 하루에도 몇 번씩 그 속을 들여다보고는 하나씩 꺼내서 바라보다가, 다시 찬찬히 정리해서 집어넣었다. 그러고 나서는, 물소 뿔로 만든 수제 담뱃대에 옛날 담배를 집어넣고는 아깝다는 듯이 조금씩 곰팡이 냄새 나는 연기를 내뿜는 것이었다.

손때 묻은 죽통도 보물 중의 하나였다. 그 속에는 검은 깨알만한 것이 들어 있었다. 향신료와 담배씨라고 했다. 그것을 마당에 심었더니, 마침 담배가 떨어질 무렵 파란 잎이 무성해졌다. 아버지는 그 잎을 두세 잎씩 따서는 툇마루에 펼쳐 놓고 햇볕에 말려서, 다 마른 것을 골라서 파이프에 집어넣고는, 전처럼 아깝다는 듯이 한 모금씩 가슴속 깊이 들이마시고는 꿈꾸는 듯이 눈을 반쯤 감았다. 그러나 그로부터 이삼 일 후 아버지는 그을린 이마에 땀방울을 흘리며 자리에 눕게 됐다. 그때까지 왕성했던 식욕도 없어지고 두세 시간 간격으로 토했다. 어머니는 의사를 부르기 위해 옷 몇 가지를 팔아야 했다. 수입이 한푼도 없는 집에서 그 돈은 몇 주일 간 생계를 꾸려 갈 수 있는 금액이었지만, 토사물에 타 버린 찻빛 피 같은 것이 섞여 있어 그냥 놔 둘 수가 없었다. ―진찰온 의사도 원인을 잘 몰랐는데, 결국 일주일 정도 지나자 저절로 회복되었다. 나중에 집에서 만든 담배를 너무 피워서 그렇게 되었다는 것을 알게 되었을 때는 안심이 된다기보다도 오히려 화가 났고 차라리 우습기까지 했다.

"자, 이제 쉬셔야지요. 피곤하시겠어요."
담배를 끄면서 간호사가 말했다. 조금 전과 달리 말투가 많이 친절해졌다. 그러나 병동 밖에 다른 방을 준비해 놨다고는 하지만 신타로는 움직이고 싶지 않아 그렇게 얘기했다. 그랬더니 간호사는 다시 태도를 바꿨다.
"이 상태라면, 오늘 밤은 별일 없을 거예요. 혹시 무슨 일이 있으면 금방 연락하겠습니다.……도쿄에서 곧장 오셨다면 몹시 피곤하실 텐데"라는 말투가 위로하려는 말투가 아니라 강압적으로 내쫓으려는 말투였다.
"곤란한가요, 저는 조금도 졸립지 않은데."
졸립지 않은 것은 사실이었다. 그러나, 그것보다도 일어서는 게 더 귀찮았다.
"곤란할 건 없습니다."
간호사는 대답하면서 회중전등으로 다시 한 번 어머니 얼굴을 비추더니, 베갯머리에 몸을 구부리고는 잠시 생각하는 듯했다. 그 모습으로 봐서 확실히 곤란한 것 같았다.
 "밖에서 열쇠를 채우십니까?"
 신타로는 I시 정신병원에 친구 부인을 병문안 갔을 때가 생각나서 물었다. 간호사는 정중하게 대답했다.
 "아닙니다. 이 방은 이제 잠그지 않습니다."
 귀 밑에서 모기 소리가 났다. 모기향을 줄 수 없는지 물어보려다가, 담배가 금지라면 모기향도 금지일 게 분명해서 그만두었다. 간호사는 회중전등을 한 손에 든 채 방 입구에서 말 없이 신타로를 바라봤다. 신타로는 등을 벽에 기대고 바닥에 앉은 채 말했다.
 "괜찮습니다. 오늘밤은 제가 여기를 지킬 테니까, 방에 가서 주무시지요."
 "……"
 간호사는 뭔가 말하고 싶은 듯 입을 움직이려다가 부루퉁한 것처럼 중간에 입을 다물었다. 복도 형광등 불빛에 얼굴이 반쪽만 파랗게 비쳤다. 신타로는 처음으로 자기가 말한 것이 뭔가 간호사 마음에 상처를 준 것은 아닌가 하는 생각이 들었다. 하지만 도대체 그게 뭘까? 그때였다. 방 한켠 어두운 곳에 가만히 서 있던 아버지가 갑자기 일어서서,
 "신타로, 그쯤 해두고 이제 자자"라고 큰 소리로 말하고는 앞장서서 방을 나갔다.

일순 신타로는 그 격한 말투에 반발심이 일어났다. 그러나 금방 간호사와 아버지가 왜 화를 내는지 이해가 갔다. 그들은 내가 '효자'인 척한다고 생각한 것은 아닐까? 제일 늦게 온 주제에 새치기를 하려고 들이민 어깨를 무언으로 밀어내는 그런 느낌을, 말 없이 복도를 걸어가는 아버지, 신키치의 굳은 등에서 받았다. 또, 복도 양쪽에 늘어선 철창에서 소리 없는 신음 소리가 일제히 자신을 향해 밀려오는 듯한 느낌도 받았다. 간호사가 조용히 만족한 듯이 고개를 끄덕이는 것을 보며, 신타로는 슬리퍼 속의 발가락에 힘을 주며 아버지 뒤를 따라갔다.

이튿날 아침, 신타로는 바다에서 떠오르는 햇빛에 눈을 떴다. 병동 현관 바로 위에 있는 그 방에는 바다 쪽으로 큰 창이 있었다. 고치만 강 어귀 한편에 있는, 작은 곶과 섬으로 둘러싸인 호수보다도 잔잔한 바다는, 창 바로 밑에 있는 돌담을, 검고 무거워 보이는 물로 축축하게 적시고 있었다. 하늘은 빨갛게 물들었고, 곶과 섬을 울창하게 덮은 수목은 푸르다 못해 검게 보였다.

창밖 경치를 바라본 후 신타로는 다시 한 번 자리에 누웠다. 나무로 만든 틀 위에 다다미를 깐 침대는 깨끗하고 쾌적했지만, 내리쬐는 아침 햇살에 방 전체가 새빨개져서 더 잘 수가 없었다. 막상 일어나려고 하니 온몸이 나른해서 일어나기가 싫었다. 그저께 밤 늦게까지 신타로는 친구들과 신주쿠(新宿) 술집에 있었다. 키가 작고 검은 로이드 안경을 낀 남자가 친구에게 뭐라 말을 걸고 있었다. 둘은 껴안았다가 웃었다가 했다. 다시 말해서 필요 이상으로 친밀함을 보인 것 같았다. 그런데 어째서 그 남자와 자기가 싸우게 되었는지 알 수가 없었다. 정신을 차려 보니 신타로는 컵 조각을 손에 쥐고 있었다. 카운터에는 아주 잘게 부서진 유리 파편이 흩어져 있었다. 눈살을 찌푸린 여자가 뭐라고 하자 다른 여자들이 허리를 굽히고 우왕좌왕했다. 바닥에 엉덩방아를 찧은 키 작은 남자는 일어서서 안경을 닦았다. 안경을 벗은 그 얼굴로 선하게 미소짓는 것을 보자 신타로는 자기 혐오에 안색이 새파랗게 변하는 것을 느끼며 밖으로 나왔다. 친구가 뒤쫓아 따라나와서 둘은 다른 가게로 들어갔다. 검은 드레스를 입은 덩치 큰 여자가 다가와서 친구 옆자리에 앉았다. "다음 일요일에 어디 놀러 갑시다"라고 말하자, 여자는 알았다는 듯이 고개를 끄덕이며 풍만한 가슴을 갖다 댔다. 새벽녘에 집에 돌아가니 어머니의 위독을 알리는 전보가 와 있었다. ― 다음날 낮에는 여비를 마련하느라 바빴다. 저녁에 겨우 준비를 마쳤을 때 그 여자와의 약속이 생각나서 받은 주소로 전화를 했다. 여자는 싱거울 정도로 간단하게 사정을 양해했다. 생각해 보니, "어머니가 위독해서, 일요일에 가지 못할 것 같아……"라고 하는 것은 아무래도 이럴 때 둘러대는 거짓말의 전형 같은 것이다. 죽음에 임박해서까지 어머니가 자신의 연애를 방해하나 하고 생각하니 우스웠다. 사실 지금까지 이제 되려나 싶을 때 어머니가 나타나서 망친 경험이 몇 번이나 있었다.

징조라는 것을 새삼 생각하려는 것은 아니었다. 게다가 전전날밤 행동이 평소와 같다고는 할 수 없지만 그렇다고 특별히 이상할 것까지도 없었다. 다만 지금 자신이 피곤하다는 것을 생각해 낸 것뿐이었다.

조금 전보다 들어오는 햇살의 붉은 빛이 엷어졌다. 보통 아침의 밝은 햇살로 변했다. 그러나 눈을 감아도 잠이 들지 않는 것은 역시 마찬가지였다. 옆 침대를 보니 아버지가 구부린 등을 이쪽으로 하고 자고 있었다. 목이 굵고 어깨가 딱 벌어지고 골격이 단단한 등이었다. 다른 사람 눈에 신타로는 아버지를 닮았다고 한다. 얼굴부터 체격까지 신기할 정도로 빼다 박았다고 한다. 어머니 지카는 언제나 그 점을 한탄했다. 그녀는 이상할 정도로 남편을 싫어했다. 신키치가 모든 점에서 자기가 좋아하는 타입이 아니라고, 몇십 년 동안 이 사람 저 사람 가리지 않고 말해 왔다. 외아들인 신타로는 특히, 결혼 당일 신랑 신키치가 물색 옷을 입은 모습이 얼마나 싫었는지라는 말만 해도 수천 번 들었다. "하여간 나는 선 한 번 못 보고 결혼했으니까. 결혼식 날, 머리를 파랗게 빡빡 깎은 사람이 머리를 거북이마냥 기모노 밖으로 내밀고 어슬렁 어슬렁 걸어오길래 시골 결혼식에는 대개 스님까지 초대하나 보다 했더니 바로 그 사람이 신랑이라고 해서, 그만 깜짝 놀라 그 자리에서 도망갈까 했었지." 아버지 본가는 시골에서는 오래된 가문이라고 했는데, 고치 현 Y촌이다. 어머니는 은행원의 딸로 도쿄에서 태어나 오사카에서 자랐다. 그런 환경이 다른 데서 오는 불평도 있었을 것이다. 어쨌든 자신이 아버지를 싫어하게 된 것은 이런 어머니 영향임이 틀림없다. 아버지가 하는 일은, 좋아하는 음식에서 직업 선택까지 일체, 크고 작은 것에 관계없이 전부 바람직하지 않은 것으로 주입돼 왔으니까—. 가령 그가 아버지 직업을 창피하게 여기게 된 것은 이런 일이 있고부터였다. 이사해서 얼마 되지 않은 어떤 집에서 신타로는 어머니와 부엌 옆 차실에서 고타쓰(일본식 난로로 난로 위에 상과 담요를 덮어 발을 넣고 앉을 수 있게 만든 것—역주)에 앉아 있었다. 부엌 문으로 배달하는 아이가 들어와서 어머니와 얘기하던 중에 "아주머니 남편이 군인이라면서요"라고 물어 봤다. 마침 만주사변이 일어난 지 얼마 되지 않은 때로 소년잡지나 만화에 전쟁물이 한참 인기를 모으고 있어서였는지, 배달하는

아이가 아버지 계급은 뭔지, 지휘봉은 몇 개 가지고 있는지 등을 물어 보던 끝에,

"남편께서 기병입니까?"라고 물었다.

"아니야" 어머니는 대답했다.

"네? 그러면 뭐예요."

(수의사야)라고 신타로는 대답하려고 했는데, 고타쓰 속에서 어머니 손이 신타로 발을 꽉 잡았다. 그리고는 어머니는, "글쎄"라고 갑자기 쌀쌀하게 대답하고는 신타로 얼굴을 바라보며 입을 다물었다. 그때 어머니의 수치심이 곧바로 아들에게로 옮아갔다. 잡힌 발이 손톱에 눌려 아팠지만 수치심이 더욱 마음을 아프게 했다. 또한 그런 별 것도 아닌 것을 부끄럽게 여기는 어머니의 태도가 신타로 마음에 상처를 주었다. 그 후에도 학교 조사카드나 다른 데에 아버지 직업을 '군인'이라고 쓰기만 해도 신타로는 마음이 뒤숭숭해졌고 그런 것은 전쟁이 끝나고 직업 군인이 없어질 때까지 계속되었다.

어느새 깜박 깜박 잠이 든 모양이었다. 입구에서 멈추는 발자국 소리에 깜짝 놀라 상반신을 침대에서 벌떡 일으켰다. 문을 열고 들어온 사람은 어젯밤 그 간호사였다. 어젯밤과는 느낌이 또 달랐다. 곱고 하얀 얼굴로 입 언저리에 솜털 같은 수염이 듬성듬성 난, 다시 말해서 몇 번 봐도 나이를

알 수 없는 그런 얼굴이었다. 툭 튀어나온 눈에 테 없는 안경을 쓰고 무표정하게 침대 옆에 있는 테이블을 서투른 솜씨로 닦고는 알루미늄 쟁반을 덜거덕거리며 그 위에 놓았다. 아침 식사를 가져온 것이었다. 된장국 대접, 밑반찬 접시, 밥을 담은 양은 도시락 상자가 두 개씩 놓여 있었다. 밥은 도시락 상자째 먹는가 보다.

남자가 방에 들어오고부터 신타로는 안정이 되지 않았다. 이 남자가 식사를 가져다 준 것은 특별 서비스일까 아니면 방문객에 대한 단순한 관례일까? 괜히 그런 것에 신경이 쓰였다.

환자가 먹는 것과 같은 내용의 식사인지 물어 봤다.

"그렇습니다"라고 간호사는 무뚝뚝하게 대답하며, 도시락 뚜껑을 열어서 제쳐 놓고 그 속에 끓는 차를 부어 주었다.

"천천히 드세요"라고 말하고는 재빠른 걸음으로 방을 나갔다.

식욕이 없는 것 같았는데 막상 수저를 드니 밥이 많이 먹혔다. 밥은 촉촉하고 씹으면 달큰한 듯한 금속성 냄새가 났다. 가끔, 찬 덩어리쌀이 가슴을 훑으며 내려가는 듯했다.

그러나 신타로는 한 수저 정도의 밥을 남긴 채 수저를 놓았다. 눈앞에 아버지가 아직 반 이상 남은 밥을 천천히 먹고 있는 것을 보니 또다시 정체를 알 수 없는 불안이 엄습해 왔기 때문이었다—. 평소 아버지는 밥을 천천히 잘 씹어서 먹는 편이다. 한 입 한 입 씹을 때마다, 벗겨진 넓은 이마의 근육이 움직이는 것이 눈에 띄었다. 마른 입술 끝에 된장국에 들어 있던 미역 조각이 묻은 것도 모르고, 끊임없이 입을 움직이고 있었다. 그리고 다 씹은 밥이 식도를 통과한다는 표시로 뾰족하게 튀어나온 목젖이, 채 깎이지 않은 채 일 센티 정도 자란 수염과 함께 꿈틀거렸다. 그것은 마치 기계가 물건을 처리하는 정확함과 가축이 자기 직무를 수행하는 충실함을 보는 것과도 같았다.— 바로 그때 아버지가 불쑥 고개를 들었다. 눈과 눈이 마주쳤다.

"안 먹니?"

아버지는 신타로를 올려다 보고는 도시락 뚜껑에 담긴 식은 차를 마시면서 말했다.

"음.……보통 때보다 많이 먹었다."

"흠" 아버지는 이마와 콧잔등에 땀을 흘리며 밥알이 떠 있는 차를 한모금 더 마셨다. "여기 밥이 아주 맛있네. 쌀이 좋거든. 도쿄에서 배급쌀만 먹던 사람은 이 맛을 모를 거야……."

입속에서 틀니를 다시 맞추는지 반쯤은 무슨 말인지 못 알아들었다. 어쨌든 대수로운 것은 아니었다. 어쩌면 아버지는 아들이 부모를 시골에 놔 두고 혼자 도시에서 사는 걸 말하고 있는지도 모른다. 하지만 그렇다고 이제 와서 무엇을 어떻게 할 것인가.

신타로는 침대에 누웠다. 그러는 게 마음이 편할 것 같았다. 그러나 결과는 마찬가지였다. 석회를 바른 천장이 눈부실 정도로 희었다. 어디선가 니스 냄새 같은 것이 코를 찌른다. 내리쬐는 햇살이 무디어지면서 무더워졌다. 해는 벌써 바다 위로 올라가 매끄러운 수면을 노란색으로 비추었다. 남쪽 창으로 환자들이 운동하는 모습이 보였다. 이제 슬슬 병실로 가 볼까 아니면 부르러 올 때까지 그냥 있을까 망설이고 있었다. 그러면서도 복도에서 발자국 소리가 나면 왠지 불안해지며 가슴이 쿵쿵 뛴다. 결국 밥 먹을 때만 마음이 편했던 것이다. 그래서 그렇게 밥을 많이 먹었나 보다.

9시가 조금 못 돼서 의사가 왔다. 노크 소리가 난 문 앞에 청진기를 든 남자가 서 있는 것을 보고 신타로는 불쑥,

"이제 가망이 없습니까"라고 물었다.

의사는 어리둥절한 모양이었다. 그러더니 갑자기 웃기 시작했다.

"아니, 가망이고 뭐고, 지금 진찰하러 가는 길입니다. 같이 안 가시겠습니까?"

그는 어제 전임자와 교대해서 이 병원에 막 왔다고 했다. 의사는 고치 시에 있는 본원에서 반년마다 교대로 파견하는 모양이었다. 신타로는 이 남자에게 호감이 갔다. 약간 검은 얼굴에 미소를 지으면 하얀 앞니 두 개가 마른 입술 사이로 보였다. 그 표정이 담백해서인지 성격이 솔직할 것 같았다.

의사는 빠른 걸음으로 복도를 걸어갔다. 큰 키에 하얀 가운을 바람에 날리며 걸어가다가, 잠시 서서 인사하는 환자에게 짧게, "어이, 아직 있었나"라고 묻기도 하고, 어깨를 툭툭 치기도 했다. 그러는 모습이 운동부 대장을 연상시켰다. 이 남자 책상에는 "위엄은 있되 지나치지 말것"이라는 표어가 붙어 있을 것 같았다—. 취사장 앞에 모여 있던 환자들이 멀리서 이 사람을 발견하고는 흩어지는 것을 보면서, 신타로는 그렇게 생각했다.

취사장을 지나자 앞에 엷은 초록색으로 칠한 철창문이 보였다. 거기서부터가 중증 환자 병동이었다. 목에 붕대를 감고 흰 반바지를 입은 남자가 어깨로 밀어 문을 열었다. 취사장에서 나던 반찬 냄새는 사라지고, 어제 났던 시큼달큼한 냄새가 무겁게 몸 주위를 감싸오는 듯했다. 복도는 갑자기 어둡고 좁아졌다. 양쪽 철창 사이로 환자 얼굴이 보였다. 신타로는 한 걸음씩 발을 내디딜 때마다 몸 전체의 뼈마디가 느슨하게 풀어지는 것 같았다. 뭔가 흥얼대며 맨발로 방안을 서성이는 통통한 젊은 여자, 벽에 대고 계속 절만 하는 살결이 검은 남자, 바닥에 아무렇게나 누워서 책을 읽는 노인, 발자국 소리만 나면 그들은 창살에 달라붙었다. 빛이 벽 색깔을 반사해서 그런지 그들 얼굴이 모두 파충류처럼 새파랬다.

어머니는 어제처럼 입을 벌린 채 잠들어 있었다. 치켜 깎은 하얀 머리카락이, 칠이 벗겨진 토기 인형처럼 광택을 잃은 이마와 볼을 덮고 있다.

의사의 진찰은 예상했던 대로 아주 사무적인 것이었다. 간호사가 가져온 카르테를 한 번 훑어 보고는 환자 가슴에 가볍게 두세 번 청진기를 대더니 곧바로 일어섰다.

"열은."

"39도 1붑니다."

"맥박이 92라……. 그 밖에 다른 건 없나?"

"어젯밤, 문병객이 오시기 전에 강심제를 한 대 놨습니다."

간호사와 간단히 몇 마디를 주고받은 후 의사는 신타로를 돌아보고 웃으며 "도쿄보다 이곳이 더 덥지요"라고 했다. 상냥한 미소였다. 신타로는 고개를 가로 저으며, 그렇지만도 않다고 대답했다. 그대로 일어나려는 의사와 몇 마디 나누고 싶어서, 어머니가 걸린 노인성치매증이란 어떤 병인지 물어 봤다. 이 남자라면 탁 털어 놓고 이야기해 줄 것 같았다.

"글쎄, 저희들도 잘 몰라요" 의사는 허리에 손을 대고 키 큰 체구를 뒤로 젖히며 말했다. "어쨌든 전후 이런 환자가 많이 늘어났어요······."

다른 부분은 모두 건강한데 뇌세포만 노쇠한다. 의학이 발달해서 사람 수명이 길어짐에 따라 이런 환자가 늘어났다. 미국에도 이런 사례가 아주 많다는 등등을 얘기했다. 신타로는 다소 실망했다. 운동경기 규칙처럼 명쾌하고도 자세한 설명을 기대했었다. 그런 설명이 가능하다면 지금 자신의 처지도 좀더 추상적인 것으로 바뀌어지지는 않을까 생각했기 때문이었다.

"그런데" 의사는 물었다. "올해 연세가 어떻게 되시죠, 어머님은?"

"글쎄, 몇 살이었지, 50······."

신타로는 뜻밖의 질문에 웃으며 대답을 얼버무렸다. 그러자 의사의 얼굴에서 웃음기가 가셨다. 신타로는 당황해서 말했다.

"58인가, 9인가, 만으로······."

그러나 의사는 이미 대답에는 흥미가 없다는 눈치였다. 입을 꼭 다문, 검고 광대뼈가 나온 옆모습이 가까이하기 어려울 정도로 쌀쌀해 보였다. 간호사 눈이 안경 속에서 빛났다. 신타로는 그제서야 자신이 몹시 당황해 있다는 것을 발견했다. ―문제는 자기가 어머니 나이를 모르는 데 있는 게 아니었다. 카르테만 봐도 알 수 있는 나이를 왜 일부러 물어보느냐는 것이었다. 신타로는 일년 전 어머니를 이 병원에 데리고 왔을 때 만났던 의사 얼굴을 떠올리면서 그렇게 생각했다.

그 의사는 지금 의사보다 조금 나이가 위인, 얼굴이 하얗고 동그란 남자였다. 같이 있는 동안 줄곧 미소를 지었다. 말도 조용조용하고 도쿄 말씨를 썼다. 나란히 복도를 걸으며 병과 병원에 대해서 이런저런 얘기를 했다. "쉽게 낫는 병이 아니라서, 자비로 입원한 환자는 드뭅니다. 거의가 의료보호환자예요. 예산 내에서 운영하다 보니 식비와 건물유지비 충당하기도 힘들어서 의복은 보시는 바와 같이……" 라고 그는 환자 복장이 허름한 것을 변명이라도 하는 듯이 말했다. 그러고 보니 환자들이 몸에 걸치고 있는 것은 의복이라고 하기보다는 누더기에 가까웠다. 그러나 가까이에서 보니까 깨끗이 빨아서 쓰는지 겉보기보다는 위생적으로 보인다고 했더니, 의사는 만족스러운지, 고개를 저으며 "댁처럼 비용을 다 지불하는 환자가 들어오면 정말 감사하지요" 라며 애교 있게 말했다. 신타로는 왠지 겸연쩍어 화제를 다른 데로 돌리려고, "저희 어머니 같은 환자가 전국에 몇 명 정도 됩니까?"라고 물었다. 그러자 의사는 활짝 웃으며 대답했다.

"그게 확실하지가 않아요. 외국 같으면 연세가 있건 없건 곧바로 입원을 시키는데, 우리나라는 가족주의가 강해서인지 아니면 개인주의가 발달하지 않아서인지 대개는 집에 두고 밖에 내보내지 않아서요. 특히 대개는 노인이 걸리니까. ……댁의 경우같이."

거기까지 듣고, 갑자기 신타로는 눈앞의 복도가 한없이 길게 느껴져서 일순간 발을 멈췄던 기억이 났다.

정말 현기증이 날 정도로 당황했었다. 왜 그렇게 당황했었는지는 모르겠다. 다만, 노란 니스와 하얀 벽, 그리고 초록색 창틀에 둘러싸인 긴 복도 끝의, 이제 어머니 혼자만을 남겨 놓고 온 방의 초록색 문이 한없이 멀고 작아지는 것을 느꼈다. "개인주의……, 가족주의……" 하는 소리가 감미로운 음악 소리처럼 귓전에 맴도는 듯했다.

그때 그 일이, 기분나쁜 듯이 입을 다물고 있는 의사와 간호사 앞에서 지금 다시 생각나는 것이었다. 아니 그렇다기보다, 끊임없이 신타로 주위에 맴돌면서 조금이라도 틈이 생기는 듯하면 고개를 처드는 것이었다.

"60이시군요, 어머니는" 살결이 검은 의사는 삭막한 표정을 지으며 말했다.

"아직 젊으신 편이예요, 이런 병에 걸리기에는……."

"보통은 몇 살 정도의 사람이 걸립니까?"라고 물으며 어색했던 침묵이 깨지는 것 같아 안심이 되었다.

"그렇다고 몇 살이라고 딱 찝어 애기할 수도 없지만요." 의사는 다시 입을 다물었다.

전에 어떤 대학병원 신경과 의사가 이 병은 시골 아낙네 같은 비교적 두뇌를 쓰지 않는 사람이 어느 정도 나이를 먹으면 뇌세포가 급격히 쇠약해져서 걸린다고 설명하는 것을 들은 적이 있다. 그러나 어머니의 경우와는 맞지 않았다. 남편인 신키치가 일본에서 근무할 때도 주로 집을 비워서 안정된 가운데 아들과 둘이서 홀가분한 생활을 했던 어머니는 가정주부로서 아주 편안했던 것은 사실이었다. 하지만 그렇다고 머리를 쓰지 않았다고는 할 수 없었다. 원인은 오히려 그런 편안한 생활과 전후 궁핍한 생활의 차이가 생리적으로 변화가 큰 갱년기와 맞물린 데 있는 게 아닌가 생각됐다.

그러나 지금 눈앞에 있는 의사에게 그런 말은 한들 어머니 병의 원인을 알아낼 수 있는 것도 아니고 무슨 소용이 있겠는가. 의사가 어머니 나이를 언급한 것은 그냥 해 본 말에 지나지 않았다. 위로도 아니고 인사치레도 아니었다. 그냥 병실을 나가기가 어색해서 해 본 말이었던 것이다. 그러나 그것이 신타로를 어머니 나이도 모르는, 변명의 여지도 없는 사람으로 만들어 놓은 것이다. 올 때처럼 흰 가운을 펄럭이며 말없이 나가는 의사를 신타로는 잠자코 황당한 기분으로 바라볼 수밖에 없었다.

왠지 신타로는 어렸을 때부터 고향이 무서운 곳처럼 느껴졌다. 앨범을 넘기다 보면 마주치는 거무틱틱한 사진 한 장. 가운데 검은 옷을 입고 중국풍 의자에 앉아 있는 할머니, 그 주위에 두 줄로 선 큰아버지, 큰어머니, 사촌들. 여자들은 모두 손을 소매 속으로 넣어 마주잡고 있다. 지금 신타로와 나이가 비슷한 사촌들은 삼각형의 긴 망토를 입고 서 있다. 그러한 모습이 신타로에게는 고색창연하고 궁핍하게 비칠 뿐 아니라, 무시무시하기까지 했다.

아버지에게는 할머니로부터 자주 편지가 왔다. 대개 거기에는 이번 달에는 어느 방향으로 가면 안된다, 그쪽에 귀신이 있다는 말이 꼭 적혀 있었다.

"아무리 그래도 사무실이 있는 쪽에 매일 안 갈 수도 없고"라며 아버지는 대개 편지를 한 번 쓱 보고는 봉투 속에 다시 집어넣었다. 그러나 어머니는 다시 한 번 그것을 꺼내서 읽고는 기분이 상해서 투덜투덜댔다. ―지금 생각해 보니 그 편지 내용이 대개는 할머니 용돈을 보내라는 것이었던 것 같다. 그때마다 일어나는 아버지와 어머니와의 암투가 신타로에게는 막연히 귀신이라는 말과 결부되곤 했다. 그리고 그는 고향 사람들과 나란히 함께 찍은 편지를 보고, '귀신!' 이라고 중얼거려 보곤 했다.

조금 커서, 초등학교 고학년이 되서는 또 다른 의미에서 고향이 싫어졌다. 아버지 임지가 바뀌어서 히로사키(弘前) 초등학교에서 도쿄로 전학 와서 두 달쯤 지나서였다. 학교에서 자기 말소리가 다른 아이들과 틀리다는 것을 발견했다. 그가 이야기하면 다른 아이들은 모두 귀를 쫑긋이 세우고 듣는 것이었다. 그래서 그는 다른 아이들 이야기하는 소리를 열심히 흉내내기 시작했다. 그래서 이야기할 때면 입속에 혀가 하나 더 들어 있는 것처럼 느껴졌다. 그때부터 거짓말을 하고 학교를 쉬기 시작했다. 그래서 그는 거짓말은 자신의 언어를 의식하는 데부터 시작된다고 확신했다. 아무리 그렇다고 하더라도 집과 학교를 구별해서 말을 쓴다는 것은 부담스러웠을 것이다. 모처럼 배운 새로운 말씨를 쓰는데 대학생 사촌형이 와서는, "어, 신타로 도쿄말 쓰네"라며 마치 앵무새가 재주부리는 것을 보는 듯 감탄했다.

집 근처에 동향 사람이 두 집 살았는데 그 사람들은 번갈아 일년에 몇 번씩 고향에 갔다 왔다. 아직 학교에 들어가지도 않은 어린애가 작은 배낭을 등에 지고, 여러 가지 물건을 짊어지고 다니는 행상 뒤에 붙어서 쫓아다니는 모습이 애처

러울 지경이었는데, 그 애 아버지는,

"이 애에게도 더 크기 전에 고치(高知)를 잘 보여 주지 않으면 더 커서 고향을 버리게 될 테니까"라고, 신타로네 들으라는 듯이(너희들같이 되고 싶지는 않다) 말하곤 했다.

어떻게 하면 고향이 그렇게 좋을까? 고향을 버린다는 것은 어떤 것일까? 무슨 죄라도 되는 것일까? 그 집 사람들을 볼 때마다 신타로는 어린 가슴에 생각했다. 그에게 고향이란 하나의 가공의 관념이었다. 모르는 사이에 서로 주고받은 약속이 생각나지 않는, 그런 초조한 불안감이 늘 붙어다니는—. 그러면서도 "고향을 버린다"는 말만 들어도 자기가 뭔가 해서는 안될 일을 한 것 같은 기분이 들었다.

그런 기분이, 지금 어머니 병상 앞에서 의사나 간호사에게서 느끼는 당황스러운 기분과 얼마나 닮았는지.

그날 신타로는 해지기 전까지 병실에서 어머니 머리맡에 앉아 있기로 했다. 결국 그렇게 하는 것이 제일 마음이 편할 거라고 생각했기 때문이었다. 간호사는 어제처럼 그런 것을 탐탁지 않게 여기는 것 같았다. 그렇다고 어제 묵은, 바다가 보이는 방에 있는 것을 그들이 좋아하냐면 그것도 아니었다. 어차피 미움을 산다면 환자 옆에 있는 게, 멀리서 온 보람도 있고 좋았다.

약 두 평 되는 그 방은 사방을 초록색 페인트로 칠했다. 바닥 넓이에 비해 천장이 아주 높고 두꺼운 콘크리트 벽으로 둘러싸여 가운데 앉아 있으면 마치 탑이나 굴뚝 속에 앉아 있는 것 같은 기분이 들었다. 마루가 깔린 바닥 한 구석에는 사방이 석 자 정도 되는 인조석이 있고 그 위에 변기가 놓여 있었다. 복도 밖에서 간호사가 꼭지를 틀면 물이 나오게 되어 있었다. 꼭지를 밖에 단 것은 그렇게 안하면 환자가 꼭지를 틀어 물을 마시기 때문이라고 했다. 그러나 어머니는 이 변기를 오랫동안(아니면 전혀) 사용하지 않은 듯, 바싹 마른 하얀 변기 바닥에 잿빛 먼지가 소복히 쌓여 있고 그 위에 누런 신문지가 덮여 있다. 변기 옆에는 빨아서 말린 헌 천을 빨간 끈으로 묶어서 쌓아 놨는데, 그것이 어머니 '기저귀'라는 것을 나중에야 알게 되었다.

신타로는 바닥에 앉아 등을 벽에 기대었다. 발을 앞으로 뻗으니 어머니가 누워 있는 곳에 닿아 옆으로 뻗을 수밖에 없어 괴로웠으나 금방 익숙해졌다. 방안은 더할 나위 없이 을씨년스러웠지만 기분은 그리 나쁘지 않았다. 어쩐 일인지 오랫동안 살았던 방 같은 기분이 들었다. 문득 언젠가 자기도 이런 방에서 살아 볼까 하는 생각까지 들었다. 감금된다는 것을 거꾸로 해석하면 몸을 조금도 움직이지 않고도 지낼 수 있는 것을 말한다. 일생을 그렇게 보내는 것도 그렇게 나쁠 것 같지는 않았다. —두꺼운 방문 바닥 쪽에 공간이 나 있는데, 때가 되면 그리로 식사가 들어왔다. 식사 내용은 별게 아니었지만 그래도 몸을 거의 움직이지 않고 살 수 있을 정도의 체력은 유지할 만한 것이었다.

점심 식사 시간이 되니 나름대로 병동 안에 활기가 돌았다. 꽤 떨어진 취사장에서 뭔가 외치는 소리가 들리자 그때까지 조용했던 병원 여기저기에서 떠들썩한 소리가 나기 시작했다. 다시 일어나서 이부자리를 개는 소리, 맨발로 방안을 걸어다니는 소리, 기지개 펴는 소리, 그리고 마른침 삼키는 소리 같은 것이 하나가 되어, 식기 부딪히는 소리, 운반차 바퀴 소리, 취사인과 간호사와 경환자들의 얘기 소리 등이 뒤섞여서, 마치 폭풍우 속에서 술렁이는 초목들의 소리가 신기하게 귀에 와 닿듯이 들려 왔다.

곧 이 복도에서도 발자국 소리와 운반차 소리가 들려 왔다. 간호사가 문에 얼굴을 들이대고,

"식사는 어떻게 하시겠어요. 주무셨던 방에 갖다 놓을까요?"라고 활기찬 목소리로 물어 봤다. 오늘 처음으로 보는 밝은 표정이었다. 모처럼의 기분을 상하게 하고 싶지는 않았지만 신타로는 "식사는 필요 없어요"라고 대답했다. 평소 하루 두 끼 먹는다고 얘기할까 하다가 간호사가 금방 가는 바람에 그만두었다. 식욕도 없었지만 무엇보다도 이 방에서

움직이고 싶지 않았다. 아침에도 식욕은 없었지만 많이 먹었듯이 지금도 식욕은 없지만 먹으려고 하면 밥이 들어갈지도 모른다. 그러나 그러고 싶지 않은 것은, 아침에는 입이라도 움직이지 않으면 마음이 가라앉지 않을 것 같았지만 지금은 그럴 필요가 없기 때문이다.

오후가 되니 몹시 무더워졌다. 창으로 지는 해가 비추기 시작하자 좁은 방안이라 햇빛을 피할 데가 없었다. 햇빛을 가릴 수 있는 무슨 장치를 창에 달아야겠다고 생각했지만 못을 박을 만한 데가 없었다. 콘크리트 벽에 땀이 고여서 초록색 페인트가 녹아 내릴 것 같았다. 더위 탓인지 환자 한 명이 발작을 일으켜 옆방에서 아까부터 소리를 질러대고 있었다.

"간호사, 간호사. 도시락, 도시락. 배가 고파요, 배가……. 간호사, 간호사."

이상하게 큰 새의 우는 소리를 연상시키는 목소리였다. 거칠고 멀리까지 울리는 목소리로 어디 사투린지 알아보기 힘든 말투로 계속 같은 말만 되풀이했다.

"이봐요, 무슨 말을 하는 거야. 밥은 금방 먹었잖아. 그러지 말고 빨리 옷 입고 잘 앉아 있어. 자꾸 그러면 또 간호사가 야단해."

맞은편 병실의 중년부인이 말했다. 하지만 신타로는 그쪽이 더 시끄럽게 느껴졌다. 이렇게 환자들은 서로 간호사 기분을 맞추려고 하는 모양이었다. 중년부인 옆방에는 남자 노인이 있었다. 남자 병동은 벚나무 가로수길 오른쪽에 따로 있었지만 중환자만은 남자도 이 병동에 함께 있었다. 이 노인은 어디가 나쁜지 겉으로는 전혀 알 수 없었다. 언제나 추운 듯 담요로 몸을 둘둘 감고 바닥에 누워서 마치 통증을 참는 듯이 이마를 찌푸리고 있었다. 간호사가 복도를 지날 때 일어나 앉아 창으로 얼굴을 내밀지 않는 사람은 이 남자뿐이었다. 다른 사람들은 모두 인사말을 건넨다든지 목인사를 한다든지 했다. 처음 신타로가 이 병동에 발을 들여 놨을 때 그들을 놀라게 했던 것은, 실은 그들이 신타로를 새로 온 간호사로 착각해서 일어난 것이었다. 신타로는 변소에 섰을 때 그것을 발견하고 재미있다고 생각했지만 웃을 기분은 안 들었다.

어머니는 계속 잠자는 상태였다. 한쪽 눈이 반쯤 떠져 잿빛 눈동자가 보였다. 그러나 시력은 반년 전쯤부터 전혀 없는 상태였다. 초록빛으로 빛나는 큰 파리 한 마리가 둔한 날개소리를 내며 날아와 눈꼽이 낀 눈이나 크게 벌린 입 주위에 앉았지만 얼굴 근육은 조금도 움직이지 않았다. 규칙적으로 들리는 거친 호흡 소리만이 살아 있다는 증거였다.

창 바로 밖에는 바다에 접한 운동장이 있었지만 창이 작고 벽이 두꺼워서 방에서는 병동을 U자형으로 감싸고 있는 산기슭 일부분과 능선만이 보일 뿐이었다. 지금은 햇빛 때문에 그쪽을 쳐다볼 수도 없었다. 가끔 가벼운 환자들의 웃음 소리가 들려서 내려다 보면, 맨발로 빨래를 안고 눈이 아찔할 정도로 현기증 나는 운동장을 미친 듯이 빠른 속도로 뛰고 있었다. 네모난 창틀 속의 그러한 광경은 필름이 끊긴 영화 장면을 연상시켰다. 이 병실에서 보이는 그러한 풍경은 별천지 같았다.

 파리는 끈질기게 어머니 얼굴에 와 앉았다. 날려서 신문지로 치면 마루바닥에 핏자국을 남기고 죽지만, 금방 한두 마리가 다시 와 입 언저리에 앉았다. 하지만 어떤 의미에서 소일거리가 되어 좋았다. 신타로는 이불 위에서 쉬고 있는 파리를 잡으려고 신문지를 갖다대면서 문득 삼년 전 여름, 도쿄를 거닐던 자기 모습이 생각났다. 더위에 지친 거리는 하얗게 말라 끝이 없었고, 어디까지 걸어야 하나 하면서 망연해 있던 자신의 모습이 —.

 그때까지 이미 며칠 동안이나 돌아다녔었다. 구게누마 해안 집을 한 달 안에 비워 줘야 할 때였다. 이사비용 명목으로 얼마간 돈이 들어왔지만, 집을 비운 후 어떻게 해야 할지

막막하기만 했다. 부모님은 아버지 본가로 그리고 신타로는 도쿄에서 하숙을 찾을 수밖에 없었다. 그러던 중 갑자기 정부가 빌려 주는 주택자금으로 도쿄에 집을 지어 가족 셋이 같이 살자는 쪽으로 의견이 바뀌었다. 주택공사에 있는 사람에게 부탁하면 자금을 쉽게 빌릴 수 있다는 말을 어머니가 어디서 듣고 와서는 신타로에게 그런 사람을 소개해 줄 사람을 만나러 가라고 했다. '요쓰비시 산업'이라고 하는 어마어마한 이름의 사무소에 그 사람이 있었다. 키도 얼굴도 손도 작은 남자였다. 손에 약간 더러워진 붕대를 감고 있었는데, 말할 때 사람 얼굴을 위로 쳐다봐서 그런지 이마에 거무스름한 주름이 졌다. 처음에 그는 신타로에게 지금 수중에 얼마나 갖고 있느냐고 물었다. 신타로는 정직하게, 지금은 없지만 한 달 후에 ― 만 엔 정도 들어올 것이라고 대답했다. 남자는 고개를 갸우뚱 하더니 "음, 해 봅시다"라고 말했다.

이 남자에게 이끌려서 처음 간 곳은 꽤 큰 은행이었다. 거기에서 볼일은 금방 끝났다. 남자는 창구에서 두세 마디 얘기만 하고는 아주 정중하게 고개 숙여 절을 하더니, 소파에 앉아 있는 신타로를 재촉해서 그곳에서 나왔다. 다음 장소로 가는 동안 설명했다.

"알겠어요? 상대는 공무원이니까 고개를 푹 숙이지 않으면 안되요, 고개를. 고개만 숙이면 상대는 '응'이라고 대답하기 마련이예요." 그러나 간 곳은 토지공사 사무실이 아니었다. 토지나 가옥을 알선하는 중개소였다. 그곳에도 공사의 공무원을 잘 안다는 사람이 있었다. 그 남자가 자전거를 타고 안내하는 장소에 둘은 걸어서 쫓아갔다. 그러나 만나러 간 사람은 없었다. 첫째날은 이렇게 해서 끝났다. 그 다음날 또 신타로는 요쓰비시 산업 사람에게 이끌려서 공사 사무실에 갔다. 그 사람은 또 없었다.

"이렇다면 끈기를 갖고 기다리는 수밖에 없어요"라고 그가 말했다.

창구 옆에서 둘은 기다리기로 했다. 십 분 정도 있으니까, 사무원 소녀가 와서 사무실에서 직원과의 면회는 금지되어 있으니까 돌아가 달라고 했다. 남자는 되물었다. "누가 그런 말을 했는지 이름 좀 가르쳐 줘요"

소녀는 Y— 라고 하는 사람이라고 대답했다. 그러자 남자는, "고마워요"라고 소녀에게 인사를 하자 마자, "Y 씨"라고 큰 소리로 부르면서 문을 열고 속으로 막 들어갔다.

남자는 공무원에게 이것저것 얘기하기 시작했다. 날씨 얘기, 만나게 되어 반갑다는 얘기, 자기 가족이 몇 명인지 등등 숨도 안 쉬고 얘기하며 한 마디 할 때마다 고개를 깊이 숙여 인사했다. 면도 자국이 짙게 남은 직원의 얼굴을 보고 신타로는 초등학교 담임 선생님이 생각났다. 그 남자는 고개를 옆으로 돌리기도 하고 바지자락을 무릎까지 치켜 올렸다 내렸다 하기도 하고 또 옆 책상에서 두는 장기를 한참 보기도 했다. 삼십 분 정도 혼자 떠들더니 "그럼 내일 또……" 하며, 고개를 숙이고 방을 나오자, 느닷없이 신타로에게, 이게 시작이다, Y를 주물러서 줄을 만들어 보자, 그러면 돈을 빌릴 수 있다고 했다. 그렇게 되면 좋겠다고 맞장구를 쳤더니 남자는 만족스럽게 고개를 끄덕이며, 지금 돈이 있느냐고 물었다. 혹시 있으면 오늘 밤 Y에게 술을 사는 게 좋겠다고 했다. 얼마 갖고 있지 않다고 하니까, 그러면 지금부터 Y가 퇴근하는 것을 기다렸다 주소를 물어 보자, 주소를 말해 주지 않으면 뒤를 밟아서 집까지 가자고 했다. 신타로는 어안이 벙벙해서 잠시 멍하고 있었던 것 같았다.

─정신을 차리니 자기 혼자 공사 앞 전찻길을 건너고 있었다. 그 남자는 빨간 푯말이 있는 안전지대에서 어깨를 딱 벌리고 이쪽을 보면서 전차가 지나가는 것을 기다리고 있었다. 트럭과 버스 사이를 누비고 건너 와서 신타로 얼굴을 올려다보고, 당신은 열의가 없다고 분개한 목소리로 말했다.

"도대체 당신은 고맙다는 인사도 할 줄 모르시는군. 그렇게 인사하려면 차라리 옆에 없는 게 낫지.……정말 집을 지을 작정이요? 집말이예요, 집. 자기 집을 짓느냐 마느냐 하는 판에……"라고 재빨리 말하고는 신타로를 쳐다보았다. 그러는 남자 눈썹이 흐르는 땀에 빛났다.

신타로는 할 말이 없었다. 확실히 자기에게는 집을 지을 생각이 손톱만큼도 없었기 때문이다. 그렇다면 자기는 왜, 지금, 이 남자와 이렇게 길거리를 헤매는 것일까? 자기에게 집 지을 생각 같은 것은 아예 없었다. 그것은 지금 옆에 있는 남자가 믿을 수 없어서도 아니고, 돈도 없는데 무리하게 돈을 변통하느라 애쓰고 싶지 않아서도 아니다. 사실은 이제 더 이상 부모님과 같이 살고 싶지 않았던 것이다.

그건 그렇고, 자신이 이렇게 돌아다닌 것은 도대체 무엇 때문일까? 신타로는 그 다음날도 다다음날도 이 남자를 따라 햇볕이 쨍쨍 내리쬐는 거리를 헤맸다. 서서는 의논하고, 절하고, 길을 묻고 그리고는 또 모르는 사람에게 절을 하고, 그런 것을 해가 질 때까지 되풀이하고는 지친 모습으로, 오늘도 헛탕친 데 안심하면서 집으로 돌아갔다. 어머니는 시무룩한 얼굴로 현관에 마중 나왔다. "틀렸구나?"라고 물어봐서, 그렇다는 표시로 고개를 가로 저을 때는 왠지 자신도 모르게 진심으로 자기도 실망하는 것이었다.

해가 지니 파리가 없어졌다. 어머니 얼굴도 벽색과 함께 엷은 먹색깔 속으로 녹아 들어가, 지금은 둥그렇고 하얀 이

마만이 보였다. 아버지가 와서는, "교대하자"고 했다. 교대라는 말을 듣고 보니 누군가가 특별히 환자 옆에 지키고 있어야 할 필요는 없는데 하는 생각이 들었지만 잠자코 하라는 대로 일어서서 밖으로 나왔다.

바다는 여전히 그림 같은 경치를 펼치고 있었다. 파도는 놀랄 만큼 조용했다. 정면에는 작고 둥근 섬이 검은 그림자처럼 떠 있고, 오른쪽에는 곶이 완만한 선을 그리며 뻗어 있다. 그리고 왼쪽에는 부두의 등불이 반짝반짝 빛나고 있다.

그것은 '경치'라는 개념을 그대로 구체화시킨 것 같은 경치였다. 다른 어떤 것도 끼여들 여지가 없었다. 한 번 봐 버리면 더 이상 바라다볼 수조차 없는 것이었다. 신타로는 선 채 산보하는 환자들을 바라보았다. 황혼녘에 서 있는 그들 모습도 경치 속에 포함시켰다. 만 저쪽에서 불을 켠 배 한 척이 이리로 오고 있었다. 배에는 이 병원 종업원들이 타고 있었다. 지금이 근무교대 시간인지 배 속에서 간호사의 흰 모자가 흔들렸다. 환자들이 해변으로 뛰어갔다. 그때였다. 신타로는 갑자기 이 환자들이 정상인이 아니라는 것이 생각났다. 일순간 아연실색했다.

이 놀라움이 무엇인지 알 수 없었다. 자기가 그만큼 풍경에 몰두해 있었던 것에 대한 놀라움일까? 아니면 이들 환자들 속에 광기가 숨어 있다는 것을 깨달았기 때문일까? 그 어느쪽이라고도 할 수 없었다. 이러한 광경 속에서 그는 어머니를 이해해 보려고 했다.

그는 황혼 속에 팔장을 끼고 서 있는 어머니 모습을 그려 봤다. 그 속에는 어릴 때부터 눈에 익은 여러 가지 모습의 얼굴이 있었다. 성적이 나빠서 자신과 함께 초등학교 선생님 댁의 긴 돌계단을 걸어서 올라갔을 때의 얼굴, 여름 방학에 기숙사에서 연락도 없이 돌아오는 아들을 맞이했던 얼굴, 군대 병원에 느닷없이 찾아와서는 공습으로 집이 다 타 버렸다고 말했을 때의 얼굴, 구계누마의 집을 내일 비워 줘야 한다고 했을 때의 얼굴, 그리고 작년 여름 저녁 무렵, Y촌 큰아버님 댁에서 문에서 현관까지 혼자 하릴없이 왔다갔다 했을 때의 얼굴—. 그 얼굴들을, 이 우수에 쌓인 풍경을 배경으로 해서 떠올리는 것은 그다지 힘들지 않았다. 그렇지만 그 얼굴 중에 어느것이 어머니 광기로 발전했는지를 생각하면 그저 혼란스러울 뿐이었다.

전쟁이 끝난 날부터 다음해 오월, 아버지가 귀환해 올 때까지가 신타로 모자에게는 제일 좋았던 시절이었다. 신타로는 군대에서 걸린 결핵 때문에 누워 있어서 어머니 흰머리가 늘었다. 하지만 어쨌든 전쟁은 끝났다. 어머니는 아들 머리맡에서 돌봐 줄 수 있었고, 신타로는 병원에서 끊임없이 시달리던 점호와 벌에서 해방되었다. 외숙부가 빌려 준 구게누마의 별장은 전쟁통에 타 버린 도쿄 집보다도 주거환경이 오히려 쾌적했다. 겨울 양지바른 툇마루에서 바느질을 하는 어머니도, 방에서 뒹굴면서 마당을 바라보며 지금은 누런 잔디에 언제쯤이나 새싹이 날까 하고 생각하는 아들도, 평화란 이런 것이고 이런 것일 수밖에 없다고 생각했다. "내일 도착, 신키치"라는 전보가 온 것도, 그것만 보면 여행에서 돌아오는 남편이나 아버지를 맞이하는 것과 다름없었다. 다음날, 현관에 선 신타로는, 아버지와 눈이 마주치자, "어어"라고 하고는 부끄러운 듯이 고개를 숙이고, 다리에 딱 붙는 장교용 장화를 서투르게 벗는 아버지를 보고, 처음으로 정체를 알 수 없는 불안을 느꼈다.

중일전쟁 이후 거의 외지만을 돌아다닌 아버지 신키치와 한 지붕 밑에서 살게 된 것은 거의 십 년 만의 일이었다. 왠지 어색했다. 아버지라고 하기보다는 먼 친척처럼 느껴졌다. 친척 어른이 상경한 길에 잠시 들른 것 같았다. 그런 느낌은 시간이 흐르면서 나아지기는커녕 오히려 불청객이 들러붙어 있는 것 같은 느낌마저 들었다. 세 식구가 식탁에 둘러앉으면, 모르는 사이에 어머니와 신타로가 한편이 되어 아버지와 대결하는 듯한 형상이 되었다. 두 공기째 밥그릇을 비운 아버지는 고개를 갸우뚱거리며, "아직 이렇게 반찬

이 많이 남았는데……"라고 혼자말로 중얼거리고는 밥그릇을 다시 들었다가는, 슬며시 이쪽을 훔쳐 보고, 손이 부끄럽다는 듯이 다시 밥그릇을 내려놓는 것이었다. 신타로는 이미 드러내 놓고 불효자인 체 할 만큼 어리지는 않았다. 그렇다고 스스로 연극하는 기분으로, "아버님"이라고 부르며, 그렇게 신경쓰시지 않아도 돼요라고 말할 만큼 늙지도 않았다. 결국 아버지도 아들도 견디기 힘든 침묵이 흘렀다. 또 아버지를 뭐라고 불러야 할지도 고민이었다. 전에는 아마 '아빠'라고 했었던 것 같다. 하지만 그건 너무 어린애 같았다. "아버지", "아들아"라고 서로를 편하게 부를 수 있다면 얼마나 좋을까. 아버지 고향 사투리에 "온짱"이라는 말이 있는 게 생각나서 그냥 그렇게 부르기로 했다. 그런 생활이 시작된 지 한 달 정도 지난 어느 날의 일이었다. 세 식구가 여느 때처럼 밥상을 둘러싸고 앉았을 때, 신타로가 어머니에게 별일 아닌 것으로 투덜대고 있었다. 그런데 갑자기 아버지가 신타로에게 젓가락을 던졌다. "너, 말투가 그게 뭐냐?"

그런데 그게 오히려 신타로에게는 구세주가 되었다. 그 한마디로 어쨌든 아버지를 "온짱"이라고 부를 수 없는 것은 확실해졌다. 아들로서 마땅히 그렇게 하는 게 옳았기 때문이었다.

신타로와 어머니 입장에서 본다면, 아버지 귀환으로 처음으로 패전을 맞이한 셈이었다. 그때까지 신타로와 어머니는 아무런 근거도 없이 자기들은 월급으로 생활해 나갈 수 있다고 생각했었다. 실제로 아버지가 돌아올 때까지는 지금까지와 마찬가지로 매월 봉급을 받았다. 매달 어디에선가 일정한 금액이 들어오는 것은 전쟁이 끝난 후에도 계속되고 있었던 것이다. 세월이 가면서 그게 그렇지 않다는 것을 알게 되면서 아버지에게 걸었던 기대가 아무런 근거도 없는 것이었다는 게 확실해졌다.

매일, 아버지는 거의 하루 종일 마당에만 있었다. 식사 때만은 집에 올라왔는데, 식사가 끝나면 마치 도망치듯이 다시 마당에 나가서, 뭘 하는지 껌껌해질 때까지 올라오지 않았다. 비 오는 날에도 집에 있지 않았다. 드디어 집에 한 벌밖에 없는 레인 코트가 얼마 안 돼서 낡아 버리고 말았다.

"니 아버지, 도대체 어쩔 작정이냐"라고 가끔 어머니는 슬며시 물어 봤다. 그러나 그것은 뭐라고 대답할 수 있는 게 아니었다.

신타로는 잡지 등의 번역 일을 했는데, 집에서 쉬면서 했기 때문에, 수입이 그다지 많지 않았다. 신타로에게 필요한 배급품을 살 정도의 액수에 지나지 않았지만 그게 신타로 일가의 수입 전부였다. 삼사 개월 동안에 집에 있는 눈에 띄는 물건은 전부 팔아 식품으로 바꾸었지만 아버지는 여전히 아침부터 밤까지 마당에 나가, 잔디를 파 내고는, 화단 같기도 하고 장난감 같기도 한 밭을 만들고만 있었다. 세 식구의 식사는 여전히 서먹서먹했다. 아버지는 이제 눈치 안 보고 몇 그릇이고 빈 밥공기를 내밀게 되었지만, 이번에는 어머니가 하숙집 식모처럼, 돈 안 내고 눌러 있는 하숙생을 대하듯 했다. 예를 들자면 아주 정중하고 천천히 밥공기를 내밀었다가는 갑자기 뺏는 방법을 쓰기 시작했다. 한편, 신타로는 될 수 있는 대로 식사를 적게 해서 "절미"의 모범을 보이려고 했다. 그러나 이러한 시위는 아무런 효과도 없었고, 아버지는 그들 의도와는 반대로 점점 더 대식가가 되어갔고, 그 대식의 원인인 밭일에 전념할 뿐이었다. 그러던 어느 날, 어머니는 마침내,

"오늘은 쌀도 없고, 고구마도 없어요. 오늘 식사는 이것뿐이에요"라며 고구마순 찐 것을 검은 국물이 든 대접에 담아 식탁에 내놨다.

"알았어"라고 아버지는 말했다. "Y촌에 가서 의논해 보고 올게. 세 식구가 일년에 쌀 세 가마면 되겠지. 그 정도는 어떻게 되겠지."

아버지가 집에 돌아온 이래 처음으로 가장다운 위엄을 보였다. Y촌 본가는 이백 년 이상 된 오래된 건물이었는데, 방

도 많았고, 농지개혁으로 줄어들긴 했지만, 마당에 일군 밭하고는 비교도 안 되는 커다란 전밭이 있었다. 게다가 지방으로 내려가면 수의사라는 직업을 살릴 수도 있었다. 그러나 지금은 아버지가 무슨 이유인지 그 직업을 아주 꺼렸고, 전에 그 직업을 창피하게 여기도록 가르친 어머니가 오히려 그 직업에 커다란 기대를 걸게 되었다. "시골의 수의사들은 돈벌이가 괜찮아. 농사꾼들은 사람보다도 동물을 더 끔찍히 생각하거든. 동물들이 병이라도 걸리면 쌀이야 떡이야 전부 가지고 백리 길도 마다 않고 진찰해 달라고 오니까"라고. 그러나 이런 기대는 이주일도 못 가서 없어지게 되었다. 아버지는 닭 한 마리가 든 닭장 하나만을 손에 든 채 돌아왔다. 오는 도중 기차가 얼마나 혼잡했는지에 대해서만 말하고 그 이외에 고향에서 어떤 일이 있었는지 한마디도 안했다. 어쨌든 지독해. 변소에조차 갈 수 없었으니까. 짐 놓는 데도 사람이 있었어. 앉아 있는 사람의 어깨나 머리에까지 걸터앉으려고 하더라고. 그러니 엄마가 안고 있는 애가 질식해 죽을 수밖에. 신키치는 구두 발자국 자국이 남은 하얀 여름 웃도리를 벗으면서 질린 표정을 지으며 말했다. 그런데 식구들이 놀란 것은 그런 얘기보다도 아버지가 소중하게 안고 온 닭이 닭장 속에서 꺼내 놓자마자, 갑자기 요란한 소리를 지르며 툇마루에서 마당으로 돌진해 날아간 것이었다. 그리고 닭장 속에다 아직도 따뜻한 달걀 한 개를 낳은 것이었다.
 다음날부터 아버지는 마당 한쪽에 닭집 짓기에 열중했다. 처음에는 배급받은 장작을 재료로 썼는데 점점 통나무 같은 것을 사 와서 닭집이라고 하기보다는 그림책에서 보는 링컨의 통나무집을 연상시키는 거대한 것을 만들었다. 다 되어 가는 닭집 앞에서 어머니와 신타로는 속삭였다. "아버지는 여기를 닭으로 꽉 채울 작정인가 봐. 설마 닭이랑 같이 여기서 잘 생각은 아니겠지. 머리가 조금 어떻게 된 게 아닌가." "도대체 어쩔 작정인지. 고향에서 형님과 싸우기라도 하고 온 게 아닌지." 돌아온 지 며칠이나 되었는데도 고향 소식을 물을 때마다, 마치 숙제를 잊어버린 학생처럼, "어"라고 할 뿐 눈을 다른 데로 돌리고 입을 다물 뿐이었다. 닭집을 짓다가 사이사이 쉴 때는 다리를 끈으로 개처럼 묶어 놓은 닭이 땅을 발톱으로 긁으면서 모이를 먹는 모습을 뚫어지게 바라보는 것이었다. 그리고 그럴 때의 아버지 모습은 닭 모습을 닮아갔다. 멀리 고향에서 만원 열차 그것도 좁은 닭장 속에서 버텨 온 닭은 이제는 완전히 집에 익숙해져서 삼 일에 한 번 꼴로 마당 잔디에 알을 낳았는데 닭집이 완성된 다음날 아침, 닭집 속에서 죽은 채로 발견됐다. 목 뒤에 고양이 발톱자국이 남아 있고 피가 고여 있었다. 아버지는 몸이 굳은 닭을 안은 채 잠시 닭집 속에 서 있더니 마침내 뒤뜰에 있는 우물가에 가서 털을 두툼한 손가락으로 천천히 뽑기 시작했다.

― 광기로 말하면 어머니보다도 오히려 이런 아버지에게 그 징조가 보였었다. 그때는 정말 그랬었다. 어머니는 아직 정상이었었다. 다만 그것이 무너지기 시작하는 요인은 그때 생겼는지도 모른다.―

신타로는 한밤중에 우연히 자기 방과 복도 하나를 사이에 두고 있는 방에 베개를 나란히 하고 자는 아버지와 어머니가 말다툼하는 소리에 잠을 깬 적이 가끔 있었다. 높은 어머니의 목소리는 우는 듯했다. 그리고 그 목소리를 감싸듯이 낮게 울리는 아버지의 목소리는 까닭 없이 소름을 끼치게 하는 것이었다. 그런 며칠 밤이 계속된 후, 하룻밤은 조용히 지나갔다. 아침에 일어나 보니 아버지와 어머니는 각방을 썼었다. 안방에는 아버지 이부자리가 여느 때처럼 있었고, 옆방에 어머니 이불이 죽은 뱀처럼 비틀린 모양을 하고 있었다. 신타로는 눈을 딴 데로 돌리면서, 왠지 어머니 체온이 자기 몸 속에서 느껴진다고 생각했다. 그가 어머니가 싫어지기 시작한 것은 그때부터였다. 대낮에 자고 있는 머리맡에 묵묵히 까닭 없이 앉아 있을 때 특히 그랬다. 어머니는 아무 생각 없이 습관적으로 그렇게 하는 것이겠지만, 그렇게 생각하지 않으려고 해도 그럴 때 어머니에게서 '여자'를 느꼈다. 살이 쪄 꼭 죄는 것이 없어진 그 육체가, 금이 간 그릇 속의 액체처럼, 뜻하지 않은 어떤 순간부터 무질서하게 흘러 나올 것만 같았다. 신타로는 어머니의 체온으로 자기 얼굴이 달아오를 것만같이 느껴지면서 보려고 하지 않아도 눈이 마당 쪽으로 가는 것이었다. 그리고 아버지의, 풀뿌리를 뽑아 버리려고 삽질을 하기도 하고, 멍하게 서서 텅 빈 닭집을 바라보기도 하는 모습에 눈이 가면, 자기가 자기도 모르게 아버지 눈을 속이고 있다는 것을 알아차리고―.

아버지는 한 마리밖에 없던 닭이 죽었다고 모든 것을 포기한 것은 아니었다.

그 해 겨울, 외숙으로부터 집을 비워 달라는 편지가 왔다. 원래 그 집은 외숙 별장이었다. 이제 그가 경영하는 공장 고용인들의 기숙사로 그 집이 필요하게 되었다는 것이었다. 타 버린 도쿄 집의 토지를 팔아 버렸을 때 바로 그 통지를 받았다. 다시 한 번 아버지 고향 고치로 돌아가는 것을 검토했다. 그러나 아버지 본가에서 그들을 받아 줄지 어떨지 알 수 없었다. 아버지가 닭 한 마리를 받아 가지고 돌아온 이후, 고향에 대해 한마디도 안한 것은, 그것이 끝이고 더 이상 원조는 없다는 것을 의미하기 때문이었다. 그렇다면 더 이상 갈 곳이 없었다. 그러한 의미의 답장을 어머니는 외숙에게 보냈다. 고치에서 식구들을 받아 줄지 어떨지 모른다. 게다가 신타로는 병으로 움직일 수 없다. 적어도 신타로가 여행할 수 있을 만큼 병이 나을 때까지, 이 집을 빌려 줄 수 없냐라고. 그 말에 거짓은 없었다. 그러나 그 이상으로, 고치에 가고 싶지 않다는 의지도 있었다. 적어도 어머니는 그랬다. 왜냐하면 아버지가,

"그러면 앞으로 얼마간 여기서, 다시 한 번 닭을 키우며 살아 볼까"라고 했을 때 제일 먼저 찬성한 사람이 어머니였으니까.

급히 있는 돈을 다 털어서 닭을 사 모으기 시작했다. 그것은 어머니가 어디선가 들은 소리 때문이었다. — 새로운 법률에서는, 집을 빌린 사람이 그 장소에서 생계를 꾸려 나가는 경우에는 집을 빌려 준 사람이 집을 빌린 사람을 쫓아낼 수 없다는 것이었다. 지목도 농지로 등기되어 있다는 것을 조사해 알아 왔다. 그러므로 소작인이 경작하고 있는 농지를 불하받듯이 이 집 마당에서 닭을 키우고 있으면 쫓겨날 걱정은 없다는 것이었다.

"고조(耕造) 녀석, 내가 아무것도 모르는 줄 알고, 제 마음대로 하다간 큰 코 다칠 줄 알라고" 어머니는 어디선가 들은 풍월로 흥분해서 말했다. 그렇게 많은 닭을 부근 농가에서는 살 수 없다고, 아버지 부하였던 사람이 사는 이바라기(茨

城) 현에 아버지, 어머니 둘이서 사러 갔다. 둘이 나란히 대문을 나서는 일은, 아버지가 외지로 가기 전부터 별로 없던 일이었다.

 이 계획이 얼마나 무모한 것이었는지 현지에 갈 때까지 아무도 몰랐던 것은, 세 사람이 모두 다른 생각을 하고 있었기 때문이었다. 어머니는 어떻게 해서라도 구게누마 집에 눌러 앉을 생각에 양계를 하려고 했지만 아버지는 닭 키우는 그 자체가 목적이었다. 그리고 신타로는 그 어느쪽에도 관심이 없었다. 크고 작은 우리를 등에 지고 또 손에 들고 신바람 나서 문을 나서는 노부부의 모습이 우습고 또 한편으로는 불안하기 그지없었다. 열이 나서 누워 있는 신타로 머리에는 결코 실행에 옮기지도 못할 여러 가지 자살방법만이 떠올랐다.

 아버지와 어머니는 그 다다음날 밤에서야 돌아왔다. 온몸에 닭을 집어 넣은 우리를 동여맨 모습은 기막힐 뿐이었다. 있는 돈을 다 털어서 스무 마리 정도를 사 가지고 왔다. 한 마리라도 더 사는 데 눈이 팔려, 어떻게 운반할지 생각지도 않고—. 두 사람의 옷은 닭똥으로 범벅이 되었고 팔다리도 옷 밖으로 나온 부분은 이리저리 긁혀 상처투성이었다.

 "물, 물……."

아버지는 문을 들어서자마자 외쳤다. 우리에서 꺼낸 닭에게 빨리 물을 주지 않으면 안되기 때문이었다. 어머니는 아무 말도 않고 누운 채 움직이지 않았다. 닭만 해도 둘에게는 벅찬 짐이었는데 당장에 필요한 먹이까지 가져와야만 했던 것이었다. 오는 길에 암거래를 단속하는 경찰을 피하랴, 우리를 뚫고 도망가는 닭 잡으랴, 나룻배에 열차, 거기에 전차까지 갈아 타고 집에까지 돌아오기가 얼마나 힘들었는지, 다음날 점심때나 되어서야 겨우 몸을 움직이기 시작한 어머니에게 수없이 들었는데, 얼마나 힘들었었는지는 두 사람의 초췌한 모습만 봐도 알 수 있었다. 그러나 그것은 진짜 고생의 전주곡에 불과했다. 이 계획이 얼마나 무모한 것인지 시간이 갈수록 절감하게 되었다.

가져온 닭은 장작으로 만든 닭집이 완성될 때까지 툇마루 밑에 철망을 치고 가둬 놓았다. 가져오는 도중에 두 마리 죽고 집에 온 다음날 한 마리가 죽어 모두 열 일곱 마리 남았는데, 거기에 들어가는 사료값을 전혀 계산에 넣지 않았던 것이었다. 아버지는 처음에 밭에서 나는 감자나 부엌에서 나오는 음식 찌꺼기로 충당하려고 했었는데 실제로 해 보니 전혀 틀렸다. 가령, 한 마리 닭이 먹는 사료량을 정확히 계산해서 열 일곱 배 한 것이 열 일곱 마리 분의 사료로서 충분치 못하다는 것이다. 한 우리에서 생활하는 열 일곱 마리 닭은 항상 먹이를 가지고 싸웠고, 그 때문에 먹이의 반은 철망 밖으로 나가 땅 속에 묻혀 버리는 것이었다. 게다가 한 마리만이라면 부엌에서 나오는 음식물로 단백질을 보충할 수 있었겠지만 열 일곱 마리 있으니까 부엌이 열 일곱 개 필요한 것이었다. 그래서 땅을 팔아서 남은 돈의 거의 대부분은 닭 사료값으로 순식간에 나갔다. 더군다나 그렇게 해서 키운 닭이 전혀 알을 낳지 못했다. 가을부터 겨울까지 닭들은 털을 갈아 그때 알을 낳을 수 있는 닭은 그 해에 부화한 닭이거나 아주 관리를 잘한 닭이라고 했다. 그런데 농사꾼들이 판 닭은 거의가 노년기에 접어들었거나 아예 처음부터 알을 못 낳는, 몸이 허약한 것뿐이었다.

이제 어머니는 닭을 적대시하기 시작했다. 뿐만 아니라 남편을 전보다 더 미워하기 시작했다. 그녀는 남편이 자기를 속여서 닭을 키우기 시작했다고 믿었다. 남편은 오로지 닭이 키우고 싶어서 처음부터 손해보는 줄 알면서 자기를 부추겨서 닭을 사게 만들었다고 했다. "저 사람은 옛날부터 말 없는 것 같아도 자기가 하고 싶은 건 다 했어. 다른 사람은 안중에도 없지".—여전히 닭들은 마루 밑에서 싸웠다. 처음에는 먹이가 모자라서 그러나 싶었는데, 그게 아니었다. 거의 맹목적으로 한시도 쉬지 않고 싸우는 것이었다. 제일 약한 닭을 전체가 항상 공격했다. 그 한 마리가 완전히 탈락되면, 두번째로 약한 닭을 공격했다. 때로는 어제까지 제일 앞장서서 공격했던 닭이 다리에 상처라도 생기면 어느새 바로 다른 닭들이 공격하기 시작해, 깃털을 뽑거나 볏을 집거나 해서 서지도 못하게 만들었다. 공격을 더 이상 피하지 못해 머뭇거리다 머리를 툇마루 밑에 들이박으며 지르는 날카로운 비명 소리는 언제나 사람을 우울하게 했다. 그러면 거기에 응답이라도 하듯이 어머니가 외쳤다. "아, 지겨워 죽겠어. 네 아버지 얼굴을 좀 봐. 요새는 얼굴까지 닭을 닮아 가."

정말 그 소리를 듣고 보니 밥을 먹을 때나 옥수수빵을 먹을 때, 무엇에 홀린 듯이 갈색 눈을 크게 뜬 아버지 얼굴은, 급하게 모이를 먹다가 모이가 목에 걸려 목을 뒤로 젖힌 닭의 얼굴과 비슷했다.

신타로는 돌계단 위에 서서 바다를 바라보았다. 꽤 오랫동안 그렇게 있었다. 해가 완전히 지고도 시간이 꽤 흘렀다. ─어두운 수면이 점점 높아지면서 주위를 더운 공기로 감싸고 있었다. 그런데도 신타로는 추웠다. 팔다리를 움직이려고 할 때마다 옷 터진 데서 바람이 들어오듯이 차가운 공기가 뼛속까지 스며드는 것 같았다. 같은 자세로 오랫동안서 있어서 피곤하게 느껴지는지도 모른다. 주위에 인기척이 없어 더욱 공허함을 느꼈다.

조금 전까지만 해도 환자가 있었다. 그들 중 한 사람과 신타로는 말을 주고받았다. 환자와 이야기를 나눈 것은 그것이 처음이었다. 상대가 정신 이상자라는 것을 확실히 의식하면서 얘기를 나눈 것도 어머니를 제외하면 그것이 아마 처음일 것이다. 그러나 새삼 '처음'이라고 느낄 정도로 기이한 느낌은 없었다. 기이하다고 하면 오히려 너무나도 당연하다는 것이 더 기이했다.

그때 신타로는 다 피운 담배를 바다에 버리려고 했다. 그러려니까 조금 떨어진 곳에서 일행들과 큰 소리로 이야기하던 여자가 뛰어와서 말했다. "그 담배 저 주세요" 신타로는 깜짝 놀랐다. 그 목소리가 보기와는 틀리게 젊었기 때문이었다. 새까맣게 그을린 얼굴에 미소짓는 모습이 40이 넘어 보이는데 목소리는 20대처럼 들리는 것이었다. 거의 원형을 알아볼 수 없게 된 옷을 입고 있었다. 신타로는 담배 꽁초를 바다에 버리고 새 담배를 꺼내어 그녀에게 권했다.

"필요 없어요"라고 그녀는 담배와 신타로를 번갈아 보며 말했다. "필요 없어요. 나는 담배를 피우지 않거든요. 다른 사람에게 주려고 그래요."

거짓말을 하는 게 분명했다. 그래서, "어때서 그래요. 다른 사람에게 줄 것은 따로 드릴 테니까, 그냥 피우세요"라고 하니까, 그녀는 겨우 손을 내밀었다. 성냥불을 켜서 불을 붙여 주니까 그녀는 두 손으로 불을 감쌌다. 한 모금 피우고는 일행을 돌아다보며 미소짓고는 신타로를 다시 보며, 방문객인지 물어 봤다. 어머니를 보러 왔다고 하니까, 갑자기 친근감을 나타냈다.

"누구시죠, 댁의 어머니는?"

신타로는 이름을 댔다.

"으-음, 하마구치(浜口) 아주머니……" 그녀 표정이 갑자기 온화해지며, "좋은 분이셨어요, 좋은 분"이라고 몇 번이고 말했다.

신타로는 웃었다. 그녀가 정상이 아니라는 것이 생각났기 때문이었다. 그러자 그녀는 얼굴을 붉히며 재빠르게,

"좋은 분이라니까요. 좋은 분을 좋은 분이라고 하지 않으면 안돼요. 좋은 분이니까 내가 빨래까지 해 드렸죠.……항상, 노래 부르며, 상냥하고, 그렇게 좋은 분일 수가 없었어요.……정말 안타까워요, 그런 사람이 돌아가시게 됐다니……."

그렇게 말하고 있나 했더니 어느새 담배 두 대—피우던 것과 새것—를 손에 꽉 쥐고, 일행 쪽으로 뛰어갔다.

그녀 모습을 보고 신타로는 군대 생각이 났다. 그런 사람

해변의 광경 · 73

은 단체생활을 하다 보면 어디에나 있는 모양이었다. 사람 좋은 선배로, 그냥 뒤를 잘 돌봐 줬는데, 나중에 알고 보면 가끔 조그만 물건을 한두 개씩 훔쳐 간. 아마 어머니는 그 여자에게 병원의 규칙이나 생활요령 등을 배웠을 것이다. 새로운 환경에서는 별 것 아닌 것 때문에 고생하는 수가 많은 법이다. 그런 점에서는 그 여자 덕을 많이 봤을 것이다. 하지만 지금과 같은 황혼녘에 저런 사람들과 손을 잡고 노래를 불렀을 어머니 모습을 상상해 보니 참으로 참담했다.

어머니는 노래를 잘 불렀다. 이 병원에 와서도 다른 것은 다 잊어버렸어도 노래만은 아무리 긴 노래라도 끝까지 잘 불렀다고 한다. 신타로는 어려서부터 어머니가 부르던 노래 중에 가사 하나를 기억하고 있는 게 있었다. "어려서 멋 모르고 칭얼대면 흔들어 주던 손 잊었는가. 봄에는 처마끝에 비, 가을에는 마당에 이슬, 어머니는 눈물 마를 새도 없이, 기도하는 줄 모르리"가 바로 그것이다. 말하자면 그녀의 주제가였다. 아마 거의 자기도 모르게 습관적으로 불렀을 것이다. 그렇지만 듣는 신타로 입장에서 보면, 무의식적인 만큼 어머니 정서가 더 노골적으로 드러나는 것처럼 느껴졌고 그것이 자신을 짓누르는 것 같았다. 그래서 가끔 어린 마음에도, 어머니에게 자신은 도대체 어떤 존재인가, 어머니란 무엇이고 아들이란 무엇인가라고 묻고 싶은 충동을 느꼈었다. 그런데 지금 담배를 달라고 한 그 여자를 보고, 문득 깨달았다. 말하자면, 어머니와 아들 사이는 습관에 의해 맺어진 사이에 불과하다는 것을, 하지만 그 습관에도 그 나름대로의 내용이 들어 있다는 것을.

바다 저쪽에서 기적이 울린다. 그 소리를 들으며 그는 다시 방으로 돌아가 잠자기 위해 일어섰다.

다음날도 그 전날과 마찬가지로 방안 가득 내려쬐는 아침 햇살에 눈을 떴다. 잠에서 깨서 아침 식사가 올 때까지 잠자리에서 이리저리 뒤척인 것도 전날과 똑같았다. 다만 마음만은 가라앉아, 자신이 점차 이곳에 익숙해지고 있다는 것을 느낄 수 있었다. 아침을 가져온 사람은 얼굴이 하얀 간호사가 아니고 50대의 앞치마를 두른 키가 작은 여자였다. 가져온 것을 내려놓으며 그녀는 어머니의 용태를 물었다. 신타로가 대충 대답하자, "아이 가엾어라, 좋은 분이셨는데" 하더니, 그녀 자신도 최근까지 이 병동 환자였다고 했다. "네에" 하며 신키치가 얼굴을 들며 말했다. "지금은 완전히 다 나았단 말이죠."

여자는 그렇다고 하며, 다 나았지만 집에 돌아가도 할 것이 없어 이렇게 병원에 남아 도와주고 있다, 집은 K항에 있고, 원래는 거기서 음식점을 했는데 자기가 입원해 있는 동안에 음식점이 팔려 버렸다고 했다. 말하면서 그 여자는 손으로 머리를 만지작거리기도 하고, 창 밖을 보기도 했다. 그런 움직임 속에 음식점 주인이었을 때의 습관이 남아 있는 듯했다. 화장은 하지 않았지만 머리는 기름을 발라 잘 빗었다. 그 냄새가 도시락 뚜껑과 된장국 속에까지 스며들어 있는 것 같았다. 그러나 아버지는 그 여자에게 흥미가 있는 듯, 이것저것 화제를 바꾸어 말을 걸었다. 자식은 있는지 없는지, 무슨 음식을 제일 좋아하는지, 등등. "나는 졸인 음식은 질색이었는데, 전쟁터에서 군인이 만들어 주는 것을 먹다 보니 요즈음은 못 먹는 게 없어졌다오." 여자는 흥미 없다는 듯이, "네, 아저씨가 군인이셨어요. 고생 많으셨겠어요. 제 사촌도 군인이었는데, 전쟁터에서 죽었어요"라고 창을 보며 대답했다. "그래요, 만주 어디서 언제 죽었는데요?" 아버지는 입을 쭝긋거리고 눈을 반짝이며 여자를 쳐다보며 말했다. 그런데 여자는 벌써 무슨 얘기를 했었는지도 잊어버렸다. 더군다나 입을 벌리지 않고 중얼대는 신키치의 목소리도 뭘 말하는지 알아듣기 힘들었다.

　신키치는 어디서나 사람 좋기로 소문나 있었다. 친척간에도, 동료나 부하들 사이에서도, 대학 시절 친구들 사이에서도 그랬다. 어쩌면 그는 그러한 정평에 어긋나지 않으려고 오늘날까지 살아 왔는지도 몰랐다. 다시 말해서 그에게는 달리 이렇다 할 특색이 아무것도 없었다. 풍채나 자세는 현역 때에도 퇴역장교가 군복을 입고 있는 것같이 보였다. 지금은 그가 직업 군인이었다는 것을 아무도 눈치채지 못했다. 그렇다고 다른 직업에 어울리는 것도 아니었다. 말을 타고 출근하는 남편을 현관에서 배웅하며 지카는 말했다. "참, 말타는 꼴 하며. 말을 타는 게 아니라 기어 올라가는 거네. 누가 볼까 무섭네. 저렇게 굼뜬 사람이 어떻게 군인이 됐는지 몰라. 차라리 중이 되는 게 나았을 걸." 그러나 대륙에서 전쟁이 터지자 생각이 바뀌었다. "저 사람 군인이었길래 망정이지, 사람 노릇도 못할 뻔했어. 회사원이라도 됐었어 봐, 아마 만년 평사원이었을 거야." 신타로는 어머니의 아버지에 대한 그러한 판단이 맞는 것인지 아닌지는 몰랐다. 단지 아버지 같은 남자는 인기가 없다, 특히 여자에게는 절대로 없다는 것을 막연히 알게 되었다. 지금 아버지 말에 대답도 안하고 시선을 창 밖으로 돌리는, 이 머리기름 냄새 나는 여자를 보자 어머니 말이 생각났다.

 말꼬리를 잃어버린 아버지는 잠시 어리둥절한 시선으로 여자를 보다가 할 수 없이 고개를 숙여 도시락을 먹기 시작했다. 그러한 아버지에게서 문득 진이 다 빠진 수컷의 모습을 보았다. 지금 옆에 서 있는 50대의 통통한 여자에게서 냉정한 암컷의 모습을 보았듯이 ─.

신타로는 오늘 아침에도 식욕이 없었다. 그러나 눈앞에 있는 것을 먹어야 할 의무가 있었다. 무엇을 위한 의무일까? 도시락 속에 있는 밥에서 알루미늄 냄새와 함께 머리 기름 냄새가 나기 때문일까, 이 도시락과 똑같은 것이 복도에서 문 밑에 있는 구멍으로 배달되기 때문일까, 아니면 눈앞에 있는 아버지와 여자에게서 눈을 돌리기 위해서일까? 하여간 그는 먹지 않으면 안된다는 생각을 하면서 밥과 반찬을 먹기 시작했다. 밥을 다 먹은 후에도 위가 무거워졌다고 느꼈을 뿐이었다.

아침 일찍부터 무더웠다. 지금쯤 벌써 어머니 주위에 큰 파리가 몇 마리나 날고 있겠지. 파리 잡을 생각을 하니 이상하게도 용기가 용솟음쳤다. 아직 식사중인 아버지와 그것을 치우려고 기다리고 있는 여자를 방에 놔 두고 혼자 병실로 가기로 했다.

중환자 병동 복도에 들어서자 어제 문 옆에 있던, 목을 붕대로 감은 남자가 신타로 앞을 가로막으려고 했다. 이 남자가 어제부터 왠지 마음에 걸렸다. 목에 감은 붕대하며, 짧게 깎은 반백의 머리, 살점을 베어 버린 것같이 살이 없는 뺨, 성격이 완고하고 신경질적일 것 같았다. 군대에서라면 내무반 준위에게 흔한 얼굴이었다. 입 밖으로는 아무 말도 안 하면서 혼자서 몰래 내무반원 하나하나를 채점해서는 수첩에 전부 적어 넣는—. 남자는 신타로 얼굴을 한참 쳐다보더니, 양미간을 찌푸리며 고개를 설레설레 흔들었다. 그게 무슨 뜻인지도 몰랐지만 별로 꺼릴 것도 없어 그냥 지나쳐서 병실 앞에까지 왔다. 그리고 거기서 어머니의 기저귀를 갈아 주는 장면을 보게 되었다. 그러나 오히려 기분은 산뜻해졌다. 간호사는 기저귀를 접어서 들고 나오며, "안녕히 주무셨어요"라고 웃으면서 말했다. 복도 끝에 있는 문에서 어제 담배를 주었던 여자가 얼굴을 내밀고 기저귀를 받아가지고 우물가로 뛰어갔다. 신타로는 웃었다. 그리고 붕대를 감은 남자는 그저 당황한 표정을 지었을 뿐이라고 생각했다. 그러나 다음 순간 문틈으로 어머니 모습을 보자, 붕대를 감은 남자가 무엇을 말하려고 했는지 알 것 같았다. 어머니는 거의 알몸으로 바닥에 엎드려서 고개를 문쪽으로 두고, 크게 뜬 두 눈으로 이쪽을 보고 있었다.

"등창 치료가 끝날 때까지 거기서 조금만 기다려 주세요"라는 간호사의 목소리가 뒤에서 들려 왔다. 살결이 검은 의사와 간호사들도 방에 함께 있었다. 신타로는 자기가 몹시 흥분해 있다는 것을 깨달았다.—복도 끝에 있는 철문이 반쯤 열려 있고, 그리로 밖이 보인다. 가벼운 환자들이 우물가에 모여서 펌프질하는 것이 작게, 마치 망원경을 거꾸로 보는 것같이, 부자연스러운 거리를 두고 눈에 비쳤다. "저쪽에

가 계시는 게 좋을 거예요." 병실에서 다시 한 번 말하는 소리가 들렸다. 신타로는 거의 반사적으로 오히려 병실 문쪽으로 다가갔다.

어머니는 바닥 이부자리 위에 누워 있었다. 얼굴은 아까와 마찬가지로 문을 향한 채였다. 몸이 놀랄 정도로 말랐다. 의사가 커다란 핀셋으로 상처에서 가제를 꺼낼 때마다 등이 심하게 파도쳤다. 등창은 좌우 둔부와 왼쪽 어깨부분에 있는 것이 가장 커서 거의 10센티나 되었다. "상처가 아주 커졌군" 의사는 핀셋으로 혈농이 묻어 무거워 보이는 가제를, 국수 먹을 때 같은 손놀림으로 들어올리면서 중얼거리듯 말했다. 그 뒤에도 계속 상처에서 가제를 꺼냈다. 이렇게 커다란 상처가 생기는 것은 심장이 약해졌기 때문이다. 심장의 움직임이 약해져서 바닥에 눌린 부분에 피가 통하지 않게 되면 그 부분부터 과일처럼 썩어 가기 시작한다. 그래서 등창이 한 군데 생기기 시작하면 다른 부분에도 자꾸 생겨나기 마련이다—. 의사는 가제를 바꾸면서 그렇게 설명했다.

"아야."

어머니는 몸을 돌려 눕히자 거칠게 숨쉬다가 갑자기 외마디를 질렀다. 신타로는 이번에 병원에 와서 어머니가 입 밖에 소리를 내는 것을 처음 들었다.

"뭐라구요"라고 의사가 정신이 든 아이에게 묻듯이 말하고는 신타로를 뒤돌아봤다. "정신이 든 것 같습니다. 뭐라고 말을 붙여 보시겠습니까?"

신타로는 머뭇거렸다. 무릎을 꿇고 얼굴을 가까이 대면서 무슨 말을 해야 할지 망설였다. 순간 그는 연단에 올라간 사람이 청중들이 떠드는 바람에 갑자기 사고가 멈춰 버렸을 때처럼 당황했다. 어머니의 크게 뜬 눈은 천장을 향한 채였다. 그러나 동공이 열린 회색 눈동자 주위에서 조금씩 눈물이 나오기 시작해, 눈에 가득 고이면, 방울이 되어 창백한 관자놀이 위로 흘러내렸다.

"하여간 우선 침대 위에 눕힙시다"라고 의사는 기다리다 못해 말했다.

간호사들이 하라는 대로 어머니를 들려고 일어섰다. 그때였다. 보이지 않는 어머니의 눈에 공포에 떨며 동요하는 빛이 역력히 나타났다. 간호사가 손을 들어 바싹 마른 팔을 잡았다. 그러자 팔이 굳어지며 바르르 떨었다.

"아프단 말이예요, 아파.—"

몸을 거짓말처럼 가볍게 들어 요 위에 조용히 눕혔다.

"아야, 아야.—"

어머니는 계속해서 외쳤다. 상처가 요 위에서 자리를 잡을 때까지 계속되었다. 가슴을 들썩이며 외치는 사이사이 거칠고 짧게 온몸으로 숨을 쉬었다. 간호사가 신타로에게

손을 잡아 주라고 했다. 하라는 대로 그는 했다. 그러자 살결이 하얀 간호사가 첫날밤처럼,
"아주머니, 아주머니, 아드님이 오셨어요. 아주머니 손을 아드님이 잡고 있어요"라고 말을 걸었다.
그러나 어머니는 거친 호흡 사이사이, "아파, 아파" 할 뿐이었다. 신타로는 잡은 어머니 손바닥이 주름투성이지만 의외로 작고 부드럽다고 느끼며 과거 기억을 더듬었다. 그러나 간호사의 목소리가 그를 방해했다.
"아드님이에요, 아드님······."
어머니 호흡이 어느 정도 규칙을 되찾았다. 그녀는 눈을 감았다. 병실 밖에서 발소리가 들리더니 아버지가 나타나서 머리맡에 앉았다. 그때였다, "아파······, 아파······"라고 잠에 빠져 들면서 점점 사이가 뜨게 중얼거리던 어머니가 모기만한 소리로 말했다.
"여보······."
신타로는 자기도 모르게 힘이 빠지는 것을 느꼈다. 아버지는 여전히 엷은 미소를 지으며 편안한 숨소리를 내기 시작한 아내의 얼굴을 내려다보았다.

병실 안은 역시 더웠다.
바깥의 작은 창은 하얗게 빛나고, 곧 햇빛이 바닥까지 쨍

쨍 내려쬐기 시작할 것이다. 신타로는 등을 벽에 기대고 바닥에 앉은 채 앞 벽을 바라보고 있었다—. 병동 내부 벽은 전부 엷은 녹색으로 칠해져 있었다. 창틀도 쇠창살도 철망도 전부 똑같다. 그것은 녹색이 사람 마음을 가라앉힌다고 해서 그렇게 된 것일 게다. 페인트는 몇 번씩 덧발라 군데군데 페인트가 뭉쳐 있기도 하고 붓자국이 남아 있기도 했다. 조금 두껍게 발라진 부분은 스쳐서 하얗게 되고 광택도 없어졌는데 그 주위에는 젖었을 때처럼 광택이 나는 부분도 있었다. 전체가 뿌옇게 누런 빛을 띠는 것은 창으로 들어오는 외부 광선 때문일 것이다. 바닥에서 한 자 정도 떨어진 부분부터 한두 자 올라간 부분까지 까맣게 더럽혀져, 줄무늬진 것처럼 보이는 데는 환자들 손과 몸이 많이 닿았기 때문일 것이다. 때와 기름으로 페인트가 이렇게 얼룩질 때까지 도대체 얼마나 긴 세월이 흘렀을까.

매일 너무 오랫동안 벽에 등을 기대고 있었더니 벽의 무게가 저절로 등에 전해지는 것 같았다. 모래와 자갈 그리고 철근의 무게가 매끄러운 시멘트 표면을 통해 어깨뼈로 전해지는 것 같았다. —이 병원에 와서 반년 이상 지난 것같이 느껴졌다. 그러나 잠시 비켜 있던 등을 벽에 다시 대면 그 딱딱한 감촉이 바로 어제 온 것 같기도 했다. 다시 말해서, 오늘도, 어제도, 그제도 그리고 그 전날도 이 병실 안의 모든 것이 조금의 변화도 없이 똑같다는 것이다. 신타로 무릎 앞에는 어머니가 입을 벌린 채 잠들어 있고, 자극성의 시큼달큼한 냄새가 방 전체에 가득 찼으며, 옆 방에서는 새가 우는 것 같은 소리가 들려 왔다. "간호사, 간호사, 기다렸어요, 기다렸어요. 도시락, 기다렸어요. 간호사……."

창에 발을 달려고 생각한 게 아마 어제였지. 햇볕이 내리쬐면 더울 뿐만 아니라 잠자고 있는 어머니 입속이 환히 들여다보여 참을 수가 없었다. 수십 시간 벌린 채 있는 어머니 입속은, 혀도 입천장도 목구멍도 바싹 말라 금이 간 것처럼 보이고, 침과 점액이 누런 선을 그리며 딱 들러붙어 있어, 탈지면에 물을 흠뻑 축여 몇 번 닦아 내도 지워지지 않았다. 그건 그렇고, 발을 사러 외출했던 것이 어제라고 확실히 기억하는 것은 나가는 길에 만난 중년부인 때문이었다.

벚나무 언덕길을 내려갈 때였다. 즉, 병원을 U자형으로 감싸고 있는 산언덕을 넘어갈 때였다. 검은 양산을 든 여자가 한 명 멍하니 서 있었다. 햇빛은 쨍쨍 내리쬐는데 양산을 지팡이처럼 땅에 댄 채 직선 치마를 입은 몸이 막대기 같았다. 신타로는 거의 직감적으로 그 여자가 무엇을 하고 있는지 알아챘다. 혈육을 병원에 두고 돌아가는 길임에 틀림없다.

신타로는 그녀 옆을 지나가기가 두려웠다. 무슨 얘기라도 걸어 오면 귀찮기 때문이었다. 그러나 외길을 돌아갈 수도 없었다. 그가 병원 밖 공기를 처음 막 맡았을 때였다. 나뭇잎 냄새, 바다 냄새, 흙 냄새, 그러한 것들이 얼마나 좋은지, 그리고 온몸에 내려쬐는 햇볕이 여기서는 얼마나 신선하게 느껴지는지. 만일 어머니 일만 아니라면 소풍이라도 온 기분일 것이다—. 그러나 역시 그 여자는 신타로가 가까이 오기를 기다렸다는 듯이 말을 걸어 왔다. 이 길을 똑바로 가면 버스 정류장이 있느냐고 물었다. 그렇다고 대답하니까, 그녀는 신발 바닥으로 흙을 파듯이 다리를 움직이면서, 지금 딸을 병원에 입원시키고 오는 길이라고 했다.

"울어요. 그저 울어대요. 그게 우리 딸의 병이예요."

"중학생이 처음 기숙사에 들어갈 때도 울지 않아요"라고 신타로는 작년에 어머니를 입원시키던 날 간호사가 한 말이 생각나서 말했다.

"그게 아니예요, 지금은 주사를 맞고 잠들었어요. 밤이 되면 울어요, 매일 밤 꼭 울어요."

오년 전 그녀의 딸은 실명했다. 그 이후로 우울증에 걸려 계속 울기만 한다고 했다. 신타로는 꽤 주의 깊게 들었다. 그러나 주의해서 들으면 들을수록 앞뒤가 맞지 않는 이야기였다. 아마 말하기 곤란한 부분은 생략하고 이야기하기 때문일 것이다. 그러나 그 부인은 자기가 말하고 싶은 것을 다

하자 갑자기 생기를 되찾은 듯 걸어갔다. 햇볕에 그은 이마에 땀방울을 흘리며, 숨을 헐떡이며—.

그 열 일곱 살 난 딸이 지금, 바로 앞 병실에 있다.

"여기가 어디예요. 누구 아시는 분 안 계세요, 여기가 어디예요."

어젯밤, 저녁 식사가 끝난 시각에 그렇게 중얼거리는 소리가 들리더니, 조금 있으니까 그녀의 어머니가 말한 대로 훌쩍훌쩍 우는 소리가 나기 시작했다. 처음에는 낮게, 그리고 점점 높게—. 하지만 곧 멀리서 들리는 골짜기의 시냇물 소리처럼 규칙적인 소리로 변해 버렸다.

태양이 서쪽으로 기울자, 드디어 강렬한 햇살이 병실로 침입하기 시작했다. 신타로는 서서 다시 한 번 발을 창에 달궁리를 했다. —쇠창살에 끈으로 발을 건다. 어제도 몇 번이나 실패했지만, 그 이외에 방법이 없는 것 같았다. 콘크리트 창틀에 수직으로 단 철봉은 둥그렇고 매끄러웠다. 게다가 창의 높은 부분에 손을 뻗치면 손가락에 힘을 줄 수 없어서 묶은 줄이 금방 느슨해져서, 발의 무게 때문에 금방 떨어져 버린다. 몇 번 해 봐도 같았다. 결국 몇 번 해 보는 중에 우연히 사선으로 내려오던 발이 위에서 삼분의 일 정도 내려온 곳에서 철봉 사이에 걸려 내려오지 않게 되어서, 그냥 그대로 두기로 했다. ─그렇게 하기만 해도 방은 제법 어두워졌다. 지금은 찌그러진 다각형 모양이 된, 손바닥 두 개 크기의 햇빛이 어머니 배 위를 비치고 있을 뿐이다. 그러나 원래 자리에 앉자, 시큼달큼한 냄새가 기분 탓인지 창을 가로막은 방안에 가득 차는 것 같았다.

 몇 번 맡아도 기분 나쁜 냄새였다. 시체에서 나는 냄새하고도 틀렸다. 고양이 오줌과 썩은 양파와 생선 뼈다귀를 끓인 냄새를 합한 것 같은 독특한 냄새였다. 처음에 신타로는 그것을 갇힌 동물(짐승이든 사람이든)의 특유한 냄새라고 생각했다. 하지만 지금은 그 냄새 중의 일부는 등창을 치료할 때 사용하는 약품에서 나는 것이라는 것을 알았다. ─참기 힘든 그 냄새를 맡으니, 어머니 몸 여기저기에 있는 썩어 문드러진 상처와 고름에 젖은 가제가 생각났다. 그리고 그때 어머니 입에서 흘러나온 "여보"라는 소리가 떠 올랐다. 정말 믿어지지 않는 일이었다. 그 이후 자신은 얼마간 실망을 하고 또 거기에 걸맞는 안도감도 느껴야 했다. 어쨌든 그 한 마디로 30년 간 짊어졌던 짐이 없어진 셈이니까. 그러나 실제로는 아무런 느낌도 없었다. 다만 정말 이상하다는 인상만이 남아 있을 뿐이었다. 그때 얼굴이 하얀 간호사가 흘끔 이쪽을 보고, 가는 수염이 난 입가에 미소를 지었다. 그리고 일순, 방안에 있는 모든 사람이 침묵했다. 여자 간호사들은 여성 특유의 정감어린 눈길로 노부부를 지켜봤다. 그들을 따라 신타로도 아버지와 어머니의 얼굴을 번갈아 봤다. 어머니는 보이지 않는 눈으로 아버지를 봤다. 아버지는 그 얼굴을 내려다보면서 미소지었다. 두 사람 다 얼굴이 햇볕에 몹시 그을려 보여, 그것이 신타로에게 가슴을 뭉클하게 하는 감동을 주었다. 아버지의 뺨에서 입까지 깊게 파인 주름이 햇빛을 반사해 빛나고, 눈물을 흘린 어머니 눈은 빨갰다. 어디에선가 한숨 쉬는 소리 같은 것도 들렸다. 그때 갑자기 재채기하는 소리가 크게 들렸다. 의사였다. 그는 가운 밑에서 손수건을 꺼내 마른 소리를 내면서 코를 풀고는, "자, 갑시다"라고 명령하듯이 말하고는, 장신의 등을 약간 구부리고 큰 걸음으로 문을 나갔다. 갑자기 방안이 어수선해지면서 간호사들이 황망히 의사 뒤를 좇아갔다.—신타로는 잠시 멍해졌다. 뭐가 뭔지 도무지 알 수 없었다. 아니, 그렇다기보다 덥기도 하고 피곤하기도 해서인지 '알고 싶다'는 의욕조차 없어지고, 그러면서도 이해할 수 없는 불안감이 엄습해 오는 것이었다. 의사는 왜 저렇게 일부러 하는 것처럼 큰 소리로 재채기를 했을까? 지금 생각해 보니 여러 가지 가능성이 있었다. 이 큰 병원을 혼자 맡고 있는 의사가 한 병실에서 무의미하게 오랫동안 머무를 수 없다는 것일 수도 있고, 또는 환자와 가족 간의 감상적인 순간에 끼여들고 싶지 않다는 것일 수도 있었다. 분명히 그 순간의 분위기에는 다른 환자들의 반감을 살 정도로 감상적인 것이 있었는지도 모르겠다—. 그러나 그런 것과는 상관없이 신타로는 이 의사가 자기 가족을 이유 없이 싫어한다는 것이 느껴졌다. 이미 의사가 자신을 싫어한다는 것은 전부터 느껴 왔지만, 지금은 온 가족이 어쩐지 수상하고 의심스러운 사람들로 그의 눈에 비쳐졌다는 느낌을 받았다.

양계 계획이 완전히 실패한 후에도 아버지는 여전히 집 마당에만 있었다. 어머니는 여러 가지 일을 했다. 동네 사람들 세탁물을 모아다가 다리미질을 하는 것부터, 암거래 상인 도와주기, 집 일부를 미용사 겸 맛사지사에게 빌려 주고 자기도 손님 머리를 감겨 주기도 하고, 서투른 솜씨로 안마를 해 주는 등등. 물론 잘될 리가 없었다. 생활은 극도로 불안정했다. 한편, 확실히 다가오는 것은 집을 비워 달라는 '재촉'이었다. —집은 이미 외숙의 손에서 다른 사람 손으로 넘어가 있었다. 갑자기 찾아온 외숙이 활짝 웃으며 검붉은 얼굴의 남자를 자기 친구라고 소개하고는 혼자 먼저 돌아갔는데, 그 남자가 새 집주인이었다. 그 후 그 남자는 별의 별 수단을 다 써서 집을 비워 달라고 했다. 어머니는 여기저기서 주워 들은 온갖 지식을 다 동원해서 대응책을 마런했다. "흥, 집주인은 무슨 집주인. 고조가 시키는 대로 하는 거지. 자기가 직접 말하기 어려우니까 그 남자를 시키는 거지. 누가 속을 줄 알고. 고조, 그러고도 남지. 걔가 어려서부터 음흉했어"라고 어머니가 씩씩거리며 말했다. 그런데 그때부터 어머니 눈빛이 달라졌다. 눈동자 속에 눈동자가 하나 더 있는 것같이 이상하게 끊임없이 반짝반짝 빛나는 게 꼭 궁지에 몰린 범죄자 같았다.

하루하루가 낡은 헝겊조각을 이어가는 것 같았다. 아침 일찍 집을 나선 어머니는 밤 12시 넘어 막열차로, 등에 사카린, 조미료 등의 짐을 가득 지고 돌아와서, 고타쓰에 엎드린 채 잠이 들어 버리곤 했다. 여자가 집을 비우니 살림은 점점 엉망이 되어갔다. 이부자리는 일년 내내 깔려 있는 채고, 한번 장 속에서 나온 물건은 그대로 바닥에 널려 있어, 온 방 안이 내복 양말 등으로 뒤범벅이 되었다. 그러다가 이번에는 안이 텅 빈 장 속에, 쓰레기통에 쓰레기 버리듯이 이것저것을 다 쑤셔 넣어, 찬장에 톱이 들어 있지 않나, 장 속에 먹다 남은 옥수수빵이나 찻잔이 들어 있지 않나, 모든 것이 엉망이 되었다. 천장에는 거미줄이 몇 겹으로 처져 있고, 옷가지 이부자리에서 나는 먼지로 방안은 안개 낀 것같이 보였다. 그런 중에도 아버지는 솔잎을 모아서 태워 닭먹이로 쓸 생선 뼈다귀를 끓이고, 자신이 남방에서 가져온 물건을 군대에서 하듯이 온갖 정성을 다 쏟아 선반 위에 반듯하게 정리했다. 이렇게 집안 전체가 뒤죽박죽이 되어 일상생활이 피곤과 무질서 그 자체가 되어갔다.

"이렇게 언제까지 살 거야. 왜 고향에 돌아가지 않나"라고, 아직 내왕이 있는 친척이 가끔 물었다. 그 "왜"에 대답할 수 있는 사람이 식구 중에 아무도 없었다. 게다가 고향 본가의 백부로부터는 아무 소식도 없었다.

'집주인'은 처음에는 한 달에 한 번은 꼭 나타나서 별의별 소리를 다 하고 갔다. 그러나 그게 두 달에 한 번이 되고 점점 뜸해지더니 마지막에는 반년 정도 그림자도 안 비치다가 어느 날 불쑥 나타나서, 아무 일 없다는 듯이 닭집 속을 물끄러미 바라본 후, 머뭇머뭇 툇마루에 걸터앉아, "나도 이젠 진절머리가 나요"라며, 집을 한 번 둘러본 후 돌아갔다.

그리고 한 달쯤 지난 어느 날, 거의 오지 않던 집배원이 와서 갈색 봉투 하나를 두고 갔다. 겉장에 "요코하마(横浜)지방재판소"라고 적혀 있었다.

신키치 일가는 가옥불법점유로 고소되었다.

어머니 얼굴색이 변했다. 더 이상 새로운 지식을 얻어 올 데도 없었다. 물론 곧장 상담하러 나갔지만, "이건 진짜 재판이다. 그러니까 법률수속을 하려면 정식 변호사에게 의뢰하지 않으면 안된다"는 말만 듣고 돌아왔다. 실은 어머니는 외숙이 새로 의뢰한 변호사와 상담을 한 것이었다. 그는, 자신은 더 이상 이 문제에 개입할 수가 없으니까, 자기 친구를 하나 소개해 주겠다고 했다. 소개받은 변호사에게는 신타로가 어머니와 함께 가기로 했다.

그날 신타로는 머리가 빙빙 돌았다. 얼마 걷지 않았는데 길바닥에 주저앉고 싶었다. 일년 반 만에 차를 타고 외출하는 것이었다. 피곤한 것은 병 때문만은 아니었다. 왠지 "가고 싶지 않다"는 마음이 있었다. 그는 항상 자기는 아버지처럼은 되고 싶지 않다고 생각했다. 그러나 이제부터 모르는 곳에 모르는 남자를 만나러 간다고 생각하니, 새삼 아버지가 외출을 싫어하고 취직 부탁 같은 것을 절대로 하러 가지 않는 이유를 알 것 같았다. 한편 어머니는 고소장에서 자신이 '피고'라고 불렸기 때문에 떨고 있었다. 그녀는 자신이 전혀 딴 사람이 되는 줄 알고 있다. 전과자가 되는 줄 알고 있는 모양이었다. "괜찮아. 감옥에 들어가 있는 게 지금보다 훨씬 나아"라고 발뒤꿈치를 들고 걸으며 말했다.

신타로는 변호사라면 왠지 얼굴이 둥그렇고 살찐 사람일 것이라고 상상했었다. 또 혁신파 당원이라고 해서 얼굴이 갸름하고 창백한 사람일 것이라고 생각했다. 그러나 실제로 세타가야의, 전쟁으로 대부분의 집이 타 버린 골목 끝의 집에서 만난 사람은, 그런 특색이라고는 전혀 없는 그저 흔한 피부에 탄력이라고는 없는 반백의 중년 남자였다. 그래서 그런지 신타로는 그 사람과 편안하게 마주 앉을 수 있었다. 안내받아 들어간 곳은 현관 옆의 양식 방으로 약 세 평 정도 되는 방이었는데, 그와 신타로 모자 사이에는 갈색 천을 덮은 학생용 책상 같은 테이블이 있었고, 정면의 책장 위에 대리석 시계 한 개가 놓여 있는 것이 눈에 띄었다. 어디에선가 변소용 악취제거제 냄새가 들어와 방안을 가득 채워 음산하게 했다. 신타로는 천장에 얼룩진 곳을 바라보며 무심코 물어봤다.

"전쟁 전부터 여기서 사셨어요?"

"아니요, 전 만주에 살았습니다. 지금 형님댁에서 함께 살지요"라고 변호사는 여러 번 질문받은 것에 답하듯이 말했다.

도대체 이 집에 살고 있는 가족이 몇 명이나 될까. 신타로는 현관에 여기저기 흩어져 있는 신발을 생각해 내고는 자기가 괜한 질문을 했다는 생각이 들자 입을 다물었다. 변호사도 묵묵히 신경질적으로 손톱을 짧게 깎은 손으로 갈색 테이블보를 만졌다. 어머니가 소송장을 꺼내서 건네자 변호사는 첫째 쪽을 훑어보더니 그대로 둘로 접어서 테이블 위에 놓았다. 신타로의 가슴이 덜컥 내려앉았다. 이 소송에 이

길 가망은 없어요. 변호사가 아무 말도 하지 않았는데 그런 생각이 들었다.

어머니는 사정을 말하기 시작했다. 고개를 숙인 채 작은 목소리로 빙빙 돌려서 이야기했다. 테이블에 있는 변호사 손이 다시 움직이기 시작했다.

"골치 아픈 문제군요."

변호사 소리에 깜짝 놀라 어머니는 고개를 들었다. 그녀는 아직 얘기를 반도 못했다. 전쟁통에 고조가 얼마나 돈을 많이 벌었고 자신이 유형무형으로 얼마나 동생을 도와주었는지에 대해 이야기하려고 했을 때였다.

"희망 없습니다." 변호사는 다짐하듯이 말했다.

"무슨 근거로 그렇게 말씀하세요?"라고 어머니는 물었다.

"솔직히 말씀드리죠. 댁들은 지금 남의 집에서 살고 계십니다. 집세를 냈다고는 하지만 요새 같은 때 한 달에 50엔 정도면 담배값도 안되는 돈이라는 것은 잘 아실 테고. 아무리 법률이 바뀌었어도 말이 안되는 얘기죠. 될 수 있는 대로 빨리 집을 비워 주시고, 소송을 취하해 달라고 하십시오. 소송이 길어지면 그만큼 비용이 많이 들고 그 비용은 전부 이쪽 부담이 되니까요……."

어머니는 꿈을 꾸고 있는 듯한 표정이었다. 구게누마에서 듣던 소리와는 너무나도 틀리기 때문이었다. 숙인 고개의 관자놀이가 점점 발갛게 물들었다. 턱이 목에 닿도록 고개를 푹 숙이고 어머니는 다시 한 번 낮은 목소리로, 이번엔 매일매일 생활이 얼마나 괴로운지 하소연하기 시작했다. 그러나 변호사는 낡은 테이블보를 만지작거리며 딴 데를 쳐다볼 뿐이었다. 그녀는 계속했다. 집세 50엔은 고조와 그녀 두 사람이 정했고 그때 물가로는 그렇게 싼 것도 아니었다는 것. 아들 신타로는 군대에서 걸린 결핵으로 아직도 고생하고 있고 일할 수도 없다는 것. 집이 공습을 받았을 때 자신은 고조 가족과 짐을 소개하기 위해 집을 비우고 있었다는 것. 그때 불은 자신의 집을 태운 후 곧바로 꺼졌으니까 자신이 집에 있었더라면 불을 끌 수도 있었을 것이라고 설명하면서 말했다. "남편이 군인이었거든요. 그래서 고조는 그것을 이용해서 군부에 접근하려고 무슨 일만 있으면 저를 불러댔어요……."

그때였다. 테이블 위를 만지작거리던 변호사 손이 갑자기 멈췄다.

"바깥어른이 군인이셨어요?"

어머니는 의기양양해서 대답했다. "네, 육군 소장이었습니다."

변호사 얼굴에서 초조한 빛이 없어졌다. 그의 표정이 미소짓듯이 누그러지고 눈이 반짝였다. 그가 이쪽 얼굴을 엿보며 말했다. "군인이요, 그것도 중장―. 그러면 전쟁중에는 좋으셨겠네요. 지금 고생스러운 것은 그때랑 비교가 돼서 그런 게 아닙니까? ―어쨌든, 저는 이 사건에 손을 대고 싶지 않습니다. 다른 변호사를 찾아보시든지 어떻게 하시든지 좋으실 대로 하시죠. 더 이상 질문에 대답하지 않겠습니다. 제가 아까 말씀드린 대로 하시는 게 제일 좋을 거라고 생각합니다."

신타로는 얼굴이 붉어지는 것을 느꼈다. 왜 그런지 알 수 없었지만, 아마 창피했었나 보다. 그런데, 곧 우스운 생각이 나서 웃기 시작했다. 변호사 집을 나와서도 웃음이 그치지 않았다. 그는 잊어버리고 있던 사람을 오랫만에 만난 기분이었다. 걷고 있는 차도 한편에 검게 타 버린 병영이 길게 있었다. 신타로가 초등학생이었을 때 아버지는 이 연대 부속 수의사였다. 추운 듯이 등을 구부리고 갈기에 달라붙듯이 말을 타고. 그런 것까지 그 변호사가 알 필요는 없었다. 그에게는 수상쩍은 의뢰인의 직업이 군인이고, 소장(계급 하나 정도 틀리는 것은 아무것도 아니다)이었다는 것으로 충분하다. ―자신이 아버지 직업을 부끄럽게 생각하는 것도 참으로 오랫만의 일이다. 아버지가 돌아와서 이미 4년이 지났다. 그 동안 자신들은 그때까지 아버지 봉급으로 생활했었다는 사실을 까맣게 잊어버리고 있었다. 전쟁에 짐으로써 '군인'이란 직업이 소멸했으니까 자신도 그것을 잊어버려도 좋다고 마음 한구석으로 생각하고 있었다는 것을 지금 변호사의 차가운 시선이 일깨워 주었다. 바지 속으로 찔끔찔끔 오줌이 흘러 내려가는 것을 참는 것 같은 수치. 당신 아버지 직업이 뭐? 괜찮으니까 말해 봐. 수의사들은 말 엉덩이에 손을 넣고 진찰한다면서. 저 녀석 근처에 가지 마, 말의 병이 옮을지도 몰라.

 의사의 큰 재채기 소리를 듣고 생각난 것은 그 변호사의 차가운 시선이었다. 물론 이 두 사람 사이에는 아무런 관련도 없다. 변호사는 신타로네 변호를 거부했지만, 의사는 전번 의사에게 이어받아 어머니를 보살펴 주고 있다. 그런데, 처음 만났을 때 이쪽을 왠지 죄지은 사람처럼 느끼게 하는 것은 어째서일까? ─언젠가 저녁 무렵 신타로는 이 의사가 환자들과 캐치 볼을 하고 있는 것을 본 적이 있다. 키가 큰 의사가 작은 공을 못 받을 때마다 환자들은 즐거워했다. 의사는 웃으며 "괜찮아"라고 외치고는 주운 공을 큰 동작으로 던졌다. 그러다가 복도 창으로 고개를 내밀고 보고 있는 신타로를 보자, 의사는 갑자기 웃음을 그치고 두세 번 공을 제대로 던지고는 병동으로 들어가 버렸다.

물론 지나친 생각이라고 할지도 모른다. 가령 목에 붕대를 감은 남자에 대해서는 신타로가 우습게 오해를 했었다. 등창 치료를 받고 있는 어머니 방에 들어가려는 신타로를 말없이 붙잡은 것이 그 남자였다. 그는 언제나 말이 없었다. 신타로가 복도를 지나가면 말없이 뒤에 쫓아와서 비와 총채로 사람이 지나간 곳을 청소했다. 창에 해가리개를 달았을 때도 그랬었다. 신타로가 하는 게 하도 서툴러서 두 눈썹을 맞대고 보고 있는 게, 그렇게 보기 흉한 것은 달지 말아 달라고 얘기하는 것 같았는데, 또 그것도 아니었다. 그냥 다른 사람이 하는 것을 조용히 보다가 신경질적으로 고개를 두세 번 가로 저은 후 발소리를 죽이고 가만히 가 버렸다. 그래서 신타로는 이 남자에게 언제나 검문당하는 기분이 들었다. 어쩌면 환자에게 담배를 준 사실을 이 남자는 알고 있을지도 몰랐다. 어머니 병상 옆에서 다리를 쭉 뻗고 담배를 피우고 있으면 쇠창살 너머로 그 남자 얼굴이 보였다. 신타로는 뭐 물어 볼 말이라도 있는지 물어 볼 요량으로 일어서서 가까이 갔다. 그러자 당황한 눈빛으로 강하게 손을 가로 저었다. ─벙어린가, 신타로는 순간적으로 그렇게 생각했다. 그러나 생각해 보니 환자나 간호사들과 이야기하는 것을 몇 번인가 본 적이 있었다. 그럴 때면 그 사람은 팔짱을 끼고 귀를 기울이고 고개를 끄덕이며 들었다. ─입을 벌릴 때는 고통스러워 보였다. 그때 신타로는 처음으로 그 남자 목 붕대에 유리관이 꽂혀 있는 것을 발견했다. 그는 손에 선풍기를 들고 필요하다면 잠시 빌려 주겠다고 이야기하는 것이었다.

  신타로는 잠시 망설였다. 자기가 오해했었던 것이 창피하기도 했지만, 갑자기 뭐가 뭔지 혼동스러워졌다. 다시 잘 보니 피부가 누렇게 뜨고, 눈꺼풀은 푹 들어가고, 반백의 눈썹이 듬성듬성했다. 무표정한 눈은 잿빛이었다. ― 이 눈이 정말 내무반 준위를 생각나게 하는 눈일까? ― 다시 말해서 무작정 남에게 친절을 베푸는 사람으로는 안 보였다. 그렇다고 악의로 물건을 빌려 주는 것이라고 생각할 수도 없었고 ― . 하여간 신타로는 선풍기를 빌리기로 했다. 무엇보다도 검고 큰 구식 선풍기가 몹시 무거워 보였기 때문이다. 목에 꽂힌 유리관이 숨을 쉴 때마다 가늘게 떨리는 것 같았다. 신타로는 고맙다고 인사하고 선풍기를 받았다. 그런데 그는 병동 끝까지 복도를 종종 걸음으로 뛰어가서는 긴 코드를 들고 왔다. 그리고 보니 병실에는 콘센트가 보이질 않았다. 그는 코드를 몇 개씩이나 연결하고, 사무실 책상 밑에 기어들어가 플러그를 찾았다. 그러는 동안 아무 말도 하지 않아서인지 그의 행동이 아주 정력적이고 용의주도하게 보였다. 숨쉬기 힘들지 않느냐고 물으니까, 그는 엎드린 채 고개를 가로 저었다. 그리고 어머니 병실에 선풍기가 돌아가기 시작하는 것을 보자 신타로가 고맙다는 말도 하기 전에 밖으로 사라졌다.

이런 사람을 어떻게 해석해야 옳은가? — 선풍기 바람을 쐬면서 신타로는 마음이 뒤숭숭해졌다. 본래 그는 선풍기 바람을 좋아하지 않았다. 게다가 자신들 방에만 선풍기가 있어 다른 병실에 갇혀 있는 환자들에게 미안한 생각이 들었다. 그러나 그렇다고 선풍기를 꺼 버릴 수도 없었다. 방이 워낙 덥다 보니 그래도 선풍기가 없는 것보다는 있는 것이 나았다.— 뒤숭숭한 기분은 저녁 무렵이 되어 다시 한 번 그 남자를 만나게 될 때까지 계속됐다.

그때 그 남자는 해안 돌계단 위로 올려 놓은 보트 옆에 있었다. 희미한 불빛 아래에 엎어 놓은 배 바닥과 그 남자의 붕대만이 하얗게 눈에 띄었다. 그는 배를 수리하고 있었다. 물이 새는 부분을 깎아서 메꾸고 있는 것 같았다. 짬이 나는 것을 보아 신타로가 말을 걸었다. 남자는 고개를 들었다. 신타로가 낮에는 고마웠다는 인사를 하자, 남자는 갑자기, "그런 데에 병자를 두면 안돼요"라고 쉰 목소리로 말했다.

신타로는 조금 놀랐다. 낮에 들었던 목소리보다도 소리가 확실한 탓도 있지만 말 자체가 격렬한 데 놀랐다. 남자는 계속했다. "여름은 덥고, 모기도 많고, 겨울에 추울 때는 말도 못해. 그런 곳에 두었다간 건강한 사람도 금방 죽어 버려……."

신타로는 주저주저 대답했다. 의사나 간호사가 정성껏 돌봐 주고 있다고 생각한다고 했더니, 남자는 고개를 옆으로 심하게 흔들더니, 이쪽이 걱정될 정도로 많은 이야기를 하기 시작했다. 의사도 간호사도 그냥 있을 뿐이다. 아주 무책임하다. 특히 그 병동은 어떻게 해 볼 도리가 없는 환자만을 수용하기 때문에 방치한 상태다. 그래서 환자들은 그 병동에 들어가면 마지막이라고 한다. 그래도 대부분의 환자들은 결국에 그 병동에 들어가 죽게 되어 있다 등등을 이쪽이 끼여들 틈도 없이 지껄였다.

"봐요, 저 사람들을. 지금은 괜찮지만 곧 저 속에 들어가 죽을 테니"라며 저녁 운동장에 흩어져 있는 환자들을 가리켰다. 그들 모습은 확실히 무덤에 모여드는 유령을 연상시켰다. 신타로는 화제를 바꾸기 위해 정면 바다에 떠 있는 반구형 섬에 대해 물어 봤다. 검은 수목이 울창한 그 섬은 마치 동화 속에 있는 그림을 보는 듯했는데, 그 남자 말에 의하면 그 섬은 무인도로 최근에 어느 관광회사가 사들여서 손님을 끌어 들이기 위해 거기에 사당을 짓고 '중매의 신'을 모셨는데, 휴일 다음날에는 이 병원 환자들이 가서 신전 앞에 놓인 새전을 갖고 온다고 한다. 아주 재미있다고 신타로는 생각했다.

"그런데 어떻게 건너가지요? 헤엄쳐 가나요, 아니면 그 배라도 타고……."

"어떻게 건너냐구? 그야 여러 가지 방법이 있지. 옛날에는 섬과 이쪽 육지가 붙어 있었다고 하는데, 지금도 썰물 때는 잘하면 걸어서도 갈 수 있지."

"그래요? 이렇게 보면 꽤 깊어 보이는데."

"지금은 깊지. 밀물이니까……. 썰물로 물이 얕을 때는 말뚝이 보이지. 진주를 양식하고 있거든."

"진주?"

신타로는 무의식적으로 되물으면서, 발 밑에 바다를 보았다. 검고 무거워 보이는 물이 조금씩 불어나는 것처럼 보일 뿐이었다.

남자의 얼굴이 피곤해 보였다. 너무 말을 많이 했는지도 모른다. 목에 꽂혀 있는 유리관을 새삼 보면서 신타로는 불현듯 그가 이 유리관에 대해서는 한마디도 얘기하지 않았다는 것이 생각났다. 후두암 수술이라도 받은 것이겠지. 그러자 이 남자가 환자들의 운명에 동정하는 이유를 알 것 같았다. ―그러나 실제로 신타로는 이 남자에 대해서 아는 것이 거의 없었다.

둘은 병동에 돌아가기로 했다. "안녕히 주무세요"라고 남자는 쉰 목소리로 속삭이듯 말했다. 신타로는, 아니 저는 다시 어머니 병실로 갑니다라고 대답했다. 그러자 남자는 고개를 돌렸다. 그러는 것이 지금과는 딴판으로 냉담해 보였다. 왜 기분이 상했는지 몰랐지만 신타로는 남자와 어깨를 마주대고 병실로 향했다. 남자는 사무실에서 열쇠다발을 받았다. 동물 우리처럼 쭉 늘어선 병실 첫번째 방 앞에 서자, 남자는 익숙한 손놀림으로 열쇠를 열고, 조금 등을 구부리고 병실로 들어갔다. 신타로는 하마터면 소리를 지를 뻔했다. 그 병실이 이 남자의 거처라니. 가볍다고는 해도 그도 역시 광인이었던 것이다.

신타로가 어머니와 세타가야에 변호사를 찾아간 지 두 달 만에 한국전쟁이 터졌다. 그때부터 일가가 구게누마를 떠날 때까지 2년 간이 전쟁이 끝난 후 식구들이 가장 행복하게 산 시기였다고 할 수 있다. 신타로는 변호사 집에 가기 위해 외출을 시작한 것이 계기가 되어, 그 후로는 외출을 해도 열이 나지 않았고, 직물회사의 촉탁으로 매월 고정 수입이 들어오는 한편 번역도 한꺼번에 많이 들어왔다. 아버지는 주둔군 병원 시설의 카드 정리 담당원으로 취직되었다. 아버지가 첫 월급을 타 오던 날, 어머니는 술과 안주를 사 와, 저녁상에 앉은 아버지에게 술을 따르며, "역시 월급을 받는다는 건 좋은 일이야. 옛날로 돌아간 것 같아"라며 신이 나서 말했다.

변호사도 아버지 동창 소개로 수월한 조건으로 의뢰할 수 있었다. 그의 활약으로 그 재판은 취하되고 조정이 이루어지게 되었다. ― 모든 것이 생각지도 않게 호전되기 시작했다. 그러나 어머니는 그 무렵부터 거동이 수상해지기 시작했다. 처음 나온 천 엔짜리 지폐를 물건을 사러 가서 백 엔짜리로 잘못 알고 거스름 돈도 안 받고 돌아온다든지, 그런가 하면 이번에는 거스름 돈을 더 많이 받았다고 이웃에 떠들고 다녔다. 경솔하고 농담을 좋아하는 것은 전부터 그랬었지만 농담하는 얼굴치고는 너무나 태연했다. 건망증이 심해서, "없어……", "없어……" 하면서 여우에게 홀린 듯이 눈을 두리번거리며 집안을 헤매고 다녀 도대체 무슨 일인가 하면 자기 주머니 속에 있는 지갑을 찾고 있었다. 살이 찐 탓인지 걸음거리가 꼭 어린아이 같았고, 껑충하게 입은 옷 사이로 통통한 다리를 드러내면서 길에서 깡총깡총 뛰면서 즐거워했다.

"여보, 위험해서 볼 수가 없네. 걸을 때는 좀 조심해야지"라고 양복을 입고 출입하게 된 아버지가 말했다.

확실히 어머니는 위험해 보였다. 그러나 신경에 이상이 생겨서 그렇게 됐다고는 아무도 생각지 못했다. 그보다는 쌓이고 쌓인 피로에서 겨우 해방되어 무엇을 해도 될 대로 되라는 식인가 보다라고 생각했다. 다만 지나치게 멍청하고, 쉽게 화내고, 아무것도 아닌 일에 성을 내고 눈물을 흘리고 하는 것이 이상하다면 이상한 정도였다. 이웃 사람들이 자기를 업신여기고 말을 걸어도 대답도 안한다고 몇 번이고 되풀이해서 말하는 사이에 점점 흥분해서 취한 사람처럼 얼굴이 빨개지고 눈에 핏줄이 서서 벌떡 일어나서는, "아아, 머리가 아프다. 왼쪽 머리가 아파. 머리에 있는 핏줄이 터지나 봐. 중풍에 걸리려나 봐. 어떻게 하지, 중풍에 걸리면"이라고 말하면서, 자기 주먹으로 자기 머리를 마구 쳤다.

아버지도 신타로도 툭 하면 화내기는 마찬가지였다. 무슨 이유에선지 모두가 밖에서 일을 하고 돈을 벌게 되자 화를 잘 내게 되었다. 아버지는 어머니가 밥을 늦게 차려 준다고 화를 냈고, 신타로는 반찬이 없다고 투덜댔다. 아버지 직장은 시간에 몹시 엄격해서 지각하면 그날 급료를 못 받을 뿐만 아니라 운이 나쁘면 그 자리에서 직장을 그만둘 수도 있었다. 그래서 어머니는 항상 시간에 신경을 써, 어떨 때는 한밤중에 이상한 소리를 지르며 벌떡 일어나기도 했다.

그러나 전체적으로 볼 때, 이전보다는 평온한 나날이었다. 닭집에서는 살아남은 닭 몇 마리가 알을 낳았고, 마당에 있는 밭은 아버지가 여가시간에 돌보았다. 그리고 어머니는 대개 먼지투성이인 방에 누워서 옛날에 먹었던 과자의 맛이나 신타로가 갓난아기였을 때를 생각하고는 혼자서 한숨을 쉬었다, 웃었다 했다.

잊어버린 것은 아니지만, 구게누마 집을 비워 주어야 하는 날이 다가온다는 것을 특별한 이유도 없이 누구도 진지하게 생각하지 않았다. 구게누마에서 산 지도 어언 7년이 되었다. 그때까지 그들은 자기네 집에서도 그렇게 오랫동안 한군데서 살아 본 적이 한 번도 없었다. 그런 그들이 앞으로 한 달 남짓이면 다른 데로 이사가야 한다는 사실을 깨달은 것은 어느 날 저녁, 신키치가 도시락을 손에 들고 돌아와 툇마루에 앉으며, "오늘 해고됐어"라고 불쑥 말하고부터였다.

어차피 그렇게 길게 가지는 못할 것이라고 예상했던 직장이었다. 동란이 고비를 넘기면서 전선이 교착상태에 빠지자, 후송되어 오는 부상병이나 시체 숫자도 줄었다. 그러나 막상 해고당하고 보니 갑자기 당한 것 같은 느낌이 들었다. ― 아버지는 자기 때문에 해고당한 것도 아닌데, 괜히 창피해 하며 넋을 잃고 마당만 쳐다보고 있었다. 어머니는 눈에 핏발을 세우고 무슨 말인지 토막토막 끊긴 말을 중얼거리면서 마치 잃어버린 물건이라도 찾는 듯이 문에서 집 사이를 고개를 숙이고 몇 번씩이나 왔다갔다 하는 것이었다.

신타로 자신도 실망하고 당황했다. 그러나 다시 생각해 보니 그럴 것도 없었다. 왜냐하면, 모든 일이 자기 자신에게는 유리하게 진행되어, 전혀 비관하거나 걱정할 필요가 없기 때문이었다. 집을 비워 준 후에도 아버지가 그 직장을 계속해서 다녀야 되면, 노부부와 신타로 세 식구는 방 한 칸을 빌려서 같이 사는 수밖에 없었기 때문이다. 그것은 생각하기만 해도 지겹고 괴로운 생활이었다. 가계는 점점 어려워질 테고 다른 사람 집 부엌에서 어머니가 식사 준비를 하게 되면, 방 안팎에서 끊임없이 충돌하게 될 것은 뻔한 일이었다. 또, 그런 생활을 계속하는 동안 퇴거료로 받는 돈도 금방 다 써 버리게 될 테니까 말이다. 그렇게 되고 나면 어디에 가고 싶어도 꼼짝달싹 못하게 될 것이다. 그러고 보면 지금 아버지가 해고당한 것은 행운이라고도 할 수 있었다.

그러나 하루가 지나자, 아버지도 어머니도 해고에 대해서는 까맣게 잊어버린 것처럼 보였다. 아버지는 올 봄에 깐 병아리 떼에게 먹이를 주고 있었고, 어머니는 팔짱을 끼고 즐거운 듯이 그것을 지켜보고 있는 것이었다. 도대체 뭘 생각하고 있는 것일까, 앞으로 어떻게 할 작정일까? 신키치가 남방에서 막 돌아왔을 무렵, 어머니와 둘이서 소곤댔던 것을 지금은 신타로 혼자서 생각했다. 그리고 며칠 후 어머니가 불현듯 말했다.

"아무것도 걱정할 것 없어. 금융공사에서 융자받으면 금방 집을 지을 수 있잖아. 땅은 이웃의 K씨가 친척 땅을 거저 빌려 주겠다고……."

신타로는 이런 어머니에게 아무 말도 할 수가 없었다. 그래서 어머니가 말씀하신 대로 금융공사에 직원을 만나러 가기로 했다. 그러면 자연히 정리가 될 것이기 때문이었다. ― 그때 이미 어머니는 정상에서 벗어났었던 것일까? 그러나 그런 것을 알아채기에는 사태가 너무나도 복잡했었다. 실제로 그는 이상하게도 아버지 행동에만 신경을 썼었다. 며칠 후면 이사해야 하는데 아버지는 해체한 닭집 재목으로 이상하게 생긴 상자를 만드는 데만 열중했다. 그 상자 속에 닭을 담아서 고치 현 Y촌에 보낸다고 했다. 이미 여러 개를 만들었다. 집안에는 이미 운임을 들여서까지 운반해야 할 이렇다 할 가재도구도 없었다. 그 때문에 이사짐의 대부분은 닭상자가 차지했다. 짐을 부치는 날, 역원은 깜짝 놀라, 이런 물건을 취급해 본 일이 없다, 죽여서 고기로 하든지, 팔아 버리든지 적당히 처분해야 한다고 했다. 신타로도 물론 그렇게 하는 것이 제일이라고 생각했다. 후지자와(藤澤)에서 고치까지 화차로는 일주일, 객차로도 삼사 일은 걸린다고 한다. 고치에서 Y촌까지는 또 하루를 더 잡아야 한다고 한다. 8월 말의 폭염하에서 그런 것을 운반하는 것은 무모하다기보다 전혀 무익한 일임에 틀림없었다. 신타로는 좀더 확실히 하기 위해, 십수 마리 가운데 몇 마리나 무사히 도착할 수 있는지 물어 봤다. 나이든 역원은 햇볕에 그을린 얼굴을 찡그리며, "한 마리 남지 않고 죽을 게 틀림 없다"고 간단히 대답했다. 그런 얘기가 오가는 동안 아버지는 미소지은 채 아무 말도 하지 않았다. 널판지를 댄 이상한 상자에 손가락을 집어넣어, 속에서 가끔 "갸, 갸" 하고 기묘한 소리를 내는 닭을 위해, 숨구멍을 내 주고 있었다.

집을 비워 주는 9월 1일에는 집안이 호떡집에 불난 것 같았다. 집 근처 사람들이 몰려와 인사를 하면서, 법에 의한 강제퇴거란 어떤 것인지 보고 갔다. 당일까지 준비다운 준비를 전혀 하지 않고 있던 어머니는, 아버지와 신타로가 가방이나 보자기에 짐을 꾸리고 있는데, 마치 연극이라도 보러 갈 때처럼 들떠서 핸드백 속에서 표를 꺼내 보았다가, 뒤뜰로 돌아가서 부서지기 시작한 우물가의 펌프를 보기도 했다가, 창고를 들여다보기도 했다가, 안절부절못했다.

"뭘 그렇게 꾸물대고 있어, 곧 집행관이 들이닥칠 텐데."

아버지는 초조한 듯이 외쳤다. 집을 비워 주기 전에 집행관이 와 버리면 조정규약을 이쪽에서 깬 것이 되어 퇴거비를 못 받을 수도 있다고 했다. 규약기한인 정오 삼십분 전에 겨우 준비를 완료했다. 짐과 일가족 셋을 실은 트럭이 위협적인 소리를 내면서 출발했다. 짐칸에 아버지와 신타로 사이에 끼어 앉은 어머니의 반백의 머리가 바람에 흩날리다 얼굴에 딱 붙어 버렸다.

그날 밤은 도쿄의 친척집에서 쉬고 다음날 아침 아버지와 어머니는 고치에, 신타로는 교외의 하숙집으로 각각 출발하기로 되어 있었다. 신타로가 일단 구게누마에서 교외에 있는 하숙집에 짐을 날라다 놓고 저녁에 친척집에 가니, 아버지가 혼자서 우두커니 기다리고 있었다. 어머니는 이 집에 오는 도중에 인사하러 갈 데가 있다고 해서 헤어졌다고 했다.

"저녁식사 때까지는 오라고 했는데, 여기저기 들러서 얘기하는 거겠지. 도대체 시간 관념이 없어서"라고 아버지는 송별회 겸 식사를 준비해 준 친척 눈치를 보며 말했다. 식사가 끝나도 어머니는 모습을 보이지 않았다. 교외 전차 역까지 기다리러 갔던 애들이 허탕치고 돌아와서, 역원도 마음에 집히는 사람은 없다고 했다고 보고했다. 처음으로 불길한 예감이 들었다. 고치에 가기 싫어했던 어머니가 그냥 사라져 버린 것은 아닌가 걱정했다. ─ 11시 넘어, 현관에서 무거운 발자국 소리와 함께 어머니 소리가 들렸다. "도중에 길을 잃어버려서, 친절한 사람이 집까지 바래다 줬어." 어머니의 명랑한 소리가 들려 왔다.

지금까지 몇 번씩이나 온 이 집을 못 찾았다는 것이 이상했지만 늦게 온 변명이려니 했다. 그러나 다음날 아침 어머니는 또,

"큰일났어. 가방 하나가 안 보여. 제일 작은 악어가죽 트렁크가. 어저께 그 사람들이 훔쳐 갔을까?"라고 놀란듯이 말했다.

분명히 어머니가 갖고 있던 트렁크 하나가 안 보였다. 속에는 소액이지만 우체국 적금 통장과 현금이 들어 있다고 했다. 같이 있던 사람 모두가 당황해 하는데, 이번엔 웃으면서, "괜찮아. 나는 이대로 도쿄에서 살기로 했으니까, 그런 가방 이젠 필요 없어. 나를 데려다 준 사람에게 고맙다고 줬어"라고 말하는 것이었다.

그녀가 정상이 아니라는 것을 겨우 깨닫기 시작했다. 자신의 실수를 얼버무리기 위해 일부러 그렇게 말하나 보다라고 생각하면 그럴 수도 있었다. 전에도 그런 종류의 농담을 잘했기 때문이었다.—

"괜찮아요, 저는 도쿄에 남아서 신타로와 함께 살 거예요. 당신 혼자 고향에 내려 가세요. 친구들이 모두 그렇게 하라고 해요." 역에 가면서 그녀는 되풀이해서 말했다. 시나가와(品川) 역에 닿아서도 그 말만 계속했다.

"무슨 소리 하고 있는 거야. 서두르지 않으면 기차 놓쳐."

라며 아버지가 소매를 잡아당기니까 깜짝 놀라, "넷?" 하고 눈을 번쩍 뜨면서 고개를 숙이고 발 밑의 플랫폼 아래 레일을, 눈을 두리번거리며 수상하다는 듯이 내려다봤다.

기차가 출발하는 것을 본 후 그 길로 신타로는 경찰서, 국철과 지하철의 환승역 등 어제 어머니가 들렀을 것 같은 곳을 하나하나 돌아보며 가방을 찾아봤다. 그러나 생각한 대로 어디에도 없었다. 우선 통장 분실신고를 하기로 했는데 그러려면 구게누마 우체국에 가야만 했다. 다시 말해서 어제 막 나온 곳에 다시 돌아가야 하는 것이다. 그러나 그 번거로움이 그렇게 싫지는 않았다. 이런 일에 익숙해서라기보다 이런 일이 없으면 심심할 것 같아서였다. —그런데 역에서 내리자 왠지 우체국에 발길이 떨어지지 않고 어제까지 살았던 집으로 발이 갔다. 그곳이 정겹게 느껴졌다. 바로 어제 이 길을 트럭을 타고 지나갔는데 벌써 10년이나 된 것같이 느껴졌다. 점점 집에 가까워지면서 눈에 익은 담, 담장 너머 마당, 나무 같은 것들이 눈에 들어오니 가슴이 뭉클해지는 것이었다. 드디어 문이 보였다. 누군가 자기 이름을 부르는 소리에 뒤를 돌아다봤다. 옆집의 K부인이었다.

"잃어버린 물건 찾으러 오셨죠? 어떻게 전해 드릴지 막막했는데."

K부인이 내놓은 것은 뜻밖에도 어머니가 찾던 악어가죽 가방이었다. 어제 신타로 가족이 떠난 후에 보니 이 가방이 하나 남아 있더라는 것이었다. 신타로는 순간 맥이 탁 빠졌다. 그러나 곧 말로 표현할 수 없는 공포심이 엄습해 왔다. 자물쇠가 망가져 노끈으로 꽁꽁 묶은 이 오래된 가방을 열어 보니, 분명히 들어 있다던 현금도 저금통장도 없고, 짐을 꾸리면서 노끈을 끊을 때 썼던 낫 한 자루만이 비스듬히 들어 있는 것이었다. 도끼처럼 날이 선 낫에는 아직 여기저기 노끈 자국이 남아 있었는데, 기분 나쁜 동물을 연상케 하는 검푸른 빛을 발하며 날카로운 끝으로 가방 속 천을 찌르고 있었다. 신타로는 가슴이 덜컹했다.——그 낡은 가방 속에서 혼돈된 어머니의 사고가 흘러나와 집요하게 자신을 붙잡는 것 같았다.

그로부터 3개월 후 어느 날 신타로는 돌연히 한 통의 기묘한 편지를 받았다. 그게 어머니가 부친 편지라고 깨닫기까지는 조금 시간이 걸렸다. 구불구불하고 크기도 제각각인 글씨가 봉투 겉장 전체에 흩어져 있고, 우표도 뒷면 봉투 뚜껑에 붙여져 있었다. 봉투를 열어 보니 속에서 거의 백지 상태인 종이, 두세 자만 적혀 있고 여기저기 지우개로 지운 자국에 구깃구깃해진 것, 또 잉크를 그냥 문질러 바른 듯한 글씨가 꽉 차 있는 편지지가 나왔다. 이렇게 저렇게 뜯어 맞추어 판독을 해 보니 다음과 같은 문장이 되었다.

신타로에게

그 후 별일 없는지 나는 지난번에 정신과 병원에 갔다 왔는데 특별히 나쁜 데는 없는 것 같다 아버지는 다시 닭을 키우기 시작하셨다 부서질 것 같은 중고 자전거를 비싼 돈 주고 사서 그걸 타고 매일 닭모이를 사러 나다니신다 달걀을 내다 팔아도 모이값 정도밖에 못 받으면서 바보 같애 그런 주제에 자기는 모범적인 양계를 해서 농민의 지도자가 되겠다고 벼르지만 달걀 가지고는 돈을 벌 수가 없다고 아무도 상대해 주지 않는다 이곳에 오고부터 아버지는 누구하고도 얘기를 하지 않는다 큰아버님과도 한마디도 안 해 큰어머니는 아주 **나쁜 나쁜** 사람이야 매일 화만 내고 지난번에도 장작을 들고 나를 쫓아왔어
장작으로 나를 때려 나보고 옷을 다 벗으라고 하고 우물가에서 막 때려
빨리 도쿄에 가고 싶어 하루라도 빨리 도쿄에서 살고 싶어 이 편지도 숨어서 몰래 쓰고 있어 어떻게 부칠지 막막해 우체국도 마음대로 못 가게 해
다른 사람에게 부탁해서 부쳐야지 잘 도착해야 할 텐데

엄마가

비슷한 시기에 아버지에게서 온 편지에는 우선 닭이 전부 무사히 도착했다는 것부터, 닭이 매일 달걀을 낳고 있다는 것, 자신은 소작인이 없어진 큰아버지 밭을 일구고 있고 비 오는 날엔 창고에서 오래된 책을 꺼내서 읽고 있다, 글자 그대로 청경우독(晴耕雨讀)의 생활을 하고 있다는 등등의 것만 적혀 있었다. 큰아버지 부부와는 꽤 사이 좋게 지내고 있는 듯했으며 어머니에 대해서는 "요즈음 정신착란으로 고생하고 있어 옆에서 보기에도 안타깝다"라고만 적혀 있었다.

신타로는 어머니와 아버지 편지 중에 어느쪽이 진짜인지 알 수 없었다. 다만 확실한 것은 어느쪽을 읽어도 우울하다는 것이었다.

병원에 온 지 벌써 일주일이 되었다. 일주일이 된 것도 Y촌에서 오신 큰어머니가 말해서 알았다. 아버지에게 전보를 치라고 해서 신타로를 부른 것도 그녀였다고 한다. 큰어머니는 신타로 얼굴을 보자,

"너희 아버지는 대단한 사람이야. 정말 대단한 사람이야. 이번 일이 끝나면 정말 잘 해 드려야 돼"라고 말했다. 신타로는 고개를 끄덕이며, 자기도 그렇게 생각한다고, 대답했다. 아버지는 정말로 고생 많이 하셨을 것이다. 큰어머니는 계속해서, 자기가 이렇게 늦게 오게 된 것은 큰아버지가 자

기를 놔 주지 않아서다. 남편은 일년 내내 자기를 못 살게 굴면서 자기가 옆에 없으면 아무것도 못한다. 그러면 같이 가자고 했더니 그것도 싫다고 한다. "그런 데 가면 기분이 나빠져서 밥이 목에 넘어가지 않아"라며 아무리 해도 같이 오려고 하지 않아. 사실 자기 동생 부인이니까 자기가 앞장서서 와야 하는데 —, 등등 이야기했다. 신타로는 큰아버지 말씀도 옳다고 생각했다. 그래서 "큰아버님 마음 충분히 이해한다"고 대답했다. 큰어머니는 웃으며 "너는 큰아버지 닮았니?"라고 물어서, 그럴지도 모르겠다고 대답했다.

큰어머니가 오셨어도 특별히 할 일은 없었다. 어머니는 여전히 잠에서 깨어나지 못했고, 가끔 간호사가 와서 강심제를 놔 주는 것 외에는 주위 사람들이 환자를 둘러싸고 앉아 있을 따름이었다. 신타로는 발 사이로 들어오는 오후 햇볕을 쏘이면서 근무하는 사무실을 생각했다. 부장은 만성위염으로 "회사는 언제나 선전부가 얼마나 열심히 일하는지 인정하려 들지 않아"라고 불평만 늘어놓는 남자였다. 회사를 나올 때 신타로는 전보만을 보여 줬을 뿐 어머니의 병명이나 병원에 대해 일절 아무 말도 하지 않았다. 아마 지금쯤 부하가 근무태만이라고 욕하고 있을 게 분명했다. 그러나 무슨 소리를 듣든지 어머니 일이 일단락 지어지기 전에는 이곳을 떠날 수 없으니 할 수 없다.

큰어머니는 또 아버지와 어머니가 Y촌에 있을 때, 아버지가 얼마나 어머니를 잘 돌봐 주었는지 얘기했다. 눈을 조금이라도 떼면 어머니는 금방 밖으로 나가 버려 1리고 2리고 멀리까지 가서 모르는 사람 집에 막 들어가기 때문에 찾을 수가 없게 된다. 물론 살림도 할 수 없어 빨래며 청소며 전부 아버지가 했고 어머니 목욕도 혼자 할 수 없어 아버지가 같이 들어가 씻겨 주었다고 한다. 작년에 신타로가 Y촌에 갔을 때 전부 들었던 이야기였다. 그러나 그때 이야기했을 때와 지금 할 때의 뉘앙스가 전혀 틀리다. 일년 전에는 큰어머니도 피해자인 것을 강하게 암시했었다. "서방님은 대단해. 정말 대단해. 그렇게 고생하면서도 불평 한마디 없이. 단 한 번, 한겨울 한밤중에 몇 번씩 일어나 변소에 쫓아가는 게 제일 괴롭다고 했을 뿐."

한겨울 집 밖에 있는 변소 문앞에서 마누라가 볼일 보는 소리를 들으며 가만히 서 있는 아버지 모습은 얼마나 괴로웠을지 상상이 갔다. 그것은 한 남자의 생애를 상징하는 것 같았다.

아무리 해도 이런 큰어머니가 어머니를 발가벗겨 놓고 장작으로 때렸다는 게 믿어지지 않았다. 그것은 어머니의 피해망상이었던 것 같다. 신타로는 지금 앞에 있는, 눈이 부신 듯 눈살을 찌푸리고 있는 큰어머니의 평평한 얼굴을 보며 생각했다. 큰어머니 입장에서 보면 뒤치다꺼리는 뒤치다꺼리대로 하고 그런 얘기를 뒤에서 듣는다면 억울하기 짝이 없는 일일 것이다. 부모님이 Y촌으로 가신 지 반년 정도 지났을 무렵부터 신타로의 하숙집으로 고향에 한 번 다녀가라는 편지가 큰어머니나 아버지 그리고 그 밖의 친척들로부터 종종 왔다. 그때마다 신타로는 휴가를 얻을 수 없다, 여비를 마련할 수 없다는 등의 이유를 써서 부쳤다. 그때는 확실히 고치까지 갈 왕복 여비를 마련하기도 힘들었고, 겨우 얻은 일자리에서 며칠씩이나 휴가를 얻기도 불가능했다. 그러나 실제로 가령 누가 그만한 돈과 시간을 준다 해도 가지는 않았을 것이다. 어머니가 아프지 않다고 했어도 마찬가지였을 것이다. 그는 다만 귀찮았을 뿐이었다. 20시간 이상 기차를 타고 바다 건너 시코쿠 산맥의 터널을 무수히 지나 노인네 얼굴을 바라보고는 같은 길을 그대로 돌아온다는 것은 생각만 해도 진절머리가 났다.

그러나 무엇보다도 신타로가 고향에 돌아가고 싶지 않았던 것은 아버지나 큰어머니가 편지에 뭐라고 썼든 어머니의 신경에 이상이 생겼다고 도저히 믿을 수가 없었기 때문이었다. 첫째로 그는 어머니가 연극을 하고 있는 것 같았다. 어머니가 자기를 불러들이기 위해서 일부러 연극을 하고 있다, 또는 Y촌에 살고 싶지 않아서 큰어머니를 괴롭히려고 일부러 그런 짓을 하고 있다고 생각했다. 그리고 집안에 미친 사람이 없다는 사실도 막연히 그런 기대를 갖게 했다. 아니 그보다도 중요한 것은 그가 마음속 깊이 어머니는 정상이라고 믿고 있다는 점이었다. 물론 바보 같은 짓이었지만 그렇게 믿어지는 것을 어쩔 수 없었다.

어머니에 관한 자기의 행동이 자기가 생각해도 이상한 것이 많았다. 예를 들어, 어머니가 보낸 그 이상한 편지만 해도 책상 서랍 속 깊이 보관하고 있다. 그는 보통 자기에게 온 편지를 보관하는 습관이 없다. 보관해 두면 언젠가는 소용이 될 편지나, 기념이 되는 것도 모르는 사이에 없어져 버렸다. 그러나 그 편지만은 버리지 않았다. 그 편지를 다른 사람이 읽게 되는 게 싫어서 그랬는지도 몰랐다. 하지만 그렇다면 아예 그 편지를 태워 버렸을 것이다. 그러나 그럴 생각은 아예 없었다. 그러기는커녕 가끔 그는 돌발적으로 편지를 꺼내서는 열심히 읽곤 했다. 하숙집 방구석에서 하루 종일 휴일을 보낸 후 황혼 무렵, 이미 쥐빛으로 더러워지고 털까지 일어나는 편지지 위에서 춤추고 있는 기괴한 글자에 눈길을 보내면서 아랫층에서 울리는 괘종시계 소리를 못 들을 때도 있을 정도였다. ─아마도 그는 그 편지를 수백 번, 수천 번 다시 읽었을 것이다. 지금도 몇 번째 장에 어떤 내용이 어떤 글씨체로 적혀 있는지는 물론, 보라색 줄이 쳐진 종이의 질이나 잉크 색깔 그리고 잉크의 번진 정도까지 또렷하게 머리속에 들어 있다. 그러면서도 계속 그것을 읽는 이유는 무엇일까? 그것이 어머니에 대한 애착심이 아니라는 것만은 확실하다. 그것은 오히려, 유리상자 속에 있는 뱀을 들여다보면서 그 징그러운 동물에게서 자기 자신을 보는 것 같은, 그런 기분이 들기 때문이었다. 어쩌면 자신은 그 편지 속에서 어머니의 광기를 찾아보려고 했었는지도 모른다고 생각했다. 그렇다면 그는 마음속으로 어머니의 광기를 집요하게 부정했기 때문에 되풀이해서 그 편지를 읽은 것이 된다.

어쨌든 지난해 여름 드디어 어머니를 입원시켜야겠다는 연락을 받고도 정말이라고 믿어지지 않았다. 단순히 일이 생겨서 그것 때문에 자기를 부르는 것이라고 생각했다.

Y촌 본가는 하얀 벽에 둘러싸여 있다. 정면에는 수백 년 된 소나무에 몇 아름이나 되는 줄기가 누운 듯한 모양으로 뻗어 있다. 황혼녘 그것을 보는 순간 신타로는 안도와 전율을 동시에 느꼈다. 흙담은 반 이상 부서졌고 소나무는 스스로의 무게를 겨우 지탱하고 있었다. 절을 연상시키는 큰 지붕은 대부분이 풍화되고 이끼와 잡초에 덮여 있어 지금 금방이라도 무너질 것만 같았다. 문까지 마중 나온 아버지와

큰어머니와 함께 부엌 옆 토방에 발을 들여놓는 순간 어둠 속에서 불쑥,

"어머, 신타로 왔구나"라는 어머니 소리가 들렸다.

신타로는 깜짝 놀라 그 자리에 섰다. 어머니가 변했을 것이라고는 예상했었지만 그래도 이렇게까지 급격히 쇠잔해진 어머니의 모습을 보게 될지는 몰랐다. 그러나 생각해 보니 자기가 머리속에서 그리고 있었던 것은 10년 이상 이전의 건강한 어머니 모습이었다. 그러나 구게누마 집을 떠날 때의 어머니 모습은 지금 눈앞에 있는 어머니 모습과 이미 같았다. 어머니는 웃고 있었다. 토방 한구석에서 몸을 벽에 기댄 채 앞니를 두 개 보이면서 웃는 그 얼굴은 수줍어하는 여자아이를 연상시켰다. 그러다 신타로는 다시 건강했던 어머니를 생각해 냈다. 그러나 그녀가 정상이 아니라는 것은 한 번만 쓱 봐도 알 수 있었다. 그가 어머니 가까이 가자 무서울 때처럼 오한이 났다. 왜 그런지는 몰랐지만.

그러나 점점 눈에 익으면서 어머니의 얼굴도 옛 모습을 되찾는 듯했다. "이 정도면 그렇게 나쁜 것도 아니지 않아요." "응, 네 얼굴을 보니 정신이 드나 봐." 다음날 신타로와 아버지가 이야기하고 있는 동안 어머니는 큰어머니와 뭐가 재미있는지 웃으면서 농담을 했다. 어떻게 해서 그렇게 됐는지는 모르지만 네 사람은 같이 뒷산에 있는 조상 무덤까

지 산보를 가게 되었다. 집은 나무로 둘러싸여 있어 어둡고 시원한 바람이 통했지만 밖에 나오니 눈을 감아도 하얀 빛이 느껴질 정도로 햇빛이 강했다. 논두렁길로 접어드니 벼이삭 냄새가 물씬 풍겼다. 어머니가 숨이 가쁜 듯이 발걸음이 느려져서 신타로는 서서 뒤를 돌아다보았다. 그러자 어머니는 눈을 가늘게 뜨고 웃으며,

"이상한 일도 다 있어"라고, 신타로 귓가에 속삭이듯 말했다. "아버지가 요새 절간 옆에서 젊은 아가씨와 만나 어디론가 간다."

신타로는 웃었다. "왜 그렇게 생각하세요?"

아버지는 낡은 군복에 운동화를 신고 큰어머니와 나란히 아무것도 모른 채 앞에 가고 있었다.

"왜라니?" 어머니는 갑자기 눈을 반짝이며, "그렇게고 저렇게고가 어딨어, 요새 매일 밤 그래. 내가 뒤에서 쫓아가니까, '방해하지 마'라며 나를 논에 떨어뜨리려고 했어. 분해 죽겠어. 구게누마에서는 나를 그렇게 고생시키더니, 지금 와서 그러다니."

신타로는 어떻게 달래야 할지 몰랐다. 햇볕은 강하고 어디 한군데 나무 그늘도 없었다. 다시 걷기 시작하자 어머니는 정신이 조금 드는지 태연한 얼굴로 뒤쫓아왔다. 그러나 다시 숨이 가빠지는 것 같아, 발을 멈추고 뒤를 돌아다보니

다시 발작을 일으키는 것 같았다. 점점 목소리가 커지고 눈은 한군데를 응시하며 관자놀이의 혈관이 터질 것같이 튀어나오고 호흡은 가슴이 들썩거릴 정도로 거칠어졌다.

"흥, 너구리 영감 같으니!"라고 아버지를 욕하는 소리가 멀리까지 들릴 정도였다.

"괜찮을까요? 이제 그만 돌아가는 게 좋지 않겠어요."

신타로는 등을 이쪽으로 돌린 채 서 있는 아버지에게 물었다.

"이대로 가는 게 나아.……항상 밤이 되면 더 심해져"라며 아버지는 그대로 앞장서서 걸어갔다.

다음날 신타로는 아버지와 둘이서 병원에 갔다. 어머니는 고치에 오자마자 곧 시내에 있는 그 병원에 가서 진찰을 받았었다. 어머니를 입원시키고 싶다고 했더니 의사는 어머니를 기억하고 하얀 얼굴에 미소를 띠우며, 역시 집에서 요양한다는 게 쉽지 않죠라고 했다. 그 목소리가 신타로에게는 아주 매끄럽고 육감적으로 들렸다. 이야기하는 투로 봐서 의사는 전부터 입원시키라고 권유하고 아버지는 그것을 오늘까지 거절한 것 같았다. 아버지가 사무상 절차를 의사와 의논하는 동안에 신타로는 간호사 안내로 병원을 한 번 둘러봤다. 의사도 간호사도 예의바르게 대해 주었다. 그런데 내일 입원시키기로 약속하고 방을 나서려는데 의사는 둘을 불러 세우고 병동 앞에 세워 놓고는 새로 산 것 같은 카메라를 들이대었다. 머리 위에 여름 햇살이 강했기 때문에 셔터를 누르기까지의 시간이 몹시 길게 느껴졌다.

Y촌 큰집에 도착한 것은 저녁 무렵이었다. 신타로는 병원을 나서면서부터 뭐라고 말할 수 없을 정도로 피로를 느꼈다. 그러나 문에 들어서서 닭장 옆에서 닭모이를 주는 큰어머니 뒤에 멍하니 서 있는 어머니 모습을 보자 새로운 긴장감 탓인지 그런 피로감이 사라졌다. — 입술을 쫑긋이 세우고 아무도 눈에 들어오지 않는지 어머니는 신타로 옆을 무심히 지나치며 혼자서 뭐라고 중얼중얼거리며 문과 부엌 사이를 기계적인 동작으로 왔다갔다 했다. 그 모습을 보고 신타로는 우리에 갇힌 동물을 상상하지 않을 수 없었다.

그날 밤, 어머니는 조용히 잤다. 저녁식사 때, 내일 도쿄로 돌아가요라고 말해서였는지도 몰랐다. 한밤중에 한 번 어머니 침실에서 벽에 부딪히는 소리가 나서, 또 발작을 일으키나 했더니 아직 반쯤 자고 있는 듯한 아버지 소리와 함께, "변소에 갈래" 하는 어머니 소리가 들렸다. 문이 열렸다. — 발자국 소리가 자기 방에 가까워지자 신타로는 피가 거꾸로 흐르는 것 같은 공포감을 느꼈다. 눈앞 창호지에 희끄무레한 그림자가 비쳤다.

그때, "아니야, 아냐. 변소는 이쪽이야, 반대쪽이야" 하는 아버지 소리가 들렸다. 그러자, "어, 그래. 내가 잘못 갔나" 하고 의외로 순순히 대답하는 소리가 났다. 그리고 이번에는 발자국 소리가 정확히 변소 쪽으로 멀어져 갔다. 오래된 나무문이 삐걱거리며 열리는 소리가 들렸다.

그로부터 다음날까지 모든 일이 순조롭게 진행되었다. 도중에 한 번 운전수에게 목적지를 가르쳐 주느라고 주춤했던 것 빼고는—.

그날 어머니는 아침부터 표정이 밝았다. 그리고 병원에 가까워지면서 거의 제정신을 차린 게 아닌가 싶을 정도로, 태도도 말하는 것도 정상이었다. 언제나 허공을 바라보던 눈도 제자리를 찾아 옆에 있는 사람도 그녀가 무엇을 보고 무엇을 생각하고 있는지 알 수 있었다. — 운전수가 라디오를 끄고 자동차 방향을 바꿀 때까지 신타로는 차가 설 때마다 서면 일으키는 어머니 발작이 일어나지 않을까 하여 걱정이었는데 백미러에 비친, 그녀의 눈을 감고 있는 모습에는 최근 몇 년 간 보지 못했던 평온함이 있었다.

자동차가 찻집이 늘어선 길에서 뒤돌아가 언덕길로 접어들었을 때 차 안에는 침묵이 흘렀다. 그때까지 들뜬 기분으로 라디오 음악 소리에 맞춰 흥얼거리던 어머니는 입을 꼭 다물고 창 밖으로 지나가는 짙은 초록색 나무만을 바라다 보았다. —이렇게 되니 신타로는 어머니가 제정신을 차렸다가 모든 것을 알아차리고 운명에 자신을 맡기려고 하고 있는 것은 아닌지 걱정이 되었다. 의사에게 의논할 수도 없었다(전날 신타로는 병원 의사에게 병자를 이곳으로 데려오려면 어떻게 하는 것이 좋은지 물어 보았다. 그러자 의사는 갑자기 흥이 깨진 듯이, "모두들 방법을 연구하는 것 같아요. '거짓말도 한 방편'이라고 하니까"라고만 대답하고 말꼬리를 흐렸다). 신타로는 헤어지려 할 때 카메라를 자기 얼굴에 들이댄 의사의 하얀 피부와 매끄러운 음성을 생각하면서 후회가 엄습해 오는 것을 느꼈다.

"아아, 아름답다"라고 큰어머니가 소리를 질렀다.

자동차는 갑자기 펼쳐진 바다 경치를 향해서 언덕길을 내려가기 시작했다. 파란 하늘이 비치는 바다와 초록빛 언덕에 둘러싸인 하얀 각설탕 같은 병원 건물이 점점 크게 보였다. 그러자 신타로는 갑자기 그 건물이 어제와는 달리 오늘은 자신을 향해 살아 있는 생물처럼 전신을 크게 벌리고 있는 것같이 느껴졌다. —의사는 전날과 마찬가지로 웃으면서 그들을 현관에서 마중했다.

"음, 아주머니에게는 어떤 방을 드리는 게 좋을까"라며 의사는 어머니를 진찰실 의자에 앉히고는 어린이에게 말하듯 말했다.

신타로는 가슴이 덜컹했다. 의사는 어머니가 승낙이라도 해서 이곳에 온 줄 아나? 의사의 하얗고 부드러운 뺨에 오늘은 붉은 빛이 도는 수염이 아주 조금 자라 있는 것이 눈에 띄었다. ─어머니는 입을 다문 채 있었다. 분명히, "어느 방을 드리는 게 좋을까"라고 하지만 그것을 고를 권리가 이쪽에 있는지 없는지 모르기 때문에 입을 다물 수밖에 없었다.

"잠깐만 기다려 주세요. 방 배정이 어떻게 됐는지 보고 올게요."

소독약 냄새를 아련히 풍기며 의사가 나가자 방안이 갑자기 텅 비는 것 같았다. ─니스를 칠한, 튼튼해 보이는 테이블과 나무의자 대여섯 개가 있을 뿐 보통 병원이나 의원의 진찰실이라면 반드시 있는 가구나 도구가 하나도 없었다. 그래도 그 방이 진찰실임에는 틀림이 없었다. 다른 곳에는 없는 음침한 기운이 그 방에는 있기 때문이다. ─그때, 숨 막히게 찬 방안 공기에 금이 가듯이 어렴풋한 한숨 소리가 들렸다.

"음, 드디어 나를 버리기로 했구나!"
라고 어머니는 가슴속에서 마지막 공기를 뱉듯 중얼거렸다. ─큰어머니에게 얻은 어두운 줄무늬의 기모노를 입고, 점점 더 몸이 작아 보이는 어머니는, 딱딱한 의자에 몸을 던지

듯이 걸터앉은 채, 검게 탄 얼굴을 누구도 쳐다보지 않으려는 듯이 옆으로 돌렸다. 방안에 있던 모든 사람들이 일순 숨도 제대로 못 쉬고 긴장한 채 꼼짝도 못했다. 그러는데 기세 당당하게 의사가 들어와서 느닷없이 말했다.

"자, 아주머니, 방이 준비됐습니다. 아무나 가족 중 한 분만 함께 가시죠. 너무 많은 사람이 함께 가면 다른 환자들이 흥분해서 안됩니다.……게다가 새로 입원하는 환자도 한꺼번에 가족 모두와 헤어지게 되면 쓸쓸해서 안됩니다."

고개를 든 큰어머니가 아버지와 신타로를 번갈아 보다가 눈으로 신타로를 재촉했다. 어떻게 된 건지 아버지는 마치 술에 취한 사람처럼 목부터 위가 전부 빨개지고 고개를 가볍게 전후좌우로 흔들고 있었다. 결국 신타로가 일어서서 따라가기로 했다.

정해진 병실로 가기 위해서 긴 복도를 몇 개씩이나 지나고 계단을 올라갔다 내려갔다 했다. 이 계단과 복도를 신타로는 어제 이미 지나갔을지도 몰랐다. 그렇다고 해도 어제와 오늘은 계단이 전혀 다르게 생긴 것처럼 느껴졌다. 그는 나름대로 평온한 마음을 유지하고 있다고 믿었다. 그러나 선두에 선 의사와 자신과의 거리가 마치 의사가 일부러 그러는 것처럼 멀어졌다가 또 금방 몸이 부딪칠 정도로 좁혀졌다가 했다.— 몇 개의 방화벽으로 나뉜 긴 복도 끝에 넓고 큰 다다미 방이 있었다. 그것은 어디에서라도 볼 수 있는, 대개의 사람들이 일생에 한 번쯤은 묵은 경험이 있는 그런 흔한 방이었다. 유도장, 삼등선실, 절의 본당, 여관의 연회장—. 신타로 자신은 군대에서 부대가 이동할 때마다 이런 방에 묵었다.

"다다미도 새것이고, 창으로 바다도 볼 수 있고……."

의사의 말에 갑자기 귀가 울려 잠시 신타로는 멍해졌었다.—그러고 보니 주위에 등심초 냄새가 나고, 동쪽 창으로 하늘과 바다가 하얗게 빛나고 있는 게 보였다. 어제 이야기로는 작고 깨끗한 일인실을 주겠다고 했었다. 그래서 물어보니 의사는 "음, 이쪽이 사람도 많아 얘기할 상대도 있고……"라고 요점 없는 대답을 했다. 그러나 신타로는 그 이상 물어 볼 기력이 없었다. 그는 방에 들어간 순간부터 멍해져서 자기 몸이 끝없이 밖을 향해 흩어져 버릴 것 같은 느낌을 받았다.

"……어머님께 뭐라고 한마디 해 드리지."

의사는 희고 부드러운 피부의 얼굴을 가까이 하면서 속삭였다.

"네에……."

신타로는 그렇게 말한 채 잠시 생각해 봤지만 이제 와서 어머니에게 할 말이 아무것도 없었다.—의사는 한층 얼굴을 가까이 갖다 대고는 재촉하듯이, "아무 말이나 괜찮아, 아무 말이나"라고 되풀이해서 말했다. "환자를 위로할 수 있는 말이라면 아무 말이라도 괜찮으니 해 드리세요."

의사는 웃고 있었다. 어머니의 검은 얼굴이 눈앞에 있었다. 잔주름이 간 목에 하얀 귀밑머리가 있는 것이 눈에 띄었다.

"어머니 하루 빨리 병이 나아야죠. 그때까지 여기서 참고 계세요.……다 나으시면 모시러 올게요. 그때 도쿄로 가요."

신타로는 혀가 얼어 붙는 것 같아 그것만을 말하고는 한시라도 빨리 그 자리에서 도망가고 싶어졌다. 그러나 의사는 낮은 목소리로 또 말했다. "어깨라도 살짝 잡아 드리세요."

하라는 대로 신타로는 두 손을 어색하게 어머니 어깨에 놓았다. 손바닥으로 바싹 말라 뼈만 남은 어머니 어깨가 느껴졌다. 어머니는 뒤돌아서 신타로를 곁눈으로 보았다. 어깨에 놓인 손에 자기도 모르게 저절로 힘이 주어졌다. ─신타로는 방 입구까지 와서 다시 한 번 뒤를 돌아다보았다. 그때서야 처음으로 무언가 얘기해 주고 싶은 마음이 일어났다. 그러나 그냥 넓기만한 방 한가운데 덩그러니 앉아 눈을 두리번거리고 있는 어머니 모습이 작게 보였다.

다음 순간 신타로는 복도에 서 있었다. 아까는 보이지 않았던 환자들이 여럿이 의사를 둘러싸고 물어 보았다. "선생님, 언제 나갈 수 있어요?", "이제 다 나았는데요······.", "선생님 할 얘기가 있어요."

"음, 음, 알았어"라고 의사는 웃으면서 양 손을 날개치듯이 흔들었다.

그때 신타로는 의사와 환자 사이로 지금 자신이 나온 방의 문이 닫기는 것을 보았다. 옅은 초록색으로 칠해진 철문이 천천히 닫혔다. 계속해서 같은 색깔의 빗장이 걸렸다. 눈 앞의 모든 것이 완전히 차단되는 것이었다.

주위는 이미 어두워져 어설픈 발 때문에 찌그러져 보이는 창가에 회백색 물체가 자욱이 끼었다. 황혼의 고요함도 이곳에는 없다. 일단 해가 지면 병동 속에는 갖은 침묵 소리가 들끓기 시작하기 때문이다. ―아까까지만 해도 옆방에서 며칠 전에 입원한 올해 17살 난 소녀가 훌쩍거리며 울고 있었다. 늘 하던 대로 간호사가 잠자는 약을 주사했다. 물론 소녀는 잠들었지만 울음 소리는 마치 벽 속에 스며든 것처럼 여기저기 남아서 언제까지나 들리는 것 같았다. 또 한편 옆방에는 언제나 도시락을 기다리는 여자가 역시 주사를 맞고 자고 있었는데, 그것은 저녁 무렵 어머니 병실에 많은 사람들이 들랑달랑해서 흥분해서 손을 댈 수 없을 정도로 날뛰었기 때문이었다. 머리부터 물을 뒤집어쓰고 좁은 병실 속으로 도망갔던 그녀의 목소리도 저만큼쯤 떠돌고 있다.

정오가 지나 3시경부터 어머니 숨소리가 눈에 띄게 약해졌다. ─"지금부터라면 Y촌에 저녁 준비를 할 무렵 닿을 테니까"라며 큰어머니가 돌아간 직후였다. 아직 버스 정류장까지는 못 갔을 것이다. 그것 때문에 신타로는 아버지와 약간의 말다툼을 했다. ─아버지는 큰어머니를 붙잡으러 가야 한다고 했고, 신타로는 그것에 반대했다. "일부러 병문안 왔는데 임종을 못 보면 안됐잖아"라고, 간호사도 아버지 의견에 찬성했다. 그러나 결국 그것은 어느쪽이든 상관없었다. 즉, 다투고 있는 동안에 버스가 도착할 시간이 되었고 어머니도 호흡이 정상으로 되돌아왔기 때문이었다. 간호사에게 불려서 온 의사도 간호사들도 맥이 빠진 얼굴로 돌아갔다. 의사는 병실을 나갈 때 노골적으로 기분 나쁜 표정을 지었는데 지금은 신타로도 어느 정도 의사의 입장을 동정했다. ─의사가 기분이 나쁜 것은 자신이 병자에게 아주 무기력하다는 것을 알고 있기 때문이기도 할 것이다. 완전히 포기할 수밖에 없는 일에 책임상 종사해야 하는 것도 할 노릇이 아닐 것이다.

의사들이 돌아간 다음에 신타로는 병동 밖 돌계단에 앉아 담배를 피웠다. 그러자 환자 한 명이 와서 정중하게 고개를 숙이고 위로의 말을 했다. 알고 보니 많은 환자들이 이쪽을 보고 소곤소곤 이야기하고 있었다. 분명히 그들은 방금 어머니가 죽었다고 생각한 것 같았다. 신타로는 창피하기도 하고 뒤가 켕기기도 해서 병실로 돌아가려고 했다. 그러자 뒤에서,

"나는 어머니께서 아직 돌아가시지 않는다고 생각했어요"라는 소리가 났다. 뒤돌아보지 않아도 그 소리가 목에 붕대를 감은 사람의 목소리라는 것을 금방 알 수 있었다. 그는 돌계단에 신타로와 나란히 앉았다. 이 병원에서는 특별히 정해지지 않은 시간에 의사가 중증환자 병실에 다녀 가는 것은 환자가 죽을 때뿐이라고 남자가 말했다.

"그러나 나는 또 의사가 바보 같은 짓을 한다고 생각했지. 인간은 반드시 간조 때 죽는 법이야. 만조 때 죽는 법은 거의 없지. 의사가 그런 법도 모르고."

"네에"라고 신타로는 맞장구를 치면서, 이 남자가 왜 병원이나 의사에게 적의를 품고 있는지 의아해했다. 이 남자가 감옥 같은 병실에 스스로 문을 열고 들어가는 것은 생각해 볼수록 기묘한 일이 아닐 수 없다. 아마도, 이 남자는 남은 전인생(이라고 해도 얼마 남지 않았겠지만)을 이 병원에서 보내기로 했음에 틀림없다. 그렇다고 한다면 '자기 스스로

자기 인생을 고른다'라고 하는 것은 그렇게 대단한 일도 못 된다는 생각이 들었다. 그렇게 얘기해도 결국은 이 남자처럼 자기 손으로 자기의 감옥 문을 열고 들어가는 데 지나지 않으니까 말이다.

담배를 다 피우고 병실로 돌아가려는데 뒤에서 남자가 신타로에게, 오늘밤 간조 시간은 11시 넘어서이다, 그때까지는 편히 쉬고 있는 게 좋을 거다라고 말했다. 그 충고는 선풍기보다도 고마운 것이었지만 조금도 졸립지 않아서 그렇게 말하고 병실로 돌아갔다.

그로부터 얼마나 시간이 흘렀을까? 신타로는 눈을 들어, 창을 통해 찌그러진 하늘을 쳐다보았다. 그리고 잠이 들었던 것과 이상한 꿈을 꾸었던 것이 머리에 떠올랐다. 주위는 컴컴했고 보이는 것이라곤 출렁이는 물뿐, 자신은 바위 같은 것 위에 있었다. 가끔 바다 밑에서 움직이는 바람이 무겁게 자신에게 밀려와 부딪쳐서 깜짝 놀라 보면 자신이 있는 곳은 바위 위가 아니고 바다 거북이 같은 등껍질이 단단한 동물의 등 위였다. 그 꿈속에서 그는 아직 어린아이였을 때 바다에서 어머니에게 수영을 배웠던 일을 생각하고 있었다. 어머니가 물 속에서 눈을 뜨라고 해서 그대로 했더니 초록색 물 사이로 바로 옆에 있는 검고 큰 어머니 몸이 흔들흔들 흔들거리고 있었다—. 도대체 어느 정도 잔 것일까? 신타로는 꿈속에서 불안했던 마음이 아직 머리 한편에 남아 있는 것을 느끼면서, 문득 목에 붕대를 감은 남자가 "죽는 것은 간조 때다"라고 말한 것이 생각나 불안한 예감이 들었다. —아무도 모르는 사이에 어머니가 자기 눈앞에서 죽는다—. 일순 그런 생각이 들면서 몸에 소름이 끼쳤다. 어머니에게 얼굴을 가까이 대 보았다. 시큼달큼한 냄새가 밤인데도 강하게 코를 찌르고 약하긴 하지만 고른 숨소리가 들렸다. 살았다라고 그는 생각했다. 시간을 보러 사무실에 갔다. 2시 10분이었다. 그 사람 말이 맞는다면 위험한 시각은 넘긴 것이다. 그렇다면 어머니는 또 위기를 넘긴 것일까. 그러나 그렇게 생각한 다음 순간부터 지금까지 지내온 하루하루가 또다시 되풀이되는가 싶어 맥이 탁 풀리는 것이었다.

그로부터 동이 틀 때까지 몇 시간을 그는 표리부동한 두 마음, 낙담과 안도 사이를 오가며 지냈다. 온 신경을 어머니 숨소리에 쏟고 있는 사이에 어느 때부터인가 자신의 호흡이 어머니 호흡과 하나가 되어 움직이는 듯했다. 그리고 아침이 오는 것을 느꼈다. —해가 비치기 시작하자 공기는 물색 투명함을 더하기 시작했다. 그러자 주위에 있는 것들이 점점 그 형태를 찾아 가기 시작했다. 취사장 근처에서 사람이 움직이기 시작하는 소리가 들려 왔다.

운동화 고무바닥 소리를 내며 간호사가 모습을 나타내자

아버지가 왔다. 이제 완전히 날이 밝았다.

"아래턱으로 숨쉬기 시작했네"라고 간호사가 말했다.

어머니는 입을 벌린 채라고 하기보다 아래턱이 목에 닿은 채 목 전체로 겨우 호흡을 계속하고 있었다. "이렇게 되면 얼마 남지 않았어요"라며 간호사는 아버지를 돌아다보았다.

아버지는 묵묵히 고개를 끄덕였다. 그리고 신타로에게, "Y촌에 전화할까"라고 했다.

그러자 신타로는 갑자기 온몸이 피곤해지는 것을 느꼈다. 그리고 눈앞에 있는 두 사람에게 화가 나서 말했다. "지금 꼭 죽는 것은 아니잖아요. 그리고 전화해도 큰어머니가 꼭 오실 수 있는지 아닌지도 모르고."

둘은 얼굴을 마주보았다. 드디어 아버지가 단호하게 말했다. "Y촌에는 연락을 해야 돼. 연락만이라도……."

자기가 바보 같은 말을 했다고 신타로는 생각했다. 그러나 확실하게 다가오는 어머니 죽음 앞에서 의례적인 것이 우선 된다는 게 어쩐지 참을 수 없었다.

환자들에게 아침이 배달되면서부터 이미 대낮같이 더워졌다. 신타로는 지금에 와서 마구 잠이 쏟아졌다. —밤, 아무것도 보이지 않고 숨소리만 들릴 때와는 다르게, 대낮의 넘치는 광선 아래에서 어머니 모습은 쇠약해 보일 뿐만 아니라 이미 인간적인 모습을 찾아볼 수 없었다.

코도, 뺨도, 턱도, 전부 축 처져서 서로 들러붙어 그대로 이 더위에 녹아 버릴 것만 같았다. 호흡만이 쉬지 않고 계속되었다. 시간이 매우 느리게 흘러가는 것 같았다.

곧, 큰어머니가 땀투성이가 되어, "겨우 대 왔다"며 나타났다. 그녀는 또 남편이 왜 오고 싶어하지 않는지에서부터, 오는 도중 찻속이 얼마나 붐볐는지, 올해 벼농사 작황 등 생각나는 대로 연속해서 말하기 시작했다. 병자는 완전히 무시되었다. 그러나 신타로는 어머니보다 고령이고 67세라는 연세에도 불구하고 새빨개진 얼굴에 흐르는 땀을 닦으며 이야기하는 큰어머니를 보는 것이 기분 좋았다. 그녀 몸에 있는 모든 것이 건강해 보여, 벽과 마룻바닥, 햇볕 등 이 방안에 있는 모든 강하고 무거운 것들을 그녀 혼자의 힘으로 물리쳐 버릴 수 있을 것 같은 느낌이 들었다.

"참, 목들 마를 것 같아 길에서 사 왔어"라며 큰어머니는 암녹색 큰 수박을 내놓았다.

이것도 방안의 음울한 공기를 없애는 데 효과가 있었다. 자른 반쪽을 간호사에게 주니까, 그는 생긋 웃으며, "제가 이쪽 반을 먹고 남은 반쪽은 집사람에게 주겠습니다"라고 말했다.

이 남자에게 부인이 있다는 것을 지금까지 몰랐었는데, 부인도 역시 이 병원에서 일한다고 한다. 신타로는 엷은 수염이 난 이 젊은 남자가 부인과 둘이서 수박을 먹는 모습을 생각만 해도 웃음이 저절로 나왔다. 신타로는 아까 별 것 아닌 일로 아버지와 간호사에게 빈정대는 태도를 보인 자신이 부끄러워졌다.

그러나 이 건강한 방문객의 얼굴도 시간이 지나감에 따라 점점 어두워지기 시작했다. 그들이 큰소리로 얘기하면서 수박을 먹기 시작하자 곧 옆방에서 새가 우는 듯한 소리가 나기 시작했다.

"간호사, 간호사. 수박, 수박, 먹고 싶어요. 수박이 저도 먹고 싶어요. 수박, 주세요."

큰어머니는 한 손으로 수박을 들고 먹으면서 한 손으로 국물을 뚝뚝 흘리며 간호사를 가리키며 옆방에도 나누어 주라고 했다. 간호사는 대답했다.

"안됩니다. 지금 저 사람은 설사를 하고 있어요. 변기가 있는데도 밖에 자꾸 싸서, 바닥이며 벽을 엉망으로 만들어요. 지난번에도 한참 야단을 쳤는데."

신타로는 그녀가 무슨 이유에선지 발가벗은 몸으로 바닥을 네 발로 기어다니는 것을 창을 통해 한 번 본 적이 있다. 20세 정도의, 천진난만한 얼굴의 소녀 같은 여자였다.

"수박, 주세요, 주세요, 수박, 먹고 싶어요……."

목이 잠긴, 기괴한 억양의 그 목소리는 계속 외쳐대고 있었다. 목소리는 점점 커지고 빨라졌다. 신타로는 그 소리에 기력을 잃어서는 안된다고 생각했다. 끝까지 수박을 먹지 않으면 안된다. —그러나 외치는 소리가 커짐에 따라 눈썹이 올라갔다 내려갔다 그 이상 더 괴로운 표정을 지을 수 없을 정도로 어머니 양미간에 주름이 잡힌 것을 보니 역시 기력이 없어졌다. 그리고 결국은 큰어머니와 간호사가 먹다 남은 수박과 껍질을 재빨리 정리해서 취사장에 갖다 버리게 되었다.

그러는 동안에도 방안 온도는 점점 올라갔다. 어머니 입술을 솜에 물을 축여 큰어머니와 아버지가 번갈아 닦아 주었지만 닦을 새도 없이 증발해 버렸다. 그러나 입 속에 떨어뜨려 준 수분이 조금이라도 많으면 어머니는 괴로운 듯 목을 움직였다. 그때 간호사가,

"집사람이 주스를 만들어서요"라며, 주전자처럼 생긴 컵에 노란 즙을 넣어 가지고 들어왔다. "병자는 뭐라도 먹어야지요. 속이 비면 힘이 나지 않거든요"라고 했다.

그러나 이 상태에서 무엇을 병자에게 먹일 수 있단 말인가—.

"어떻게든 해 보죠" 간호사는 그 주스를 어떻게든 병자 입속에 넣고자 했다. 그리고 그것을 절대로 하지 못하게 말

려야겠다는 이유나 근거가 누구에게도 없었다.

간호사는 바닥에 배를 대고 누워서 약간 왼쪽으로 기운 어머니 얼굴에 다가가서 유심히 어머니 입 속을 살폈다. 턱이 빠진 것같이 축 늘어져 마른 혀가 왼쪽 뺨에 붙어 있는 것이 보였다. 간호사는 컵의 뾰족한 끝으로 혀를 눌러서 움푹하게 만들었다. 그리고 그 움푹해진 혀 위에 한 방울 노란 즙을 떨어뜨렸다. 즙은 마른 혀 위에 천천히 스며들듯 퍼지면서 목구멍 속으로 미끄러져 들어갔다. 어머니 눈썹이 움찔했지만 호흡은 그대로였다.

"잘 됐어······."

간호사는 소리를 질렀다. 그는 똑같이 너댓 방울을 떨어뜨려 갔다. 처음보다도 잘 되었다. 계속해서 그는 두 방울을 한꺼번에 떨어뜨렸다. 다음에는 세 방울, 조금씩 양을 늘리면서 점점 떨어뜨리는 속도도 빨라졌다. 이제는 혀 표면에 마른 부분이 없어졌다. 그는 컵의 눈금을 읽었다. 차숟가락 하나 정도의 주스가 어머니 입 속을 적신 게 된다. ─ "조금만 더 해 봅시다"라며 이번에는 혀 위에 떨어뜨리는 게 아니라 입 옆으로 흘러 들어가게 했다. 노란 즙이 혀와 입안 벽을 타고 목구멍 속으로 흘러 들어갔다.

"잘 됐어!"

간호사는 또 한 번 소리를 질렀다. 그때 어머니는 얼굴을 찡그리며 기침을 했다. 그러자 혀에 눌려 컵의 주스가 넘쳐 뾰족한 끝으로 뚝뚝 즙이 떨어졌다. 어머니가 더 기침을 심하게 하자 뾰족한 컵끝이 윗턱을 찌를 것같이 되어, 그 바람에 혀의 뒷부분이 한꺼번에 노랗게 물들었다.

어머니는 목구멍 속에서 가래 끓는 소리를 내며 갑자기 눈을 부릅떴다. 한 번 숨쉴 때마다 노란 즙이 거품이 되어 혀 위로 나왔다. 그때마다 마른 펌프 소리를 내며 호흡은 그때까지보다 열 배나 빨라졌다.

간호사는 아무 말도 못하고 방에서 뛰어나갔다. 몇 분 후엔가 의사가 왔을 때는 어머니는 들릴까 말까 한 소리를 내며 드문드문 숨을 내쉬기만 했다. 의사는 앞에 가로막고 서서 잠시 상태를 지켜보다가 가슴을 열고 청진기를 댔다. 오른쪽 가슴에 세 번, 그리고 마지막으로 가운데 한 번, 약간 누르는 듯이 청진기를 댔다. 그러자 가볍게 청진기를 대고 누른 것이 마치 마침표라도 찍은 것처럼 호흡이 멈추었다. 그리고 검붉은 얼굴과 손끝에서 혈색이 사라졌다. 의사는 일어서서 밖에 있는 간호사를 불렀다. 간호사는 안경 속에 크게 뜬 눈으로 의사를 바라보았다. 의사는 손을 들어 시계를 보았다. '11시 19분'이라고 시각을 카르테에 적어 넣게 하고는 여느 때처럼 큰 걸음으로 방을 나갔다.

모든 것이 한순간에 일어났다.

의사가 나가자 신타로는 벽에 등을 기댄 몸 속에서 무거운 물체가 빠져 나간 것 같은 느낌이 들었다. 등 뒤의 벽과 '자신' 사이에 있던 체중이 사라진 것 같은 느낌이 들었다. 그대로 몸이 붕 뜰 것만 같아서 잠시 동안 몸을 조금도 움직일 수 없었다.

간호사가 어머니 입을 닫고 눈을 감기는 것을 알아차린 것은 조금 더 시간이 지난 후였다. 간호사의 하얀 손등에 검은 털이 난 것이 조금 기분 나빴지만 그가 손을 뗀 어머니를 바라보는 동안에 어떤 감동이 밀려 왔다. 아까까지만 해도 그렇게 찡그리고 있던 그녀의 얼굴에서 고통의 빛이 사라지고, 십 년 전의 둥근 얼굴로 되돌아간 것 같은 느낌을 받았다. 그때였다. 신타로는 아주 기묘한 소리가 방안에서 들려 오는 것을 들었다. 육감적인 그러면서 여태까지 들어 본 적이 없는 그런 소리였다. 그것이 큰어머니의 오열하는 소리였다는 것을 알았을 때, 그는 한층 더 놀랐다. 사람이 죽으면 우는 법이라는 지극히 평범한 법칙을 생각해 내는 데 적지 않은 시간이 걸렸다. 무슨 까닭인지 그는 보통 사람들도 운다는 사실을 잊어버리고 있었다. 그때에도 끊임없이 우는 소리가 들려 오고, 그 소리가 이유 없이 그를 몰아세우는 것 같았다. 드디어 주위 사람들이 운다고 하는 사실에 그는 기분이 나빠졌다. 그리고 소리를 내며 우는 큰어머니에게 화가 났다. 당신은 왜 우십니까. 울면 마음이 곱고 따뜻한 사람이 되기라도 합니까. 한편 큰어머니 옆에서는 아버지가 무릎을 세우고 큰 얼굴을 두 손으로 감싸고 있었다. 그 순간 맥이 탁 풀리고 말았다. 울고 있는 노파와 머리를 감싸고 있는 노인네 뒤를 간호사가 살기등등하게 뛰어나갔는가 했더니 어느새 큰 주먹밥에 젓가락을 꽂은 것을 아주 기묘한 표정으로 들고 들어왔다. 어머니 베개맡에 그것과 물잔을 놓고는 복도 창 너머로 이쪽을 들여다보고 있는 환자들을 쫓아 보내며 다시 어디론지 뛰어갔다—. 그것을 보자 아, 이 남자는 어머니가 죽기 전에 자기가 한 행동 때문에 괴로워하고 있구나. 그래서 괴로운 생각을 떨쳐 버리려고 저렇게 뛰어다니고 있구나 하고 생각했다. 만일 그렇다면 그렇게 걱정하지 않아도 된다고 말해 주고 싶었지만 이쪽을 전혀 보려고 하지 않아서 그런 기회가 올 것 같지 않았다. 그 남자가 애잔한 눈초리로 이쪽을 보면 무슨 괴로운 변명이라도 늘어놓을 것 같아, 이쪽에서 도망갈지도 몰랐지만—.

  오열하는 소리에 괴로워하며, 그런 생각을 하는 동안에 신타로는 더 이상 자신이 그곳에 앉아 있을 필요가 없다고 생각했다. 그는 곧바로 일어섰다. 방을 나설 때 큰어머니가 빨간 눈을 들어 이쪽을 이상하다는 듯이 쳐다보았지만 그대로 나와 버렸다.

건물 밖의 땅을 밟자 신타로는 현기증이 일어나는 것 같았다. 바로 얼굴 위에서 강렬한 햇빛이 내리쬐어, 눈을 감으니 이번에는 발밑이 흔들리는 것 같았다. 피곤해서 그런 게 틀림없다. 게다가 일주일 이상, 여드렌가 아흐레 동안 단 한 번 발을 사러 나갔다 온 것을 제외하면 한낮에 이렇게 밖에 나와 본 일이 전혀 없는 탓이기도 할 것이다. 운동장에 나온 것은 언제나 저녁이나 밤이었다.

9일 간, 그 동안에 자신은 도대체 무엇을 한 것일까. 그 시큼한 냄새가 나는 방에 도대체 무엇 때문에 처박혀 있었던 것일까. 비록 9일 간만이라도 어머니와 같은 곳에서 살아봄으로써 무슨 보답이라도 하려고 한 것인가? 보답치고는 너무나 간단하다고 해도, 그렇다면 무엇에 대한 보답이라는 말인가, 무엇을 보답하겠다는 것일까? 애초 어머니에게 보답한다는 것 자체가 바보 같은 일이 아닌가, 아들은 그 어머니의 자식이라는 것 자체로 이미 충분히 보답한 것은 아닐까? 어머니는 그 아들을 가진 그 자체로 보답받고 아들은 그 어머니의 자식이라는 것으로 보답하는. 그들 사이에 무슨 일이 일어나든 그들간에 해결할 문제다. 다른 사람이 이러고 저러고 할 성질의 것이 아니지 않을까?

신타로는 멍하니 그런 생각에 빠지며 운동장을 발 가는 대로 걸어갔다. 요컨대 모든 일은 끝난 것이다라는 생각에, 지금은 이렇게 누구 눈치도 보지 않고 병실의 두꺼운 벽에 있는 창을 통해서만 바라보았던 '풍경' 속을 마음대로 걸어 다니는 것이 더없이 즐거웠다. 바로 머리 위에서 내리쬐는 햇빛도 이제는 고통스럽지 않았다. 몸 구석구석 밴 음침한 냄새를 태양의 열로 태워 버리고 싶다. 바다 바람으로 날려 보내고 싶다—. 그때, 어느새 해변을 돌계단 따라 걷고 있던 신타로는 눈앞에 펼쳐지는 광경에 충격을 받아 발을 멈추었다.

　동화 속에서처럼 곶에 둘러싸여 떠 있는 섬의 풍경은 이미 낯선 게 아니었다. 그러나 지금 그가 발을 멈춘 것은 파도 하나 없는 호수처럼 고요한 해면 위로 몇백 개인지 셀 수 없을 정도로 많은 말뚝이 떠올랐기 때문이었다. — 일순 모든 것이 동작을 멈추었다. 머리 위에서 빛나고 있는 태양은 노란 얼룩을 여기저기에 흩트리고 있었다. 바람은 자고, 바다 냄새는 사라져, 모든 것이, 지금 해저에서 떠오른 기괴한 광경 앞에 한꺼번에 마른 것같이 보였다. 빗살 같기도 하고 무덤을 가리키는 기둥 같기도 한 말뚝을 바라보면서 그는 분명히 하나의 '죽음'이 자기 손에 잡히는 것을 보았다.

사설 요재지이 (私說聊齋志異)

●

원래 누구보다도 외로움을 타는 네가
지금, 황야에 홀로 잠들어 있다.
기운을 내라, 두려울 것 없다.
…… 머지 않아 나도 여기에 와서,
아침저녁으로 네 얼굴 보며 살리라.

사설 요재지이(私說聊齋志異)

1

 교토(京都) 시 오카자키의 간제(觀世)회관 옆에 서양식인지 중국식인지 알 수 없는 건물이 하나 있는데, 내가 산책하며 그 옆을 지날 때마다 무슨 건물인지 궁금했었다. 그 무렵 나는 내 분수에도 맞지 않게, 난젠지(南禪寺) 승방을 한 칸 빌려 머무르며 장편 소설을 쓰려 하고 있었다. 그러나 글은 시작도 못한 채 근처에 있는 두부집을 차례로 찾아가 비슷비슷한 맛의 데친 두부맛을 비교하면서 먹고는, 발길 닿는 대로 거리를 돌아다니면서, 낮은 처마를 맞대고 즐비하게 서 있는 집들의 창살 무늬를 새삼 감탄하며 바라다보기도 하면서 허송세월을 하고 있었다.

 그런 까닭에 콘크리트 벽에 지붕만 중국풍의 노란 기와로 얹은 그 건물도 특별히 관심이 있어서 바라다본 것도 아니다. 그저 그 건물이 눈에 띄면, 뭘까, 하는 정도였다. 병원도 아니고, 학교도 아니고, 큰 전당포의 창고도 아닌—. 그러나 그것이 무엇이든 특별히 속에 들어가 보고 싶다든지 안을 엿보고 싶다든지 하는 마음도 없었다. 그날도 나는 그 건물 앞을 지나가면서도 그 건물 생각은 전혀 하지 않았었다. 그런데 여느 때 같으면 큰 길가에서 조금 들어간 곳에 위치해, 사람 그림자도 없던 건물 앞에서, 젊은 여자가 비로 돌계단을 쓸고 있었다. 입구에,

"금일, 무료입장."

이라고 쓰어 있었다. 나는 혼자 웃었다. 옆에 있는 간제회관에는 기모노를 입은 아가씨와 나비 넥타이에 양복을 차려 입은 남자, 실크 두루마기에 정장 차림을 한 노인들이 줄지어 들어가는 데 반해 이쪽은 누구 한 사람 뒤돌아보지도 않는다. 그런데 "무료입장"이라니 뭐가 무료입장이라는 말인가? 오래된 서화나 고물 같은 것이라도 파는 것일까? 나는 골동서화에 대해 아는 것도 없지만 흥미도 없다. 그런데 어쩐 일인지 이 한적한 건물에 친근감이 가서 입구를 청소하고 있는 여자에게 말을 걸었다.

"괜찮습니까, 들어가도."

"네에."

라며 여자는 고개를 들었다. 멀리서 볼 때처럼 젊은 것 같지

는 않지만 얼굴이 갸름한 게 꽤 미인이다. 그녀는 비와 총채를 두 손에 든 채 나를 머리 끝에서 발끝까지 훑어보고는 점잔을 빼며,

"들어가세요. 첫째, 셋째 일요일은 관장님 뜻에 따라 무료입장으로 되어 있으니까ㅡ. 그런데 신발은 입구에서 슬리퍼로 갈아 신어 주세요. 관내가 더러워질 뿐만 아니라 신발 소리가 시끄러우니까."

라고 관서 지방 억양이 있는 표준말로 대답했다. 나는 갑자기 초라해지는 느낌이 들면서 약간 귀찮아졌지만 이제 와서 다시 돌아갈 수도 없고 해서 하라는 대로 입구에서 신발을 갈아 신고 어두컴컴한 관내 계단을 올라갔다.

참으로 이상한 곳에 들어오게 되었다ㅡ. 아니, '이상한' 것은 내 생각이고 이 건물 자체는 결코 이상한 것이 아니었다. 이 건물은 말하자면 개인이 중국의 골동품을 모아 놓은 박물관이었다. 단지 박물관치고는 여러 가지 물건을 옥석 가리지 않고 진열해 놓은 것 같았지만 그런 점에서 본다면 골동상이 하루 장사를 쉬고 자신의 소장품을 일반 공개하는 것 같기도 했다ㅡ. 은(殷)대나 주(周)대의 훌륭한 청동기(銅器)를 진열해 놓은 테이블 위에 각양각색의 벼루가 시대 구분도 되지 않은 채 진열되어 있다든지 당삼채(唐三彩) 말과

인형을 가득 모아 놓은 곳 옆에 장미빛 덮개가 달린 호화로운 침대가 놓여 있다든지 하는 식이다. 그런 잡다한 인상이 마치 옛날 왕족의 묘를 파내서 그 속에서 나온 보물을 그대로 진열해 놓은 것 같기도 했다. 그것을 썼던 사람의 체취가 숨이 막힐 정도로 주위에 꽉 차 있다.

더욱이 실내 온도가 아주 높았다. 그날은 초가을로 셔츠 하나만 입고 돌아다니기에는 다소 선뜻한 날씨였지만 이 구식 철근 콘크리트 건물 속은 창이 작은 데다가 천장의 일부가 붙박이 유리창으로 되어 있어, 마치 사우나에 들어간 것처럼 어느샌가 나는 땀투성이가 되어 있었다.

그중에서도 건륭제(乾隆帝)가 입었다던 현란하게 채색된 모직 옷 같은 것은 특히 덥게 느껴졌다. 아마 가장 사치스러운 옷감일 것이다. 몇백 년 전 것인지는 몰라도 검정, 초록, 복숭아색 등의 색채가 조금도 퇴색되지 않고 선명하고 그 주위를 눈부신 금사가 두껍게 감싸고 있다. 아무리 천자의 위엄을 과시하기 위해서라지만 보통 때 이런 옷을 입었다면 그런 생활은 생각만 해도 피곤해진다. 금색이 번쩍거릴 뿐만 아니라 다른 색채도 우리가 상상도 못할 정도로 강해서 이런 감각으로 일상생활을 해 나갔다는 것이 기이할 뿐이다. 그러고 보면 『홍루몽(紅樓夢)』의 작가 조설근(曹雪芹) 집안은 대대로 양자강 남쪽에서 궁정에 납품하는 옷감을 짰던 집안이라고 하는데, 과연 이런 옷감을 조상 대대로 짜다 보면 『홍루몽』 같은 소설을 쓰는 자손이 태어날지도 모른다—. 내가 멍하니 그런 생각을 하고 있는데, 뒤에서 여자 소리가 났다.

"이게 뭔지 아세요?"

뒤돌아보니 아까 현관 청소를 하던 여자가 어느샌가 뒤에 와 웃으며 서있다. 나는 왠지 가슴이 덜컥 내려앉았다. 생각해 보니 나 외에 손님이 있을 것 같지도 않고 이렇다 할 감시인도 없고, 마음만 먹으면 여기 있는 물건을 훔쳐 갈 수도 있을 것이다. 그녀가 조용히 내 뒤를 쫓아올 법도 하다. 그러나 그녀는 나를 특별히 의심하고 있는 것 같지도 않았다.

"이거, 진주예요, 아시겠어요?"

라고 그녀는 건륭제의 옷 가슴 부분을 가리켰다. 과연 가슴 부분에 흰 깃장식처럼 보이는 곳에 작은 진주가 빈틈없이 빽빽하게, 마치 이가 알을 낳은 것처럼 달려 있다.

"허, 대단하군. 꽤 섬세한데."

내가 조금 과장해서 놀란 표정을 지었는지도 모른다. 그녀는 여전히 엷은 미소를 짓고 이쪽을 바라보다,

"이거 뭔지 아시겠어요?"

라며 옆에 있는 유리 진열장을 가리켰다.

"글쎄, 뭘까요."

처음에 나는 신문지 같은 것으로 만든 양복본이라고 생각했다. 그러나 자세히 보니 그것은 종이가 아니고 누렇게 변한 속옷 같은 천이었다. 조금 색다른 것은 그 천이 신문 활자처럼 깨알 같은 글자로 꽉 차 있다는 점이다. 바로 전에 본 건륭제 옷의 진주보다도 나를 더 놀라게 했다.

"뭡니까, 이게. 뭐가 적혀 있나요?"

여자는 일단 안으로 들어가서 두께가 2, 3센티 되는 볼록렌즈를 갖고 와서 가만히 유리 진열장 위에 놓았다. 그러니까 천의 짜임새와 필사한 작은 글씨가 제법 확실하게 보였다. 그러나 여전히 나는 그 글씨를 읽을 수가 없었다. 자세히 보니 반듯하게 씌어진 것 같아도 글씨 크기가 제각각이고 벗겨져서 판독할 수 없는 글자도 있고, 또 내가 모르는 약자 같은 것도 많았다. 더구나 무엇보다도 한자만을 한 면에 꽉 채워 놓으니 보기만 해도 숨이 막힐 것 같고 머리가 돌아 버릴 것 같았다.

"못 읽겠는데요. 자왈(子曰), 자부왈(子不曰), 하는 곳밖에 모르겠는데요—. 뭡니까, 이게. 가르쳐 주세요."

"이것은 사서오경과 그 주석을 속옷 안팎에 전부 써 놓은 것이랍니다. 옛날 과거 볼 때 수험생이 그것을 입고 시험장에 가서 컨닝을 했다고 합니다."

나를 흘끗흘끗 보면서 이야기하던 여자가 뭔가 생각났다

는 듯이 웃었다.

"네에, 과거요. 과거에서도 컨닝하는 사람이 있었나요. 이렇게 열심히 속옷에 적을 시간이 있으면 그 시간에 차라리 외우는 게 빠를 텐데……."

라고 혼자말처럼 중얼거리는 데 나는 내심 놀랐다. ―도대체 뭐하는 여자일까? 아는 게 꽤 많은데―. 그러자 그녀는 내 마음을 꿰뚫어본 듯이 말했다.

"선생님, 『요재지이』를 아시죠. 그것을 쓴 요재, 포송령(蒲松齡) 선생은 만년 과거 낙방생이었다고 하지요."

"네에, 『요재지이』 정도는 알고 있습니다만 저는 선생이 아닙니다. 그 저자가 만년 과거 낙방생이었다는 사실은 몰랐습니다. 그러니까 포송령이라는 사람이 과거에 자꾸만 떨어지니까 그 속옷을 입고 시험장에라도 갔다는 말씀입니까……."

그녀는 아예 내가 하는 말은 듣지도 않고 야릇하게 웃었다. 그리고 내가 누구인지 이름도 얼굴도 알고 또 지금 내가 무엇을 하고 있는지도 안다고 한다. 그래서 아직 준비중인 관내에 특별히 들여보내 주었다고 한다. 원칙대로라면 수위가 온 후에야 문을 연다고 한다.

"저, 마쓰라 고자부로의 여식입니다. 기억하고 계실지 모르겠습니다만, 제 아버님은 옛날 도쿄(東京) 입시학원에서 선생님과 같은 반이었다고 합니다."

"아아, 댁이 마쓰라 군의 따님…….그랬군요."

나는 당황해서 말끝을 흐리면서 그녀의 얼굴을 다시 한 번 쳐다보았다. 그리고 몰래 나쁜 짓을 하다 들킨 사람처럼 허둥지둥 그 건물을 빠져 나왔다.

도대체 어찌 된 일일까? 왜 그렇게 허둥댔을까?

나는 오카자키에서 곧바로 난젠지의 내 방으로 돌아가면서 몇 번이고 마음속으로 그렇게 중얼거렸다.

마쓰라 고자부로라면 내가 고등학교에 들어가려고 재수할 때 3년 간 같은 학원에 다녔던 사람이다. 특별히 친하지는 않았지만 얼굴은 기억하고 있다. 아마 나이가 나하고 같았으니까 지금쯤 그 나이 또래 딸이 있다고 해도 조금도 이상할 것이 없다. 게다가 내가 3년씩이나 재수했다고 해서 이제 와서 창피할 것도 없다. 마쓰라 군과는 학원을 떠난 후 한두 번 얼굴을 마주친 적은 있지만 둘 다 군대에 간 후로는 소식을 듣지 못했다. 그러니까 오늘 우연히 그의 딸을 만났다는 것은 기쁜 일이지 결코 창피하거나 당황할 일이 못 된다. 그런데 나는 왜 그렇게 당황해서 도망쳐 버렸을까.

생각할 수 있는 것이 하나 있다면, 내가 지금 나 자신을 마음속으로는 믿지 못하고 있다는 것이다.

솔직히 말하자면 요즈음도 나는 가끔 내가 아직도 재수하고 있는 것 같은 느낌을 받는다. 실제로 신문, 잡지에 글 쓰는 것을 업으로 삼는 것은 평생 재수하는 것과 비슷하다. 다른 사람은 어떤지 모르지만 적어도 나의 경우에는 그렇다. 편집자나 비평가는 시험관 내지는 학원 선생과 비슷하다. 원고를 써서 잡지사나 신문사에 낼 때마다 나는 시험장에서 답안지를 제출할 때와 같은 불안감에 휩싸인다. 과연 합격할 것인가? 내 글에 대한 자신감과는 또 다른 문제다. 나도 마음만 먹으면 스탕달처럼 내가 쓴 원고 끝에 **TO THE HAPPY FEW** 같은 글귀를 적어 넣을 수도 있다. 다시 말해서 그 정도의 자신 내지는 맹신이 없으면 누구도 소설 같은 가공의 글을 쓸 수가 없는 것이다. 그러나 합격, 불합격은 자기가 정하는 것이 아니다. 나 아닌 다른 사람이 정해 주는 것이다. 그런 점에서 나는 확실히 지금의 내 생활에 근본적으로 자신을 갖지 못하고 있는 것이다.

나는, 오늘 그 과거 수험생이 입었다고 하는, 사서오경과 그 주석을 전부 써 넣은 속옷을 본 순간, 무의식중에 그 기분 나쁜 것이 내 살에 들러붙는 것 같은 느낌을 틀림없이 받았다―. 그런 순간에 바로 눈앞에 있는 여자가 자기는 마쓰라 고자부로의 딸이라고 했으니, 놀랄 수밖에.

그건 그렇고, 그 아가씨 아마 어머니를 닮았나 보다. 마쓰라 군과는 얼굴이 딴판이었다. 그녀가 『요재지이』에 관심이 있고 그 작가가 만년 과거 낙방생이라는 사실을 알고 있는 것은 그녀가 아버지 운명을 동정하기 때문일까? 생각이 거기에 미치자 왜 내가 마쓰라 군의 근황이라도 묻지 못했는지 후회되었다.

그 대신이라고 하기도 우습지만, 나는 돌아오는 길에 서점에 들러 『요재지이』 번역본을 한 권 사 가지고 난젠지 승방에 돌아오자 곧 책을 펼쳐 보았다. 거기에는 작가 포송령의 약력이 다음과 같이 나와 있었다.

포송령, 자는 유선(留仙), 일명 검신(劍臣)이라고도 했고 호는 유천(柳泉)이라 했다. 요재는 그의 서재 이름이다. 명말 숭정(崇禎) 13년(1640), 산동 치천 현의 벽촌 포가장에서 태어나 아버지 포반에게 경서를 배웠다. 19세 때 과거 예비시험인 현시(縣試), 부시(府試), 원시(院試) 세 시험에 모두 수석으로 합격했으나, 과거의 본시험 제1단계인 향시(鄕試)에 실패, 그 후 몇 번이나 시도했지만 한 번도 합격하지 못하고 51세 때 본 향시를 마지막으로 드디어 과거를 포기했다. 그러나 강희(康熙) 54년(1715) 76세의 고령으로 이 세상을 떠날 때까지 과거에 대한 미련을 버리지 못했다고 한다.

51세라고 하면 지금 내 나이와 같다. 내가 마쓰라 군과 처음 만난 것이 아마 18, 9세 무렵이었으니까 포송령은 같은 세월을 계속 수험과 낙방으로 보낸 셈이다.

2

잠이 깼는데, 무슨 나쁜 꿈이라도 꾼 것처럼 마음이 무겁다. 밤에 마신 커피 때문일까. 부엌까지 가기가 귀찮아서 덧문을 열고 홈통에 있는 물을 떠서 커피를 끓였다. 그런데—여기부터 꿈인지 생신지 구별이 안되는데—마셔 보니 커피가 아니고 커피 색깔의 흙탕물이었다. 커피 포트 속을 들여다보니 바닥에 마른 잎 부스러기가 잔뜩 끼어 있다.

내가 정말 흙탕물 커피를 마신 것일까—. 승방이 다 좋은데 밤이 컴컴한 것은 질색이다. 방에 있는 10와트인지 20와트짜리 등이 전부고 복도도 변소도 칠흑같이 어두워서 용변도 될 수 있는 대로 낮에 다 보려고 한다. 불편하다 못해 우울해진다.—"흙탕물 마시며, 풀을 씹는다, 이런 것인가."

만주사변 초기에 유행한 군가 한 구절을 생각하며 나는 이제 그만 여기를 떠날까 생각했다. 그러나 하려고 했던 일에 전혀 진척이 없다. 내가 쓰려고 했던 것은 말하자면 자기형성기에 전쟁을 겪은 체험기 같은 것인데, 이 소박한 주제를 그럭저럭 20년 동안이나 생각하면서 결국 아직까지 손도 못 댄 채 있다. 이제는 정말 글을 쓸 작정인지 아닌지도 모르게 되었다.

전쟁이란 한 개인에게 도대체 어떤 존재일까? 그런 것을 자신의 힘으로 아무리 규명해 보려고 갖은 애를 다 써 보았지만 그런 것은 애를 쓴다고 되는 것은 아닌가 보다. 자신이 전쟁에서 무엇인가를 잃어버린 것은 확실하다. 하지만 그 잃어버린 것으로부터 전쟁을 바라보면 어느 사이엔가 전쟁이 막연한 것으로 변해 버려, 어디서부터 어떻게 이해해야 할지 도무지 —.

그러나 배 속에 꽉 찬 흙탕물이 가라앉아 깨어난 사람처럼 기분이 좋지 않은 것은, 어젯밤 읽은 『요재지이』 때문인지도 모른다. 머리맡에 아직도 펼쳐진 채 놓여 있는 책을 보니, 어제 자기 전에 읽은 이야기 한 편이 갑자기 머리에 떠오른다. 요괴기담(妖怪奇譚)이라고 해도 『요재지이』에 나오는 유령은 전부 그렇게 무섭거나 밉지가 않고 이상하게 가련하고 정이 가며 허무한 아름다움을 지니고 있다. 그래서 붙잡기까지가 힘들지 한 번 읽기 시작하면 거기에 푹 빠져들어 계속 다음 다음을 읽게 된다. 그런데 눈을 뜨니 그 기묘한 요정의 세계에서 이상하게 허무함만이 기분 나쁘게 마음에 남는다. 내가 읽다가 잠이 들어 버린「촉직(促織)」이라는 이야기는 한 마리의 귀뚜라미 때문에 자신의 운명이 우롱당하는 남자의 이야기다.

옛날 명나라 때, 궁중에서 귀뚜라미를 싸우게 하는 놀이가 유행했다. 그런 것이 그렇게 재미있는지는 모르겠지만 어쨌든 힘센 귀뚜라미를 잡아서 궁중에 헌상한 현지사가 상관에게 신임을 받게 된다. 그런 까닭에 현지사는 이장에게 우수한 귀뚜라미를 잡아서 바치게 한다. 이장은 할당된 귀뚜라미를 잡기 위해 노심초사하게 되고, 그런 것을 아는 마을 건달들은 그럴싸한 귀뚜라미를 잡아 키워서는 엄청난 가격에 판다. 그것을 마을 관리가 잠자코 넘길 리가 없다. 귀뚜라미 헌납에 드는 비용을 마을 각 집에서 갹출한다. 그러므로 귀뚜라미 한 마리를 헌납할 때마다 마을에 도산하는 집이 몇 집씩 나온다.

어떤 마을에 성명(成名)이라고 하는 남자가 있었다. 아주 성실하고 정직한 사람이었는데 소심한 성격인지 쉬운 동시에 계속 낙방했다. 사람이 순해서인지 누구나 하기 싫어하는 이장직을 거절 못하고 맡게 되었다. 얼마 후 귀뚜라미 헌납 시기가 되었다. 성씨 집에는 얼마 안되는 재산이 있었는데 이장 얘기가 있을 때 거기에서 빠져 보려고 다 써 버려 한 푼도 안 남았다. 그렇다고 마을 사람들에게 갹출할 만한 배짱도 없었다. 고민하던 끝에 자살을 기도했는데 부인에게 들켜 버렸다.

"죽어서 어쩌겠다는 거예요. 죽을 힘이 있으면 그 힘으로 차라리 귀뚜라미를 찾겠어요. 누가 알아요, 또 좋은 귀뚜라미가 잡힐지."

듣고 보니 그럴 듯했다. 성명은 매일 아침 죽통을 메고 집을 나서서, 해가 질 때까지 귀뚜라미를 찾아다녔다. 그러나 그것이 실제로는 죽는 것보다 힘들었다. 성명은 낙방만 하기는 했지만 어려서부터 글 읽는 것은 배웠어도 산에 가서 노는 것은 모르고 지냈다. 그런 것을 어른이 되어 처자식이 다 있는데 정처 없이 귀뚜라미를 찾아 산을 헤메게 되었다. 천하 제일, 아니 적어도 현하 제일의 귀뚜라미라도 꼭 찾아야 되는데 어디에 숨었는지 도무지 눈에 띄지 않았다. 성명은 쓰러져 가는 흙벽 밑을 찾아보기도 하고 들판의 돌을 들쳐 보기도 하고 여기저기 구멍 속, 도랑 속 등 가는 곳마다 닥치는 대로 살펴보았지만 찾는 것은 어디에도 없었다. 그러다가 어두워지면, 그는 참담한 가운데 안도의 숨을 쉬었다. 오늘도 피곤한 하루가 끝났다고 하는―. 사실을 말하자면 성명은 매일 아침 집을 나설 때부터 이미 포기하고 있었다.

읽으면서 나는 도저히 붙을 가망이 없는 취직 시험을 치르기 위해 여기저기 돌아다녔을 때가 생각났다. 그 무렵에는 사립대학 문과대학을 나와도 취직이 잘 되지 않을 때였다. 게다가 나는 여러 번 시험에 떨어져서 다른 사람보다 나이가 몇 살이나 많았고, 군대에서 걸린 결핵성 카리에스 때문에 척추가 굽어 있었다. 취직될 희망이 전혀 없었다. 그렇다고 집에서 굶어 죽을 수도 없고—. "밑져야 본전 아니니. 아무데라도 나가서 일자리를 구해 봐"라고 어머니가 애걸복걸하니 집을 안 나설 수도 없었다.

어디로 가야 하나? 그래도 처음 며칠은 이렇게저렇게 연줄을 찾아 큰 빌딩의 안내창구나 다른 사람 응접실 등 몇 군데를 돌아다녔다. 물론 나를 상대해 주는 곳은 한군데도 없었지만 그것으로 족했다. "나가 봤지만 일자리를 못 구했다"고 하면 어머니에게도 나 자신에게도 그런 대로 해명이 되었기 때문이다. 그러나 몇 군데 돌아다녀도 전부 거절당하면 그 다음에는 갈 곳이 없었다. 할 수 없이 나는 공중전화 박스에 들어간다. 그리고, 전화를 거는 시늉만 한다. 상대방이 '통화중'인 것으로 치고 집어 넣은 동전을 다시 주워 아무렇지도 않은 얼굴로 나오는 것이다. 그리고 나는 공원에 가서 벤치에 앉아 어머니가 싸 주신 도시락을 먹는다. 다 먹고 나면 더 이상 할 일이 없다. 절망적이고 허무한 기분으로 해가 지기를 기다릴 뿐이다—.

나는 내가 도대체 무엇 때문에 그런 바보 같은 짓을 했는지 내가 한 짓이지만 이해가 가지 않는다. 다만 나는 주위의 모든 사람으로부터 버림받은 것 같아 부모님과 함께 사는 집에서조차 마음이 잡히지 않았다. 『요재지이』의 작가는 성명이 집에 돌아올 때의 모습에 대해서는 아무 말도 하지 않았다. 하지만 나는 성명의 착잡한 마음을 충분히 이해할 수 있다. 집에 돌아가면 처자가 곤혹스런 얼굴로 기다리고 있고, 현지사로부터는 재촉이 빗발친다. 그리고 벌레통 속에는 말라비틀어진 귀뚜라미 한 마리 들어 있지 않다. 그의 얼 빠진 눈에 비치는 것은 길가의 마른 풀과 무정한 흙덩이뿐이다. 귀뚜라미 헌납기한을 10일 이상 넘긴 어느 날 성명은 관청에 불려나가 곤장 100대의 형을 받았다.

꼼짝못하고 곤장을 맞은 성명은 두 넓적다리에서 혈농이 흘러 일어설 수도 없게 되어 귀뚜라미를 잡으러 가지도 못하고 자리를 보존한 채 오로지 죽는 것만을 생각했다.

세상에 이런 법도 있나? 도대체 무엇 때문에 자신은 이런 지경에 빠졌나? 아무리 생각해도 어처구니 없는 일이지만 결국 성명은 자신이 운이 없다고 체념하는 수밖에 달리 도리가 없었다.

─다시 말해서, 내가 바보라서 이렇게 된 것이다. 맡으면

손해라는 것을 뻔히 알면서 이장 같은 것을 맡았으니. 그러나 이장직은 누군가 맡지 않으면 안된다. 어차피 나는 동시에도 몇 번씩 낙방한 열등생이지만, 그래도 이 마을에서는 내가 인텔리다. '장' 자가 붙는 직을 아무 농사꾼이나 거리의 건달에게 맡길 수는 없다. 그러고 보면 내가 그 직을 맡을 수밖에 없었다.

성명이 매번 떨어진 동시라는 것은 과거의 전단계에 해당하는 학교시로, 과거를 우리나라의 공무원시험, 지난날의 고문에 해당하는 것이라고 하면, 동시는 중, 고등학교와 대학교의 입시에 해당된다. 그러나 당시 중국에서는 학교가 유명무실한 존재였으므로 학교입시라고 하기보다는 오히려 전문학교 검정고시라고 하는 편이 맞을지도 모른다. 동시는 현시, 부시, 원시 세 단계로 나뉘어 있고, 본래 그것은 14세 이하의 동자를 대상으로 치루어졌는데, 호적이 없던 시대였으므로 거의 모든 사람이 나이를 속이고 시험을 치렀고, 수염만 없으면 얼굴이 주름투성이라도 관례 전의 14세 이하로 눈감아 주었다. 그래서 성명과 같이 처자가 있는 동자가 있는가 하면 40, 50이 되어도 아직 자기를 동자라고 자칭하는 노수험생도 적지 않았다.

그건 그렇고, 성명이 현시, 부시, 원시 중 어느 단계에서 떨어졌는지는 모르지만 아마도 현시에도 합격하지 못한 것은 아닐까. 만일 원시에 합격되면 수재라고 하고 정부에서 적은 액수지만 장학금을 받아 그것으로 일단 생활을 꾸려 갈 수 있었던 것 같다. 그리고 가령 현시에만이라도 붙으면 어떻게든 마을의 낮은 관리직이라도 얻을 수 있었다고 하니까, 이장 같은 직을 억지로 떠맡지 않아도 되었을 것이다. ─이렇게 보면 성명에게 닥친 불운은 결국 동시에 낙방한 데서 왔다고 할 수 있다.

그렇지 않아도 시험의 당락은 운에 좌우되는 면이 많아 오랫동안 낙방을 계속한 노수험생은 대체로 운명론자가 된다. 성명이 이장직을 맡은 것도 원인을 따지자면 이 낙방생 적인 운명론 때문일지도 모른다. 나 자신도 그런 경향이 다분히 있어 다른 사람이 무엇을 시키면 대부분 잘 생각도 해 보지 않고 맡아 버린다. 주어진 시간에 주어진 자수로 상대방이 요구하는 대로 답안을 쓴다. 그것을 오랫동안 계속하다 보면 자연히 다른 사람의 말을 잠자코 듣게 되는 버릇이 몸에 배게 되는 것이다. 특히 내 경우에는 수험기에 어떻게 해도 빠질 재간이 없는 징집검사까지 겹쳐 더욱 상대방이 하라는 대로 하는 경향이 생길 수밖에 없었다.

실제 「촉직」이란 이야기는 성명이 곤장 백대를 맞는 것으로 끝나지 않는다. 거기서부터 요괴담이 시작되는 것이다.

반생반사의 상태로 누워 있는 성명에게 부인이 방랑의 기도사에게 받았다는 꾸깃꾸깃하게 둘둘 말은 종이조각을 가지고 온다. 펼쳐 보니 마치 장난하듯이 그린 그림이 있을 뿐이었다. 그러나 그림을 잘 보니 큰 건물 밑에 두꺼비가 있고 그 옆에 귀뚜라미 한 마리가 있는 게 아닌가. 큰 건물이라고 하는 것은 마을 대웅전임에 틀림없다. 그 뒷편에 찾다 못한 귀뚜라미라도 있다는 말인가?

성명은 지팡이를 의지하여 대웅전에 가서 뒤에 돌아가보니 과연 거기에는 큰 두꺼비가 있었다. 그 두꺼비 뒤를 쫓아가니 귀뚜라미 한 마리가 돌과 돌 사이에 뛰어들었다. 성명이 돌 사이에 죽통의 물을 부으니 그것이 겨우 모습을 드러내었다. 꽉 짜인 큰 체구에 긴 꼬리는 힘차게 뻗치고 머리는 파랗게 빛나고 날개는 금빛으로 빛나는, 그야말로 청마두라고 하는 최상급 귀뚜라미가 틀림없었다. 금방 잡아서 집에 돌아오니 집안 식구 모두가 대단히 기뻐했다. 둘도 없는 보물처럼 그 귀뚜라미를 쟁반 위에 놓고 키우며, 게살이나 밤 같은 것을 먹이며 온 집안이 애지중지 보살폈다.

이거라면 문제 없이 현하 제일, 전국에서도 손가락 안에 드는 명귀뚜라미가 될 것이 분명하다고, 성명은 이번에는, 귀뚜라미 헌납독촉이 오기를 기다렸다.

그러나 그 행운은 사실은 더 큰 불행의 전초전에 지나지 않았다. 어느 날 성명이 집을 비운 사이에 그 해 9살이 된 아들이 살짝 귀뚜라미가 들어 있는 쟁반의 뚜껑을 열어 보았다. 그러자 재빠른 귀뚜라미가 갑자기 밖으로 날아 도망갔다. 어린아이는 당황해서 두 손으로 쳐서 겨우 잡았지만 귀뚜라미는 발이 잘리고 내장이 비어져 나와 그대로 죽어 버렸다. 놀란 어린아이가 우는 것을 듣고 어머니는 새하얗게 질려 야단쳤다.

"어쩌자고 이런 일을 저질렀어. 아버님이 집을 비운 사이에……. 못된 자식, 차라리 죽어 버려."

어린아이는 울면서 어디론가 나가 버렸다. 그때 성명이 돌아와서 부인 이야기를 듣자 온몸에 찬물을 끼얹은 것 같은 기분이 되었다. 어린아이를 찾았지만 어디에도 없었다. 이미 어린아이는 우물에 몸을 던져 죽은 후였다. 부부는 끌어 올린 아이 시체를 앞에 두고 그저 슬퍼할 뿐이다. 해가 졌지만 식사도 못하고 묵묵히 앉은 채 가끔 얼굴을 마주 보고는 한숨만 쉰다. 한밤중에 아이는 일단 숨을 되돌렸지만 금방 다시 백치처럼 정신없이 계속 잔다. 성명은 이제는 이미 빈 귀뚜라미 집을 보는 것조차 싫어졌다. 날이 샐 때까지 한 잠도 못 자고 동쪽 하늘이 벌게질 무렵 겨우 잠자리에 들었지만 도저히 잘 수가 없다. 그때 문 밖에서 귀뚜라미 우는 소리가 들렸다. 자기도 모르는 사이에 소리를 죽이고 일어나서 밖을 살펴보니 정말로 귀뚜라미가 있다. 아이고 이게 웬일이야, 하고 잡으려고 하니 귀뚜라미는 소리를 내며 울고는 도망가 버려 성명은 헛되이 자기 손바닥을 잡을 뿐이다—.

작가 포송령의 글은 이 대목에서 더욱 생기가 난다. 좀더 확실히 하기 위해 권말에 있는 원문을 대조해 보니,

東曉旣駕. 盡臥長愁. 忽聞門外蟲鳴. 驚起覘視. 蟲宛然尙在. 喜捕之. 一鳴輒躍去. 行且速. 覆之以掌. 虛若無物—

나는 이것을 글자만 보고 의미를 추측하는 정도지만 이것을 당시 중국어 발음으로 읽을 수 있다면, '盡臥長愁. 忽聞門外蟲鳴' 이란 구절에서는 실제로 귀뚜라미가 우는 것같이 들리지 않겠는가.

이야기는 그 후, 죽은 아이가 환생한 것 같기도 한 귀뚜라미가 작으면서도 힘이 세서 거리의 건달들이 자랑하는 큰 귀뚜라미들과 싸워서 계속 이기고 드디어는 닭과 싸워서까지 이겨서 유명해진다. 소문이 궁궐까지 퍼져서 성명은 그 귀뚜라미를 헌상한 덕분에 현지사와 성의 장관에게까지 감사받고 지사가 부탁해 주어서 그렇게 바라던 동시에까지 급제해서 출세도 하고 부자도 된다는 것으로 되어 있다.

그러나 물론 이 해피 엔드는 반어일 것이다. 작가의 진의는, 황제를 정점으로 밑으로는 마을 관리까지 피라미드 모

양의 관리 체제 아래에서 거기에 들지 못한 일반 서민이 진흙 속의 벌레나 다름없이 짓밟히고 우롱당하는 것을 통분하고 있다. 나는 이것을 읽고 평화란 무엇인가 다시 생각하지 않을 수 없었다. 물론 전쟁의 비참함은 평화시의 그것과 비교도 할 수 없다. 그러나 평화로운 현재라고 해도 내 자식을 부모 손으로 죽이지 않으면 안되는 비극이 여기저기서 되풀이되고 있지 않은가.

다다미 위를 바스락바스락 소리를 내며 뭔가가 도망가는 기척에 나는 깜짝 놀랐다. 설마 「촉직」에 나오는 귀뚜라미는 아니겠지만 쥐죽은 듯이 고요한 승방 안에서 그것은 문득 몇천 년 이래 이 나라의 진흙 속에서 살아온 사람들의 원성의 소리같이도 들렸다. 내 배 속에서는 아직 흙탕물인지 커피인지 알 수 없는 액체가 부글부글 이상한 소리를 내고 있다.

3

교토에 있는 것이 점점 괴로워졌다. 방안에 처박혀 있어도 원고에는 전혀 진척이 없고 난젠지 경내에 있는 두부집도 매일, 밥 대신 먹으니 질리지 않는 것이 오히려 이상할 정도다. 게다가 시내를 산책하려고 해도 그 간제회관 옆 건물에 신경이 쓰여서 노란 중국 기와지붕만 멀리서 보여도 뒤가 켕기는 것도 아니고 그 뭐라고 표현할 수 없는 기분에 휩싸여 그만 도중에서 돌아와 버리게 된다.

왜 그런 기분이 드는지—. 요컨대 마쓰라 고자부로의 딸을 의식해서라면 그것은 너무나 어른답지 못한 행동인 것 같은데, 사실은 그렇게 생각하는 것 자체도 귀찮았다.

발길 닿는 대로 걷다 보니 교토대학 근처까지 왔다. 여기도 역시 내가 그리 오고 싶지 않은 곳이다. 내가 3고에 들어가려고 시험을 치른 일도 없고 따라서 낙방한 기억과 관련되는 곳도 아닌데, 왠지 이런 곳을 어물쩡거리면 대학 교수나 학생들이 수상한 눈으로 쳐다볼 것만 같은 기분이 든다. 물론 실제로는 그럴 리가 없고, 만일 그렇다고 하더라도 특별히 어떻게 되는 것도 아니지만—. 단지 머무는 기간이 길어짐에 따라 점점 교토라는 도시가 비좁게 느껴지면서도 이상하게 서먹서먹하게 느껴지게 된 것도 사실이다.

헌 책방이 즐비한 거리를 걷는 동안에 가게 앞을 별 생각 없이 바라보는데 중국에서 새로 온 책을 무질서하게 늘어놓은 선반에, 『和科擧制度奮鬪的蒲松齡』이 눈에 들어와, 나는 별 뜻 없이 그것을 샀다. 그것은 책이라고는 하지만 조잡한 종이로 간략하게 만든 팸플릿 같은 것이었는데 책장을 넘기니까 한자가 빽빽히 들어 있어 아무래도 내가 이해할 수 있는 것은 아니었다. 그러나 쓸데없이 쓴 작은 돈이 나를 유쾌하게 했다.

— 분투한 포송령이라니 멋있지 않은가, 꽤 —. 그런 말을 나 자신에게 속삭이며, 문득 이제부터 오사카에 있는 이시자와 마쓰이치를 찾아가 볼까, 하는 생각이 들었다.

이시자와는 내 친구 중에는 드물게 한 번도 낙방도 재수도 해 본 적이 없는 친구다. 그 대신이라고 하면 이상하지만, 부인을 계속 바꾸는 버릇이 있다. 이번에도 아마 반년 정도 전에 몇 번째인가 결혼을 했다는 소식이 왔는데 너무나 자주 있는 일이라서 이쪽에서 아직 답장도 못하고 있다. 그래서 관서에 와 있는 동안에 한 번은 방문하려고 생각하고 있었다. 게다가 이시자와는 대학에서 중국 문학을 전공했고 집에는 아버지 대로부터 물려받은 한문 서적이 많이 있어 이『분투한 포송령』도 이시자와에게 부탁하면 대개 무슨 말이 적혀 있는지 정도는 알 수 있을 것이다.

나는 만일 이시자와가 집에 없으면 오사카에서 저녁이라도 먹고 돌아올 요량으로 전화도 하지 않고 산책하는 차림으로 나섰는데 가 보니 이시자와는 이전부터 살고 있던 도사보리의 고층 아파트에 새 부인과 함께 살고 있고, 갑자기 들이닥친 나를 보고도 그다지 놀라지도 않은 듯, 맞이했다.

"야아."

"어어, 올라와."

그렇게 간단히 서로 인사만 하고 내가 올라가니까 이시자와 새 부인까지,

"마침 잘 되었네요. 막 저녁을 먹으려던 참인데……"
라며 마치 여러 해 전부터 알아온 사람처럼 나를 밥상 앞에 앉혔다. 이렇게 되고 보니 새삼스럽게 소개하는 게 이상할 정도다. 사실은 여기에 오는 도중에 얼마간 "부부제도와 분투한 이시자와 마쓰이치" 같은 분위기가 있지는 않을까 걱정했는데 그것은 기우에 지나지 않았다. 나는 그것을 이시자와에게 솔직히 말하고,

"이번 부인은 이제까지 중에서 제일 좋아 보이는데."
라고 했다. 그러자 이시자와는 그다지 나쁘지 않은 표정으로 대답했다.

"음, 바로 전 사람이 좀 너무했었으니까. 나랑 헤어질 때 가재도구는 물론 이 전등의 갓, 전구부터 내 틀니까지 저-언부 가져가 버렸어."

"어허, 틀니까지……. 금이빨이었나, 그게? 녹일 작정인가. 꼭 아우슈비츠 같네."

"아니, 그게 금니가 아냐. 보통 의치야. 금니라면 이해가 가지. 그런데 남의 틀니를 훔쳐 가서 어쩔 작정인지. 도무지

사설 요재지이(私說聊齋志異)·173

이해가 안돼, 그 여자 하는 짓은……."

그러고 보니 이시자와의 앞니는 새로 만든 것인 듯, 지나치게 고른 치열이 오히려 우스웠다.

"다시 말해서 전 부인은 자네 틀니를 가져가서 자네를 골탕 먹이려고 했을 거야."

그러자 이시자와는 일순 화가 난 것처럼 볼을 붉혔다.

"아니야, 그렇게 귀여운 데가 있는 여자가 아니야. 그저 탐욕이지……."

"탐욕?"

"그래. 욕심에 남의 이빨까지 가져가 버리니까 이해가 안 가지."

나는 여느 때와 다른 이시자와의 격한 말투에 놀라면서, 처음에는 농담처럼 들었던 이 기상천외한 이혼 이야기가 어쩐지 음침한 분위기를 풍기기 시작해서 화제를 바꾸는 의미도 있어 아까 교토에서 산 소책자를 꺼내 이시자와에게 한번 해석해 달라고 부탁했다.

"허, '과거제도와 싸우는 포송령', 이런 것을 일본에서 팔고 있나……."

이시자와는 표제를 일본어로 읽으며 다소 당황했는지 그런 말을 하며 잠시 책장을 넘기다가,

"그렇게 대단한 것은 아닌 것 같네. 요컨대『요재지이』의 작가를 현대 중국의 정세나 문교정책에 맞추어 과거제도를 반대한 투사처럼 묘사했을 뿐 아닌가. 처음 부분만이라도 조금 해석해 볼까……. '중국 봉건사회의 시험제도는, 권력을 잡은 대지주 집단에게, 정치와 문화를 지배하게 하는 가장 유력한 무기이고, 인민을 우롱하는 역사적인 일대 속임수이다……'"

이시자와는 귀찮은 듯이 페이지를 뛰어넘어 앞 부분을 잠시 속으로 읽다가 얼굴을 들고,

"별로 재미있는 것이 없는데……. 과거제도가 지배제도의 속임수라는 것은 알겠지만, 그래도 그 시대에 시험으로 관리를 등용했다는 것은 대단한 일이야. 다른 나라는, 프랑스나 영국같이, 모두 아직 귀족정치를 했던 시대에……. '이런 틀에 박힌 형식의, 마치 앵무새가 흉내내는 것처럼, 고어를 억지로 흉내내게 하는 시험방법이란 것은, 지식인의 사상을 둘둘 말아서 묶어, 마치 여성의 발을 전족하는 것처럼 활력을 잃게 하는 것이었다……'. 이건 맞는 얘기겠지만, 소설가가 왜 이런 것을 읽지 않으면 안되나?"

듣고 보니 나도 어떻게 대답해야 할지 몰랐다.

"특별히 읽지 않으면 안되는 것은 아니지만."

"소설에라도 쓸 작정이었나."

"음, 그래."

"그렇다면, 포송령 자신이 쓴 것으로 더 재미있는 것이 있어……. 아마 내가 아버지 집에서 이리로 가져왔을 걸."

이시자와는 그런 말을 하며 옆 방에서 헌 실로 묶은 한문 서적을 두세 권 가지고 돌아왔다. 『성세인연전(醒世姻緣傳)』이라고 적혀 있다.

"뭐야, 이건?"

"그러니까, 포송령이 쓴 소설이야. 테마는 공처야, 전권 백회로 된 대공처소설이지. 여기에 있는 것은 그 일부지만."

이시자와의 말에 의하면, 포송령은 대단한 공처가였고, 『요재지이』 속에서도 청초한 미소녀가 결혼하면 사나워진다든가, 시험에 떨어진 남자가 부인이 화내는 것이 무서워서 집에 돌아가지 않게 된다든가, 공처가를 주인공으로 한 이야기가 적지 않다고 한다. 듣고 보니 요괴라는 것 자체가 여성 공포에서 나온 게 틀림없다.

『성세인연전』 머리에, 포송령은 다음과 같이 말하고 있다고 한다—.

세상에서 제일 가까운 것이 자기 마누라지만 또 제일 무서운 것도 자기 마누라다. 천자가 무서우면 세상을 버리고 벼슬을 안하면 된다. 계모가 무서워도 야단

맞는 것은 낮 동안뿐이다. 그러나 마누라가 무서워지면 일은 어려워진다. 마누라는 낮이나 밤이나 내 곁을 떠나지 않고 우리들은 도망칠 수도 숨을 수도 없다. 마누라라는 것은 정말로 머리에 난 뾰루지 같은 것으로 어설프게 베어 버리면 목숨이 위험하고 베어 버리지 않으면 베어 버리지 않은 대로 괴로워 참을 수가 없다. 따라서 여러분 중에 만일 누군가를 미워해서 어떻게 해서라도 복수를 하고 싶을 때에는 내세에 다시 태어나 그 남자의 마누라가 되는 게 좋다. 그것이 최상의 복수이다. 그리고 세상의 '공처가'라고 불리는 남자들은 모두, 이렇게 전생의 인과응보를 받는 사람들인 것이다—.

이렇게 전권 백 회에 걸쳐 『성세인연전』은 매회 가공할 마누라들이 어떻게 하면 남편을 가장 효과적으로 동시에 호되게 혼내 줄까 경쟁하고 갖은 방법으로 더 이상 잔학할 수가 없을 정도로 남편들을 괴롭혀 일대지옥전을 펼친다는 것이다.

그러나 포송령이 공처가였다면 그것은 역시 그가 평생 과거의 첫단계인 향시에서 줄곧 낙방한 것과 관계가 없지는 않을 것이다. 송령은 아마도 매번 향시에 떨어질 때마다 부인 안색을 살피면서 벌벌 떤 것은 아닐까? 게다가 과거에 의한 지배의 기만적인 성격이라는 것도 마누라가 남편을 지배하는 수법과 같은 데가 있다. 요컨대 남편은 매일 아침부터 밤까지 마누라에게 시험받고 있는 것과 다름없고 또 결과적으로 남편은 기꺼이 마누라가 만든 마법의 틀에 자신을 끼워 맞추어 버린다. 그리고 가정의 행복이라는 좁고, 틀에 박힌 형식의 도덕을 강요받게 되어, 남편은 꼭 여성의 전족처럼 꽁꽁 묶여 남자로서의 활력을 잃게 되는 것은 아닐까.

"포송령이 현시, 부시, 원시라는 학교시에는 줄곧 수석으로 합격하면서 과거인 향시가 되면 금방 낙방해서 19이라는 나이에서 51세까지 결국 계속 낙방했다는 것은 역시 마누라 탓도 있지 않을까?"

"음, 그렇게도 생각할 수 있겠네"라고 이시자와는 수긍하면서, "본래 포송령 집안이 부인 유씨 집안보다 꽤 나빴으니까. 그래서 결혼할 때도 유씨 집안에서 반대가 있었는데, 부인 아버지가 그것을 누르고 '가난한 집안이지만 포씨 집 아버지는 사람이 좋고 자식들에게 책을 읽히니까 곧 아들이 진사가 될지도 몰라, 괜찮아'라고 해서 딸을 시집보냈다……. 송령 입장에서는 그런 집안에서 부인을 들여오기 전에 어떻게 해서라도 과거에 붙지 않으면 안된다는 생각이 있었을 것이야."

포송령이 51세에 향시에 떨어졌을 때 이제 과거는 포기하라고 제일 말린 사람도 부인 유씨로 되어 있다.

"이제 그만 두세요. 만일 당신에게 운이 있었다면 지금쯤 벌써 대신이 되었을 거예요. 이렇게 시골서 사는 것도 괜찮은데 굳이 그렇게 무리해서 고생할 필요가 없잖아요"라고—. 이것은 정말 부인이 말한 대로 51세나 되어 향시에 붙는다고 해서 출세할 것도 아니다. 그 나이가 되서도 아직 송령이 시험을 포기하지 못한 것은 오기에 지나지 않는다.

"하지만 누가 뭐래도 여자는 탐욕스러워서……."
라고 이시자와는 새 앞니를 드러내며 입을 크게 벌리고 웃었다.

"네, 뭐라구요?"
그때 음식을 가져온 이시자와의 새 부인이 따지듯이 말했다.

"아니, 아무것도 아니야. 당신 얘기가 아니야, 틀니 잃어버린 얘기를 하던 참이야."
이시자와가 말하자, 새 부인은 갸름한 얼굴에 미소지으며,

"아아, 전 부인 얘기네요, 그렇다면 나랑 상관없네."
라고 아주 깨끗하게 대답하고는 나갔다. 멋지다면 정말 대단히 멋진 태도다. 그러나 나는 그런 원숙한 이시자와 부인

태도를 보고 문득 포송령 부인이 말한 것이 생각나, 그녀가 자기자신에게 말하고 있는 것은 아닌가 생각했다(이렇게 사는 것도 괜찮은데 굳이 그렇게 무리해서 고생할 필요가 없잖아요—).

이시자와가 몇 번이나 이혼하고 또 새 부인을 맞이하는 것에 어떤 사정이 있는지 자세한 것은 나는 모른다. 그러나 과거에 몇 번씩 낙방을 거듭하는 것과 인생에서 몇 번이나 이혼을 거듭하는 것과는 어딘가 비슷한 데가 있는 것 같은 기분이 안 드는 것도 아니다. 이시자와는 학창 시절에 한 번도 낙제나 재수를 안 했지만 그것은 포송령이 학교시험을 세 개 다 수석으로 합격한 것과 마찬가지가 아닌가. 이시자와의 첫 결혼은 전쟁이 끝난 직후라는 사정도 있고 확실히 이시자와의 책임이라고 하기보다는, 단순히 운이 나빠서 그렇게 되었다고도 할 수 있다. 그리고 한 번 실패한 뒤에는 이혼이 버릇처럼 되어 계속 같은 일이 되풀이되었다.

포송령의 낙방도 이것과 비슷한 것이 아닐까. 부인 집안보다 집안이 나쁘다든가, 공처가라는 열등감이 원인이라든가 하기보다는 최초의 불운한 낙방이 정체를 알 수 없는 귀신처럼 들러붙어 매번 과거에 실패를 거듭한 것은 아닐까. 거기에 대해 조기호(趙起杲)라는 사람이 『요재지이』범례 속에서 이렇게 말하고 있다. 송령은 젊어서부터 '지이'를 쓰고 있었고 그것을 『귀호전(鬼狐傳)』이라고 했다. 그 후 송령이 향시를 보러 가면 시험장에서 그의 주위에 '귀호'가 모여들어 아무리 쫓아도 가지 않는다. 그래서 집에 돌아가 '귀호' 이외의 이야기도 더 써서 넣어 '요재지이'라고 다시 제목을 붙였다고 한다.

다시 말해서 이 '귀호'가 이시자와의 경우에는 부부 사이를 갈라 놓았고, 포송령의 경우에는 낙방을 초래한 것은 아닐까—?

4

시험장에서 포 송령을 괴롭힌 '귀호'라는 것은 무엇일까—? 과거도 전단계인 학교시까지는 우리나라의 대학수험 등과 같이 천 명 정도가 들어가는 강당이 시험장이다. 그러나 본단계인 향시가 되면 한 사람 한 사람이 독방에 냄비, 밥그릇, 이불까지 가지고 들어가, 거기에서 한 과목 시험에 2박 3일 갇혀 있게 된다. 그런 독방이 일만 개 이상이나 모여 있는 공원(시험장)은 얼핏 보기에는 거대한 유곽 같으나 규모에 있어서는 옛날 요시와라보다 훨씬 크고 아주 음침한 모습이 전후 폐허가 된 집이나 야전 위안소를 방불케 한다.

밤새 바람에 흔들리는 촛불 하나를 의지하며 답안용지를

바라보고 신음하는 수험생들의 모습은 처참하다는 말 이외에 달리 표현할 방법이 없다. 수험중에 발광하는 사람도 있는가 하면 죽는 사람도 나온다. 그런데 시험기간 동안에는 시험장 대문에 빗장을 걸고 일체 출입을 허가하지 않으므로 죽은 사람은 거적으로 싸서 지키는 사람이 들어 담 밖으로 던진다고 한다.

다시 말해서 거자(擧子 : 향시에 급제하고 다시 회시를 보는 사람, 전하여 과거를 볼 자격이 있는 사람—역주)들은 이렇게 외계와 완전히 차단된 채 절대 고독의 캡슐 속에 갇혀 버리게 된다. 그곳에서는 어떤 사람도 완전히 무기력한 존재에 지나지 않는다. 거기에서 나가기 위해서는 어떻게 해서든지 시험관 마음에 들게 답안을 쓰는 수밖에 없는데, 합격은 학력만으로 정해지는 것은 아니다. 가령, 아무리 우수한 답안을 작성했다고 해도 만일 중간에 바람이라도 불어 촛대가 넘어져 답안용지가 더렵혀졌다면 그것만으로 실격이 된다.

포송령을 괴롭힌 것도 결국 이 자기 무력감일 것이다. 시험장에서 그의 주위에 운집한 '귀호'의 무리는 요컨대 아무리 발버둥쳐도 도망갈 도리가 없는 그 자신의 무력감에서 나온 것이라고 해야 할 것이다. 그건 그렇고, 당시 수험생들이 가장 삼가야 할 것은 여색에 빠지는 것이었다. 여색에 빠진다는 것은 단순히 기생과 노는 것을 말하는 것이 아니라 여염집 여자를 농락하는 것을 말한다. 과거에 그런 나쁜 짓을 한 사람은 아무리 학업이 출중하다고 해도 아주 중요한 때에 그 보복을 받아 실패한다는 것이다. 어떤 수재가 시험장에서 갑자기,
"용서해 줘, 용서해 줘."
라고 비명을 지르며 소란을 피웠다. 답안용지를 보니까 글자는 하나도 없고 여자 신발 그림 하나가 그려져 있을 뿐이었다. 조사한 결과 그 남자는 이전에 자기 집 식모의 정조를 범한 적이 있고, 그것 때문에 식모는 자살했다. 그가 발광한 것은 식모의 망령이 시험장에 나타났기 때문이었다—. 이런 이야기는 여자를 범한다는 것이 얼마나 무서운 것인가를 설명하여 여색을 경계하게 한 것이지만, 동시에 또 여자의 집념이 얼마나 무서운 것인가를 말해 주기도 한다. 다시 말해서 당시 지식인인 과거수험생들은 도덕적으로 여색을 멀리하는 것 이상으로 여자의 본성을 불가사의한 것으로 단정하고 이것을 두려워한 것 같다.

나는 이시자와 집에서 포송령에 관한 평전이나 연보, 또 과거에 관해 쓰여진 것 등, 몇 권의 책을 빌려 왔는데, 그것을 『요재지이』와 함께 읽고 과연 이시자와가 말한 대로 포송령은 대단한 공처가였을지도 모른다고 생각했다. 예를 들

어 「강성(江城)」이라는 악처 때문에 괴로워하는 수재를 그린 이야기 등, 거의 송령의 자전적 소설이든지 아니면 그와 비슷한 것이 아닌가 할 정도로 실감이 나고, 송령 전기와도 부합하는 부분이 적지 않다.

주인공 고번(高蕃)은 어려서부터 머리가 좋아 14세로 현시에 합격한다. 그 평판을 듣고 사방에서 딸을 주겠다는 신청이 들어오는데 번은 조금도 흥미가 없고 상대도 하지 않는다. 그런데 어느 날 유순염(幼馴染)의 딸 강성을 우연히 만나 단번에 반해 어떻게 해서라도 결혼하겠다고 말했다. 양친은 강성이 가난한 집안에서 자랐다는 것을 내세워 그 결혼에 반대하지만 번이 어려서부터 수재로 이름이 높고 양친도 어리광을 다 받아 키웠기 때문에 이번에도 번이 하고 싶다는 대로 허락해 버린다.

그런데 처녀 적에 그렇게 가련했던 강성은 결혼하자 갑자기 기가 세고 자기 멋대로인 여자가 되어, 툭 하면 눈을 부라리며 화를 내게 되었다. 그러나 번은 마누라에게 빠져 무엇이든 하라는 대로 하게 되었다. 오히려 보다 못한 양친이 살짝 번에게,

"좀더 남편답게 정신 차려라."

고 주의를 주니까, 아들은 거꾸로,

"아니, 강성은 아버님 어머님 앞에서는 나에게 모질게 대

하지만 나중에 둘만 남으면 꽤 부드럽고 여자다워집니다."
라는 둥, 오로지 처를 위해 변명하기에 바쁘다. 그러나 이러한 대화를 뒤에서 듣고 있던 강성은 그것을 가지고 번에게 욕설을 퍼붓는다. 번도 더 이상 참지 못하고 조금 되받았더니 강성은 점점 더 화를 내, 남편을 집에서 쫓아내 버렸다. 번은 양친에게 처를 칭찬한 직후라 문을 두드리지도 못하고 추운 밤을 떨며 처마 밑에서 하루밤을 지새게 되었다―.

  이러한 고번의 성격이나 행동은 얼핏 보기에 아주 이상한 것 같지만 실제로 현대에 사는 우리들과 그대로 통하는 것이 있지 않은가. 특히 초등학교에서 대학까지 일류 학교를 우수한 성적으로 나온 수재 중에는 가끔 이러한 타입의 사람이 있는 것 같다―. 나는 당장 이시자와 마쓰이치가 떠올랐는데, 어지럽게 부인을 갈아 치우는 이시자와에게는 지적으로 무뢰한 같은 면이 있는데, 고번 같은 수재하고는 얼른 보기에 반대의 타입 같지만, 사실은 번이 양친에게 취한 태도를 주위의 우리들에게 보여 주는 것이 아닌가. 아니, 이것은 이시자와뿐만이 아니라, 도시의 지식계급이라고 할까, 중류가정에서 자란 남자에게 많든 적든 이러한 경향은 있다. 양말이나 넥타이를 고르는 취미도 까다롭고 여성을 고르는 데도 까다로웠던 주제에 일단 결혼만 하면 금방 마누라 하라는 대로 하게 되는.

그런데 이러한 남자가 한 번 마누라에게 쫓겨나고도 아무 소리도 하지 않고 가만히 있으면 어떻게 될까—?

강성은 점점 남편 번을 눈엣가시처럼 여기고 못 살게 군다. 처음에는 그래도 남편이 마누라 앞에서 무릎을 꿇으면 화를 풀었지만 시간이 지나면서 아무리 오랫동안 무릎을 꿇어도 전혀 효과가 없게 되고 드디어 번은 괴로워하게 되었다. 시부모가 조금이라도 나무라기라도 하면 강성은 곧 덤벼들어 어떻게 해 볼 수도 없는 상황이 된다. 드디어 양친은 화가 나 아들을 야단치고 며느리를 친정으로 쫓아 버렸다. 되돌아 온 딸을 보고 강성의 아버지는 당황하고 놀라서, 번의 아버지 충홍에게 친구를 통해 사죄했으나 아버지는 받아들이지 않았다.

일년 정도 지난 후 번은 외출한 곳에서 장인, 즉 강성의 아버지와 마주쳤다. 장인은 번의 소매자락을 끌고 자기 집에 데려가서 여러 번 사과한 후에 정성들여 화장한 딸을 만나게 했다. 번은 일순 자기 속에서 무엇인가가 무너지는 것을 느끼고 한숨을 쉬었다. 이미 식탁에는 술이 준비되어 있고 전 부인과 마주앉아 술잔을 주고받는 사이에 아련히 장미빛으로 물든 처의 얼굴은 다시 없이 아름다워 보였다. 곧 해가 지고 밤이 되었다. 번은 돌아가려고 했지만 장인이,

"모처럼 내가 잠자리 청소까지 하고 청하는 것이니, 제발

주무시고 가시게."
라고 붙잡으니 딱 잡아 거절도 못하고 그날 밤은 옛날 처와 잠자리를 같이했다. 다음날 아침, 번은 집에 돌아가 양친과 얼굴을 마주치자 자신이 한 일이 정말이지 면목 없어, 어디에서 잤느냐고 묻자 적당히 어물어물 얼버무렸다. 그 후로 번은 사오일에 한 번씩 장인 집에 가서 잤는데 양친은 모두 낌새를 못 차렸다. 그러던 어느 날 장인은 직접 번의 아버지 충홍을 만나러 갔다. 충홍은 이제 새삼 내쫓은 며느리의 아버지와 얼굴을 마주하고 싶지 않았지만 굳이 하자는 대로 만났다. 그런데 사돈은 충홍 앞에 나오자 곧바로 무릎을 꿇고,
"제발 다시 한 번 제 딸을 거두어 주십시오."
라고 애원하기 시작했다. ― 농담이 아니야, 그런 지독한 며느리를 다시 집에 들여 놓으라는 것은, 뻔뻔한 데도 정도가 있다. 충홍은 일언지하에,
"그건 안되지요. 설령 내가 받아들인다고 해도 아들이 그런 것을 받아 들일 리가 없습니다."
라고 거절했다. 그러자 상대는 얼굴을 들어 정색을 하고 이렇게 말했다.
"사위는 어젯밤도 우리 집에서 자고 갔는데 이의는 없는 것으로 압니다."
"뭐라고요. 우리 아들 놈이 댁에서 잤다? 그게 언제 일입

니까?"

 강성의 아버지는 옳지 됐다는 듯이 이제까지의 일을 전부 들려 주었다. 충홍은 당황해 얼굴을 붉히며 횡설수설 대답했다.

 "그런 일이 있었는지 저는 전혀 몰랐습니다. 아들이 댁의 따님을 그렇게까지 사랑하고 있다면 저 혼자 책망한들 무엇 하겠습니까."

 강성의 아버지가 돌아간 후 충홍은 아들을 불러 야단쳤지만 아들은 고개를 숙인 채 한마디도 없다. 이러고 있는 동안에 어느새 억지만 부리는 부인 강성이 들이닥쳤다. 충홍은 말했다.

 "내가 아들 놈 대신 사과할 수도 없고 이 참에 서로 집을 마련하여 별거하기로 하자. 그러니 살림을 나누어 살 수 있게 준비를 해라."

 강성의 아버지는 여러 가지로 달랬지만 충홍은 듣지 않고 드디어 부모 자식이 따로따로 살게 되고, 번의 부모에게는 식모 한 명을 붙여 시중을 들게 하였다.

 이것을 핵가족의 시작이라고 해야 할지 말지 나는 모른다. 어쨌든 할아버지부터 증손자까지 4대가 한 집에서 사는 대가족을 이상으로 삼았던 당시 중국에서 부모 자식이 별거하는 것은 이상한 사태임에 틀림없다. 포송령의 글은 대단히 간결해서 이때 번 부자의 심경이 어떠했는지 알 길이 없지만 번의 아버지가 몹시 화를 내는 데 비해서 아들은 내심 안심한 것이 아닌가 생각된다.

생각건대 이 시대(1600년대 전반)에 이미 중국에서는 겉으로는 4대가 함께 사는 것을 찬미하면서 실제로는 이러한 핵가족적 분열이 진행되고 있었던 것은 아닐까. 포송령은 "강성" 후기에서 다음과 같이 말하고 있다.

인간의 일생은 업보로 한 입의 음식에도 반드시 응보가 있다. 그중에서도 규방관계의 응보는 뼈에 사무친 악성종양과도 같아서 그 독은 특별히 지독하다. 내가 보기에 천하 부인 중에 현처는 10명에 한 명, 10중 8, 9는 악처이다. 이것만 봐도 세상에 선행을 닦을 수 있는 사람이 얼마나 적은지 알 수 있다.

10명 중 9명까지가 악처인 것은 다시 말해서 당시 중국에서 9할까지의 가정이 부모와 별거하기를 원하고 있었다고 하는 것은 아닐까. 주인공 번은 아버지가 60이 거의 다 되어서 난 아들로 버릇없이 키운 것으로 되어 있다. 따라서 번의 부모와의 별거는 자아의 확립이라든지 독립자존의 정신에서 나온 것이라고 보기는 힘들다. 그러나 과거에 응시하는 독서인들의 성격이 좋든 나쁘든 지극히 근대적인 개인주의 경향을 띠고 있었던 것은 충분히 상상할 수 있다. 그리고 악처가 이러한 가족제도 파괴의 원동력으로 작용했던 것은 말할 것도 없다. 이것은 예를 들어 포송령 부인의 성씨가 유씨라고 할 뿐 그 이름조차 오늘날까지 전해지지 않은 것—다시 말해서 공식적으로는 처는 그의 정당한 인격마저 인정받지 못했다고 하는 것—을 함께 생각해 보면 아주 흥미롭다.

포송령이 실제로 공처가였을까 아닐까? 이것은 이시자와의 추측에 맡기고 오늘날 전해 오는 송령의 전기와 그 밖의 것에 의하면 부인 유씨는 드물게 보는 온순한 성격으로 현처였던 것 같다. 다만 처음에 기술한 것처럼 「강성」 이야기는 몇 가지 점에서 송령 자신의 연보와 부합되는 곳이 있다.

첫째로는, 송령이 어려서부터 형제 중에 제일 머리가 좋다고 촉망받고 19세에 학교시를 전부 수석으로 합격해서 생원(수재)의 열에 오른 것.

둘째로는, 송령과 유씨는 어떤 의미에서 어려서부터 알고 지내온 사이로 유씨는 일단 포씨 집안으로 들어가, 송령의 어머니와 침실을 함께 했으나 그 후 친정으로 돌아가 송령이 18세가 되었을 때 다시 결혼한 것.

셋째로, 유씨와 포송령이 결혼하는 데 있어서 포씨 집안이 격도 떨어지고 재산도 없다는 이유로 유씨 집안의 친척으로부터 반대가 있는 것을 유씨 아버지가 이것을 누르고 찬성한 것. 이것은 바로 고씨와 강성의 경우와는 반대이지만 요컨대 결혼은 집안보다도 당사간의 문제로 반대를 물리쳤다는 점에서 양자는 일치한다.

그러나 무엇보다도 중요한 것은 이 결혼으로 송령의 처는 포씨 집안의 다른 형제들과 사이가 나빠져, 결국은 포씨 집 사형제는 전부 독립해서 각자의 집을 갖게 되었는데 송령은 그중에서 가장 가난한 가축우리 같은 집을 받았다고 하는 점일 것이다. 왜 송령 부부가 형제 중에서 혼자만 냉대를 받았을까, 하는 이유는 알 수 없다. 다만 재산분배에 즈음하여 송령과 그 부인이 어떤 사정으로 부친의 노여움을 샀다는 것은 상상할 수 있고, 거기에 유씨와 포씨 집안 형제나 부인들 사이에 여러 가지 갈등이 있었던 것도 상상할 수 있다.

이상과 같은 점에서 비록 송령 자신은 공처가가 아니었을지라도 「강성」의 부부관계에 송령의 감정이입이 충분히 일어났다는 점만은 거의 틀림없는 일이다.

5

과거제도를 풍자한 소설로는 오경재(吳敬梓)의 『유림외사(儒林外史)』가 유명하다고, 이것도 나는 이시자와에게 배워서 그의 집에서 빌려 왔지만, 과연 『요재지이』와 비교해 볼 때 확실히 『유림외사』가 분명하게 과거제도에 도전하고 있고, 정면으로 당시 중국 관리제도나 관리의 근성을 비판하고 있다.

작자 오경재도 포송령과 마찬가지로 학교시 단계까지는 성적이 우수하고, 학내 시험인 세시와 과시에서는 일등으로 합격했고 특히 36세 때는 박학홍시(출중한 대학자)과에 추천되지만 꾀병으로 거절하고 그것을 계기로 과거시험을 포기했다고 한다. 아마도 이런 점이 포송령과 다른 점일 것이다. 포송령은 몇 번이나 말했지만 51세 때까지 향시에 응시해 계속 낙방해 부인이 말려 겨우 포기했다고는 해도 거인, 진사라는 것에 죽을 때까지 미련이 있었다. ─ 이런 우물쭈물한 결단성 없는 태도는 그대로 『요재지이』의 약점이기도 하다. 포송령은 그 속에서 몇 번이나 과거 시험제도에 대해 원망스러운 말은 하고 있지만 과거제도 그 자체는 부정하고 있지 않다. 그래서 대부분의 것이 최후를 억지로 해피 엔드로 만들어 종종 그것이 사족이 되었다.

그렇지만 『요재지이』에는 『유림외사』에는 없는 좋은 점이 있다. 그것은 한마디로 말하면 포에지(시정)라고 하는 것이다. 시대에 대한 반골 정신이나 사회에 대한 비판력이 약함에도 불구하고, 시대도 사회도 뛰어넘은 '미'가 분명히 이 단편소설집 속의 하나하나의 이야기를 참으로 풍요하게 감싸고 있는 것이다.

내가 『요재지이』 이야기를 처음 접한 것은 사실 다자이 오사무(太宰治)의 단편소설 「청빈담」에서였다. 그 첫머리에 다자이 씨는 다음과 같이 말하고 있다.

"이하에 적는 것은 그 유명한 『요재지이』 속의 한 편이다. 원문은 1834자. 이것을 우리들이 보통 쓰는 200자 원고지에 옮겨 써도 겨우 9장 정도의 극히 짧은 소편에 지나지 않으나 읽는 동안에 점점 상상력이 발동해 60매 전후의 좋은 단편을 다 읽었을 때와 같은 정도의 만족감을 느낀다. 나는 이 9장의 소편에 얽힌, 나의 갖은 공상을 그대로 써 보고 싶은 것이다. 이러한 방법이 과연 창작인지 아닌지, 거기에 대해서는 논쟁의 여지가 있겠지만 요재지이 속의 이야기는 문학의 고전이라고 하기보다는 구비문학에 가까운 것이라고 나는 생각하고 있으므로, 그 오래된 이야기를 골자로 해서 20세기의 일본 작가가 제멋대로 공상을 펼쳐, 전부터 가지고 있던 자기의 감회를 빌어 창작이라고 독자에게 권해도 그다지 큰 죄는 안될 것이라 생각된다. 나의 신체제도 낭만주의의 발굴에 지나지 않는다."

다자이 씨의 이 소설이 실린 잡지는 『新潮』 1941년 신년호이다. 그러한 것을 어떻게 확실히 기억하고 있느냐 하면 1940년 말 나는 재수 3년째의 수험생으로 혼자서 도쿄에 있는 학원을 다니고 있었는데, 더 이상 어느 대학의 시험도 볼 생각이 없어, 그것을 당시 규슈에 있던 양친에게 털어놓으려고 도쿄 역에서 어두운 기분으로 서하(西下)하는 열차에 탔던 것이다. 그때 발차 직전에 별 생각 없이 플랫폼의 매점에서 산 것이 이 잡지였던 것이다. 당시 나는 『요재지이』는 고사하고 다자이 오사무가 어떤 작가였는지도 몰랐다. 문학 잡지 같은 것도 보통 때는 한 번도 산 일이 없다. 그러면서도 나는 그 무렵 무모하게도 수험공부는 집어치우고 이제부터 소설가가 되어 보자고 결심해서 그 일로 양친에게 양해를 구하려고 가려던 참이었다. 나는 야행열차 속에서 그 잡지를 펼치면서,

"나의 신체제도 낭만주의의 발굴에 지나지 않는다……"
라고 하는 한 줄에 눈을 멈추고, 음, 그렇지라고 혼자서 끄덕였다. 사실 나는 군인인 아버지에게 내가 왜 소설을 쓰려고 하는지를 어떻게 설명해야 할지 고심하고 있던 참이었다. ―자신의 신체제도 낭만주의의 발굴에 지나지 않는다, 이거라면 어떻게 아버지를 설득할 수 있지 않을까?

그런데 다자이 씨의 이 전문에는 다소의 트릭이 있다. 그

것은 이 원문이 1834자, 200자 원고지로 9장 정도라는 점에 관해서인데, 분명히 이 원문 「황영(黃英)」은 자수로 그 정도의 길이이다. 그러나 이것을 일본어로 번역하면 직역만 해도 200자 원고지로 40매 정도는 된다. 그리고 다자이 씨의 「청빈담」은 대충 60매가 안되는 단편이니까 번역본을 원본으로 했다고 하면은 이것은 기껏해야 20매 정도 더 쓴 것에 불과한 셈이다.

이것은 물론 다자이 씨가 20매만큼밖에 자기 일을 하지 않은 것은 아니다. 설령 원문이 얼마만큼 길건 짧건 다자이 씨가 「청빈담」을 완전히 자기 작품으로 만든 것은 틀림없는 사실이고, 특별히 이러쿵저러쿵 할 문제는 아니다. 다만, "요재지이 속의 이야기는, 문학의 고전이라기보다는 구비문학에 가깝다"라고 하는 것은 다자이 씨 개인적인 견해라고 해도 그리 지나친 말은 아닐 것이다. 「청빈담」은 다자이 씨가 처녀작 「어복기(魚服記)」이래 일관해서 지니고 있는 환상적인 시정의 분위기가 감도는 아름다운 작품이지만, 「청빈담」의 경우 그 시정은 역시 원작 「황영」과 포송령의 시혼에 의한 부분이 많이 있다.

그건 그렇고, 「청빈담」— 다시 말해서 「황영」— 의 내용을 요약해서 말하면 다음과 같은 이야기다.

국화 키우기에 열중하고 있는 마자재(馬子才)—다자이 씨는 이것을 우마야마 사이노스케(馬山才之助)로 바꾸었다—라고 하는 남자가 국화 모종을 찾아 지방까지 갔다오는 길에 우연히 아름다운 남매를 만나 자기 집에 데려온다. 그런데 그 남동생은 마가 옆의 밭에 버린 시원찮은 모종을 훌륭한 국화로 키운다. 그것을 보고 마는 매우 분해하며, 자기는 고르고 고른 모종을 심어서 열심히 키워 보지만, 아무리 해도 옆의 밭에서 버린 모종으로 키운 국화에는 못 미친다. 그러는 동안에 오누이는 키운 국화를 자꾸자꾸 팔아 그 돈으로 옆의 밭에 자그마한 집을 짓고 신세를 진 보답으로 마를 불러 식사를 대접한다. 마는 원래 국화를 취미로 키우는 사람으로 그것을 돈으로 바꾸는 데는 절대로 반대하지만 누나의 아름다움에 끌려 초대받자 그만 가서 식사를 하게 된다. 그리고 드디어 데릴사위와 같은 형식으로 누나와 결혼을 한다. 이제 마는 오누이가 일해서 편안히 놀면서 지내게 되고, 국화 키우기에도 흥미를 잃고 매일 바둑이나 두면서 지냈는데, 어느 날 남동생과 둘이서 술을 마시고 있는데 술에 취한 동생이,

"이제 안심이야. 집에 돈도 있고 누님은 좋은 남편과 결혼했고……."

그런 말을 하면서 정원에 나가 흙 위에 쓰러져 잠이 들어

버린다. 그러자 홀연히 동생의 몸은 사라지고 옷과 신발만 남아 그 옷을 들어 보니 싱싱한 국화 한 줄기가 서 있었다. 마는 처음으로 이 남매가 사람이 아니고 국화의 요정이었다는 것을 깨닫고 놀라지만, 동생은 국화로 되돌아가 버렸기 때문에 누나는 사람의 모습으로 일생 옆에서 부부로 마를 사랑했다는 이야기다.

나는 그 무렵 이것을 읽고 어떤 의미로 감격했었는지 지금은 다 잊어버렸다. 하여간 당시 나는 초현실적인 것을 무조건 동경했고 환상적이고 현실과 괴리된 것이기만 하면 무엇이든 뛰어들어 정신을 잃어버리는 경향이 있었다. 그리고 나도, 여자 얼굴을 면도칼로 면도해 주는 동안에, 깎는 옆에서 여자 입 주위와 턱에 수염이 나서, 눈 깜짝할 사이에 여자 얼굴은 수염투성이가 되고 드디어는 그 새까만 수염이 이쪽 몸에까지 들러붙어 움직일 수 없게 된다는 기묘한 이야기를 생각해 내고, 의기양양해져서 친구들 사이의 회람잡지에 실어 돌려가며 읽으며 남 못지 않은 소설가가 되려 하고 있었다.

그랬던 까닭에 이 「청빈담」도 그 기묘한 발상에 깜짝 놀라 감탄했었는지도 모른다. 그러나 지금 그 원작인 「황영」을 읽어 보니, 역시 과거의 만년 낙방생다운 괴로운 심경을 알아차릴 수 있다. 다시 말해서, 국화 키우기에 열중해서 좋은 모종이 있다고 하면 천리 길도 멀다 않고 찾아 가서 꼭 그것을 사오는 마자재는 실은 과거에 집착해서 시험만 있다고 하면 처자를 두고 멀리 제남(濟南)까지 찾아간 포송령 자신과 그대로 일치하는 것이 아닌가—. 어디선가 알게 된 사람과 조금만 마음이 맞아도 금방 자기 집에 데리고 와서 함께 공부하기도 하는 것은 우리들도 자주 했던 일이다. 수험생끼리는 서로 라이벌임에 틀림없다. 그러나 그것은 함께 같은 학교 같은 학과에 응시해서 한쪽은 합격이 확실한데 한쪽은 떨어질 것 같을 때 비로소 느끼게 되는 것으로, 보통 때는 경쟁의식보다는 동병상련 같은 느낌이 강한 법이다. 더욱이 그렇게 해서 집에 데리고 온 사람이 보기와는 달리 공부를 잘하기도 한다면 이 마자재처럼 역시 그 사람이 하는 일에 신경이 쓰이게 되기도 한다. 특히 자기가 버린 모종을 주워서 훌륭한 국화로 키운 것처럼 자기에게 필요없게 된 참고서나 문제집 등을 옆의 사람이 주워서 그것으로 시험에 훌륭한 성적을 올렸다고 한다면 동병상련의 감정이 한꺼번에 지독한 패배감으로 변해 버릴 것이다.

여하튼 나는 「청빈담」을 다 읽자 그 잡지의 다른 곳은 더이상 읽을 생각이 없어지고, 그렇다고 해서 달리 할 것도 없고, 그대로 같은 열차의 의자에 계속 앉아 곧바로 규슈까지

가기도 싫어 안달하고 있는데 기차가 교토에 닿아, 발작적으로 거기에서 도중하차하기로 했다. —교토에는 친구 고모리 히사만키치(小森久万吉)가 얼마 전까지 기타시라 카와(北白川)라는 곳에서 하숙하며 3고에 다니고 있었는데, 교련 교관과 충돌한 게 원인이 되어 학교에 가기 싫어져서 지금은 한국에 있는 부모님 댁에 돌아가 앞으로 어떻게 해야 할지 생각하고 있는 중이라는 편지를 받았다. 고모리가 없으면 교토에는 아는 사람이 아무도 없어 찾아갈 곳도 없다.

—그러나 운이 좋으면 나도 이 「청빈담」의 주인공처럼 아름다운 오누이를 만나지 말란 법도 없다.

그런 속 좋은 기대를 한다고 해도 아무 소용 없다는 것을 알면서 나는 더욱 자기 자신을 격려하듯이 중얼거리며 역에 짐을 맡긴 후 훌쩍 개찰구를 나왔다.

어디를 어떻게 걸었는지 지금 생각해 봐도 무엇 하나 생각나는 게 없다. 대략 그것이 이른 아침이었던 것도 같고, 오후 2시인가 3시경이었던 것도 같다. 어쨌든 흥분해서 동서남북 구별도 못하는 거리를 발 가는 대로 걸으면서, 잠깐이라도 서면 뼛속까지 시린 추위에 몸을 떨면서 할 수 없이 다시 걷는 형편이었다. 그러는 동안에 붉은 칠을 한, 눈부신 도리이(鳥居 : 신사 앞에 있는 홍살문 같은 붉은 문—역주) 옆을 지나갔으니까, 지금 생각해 보면, 그것은 헤안진구(平安神宮 : 신사—역주) 근처였음에 틀림없다. 나는 걷다 지쳐서 뒷골목에 있는 작은 찻집이 눈에 띄자 아무 생각 없이 그 가게에 들어갔다.

어떻게 해서 교토까지 와서 일부러 그런 도쿄 변두리에 있을 법한 찻집에 들어갔는지 지금 생각해 보면 이해가 가지 않지만, 아마도 그때 나는 이 낯선 도회의 분위기에 쉽게 압도당했음에 틀림없다. 그건 그렇고 겨우 마음을 진정시켜 그 초라한 찻집의 문을 밀고 안에 들어간 순간 나는 깜짝 놀라 그 자리에 섰다.

어두컴컴한 가게 한 구석 의자에 하얀 줄 세 줄을 감은 학생모를 쓴 남자가 망토를 두른 채 눈을 들어 이쪽을 응시하고 있다.—아니, 고모리일까? 그럴 리가 없었다. 그러나 어디에선가 본 얼굴이다. 그렇게 생각한 순간 저쪽에서도 생각난 듯 말을 걸어 왔다.

"여어."

"아니 자네야, ……언제부터 그런 모습으로."

상대방은 바로 반년 전까지 같은 학원에서 자주 얼굴을 마주쳤던 사람이다. 아무리 그래도 그 남자가 쓰고 있는 것은 제3고등학교 모자가 아닌가? 그러나 3고가 반년 전에 보결 입학생을 받았다는 이야기는 들어 본 일이 없다. 그러자

상대방은 이미 거기에 생각이 미친 듯,

"그렇게 뚫어지게 쳐다보지 않아도—"라고 갑자기 기분 나쁜 표정을 지으며 말했다. "이건 여기 학원 모자야."

모자를 자세히 보니 과연 3고의 벚꽃에 1고의 떡깔나무 잎을 겹쳐 놓은 휘장이 붙어 있다. 나는 여유를 되찾자 약간 서먹서먹하게 물었다.

"그건 그렇고, 왜 학원을 바꿨어. 싫어졌어, 도쿄가?"

상대방은 뭘 망설이는지 잠시 입 다물고 있었는데,

"응, 비슷한 거야."

라고 이쪽이 잊어버릴 때쯤 애매하게 대답했다. 뭔가 대답하기 어려운 사정이 있는 것 같은데 나는 그것을 캐물을 만큼 흥미도 없었고 상대방도 아무 말도 안했다. — 대충 도쿄에서 하숙집 여주인과 일이라도 저지른 게 아닐까? 나는 문득 그런 것도 생각했지만 만일 그렇다고 하면 그런 고백을 이런 곳에서 들을 수도 없다는 생각이 들었다. 초현실적인 문학을 동경하던 나는 비록 친구의 연애지만 생활에 찌든 것보다는 좀더 낭만적인 것이길 바랐던 것이다.

나는 이야기를 적당히 마무리 짓고 이 남자와 헤어지려고 일어나려 했다. 그때였다. 새까만 외투 칼라에 살결이 하얀 갸름한 얼굴을 반쯤 묻은 여인이 쓱 들어오자 곧바로 우리들 옆으로 가까이 왔다. 그러자 지금까지 망토 속에 웅크리

고 있던 남자가 갑자기 일어서서 모자를 다시 쓰고,
"그러면,……"
이라고 입속에서 작은 소리로 속삭이듯 말하는가 했더니 막 들어온 여인을 데리고 가게를 나가 버렸다.
 나는 너무나 갑작스런 일에 입도 다물지 못하고 잠시 멍하고 있었는데, 그 남자가 바로 마쓰라 고자부로인 것이다.

6

 나는 그 후 마쓰라 고자부로와는 꼭 한 번 아마 도쿄의 폐업중인 마작 클럽인가에서 만난 적이 있을 뿐이다—. 그게 아마 1943년 가을 문과계 대학과 고등전문학교의 학도 징병 연기가 취소된 직후 무렵이었을 것이다. 이것으로 내 인생은 끝났다고 죽을 각오를 한 것같이 말하는 사람도 있는가 하면 또 특공대에는 들어갔지만 어떻게 해서든지 살아 돌아올 생각을 하고 있는 사람도 있고, 사태를 받아들이는 방법도 여러 가지였는데 결국 모두가 안정을 잃고 들떠 있었다. 징병검사로부터 입영까지 아마 한 달 정도밖에 여유가 없었고, 나 자신도 검사를 받으러 고향인 고치(高知)까지 돌아가야 했고, 여기저기 돌아다니느라고 바빴기 때문에 당시의 인상은 잡다하고 한결같이 희박하다.

그러므로 마쓰라와 만난 마작 클럽이란 것도, 어떻게 해서 그런 곳에 갔었는지 기억이 없다. 기억하고 있는 것은 그 가게가 뒷골목 2층에 있었고 누렇게 된 목면 커튼에 지는 해가 비쳐 그것이 왠지 화장터의 대합실 같은 인상을 주었다는 정도다. 내가 앉은 테이블 옆에 또 한 그룹 먼저 온 손님이 다른 테이블을 둘러싸고 있었다. 그리고 문득 보니 그중에 비백 무늬의 기모노를 입은 마쓰라가 있었다. 나는 아마 그리운 생각이 들었던 모양이다. 1940년 말 이래 이런 장소에서 이렇게 우연히 만나는 것은 일종의 기연임에 틀림없기 때문이다. 그러나 오시만지 뭔지 이상하게 흐느적거리는 기모노를 입은 마쓰라를 보니 나는 왠지 불길하고 애처로운 생각이 들었다. 이 3년밖에 안 되는 사이에 그가 그렇게도 늙어 보였기 때문일까. 교토에서 우연히 만났을 때의 마쓰라도 결코 제대로 된 수험생이었다고는 할 수 없다. 그래도 그때 3고생과 비슷한 모자를 쓰고 있던 마쓰라의 얼굴은 지금 와서 생각해 보면 얼마나 젊고 늠름하게 보였던지. 더구나 그쪽에서도 내 얼굴을 보자 빙긋이 웃으며 속삭이듯 의외의 말을 하는 것이다.

"자네, 요즘 같은 때에 이런 짓을 해도 괜찮은 거야······."

실제로 어쩔 작정이었을까? ─ 이런 짓을 해도 괜찮은 거야, 그것은 '비상시'라는 표어와 함께 우리들이 어려서부터 항상 들어왔던 말로 진부한 것인지 어떤 것인지 무의미한 말이 되어 버렸다. 그러나 그때 그 말을 마쓰라가 하는 것을 들으니, 나는 이미 그것이 진부한 농담이라고도 나를 위한 충고라고도 생각되지 않았다. 분명히 그때 나는 내 생명이 시시각각 조금씩 허공으로 사라져 가는 듯한 허전함을 느끼고 있었다.

아니면, 그 말은 마쓰라가 자기 자신을 향해 말한 것일지도 모른다. 나는 교토의 찻집에서 마쓰라가 검은 외투를 입은 여성과 갑자기 사라지듯이 나가 버린 후의 일은 전혀 알지 못했다. 다만 마쓰라의 표정이나 목소리로 봐서 왠지 나는 그 여성이 그 후 마쓰라에게 불행을 가져온 것 같은 기분이 들었지만 거기에 대해 굳이 물어 보려고도 하지 않았다. 그러기는커녕 나 자신이 묘한 여성과 연루되어 그 나쁜 행실 때문에 그녀와 잘 안다고 하는 사람들로부터 몇 번 금품을 갈취당해, 입영을 앞에 두고 어머니에게 들키지 않고 어떻게든 결말을 지으려고 고심하고 있었다.

그러나 자신의 생명이 허공으로 사라져 가는 듯한 허전함을 느끼는 것은 그런 여성과의 나쁜 행실과는 다른 문제였다. 나는, 「청빈담」의 작가가 "소설가의 신체제는 낭만주의의 발굴"이라고 한 말에 자극받아 규슈의 부모님 댁에서도 금방 같은 말을 마치 자기 자신이 생각해 낸 것 같은 얼굴로

말하고,

"그러니까, 너는 싸구려 소설가가 되겠다는 거네, 이런 비상시에……"

라는 부모님을 포기시키고, 다시 도쿄에 혼자 돌아오자 수험공부는 제쳐두고 오로지 현대의 요괴기담은 없을까 하고 친구를 꼬셔서 같이 길거리를 헤매고 다녔다.

그러면서도 이듬해 봄, 겨우 어떤 사립대학 문학부에 들어갈 수 있었던 것은 운명의 장난이라고나 할까. 더구나 내가 겨우 재수생활에서 손을 씻은 대신 고모리 히사만키치는 교토의 고등학교에서 퇴학 맞아 도쿄에서 다시 재수하게 되었으니까 더욱 묘했다.

더욱이 도쿄에 온 고모리는, 그 전해 3고에 합격해서 교토로 갈 때보다도, 오히려 의기양양한 것 같았다.

"학교 그만뒀어."

어느 날 아침 하숙집 거실에서 아침을 먹고 있는데 창 밖에서 그런 소리가 들려, 돌아다보니 고모리가 휘장도 백선도 다 떼어 낸 학생모를 뒤로 젖혀 쓴 채 미소를 띠고 서 있었다. 고모리가 학교를 그만둘지도 모른다는 것은 전부터 몇 번씩 듣고는 있었기 때문에 그렇게 의외의 일은 아니었지만 실제로 이렇게 마치 러시아인 빵장수 같은 모습으로서 있는 고모리를 보니 아무리 그래도 나는 놀라지 않을 수 없었다.

"어떻게 된 거야? 역시 교련 교관과 싸운 게 잘못된 거야?"

그러자 고모리는 대답했다.

"아니, 그런 늠름한 이유가 아니야. 출석일수가 모자라서 깨끗이 잘린 거지."

나는 고모리가 왜 그런 이유로 퇴학맞았는지 잠시 이해가 가지 않았다. 분명히 고모리는 툭 하면 학교를 결석하고 도쿄에서 우리들 재수생 친구들과 놀 때가 많았다. 그러나 아무리 그렇다고 해도 어렵게 들어간 학교를 퇴학맞을 정도로 농땡이 쳤을 리도 없는데—. 그러자 고모리는 야릇한 미소를 지으며 말했다.

"사실은 내가 내기를 했어. 내가 잘리는지 아닌지……
물론 잘리고 싶지 않으면 삼학기를 전부 결석하고 휴학해 버리면 괜찮았겠지. 아버지에게 '폐문임파선염' 등등의 적당한 병명으로 진단서를 쓰게 해서. 그러나 그런 짓까지 하지 않아도 삼학기만이라도 다른 사람처럼 출석했으면 잘리지 않았을지도 모르지—. 거기서 나는 내 목을 실험해 보았지. 그런데 삼학기 도중에 쉬고 싶어져서 지금 학교를 제멋대로 쉬면 퇴학이지 생각했지만 그렇게 생각하니 더욱 쉬고 싶어지는 거야——. 이렇게 하면 이렇게 된다는 것을 알면서도, 그런 놈이야."

왠지 도스토예프스키의 『죄와 벌』에 나오는 마르메라도프인가 하는 주정뱅이의 고백을 듣고 있는 듯한 이야기네, 라고 나는 생각했다. 그리고 그것에 나는 감동했다. 고모리는 계속했다.

"나는 아버지가 가엾어졌어. 아버지는 상당한 이상주의자로 메이지 말엽 의대를 나와서 일부러 조선 변두리까지 가서 시골 개업의가 된 것은 돈 때문이 아니야. 문명에 뒤진 조선인을 구하고자 하는 마음이지. 그런 아버지에게 엉터리 진단서를 쓰게 해서 만년의 절개를 더럽히고 하고 싶지 않았어. 게다가 올 1월에 어머니가 쓰러지셨지. 아버지는 그래서 기가 꺾여 버리셨어. 그런데 어머니는 어머니대로 아들인 내가 대학에 가면 고문이나 외교관 시험에 패스해서 장래에는 프랑스 대사나 뭐가 될 것이라고 믿고 계시지. 병으로 누운 이래 헛소리로도 그렇게 말씀하셔. 그러면 아버지는 어머니 머리맡에 앉아 어린아이라도 달래듯이 맞장구를 치시지. '그래, 그래, 히사만키치는 프랑스 대사는 안되어도 인도 대사 정도는 될 거야'——. 이러니 학교에서 퇴학맞게 됐으니 가짜 진단서를 떼어 달라고 도저히 말할 수 없지. 하다 못해 어머니가 살아 계신 동안만이라도 나는 수재 아들로 있으려고 그대로 교토로 돌아왔어. 그런 어머니도 드디어 3월에 돌아가 버리셨지. 그러나 그렇게 되니 이번에는 마누라가 먼저 죽어 생기를 잃은 아버지에게 퇴학맞은 이야기는 하기 힘들게 되었어. 할 수 없이 뒷일은 형에게 맡기고 나는 잠자코 도쿄에 왔지."

고모리의 그런 이야기를 들으니 나는 나 혼자 학교에 들어간 것이 왠지 미안해졌다. 의협심으로 학교를 그만둔다면 우스운 일이지만 할 수 있다면 그렇게 하고 싶었다. 나에게는 아버지도 어머니도 계시고 외아들인 나의 장래를 걱정하고 있다. 그러나 고모리와는 달리 나는 초등학생 때부터 학교를 몇 개월씩 농땡이 치기도 하고 성적은 언제나 나빴으니까 대사가 된다든지 뭐가 된다는 기대 같은 것은 없었다. 특히 중학교를 졸업하고부터는 매년 제일 쉬운 고등학교나 사립대학 예과에 지원해 떨어지기만 했으니까 거의 아무 학교나 들어가 무사히 거기를 졸업해서 조그만 회사에라도 취직해 준다면 그것으로 족하다고 생각하고 있다.

나 자신도 바로 1, 2년 전까지만도 그럴 생각이었다. 아니, 지금도 이대로 학교를 졸업하면 그렇게 나쁘지 않은 회사에 들어가 평범한 아내를 얻어 양지바른 집이나 조그마한 아파트라도 빌려서 살 수 있다면 그 이상 아무것도 바라지 않는다—. 나는 하숙집의 세 자매를 가만히 비교해 보면서 머리 속으로 자신이 장래에 살 아파트의 창틀에 그들 자매의 얼굴을 번갈아 끼워 보고 하는 생각에 몇 시간씩 잠겨 있기도 했다.

그러나 고모리가 휘장도 백선도 떼어 버린 밋밋한 학생모를 쓰고 눈앞에 나타난 순간부터 나는 그런 꿈은 도저히 이루어질 수 없는 것으로 깨끗하게 포기하기로 했다. 아니 하숙집 딸과의 결혼은 차치하고라도 나 혼자 빈둥빈둥 학교에 다니고 졸업한 뒤 어머니가 말씀하시는 대로 어디 회사에 취직한다고 하는 것은 이제 할 수 없다는 생각이 들었다.

고모리가 3고에서 퇴학당한 직접적인 이유가 무엇이든지 사실을 말하자면 관료나 학자 타입의 사람들만 모여 있는 학교에 고모리 자신이 자발적으로 등을 지고 뛰쳐나온 것은 확실하다. 그리고 나는 그러한 고모리가 학교를 농땡이 치고 도쿄에 올 때마다, 낙방 한 번 안하고 양지바른 길만 줄곧 걸어온 사람이 어떻게 소설 같은 것을 쓸 수 있을까라고 자신이 본의 아니게 재수하는 것은 접어두고, 이런 말을 끊임 없이 입에 올렸다.

"학교라는 것은 결국,
'술, 노래, 담배, 그리고 여자
외에 배울 것도 없음'

이라네……"
라고.

　우리들은 그날 밤 아사쿠사에 가서 국제통의 양식집에서 종이장처럼 얇게 두들겨서 편 큰 돈가스와 위스키에 레모네이드를 탄 위람을 먹고 마시며 고모리의 퇴학을 축하해 주었다. 양식집의 스탠드는 초밥집의 높은 테이블과 비슷하고, 초밥집이라면 간장이나 생강이 놓여 있을 곳에 콩과 갓씨 같은 것이 그릇에 담겨져 있다. 나도 고모리도 술에는 약해서 합성 위스키와 레모네이드의 하이볼을 한 잔 마시자 금방 얼굴이 빨개졌다. 그러자 스탠드 저쪽에서 머리를 수건으로 동여맨 가게 주인이,

　"잠깐 그 쪽을 한바퀴 돌아 술을 깨세요."
라고 한다. 너무 빨간 얼굴을 하고 있으면 다른 손님이 자기네 술잔에는 레모네이드만 있고 알콜이 적다고 불평하기 때문이라고 한다. ─그렇게 말하는 것을 들으니 나는 술도 못 마시는 내가 칠칠치 못한 것 같고 창피해서 오히려 화가 난 표정을 지었는데 고모리는 전혀 아무렇지도 않은 듯,

　"그럼 또 올게요. 잘 먹었습니다."
라며 아주 익숙한 태도로 유연히 나오는 것이다. 6구에 있는 공원에서는 오페라관에 들어가는 것이 상례로 되어 있다.

그러나 우리들은 표를 끊어 들어가기 전에 표주박 모양의 연못 옆 등나무 밑에 앉았다. 고모리 말에 의하면 그곳 벤치에는 막 사이에 무희들이 가끔 한숨을 돌리려고 온다는 것이다. 그날 밤은 아직 날씨가 추워서인지 등나무 근처에 사람이 없었다. 눈을 들어 보니 바로 정면에 오페라관 분장실 창의 등이 비친다. 무희들이 옷을 갈아 입고 있는지 그림자극의 그림 같은 것이 가끔 창에서 움직이고, 앗 하는 사이에 금방 모양이 어그러져 사라져 버린다.

"나는 어떻게 해서든지 이곳 지배인에게 다리를 놔서 가능하면 당분간 이곳 전속작가로 일해 보려고 해."

"극단 전속작가라고 하면 쇼 대본이라도 쓰는 건가?"

"아니, 쇼 대본이나 버라이어티 대본은 안 쓰려고 해. 거기에는 춤과 음악이 들어가서 나 같은 음치는 할 수 없어. 그 대신 아주 재미있는 극본을 쓰려고. 신푸(新富)극단의 가와타케 모쿠아미(河竹默阿彌)같이 나는 여기서 배우들을 위해 일할 거야. 우선 교토에서 한두 권 써 온 게 있어. 하나는 거지가 주인공으로 원래는 큰 부자의 아들인데 극단의 여자한테 반해서 일부러 극장 앞에서 거지 노릇을 하고……."

위람에 취한 탓도 있겠지만 그런 이야기를 정신없이 계속하는 고모리에게 나는 그저 감탄했다. —이 놈은 스스로 자기 세계를 제대로 구축하고 있다. 게다가 어쩌면 이렇게 착실할까. 학교에서 퇴학당해 돌아오자마자, 금방 두 권이나 끝내다니 나는 도저히 그렇게 못할 것 같다.

나는 시궁창 냄새를 풍기는 새까만 연못을 멍하니 바라보면서 마음속으로 중얼거렸다. 연못 수면에는 바로 전까지는 번화가의 등불이 비쳤다. 그러나 지금은 이미 네온 사인은 꺼지고 어두컴컴한 등불 밑에 묵묵히 검은 그림자 같은 군중이 걷고 있을 뿐이다.

그러나 이런 시대에 연극 각본을 쓴다고 해도 도대체 어떤 것을 쓸 수 있을까?—시국편승의 종군극 같은 것이나 쓰려면 아무것도 쓰지 말고 학교 공부라도 열심히 하는 편이 낫지 않을까. 낭만주의의 발굴이라면 자기가 직접 쓰지 않아도 책을 읽으면서 머리속으로 여러 가지 상상만 해도 그런 대로 재미있는 것을 발굴할 수 없는 것도 아닐 것이다.

나는 혼자 마음속으로 중얼거리면서 자신이 고모리를 배반하고 도망가려고 하고 있는 것을 깨닫고서 깜짝 놀랐다. —왜 이렇게 칠칠치 못할까, 나는—.

7

하루하루가 나태하고 초조한 가운데 지나갔다. 원래 게으른 나는 인생의 태반을 그렇게 보냈다고 할 수 있다. 그런데 교토에서 학교를 그만둔 고모리가 도쿄에 돌아온 후 반년간 나는 다른 사람에 대한 의무감으로 게으름을 피웠고 그런 일은 전무후무한 것이었다.

물론 고모리는 특별히 나에게 게으름을 피우라고 강요한 것은 아니다. 그런데도, 예를 들면 그는 이런 이야기를 유쾌하게 들려 주는 것이다.

"어제 오래간만에 이노타마(玉井)에 갔는데 거기에 있는 여자가 나에게 뭐라고 했는지 알아? '당신, 언제 나왔어' 라고 했어."

그렇게 말하고 고모리는 자기가 입고 있는 다 떨어진 줄무늬 기모노 소매자락을 잡아다녀 보여 주는 것이다. 이 기모노는 중고 옷가게에서 산 것으로 무슨 내력이 있을 법한 것인데 고모리는 그것을 매일 밤낮으로 항상 입고 있어 먼지와 기름이 스며들어 더러워져, 이노타마에 있는 여자는 고모리를 형무소에서 나온 남자라고 잘못 알았던 것이다. 그리고 나는 그런 이야기를 들으면 뛰어난 단편소설이라도 읽은 것처럼 흥분하는 것이다.

실제로 고모리가 하는 짓은 일상생활이 그대로 가공의 모험담 같아 그것을 들을 때마다 나는 마치 「청빈담」의 주인공이 옆집의 소년이 국화의 요정인지도 모르고 국화 키우기 경쟁을 해서 매번 지는 것 같은 기분이 들었다.

그 무렵 나는 하숙을 덴엔초후(田園調布)에서 쓰키치오다와라초(築地小田原町)로 옮겨 매일 스미다가와(隅田川)를 오르내리는 증기선의 기적 소리에 잠이 깼다. 고모리는 같은 강 상류의 료코쿠바시(兩國橋) 옆 아파트에 방을 빌려 살고 있어, 우리들은 서로 왕래를 자주 해 일주일에 열 몇 번이나 얼굴을 마주쳤다. 처음에는 나도 어떻게 해서든지 고모리를 감복시킬 무용담을 발휘해 보고 싶다고 생각했는데 곧 그런 마음은 없어졌다.

원래 나와 고모리는 체질부터 달랐다. 당시 니혼바시에서 아사쿠사, 시모타니, 쓰키지, 신바시 등 일대에 빈대가 대단한 기세로 번식하고 있었는데 나도 오다와라초 방에서 첫날 밤 빈대 세례를 받았다. 전등을 끄고 자려고 하는데 목에 일순 송곳에 찔린 듯한 통증을 느꼈는데, 아차 할 새도 없이 제이, 제삼의 충격을 목 주위에 연속적으로 받았다. 일어나서 전등을 켜니 거의 콩만한 동그랗게 살찐 검은 벌레가 몇 마리씩이나 한꺼번에 사방으로 도망가는 것이었다. 벼룩처럼 뛰는 것도 아니고 모기나 벌처럼 나는 것도 아니고 단지 수많은 다리로 걸을 뿐인데 그게 굉장한 속도다. 나는 겨우 한 마리 잡았는데 짓누르자마자 기름냄새 같은 게 나서 이것이 빈대인가 보다 하고 깨달았다. 그러나 다음날 그것을 고모리에게 보고하니까 고모리는 전혀 아무런 관심도 없는

표정으로,

"빈대? 그런 거 이삼 일이면 금방 익숙해져."
라고 간단히 말하는 것이다. 나로서는 에도(江戶) 시대부터 이어온 도시가 빈대의 소굴이 되어간다고는 생각도 못해 봤고, 「우메고요미(梅曆 : 가부키의 한 작품 — 역주)」의 단지로(丹次郎)나 「겐야다나(玄冶店 : 가부키의 한 작품 — 역주)」의 요사부로(與三郎)가 어떻게 빈대를 퇴치했는지 연구해 볼 만한 과제라고 생각하고 있었는데 이런 고모리의 태도에 김이 새면서 자신과 고모리의 체질의 차이를 새삼 느끼지 않을 수 없었다.

사실 고모리는 어디에서도 잘 자고 자고 나면 곧바로 체력을 회복한다.

우리들은 항상 서로 방문하고 서로 상대방 방에서 잘 때가 많았는데, 고모리는 나보다도 일찍 자고 아침에는 늦게까지 잔다. 그럴 때 나는 고모리를 방에 둔 채 혼자서 어시장 속을 산책하기도 하면서 시간을 보냈는데, 그럴 때면 뭐라고 표현할 수 없는 고독한 기분이 들었다.

물론 어시장은 아침 일찍 시작하니까 내가 일어나 갈 무렵에는 대부분의 손님이 떠난 후로 구내는 한적하고 남은 참치 대가리나 꼬리가 달린 큰 뼈가 땅바닥에 여기저기 널려 있을 뿐이다. 처음에는 그런 것이 신기했는데 익숙해지니까 생선 냄새만 날 뿐 왜 내가 이런 곳을 어슬렁대고 있나 스스로 되묻게 된다. 그리고 이런 짓을 할 시간이 있으면 학교에 가는 편이 훨씬 낫지 않을까 하는 생각이 들기도 하는 것이다.

그러나 그렇다면 금방이라도 학교에 가면 될 것 같지만, 그럴 기분은 도저히 들지 않았다. 나는 이따금 기분이 내키면 학교에 가 볼까 하다가도, 쓰키치오다와라초에서 긴자욘초메 지하철 역까지 오면 핫토리의 큰 시계는 대개 9시를 가리키는데, 거기에서 또 한 시간이나 전차에 시달릴 것을 생각하면 우선 그전에 커피를 한 잔 마시자 하게 된다. 유라쿠초(有樂町) 신문사 근처에는 맛있는 찻집이 몇 집 있는데 특히 아침 첫번째로 내는 커피는 물자가 부족했던 당시에도 진짜 커피 향기가 났다. 그러나 그 커피를 다 마시면 이번에는 서너 집 건너 같은 골목에 있는 빵집의 막 구어 낸 롤빵이 먹고 싶어져 뜨거운 빵 사이에 버터를 넣어 그것이 녹기 전에 가려고 급히 원래의 찻집에 빵을 안고 돌아온다. 그렇게 되풀이하는 동안에 시간은 금방 11시 가까이 되어 결국 지하철 역에서 학교와는 반대방향인 아사쿠사행 열차를 타고 고모리의 아파트에 놀러 가게 되어 버린다.

그러나 그런 시간에도 고모리는 아직 자고 있을 때가 많앉다. 상관 않고 방에 들어가면 머리맡에 원고지가 흐트러져 있고 책상 위에는 습자 교본이 놓여 있다.

"오페라관은 아무래도 안 되는 것 같애."

고모리는 졸리운 듯 눈을 비비면서 말한다. 그는 이미 몇 권의 대본을 오페라관에 보냈지만 이렇다 저렇다 대답이 없었다.

"바로 전의 '무' 그것도 안 됐어?"

"아아, 그것도 안된 것 같애."

'무'라고 하는 것은 고모리가 자신있어 하는 작품으로 르나르의 『홍당무』를 흉내낸 '무'라는 별명을 가진 여자아이가 반항심으로 어머니의 연인인 어떤 산업전사를 빼앗아 강제로 집을 나간다는 줄거리인데 때가 때인 만큼 그런 이야기는 아무리 재미있다고 해도 채택될 리가 없었다. 더구나 우리들은 아사쿠사의 극장에 아무런 연고도 없었기 때문에 불쑥 원고를 보내도 아마 제대로 읽히지도 못한 채 어딘가에 버려졌음에 틀림없었다.

"이렇게 되면, 이제 누가 읽어도 알 수 없는 글자로 원고를 쓰려고 해."

라고 고모리는 습자본을 가리켰다. 과연 흩어진 원고지의 눈금에는 검게 구불구불한 붓으로 쓴 글자가 꽉 차 있다. 그것을 보고 나는 고모리의 명랑한 기분에도 불구하고 갑자기

사설 요재지이(私說聊齋志異)·217

눈앞이 으스스 어두워지는 것을 느꼈다.

고모리의 원고가 오페라관에 채택되지 않은 것 자체는 그다지 문제가 되지 않았다. 오페라관 극단 전속 작가가 된다는 것은 고모리 자신도 어디까지 진지하게 생각한 것인지는 몰랐지만 적어도 나에게는 그것이 고모리에게 적합한 직업이라고는 생각되지 않았다. 단지 그렇다면 도대체 어떤 직업이 자신들에게 어울리나 하면 그것을 도저히 알 수 없었고, 어느쪽을 향해 걸어야 할지 감도 잡히지 않았지만―. 일부러 "누구도 읽을 수 없게 썼다"라는 고모리의 새까만 원고는 그런 우리들의 심경을 그대로 나타내는 것 같았다.

우리들은 그날도 오페라관에 가서 일 막짜리 연극 세 개와 쇼를 보았다. 여느 때와 같이 연극은 전부 전의를 고양시키는 가정극으로 하나도 재미없었고 쇼도 무희가 맨다리를 올렸다 내렸다 하는 장면 외에는 전부 지루했다. 정말 이럴 바에는 고모리의 '무' 라도 공연하는 편이 훨씬 재미있을 것 같았다―. 단지 나는 그렇게 생각하는 한편 주름투성이 얼굴을 새하얗게 칠한 남자가 장단이 맞지 않는 테너를 큰 소리로 외쳐 부르는 것을 보고 있자니 그 남자가 여기서 20년 이상이나 노래를 불러 왔다는 것에 이상한 감동을 느끼지 않을 수 없었다. 그 남자가 도대체 몇 살의 노인이며 보통 때는 어떻게 살고 있는지가 나는 상상도 안 갔다. 다만 그 남자가 얼굴을 뒤로 젖히고 큰 소리를 지르면 그때마다 뾰족한 목젖이 바르르 떨리는 게 마치 '직업'이 기분나쁜 생물이 되어 꿈틀대고 있는 것처럼 느껴졌다. 또 피날레에서 그 남자가 러닝 셔츠 한 장만 입고 우승기 같은 것을 치켜들고 무대를 일주하고 생긋 웃으니 누런 앞니가 드러나 그곳만 노인이 노출된 것같이 보여 나는 그 배후에 쌓인 '세월'에 위협받는 것 같은 생각이 문득 들었다.

우리들이 저 남자 나이가 될 때까지 산다면 어떻게 될까?

나는 보통 때 내 자신이 그렇게 장수할 것이라고 생각하지 않았다. 언젠가는 군대에 갈 것이고 그 후의 일은 상상해 볼 도리가 없었기 때문이다. 그러나 만일 우리들이 전쟁에 나가도 죽지 않고 살아서 돌아온다면 정말 그때부터 무엇을 하며 살아가야 할까?

그날 밤 오페라관에서 나와 이노타마에 간다는 고모리와 헤어져 나는 혼자서 내 하숙에 돌아왔다. 성욕이 없는 것은 아니었지만 그 거리의 창녀와 마주하는 것이 나는 아주 괴로웠다.

"안되겠어, 언제까지나 여학생 취향을 동경하고······."
라고 고모리는 말했다. 그건 그럴지도 모른다. 그러나 언젠가 작은 창 속에서 엿보고 있는 세일러복의 창녀를 산 것은 특별히 여학생 취향이라서 그런 것은 아니었다. 몇백 채나 늘어선 집 중에 어떤 여자를 골라야 할지 모르는 채 왠지 심술맞을 것 같은 할머니 옆에 고개 숙이고 앉아 있는 소녀 집에 올라가 본 것뿐이었다. 그런데 막상 올라가 보니 그 할머니가 오히려 사람이 좋고,

"만일 기분이 내키지 않으면 찻값만 내고 돌아가도 괜찮아요."

라고 해서 내가 그대로 하려고 하니까 세일러복의 창녀는 갑자기 서슬이 퍼래져서 내 손을 잡고 한 손으로 스커트를 감아 올리며 계단을 뛰어 올라가 느닷없이 다다미 위에 대자로 누었다. 그런가 했더니,

"자, 와 봐. 남자라면 해 봐."

라는 것이었다. 그때 이래로 나는 거리의 여자와 만날 때는 절대로 뒷걸음쳐서는 안된다는 것을 깨달았지만 실은 그 때문에 점점 더 주눅이 잘 드는 것이었다. 그러나 그날 밤 고모리가 같이 가자는데 거절한 것은 그런 것이 생각나서 그런 것도 아니었다. 단지 현재 내 생활이 피곤해서 어딘가에 간다는 것이 귀찮았을 뿐이다. 일찍이 내 방에 돌아가 다다미 위에 몸을 가라앉히듯이 잠자고 싶었다.

생각해 보니 하숙을 오다와라초로 옮긴 이래 낭만주의의

발굴은 고사하고 제대로 앉아 책도 읽지 못했다. 확실히 고모리가 말한 대로 빈대에는 어느새 익숙해져 물려도 아프거나 가렵지 않게 되었지만 처마와 처마가 겹쳐진 뒷골목 생활에는 언제까지나 익숙해지지 않고 오히려 점점 생선 비린내나 비눗물이 고인 습한 땅이 코를 찌를 뿐이었다. 그 속에서 아무리 발버둥쳐도 현실에서 비약한 이야기 같은 것은 생각해 낼 수도 없을 것 같다기보다 여기에 와서부터 빈대 이외에도 일상생활의 여러 가지 현실에 새롭게 부딪혔다. 예를 들면, 언젠가 고모리가 가부키를 입석에서 보고 돌아오는 길에 내 방에 들러서 아래층에 사는 집주인 부부의 이야기를 하던 끝에,

"나는 아무래도 주인 여자에게 홀린 것 같애. 멋쟁이란 그런 사람을 말하는 거야."

라고 제멋대로 열변을 토하고 돌아간 것은 좋은데 고모리는 일부러 그런 것같이 낡은 자기 신발과 주인의 새 신발을 바꿔 신고 간 덕분에 나는 나중에 그 멋쟁이 주인 여자에게 싫은 소리를 실컷 듣게 되었다. 그 이후로 나까지 이 부부에게 왠지 의심받는 것 같아 특히 밤늦게 집에 돌아올 때 같은 때는 이 주인 여자가 현관문을 열어 주는 것이 마음에 들지 않았다. 그날 밤도 현관의 불투명유리 격자문에 희미하게 아래층의 부부 침실의 불빛이 비치는 것이 보이자 나는 뭐라

고 문을 열어 달라고 해야 할까 이것저것 변명을 머리에 떠올리면서 문앞에 가까이 갔다. 그러자 그때였다. 내가 서자마자 안에서 유리문이 열리면서 여느 때보다 작게 보이는 주인 여자 얼굴이 보였다.

"어서 오세요. 안 계시는 동안에 손님이 오셔서 쭉 기다리셨는데 이제 막 이것을 남기고 돌아가셨어요."
라며 접어 두고 간 편지를 나에게 건넸다.

> 아주 찾기 어려운 곳이네요. 여기저기 찾다가 겨우 찾아왔어요. 모처럼 왔는데 보지 못하고 돌아가는 것이 섭섭하지만 너무 늦어지면 집에서 걱정하니까 이제 돌아갑니다.
> 그래도 내일은 꼭, 전화를 하든지 해서 집으로 연락해 주세요. 꼭이요. 중요한 용건이 있으니까 절대로 어기면 안돼요.
> 그럼, 연락, 기다리겠어요. 될 수 있으면 잠시라도 좋으니까, 집에 오시지 않겠어요?
>
> 료코

마치 마법에 걸린 것 같았다. 료코라는 사람은 여기에 오기 전에 방을 빌렸던 집, 세 자매 중에 둘째로 셋 중에 제일 공부를 잘 하고 아마 올해 여자대학에 들어갔을 것이다. 용모는 그렇게 뛰어나지 않았고 보통 때 그다지 얘기한 적도 없다. 그런 그녀가 왜 멀리 덴엔초후에서 이곳 쓰키지의 사카나 해안 맞은 편 골목 깊숙한 곳에 있는 집을 찾아왔을까? 분명히 번지는 가르쳐 주었지만, 확실히 찾기 힘든 곳이다.

나에게는 이미 그 이유를 생각하고 있을 여유가 없었다. 아무튼 공중전화에 가서 내일 꼭 그곳에 가겠다는 연락만을 하고 하숙에 돌아와 잠자리에 들었지만 흥분해서 잠을 잘 잘 수가 없었다. 도대체 그녀는 나에게 무슨 용건이 있을까? 그러나 그렇게 생각하는 한편 나는 료코의 얼굴이나 음성이 떠올라, 그것만으로 머리가 꽉 차 버려 다른 어떤 것도 생각할 수가 없는 것이었다.

고모리가 말한 대로 나는 역시 여학생 취향인 것일까?

다음날 아침 전차 속에서 나는 료코를 생각하면서 혼자 중얼거렸다. 엷은 눈썹, 길게 찢어진 검은 눈, 약간 납작하고 위로 올라간 코. 그런 모습은 그녀의 얼굴을 어쩐지 어린아이 얼굴처럼 보이게 했다. 그런데 지금은 그것이 한꺼번에 불가사의한 의미를 지니고 나에게 미소짓는 것같이 생각되는 것이었다. 평상시 말수가 적고 조용한 만큼 그런 아가

씨가 오히려 정열적일지도 모른다는 생각도 들었다.
 어젯밤 전화는 그녀가 아니고 그녀 어머니가 받았다(료코 씨가 편지를 두고 가서). 나는 말하면서 주저했다. 만일 그녀가 어머니 모르게 우리 집에 왔다면 큰일이 아닌가? 그러나 내 걱정은 불필요한 것인 듯 그녀의 어머니는 모든 것을 알았다는 듯이,
 "아아, 그래요. 그러면 내일."
이라고, 퇴직관리 미망인다운 사무적인 목소리로 대답할 뿐이었다.
 같은 비전문적인 하숙이라고 해도 다마가와 강변에 있는 그 집은 오다와라초의 골목 속에 있는 집에서 보면 겉모습만 봐도 아주 중류 샐러리맨 가정을 연상케 한다. 나는 왠지 자기 집에 돌아가는 듯한 정겨운 느낌을 받으며 응접실만이 양식으로 된 일본식 현관문을 열었다. 그 순간 열어 놓은 방의 미닫이문 속에서 일제히 이쪽을 돌아다 보는 여자들의 얼굴을 보고 나는 일순 몸이 굳어졌다. 그곳에는 우리 어머니가 있었기 때문이다.

 무슨 일인가. 어머니는 내가 돈얘기만 끊임없이 할 뿐 학교나 다른 것에 대해서는 아무것도 알려 주지 않는 것을 이상히 여겨 큰 맘 먹고 상경했는데 쓰키치오다와라초라는 지

명은 알고 있어도 도저히 찾을 수가 없고, 이곳 하숙 주인과는 이전부터 알고 있는 터라 그저께부터 이곳에 머무르고 있다고 한다.

"그래서 료코가 자네 어머니 대신 하숙집이 어떻게 생겼는지 갔던 것이야. 그런데 료코 혼자 가는 게 마음이 안 놓여 도시코도 함께 보냈지만."

주인 여자가 하는 말에 나는 실망했다. 도시코는 료코의 숙모인데 부부 사이가 나쁜지 늘 이 집에 와 있었는데, 나는 까닭 없이 싫었다. 그런 것보다도 겨우 내 하숙 하나를 찾는데 여자들이 친척까지 동원해서 법석을 떠는 데 질려 버렸다. 그런데도 료코는 또 왜 그런 편지를 써 놓고 돌아간 것일까. 그 편지는 마치 자기에게 고민이 있어서 그것을 나에게 털어놓으려고 온 것 같지 않은가? 나는 얄밉게 곁눈질해서 이쪽을 보는 료코의 얼굴을 째려봤지만 그녀는 그 납작한 코를 뒤로 젖히고는 그대로 다른 쪽으로 시선을 돌렸다.

그제서야 나는 겨우 내가 이 아가씨에게 속아서 이 '여인의 성'에 오게 되었다는 것을 깨달았다. 어머니는 말했다.

"부탁이니까, 이제라도 쓰키치의 하숙을 그만두고 이쪽으로 이사 와."

'싫어요'

나는 그렇게 말하려고 했다. 그런데 그전에, 하숙집 주인 여자가 두꺼운 근시 안경 속에서 눈을 반짝이며 냉정하게 말했다.

"부인, 그건 안돼요. 부인과 저 사이를 생각해서 아드님 방은 얼마든지 적당한 곳을 찾아봐 드리겠지만 이제 더 이상 우리 집에서는 학생을 하숙시키지 않겠어요. 제가 무서워졌어요." 어머니는 일순 어찌할 바를 모르고 당황해 했다. 그것을 보고 나는 갑자기 마음을 바꾸었다.

"가요, 어머니. 저 이제 쓰키치오다와라초에서 이사할 테니 안심하세요. 어쨌든 여기 이러고 있어도 별수가 없으니 밖으로 나가요."

"알아, 그것은……. 그래도 도대체 어디에 가겠다는 거야, 이제부터."

어머니는 흥분해서 볼이 통통한 얼굴이 파래지면서 말했다.

"어디라도 좋아요."

그렇게는 말했지만 나 역시 어디로 가야 할지 몰랐다. 창 밖에는 어느새 비가 오고 울타리의 노송이 젖어 빛나고 있다. 이런 속을 나이든 어머니와 함께 방을 빌리러 걸어 다닐 것을 생각만 해도 맥이 빠져 이대로 여기에 주저앉고 싶어진다. 그러나 주인 여자와 료코가 얼굴을 마주보고 엷은 미소를 띠는 것을 보자 갑자기 나는 생각지도 않는 말을 했다.

"학교에 가요. 학생과에 물어 보면 어딘가 학교 근처에 적당한 하숙을 소개해 줄 거예요."

지금 생각해도 나는 왜 그때 학교에 갈 생각을 했는지 모르겠다. 나는 이제까지 한 번도 학교가 좋았던 적이 없었고, 선생이란 사람은 가까이에만 가도 도망치고 싶었다. 그런데도 이런 중요한 때에 갑자기 학생과 같은 것이 생각나는 것은 역시 내심으로는 학교가 좋았던 것이 아닐까?

요컨대 나는, 고모리 히사만키치와 어울려 거리를 헤매고 다니는 것에도 지치고, 철저히 학교를 빼먹지도 못하는 겁쟁이임에 틀림없다.

고모리는 그렇다치고 나 자신 낭만주의의 발굴이다 뭐다 하면서 결국 너무 되풀이되는 재수와 낙방에 나 자신도 진력이 나, 어떻게 해서든지 체면을 지키려고 그런 것을 말해 버린 것에 지나지 않았는지도 모른다 —.

포송령의 연보에 의하면 송령도 처음 향시에 낙방했을 무렵부터 영중사(郢中社)를 만들어 동지들을 모아 서로 수험과는 무관한 시문을 지어 교환하기 시작하는데「영중사서」가운데 송령은 풍월을 즐기고 시문을 읊는 것이 결코 과거 시험에 도움이 되는 것은 아니라는 것을 되풀이해서 말하고 있다.

"이것은 스스럼없는 친구나 호기 있는 손님이, 과거 수험생에게는 죄가 된다고 한탄하는 것이다. 이 '영중사'의 소문을 듣고 흥분하는 사람이 있을까, 있을 리가 없다. 이런 모임은 하나만 있지 둘도 없다. 관심이 높지 않을 뿐만 아니라 호응하는 사람도 적다. (중략) 다만 한마디 말해 두고 싶은 것은, 우리들의 모임이 유쾌한 것은 세상의 일반 술친구가 취해서 술잔을 주고받기에 싫증나는 것과는 그 느낌이 약간 틀리다는 것을 적어 둔다."

이렇게 말하고 있는 송령이 그 후 30년 가까이나 낙방을 거듭하면서 시험을 포기하지 않은 이유는 무엇일까. 설마 「영중사서」를 낙방생의 자기 변호라고까지 부르는 것은 지나친 말이겠지만 그런 요소가 전혀 없다고도 딱 잘라 말할 수 없다. 적어도 그것은 「유림외사」의 작자 오경재가 병든 몸을 이유로 깨끗하게 박학홍사의 추천을 거절한 태도와 비교해서 태도가 눈에 띄게 불분명한 것은 부정할 수 없다. 더욱이 오경재도 사실은 꾀병을 핑계로 박학홍사 시험을 거절한 것이 아니고 정말로 건강이 나빠서 시험 치를 자신이 없었다는 설도 없는 것은 아니지만—. 그 어느쪽이든 만일 포송령과 오경재가 동인잡지 같은 것이라도 만들었다면 아마 두 사람은 언젠가는 사이가 갈라졌을 것이다.

 나는 어머니와 함께 학교에 가서 학생과에서 소개한 하숙과 그날 중에 계약을 마치고 어쨌든 이제부터는 학교에 다니겠다고 어머니를 납득시켜 겨우 규슈로 보냈다. 그러나 오다와라초의 하숙을 옮기려고 하니 그렇게 간단히는 마음의 정리가 되지 않았다. 아니, 나 자신이 료코에게 그렇게 쉽게 속아 넘어간 이래 완전히 패배감에 젖어, 더 이상 오다와라초에서의 불안한 생활을 계속할 기력이 없었지만, 그것을 고모리에게 어떻게 이야기해야 할지 몰랐다. 차마 고모리를 혼자 놔두고 도망갈 수도 없고 그렇다고 내 기분을 솔직하게 고모리에게 말할 용기도 없다—.
 내가 그런 것에 골치를 앓고 있는데 아래층 골목에서 발소리가 들려 창으로 엿보니 고모리가 이쪽을 쳐다보고 있었다.
 "어이, 어떻게 된 거야. 오늘 낮에도 왔었는데 없었잖아."
 "음, 잠깐 나갔었어. ……금방 내려갈 테니까 밖에서 기다려 줘."
 나는 반 정도 짐을 정리한 방에 고모리를 들이기가 곤란해 서둘러 계단을 내려갔다. 고모리는 당연히 그와 헤어진 후에 일어난 일에 대해서는 아무것도 몰랐다.

"자네가 말한 신발 말인데, 분명히 내가 내 신발과 여기 주인 신발을 바꿔 신고 돌아간 것 같애……."

"아니, 괜찮아. 그 일이라면 이제 아무 말도 안하는 것으로 봐서 잊어버린 것 같애."

라고 나는 적당히 대답하고, "그것보다도 목이 마른다. 얼음이라도 먹으러 가자"라고, 고모리를 골목에서 밖으로 데리고 갔다.

어느샌가 6월도 다 가고 낮에 오던 비도 그쳐 그날 밤은 여름이 갑자기 온 것처럼 무더웠다. 우리들은 시장길 노점에서 얼음과 레모네이드를 마신 후 가치도키바시까지 나가 잠시 난간에 기대고 스미다가와의 강바람을 맞았다. 상류에는 양쪽 다 창고가 즐비하게 서 있어 새까맸지만 하류는 바다와 연결되어 넓게 트여 군사경리학교의 범선을 노젓는 수병들 옷이 어두운 공기 속에 뿌옇게 떠오른다. 도대체 저들은 어디까지 배를 저어 갈 작정일까?

나는 어떻게 말을 꺼낼까 망설이면서 멍하니 그런 생각을 했다. 그러자 고모리가 갑자기 말했다.

"나, 잠시 도쿄를 떠날 것 같애."

"왜."

나는 왠지 가슴이 철렁해 물었다.

"왜라니 병역검사야. 검사받으러 안 갈 수 없지."

그랬었던가. 학교를 그만둔 고모리는 징병검사 연기 혜택도 받을 수 없었다. 나도 그것을 잊은 것은 아니지만 지금 그것을 들을 줄은 몰랐다.

"괜찮아……. 내 몸으로는 현역은 무리야. 검사가 끝나면 금방 돌아올게."

고모리는 내 안색이 좋지 않은 것이 자기를 걱정해서 그런 것으로 잘못 알고 그렇게 말했다. 그러나 나는 반대로 어떤 의미에서는 안심했다. 만일 그가 군대에 가서 그대로 돌아오지 않게 되면 나는 말하기 힘든 말을 가슴에 묻어 둔 채 혼자 학교에 돌아가게 된다. 나는 마음속으로 중얼거리면서 자기의 비겁함에 저절로 몸이 뜨거워졌다. 나는 한곳에 가만히 서 있지 못하고 난간에서 떨어져 우리가 온 쓰키치 쪽으로 방향을 바꾸었다. 고모리는 작은 몸의 어깨를 으쓱 치키는 듯이 하고 내 앞에 서서 걸어간다.

어슬렁어슬렁 걷다 보니 성누가병원 뒷문 개천가까지 왔다. 밤이 되자 인적이 끊긴 그 근처에서 우리들은 잠시 멈추었다. 지금 말해 버릴까? 나는 다시 마음속으로 중얼거렸다. 그러자 걷고 있는 동안 잊어버리고 있던 더위가 갑자기 다시 온 것같이 온몸이 땀투성이가 되었다. 갑자기 고모리가 입을 우물거리나 했더니 목소리를 냈다.
"아아, ······저거, 반딧불이."
"어디, 어디에."
"아아, 저기······."
큰 병원 건물 그늘진 곳에서도 한층 어두운 개천의 무너져 가는 돌담에서 수면 위로 줄기를 뻗치고 있는 무성한 잡초 사이에 반짝반짝 조그만 파란 빛이 날아다니는 것이 보인다. 분명히 저것은 반딧불이다. 보통 때는 오물선만 다니는 썩은 물 위를 도대체 어디에서 날아왔을까.
'이거야말로 에도 시대 낭만주의의 유물—'
이라고 나는 말하려고 했는데 너무 바보 같아서 그만두었다. 그러면서 몇백 년 전 옛날 무너져서 낡은 돌담 주위를 연약한 불을 명멸시키면서 날고 있는 그 벌레에는 뭐라 표현할 수 없는 아름다움이 있었다.

결국 나는 고모리에게는 아무 말도 안한 채 그가 없는 동안에 오다와라초에서 학교 옆으로 하숙을 옮겼다. 그러나 그로부터 2년 반 동안 나는 무엇을 하며 살았나?
'자네, 지금 같은 때에 이런 짓을 해도 괜찮은 거야—'
마쓰라 고자부로에게 그런 말을 듣는 순간 생각난 것은 고모리와 둘이서 바라본 반딧불이다. 그로부터 고모리는 어떻게 되었을까? 그런 말을 했지만 역시 군대에 간 것일까? 전쟁이 중국뿐 아니라 미국을 상대로 한 대동아전쟁이 되고부터는 보충병도 징집되기 시작했기 때문에 그 가능성도 컸다. 어쨌든 나는 고모리와 헤어져서 아주 잠시 동안 혼자서 공부했다. 그리고 이제 더 이상 친구는 만들지 않겠다고 결심했다. 그것만이 배반한 고모리에 대한 변명이었다.

그러나 그 결심은 반년도 못 갔다. 학교에 다니게 되자 나는 거기에서 연하의 친구들—이시자와 마쓰이치 등과 사귀고 이전보다도 더욱 칠칠치 못하게 어울리게 되었다. 그리고 나 자신도 군대에 가게 되기 직전에 우연히 만난 마쓰라가 그런 것을 전부 꿰뚫어라도 본 것같이 낮은 목소리로 속삭였다.

"자네, 지금 같은 때 이런 짓을 해도 괜찮은 거야—."

8

그것은 그렇다 치고 1943년 가을의 학도 동원은 어떤 의미에서 나를 안심시켰다. 고모리 히사만키치와 헤어진 후 나는 이시자와 마쓰이치 등 연하의 새로운 친구들과 절도 없는 세월을 보냈는데 고모리에 대한 양심의 가책은 언제나 있었다. 그런데 징병연기가 취소되고 군대에 가게 되어서 우선 그런 양심의 가책으로부터는 해방된 셈이다.

더구나 이미 그 무렵에는 학교에 가도 근로봉사와 교련이 최우선으로 나는 교련점수가 "대불가"였던 만큼 그 해 3월에도 낙제하여 그대로 가면 또 낙제를 거듭해서 결국은 퇴학당할 수밖에 없었다. 그것이 학도동원 덕분에 한꺼번에 임시 졸업 또는 임시 낙제가 되어 그 의미에서도 나는 구제받은 셈이다.

무엇보다도 전쟁이 시작된 이래 학생이 이렇게 대우받았던 적이 없었다. 지금까지는 군부나 신문 등으로부터 눈엣가시처럼 여겼었는데 학도동원령이 나오고부터는 갑자기 태도가 바뀌어 무슨 신문에도 연일 학생을 애지중지하는 듯한 기사가 나왔다. 물론 이유 없이 그런 것은 아니었다. 이미 올 여름 이탈리아에서는 바드리오 정권이 출범했고 무솔리니는 도망가서 구축국측의 패전은 이미 시간의 문제가 되었다. 그런 시기에 사지가 멀쩡한 젊은 학생들만이 군대에도 안 가고 빈둥대고 있는 것이 눈에 거슬리는 것은 당연하다. 그것이 징병 연기의 취소로 한꺼번에 전선으로 보내지게 되면 학생 자신을 포함해서 누구나가 가슴에 걸렸던 체증이 확 뚫리는 것 같은 기분이 드는 것은 당연했다.

그것은 비 오는 진구가이엔(神宮外苑)에서 열린 '출진식'으로 최고조에 달했다. 무장한 도쿄의 대학생은 분열 행진을 하고 중학생이나 여학생이 그것을 관객석에서 지켜보는 것이다.

"이제 필살적군의 총검을 높이 들고 그간 인고의 노력으로 연마해 온 기술을 모두 이 영광스런 중임에 쏟아 몸을 바쳐 적을 격멸하려고 한다. 우리 학도병들은 살아 돌아오기를 기대하지 않는다."

마침 이날 출진학도 대표로 이러한 답사를 읽은 학생은 일년도 되기 전에 소집해제가 되어 무사히 모교로 돌아가서 그 후 교수가 되었다고 하는데, 이것은 희극적이라고 하면 희극적인 우연이지만 그렇다고 반드시 비웃을 수만은 없다. 요컨대 이 학생은 당일 정세에 보조를 딱 맞추었을 뿐이다. 출진식의 답사라고 하면, "우리 학도병들은 살아 돌아오기를 기대하지 않는다"라고밖에는 달리 말할 수가 없었을 것이다. 그리고 그것이 비록 명분이지 본심은 아니었다고 해도 '학생'이라는 신분으로는 이미 돌아올 수 없다는 것만은 실감했음에 틀림없다. 그것은 패전을 예기했든 아니든 누구나가 무의식적으로 느꼈을 것이다.

실제로 징병 연기의 은전이 없어졌다고 하는 것은 학생이 단순히 일시적으로 특권을 박탈당하는 것은 아니었다. 그것은 정말로 '학생'이라는 특수한 신분이 사회에서 사라져 없어지는 것과 같다고 생각되었다. 대학생의 가치가 나날이 하락하고 있다는 것은 우리들이 우리 자신의 일이기 때문에 누구보다도 잘 알았다. 첫째로 복장만 보더라도 학생의 가치가 떨어질수록 조잡해지기만 했고 학교 근처의 전당포에서 학생증을 담보로 돈을 빌리려고 하면,

"안되겠는데, 이것가지고는. 3, 4년 전이라면 학생증만 가지고도 상당한 액수를 빌려줄 수 있었지만. 지금 같은 때에 학생이 이런 것을 맡겨도 언제 어디로 사라져서 해군 비행기를 타게 될지도 모르니까."

라고 쌀쌀맞게 거절한다. 학도 동원이 시작되기 전부터, 재학중인 학생이 해군 예비학생으로 지원 입대하는 것은 이미 흔해졌다.

고모리 히사만키치가 3고를 그만둔 무렵에는 아직 학생의 가치나 학교의 권위가 그다지 하락되지 않았었다. 그 무렵 역시 학원 다닐 때의 친구로 1고에 들어간 가네마쓰라는 친구를 거리에서 우연히 만나자 그는 의기양양해서 말하는 것이었다.

"군부도 손을 댈 수 없는 것이 세 개 있다. A.I.I.라고 하는데, 아사히(신문), 이와나미(문고), 1고, 이 세 개에 잘못 손을 댔다가는 화를 입는다고 해서 군인도 우리들이 하는 것에는 아무 말도 하지 않아."

나는 그때, 과연 그런가 하고 생각했다. 그러나 그로부터

2년이 지난 지금 가네마쓰는 이상할 정도로 어두운 표정으로 거리를 걷고 있었다.

"어떻게 된 거야. A.I.I.에도 드디어 군부의 손이 뻗친 거야?"

라고 묻자 가네마쓰는,

"응?"

이라고 의아한 표정으로 되묻더니 잠시 후,

"뭐, 군부 자체가 이제 끝이야. 그것보다도 이제는 오로지 이거야……."

라며 학생복 가슴 포켓에서 손때로 더러워진 막대기를 두 개 꺼냈다.

"뭐야, 그게."

"젓가락. 이제 연필이나 펜을 들고 다니는 시대가 아니야. 기숙사에서도 식사 같은 식사를 얻어 먹기는 힘들고, 우선 먹는 게 급하니까 먹을 것이 있기만 하면 어디에서라도 먹을 수 있게 모두 이렇게 젓가락을 들고 다녀."

그렇게 말하고 가네마쓰는 새까맣게 더러워진 그 젓가락을 공중에 들고 거기에 있는 것을 집어먹는 시늉을 해 보였다. 그것은 정부의 잘못된 식량정책을 풍자해서 암암리에 저항하는 자세를 나타낸 것인지도 몰랐다. 그러나 그렇다고 해도 그 젓가락은 밥알이 들러붙어 곰팡이가 생길 정도였고, 또 그 제복도 전체에 죽 국물이라도 묻었는지 아주 더러워져 옆에 가기만 해도 먹을 것과 때가 섞인 쉰 냄새가 나, 뭐라 표현할 수 없는 악취를 풍기는 것이었다. 과거에 1고생의 폐의파모(弊衣破帽)가 역설적인 댄디즘이었던 것은 그 뒤에 "군부도 손을 댈 수 없는 A.I.I."라는 권위가 숨겨져 있었기 때문이었다. 그러나 지금 가네마쓰를 보면 그런 것을 더 이상 느낄 수 없었다. 실제로 그는 의지할 곳을 잃고 굶주려 입에 들어갈 것만 보면 달려들어 먹을 것처럼 보이기만 했다.

'이것으로 앞으로 며칠 후면 입영해 버려 학교의 차이도 없어지고 우등생과 낙제생의 차이도 없어진다. 아니 학력이라는 것조차 쓸모가 없어지게 된다 ─ .'

그렇게 생각하면 나는 안도라고도 낙담이라고도 할 수 없는 기묘한 기분이 된다. 1고생은 그것만이 군부에 대한 마지막 저항이라도 되는 것처럼 해군 예비학생이나 예비생도에 지원하는 사람이 거의 없다고 했는데 가네마쓰는 해군에 끌려가더라도 될 수 있는 대로 간부후보생도 되지 않을 작정이라고 한다.

"그렇게 무리해서 고등학교까지 보내 준 어머니는 아들이 군대에 가서 장교도 못 됐다고 하면 아마 실망하겠지만."

그렇게 말하고 가네마쓰는 갑자기 무엇이 생각났는지 속

주머니에서 하모니카를 꺼내어,

"나 요즈음 작곡에 미쳐 있어. 들어 볼래."
라며 하모니카를 불기 시작했다. 그것은 「물망초」와 「도나우강의 물결」을 합쳐 둘로 나눈 것 같은 뭐라 표현할 수 없는 곡이었는데, 나는 결국 참고 마지막까지 들어야 했다. 그리고 그런 가네마쓰를 보고 문득 노신(魯迅)의 「공을기(孔乙己)」라는 단편소설이 생각났다.

그것은 1,300년 간 계속된 과거제도가 바야흐로 폐지되려고 할 무렵을 그린 것이다. 어떤 시골의 선술집에서 술을 데우는 일을 하던 소년 '나'의 눈으로 본 취객 한 명의 이야기이다.

그곳은 상인이나 장인들이 모이는 술집으로 그렇게 신경을 써서 격식을 차려야 하는 손님들은 아니지만 체면도 인사도 없이 귀찮게 군다. 그런 중에 한 명 장의를 입은 공을기라고 하는 남자가 술을 마시러 오면 모두가 놀리기 때문에 소년 '나'도 웃지 않을 수 없었다. 장의라고 해도 그것은 10년 이상이나 빤 적도 없는 것 같은 너덜너덜한 형편없는 것이고 게다가 키가 무지무지하게 커서 헤진 곳이 쓸데없이 눈에 띄었다. 창백한 얼굴에는 하얀 털이 섞인 턱수염이 텁수룩이 나 있고 자주 상처난 흔적이 있다. 그것을 보고 방에서 한 잔 하고 있던 사람들이 놀란다.

"공을기, 자네 또 다쳤네."

공을기는 상대도 않고, 카운터를 향해,

"술 두 병, 그리고 콩 한 접시."

라고 말하고 은화를 9문, 테이블 위에 놓는다. 술 한 병이 4문, 고기 요리는 한 접시 10문 이상이지만 공을기가 주문하는 것은 한 접시에 1문하는 소금물에 찐 회향콩으로 정해져 있다. 사람들은 또 소리친다.

"공을기, 너 또 도둑질했지."

"왜 그렇게 있지도 않은 일을……, 사람에게 누명을 씌워."

"누명을 씌우다니, 기절하겠네, 내가 이 두 눈으로 다 봤어, 네가 호씨집에서 책을 훔치다 매달려 매맞는 것을."

그러자 공을기는 새빨개져서 이마에 힘줄을 세우고 항변한다.

"절서를 도둑질이라고 하지는 않아…… 절서는 독서인이 늘 하는 거야. 그것을 도둑질이라고 하는 사람이 어디 있어"라고 부르르 떨며 말하고는 그때부터 이야기를 어렵게 논어 등을 열심히 인용하며 하기 시작한다.

"군자, 본래 궁핍한 법이야."

소문에 의하면, 공을기는 옛날에 아주 열심히 공부해서

학식도 쌓았지만 아무리 해도 과거 학교시에도 합격 못해 수재 칭호를 받지 못했다. 그러는 동안에 생활은 점점 어려워져 거의 거지같이 되었다. 그래도 글은 잘 써서 서적을 필사해서 겨우 연명은 했지만 워낙 모주꾼에 게을러서 일을 시작했나 하면 어느샌가 책이나 종이, 붓, 벼루까지 들고 어딘가로 튀어 버린다. 이런 일이 되풀이되자 이제 아무도 그에게 필사를 의뢰하는 사람이 없어졌다. 그래서 때로는 도둑질도 하게 되었다. 그러나 놀랍게도 술을 마셔도 사람은 나쁘지 않고 '나'의 가게에서도 술값을 달아 놓는 일은 거의 없었다.

공을기는 반잔 정도 마시는 동안에 새빨갛게 된 안색이 원래대로 되돌아온다. 그러자 또 옆의 사람들이 "너 정말 글 읽을 줄 알아"라고 놀리기 시작한다. 그러나 더 이상 공은 상대도 안한다. 다만, "당신 어떻게 풋나기 수재도 못 됐어"라고 물으면, 갑자기 공은 풀이 죽는다. 그리고 웃음소리가 다 가라앉으면 어린아이인 '나'를 향해, "책을 읽을 줄 알아? 뭐, 읽을줄 알아? 그러면 문제 하나 내볼까. 회향콩의 회자는 어떻게 쓰지?"

등을 물어 오는 것이다. '나'는 딴 데를 쳐다보며 모르는 척하지만, 또 같은 것을 묻는 게 귀찮아서,

"알아요, 풀초 관무리에 1회 2회하는 회잖아요."

그러면 공을기는,

"음 잘했어. 기특해, 기특해……. 그러면 회자 쓰는 법이 4가지 있는데 그것은 전부 알고 있나?"

'나'는 더 이상 상대하기 귀찮아서 다른 손님이 있는 곳으로 가 버린다. 그것을 보고 공을기는 손가락 끝을 술에 담가 글자를 쓰려고 했던 손을 아쉬운 듯이 집어넣는 것이었다.

중추 2, 3일 전인 어느 날, 슬슬 장부정리를 시작하려던 주인이 갑자기 말했다.

"공을기가 요새 안 보이네, 19문 외상이 있는데."

그러고 보니 확실히 요새 그 사람을 못 보았다. 그러자 술을 마시던 손님이 옆에서 말했다.

"올 수 있나 봐라, 그 놈, 다리가 부러졌어. 이번에는 정거인 집의 물건을 훔치려다 들켰어. 사죄 편지를 쓴 연후에 한밤중까지 두들겨 맞아 드디어 다리가 부러졌어."

"부러져서 어떻게 됐어?"

"알게 뭐야……. 죽었겠지."

중추가 지나자 가을바람이 시원해지고 곧바로 겨울이 왔다. 어느 날 오후, 텅 빈 가게에서 '나'는 잠시 눈을 붙여 보려고 눈을 감고 있었다. 그러자 "한 병 달아 줘"라는 소리가 나서 주위를 둘러 보았지만 아무도 없다. 겨우 '나'는 카운터 밑에 쪼그리고 있는 남자를 발견했다. 거기에는 앉은뱅이가 된 공을기가 새끼줄로 어깨에 매단 거적을 깔고 앉아 있는 것이었다.

"한 병 달아 줘." 그는 볼 수 없을 정도로 새까만 얼굴을 들고 말했다.

"19문 외상이 있어"라고 주인이 안에서 얼굴을 내밀고 말했다. 그리고 웃으면서, 손가락은 접으며, "자네 또 했다며."

"장난하지 말아요"라고 그는 작은 소리로 말하고, "그것보다도 술 좀 줘. 외상은 다음까지 기다려 줘. 오늘은 현금으로 낼게."

"했지, 하지 않았으면 다리가 부러질 리 없지."

"넘어졌어. 그냥 넘어졌는데 다리가 부러진 거야."

공을기는 낮은 목소리로 열심히 되풀이했다. 거기에 있던 사람 모두가 웃었다. '나'는 알맞게 데워진 술을 공을기 옆으로 가져가 문턱 위에 놓아 주었다. 공은 헤진 장의 가슴 속을 더듬어 동화 4문을 꺼내어 '나'에게 건넸다. 보니 공의 손은 진흙투성이였다. 공은 그 손을 짚고 이 가게까지 앉은뱅이걸음으로 온 것이었다.

"공을기"란 "옛날 공자는 혼자서"라는 의미라고 한다. 앞으로 아들에게 학문을 가르쳐서 과거를 보게 하려는 가정에서는 그 아이가 만으로 3살이 넘으면 가정교육을 시작한다.

사설 요재지이(私說聊齋志異) · 243

지식계급에서는 가족 전원이 글을 읽을 수 있으니까 우선 어머니가 애를 보면서 글을 가르친다. 그때 처음으로 가르치는 것이 글획이 적어 간단한,
 "상대인(上大人 : 깨끗이 적어 아버님인 상인에게 보여 드리자 — 역주)"
이고 다음이
 "공을기."
라고 한다. 그런데, 가네마쓰는 비록 재수는 했지만 1고에 합격할 정도이니까 그것만 봐도 공을기와 같은 부류의 사람이라고는 할 수 없다. 다만 내가 가네마쓰의 어두운 얼굴을 보고 이 이야기가 생각난 것은 공을기의 비극이 단순히 가난한 만년 낙방생만의 것이 아니기 때문이다. 여기에는 과거제도의 종언이라고 하는 국가 체제와 역사의 변동기를 산 한 남자가 어쩔 수 없이 겪는 모순이 여실히 나타나 있고, 그리고 그 애수가 가네마쓰가 부는 하모니카의 멜로디와 기묘하게 일치하기 때문이다.

 이미 가두에는 출진학도를 전송하는 함성이 등화관제의 어둠을 뒤흔들고 여기저기로 울려퍼지고 있다. 학생들의 응원가 합창이나 북소리가 오랫만에 해방감에 젖어드는 듯이 끓어오르는 가운데, 가네마쓰가 연주하는 「도나우강의 물결」이라고도 「물망초」라고도 할 수 없는 하모니카 음은 지

워질 것만 같았다. 그래도 그런 가운데 가네마쓰는 혼자서 메이지(明治), 다이쇼(大正)로 계속된 좋았던 시절의 학창생활을 구가하는 듯이 완고하고 끈질기게 고개를 흔들며 그 멜로디를 계속 연주하는 것이었다.

9

 전쟁이 끝나 우리들은 할 일이 없어져 버렸다. 무너진 흙벽이나 콘크리트 벽, 굴뚝만이 남은 타다 만 거리를, 국방색 담요로 싼 짐을 짊어진 제대병들이 길게 줄을 만들며 걷고 있는 것을 보자 나는, 나 자신도 그 일원이면서 문득 빙옥상(馮玉祥)의 쿠데타로 청조 최후의 황제 선통제(宣統帝)가 북경의 자금성에서 쫓겨날 때 그 뒤를 좇아 많은 환관들이 울며 따라갔다는 광경을 떠올렸다.

 환관은 과거보다도 역사가 깊어 과거 2,000년 간, 25대의 중국 왕조에서 활약했다. 거기에 비교하면 기껏해야 메이지 이래 80년 정도의 역사밖에 없는 우리 육군의 붕괴 같은 것은 그리 대단한 것이 아니라고도 할 수 있다. 더구나 군인은 환관처럼 그렇게 특수한 직업도 아니다. 그러나 우리 최하급 군인은 분명히 정신적으로 거세된 것과 같았고 또 고참병이나 하사관, 장교 같은 직업 군인은 각각 보통 사람으로서는 무엇인가가 결핍되어 있다고 하는 의미에서 환관과 비슷하다.

선통제가 고궁 자금성에서 쫓겨난 1924년 11월의 북경 하늘은 화창하게 맑았다고 한다. 그날 점심시간이 지날 무렵, 성 북쪽에 있는 현무문으로 고리짝과 짐꾸러미를 등에 지고, 둘씩 짝을 지어 짐을 막대기에 끼워 어깨에 맨 사람들이 나왔다. 일행은 긴 행렬로 고개를 숙이고 걸으면서 끊임없이 여자가 훌쩍이는 듯한 울음 소리를 내며 성문 주위에 모인 무리들의 이목을 끌었다. 이 일행은 궁중에서 일하던 환관들로 수십 명에서 백 명 정도가 모여 계속해서 성문에서 나왔는데 총 470명 있던 환관들의 마지막 무리가 고궁을 뒤로 했을 때는 이미 오후 5시를 넘고 있었다. "지기 쉬운 가을 하늘에 석양을 등에 진 환관들의 흐느끼는 소리가 가는 꼬리를 물고 사라져 간다. 그것은 실로 역사의 한 단락을 배웅하는 기분이었다"라고 당시의 광경을 목격한 한 일본인 기자가 말하고 있다. 정말 그 말 그대로일 것이다. 그들은 오랫동안 살아 정든 고궁을 떠나서 오늘 밤은 성안에 아는 사람을 찾아가 하룻밤 신세지고 다음날부터는 일자리나 살 집도 없는 먼 고향을 향해 돌아갈 수밖에 없는 것이다.

지금 무너진 역 플랫폼의 계단을 흩어진 대열로 올라가는 제대병들은 물론 울음 소리 같은 것을 낼 리가 없다. 그러나 그들은 별로 즐거운 모습도 아니다. 묵묵히 걷는 걸음걸이가 무거워 보였다. 나는 특별히 '역사의 한 단락'을 매듭진다고 생각했던 것은 아니다. 다만, 담요로 싼 것을 등에 진 제대병 행렬이 움직이는 것을 본 순간 나는 무의식중에 내가 속해 있던 세계가 과거로 사라져 가는 것을 문득 느꼈을 뿐이다.

패전 그 자체는 나에게 그다지 의외의 것은 아니었다. 무조건 항복이라는 소문은 그 해 5월부터 군대 내부에도 있었다. 나는 그 일개월쯤 전에 외지에서 병으로 송환되어 오사카 육군병원 가네오카 분원에 있었는데 의무실에 간호사 조수로 있던 군인이 병실로 돌아오자 말했다.

"어이, 큰일이 났어. 장교들이 모두 대낮부터 술 마시고 있어. '이제 무조건 항복이니까 마시는 편이 나아'라고 말하며……. 무조건 항복이면 어떻게 되는 거야."

그 군인은 독일이 항복했다는 뉴스를 일본이 그랬다는 것으로 잘못 안 것이다. 그래도 그날 병원의 군의관들이 모여서 무조건 항복을 구실 삼아 술을 마신 것은 사실이었다. 다시 말해서 이 병원에서는 실제로 패전을 맞이하기 전에 이미 분명히 '전후'의 혼란이 시작되었다고 해도 좋았다. 그리고 이것은 나에게 한편으로는 더 잘된 일이었다.

확실히 이 육군병원은 군대로서도 의료시설로서도 아주 규율이 느슨해져 정상이 아니었다. 담요나 침대에까지 이가 들끓을 정도로 위생상태가 나빴고 식사는 세 번 다 푸른 채소 잡탕으로 영양가가 거의 없었다. 아마도 만 명 가까이나 수용되어 있는 병든 군인들이 어떻게 해도 전력에 도움이 될 가능성은 거의 없었고 또 조금이라도 병이 치유될 희망이 있는 것도 아니었다. 즉, 이곳은 이미 육군병원이라고 하기보다는 실제로는 패잔병 수용소로 전락했다고 해야 옳았다. 그러면서도 여기에 수용된 것이 다른 정상적인 육군병원과 비교해서 그리 마음이 불편하다고 할 수는 없었다. 오히려 나에게는 여기가 군대생활 전기간을 통해 가장 마음이 편했고 나와 맞았다. 첫째로 여기에서는 장교, 준장교 병실은 일인실이니까 별도로 치고 하사관 이하의 큰 병실에서는 하사관은 일단 상관으로 되어 있지만 병장 이하 일반병의 계급은 완전히 무시되어 고참병과 신참병의 차별도 전혀 없었다.

그렇다고 하는 것도 여기서 제일 권력을 흔들고 있는 것은 간호사들로, 수간호사는 물론 그 밑에 있는 사람들도—제일 밑인 견습생 같은 아가씨조차—병실의 어느 군인보다도 높은 것은 확실했다. 그리고 이 간호사들의 눈에 든 군인은 역시 계급에 관계없이 높은 것이다. 나는 대륙에서 이 병원에 바로 송환되어 왔을 무렵 입영해서 반년도 채 안된 작대기 하나의 초년병이 야전병 출신 고참병장에게 정신 못 차리게 마구 소리지르는 것을 보고 놀랐고 동시에 화도 났지만 여기에서는 "작대기 수보다는 짠밥수"라는 군대 내 서열은 완전히 의미가 없는 것이었다. 그래서 자연히 대다수의 군인들이 다투어 간호사에게 잘 보이려고 한다. 비누가 있는 사람은 간호사의 하얀 제복을 빨아 주고 또 어떤 사람은 식사를 절약해서 그것으로 옷에 풀을 먹여 다리미 대용으로 주전자 바닥을 이용한다든지, 이불바닥에 깔고 자서 옷을 펴, 새하얀 종이장처럼 잘 다려진 제복을 공손히 치켜 들고,

"비켜요, 비켜."

라고 주위에 있는 병든 군인들에게 소리 지르며 간호사실에 갖다 주는 것이다. 또, 글씨를 잘 쓰는 사람이나 주판을 잘 놓는 사람도 간호사실에 죽치고 있으면서 하루 종일 갖가지 서류나 장부를 정리해 준다. 하루 몇 차례 있는 검온이나 검맥 때는 그들이 따라다니면서, 체온계 통이나 병상일지 등을 손에 들고 야릇한 표정으로 병실에 나타나 간호사와 함께 모두의 체온과 맥을 잰다. 우스운 것은 그렇게 한 바퀴 모두의 맥과 열을 잰 다음 서둘러 자기 침대에 뛰어가 갑자기 병자처럼 간호사에게 맥을 짚게 하고 그것이 끝나면 또

재빨리 조수로 돌아가서 부랴부랴 간호사실에 돌아가는 것이다.

 이들 간호사에게 신임받는 무리는 동시에 그녀들의 권력의 대행자이도 해서 어떤 고참병이라도 이 사람들 앞에서는 고개를 들지 못했다. 더욱이 그들은 우리들에게 그다지 뽐내거나 못살게 굴지도 않았다. 단지 조심하지 않으면 안되는 것은 그들 일에 손을 대거나 하지 말아야 한다는 것이다. 특별히 부탁하지 않는 한 섣불리 손을 댔다가는 그들이 자기 영역을 침범당했다고 생각하기 때문이다. 그러지 않아도 그들은 서로 신경질적으로 서로를 지켜보면서 끊임없이 음침한 경쟁을 되풀이하고 있는 모양이었다. 한 번은 견습 간호사의 감색 바지를 빨고 있던 덩치 큰 상등병이 세면실에서 얻어맞고 쓰러져 있기도 했고 또 한 번은 간호사실에서 밤 늦게까지 체온표를 정리하고 있던 일등병이 병실에 돌아가 자려고 할 때 침대 속에서 수많은 이와 빈대의 공격을 받기도 했다.

 이제 돌이켜보니 그들은 황제 후궁에서 많은 후궁과 시녀들을 모신 환관들과 비슷했다. 환관이라는 것은 처음에는 전쟁에서 포로가 되었다든지 사형을 면제받은 범죄자들을 남근을 제거하고 궁정에서 노예로 부렸던 것이라고 하는데 황제라는 대권력자 옆에 있으면 출세의 기회도 있고 적어도 맛있는 것을 먹고 편하게 지낼 수 있다는 이유로 스스로 지원해서 환관이 되는 사람이 늘어났다. 특히 명조 말기에는 환관들이 크게 세력을 휘둘러 한 번은 환관을 3천 명 모집했을 때 스스로 거세 수술을 받고 응모한 사람이 2만 명에 달해 그렇다면 거세된 실업자가 너무 많다고 하여 궁정에서 새로 채용 인원을 4천 5백 명으로 늘렸다고 한다.

　이렇게 많은 환관 지원자가 있었다고 하는 것은 현대의 상식으로는 판단하기 어렵지만 요컨대 당시 중국에서는 과거에 응시해서 진사가 되는 것 이외에는 환관이라도 되지 않으면 밑바닥 사람들은 사회 상층으로 올라갈 기회가 전혀 없었다는 말일 것이다. 역시 명대 무렵 어떤 수험생이 수재는 되었지만 다음 향시를 보려고 해도 색욕의 망념에 빠져 공부에 진척이 없다. 그래서 과감히 이런 방해가 되는 물건은 잘라 버리자고 거세한 결과 수염이 엷어지고 몸 전체에 지방이 붙어 여자 같은 몸매가 되어 버렸는데 시험에 멋지게 합격하고 훌륭히 진사에 급제해서 환관들로부터 '우리들의 지적 챔피언'으로 크게 인기가 있었다는 이야기가 전해 온다. 이 병원에서 환자 군인들이 서로 경쟁해서 간호사들의 신발 등을 씻으며 결국에는 서로 때리게 되는 것도 역시 이 환관 지원자들의 멘탈리티와 통하는 데가 있다. 군인들 가운데에는 나처럼 처음부터 할 생각이 없는 사람도 있지만 대개는 '진충보국(盡忠報國)' 정도는 아니라고 해도 많건 적건 개인적인 출세욕은 있다. 개중에는 현역 지원으로 들어와 이등병부터 출발해서 나중에는 대장까지 올라가려고 마음먹은 사람도 없지는 않다. 그러나 그런 사람들도 일단 병원에 장기입원을 하게 되면 앞으로 희망이 거의 없어진다고 봐야 한다. 가령 갑종간부후보생에 합격해서 조금만 있으면 견습사관에 임관되기까지 되어도, 입원해서 6개월이 되면 후보생 자격이 없어지고 작대기 둘의 일등병으로 강등된다. 이렇게 되면 누구나 될 수 있는 대로 병원에 오래 머물러 편하게 지내든지 아니면 병역면제를 받는 것만을 생각하게 된다. 어차피 원대복귀해도 병원 비번이라고 해서 자기보다 늦게 들어온 군인에게도 바보 취급을 받고 병원에서 성적이 좋으면 좋은 대로, "그렇게 병원이 좋아"라고 비아냥거리는 소리를 듣고, 나쁘면 나쁜 대로, "병원에서조차 열등병인가, 우리 부대의 수치다"라고 야단맞는다. 그렇다면 열심히 간호사 마음에 들어서 뭐 하나 건지든지 "저런 부지런한 사람이 지금 돌아가면 곤란해"라는 소리를 들어 될 수 있는 대로 오래 병원에 머무를 수 있도록 노력하는 수밖에 없는 셈이다. ─그러나 어쨌든 나 자신은 게으름뱅이고 또 대륙부대에서 전송되어 가까이 원대가 없어서 비누 같은 것도 없어

내 환자복은 물로 빨아서 분말치약을 뿌려 겨우 하얗게 만드는 정도라 도저히 간호사의 백의를 빨 처지가 못 되고, 게다가 주판도 장부정리도 못 하니까 다른 사람과 경쟁해서 간호사 마음에 들 생각은 처음부터 없었다.

게다가 특별히 여성 권력자의 비위를 맞추어 가며 아첨을 안 해도 이 병원은 군대계급 차가 없는 만큼 이등병인 나로서는 충분히 고마웠고 병원으로서도 엉터리였기 때문에 만사태평이었다. 흉부질환 환자에게는 허락될 리가 없는 담배도 여기서는 공공연히 피울 수 있었고 식사는 최악이었지만 돈만 내면 얼마든지 식품을 손에 넣을 수 있었다. 나는 입영 시 어머니께 받은 숨겨둔 돈이 있었지만 부대에서는 한 번도 외출이 허용되지 않았기 때문에 돈 쓸 데가 없고 군대에서 받은 일년 남짓의 급료도 태반이 손도 안 댄 채 남아 있었다. 식품은 나만이 다른 사람과 다른 것을 먹기가 그래서 암거래되는 식품은 사지 않았지만 하루 세 개피밖에 배급되지 않는 담배는 사고 싶었다. 고참 상등병에게 담배의 암거래 가격을 물으니, '명예(20개입)'가 20엔, '빛(10개입)'은 15엔이라고 한다. 돈을 건네자마자 그 상등병은 사람 좋은 장삿군 표정을 지으며,

"잠시만 기다려 주세요."

라며 복도를 마구 달려간다. 그것을 보고 나는 군대에 있다

는 사실을 잊어버렸다. 병실에서는 수제 화투나 트럼프로 도리짓고땡 같은 것을 많이들 했는데 이 상등병은 계속 져서 빚을 져 고개를 들지 못하고 있다는 소문이다. 화투나 마작은 이 병원에서도 역시 금지되어 있었고 주번사관의 순찰 때 들키면 심하게 책망을 들었는데 나는 그런 것보다 도서실에서 빌린 대중소설을 읽는 편이 훨씬 좋았다. 병원 건물은 급조한 가건물임에도 불구하고 비교적 완비된 도서실이 있고 '지방'에서는 이미 발행금지가 된 책까지 전부 꽂혀 있었다. 그런 것이 꽂혀 있는 책꽂이는 바라보기만 해도 기분이 좋다. 더욱이 도서실을 언제나 텅 비어 있고 나 이외에 항상 오는 사람은 올해 아들이 기타노 중학에 들어갔다고 자랑하는 마키다라고 하는 신장염을 앓는 노이등병 정도였다.

그날도 나는 인기척 없는 도서실에서 책꽂이 주위를 그냥 어슬렁거리고 있었는데, 마루키라고 하는 얼굴도 가슴도 엉덩이도 축구공같이 동그란 간호사가 와서,

"『치보가의 사람들』 제3권 있어요?"
라고 한다. 나는 마침 내 눈앞 꽂이에 야마우치 요시오가 번역한 그 책이 있는 것을 발견해 가르쳐 주었다.

"아아, 잘됐다." 그녀는 볼록한 뺨을 붉히면서 말했다.

"나, 이 소설의 영화를 기대하고 있어요."

"네에, '치보가의 사람들' 이 영화가 됐었나요."

"그래요. 전쟁 덕분에 수입 금지가 돼 버렸지만. 외지에 갔던 장교님들이 그곳에서 봤다고 해요. 마닐라나 싱가포르 등지에서."

"음, 전혀 몰랐는데요."

"나도 보고 싶었어요. 저 말이예요, 아주 좋아하거든요, 클라크 케이블하고 비비안 리……."

"뭐라고요……. 그건 '치보가'가 아니고 '바람과 함께 사라지다' 잖아요."

"그래, 그래, '바람과 함께 사라지다' 예요."

"뭐예요, 그 두 개는 전혀 다른 건데요."

"아아, 창피해, 그런 거 아무러면 어때요. 그리고 저, 둘 다 좋아하거든요, '치보가' …… 하고 '바람과 함께' ……."

그렇게 말하는가 했더니 마루키 간호사는 풍선처럼 부푼 하얀 스커트를 펄럭이면서 복도를 뛰듯이 자기 방에 돌아갔다. 그런 뒷모습을 바라보면서 나는 멍하니 도서실 문앞에 서 있었다. 그러자 뒤에서,

"괜찮은 거야, 간호사와 그렇게 허물없이 말해도."

라고 묻는 소리가 들려 돌아다보니 누런 주름투성이의 마키다 이등병의 얼굴이 도서실 속 책꽂이 옆에서 엿보고 있었다. 나는 일순 깜짝 놀랐지만 왠지 갑자기 화가 나서,

"괜찮고 말고 저쪽에서 말을 걸어 오는데 어쩔 수 없잖아요."
라고 큰 소리로 대답해 주었다.

내가 어떻게 그렇게 당당해졌는지 나도 모른다. 생각해 보면 분명히 마루키 간호사와 그렇게 이야기하고 있는 것을 앞서 말한 '환관'들에게 들켰다면 나중에 어떤 일을 당했을지 모른다. 그럼에도 불구하고 그때 나는 이미 그들이 두렵거나 하지 않았다.

마루키 간호사는 병동의 권력자임에 틀림없다. 그녀는 수간호사 밑에서 일하고 있는데 몇백 명이나 있는 병동의 환자를 수간호사가 직접 다 볼 수는 없었기 때문에 환자 하나하나를 원대 복귀시키거나 현역 면제시키거나, 또는 다른 병원으로 보내거나 하는 것은 대부분 마루키 간호사 기분 내키는 대로 해 버린다고 해도 좋았다. 나도 또한 가능하면 이 편한 병원을 옮기고 싶지 않았다. 그러나 간호사에게 아첨까지 해 가며 여기에 눌러 있을 생각은 없었다. 특히 도서실에서 마루키 간호사와 우연히 만나고부터는 그녀가 그저 평범한 여자로밖에 안 보였다. 적어도 다른 사람들처럼 그녀에게 "마루키 간호사님, 저에게 바지를 빨게 해 주십시오"라고 말할 바에는 나는 원대 복귀하는 편이 나았다. 비록 매일 연습으로 아무리 괴로워도, 또 내무반에서 '병원비번'이라고 아무리 싫은 소리를 들어도—. 무엇보다도 그런 것을 나는 얕잡아 보았었는지도 모른다. 어찌하든 전쟁이 그렇게 길게 계속되지 않을 것은 분명했고 나의 지원대인 근위보병 3연대는 공습으로 병사가 타 버려 이 상태로는 복귀할래도 갈 곳이 쉽사리 생기지 않을 것이기 때문이다.

물론 공습은 오사카를 중심으로 관서 지방 일대도 매일같이 받았다. 이미 오사카 중심부는 폐허처럼 되어 이 가네오카 육군병원에도 여기저기 공습받은 병원에서 옮겨 온 환자병으로 그렇지 않아도 만원인 병사가 날마다 점점 더 터질 것 같아진다. 이 상태로는 이 병원도 언제까지 무사할지 몰랐다. 그것을 생각하면 나는 여기서 하루 종일 간호사의 옷을 빨거나 사무실 일을 돕는 사람들의 마음을 이해할 수 없었다. 아무리 열심히 일해도 여기가 타 버리면 환자는 당연히 다른 병원으로 옮겨지게 되고 그들의 노력은 수포로 돌아가게 되지 않는가.

그러나 무엇보다도 제일 이해할 수 없는 것은 마키다 이등병의 아들 자랑이었다. 마키다는 사람 얼굴만 보면 거의 두번째 하는 말이, "우리 아들놈이 이번에 기타노에 들어가서"이다. 그렇게 말해도 대부분의 군인들은 기타노가 무엇인지 모른다. 그러면 마키다는 기분 나쁜 듯이, "자네, 오사카 부대가 아닌가" 하고 묻는다. 물론 이곳에 있는 군인들의 원대는 대부분 오사카에 있었다. 그러나 오사카 부대 병사가 반드시 오사카 출신은 아니었고 설령 오사카에 살고 기타노 중학이 오사카에서 유명한 학교라는 것을 알고 있는 사람이라도, 마키다가 다짜고짜 그렇게 말하면 뭐라고 대답해야 할지 당황하는 것이다. 전국의 도시가 거의 다 타 버리고 나라가 망하려고 하는 판에 아들이 유명 중학에 들어간들 뭐가 되겠나.

이 아들이 어느 날 아버지를 면회 왔다. 국방색 작업복에 전투모를 쓴 그 아이는 과연 아버지가 자랑하는 만큼 창백한 얼굴에 눈이 시원스럽게 큰, 누가 봐도 수재 같은 얼굴이었다. 아들은 아버지 곁에 어깨를 가까이 하고 뭔가 이야기하고 있었는데 거의 10분도 못 되어서 돌아갔다. 마키다는 아들이 돌아간 후 정신이 나간 듯이 꽤 오랫동안 아무와도 이야기하지 않았다. 소등 후 변소에 가려고 그의 침대 옆을 지나는데 어둠 속에서 마키다가 누구 들으라고 하는 것이 아니라 혼자 중얼거리는 소리가 들렸다.

"뭐하는 녀석이야, 겨우 그렇게 좋은 학교에 들어갔는데 그만두고 시골서 농사를 짓겠다고 그러니……."

나는 오래간만에 '부모'의 소리를 들은 기분이었다. 나의 경우 아들 학교에 대해 이것저것 걱정한 사람은 아버지보다 어머니였다. 어머니는 초등학교 때부터 내 대학진학을 생각해 좋은 학교에 학군이 다른 데도 입학시키고 그 학교에서 내가 무단으로 결석하면 2개월 이상이나 교실까지 따라와서 나와 함께 수업을 들었고 더욱이 중학교에 입학하고부터는 반대로 나를 교사 집에 맡기기도 했고, 가정교사도 여러 번 바꾸어 내가 대학 예과에 들어갈 때까지 30명 이상이나 붙여 주었었다. 그래서 내가 결국 어떻게 되었나 하면, 대학도 문학부라는 취직률이 가장 나쁜 곳에 들어가 그곳에서도 낙제를 거듭하다 결국 군대에 가게 되어, 앞으로 대학에 돌아가도 졸업할 수 있을지 없을지 모른다. 즉 나는 하나하나 어머니 의지를 거역한 아들이 되었다. 만일 지금이 정상적인 세상이라면 이런 나 같은 남자는 아마 폐물이라고밖에 할 수 없을 것이다—. 어둠 속에서 들리는 마키다 이등병의 목소리에 나는 실로 몇 년 만에 어머니의 한숨 소리가 생각나 마음이 무거워졌다.

생각해 보면 철이 든 이래 지금 처음으로 나는 학교나 시험을 완전히 잊어버리고 사는 셈이었다. 아아, 될 수 있다면 나도 이대로 여기서 일생 이렇게 아무것도 안 하고 살고 싶다. 마침 5월 말인 그날 나는 어머니에게서 도쿄의 집이 타 버렸다는 소식을 받았다.

……

나는 소개할 집을 보러 집을 비우고 있어, 짐을 하나도 꺼내지 못하고 집과 함께 모두 타 버렸단다. 이제 네 학교 제복도 교과서도 공책도 아무것도 없단다—.

그런 편지를 읽은 후 나는 오히려 홀가분한 마음으로 창밖을 내다보았다. 문득 정신을 차리니 마루키 간호사가 방공호 옆 빈터에서 괭이를 가지고 무엇인가를 하고 있다. 괭이를 내리칠 때마다 감색 바지를 입은 엉덩이가 평소보다 한층 크고 통통하게 살쪄 보인다.

"마루키 씨, 뭘 하는 거예요."

"할 일이 없어서 해바라기를 심고 있어요. 당신도 그렇게 할 일이 없으면 도와주지 그래요……."

"뭐야, 말장난 하는 거예요. 나는 할 일이 없는 게 아니예요……."

나는 그때 이쪽을 돌아다본 마루키 간호사의 하얗고 동그란 얼굴이 일순 저녁 마당에 피어 있는 큰 해바라기 꽃처럼 보여 문득 한숨 같은 것을 쉬었다.

저기에 꽃이 필 때까지 이 병원에 있을 수 있을까?

그러나 나의 이 소망은 이루어지지 않았다. 그로부터 1개월도 되기 전에 나는 와카야마 온천여관을 접수한 S임시육군병원으로 이송되어, 그곳에서 종전을 맞이했기 때문이다.

패전한 날부터 1개월 정도, 나는 타 버린 거리를 방황했다. 소개지로 간 어머니와는 연락이 잘 되지 않고 겨우 연락이 닿았나 했더니 이번에는 학교에 복학하기 위한 서류에 착오가 생겨 오사카 육군병원까지 서류를 가지러 돌아가지 않으면 안되었다. 실은 그렇게 수고를 하면서까지 학교에 돌아갈 마음은 없었지만 이런 혼란기에는 학교든 회사든 가능한 한 집단에 소속되어 있지 않으면 개인으로는 근거리 열차표 하나 사기 힘들다는 것을 알았기 때문에 할 수 없이 우선 복학수속을 하기로 했다.

그런 나에게는 패전으로 인한 해방감도 없고 슬픔도 없었다. 그것에 가까운 느낌을 받은 것은, 병도 낫지 않은 채 군대에서 쫓겨나 병원을 나올 때 누군가가 챙기는 것을 잊어버렸는지 하얀 군대 속바지 한 장이 뒤뜰 빨래터에 남아 널려 있는 것을 발견했을 때이다. 그것을 처음에 언뜻 보았을 때는 뭔가 너저분한 것이 매달려 있는 것 같았는데 앞길까지 나와 다시 한 번 뒤돌아보니 바람에 펄럭펄럭 나부끼고 있었다.

이것으로 만일 그 오사카 육군병원을 나왔다면 아마 나는 더욱 마음이 흔들렸을지도 모른다. 하지만 여관을 접수한 임시 분원은 글자 그대로 임시 숙소에 지나지 않았기 때문에 별로 결별의 감상 같은 느낌도 없었다. 그렇다고 하기보다도 그때는 뭔가에 쫓기는 듯이 서둘러 한 여행이어서 주위를 천천히 돌아볼 새도 없었다. 우리들은 하얀 환자복을 입은 채 줄을 서서 길을 걷다가 열차를 탔기 때문에 뭐가 뭔지 모르는 사이에 다 타 버린 도시를 몇 개씩이나 바라보며 지나가기만 했다.

주위를 돌아다볼 여유를 조금이나마 찾은 것은 그로부터 거의 한 달이 지나 복학수속을 할 때, 제대로 서류가 갖추어지지 않았다고 해서 서류를 한데 모으느라고 다시 한 번 오사카까지 갔을 때였다. 겨우 한 달 만에 오사카는 몰라볼 정도로 활발해졌고 나는 마치 별천지에 온 듯한 느낌이었다. 물론 본격적으로 부흥하려면 아직 멀었고 도처에 녹슨 함석이나 기와조각이 산처럼 쌓여 있었지만 그것조차도 지금은 단순한 기와조각이 아니고 폐허에서 다시 숨을 쉬려고 하는 거리가 새로운 생명을 확득하려고 몸속에서 내뿜은 수많은 노폐물처럼 느껴졌다. 그러나 차를 몇 번씩 갈아 타고 가네오카의 구 육군병원 분원까지 왔을 때 나는 생각지도 못한 것에 부딪혀 나도 모르는 사이에 멈춰서서 새삼 무엇엔가 홀린 듯한 기분이 들었다. 거기는 전부 타 버려 평지가 되어 버렸고 새까맣게 탄 전신주가 갈가리 찢어진 전선을 감은 채 비스듬히 서 있을 뿐이었다.

내가 어떻게 된 거지, 정말—.

생각해 보면 가네오카 분원은 내가 S로 옮겨간 지 얼마

되지 않아서 공습을 받아 전소되었다. 그런 것은 새삼 기억해 내지 않아도 다 알고 있는 사실이었다. 그런데도 왜 나는 이런 곳에 어슬렁어슬렁 와 버렸을까? 이런 것을 패전망령이라고 하는 것일까? 나는 발을 동동 구르고 싶은 심정으로 중얼거렸다. 도대체 어디에 가면 내 복원수속이 끝날까?

그러나 나는 왠지 곧바로 이곳에서 떠나고 싶지 않았다. 다 타 버린 마당은 회한이라고 하기보다는 분한 기분만 자아내 별로 옛날이 그립지도 않았다. 그런데도 나는 왠지 그냥 검은 초토 위를 걷고 있었다. — 갑자기 나는 내가 서 있는 곳이 어딘지 알았다. 내 눈앞에는 해바라기꽃이 피어 있었다.

— 이것은 그 동그란 얼굴의 마루키 간호사가 씨를 뿌렸던 해바라기가 아닌가? 그러면 내 발밑의 콘크리트 토대는 그 병동이다.

그렇게 중얼거리고 나는 이 기분 나쁠 정도로 큰 노란 꽃의 요기에 한 대 얻어맞은 것처럼, 그 '패전'을 예감한 미친 듯한 나날이 다시 내 마음속에 생생하게 살아나는 듯한 느낌을 받으며 그 자리에 계속 서 있었다.

10

 정이 응고하면 귀신에게도 통하는 법이다. 꽃이 유령이 되어 인간과 부부가 되고 인간이 죽어도 그 혼이 꽃에 들어간 것은 외곬으로 생각한 깊은 정 때문이 아닐까?

 포송령은 「향옥(香玉)」후기에서 이렇게 말하고 있다. 『요재지이』는 그 대부분이 여우나 귀신 또는 꽃의 요정 이야기인데 이「향옥」은 그 꽃의 요정이 두 개나 나타나 최후에는 이 꽃의 요정에 반한 주인공 남자도 모란꽃 나무 밑에서 빨간 싹을 뿜는 5개의 이파리로 변해 버린다. 이것은 아마도 『요재지이』속에서도 가장 낭만적 색채가 짙은 것이리라.
 그리고 드물게도「향옥」에는 과거에 관계된 것이 전혀 나오지 않는다. 같은 꽃의 요정 이야기라도, 가령 국화의 요정을 그린 「황영」등은 국화 키우기에 열중한 남자에 비유해 과거 만년낙방생의 비통한 심정을 토로하는 것처럼도 해석될 수 있는데「향옥」에는 그것도 없다. 주인공은 역시 글공부하는 사람인데 재산 있는 유복한 가정의 야인이라도 되는지 시험공부도 하지 않고 도교 사원 경내에도 별장이 있고 거기에서 오로지 시문을 읊으며 살고 있다. 『요재지이』의 대부분이 그런 것처럼 이것도 또한 포송령의 어느 때 작품인지 모른다. 다만 후기로 갈수록 작품이 짧아지고 단순히 듣고 쓴 것 같은 작품이 많은데「향옥」은 이야기 줄거리도 복잡하고, 길이도 일본어역으로 200자 원고지 40매 이상은 되는 것으로 봐서 그렇게 만년에 쓴 작품 같지는 않다. 그러나 내용으로 봐서 더 더욱 초기 청년 시대에 쓴 것 같지도 않다. 주인공은 산속에 살면서 도교 사원에서 아름다운 자매를 만나 두 여인과 번갈아 사랑하지만 본가에는 처도 아들도 있고 꽃의 요정인 두 여인이 죽은 후 주인공은 아들이 가마에 태워 본가에 데려가 죽는다. 이러한 설정으로 봐서 왠지 이것은 작가가 중년기에 접어들어서 육체의 쇠퇴를 느끼기 시작한 무렵의 작품인 것 같다.

포송령에게는 4남 1녀가 있고 그 많은 아이가 한참 자랄 무렵에는 생활도 아주 어렵고 더구나 송령 자신의 형제들과도 사이가 나빴기 때문에 30세가 되던 해에 자기 집을 나와 동향 선배로 명문인 사람집에서 거의 만년까지 40년 간이나 입주 가정교사 노릇을 했다. 이 가정교사 생활은 대우도 좋고 공부도 하고 시문도 지을 시간도 있어 아들들이 다 성장했을 무렵에는 "항아리 속에 제법 여축도 있는" 상태가 되지만「향옥」은 아마도 송령이 그 가정교사직을 겨우 맡아 아직 생활이 몹시 어렵고 게다가 매회 낙방을 거듭하는 시험에도 드디어 싫증이 난 시대에 쓴 것은 아닐까.

물론 송령은 기록에 남아 있는 것만 봐도 50살 넘어서까지 과거를 계속 보았으니까 이 시기에 시험을 포기했을 리가 없다. 단지 속된 말로, "30, 허리가 꺾인다"는 말도 있듯이 이 나이가 되어 송령도 문득 수험생활이 지겨워져 과거 같은 것은 잊어버리고 싶어진 것은 아닐까. 동시에 입주 가정교사라고 하면 일종의 사용인이라고는 하지만 자신의 가정생활의 번거로움에서 해방되어 쓸쓸한 가운데에서도 편안한 마음도 들었을 것이다. 그 무렵 송령은 「발민(撥悶 : 기분전환— 역주)」이란 시를 남기고 있다.

흰 구름과 푸른 물을 가까이 하며 홍등의 거리에서 떠나 와
호수가를 방랑하는 사람은, 낙담한 마음이 외모에 나타난다
꽃 지는 계곡의 집에 사람은 병들어 자리에 누워 있다
무너진 담 밑에서, 아내는 가난에 운다
일생 하릴없이, 책을 읽고 늙어
거울 속의 자신을 들여다보고는, 실패한 인생을 생각한다
오오, 언젠가, 돈 10만 관이나 번다면
조용히 인적 없는, 근처 땅이라도 사도록 하자

아마도 이것이 실제 포송령의 심경이었으리라. "근처 땅"이란 재산분배 때 사이가 갈라진 형제의 땅이고 송령의 처는 손바닥만한 토지를 경작해서 직장이 없는 남편의 가난한 가계를 어떻게 꾸려 나가고 있었다. 그런 가운데 자녀 교육은 부인에게 맡기고 명문가에 가정교사로 들어간 송령은 일말의 양심의 가책을 느끼며 자신을 유복한 가정의 야인으로 비유해서 「향옥」의 이야기를 공상했을 것이다.

아무리 그렇다 해도, 과거 수험생에게 여색이란 악덕을 가장 엄격하게 금했을 텐데, 언니와 동생 두 여성과 번갈아 가며 ― 그것도 도교의 사원에서 ― , 처자가 있는 남자가 정사를 벌이는 이 이야기는 정말로 음란하고 방자하기 이를 데 없다. 그럼에도 불구하고 여기에서 불쾌하거나 난잡하다는 느낌이 들지 않는 것은 두 여성이 꽃의 요정 ― 동생 향옥은 모란, 언니 규설은 인동 ― 이란 설정도 그렇지만 여기에 등장하는 세 사람의 인물이 제각기 "외곬으로 생각한 깊은 정"을 가지고 있기 때문일 것이다.

남자는 처음에 모란의 요정이라는 것도 모르고 향옥과 친해지는데 모란이 사원의 뜰에서 다른 곳으로 옮겨 심어진 다음에는 인동의 요정에게 사랑을 구한다. 그러나 이 삼각관계는 세상에 흔히 있는 그것과 달라 실로 아름답고 원활하게 회전되어 간다.

"향옥은 사랑하는 내 아내, 규설은 나의 좋은 친구……. 이렇게 좋은 친구를 만나면 나중에는 사랑하는 아내가 생각나 그리워진다. 오랫동안 향옥을 위해 울지 않았는데 당신도 함께 울지 않겠소."

제멋대로라고 하면 이만큼 제멋대로인 남자 대사도 없을 것이다. 그러나 어쨌든 상대 여성은 식물이지 인간이 아니다. 둘은 밖에 나가 모란을 파내 생긴 구멍에 가서 눈물을 흘린다. 그 부분이 실로 야릇하고 재미있다. 남자는 억지로 규설을 꼬셔서 바로 며칠 뒤에 함께 잔다. 그러자 거기에 멀리 가 있어야 할 향옥이 조용히 들어온다. 그것은 꽃의 신이 모란을 그리워하는 남자의 지성에 감동해서 다시 한 번 향옥을 그 사원으로 보내준 것이다. 향옥은 한 손으로 남자 손을 잡고 한 손으로 규설의 손을 잡아 세 사람은 서로 마주보고 흐느껴 운다. 그런데 남자는 잡고 있는 향옥의 손이 왠지 빈 것 같고 전혀 잡은 느낌이 나지 않아 놀란다. 향옥은 울면서 말한다.

"이전의 나는 꽃의 요정이었기 때문에 단단하게 뭉쳐 있었어요. 그런데 지금은 꽃의 유령이기 때문에 단단하지 않아요. 제발 당신은 지금 꿈을 꾸고 있다고 생각해 주세요."

규설은,

"네가 와서 참 다행이야. 네가 없는 동안에 네 남편이 자꾸 따라다녀서 죽을 뻔했어."
라며 두 사람을 남기고 사라졌다.

향옥도 규설도 얼마나 이해심 많고 마음씨 고운 여인들인가. 그러나 청나라 시대의 중국 여성이 전부 이 두 사람처럼 이해심 많고 마음씨가 고왔던 것은 아니다. 이전에도 말한 것같이, 『요재지이』 가운데에는 수많은 악처가 나오고 포송령은 이 밖에도 일대공처 대하소설도 쓰고 있고 송령 자신이 대단한 공처가였었다고도 한다.

그러니까 「향옥」이 아름답고 재미있는 것도 사실은 이야기 줄거리의 기상천외한 전개에 있는 것이 아니라 그러한 여성이 이 세상에 없이 부드럽고 고운 마음씨를 가졌다는 것에 있다고 해도 좋을 것이다.

되풀이해서 말하면, 그것을 썼을 때 포송령은 아마도 필제유(畢際有)라는 사람 집에 살면서 필씨집 자제들에게 독서작문을 가르쳤다. 집안에는 석은원이라는 정원이 있고 유서 깊은 건물도 몇 동씩 있고, 장서도 많았고 사방에서 유명한 문인들이나 학자들이 와서는 며칠씩이나 머물면서 담소하곤 하는 그런 곳이었던 것 같다. 송령은 거기에서 교사 노릇을 하면서 그러한 문인 살롱에 참가했을 것이다.

한가롭다면 한가로운 처지이지만 19세 때 현시 부시 원시까지 돌파해서 수재가 된 송령으로서는 30이 넘어서도 아직 향시에도 합격하지 못하고 다른 집에 얹혀 산다는 것은 괴로운 일이었음에 틀림없다. 모여드는 문인 학자 가운데 송령만큼 문재가 있는 사람도 드물었겠지만 세속적인 지위는 송령보다 높은 사람도 많았을 것이다. 그러므로 그러한 문인 살롱은 때로는 송령을 고독에 빠뜨렸을 것이다. 다른 건물에서 시끄러운 담소 소리가 새어 나오는 가운데 송령이 혼자 정원에 서서 한편에 있는 모란이나 인동을 물끄러미 쳐다보는 모습은 상상하기 어렵지 않다.

그리고 그 고독한 심경을 나는 문득 종전되던 해 가을, 오사카 육군병원 가네오카분원 폐허에서 큰 해바라기가 피어 있는 것을 바라보았을 때의 나 자신과 비교해 보고 싶어지기도 한다.

그때 나는 그 꽃이 큰 것에 놀랐을 뿐 달리 그 해바라기 꽃이 유령이 되어 인간과 부부가 되고 인간이 죽어서 그 혼이 꽃에 들어가는 낭만적인 생각은 하려고 하지도 않았다. 생각나는 것은 그 마루키라는 얼굴이 동그란 간호사의 밝은 표정과 "잠시만 기다려 주세요"라며 복도를 뛰어나가 암거래 담배를 사다 준 사람 좋은 고참 상등병 정도로, 이러한 것들은 어차피 그 향옥과 규설의 이 세상에 없는 미녀들의 우아함과 부드러움과는 비교도 할 수 없다.

그럼에도 불구하고 내 기억과 비교해 보고 싶어지는 것은 포송령이 그도 모르는 사이에 다른 데로 옮겨 심으려고 모란을 뽑은 자국을 바라다보는 얼굴이, 왠지 눈앞에 떠오르기 때문이다.

편하기는 해도 입주 가정교사인 포송령으로서는 석은원의 한편에 있는 모란이나 인동꽃으로부터 평상시 얼마만큼 위로받았는지는 몰라도 그것이 다른 데로 옮겨진다든지 뽑힌다고 해서 그것을 반대할 입장은 못 되었을 것이다. 그가 할 수 있는 것이란 단지 그것들을 뽑고 난 뒤 뻥 뚫린 구멍을 바라보며 그 자신 가슴에 뚫린 어두운 구멍을 엿보듯이 깊은 한숨을 짓는 일뿐이었을 것이다.

또 한 가지 생각할 수 있는 것은 뜻대로 안 되는 몸인 식물이 덧없는 운명에 반해 의외로 굳건한 생명력을 갖고 있다는 것이다. 일단 뽑힌 향옥, 모란이 다시 돌아와서 남자에게 말한다.

"당신은 하얀 백련가루에 유황을 조금 섞어서 물에 탄 것을 매일 한 컵씩 내 몸에 뿌려 주세요. 명년 오늘 당신의 은혜에 보답하겠어요."

그 다음날 파헤친 구멍 있는 곳을 가 보니 과연 모란 싹이 나와 있었다. 남자는 향옥이 말한 대로 매일 약수를 주었다. 모란 싹은 나날이 살찌고 튼튼해져 봄이 끝날 무렵에는 두

척 정도로 자랐다. 드디어 4월이 되자 꽃망울이 하나 생겨 끝없이 바라보고 있으려니까 꽃망울이 흔들흔들 하더니 꽃잎이 조금씩 벌어지고 꽃이 방긋이 피었다. 그것은 쟁반같이 크고, 안에는 작은 미인이 꽃술 사이에 앉아 있다. 겨우 3, 4촌밖에 안 되는 그 미인이 눈깜박할 사이에 팔짝 땅으로 뛰어내렸다. 그것은 향옥이었다. 그녀는 웃으면서 말했다.

"비와 바람을 꾹 참으면서 당신이 오시기를 기다렸습니다. 그런데 꽤 늦게 오셨네요, 어떻게 된 거예요."

그 모란은 그로부터 10년이 지나 남자가 죽은 후 3년 정도 사이에 키가 몇 척 더 자라고 두께도 한아름 정도가 되었다. 그러나 더 이상 꽃은 피지 않았다고 한다.

나는 그 폐허에 싹을 틔우고 종전 되던 해 가을 기분나쁠 정도로 빨리 내 키만큼 자라, 큰 꽃을 피운 그 해바라기가 지금은 어떻게 되었는지 문득 보고 싶어졌다. 그 씨를 심은 마루키 간호사는 어떻게 되었을까? 만일 결혼을 했다면 슬슬 손자 볼 나이다. 또 그 마키다 이등병의 아들은 어떻게 되었을까? 그 무렵에는 이미 가치가 없어졌다고 생각한 명문고나 관리등용시험 등 일본의 '과거' 제도는 금방 부활되어 유명 대학의 진학경쟁은 이전보다도 더욱 치열해졌다. 이것저것 생각하면서 나는 이 참에 그 병원 자리를 찾아가

보고 싶어졌다.

 그런데 가네오카라는 곳에는 어떻게 가면 될까? 종전 직후와 지금은 오사카 거리가 완전히 바뀌어 전혀 감이 잡히질 않았다. 결국 나는 또 그 도사보리에 있는 아파트에 이시자와 마쓰이치를 찾아가기로 했다.

 "어때, 그 이후 소설에 진척이 좀 있나?"

 "아니, 전혀……. 자네에게 빌린 책은 꽤 읽었지만, 포송령의 낙방 인생을 나와 연관시켜 써 보려고 하는데……. 그런데 그게 꽤 어려워. 나 자신의 낙방과 포송령의 낙방은 역시 어딘가 틀린 데가 몇 군데 있어서."

 "그래, 그야 그렇겠지……."

 이시자와가 그렇게 딱 잘라 말하니까 그것은 그것대로 나로서는 불만이었지만 이제부터 길 안내를 부탁하려고 마음먹고 있었기 때문에 그다지 적극적으로 반대도 할 수 없었다.

 "사실은, 가네오카에 있는 병원에 가 보려고 하는데 어떻게 가면 될까."

 "병원? 어디 몸이라도 불편한가."

 "아니, 그게 아니고, 가네오카에 육군병원 분원이 있었잖아. 거기에 좀 가 보고 싶어서. 해바라기 꽃이 피었는지 아닌지 보러 말야."

그러자 이시자와는 더욱 의아한 표정을 지었다.
"가네오카에 육군병원? 모르겠는데, 그런 것……."
"지금은 물론 육군병원이 아니겠지만, 국립병원이나 다른 것이 되었겠지."
그러자 옆에서 이시자와의 부인이 말했다.
"가네오카라면 제가 알고 있으니까 함께 가겠어요. 옛날에 우리 친척이 그 근처에 살았었기 때문에 나도 한 번 가보고 싶고……. 육군병원이 있었던 것 같아요. 공습으로 다 타 버렸지만."
그렇게 해서 우리들 세 사람은 택시를 잡아타고 가기로 했다. 의외로 길이 멀었다. 그럴 것이다. 가네오카는 오사카시가 아니고 사카이시가 된다. 나는 그런 것까지 잊어버린 자신의 부정확한 기억력에 스스로 당황했다. 고작 해바라기 하나를 보려고 이렇게 먼 곳까지 친구 부부를 데리고 나왔다면 두 손을 들 수밖에 없다.
그러나 내가 놀라기에는 아직 일렀다. 드디어 자동차가 먼지 나는 길을 지나치자 네모난 콘크리트 건물이 아주 무기물질적으로 서 있는 곳으로 나왔다.
"저거지요, 선생님"이라고 운전수가 말했다.
"저것이 옛날 육군병원이 있던 곳, 아니예요?"
나는 잠시 목소리도 안 나왔다.

"네에, 저것이……."

생각해 보니 이럭저럭 30년이나 된 이전의 폐허의 땅에 피어 있던 해바라기 꽃이 아직도 그대로 남아 있다고 생각한 내가 어떻게 된 거지. 나는 이미 자동차에서 내릴 생각도 없어져 창 밖의 희끄무레한 풍경을 잠시 멍하니 바라보았다.

11

어느 사이엔가 가을은 완전히 깊어졌다. 내가 난젠지에 머물기 시작한 것이 여름이 끝날 무렵이었으니까 벌써 한 달 반, 그럭저럭 두 달 가까이 된다. 그런데도 원고는 조금도 진척되지 않고 있다.

그럴 때 나는 항상 딜레마에 빠진다. 일단 일을 중단하고 집으로 돌아갈까 아니면 적어도 일의 윤곽이 잡힐 때까지는 노력을 해 보아야 할까? 그렇게 이러지도 저러지도 못하고 있으면 마음이 허전해져 꼭 돌아갈 고향을 잃은 사람처럼 멍해진다. 훌쩍 절의 산문을 나와 문득 보니 개천 너머 유원지의 관람차가 텅 빈 채 맑게 개인 가을 하늘로 밀리듯 올라간다. 아아, 이런 곳에 아이들을 데려오면 좋아하겠지. 일순 그런 생각을 하면서 걷고 있자니 어느 사이엔가 오카자키

동물원 앞까지 와 있었다.

　안녕, 아가야

　일본에서 처음 태어난 아기 고릴라가

　벌써 이렇게 컸습니다

나는 그런 간판이 세워져 있는 것을 이상한 듯이 바라보고 안에 들어갔다. 사실 교토는 묘한 것을 자랑하는 도시다. 일본에서 처음 전차가 달렸고, 공산당계 지사가 나왔고, 그런가 하면 고릴라가 새끼를 낳고, 도시가 오래 되면 오히려 이렇게 되는 것일까―. 나는 어리석게도 그런 것에 감탄하고 있는데 느닷없이 옆에서 얼굴에 물세례를 받았다. 뭐야? 그것은 원숭이였다. 우리 속에서 일본원숭이 한 마리가 움푹 들어간 눈으로 이쪽을 노려보면서 한 손으로 물을 퍼서 정말로 그것을 다시 한 번 나에게 쏟아부으려고 했다. 그런데 내가 그것을 발견하자마자 원숭이는 얼른 고개를 옆으로 돌리고 시치미를 뗀다. 그 태도가 얄밉다기보다는 정말로 화가 났다.

　―'왜, 이 원숭이까지 악의를 품고 나를 바보 취급할 필요가 있을까?'

　그렇게 중얼거리며 나는 정말이지 내가 생각해도 바보 같아, 드디어는 아주 고독함을 느끼지 않을 수 없었다.

그건 그렇고, 동물이라는 것은 뭔가 특수한 감각으로 사람의 마음속까지 꿰뚫어 보는가 보다. 나는 원숭이 우리를 떠나면서 그렇게 생각했다. 그렇지 않으면 『요재지이』에 나오는 동물들이 그렇게 쉽게 사람 마음속에 파고 들어가 사람을 속여 기쁘게 했다가 슬프게 했다가 자유자재로 조종할 수 있을 리가 없다.

대개 인간이 동물에게 속거나 하는 것은 그 사람이 뭔가에 좌절하거나 상처를 입었다든지, 무기력감에 빠졌을 때임에 틀림없다. 바로 현재의 내가 그렇듯이 ─.「죽청」이라는 이야기의 주인공도 그렇다. 그는 도시에 나와 현시를 보고 낙방해서 고향에 돌아가는 도중, 원숭이가 아니고 까마귀에게 속는다. 이 이야기는 역시 다자이 오사무가 번안해서 같은 제목으로 자기 창작으로 발표했으니까 분명히 알고 계신 분도 많을 것이다. 조금 길어지지만, 그 첫머리의 한 소절은 인용하고자 한다.

옛날 호남의 뭔가 하는 도읍에 어용이란 이름의 가난한 서생이 있었다. 무슨 이유에서인지 옛날부터 서생은 가난한 것으로 정해져 있는 것 같다. 이 어용은 출신도 교육도 천하지 않고, 이목이 수려하고 모습도 단아한 느낌을 주며, 책 좋아하기를 색 밝히듯 한다고까지는 할 수 없지만 어쨌든 어려서부터 신기하게 배움에 뜻을 두어 이렇다 하게 빗나가는 행동도 보인 적이 없는 사람인데, 어째서인지 유복하질 못했다. 일찍 부모와 사별하고 친척집을 전전하면서 자라, 자기 재산이라고 하는 것도 그 동안에 깨끗이 없어져 지금은 친척들이 귀찮아하는 존재가 되었는데, 고주망태 백부 하나가 술에 취해서 그 집의 살결이 검고 바싹 마른 무식한 하녀를 이 어용에게 강제로, 결혼해라, 잘 맞는다라고 안하무인격으로 제멋대로 정해, 어용은 크게 당황했지만 이 백부도 또한 키워 준 부모로, 말하자면 바다처럼 깊고 산처럼 높은 대은인인지라, 그 취한의 무례한 생각에 대해 화내지도 못하고 눈물을 머금고 텅 빈 마음으로 자기보다 두 살 연상의 그 말라비틀어지고 못생긴 여자를 아내로 삼았던 것이다. 여자는 고주망태인 백부의 첩이었다는 소문도 있고, 얼굴도 못생겼지만 마음씨도 그리 곱지 못했다. 어용의 학문을 처음부터 경멸해, 어용이, "대학의 길은 지선에 머무는 데 있느니라"라고 읊조리는 것을 듣고, 콧방귀를 뀌며, "그런 지선 같은 데에 머무는 것보다 돈에 머물러 맛있는 것 먹일 생각이나 하지"라고 밉살스럽게 말하고, "당신 미안하지만, 이것을 전부 빨아 주시구려. 조금은 집안 일도 도와야지요"라고 어용 얼굴에 여자의 더러워진 옷을 던진다. 어용을 그 더러워진 옷을 들고 뒤의 개천으로 가면서, "말 울어 해가 지고, 검 울고 가을 온다"라고 작은 목소리로 읊고, 그런데 무슨 재미있는 일도 없고, 내 고향에 있으면서도 천애고아 같고, 마음은 아득히 물 위를 공허하게 배회한다고 하는 얼빠진 모습이었다.

이상을 원문에서 보면,

"魚容湖南人談者忘其都邑家基貧(어용은 호남사람. 말하는 사람은 그 도읍을 잊었다. 집은 본디 가난하다.)"

라고, 단 한 줄로 끝난다. 다자이 씨가 이것을 자신의 창작이라고 하는 것은 이것만 비교해서 읽어도 당연한 것으로 생각되는데 마지막 부분에서는 다자이 씨는 포송령의 「죽청」에 전혀 다른 주제를 부여하고 있다. 원작에서도 어용에게 부인이 있는 것은 나중에 나오지만 결코 이렇게 악처는 아니고 또 어용 자신도 그다지 공처가가 아니고 오히려 현대에 사는 우리들 입장에서 보면 부러울 정도로 위엄 있는 가장 같기도 하다. 그러나 다자이 씨가 이렇게 어용을 공처가로 만든 것은 결코 다자이 씨가 자의적으로 바꾼 것은 아니다. 오히려 이이야기를 조금 주의깊게 읽으면 거기에서 추출할 수 있는 주인공의 성격은 필연적으로 다자이 씨가 생각했던 것같이 될 수밖에 없다. 아니면 다자이 씨가 조용히 포송령의 전기를 누구에게선가 배워 연구했던 것은 아닌지 생각될 정도다. 즉, 그 정도로 다자이 씨의 어용에게는 포송령의 그림자가 짙게 드리워져 있다. 내친 김에 여기서 다자이 씨의「죽청」을 좀더 인용해 보기로 하자.

　(어용은) "언제까지나 이렇게 비참한 생활은 계속한다면 훌륭하신 조상님 뵐 면목이 없다. 나도 이제 나이 三十而立할 나이다. 좋아, 여기서 분발해서 큰 명성을 얻어야겠다"라고 결의하고 우선 마누라를 한 대 때리고 집을 뛰쳐나와, 자신만만하게 향시에 응했는데 어찌하랴 오랫동안 빈곤한 생활을 하다 보니 배에 힘이 없어 횡설수설한 답안밖에 못 적어서 그만 낙방. 터벅터벅 다시 고향의 누추한 집으로 돌아갈 때 서글픔이란 다른 어느것에도 비길 수가 없다. 게다가 배가 고파 아무리 해도 더 이상 걸을 수가 없어서 동정 호반에 있는 오왕묘(吳王廟:사당—역주) 복도에 기어올라가 아무렇게나 자빠져서, "아아, 이 세상은 그저 사람을 괴롭

히기만 하는 것이다. (중략) 나처럼 마음이 약한 가난한 서생은 영원한 패배자로 조소받기만 해야 하나. 마누라를 한 대 때리고 기분 좋게 집을 나설 때까지는 좋았지만 시험에 낙방해서 돌아가면 마누라가 얼마나 심하게 욕을 할지 알 수 없다. 아아, 차라리 죽고 싶다"라고 극도로 피로해서 정신이 몽롱해져 군자의 길을 걷는 사람답지 않게 계속 세상을 저주하고 자기 신세를 한탄하며 눈을 가늘게 뜨고 하늘을 나는 까마귀 무리를 쳐다보고, "까마귀들은 빈부의 차가 없어 행복할 거야"라고 작은 목소리로 말하고는 눈을 감았다.

이것도 원문으로는 겨우 한두 줄에 지나지 않고, 향시를 보러 가는데도 마누라를 때리고 집을 나온다고 하는 대목은 물론 없다. 『요재지이』 전편을 통해서 남편이 부인을 때리는 장면은 전혀 없다. 그러나 "시험에 낙방해서 돌아가면 마누라가 얼마나 심하게 욕을 할지 알 수 없다. 아아, 차라리 죽고 싶다"라는 대목에서는, 원문에는 없는 대사이지만, 갑자기 더 실감이 난다.

다자이 씨가 대학 불문과를 몇 년 걸려도 졸업하지 못하고 그 때문에 자살을 기도한 것은 그 자신의 소설에도 나오고, 유명한 이야기지만, 여기에서의 실감은 그런 뒷이야기 적인 것이 아니고 어용의 절박한 고민과 한탄이 그 대목부터 우리에게도 직접 전해 오기 때문으로 과거제도의 잔혹함을 의외로 확실히 이해할 수 있기 때문이다.

실제로 어용이 과거의 향시를 치른 것은 다자이 씨가 말하는 것처럼 마누라 앞에서 잘난 척하기 위해서 그런 것은 아닐 것이다. 독서인으로서는 과거에 응시해서 어떻게 해서든지 합격하는 것 이외는 출세할 길이 전혀 없기 때문이다. 그 점으로 보면, 나같이 고등학교 재수생이나 다자이 씨 같은 만년 낙제대학생은 똑같이 시험 때문에 고생한다고 해도 유치한 축이다. 포송령의 경우, 다자이 씨처럼 시험에 떨어져서 자살을 기도해 실패한 경험이 있는지 없는지는 모른다. 그런 낙제생이 자살을 기도한다든지 하는 것은 그 속에 아마도 어리광 같은 면이 있기 때문이고 포송령같이 50 넘어까지 같은 시험을 계속 치루어 마지막 무렵에는 집에 처자뿐만 아니라 손주까지 있는 상태여서 아무리 낙방을 거듭해서 슬프다고 해도, 그냥 죽어 버리겠다라고는 할 수 없을 것이다.

즉 과거 수험생은 우리들 경우와 틀려서 하나의 생활인이어서 시험 당락에 한 가정의 주인으로서의 책임과 그 자신의 인생 그 자체가 걸려 있다. 더구나 수험 때마다 드는 비용이 보통 문제가 아니다. 아니 과거는 국가인재 발굴사업이었기 때문에 따로 수험료를 받지 않았지만 그 대신 시험관에게는 감사금, 시험장의 담당자에게는 마음의 표시를 해야만 했다. 그러한 감사금이나 마음의 표시는, 요즈음에 뒤로 입학하기 위해서 여러 가지로 힘 쓰는 것과는 다르다. 과거제도에도 1,300년 간 갖가지 부정 사건이 일어나기는 했지만, 그것은 긴 역사에서 보면 극히 드문 예외에 지나지 않는다. 전체로 봐서 과거 시험은 지극히 엄정하고 부정방지에는 만전의 수단이 강구되었다. 그리고 만일 부정이 발각되면 엄벌에 처해졌고 청나라 시대에는 시험관도 수험생도 사형에 처해졌다고 하는 기록도 남아 있다. 되풀이해서 말하면 감사금이나 마음의 표시는 과거 수험생들에게 사대부 초년생으로서 상류 사회의 관례가 의무로 지워진 것이라고 할 수 있는 것이다. 또, 시험이 일단락되면 연회가 있기 때문에 그 비용도 필요하다. 이 연회는 학교시 초단계인 현시에서조차 한 테이블에 8가지 요리가 나온다고 하니까 대단하다. 아마도 시험이 상급으로 올라갈수록 요리도 고급이 될 것이다. 그 밖에 수험생간의 교제비도 여러 가지 든다.

  그러나 수험생에게 가장 큰 부담은 시험장까지 가는 여비와 숙박 체재비로 향시라면 성의 수도, 회시, 전시는 나라의 수도에 전국에서 수험생이 모여들기 마련인데 16세기경의 기록에 의하면 대체로 일인당 600냥 들었다고 한다. 당시 중국에서 1냥은 추측건대 현재 만 엔 이상에 해당될 테니까, 회시, 전시를 한 번 볼 때마다 최소한 600만 엔은 든 셈이다. 현재라면 가장 호화로운 세계일주도 할 수 있는 금액이다. 향시는 성도까지 가면 되니까 필경 국내 관광여행 정도의 비용이면 족했을 것이나, 그것도 자기 부담이 되면 큰일이다. 포송령은 평생 동안 향시에 떨어졌는데 산동성(山東省)의 벽촌에서 제남(濟南)까지 시험을 치르러 간 30년 간의 비용은 합산하면 막대한 금액이 될 것이다. 자신은 입주 가정교사로 일하고 마누라가 조그만 밭을 경작하면서 많은 자녀를 키우는 상태에서는 송령은 향시를 치르러 갈 때마다 처에게 미안하고 괴로워했을 것이다.

어용도 또한 집은 대단히 가난했다고 하니까 이 점에서는 송령과 비슷한 처지로 향시를 치르러 가는데 "우선 마누라를 한 대 때리고 집을 뛰쳐나왔다"고 하는 것은 아무리 욱하는 성질이 있다고 해도 생각하기 힘든 경우다. 역시 마누라에게 계속 고개를 숙이고, "미안해 미안해"를 연발하면서 따로 숨겨둔 돈을 얻어서 현관 문턱에 이마가 닿을 정도로 고개를 숙이고서야 도망가는 토끼처럼 뛰쳐나온 것은 아닐까. 그런 끝에 시험에 떨어지고 나면 이제 집에 돌아가려고 해도 돌아갈 수 없게 된다. 어차피 최소한의 여비밖에 못 가져왔을 테니까 될 수 있는 대로 탈것에도 타지 않고 먹는 것도 줄여서 돌아올 때는 거의 아무것도 먹지 못하고 걸어서 돌아왔을 것이다.

그것은 현재의 우리 처지와 비교해 봐도 잘 알 수 있다. 나의 경우, 절에 머물고 있으니까 숙박비는 이부자리값 정도로 그리 큰 액수는 아니지만 식사는 하루 세 끼 외식이기 때문에 두부만 먹어도 꽤 돈이 든다. 더구나 무엇보다도 여기에 오고부터 돈이 되는 일은 전혀 하지 않아서 당연한 일이지만 수입이 전혀 없다. 여기에서의 체재비는 출판사가 미리 조금 빌려 주어서 어떻게 꾸려 나가고 있지만 도쿄 우리 집에서는 도대체 어떻게 생활을 꾸려 나가고 있을까ㅡ. 그것은 생각만 해도 마음이 무거워 될 수 있는 대로 생각하지 않기로 했는데 그래도 역시 원고지 앞에 앉으면서 갑자기 마누라가 빗자루를 한 손에 들고 이쪽을 원망스런 눈초리로 바라보는 얼굴이 떠오르기도 한다. 그렇게 되면 나는 정신이 위축되어서 점점 더 아무것도 쓸 수 없게 된다.

'아예 실컷 놀아 호연지기라도 키울까?'

나는 지갑 내용물을 보고 비실비실 일어나 기온(祇園) 거리를 쏘다녀 보았지만 기분 나쁘게도 여기서는 처음 오는 손님은 상대도 해 주지 않는다. 긴 허리띠를 질질 끌듯 해가지고 격자문으로 둘러싸인 길을 지나가는 무희의 뒷모습을 쓸데없이 바라보기만 해도 오히려 한심한 생각이 들어서 돌아왔다.

'뭐야, 사람을 바보 취급하고.'

나는 절에 돌아와서 문득, "여러 가지로 기온은 사랑스러워라"라든가 하는 노래가 생각나자 갑자기 화가 났다. 천년왕도라고 뽐내지만 교토라고 하면 요컨대 도시 전체가 사람들이 마음속에 간직된 여신 같은 것이 아닌가. 산업도 없고 기업도 없이 있는 것은 오래된 절과 예술가뿐으로 독립정신이 전혀 없으니까 거리 전체가 무턱대고 사람 안색만 살피고 사람을 차별하려고 한다. 나는 한 번 버럭 화를 낸 것 가지고는 마음이 가라앉지 않아 지금도 이렇게 동물원 속을 산책하면서 그런 것을 마음속으로 투덜대고 있었다. 그때였다, 사나운 원숭이에게 물을 뒤집어쓴 것은.

12

"여보세요."

그런데 세상을 비관하고 오왕묘에서 잠깐 졸고 있던 어용은 누가 깨워서 깜짝 놀랐다. 검은 옷을 입은 사람이 자기 몸을 흔들고 있다.

"아까 당신이, 새는 행복하다고 말씀하셨죠. 혹시 괜찮으시면 검은 옷 부대에 결원이 한 명 생겼는데 들어오시겠어요."

오왕묘는 삼국시대 오나라의 장군 감령(甘寧)을 오왕이라고 존칭해서 모신 것으로 수로의 수호신이라고 한다. 까마귀는 사당의 수호새 같은 것이다. 호수를 오가는 뱃사람들은 사당 앞을 지날 때면 반드시 배를 세우고 참배한 후 양고기 등을 하늘을 향해 뿌린다. 그러면 수백 마리의 새들이 날아올라가 정확하게 그 고기를 공중에서 입에 물고 날아가 버린다고 한다.

낙방한 가난한 서생, 어용에게는 그렇게 놀면서 고기를 먹을 수 있는 까마귀의 처지가 부러웠을 것이다. 그러나 아무리 배가 고프다고 해서 지나가는 배(舟)를 보고 '까마귀에게 줄 고기를 나에게도 주시오'라고 말하기는 어렵다. 뭐니뭐니 해도 이쪽은 사대부의 길을 걸으려고 하는 사람이다. 거지 흉내는 낼 수 없다. 그래도 배가 고프면 어떻게도 할 수 없다. 아아, 거자(擧子)의 체면에 구애되지 않고 몸을 던질 수만 있다면—. 그래서 검은 옷의 남자가, 괜찮다면 우리 일원이 되시죠라고 했을 때 깜짝 놀랐다.

하필이면, 까마귀가 부럽다고 한 말을 이런 남자가 듣다니. 그러나 이렇게 된 바에야 할 수 없다. 부탁해서 그 일원이 되자. 어용은 남자에게 고개를 숙였다.

"잘 부탁합니다."

"자, 이쪽으로 오시죠."

남자는 어용을 사당 뒷편 숲속으로 끌고 가서 함께 오왕 앞에 무릎을 꿇었다.

"이 사람을 이번에 저희 대원으로 보충하려고 합니다."

"그렇게 하여라."

허가가 나와 어용은 검은 제복으로 갈아 입었다. 그 순간 섬뜩한 감촉. 그러나 다 입으니 의외로 잘 맞는다. 양 어깨를 두세 번 올렸다 내렸다 하니까 갑자기 몸이 가벼워졌다. 그럴 것이다. 그는 벌써 새가 되어 날개짓을 하고 있다. 다리가 땅에서 떨어졌다고 느낀 순간 어용은 가슴을 짓누르고 있던 마누라 얼굴을 완전히 잊어버렸다. 눈 아래 보이는 것은 넓디넓은 호수이고 물결 하나 일지 않는 수면 위에 저녁놀 구름이 비친다. 곧 주위를 떼지어 날고 있던 까마귀 무리가 한꺼번에 날아 내려와 여기저기 정박한 배의 돛대에 앉아 뱃사람이나 승객들이 던져 주는 고기를 날렵하게 날아 공중에서 받는다. 어용도 흉내내 보니 재미있게 이것이 입속으로 싹 들어간다. 이렇게 열중하고 있는 사이에 어느새 태어나 처음인가 할 정도로 만복이 되었다. 같은 만복이라도 죽이나 잡탕죽으로 배가 차서 뱃속이 출렁거리는 것과는 다르게 고기를 충분히 먹어서 만복이 되니 몸 전체가 꽉 조이는 것 같고 머리 끝에서부터 발끝까지 힘이 느껴진다. 어용은 큰 나무 가지에 앉아 주위를 돌아보면서 바로 전까지 자신이 가련하고 가난한 서생이었던 것이 지금은 마치 거짓말 같았다.

이삼 일 지나자 오왕은 어용이 혼자몸인 것을 불쌍히 여겨 암까마귀를 짝으로 보내 주었다. 어용은 그렇게까지 신경을 써 주리라고는 생각지 않았기 때문에 옆에 온 암까마귀에게 물었다.

"당신은 누구야?"

"저, 죽청이예요."

"죽청님?"

"네에……, 그래도 '님' 자는 붙이지 마세요. 그냥 말씀 낮추세요."

죽청은 검은 눈을 크게 뜨고 미소를 지으며 어용의 얼굴을 엿보듯 밑에서 올려다보았다. 그 사랑스러운 모습에 어용은 그 순간 나이값도 못 하고 새까만 얼굴을 붉히면서 시선을 어찌할 바를 몰랐다. 어용은 믿어지지 않을 정도로 행복했다.

"걱정 마세요, 괜찮아요. 제가 옆에서 불편한 점이 없도록 할게요. 이래 뵈도 저 살림 꽤 잘해요."

정말로 무엇이 행복으로 이어질지는 모르는 일이다. 공복에 거의 쓰러지기 직전에 오왕묘 앞에 눕자마자 이렇게 즐거운 생활이 찾아올 줄이야—. 죽청은 살림을 잘하는 정도가 아니었다. 세 끼 식사는 뱃사람들이 봉납하는 것이 있으니까 힘들 게 없어도, 그것조차도 하늘 높이 던져진 것을 공중서커스 하듯 입으로 받아가지고 오는 것이기 때문에 안정성이 없다. 죽청과 함께하고부터는 어용은 가지 끝에 날개를 쉬게 한 채,

"당신은 여기에 가만히 계세요."
라고 하고는 그녀가 열심히 날라 온다. 더구나 아침 저녁으로 어용을 동정호 물가로 데려가서 능숙하게 씻어 준다. 덕분에 어용은 마치 화로 너머에 하루 종일 누워 있는 영감님처럼 날개도 반짝반짝 완전히 다시 젊어져서, 호남 벽촌의 집에서 마누라의 더러워진 옷까지 빨았던 때와는 딴판이 되어 버렸다.

그러나 이 좋은 팔자도 너무 좋아서 지루하지 않은 것도 아니었다. 하릴없이 어용은 위험하다고 걱정하는 죽청을 놓아두고 혼자서 산책을 나갔다. 많은 배의 돛대 주위를 날고 있던 패거리에 섞여 자신도 남 못지않게 오왕묘의 수호새답게 공중돌기를 하고 있는데 군인을 가득 채운 군선이 지나갔다.

"앗, 위험해, 그만둬."

라고 친구들이 필사적으로 불러세우는 소리도 못 듣고 어용은 혼자서 의기양양하게 군선 주위를 춤추듯이 날고 있는데 군인이 쏜 화살이 폭 하고 어용의 가슴을 찔렀다. 그대로 거꾸로 호수로 떨어지는데 호수 수면에 닿기 직전에 전광과 같이 날아온 죽청이 어용의 날개를 입으로 물고 힘껏 날개를 파닥이며 오왕묘 앞까지 데려와 빈사상태의 어용을 눕혔다. 남은 까마귀들은 복수하려는 일념으로 시끄럽게 울며 수백 마리가 하늘이 새까맣게 될 정도로 모여들어 큰소리로 날갯짓 소리를 내면서 군선을 향해 내려가, 일제히 날개로 물을 차서, 호수 수면을 출렁이게 하여, 금방 군선을 전복시켜 버렸다.

"들려요, 저 소리, 친구들이 당신의 복수를 했어요."

죽청은 숨이 꺼질 듯한 어용에게 매달려서 어떻게 해서든지 힘을 내게 하려고 열심히 귓가에 대고 속삭였다. 어용은 그것을 듣고 마지막 기력을 다해서 희미하게 미소지으며, '죽청, 미안해, 당신 말을 듣지 않고' 라고 인사를 하려고 했는데 이미 그만한 기력도 없어 어떻게 해도 목소리가 입밖으로 나오지 않는다. 잘 돌아가지 않는 혀로, 겨우,

"죽청."

이라고 하는 순간에 눈을 떴다. 어용은 원래의 가난한 인간 서생 모습으로 오왕묘 앞에서 자고 있었던 것이다. 이에 앞

서 그 지방 사람들은 어용이 쓰러져 죽어가는 것을 발견해 어디에 사는 누구인지도 몰랐지만 쓰다듬어 보니 여하간 아직 몸이 식지는 않았으므로 번갈아 와서는 상태를 살폈다. 그랬는데 지금 "죽청"이라든가 이상한 헛소리를 한마디 하는가 했더니 멍한 얼굴로 숨을 다시 쉬기 시작하자 이상히 여기면서도 왠지 정이 가는 녀석이다 하여 모두 돈을 모아 고향까지 돌려 보내 주었다.

그런데, 돌아와 보니 집의 마누라는 어용의 얼굴을 보고 남편에게 무슨 일이 있었는지 의아해 하지도 않으면서 도중에 무슨 일이 있었는지 묻지도 않는다. 따분하고 무뚝뚝한 표정으로,

"어차피, 또 떨어졌지. 그만두지 않고……. 머리도 나쁘면서 쓸데없이 돈만 쓰고."

라고 차갑게 말할 뿐이다. 그러나 어용은 이전과는 달리 처가 하는 말, 행동에 더 이상 화도 나지 않게 되었다. 다만, 가끔 오왕묘에서 보낸 글자 그대로 꿈과 같은 날들을 생각하고는 혼자 몰래, "죽청" 하고 까마귀 이름을 불러 보곤 한다. 그러는 사이에 3년이 지났다. 또 과거 보는 해다. 처는 변함없이 여느 때보다 더 기분이 나빠져 젓가락을 들 때마다 남편의 무능함을 빈정대기도 하고 욕하기도 한다.

"또 시험 보러 갈 작정이지. 과거, 과거 하면서 도대체 몇

십 년 떨어져야 직성이 풀리려나. 시험 볼 시간이 있으면 조금쯤은 농사일을 거들어도 좋으련만. 보러 가려면 가. 그 대신, 나는 돈을 한 푼도 낼 수 없어."

이런 소리까지 듣고 어용은 오기가 나서라도 향시에 응하지 않을 수 없다. 다행히 여비는 3년 동안 마누라 몰래 모아 놓은 것과 조용히 친척집을 돌며 애걸하며 마련한 것을 긁어 모으면 어떻게 된다. 어용은 도망치듯 집을 나오자 쏜살같이 성도를 향했다.

시험장 문전에는 붓, 벼루는 말할 것도 없고, 야식용 식량을 끓일 냄비, 이부자리 등의 살림살이를 짊어진 흡사 난민 같은 수험생과 따라온 가족들이 저녁부터 모여든다. 곧 한밤중에 호포가 울려 퍼지면서 그것을 신호로 대문이 무거운 소리를 내면서 열린다. 수험생은 제일조부터 제십몇조까지 나뉘고 조표시와 방울을 단 등을 병사들이 손에 들어 마치 연등 행렬을 연상케 한다. 여기서 복장검사, 신체검사가 끝나면 수험생들은 가족과 헤어져 드디어 이박삼일 철야로 계속될 시험장에 들어간다. 시중 들어주는 사람 하나 없는 어용도 저번에 배가 고파 시험을 잘못 치른 데 데어서 이번에는 식량만은 만반의 준비를 해 가지고 와 올해야말로 하는 결의로 검은 행렬에 서서 어두운 시험장에 빨려 들어간다.

그러나 그로부터 십 며칠인가 후에 우리들은 실의에 빠진 어용을 다시 동정호반 오왕묘에서 보게 되는 것이다. 올해는 먹는 것만은 충분했기 때문에 무리를 진 까마귀 모이를 부러워할 것은 없다. 다만, 낙방의 실의는 역시 위를 짓눌렀다. 더구나 뱃속이 비었을 때는 정신이 몽롱해져 가련한 여인의 환영이라도 볼 수 있었지만 지금은 정신이 말짱해 그러한 정열조차 없는 것이 한층 초라하다. 어용은 갖고 있는 도시락 속의 고기를 떼어 까마귀들에게 던져 주면서,

"이 가운데 죽청이 있으면 뒤에 남아 줘."
라고 기도하듯 말했는데, 까마귀들은 지극히 산발적으로 모이를 쪼아 흩뜨려서 다 먹고 나서는 모두 한꺼번에 날아가 버린다. 그런데 다자이 씨가 윤색한 「죽청」은, 이 직후에 죽청과 우연히 만난다. 대단한 명문이라고 생각하여 그 부분을 다시 한 번 인용해 보기로 한다.

오늘 밤은 이 호수에서 죽을 각오로, 곧 밤이 되자, 윤곽을 드러낸 보름달이 하늘에 떠올라 동정호는 그저 하얗고 넓어 하늘과 물의 경계가 없이 강변 모래사장은 낮처럼 환하고 버드나무 가지는 호수의 안개를 머금고 축 처져 있고 멀리 보이는 복숭아밭의 만 송이 꽃은 싸라기눈과 닮았고, 때마침 미풍이 천지가 숨쉬는

듯 지나가고, 정말로 평화로운 봄날의 좋은 밤, 이것이 이승에서의 마지막인가 생각하면 눈물이 소매를 적시고 어디선가 원숭이가 슬프게 우는 소리가 들려와 수심이 그야말로 절정에 달했을 때 등 뒤에서 파닥파닥하는 날개소리가 나며,

"오지 마, 탈이 없어야지."

돌아다보니, 명모호치(明眸皓齒 : 맑은 눈동자에 희고 깨끗한 이를 가진 미인—역주)의 한 스무 살 가량 된 미인이 달빛을 받으며 웃고 있다.

"누구십니까, 죄송합니다." 우선 사죄했다.

"싫어요"라고 가볍게 어용의 어깨를 치고,

"죽청을 잊으셨어요?"

"죽청?"

어용은 깜짝 놀라 일어서서 잠시 주저했지만, 아니, 때때로라고 말하다 갑자기 미녀의 가냘픈 어깨를 끌어안았다.

"놔 주세요. 숨이 막혀요."
라고 죽청은 웃으며 말하고는 능숙하게 어용의 손에서 벗어나,

"저, 아무데도 안 가요. 이제 평생 당신 곁에."

"부탁이야! 그렇게 해 줘. 당신이 없어 나는 오늘 밤

이 호수에 몸을 던져 죽어 버리려고 했어. 당신, 도대체 어디에 있는 거야."

그러나 원작에서는 어용과 죽청의 재회는, 몇 년인가 더 지나서 낙방을 거듭한 어용이 드디어 향시에 합격해 거인이 된 이후의 일이다. 물론 죽청은 특별히 어용이 출세하기를 기다려 다시 모습을 드러낸 것은 아니다. 그녀는 결코 이익이나 욕심 때문에 사람을 사랑하는 여자는 아니다. 다만, 어용도 두세 번 낙방한 정도로 죽으려고 생각하지도 않고 죽청과의 재회에도 꽤 여유를 가지고 있다. 그 점, 원작「죽청」은 산문적이라고 하기보다는 중국적, 대륙적이라고 해야 할 것이다.

어느쪽이든 죽청은 지금은 먼 한강의 여신이 되었고, 그녀는 어용을 데리고 한양에 있는 자기 집에 간다. 그곳에서 환대받은 어용은 문득 집에 돌아가고 싶어져 여자에게 말한다.

"내가 여기에 있으면 친척과 연락도 끊겨 버려요. 게다가 당신은 나와 부부라는 것은 이름뿐으로 한 번도 집에 와 보려고 하지 않는 것은 어째서요?"

"내가 못 가는 것을 그렇게 말씀하지 말아 주세요. 혹시 갈 수 있다고 해도 당신에게는 어엿하게 부인이 계시지 않아요. 저를 어떻게 하실 작정이세요? 그것보다도 저를 여기에 두고 당신 측실로 삼으시는 것이 낫지 않아요."

이것은 원작이다.

"역시 부인을 못 잊으시는군요."

죽청은 옆에서 차분히 말하고는 가늘게 한숨을 내쉬었다.

"아니, 그런 게 아니야. 그 사람은 내 학문을 조금도 귀히 여기지 않고 더러운 옷을 빨게 하고 마당의 돌을 나르게 했고, 게다가 그 사람은 백부의 첩이었다고 해. 하나도 좋은 구석이라고는 없어."

"그, 하나도 좋은 구석이라고는 없는 것이 그리운 게 아니예요? 당신 마음속으로는 그런 거예요. 측은지심은 어떤 사람에게나 있다지 않아요. 부인을 미워하거나 원망하거나 저주하지 않고 일평생 같이 고생하며 함께 살아가는 것이 당신의 이상이 아니었나요. 당신 빨리 돌아가세요."

죽청은 그렇게 말하고 더욱 엄한 말투로 "저는 여신입니다."(중략)

"당신은 향시에는 낙방했지만 신의 시험에는 급제했어요."

이것이 다자이 씨가 다시 만든 「죽청」이다.

다자이 씨의 것은, 죽청이 강제로 보내서 집에 돌아온 어용이 자기 집을 엿보니 거기에 자기 처가 마음을 고쳐먹고,

모습도 죽청 같은 미인이 되어 남편 어용을 기다리고 있다는 결말이다.

한편 원작에서는 어용은 죽청이 주는 까마귀 검은 옷을 받아, 그것을 입으면 곧바로 하늘을 날아 호남에 있는 본댁과 한강에 있는 별가를 마음이 내킬 때 자유자재로 왕래할 수 있게 된다. 그리고 본처에게는 결국 자식이 없지만 죽청은 임신한다. 그래서 어용은,

"태어나는 아이는 난생일까, 태생일까."
라고 꽤 잔혹하다고도 할 수 있는 농담을 하기도 한다.

과연 어느쪽이 좋을까, 어느쪽을 더 낭만적이라고 생각할지는 독자 취향에 따라 틀릴 것이다. 나는 어느쪽이라도 괜찮고 어느쪽도 곤란하다. 여행하다 쓰러져 여자에게 구원받는다는 것은 우리들의 꿈이지만 자녀가 태어난다는 것은 현대 남성에게는 무서운 꿈과 같은 현실일 것이다.

'아아, 나도 죽청과 같은 여자를 만날 수 없을까.'

나는 중얼거리다 문득 보니, 일본에서 처음으로 새끼를 낳은 어미 고릴라가 우리 앞에 나와 있었다. 그러나 정글 속의 집단생활에서 떨어져 나온 그녀는 불쌍하게도 자기가 낳은 새끼를 어떻게 키워야 할지 몰라서, 우리 속에 기운 없이 선 채 하릴없이 자기 털을 거의 다 뽑아 마치 살찐 전라의 사람처럼 추한 모습이 되어 있었다.

13

　동물원이란 곳은 어떻게 이렇게도 인간 생활을 노골적으로 보여 주는 것일까.

　나는 스스로 체모를 다 뽑아 버린 암고릴라가 가을 햇빛을 받아 맨살이 철색으로 빛나면서 망연히 서 있는 것을 보고 그렇게 생각했다. 여하튼 그녀가 새끼를 낳았을 때 이미 남편인 숫고릴라는 죽었고 그 때문인지 어쩐지 그녀는 자기가 임신한 사실조차 몰랐다고 한다. 아니, 그녀뿐만이 아니다. 동물원 사육 담당자도 그것을 조금도 눈치채지 못했다고 한다. 주의가 부족했다고 하면 주의가 부족했지만, 어느 정도 할 수 없는 일이기도 했다. 무엇보다도, 그 무렵, 일본에서는 아직 한 번도 고릴라의 출산을 본 적이 없었고 사육 담당자도 고릴리의 성행위조차 확인 못한 형편이었다고 하니까. 그러나 출산으로 누구보다도 쇼크를 받은 것은 당연히 엄마가 된 암고릴라 자신이었다. 어느 날 아침 그녀는 갑자기 자신의 몸에 이상을 느꼈는데 정신이 들었을 때는 새빨갛고 이상한 것이 자기 발 밑에 뒹굴고 있었다. 그녀는 그것을 본능적으로 안아 보았지만 그 이상 어떻게 해야 좋을지 몰라 양 손으로 머리 위로 높이 치켜들어 보기도 하고 또 겨드랑이에 끼어 보기도 하고 마음이 불안해 여러 가지 동작을 되풀이한 끝에 그 기묘한 것을 콘크리트 바닥에 던져 버리려고 했다. 담당자와 수의사가 달려가서 그녀에게 다량의 수면제를 주사해 고릴라 새끼를 그녀의 손에서 빼앗은 것은 바로 그 순간이었다—.

그런 이야기를 잡지에서 보고 나는 무슨 미지의 세계를 본 듯이 감동을 했는데 지금 우리 안의 암고릴라를 앞에 두고 그저 고독한 생물의 무참할 정도로 추악함을 느낄 뿐이었다.

도대체 이게 무슨 일인가. 그녀는 진종일 멍한 눈으로 자기 몸의 털을 뽑기만 하고 있는 것 같다. 아마도 그녀는 본래대로라면 새끼에게 젖을 먹이기도 하고 벼룩을 잡아 주기도 하면서 날을 보냈을 것이다. 그러나 그 새끼가 없으니까 그녀는 허공에서 자기 몸을 껴안기도 하고 이제 거의 털이 다 빠진 피부를 긁어대기도 하고 있는 것이다. 이것이 만일 아프리카 밀림에서 많은 친구들과 함께 생활하고 있었다면 새끼가 태어났을 때 어떻게 해야 하는지 알고 있었을 것이지만 이 격리된 동물원 우리 속에서는 친구도 없고 남편도 잃고 홀홀단신 남아 있으면 그녀가 아니라도 태어난 새끼를 어떻게 키워야 할지 짐작도 못할 것이다. 그리고 그 새끼도 타인에게 빼앗긴 그녀는 자연히 자기 자신 속으로 빠져들지 않을 수 없게 된다.

'도대체 내가 무슨 일을 했을까, 무엇을 낳은 것일까, 그리고 그 낳은 것은 어디로 가 버렸단 말인가, 이 세상은 어떻게 될까' 등등.

그러나 이 암고릴라가 들어 있는 우리는 또 얼마나 과거시험장의 독방과 닮았는가. 나는 물론 과거시험장이라는 곳, 사진으로밖에 본 일이 없지만 통로를 향해 다자형으로 입구가 벌어진 독방에는 널판지 세 장이 한쪽 벽에서 다른 한쪽 벽에 걸쳐 있는데 상부는 선반, 하부는 의자 겸용 침대, 그 중간이 책상으로 사용할 수 있게 되어 있을 뿐 그 밖에 가구 같은 것은 아무것도 없다. 여기서 문도 달리지 않은 입구에 철책을 끼우면 그대로 오늘날의 동물원 고릴라 우리가 된다. 그것도 그럴 것이 시험장에 임한 수험생들은 고릴라가 관람객들에게 보이듯이 끊임없이 시험관의 감시를 받게 되어 있기 때문이다. 큰 시험장이면 일만 명, 때로는 이만 명 정도의 수험생이 모여드니까 이들을 시험관 한 명이 단속할 수도 물론 없다. 실제로 감시하는 역할은 호군이라고 하는 잡역 병졸이 수험생 20명에 한 명꼴로 배치되어 이 병졸들이 통로에서 탁 트인 각방의 수험생들의 일거수 일투족을 심술맞은 눈으로 주시하고 있는 것이다.

호군 병졸은 물론 당시 사회에서 최하층 사람들이다. 한편 거자는 이미 학교시를 돌파한 수재로 만일 이 향시에 합격하면 거인이 되어 관리 출세코스의 제일단계를 내딛는 것이 된다. 병졸들이 평소의 울분을 해소시킬 수 있는 것은 이 시험기간 동안뿐이다. 그들은 있는 힘을 다해 거자들에게 거만하게 군다. 이것은 과거 우리 군대에서 하사관이나 고참병이 학생 출신 간부후보생에게 했던 것과 비슷할 것이다. 그러한 것은 옛날 중국의 위정자들도 잘 알고 있었던 것 같아, 시험장 감시병졸 중에서 컨닝을 발견한 자에게는 은 3 량의 상금을 주어 치하했기 때문에 그들은 더 더욱 눈을 뒤집고 거자들에게 달라붙어 소지품을 검사했는데, 도시락의 만두를 잘라 만두소 속에 컨닝페이퍼가 들어 있는지 없는지까지 조사했다.

시험장의 수재는 7가지 것과 비슷하다.

첫째로, 처음 입장할 때, 맨발로 손에는 도시락과 그 밖의 물건을 집어 넣은 광주리를 든 모습이 거지와 비슷하다.

둘째로, 호명할 때, 시험관이 큰소리를 지르고 호군병졸이 야단치는 것이 죄수와 비슷하다.

셋째로, 독방 각호에 돌아가자마자, 각각의 구멍 속에서 고개를 쭉 빼고 발끝을 바라보는 것이 만추의 찬 벌과 비슷하다.

넷째로, 시험이 끝나고 장외로 나올 때, 정신이 몽롱해져 하늘도 땅도 색깔이 다르게 보이는 것이 우리를 나온 병든 새와 비슷하다.

다섯째로, 성적 발표를 기다릴 때, 풀잎 소리에도 놀라고, 꿈에도 생시에도 요상한 일만, 합격해서 금방 금전옥루에 오르는 기분이 되었다가 다음 순간에 낙방해서 자기 몸이 해골이 되어 썩어 가는 모습이 눈에 떠오르기도 하고, 앉으나 서나 안절부절못하는 모습이 새끼줄에 묶여 있는 원숭이와 비슷하다.

여섯째로, 갑자기 사자(使者)가 말을 달려 왔는데 보조(報條:합격통지─역주)에 자기 이름이 없는 것을 알게 되었을 때, 얼굴색이 변하고 실의에 빠진 나머지 죽은 사람처럼 되는 것이 독을 먹은 파리가 건드려도 꼼짝 않고 있는 모습과 비슷하다.

일곱째로, 낙방하면, 처음에는 오로지 실망낙담해서 시험관에게 보는 눈이 없다, 필묵에 혼이 없다고 심하게 욕하고 반드시 책상 위의 것을 전부 불에 태우고 태운 것만으로는 성이 안 차서 마구 부셔서 짓밟고, 짓밟은 것만으로는 성이 안 차서 개천 속에 던져 버린다, 그것이 끝나면 자신은 머리를 풀어헤치고 산속으로 들어가, "꽃이 지면 열매를 맺는 법 정도가 아니야"라고 있는 소리, 없는 소리 다 말하고는 벽만 바라보며 출가 생활, 자 이제부터 내 앞에서 시비를 걸어오는 놈이 있으면 가만 두지 않겠다, 조상 대대로 내려오는 창을 휘둘러서 쫓아 버릴 테니까, '각오해'라고 혼자 설치다가 곧 며칠 안 되어 어느새 풀이 죽고 왠지 피곤해져서, 또 다음 시험을 봐 볼까 하고 생각하기 시작한다. 이것은 알이 깨어진 비둘기가 할 수 없이 작은 가지를 물고 와서 집을 고친 후 새로 다른 알을 품는 것과 비슷하다.

이것은 『요재지이』 속의 「왕자안」의 후기인데, 포송령 자신이 낙방된 후를 회상해서 쓴 실감일 것이다. 「왕자안」이 어느 때 작품인지는 모르지만, 아마도 후기 작품이 아닐까. 본편은 아주 짧고, 오히려 후기에 중점을 둔 점에서도 그렇게 생각된다.

어쨌든 포송령은 명조 말기에 태어나 철들기 전부터 동란이 계속되어 송령이 5세가 되던 해에는 의종 황제가 궁성 북쪽 만세산에 올라가 목을 매고 죽어 명은 멸망했다. 그러나 이것으로 세상이 평화로워진 것은 아니고 청조에 저항하는 내란과 게릴라전 같은 것이 여기저기서 일어나 송령이 8세 되던 해에는 포씨 마을에도 폭도가 쳐들어와 숙부가 전사하기도 했다. 더욱이 그로부터 8년이 지나 송령이 16세 되던 해에는 청조 초대의 순치제(順治帝)가 중국인 처녀를 선발해서 후궁으로 들인다는 소문이 퍼져 송령의 약혼자 유씨는 난을 피하려고 송령과 형식적으로 결혼식을 올리고 포씨 집으로 들어가 송령 어머니 방에 잠시 숨어 있는 일도 있었다.

이런 동란기에 과거 같은 규모가 큰 국가사업이 잘도 지속된 것이 감탄스럽기도 하지만, 수·당 시대부터 왕조가 몇 번 바뀌어도 관료지배계급이나 체제는 바뀔 수는 없었을 테니까 과거제도는 어느 시대에도 계속 이어져 내려왔을 것이다. 아니 원래 과거는 귀족 정치에 반대해서 귀족 권력을 억제하기 위해서 만든 것이기 때문에 왕조가 바뀔 때야말로 국가시험에 의한 관리등용제도가 가장 유효하게 쓰였을지도 모른다. 그렇다고 하면 태어나자마자 왕조가 교체되는 혼란기에 접하게 된 포송령은 한족의 자리를 차지한 북방의 만주족 청왕조와 함께 성장한 셈으로 명문가의 자제도 아니고 고급 관료의 자제도 아닌 송령으로 본다면 과거에 응하기에는 가장 유리한 시대에 태어났다고 말할 수 있을 것이다.

그런 것을 종합해서 보면 송령이 19세로 현시, 부시, 학교시를 연달아 수석으로 합격한 것은 그 시기를 잘 타고났기 때문이라고도 볼 수 있다. 여기에서 조금만 더 해서 향시에 합격했더라면 다음은 회시, 전시로 순조롭게 나아가 아마도 약관 20대에 송령은 경사스럽게 진사로 뽑히지는 않았을까. 그러나 송령의 행운은 이것으로 끝났다. 그가 처음으로 산동 향시에 응한 것은 아마도 2년 후 순치 17년 21세 때로 어떻게 된 것인지 이름이 용호방(龍虎榜 : 합격발표 게시표―역주)에는 없었다. 물론 한 번 정도의 실패는 어떤 수재에게도 있는 일이니까 그렇게 걱정할 필요는 없다. 게다가 보통 때는 3년에 한 번 치르는 과거가 그 다음해 초대 순치제가 붕어하고 2대 천자가 즉위하여 연호도 강희라고 새로 짓고 전례에 따라 은과로서 특히 향시가 시행되었다. 이것은 말하자면 낙방생을 위한 추시가 실시된 것 같은 것이니까 송령으로서도 전년의 수치를 씻을 절호의 기회였던 셈인데 그 해에도 또 그는 불합격되었다. 그리고 이로부터 30년 연속 낙방의 막이 올라가게 되었다.

　너무 결과적인 이야기지만 포송령의 운세는 청조 초대 순치제의 운명과 함께 끝난 것 같다. 아니, 이것은 단순히 부합되는 것만은 아닐지도 모른다. 제2대 강희제로 바뀔 무렵부터 청은 아마도 새로운 왕조의 기초가 다 다져졌을 것이다. 덧붙여서 말하면 그 해, 버마로 망명했던 영력제(永曆帝)는 원주민에게 잡혀 그 다음해 살해되었다. 명·청이 교체되는 동란기는 이것으로 완전히 끝났다고 해야 할 것이다. 그리고 이 해부터 송령의 본격적인 낙방 시대가 시작되는 것은 결코 단순한 우연이라고만은 볼 수 없는 부분이 몇 가지 있다.

　그 연원을 찾아보면, 포송령의 선조는 멀리 서방 아라비아에서 건너온 사람이었던 것 같다. 몽골인이 중국을 정복해서 원조를 세웠을 때 서방의 제민족이 몽골군을 따라 중국에 다수 들어오게 되었다. 소위 색목인이라고 하는 이들이 그것이다. 그러나 이 눈의 색깔이 다른 사람들은 당시는 일반 중국인보다도 좋은 대우를 받았다. 아랍인 중의 한 사람 포로혼(蒲魯渾)도 그런 사람 중의 한 사람으로 그는 산동성 치천현에 지방장관으로 부임하여 자손 대대로 그 토지에 살았다. 그러나 원이 망하고 한족 왕족인 명의 시대가 되자 전국적으로 색목인 배척운동이 일어나 포씨 일가도 집이 불태워지는 등의 화를 입어 일족이 거의 끊겨 버렸는데 6, 7세 된 남자아이 하나만이 살아남았다. 이 아이가 외조부 양씨를 찾아 마을 북쪽에 있는 양가장에 몸을 숨겨 성도 잠시 양이라 했다. 포씨는 본래 중국에는 없는 성으로 누가 봐도 색목인의 후예라는 것이 확실해 박해를 받기 때문이다. 그러나 명나라 치세가 안정되자 겨우 한족의 인종차별적인 국수주의도 수그러져 그 아이는 포가장으로 돌아가 이름도 원래대로 포장(蒲璋)이라고 바꾸어 일가를 다시 일으켰다. 그래서 치천 포씨는 이 사람을 시조라고 한다.

물론 이 시대가 되면 선조가 아라비아에서 왔다고 해도 포씨 피에는 아랍인보다는 중국인 피가 더 많이 흐르고 거의 순 한족이라고 해도 이상하지 않을 정도였을 것이다. 그러나 혈통에서 한족이라도 아랍인 피가 섞여 있다는 정신적 아이덴티티가 포씨 일가의 운명을 무의식적으로 보통 사람들과는 다른 곳으로 이끌어 가게 되었다고 말할 수 있을 것이다.

실제로 포씨 일가에서는 도박의 명수라든가, 마을의 간판역이라든가 여러 가지 색다른, 서민의 영웅이라고도 할 수 있는 사람들이 몇 명 나왔다. 그러나 여기서 포송령의 낙방에 가장 인연이 깊은 사람을 들라고 하면 송령 조부의 사촌 동생에 생포(生浦)라고 하는 사람이 있었다. 공부는 조금도 안하는데 학교 성적은 아주 좋았다. 이 사람이 과거를 보자, 답안이 발군의 명안으로 당장 수석으로 합격하게 되었는데, 주임 시험관이 생포의 문장을,

"너무 제멋대로이고, 중후한 맛이 없다."

고 평해 순위를 아주 낮추어 합격시킬 것을 제안하였다. 그러자 시험관 한 명이 이것에 반발해서,

"이 정도의 답안을 수석으로 하지 않을 바에야 오히려 불합격시키고 다음에 수석으로 합격시키는 편이 낫다."

라고 주장하여 성적이 좋은데도 불구하고 이런 연유로 낙방하고 말았다. 더구나 생포는 다음 시험에 수석은커녕 합격도 못한 채 결국 무관의 상태에서 생을 마쳤다. 학력은 있어도 공부하지 않으면 이렇게 된다고 해서 생포의 이름은 포

씨 일가 아들들이 설교를 들을 때마다 인용되었다고 하는데 송령의 낙방은 아마도 이 사람의 운세를 가장 잘 이어받았다고 해야 할까.

생포에 대해서는 거의 아무것도 전해지지 않으므로 과연 그에게 어느 정도의 문제가 있었는지는 모른다. 그러나 생포도 또 과거제도라고 하는 우리 속에서는 어떻게 해도 꿰어맞출 수 없는 강렬한 개성을 속에 지니고 있었던 것은 충분히 추측할 수 있지 않은가. 생포의 동생 생문(生汶)은, 형과 달리 성실하게 공부해서 아침에는 어두울 때부터 일어나고 겨울에는 밝은 눈을 찾아 밖에서 책을 읽다 모르는 사이에 무릎까지 눈이 쌓일 정도로 열심히 공부해서 경사스럽게도 진사에 급제해 현 지사에 임명되었는데 맹렬한 시험 공부가 탈이 되었는지 얼마 되지 않아 젊은 나이에 죽고 말았다. 이것도 또한 결국은 관리의 틀에 맞지 않는 개성의 소유자가 무리하게 자신을 과거의 우리 속에 꿰어맞추었기 때문에 아깝게도 목숨을 잃었다고 할 수 있을 것이다.

14

포생포가 그 답안을 "너무 제멋대로이고 중후한 맛이 없다"는 평을 받아 수석 후보에서 역전해서 일거에 낙제가 된 것은 어떠한 이유에 의한 것일까, 사실 확실한 것은 모른다. 요컨대 붓이 너무 미끄러져 중후한 맛이 없다 등의 비평은 시험관의 주관으로 채점의 근거로서는 애매한 것이다. 결국 생포에게는 운이 없었다고밖에 달리 말할 도리가 없다.

그런데 포송령 자신도 강희 26년, 48세 때, 즉 처음으로 향시에서 낙방한 이래 26년 째 되던 해에 역시 비슷하게 말도 안되는 이유로 시험 자격을 박탈당했다. 다만, 그때에는 시험관의 주관 같은 애매한 평가가 아니고 이유는 아주 객관적이고 명확하다. 즉 그의 경우, 정말로 문장이 '제멋대로'였는지, 답안용지 규정을 넘어서, 너무 많이 써 버린 것이다.

得意疾書 回頭大錯 此況如何!
覺千瓢冷汗沾衣 一縷魂飛出舍 痛痒全無
……

이것은 그때 친구 한 명이 송령을 위로하기 위해서 보낸 시의 머리 부분이다. 이것도 이시자와 마쓰이치에게라도 묻지 않으면 나는 도저히 해석할 수 없지만, 잘 써지는 김에 빨리 써 나가다가 문득 정신을 차려 보니 결정적인 실수를 범해 망연해하고 있는 모습을 잘 알 수 있다.

과거시험은 채점도 엄격하지만 답안의 형식 또한 번거롭다. 규격의 답안용지는 14쪽 내지 16쪽의 접책으로 되어 있고, 전부 한 쪽에 12행 25자를 쓸 수 있는 선이 그어져 있고 거기에 붓으로 한 자 한 자 정사각형으로 인쇄한 것 같은 글자로 적지 않으면 내용이 아무리 훌륭해도 시험관이 읽지 않고 던져 버린다. 더욱이 답안용지를 더럽히거나 낙서를 하고 또한 탈자나 백지 상태의 페이지가 섞여 있는 답안지를 낸 사람은 이름을 따로 내걸어 이후 몇 회 시험 정지처분을 받는다. 그러므로 수험생들은 철야로 답안을 쓰면서 잘못해서 촛불이 쓰러져 답안용지를 태우거나 더럽히는 일이 없도록 끊임없이 신경을 쓰지 않으면 안된다. 그것뿐이 아니다. 답안은 여백이 너무 많아도 물론 합격점을 받지 못하지만 규정 자수를 초과해서 써도 그것만으로 탈락되고 만다. "식은 땀으로 옷을 적신다(千瓢冷汗沾衣)"가 되는 셈이다.

 아무리 그래도 어떻게 이렇게 어처구니없는 잘못을 저질렀을까?
 포송령은 시험장 독방에서 답안지에 자수를 초과해서 적은 것을 깨닫자 일순 무섭고 놀라 정신이 아득해지는 것 같았다. 그것은 정말로 악몽이라고밖에 생각할 수 없었다. 검게 먹물이 스며든 답안용지 위에 문득 늙으신 아버님 얼굴이 떠오르고 그 아버님이 슬픈 눈으로 이쪽을 지긋이 바라다 보는 게 마치 자신의 집안이 조상 대대로 과거에 액이 끼어서 계속 화를 입는 것 같은 생각이 새삼 들었다. 포씨 집안은 명조 280년 간 이어온 오래된 집안으로 마을 이름도 포가장이라고 할 정도로 부근에서는 명망 있는 집안이었는데, 앞에서도 말한 것처럼 과거와는 인연이 멀어 그 대가족 가운데 경사롭게 진사가 된 사람은 조부의 사촌동생으로 젊어서 죽은 생문 한 사람뿐이다. 아버지 반(槃)도 어려서부터 공부는 열심히 했지만 20세가 넘도록 학교시의 초단계인 현시에조차 합격하지 못했다. 그래서 결국 수험은 포기하고 상인이 되었는데 이쪽에서는 어떻게 성공했지만 40세가 넘어서 지금까지 포기했던 아이가 계속해서 남자아이만 4명이나 태어나자 이번에는 자녀를 교육해서 과거에 응시하도록 하는 데 열중했다. 그렇게 한 보람이 있어 차남과 3남은 현시에 합격했지만 그 앞으로 나가지 못한다. 그래서 4남인 송령이 19세 때 학교시 세 개를 계속해서 수석으로 합격하자 그야말로 송령은 포씨 집안 전원의 여망을 짊어지게 되었다. 그러나 그로부터 이미 30년 가까이 세월이 흘러 매번 과거에 응시하지만 아무리 해도 그 첫단계인 향시에도 합격하지 못한다. 그리고 결국에는 답안을 잘못 작성해 실격이 될

줄이야!

　도대체 무슨 낯짝으로 고향에 돌아간단 말인가. 아니면 이것은 우리 포씨 집안 사람들이 전생에 무슨 큰 죄라도 지었기 때문일까?

　실제로 아무리 과거의 답안 규정이 까다롭고 엄격하다고 해도 같은 규정의 시험을 청소년기부터 30년 간이나 계속해서 치뤄, 말하자면 수험 숙련공이 된 사람이 답안을 너무 많이 적는 어처구니없는 실수를 범하다니 상식으로는 도저히 생각할 수 없는 일이다. 그러나 이 생각할 수도 없는 일이 현실로 포송령에게 일어난 것이다. 송령으로서는 자기 자신에게도 전혀 믿어지지 않는 일이 어디에서부터 일어났는지 상상할 수도 없고 누구를 원망하고 책망하려고 해도 그럴 수조차 없다.

　정말이지 포송령이 만일 이 원망이나 분노를 자기 자신 이외에 누군가에게 돌린다고 한다면 그 상대는 과거이고 과거제도를 실시하고 있는 국가 그 자체일 것이다. 천 년 이상이나 중국 전토에서 되풀이해서 실시되어 온 시험, 그것도 그 출제 범위가 사서오경으로 제한되어 있기 때문에 수험자도 고생이지만 많은 응모자를 걸러 내는 채점자, 시험관의 노고도 보통은 아닐 것이다. 논어, 맹자, 역경, 서경, 시경, 예기, 좌전, 이상을 자수로 하면 합계 43만여 자가 된다고 하는데 수험생들은 그것을 학교시를 치를 때 이미 한 번 암송했기 때문에 우열을 가리기 위해서는 논어 등의 "자왈" 위에 붙어 있는 "○"이 문제에 나오기도 했다가 논어 속에 한 군데밖에 안 나오는 "也已矣"의 세 조사가 겹쳐 있는 것이 나오기도 했다가 한다. 이러한 시험은 이미 학력과는 관계가 없고 기지나 일종의 제비뽑기 같은 운이 있는 사람이 합격하게 된다. 그러나 이런 사람을 바보로 만든 문제라도 시험에 붙는 사람과 떨어지는 사람과의 차는 크다. 그렇게 되면 수험생들은 바보 같다는 것을 알면서도 이러한 무의미하고 사소한 문제에 온 정력을 쏟아 맞붙을 수밖에 없다. 이렇게 되면 이미 아무리 시험이 공평하게 치르더라도 그 공평함에 그리 큰 의미는 없다. 결국 운이 좋은 사람 — 운명에 자기 인생이 좌우되어도 참을 수 있는 사람 — 만이 살아남을 수 있게 되기 때문이다.

어쨌든 이 강희 26년의 향시 실패 이후 포송령은 낙방과는 다른 고통과 불안에 고생했다. 지금까지 낙방한 것도 학력과는 그다지 관계가 없을지도 모른다. 그러나 이번의 경우 그 실력과는 관계가 없는 운명의 함정이라고밖에 할 수 없는 것이 너무나도 노골적으로 나타난 만큼 새삼 자신이 이 못된 운명에 어떻게 대결해야 할까, 망설이지 않을 수 없었기 때문이다. 더구나 답안에 규정된 자수보다 많이 썼다고 하는 것은 단순히 운이 없었다고만 하고 넘겨 버릴 수도 없다. 역시 자기 부주의로 일어난 일임에 틀림없다. 그렇게 생각하면 송령은 부지불식간에 자신이 늙어 버린 것이 아닌가 하는 생각이 들었다.

제남 시험장에서 고향 포가장에 돌아오자 송령은 어느 날 아침 거울 속의 자기 얼굴을 보고 선뜻한 충격을 받았다. 어느샌가 머리에도 수염에도 하얀 털이 눈에 띄게 많아졌다! 시험 삼아 한 개 뽑아 하얗게 빛나는 것을 눈 가까이 대면서 문득 중얼거렸다.

"아아, 너, 백모야, 너는 왜, 그렇게 벽창호냐!"

그리고 중얼거린 후 무의식중에 우스워져서 후 불어 날려 보냈다. 이 나이가 되어 시험에 낙방하고 자기 백모에게 말을 걸고 울었다 웃었다 하는 것은 얼마나 우스운 일인가. 이렇게 해서 「백발을 책하는 글」은 이하, 다음과 같이 씌었다.

......

이렇게 되면 미남도 별수 없다. 청년도 금방 노인이 된다. 같이 어울리던 사람들에게는 조롱받고 윗사람에게는 미움받는다.

아아, 너, 백모야, 너는 왜 그렇게 무정하냐! 너는 재상에게 붙었어야 한다. 그렇지 않으면 귀족에게 붙어야 한다. 그들이라면 벌써 지위도 명예도 있어 이제 와서 새삼 백모를 무서워할 리도 없다. 그런데 나는 아직도 형설지공을 쌓아야 할 몸. 출세는커녕 직장도 없다. 그런데도 너는 올해 한 개, 내년에 한 개, 조금씩 조금씩 계속 찾아와 마치 엉덩이가 무거운 손님처럼 눌러앉아서 마지막에는 움직이려고도 하지 않는다. 그렇게 얼굴이 두껍고 뻔뻔하다면 하다못해 빨갛게라도 되어보면 어떻겠니.

거기에 갑자기 나타난 것이 백의를 입은 멍한 남자. 뭔가 주저주저하면서 말하기 시작했다.

"나야말로 머리의 신이다. 네가 원망하는 소리를 실컷 들었으니 이번에는 내가 말해 보겠다. 그 등우(鄧禹)라는 남자, 그 사람이야말로 약관의 나이로 청운의 뜻을 품고 내가 아직 찾아가기도 전에 벌써 남보다 뛰어났었다. 내가 찾아가자마자 곧 후한의 원훈까지 입신출세. 백발의 재상이라고 흔히 말하곤 했지. 그런데 너는 40이 넘은 그 나이에 아직 공명과는 인연이 없고 다른 사람은 하얀 베옷을 준비하고 있다고 하는데 너는 청금(靑衿: 학생복—역주). 그러면서 남을 원망하다니 뻔뻔하다. 너야말로 조금은 얼굴을 붉히는 것이 어떠냐.

나는 원래 사람에게 도움이 되는 머리다. 천자는 아름답다고 칭송했고, 귀현은 살짝 어루만졌고, 검으면 본래 빛나고 아름답고, 백발 또한 장관. 그런데 어떠냐, 네 머리는 아무래도 이렇게는 안된다. 아침에는 죽투성이가 되고 저녁에는 담배연기에 그을려 깎였나 하면 뽑히고, 겨울에는 이불 속에서 괴로움을 당하고 여름에는 땀투성이의 네 머리가 된 것은 그야말로 괴로운 일.

　'머리의 신'에게 이렇게까지 욕을 얻어 먹으니 이제 더 이상 말하는 것도 귀찮아져서 말할 기운도 없다, 이 참에 머리를 깎고 야만인이나 중이 되고 싶다. 그렇지 않으면 큰맘 먹고 머리도 수염도 검게 물들일까! 그러나 기다려, 무리한 짓을 해도 물들인 뒤에 백발이 자라면 마치 머리뿌리에 서캐가 낀 것같이 반짝반짝 빛나서 전보다도 더 보기 싫다. 이것저것 생각하는 사이에 갑자기 화가 나서 소리질렀다.

　어이, 머리의 신, 나는 너를 두려워하고 있어. 시험관들은 모두 머리를 기르고 싶어하니까. 그러나 이렇게 되면 머리 같은 것을 두려워하며 살기는 싫다. 붓도 버리고 죽통도 태운다. 과거 같은 것 더 이상 해 보고 싶지도 않다. 관에 들어가 윗사람에게 아첨하기도 싫고 젊은 여자에게 인기가 있어도 별수 없다. 이렇게 되면 이제 너에게 아무것도 할 말은 없다.

그러자 상대는 떠나기 직전에 갑자기 눈을 크게 뜨고 차갑게 말했다.

마음대로 해라!

여기서 소생 퍼뜩 꿈에서 깨어나 머리를 비틀고 거울을 바라보았다. 몇 개가 발딱 서 있다, 아직 화가 난 것처럼.

이시자와 마쓰이치에 의하면 이「책백발문」은 포송령이 스스로 낙방의 비애를 직접 서술한 드문 문장 중의 하나라고 한다. 또 하나는 자기가 죽기 2년 전에 처 유씨를 잃고 그 죽음을 애도하면서 처가 시험을 말린 것을 기술한「술유씨행실(述劉氏行實)」이 있을 뿐이다. 즉, 그 정도로 송령 48세 때의 이 향시 실패는 뼈에 사무치도록 자극을 받은 것이리라.

그러나 이것으로 송령이 과거를 포기했느냐 하면 결코 그렇지 않다. 그로부터 3년 후 강희 29년 강오년, 51세 가을, 송령은 또 제남에 나가 향시에 응시한다. 그리고 이번에야말로 결정적인 실패를 연출해 거장에서 퇴장당한다.

8월 7일 새벽부터 9일 저녁까지 실시된 향시 제1장에서 포송령의 성적은 훌륭했다.

"子貢曰譬之宮牆"(『논어』, 「자장」)

"是故君子先愼乎德"(『대학』의 1절)

"孔登東山而小魯, 登太山而小天下"(『맹자』, 「진심상」)

이 세 문제가 출제되었는데 세 문제 다 훌륭한 답안으로 주임시험관은 재빨리 올해는 포송령이 수석합격인가 하고 예상할 정도였다. 그런데 8월 11일 새벽에서 13일 저녁까지 실시된 제2장 중도에, 갑자기 송령은 발병해서 퇴장하지 않을 수 없게 되었다. 고향에 돌아온 송령에게 부인 유씨가, "이제 깨끗하게 그만두세요. 만일 당신에게 운이 있었다면 벌써 대신도 재상도 되었을 거예요"라고 간한 것은 이때이다. 송령도 이번에는 유씨가 말하는 것을 솔직하게 받아들이지 않을 수 없었다. 그 시집에 「강오 2장 재출(또다시 중도 퇴장)」이란 글이 있는데 애수비통하기가 그지없다.

風簷寒燈,	처마끝 바람에, 독방등화는 으스스, 위태롭게 깜박인다,
譙樓短更,	성문 고루에서는, 시간을 알리는 큰 북소리가, 잇달아 울려 퍼지고,
呻吟直到天明.	동이 틀 때까지 끙끙대면서, 답안을 짓는다.

伴屼屈强老兵,	의지가 강한 노병은,
蕭條無成,	안타깝게도 좌절해,
熬場半生.	반생을 시험장에서 참고 참으며 허비하다.
回頭自笑濛朧,	돌아보고는, 그 잠에 취한 내 인생을 스스로 웃을 뿐,
將孩兒倒繃.	어린아이가 넘어져서야 겨우 제 발 밑을 쳐다보는 것과 같다.

15

동물원을 나온 나는, 아직 우리 안에서 털을 뽑고 있는 고릴라와 거울을 보고 흰머리를 뽑는 포송령을 머리속에서 교차시킨 채 멍하니 가모가와강 둑 위를 걷고 있었다. 포송령이 결국 시험을 포기한 것은 51세, 즉 지금의 내 나이다. 그 해에 20대 젊은이들과 섞여 공원 독방에서 철야로 답안을 쓰는 것은 육체적으로 꽤 부담이 되었을 것이다.

향시는 매회 8월 8일 영시 공원 입장으로 시작해서 거자(수험생)의 복장검사 등으로 그날은 지고 만다. 거자는 그 밤을 독방에서 지낸 후 다음날 9일 이른 아침, 밝기 전부터 시험 제1장이 시작되어 다음 10일 저녁까지 답안을 적는다. 다

쓴 사람은 답안을 제출하면 출문허가증을 받아 숙소로 돌아가 이틀 만에 손발을 쭉 뻗고 쉰다. 그러나 그렇게 여유있게 쉴 수만은 없다. 곧바로 다시 그날 밤 12시부터 새벽까지 공원 문앞에 집합해서 인원점호를 받고 무거운 짐을 짊어지고 독방으로 들어가지 않으면 안되기 때문이다. 이렇게 해서 시험 제2장은 12일 이른 아침부터 다음날 13일 저녁까지 계속된다. 그리고 14일 새벽에는 세번째 입장이 있고 다음날 15일부터 16일까지 제3장 시험이 실시되어 이것으로 겨우 일주일 정도 계속된 향시가 끝나는 것이다.

포송령이 병에 걸려 공원을 도중에 퇴장하는 것은 시험 제2장에서였는데,

"豊簷寒燈, 譙樓短更, 呻吟直到天明(처마끝 바람에, 서문 큰북은 연달아 시간을 알리고, 자신은 동틀 때까지 끙끙대며)……"

라고 쓴 곳을 보면 이것은 8월 12일 심야에서부터 13일 미명까지의 일임에 틀림없다. 이 8월은 물론 음력을 말하니까 13일이라고 하면 중추절도 가깝고, 문도 없는 독방은 한밤중이 되면 상당히 기온이 내려갔을 것이다. 더구나 8월 7일 밤부터 이날까지 중간에 한 번 저녁부터 한밤중까지 숙소에서 휴식한 것 이외에는 각방 널판지 의자 위에서 선잠을 자는 것이 고작으로 푹 잠을 잘 새는 거의 없다. 또 식사도 지참

한 도시락은 만두나 자기가 만든 죽 정도로 변변한 것은 먹지 못한다. 젊었을 때라면 그것으로 몸이 지탱되었겠지만 50이 넘은 나이에는 그렇지는 못할 것이다

 더구나 송령은 전번에도 답안 초과작성이라는 수험 베테랑답지 않은 실책으로 중도퇴장을 당했다. 이번에야말로 그런 바보 같은 실수를 범하지 않도록 하는 생각만으로도 초긴장이 되어 불필요한 부담을 짊어진 셈일 텐데—. 그러나 생각해 보면 전번의 실패도 단순한 부주의에 의한 것이 아니고 역시 나이에서 오는 일종의 노화현상이었을지도 모른다. 물론 48세에 노쇠했다고 하기는 너무 빠르고 본인 자신은 30대와 큰 차이가 없다고 생각할 것이다. 기껏 느끼는 것이 시력이 떨어져 심야 독방에서 답안을 쓸 때 글자가 안 보이는 정도일 것이다. 그러나 눈이 쇠퇴했을 때는 그만큼 뇌의 기능도 둔해진 것으로 질풍이 마른 잎을 날리는 기세로 답안을 쓰는 사이에 그만 규정을 초과해 써 버렸다고 하는 것은 혈기가 넘쳐서 그런 것이 아니고 피곤해진 뇌의 일부가 모르는 사이에 잠들어 버려 그렇게 된 것임에 틀림없다.

 노쇠는 결코 두발이나 수염이 하얘지는 것으로만 나타나는 것은 아니다.

 둑 위의 풀은 반 이상 누렇게 말라 가고 있었고 가모가와의 강물은 약해지는 가을 햇볕을 받아 차가운 듯 흐르고 있

다. 나는 문득 독방 바람에 흔들리는 등불 아래서 차가워지는 내장의 고통에 얼굴을 찡그린 송령의 낮은 신음 소리가 들려오는 것 같았다.

"판 추 챵 라오 핑 샤오 탸오 우 청 아오 챵 판 성 훼이 토 쯔 샤오 몽 롱(伴岨 强老兵, 蕭條無成, 熬場半生. 回頭自笑濛朧一)"

송령은 수험을 포기한 이듬해 9월, 다시 제남에 가서 동류수를 바라본 후, 평소 신세를 졌던 선배에게 보낼 국화 모종을 물색하고는 돌아온다. 그러나 일부러 제남까지 갔던 것은 그것 때문만일까? 송령은 「황영」의 주인공만큼 국화 키우기에 열심인 것도 아니다. 포기했다고는 하지만 역시 가을이 되면 향시를 잊을 수가 없었을 것이다. 나는 물론 동류수가 어떤 경치인지는 모른다. 그러나 가을 해질 무렵 조용히 흐르는 강물을 바라보면서 무참히 부서진 거생의 꿈을 되돌아보는 송령의 기분은 결코 추측하기 힘들지 않다.

그로부터, 또 20년 가까이 지난 강희 47년, 69세가 된 송령은 제남성을 찾아가서 일부러 비 온 뒤 진흙길을 더듬으면서 시험장을 자세히 보며 걷고, 그때 일을 다음과 같은 문자으로 남기고 있다.

잠시 직하(稷下 : 임치현의 북쪽, 제나라 성문이 있던 곳, 천하의 학자가 모였었다—역주)를 유람하다 우연히 과거 시험을 만나, 조금 기괴한 것을 보아 느끼는 점이 있어, 적어 세상 사람들의 동의를 얻고 싶다. 공원 문전에는 감독관이나 병졸이 벽같이 가로막고 서 있고, 창명(唱名 : 수험자 점호—역주)을 하고 있었다. 모인 수험생들의 등에, 검은 채찍 소리를 내며 난폭하게 뛰어다니고 있다. 가볍게 맞은 사람조차 모자가 떨어지고 심한 사람은 몸에 상처를 입는다. 미처 도망가지 못한 사람은 큰 소리를 지르며 양떼처럼 내몰린다. 관리들은 온갖 거드름을 다 피우고 이때다 하고 수험생에게 마구 욕하며 즐거워하고 병졸들은 마구 까분다. 수험생들이라고 해도 이래 봬도 사대부다. 그것을 잡초 나부랭이처럼 무시하고 상대도 않는다. 더구나 수험생들은 위를 쳐다본 채 무슨 짓을 해도 참고 있다. 그런 것도 모두, 그들은 임금의 은총을 받으러 여기에 모였기 때문이다. 그러나 그들 가운데에서 장래의 명재상이나 훌륭한 대신을 찾는 것도 또한 말하기조차 어리석지만 슬픈 일이 아닌가! 운운.

이것이 과거 시험의 진상인지 아닌지 나는 모른다. 그렇다면 시험이라고 하기보다 데모하는 학생을 기동대가 해산시키는 장면과 비슷하다. 그러나 심정적으로는 과거 수험생과 감독자와의 관계는 정말로 이런 관계 같은 것이었을 것이다. 그래도 이제 70을 코 앞에 둔 송령이 이렇게 흙탕길을 멀리 제남 시험장까지 간 것은 과거에 깊은 집념이 있었다고밖에 말할 수 없다. 물론 송령뿐만 아니라 독서인이라고 일컬을 수 있는 당시의 인텔리들은 일반적으로 과거에 급제하는 것 이외에 다른 출세의 길이 없었고 기껏해야 마을 관청의 대서나 학문이 없는 부자 영감의 대필 노릇을 하며 사는 수밖에 없었으니까 경제적으로도 편치 않았다.

그러나 포송령의 경우 현부인 유씨가 곁에 있었던 덕분에 생활은 나이가 들면서 점점 여유가 생겼고 또한 69세나 되어서 향시에 합격한들 새삼 임관할 수도 없고 출세할 것도 아니다. 그런데도 불구하고 송령이 이렇게 과거 시험장에 찾아갔던 것은 입신출세나 영달에 대한 야망에서가 아니라, 열 아홉이라는 나이부터 오로지 낙방만 거듭한 슬픔을 달리 위로할 방법이 없었기 때문일 것이다.

아니, 만년의 송령에게는 시험의 급제조차 이미 문제가 되지 않았을지도 모른다. 다만, 3년에 한 번 과거가 돌아오면 가만히 집에 앉아 있을 수가 없게 되었을 것이다. 그러고 보면 포송령의 연보를 넘겨 보면 강희 29년 낙방함으로써 향시를 포기한 이래 강희 35년, 41년, 44년 그리고 이 47년 송령은 제남을 방문했는데 그것은 모두 과거가 시행된 해이다. 이것을 단순한 우연이라고만 생각할 수는 없다. 특히 44년에는 3남 홀(笏)과 4남 균(筠)이 동시에 학교시를 돌파해서 송령과 같이 수재로 선발되어 경사스럽게도 생원이 되었다. 그렇다면 이 두 아들은 당연히 강희 47년 산동성 향시에 응시했을 것이다. 그렇다면 같은 해에 송령이 제남에 가서 비 온 후의 질퍽질퍽한 길을 걸어 시험장까지 간 것은 처음으로 향시를 보는 아들들을 따라 두 사람을 공원 문전까지 배웅하기 위해서 간 게 틀림없다. 그렇다면 왜, 송령은,

"잠시 직하를 유람하고, 때마침 과거시험을 만나 조금 이상한 것을 보아……."
라고 뚱딴지 같은 말을 문장으로 남겼을까?

앞에서도 말한 것같이, 송령은 강희 29년 향시를 병으로 중도퇴장한 이래, 부인 유씨의 권고로 결국 과거를 단념했다. 부인으로 보면 이제 새삼 출세할 가망도 없는 남편이 무리한 수험공부를 하는 것보다도 어떻게 해서든지 몸이라도 건강해서 장수하는 편이 바람직했을 것이다. 특히 어떤 사정이 있었는지는 모르지만 남편 송령은 포씨 집안의 다른 형제들과 사이가 별로 좋지 않고 부인 유씨도 포씨 집안에

서 그다지 평판이 좋지 않다. 그렇기 때문에 유부인에게는 남편이 먼저 가는 것이 무엇보다도 괴로운 일이다. 더욱이 그녀가 남편의 수험을 말리게 된 것은 2년 전에 장남 약이 28세로 원시에 합격해서 생원이 되었기 때문이다.

약은 좋은 아들로 아버지 송령이 약관 19세로 생원이 된 것에 비해 9년 늦게 수재자격을 얻었지만, 그 아버지가 집을 외면하고 수험에 열중하는 동안 아주 가난한 가운데 자라면서 어머니를 도와 부엌일도 하고, 동생들 공부도 봐 주면서 자기 자신은 누구한테 학문을 배운 것도 아니고 독학독습으로 학교시를 전부 돌파한 것이다. 그러한 연유로 어머니 유씨로 보면, 이 아들은 어떤 의미로는 남편 송령보다도 오히려 의지가 되고 좋은 상담역이었을 것이다. 또 오랫동안 가정을 돌볼 틈이 없었던 송령에게는 이 야무진 아들이 자기 아들이라고는 해도 왠지 거북한 존재였음에 틀림없다.

따라서 송령이 과거를 단념한 것은 부인 유씨의 충고도 충고지만 속으로는 이 장자 약에 대한 배려도 적지 않게 작용했을 것이다. 더구나 약이 생원이 되었으니까 송령이 향시 수험을 계속하면 자기 아들을 경쟁상대로 하지 않으면 안되는 것이다. 그렇다고는 하지만 송령은 마음속으로는 아직 결코 수험을 단념한 것은 아니다. 과거의 해가 되면 30년간 지녀온 진사급제의 꿈은 가만히 있지 못하고 가슴속에서 꿈틀거리기 시작하는 것이다. 부인의 안색을 살피면서, ― 딱 한 번만 더 해 볼까라든지, ― 올 정월 꿈을 잘 꾸었는데 라든가, ― 마당에 이런 풀이 났다, 이건 무슨 좋은 일이 있을 징조라고 책에 써 있는데라든가, 이렇게 저렇게 혼자말 비슷하게 말을 건네보지만 유씨는 모르는 척, 말이 먹혀 들어가지 않자, 이번에는 수를 바꾸어서,

"어떠세요 부인. 차분한 얼굴을 하고 계신데, 한 번 남편을 분발하게 해서 한 번은 마님 소리를 들어 보고 싶지는 않으세요?"
라고 슬금슬금 눈치를 보며 말해 본다. 유부인 같은 사람도 두 손 들고 자기도 모르게 웃는다. 그럴 때 옆에서

"아버님."
이라고 한 마디 장남 약이 진지한 표정으로 말하면 그 순간 송령은 움찔해서 저절로 목을 움츠리지 않을 수 없게 된다. 적어도 겉으로는 두 번 다시 과거에는 응시하지 않겠다는 태도를 취하지 않을 수 없다. 그러나 송령이 강희 35년, 41년, 44년, 47년, 거의 3년마다 제남에 간 것은 도대체 무엇 때문일까, 가족이 몰랐을 리는 없다. 아마도 십중팔구는 송령이 몰래 향시를 보러 갔음에 틀림없다. 다만 가족들은 그것을 보고 못 본 척 했을 뿐이다. 그런데 강희 47년에는 장남 약뿐만 아니라, 3남 흘, 4남 균, 이렇게 차남만을 제외하

고 포씨 집안 아들 전원이 함께 같은 제남에서 실시되는 산동성 향시를 보러 가게 된다. 이렇게 되면 보고도 못 본 체한다고 해도 지금까지와는 같을 수가 없다. 부자 4명이 따로따로 시험장에 간다고 해도 창명은 수험자를 출신지별로 나누어 실시하니까 여기에서 세 명이나 되는 아들이 아무도 아버지 얼굴을 못 본 체 지나갈 수는 없는 것이다. 그래서 송령은 그러한 아들들 앞에서 일부러 아무렇지도 않은 얼굴로 얼버무리기 위해 한 문장을 짓게 된 것이다. "우연히 과거시험을 만나, 조금 이상한 것을 보아……"라고.

그러나 송령은 3남, 4남이 동시에 생원으로 뽑힌 것에 대해서는 장남 때 같은 저항감은 없었던 듯 이것을 축복하는 시를 썼다.

　　3남은 나이 30세 남짓,
　　4남은 더욱 젊어 자립,
　　해마다 과거에 명성을 올려, 어린아이지만 작은 작품을 완성했다.
　　아들들은 난제를 받고도 원망치 않고, 스스로의 학력이 낮은 것을 원망하고,
　　누추한 집 책상을 마주하고 공부에 매진했다.
　　올해는 기근으로 수험생에게도 재난이었는데, 예로

부터 내려오는 관습으로, 집에 있는 아녀자는 식비를
줄여 수험여비에 보냈다.
　애비인 나는 덧없이 책을 안고 안색이 변했었지만,
아들들은 매우 운 좋게 천행으로 시험에 합격했다.
　그렇게 된 것도 시험관들이, 관서지방의 물같이 바
닥까지 투명하게 맑고 공평했기 때문이다.
　그렇지 않았더라면 아들들은 방 구석에서 몇 번이나
울지 않으면 안될 뻔했다.
　조금은 창피하고, 기쁘지만, 즐거워해서는 안된다,
　끝없는 근심은 지금 여기서 시작한다.

이렇게 읊은 포송령의 내심은 정말 어떠했을까. 그 해에
는 확실히 산동성에 기근이 있었고, 일반인들의 생활은 편
하지 않았던 것같다. 그런 가운데 자기 집 아들 둘이 수재로
뽑힌 것은 아버지로서 기쁘기도 하고 자랑스럽기도 했을 것
이다. 그러나 이 시의 안목은 마지막 한 줄에 있는 것이 틀
림없다.
　제남 동류수가 어떤 강인지 나는 모른다. 그러나 송령이
그 옛날 이 강을 유람하면서 자신의 근심을 흘려 보내려고
했던 것을 보면, 이 "……無底愁囊今始入(끝없는 근심은 지
금 여기서 시작한다)"고 한 한 행은 미래영겁 변치 않는 근심

을 나타내며 흐르는 차가운 강물을 바라보며 읊은 것으로 생각된다.

어느새 해가 지기 시작하고 주위에 냉기가 가득 찼지만, 나는 한참 선 채, 엷은 먹색깔의 강가에 조용히 끊임없이 흐르는 가모가와의 강물을 멍하니 바라보고 있었다.

16

『요재지이』는 대체 언제부터 쓰기 시작해서 언제까지 다 썼는지 정확한 것은 전혀 알려져 있지 않은 것 같다. 다만 여기에 「이사감(李司鑑)」이란 이야기가 있는데 여기에는 강희 4년(1665) 9월 28일이라고 사건이 일어난 날짜가 명료하게 적혀 있다. 그런 것으로 봐서 이것은 가장 초기의 작품으로 보고 있는 듯하다. 내용은 지금으로 말하면 신문의 '뒷이야기' 적인 칼럼기사 같은 것으로, 한 행에 3, 40자씩 수행 정도밖에 안되는 단문이다. 단지 그런 것 치고는 비상하게 힘이 들어간 긴박감이 있고 일종의 요기 같은 것을 내뿜고 있다.

이사감은 영년(永年 : 하북성—역주)의 거인. 강희 4년 9월 28일, 처 이씨를 때려 죽여, 촌장이 그것을 부 관청에 보고 하고 부는 현에 공문을 보내 수사를 명했다. 사감은 부청 앞에 있었는데 느닷없이 푸줏간 선반에서 고기 자르는 칼을 꺼내 들고 성황당에 달려가 제단 위로 올라가, 신상 앞에 무릎을 꿇었다.

그리고,

"신령님은 제가 나쁜 사람이 하는 말을 그대로 믿어 마을 사람들이 한 행동의 선악을 반대로 받아들였다고 꾸짖으시고 나에게 귀를 자르라고 하신다."

라고 말하는가 했더니, 왼쪽 귀를 잘라 제단 밑으로 던졌다. 다음에, 또

"신령님은 내가 다른 사람의 돈을 속여 빼앗았다고 꾸짖으시며 나에게 손가락을 자르라고 하신다."

라고 말하고는, 왼쪽 손가락을 잘라 버렸다. 그리고, 또,

"신령님은 내가 여자를 범한 것은 괘씸하다고 꾸짖으시며 나에게 양물을 자르라고 하신다"

라고 말하고 스스로 양물을 자르자 실신해서 쓰러졌다.

당시의 총독 주운문(朱雲門)은 이사감의 살인 보고를 듣고 탄핵하여 신분박탈한 연후에 죄를 다스리려고 성지를 받았는데 이미 그때 사감은 신벌에 복종하고 있었다. 이상은 저초(邸抄 : 관보— 역주)에서 인용.

원문은 더 간결하게 집약된 문장인데 이것이 사실 보도인

지 허구의 이야기인지 나는 알 수 없다. 그 어느쪽이든 강희 4년은 포송령이 26세로 연보에는 그 전년에 실시된 향시 및 회시에 팔고문(八股文)이 제외되고 그대신 책(策), 론 (論), 표 (表), 판(判)이 채용되게 되었는데 그 해부터 다시 3장은 구제도로 돌아갔다고 기술되어 있을 뿐이다. 팔고문은 과거 수험생에게는 필수였는데, 그 외에는 일상용어로는 물론, 공문서에도 시문에도 일절 사용되지 않는 특수 문체였기 때문에 이것이 수험과목에서 제외된 것은 실로 당연한 처사라고 생각되는데 그것이 일년 만에 다시 원래대로 돌아갔다고 하는 것은 청왕조도 당초의 혼란기가 끝나자 금세 혁신의 기풍도 없어졌다고나 할까. 그러나 몇 번이나 되풀이하지만 수나라부터 계산해서 천 년 이상이나 지속된 과거에 의한 관료 체제는 아무리 왕조가 바뀌어도 조금의 변동도 없었던 셈인데 직접 국민을 지배하는 사람이 관료라고 한다면 몇 번이나 일어난 혁명은 단순히 지배계급의 꼭대기에 있는 사람만 바뀔 뿐 일반 서민에게는 아무런 관계도 없는 일이었을까. 이러한 가운데 제단으로 뛰어올라가 스스로 귀와 손가락과 양물을 잘라 버린 이 거인 '이사감'은 어떤 의미로 이 시대의 관료의 모습을 상징적으로 비춘 거울이었을지도 모른다.

　그러나 한번 양물이 잘린 환관은 평생 환관일 수밖에 없지만, 이 관리 체제의 '양물'은 아무리 자르고 잘라도 계속 다시 생겨나는 성질이 있는 것은 아닐까. 어쩌면 과거제도라고 하는 흡입펌프가 작용하고 있는 한, 중국 전토에 깔려 있는 파이프를 통해서 관료 교체요원은 거의 무제한으로 빨아들일 수 있기 때문일 것이다. 과거 같은 참으로 편리한 제도도 생각해 냈다. 나는 혼자 중얼거리지 않을 수 없었다.

가령 이 '이사감'으로 봐도, 여기에는 물론, 한 명의 민중으로서 포송령의 분노가 불타고 있다. 그러나 동시에 거인 후보자로서의 송령은 이 이사감의 격렬한 행위에 당황과 두려움과 약간의 동정을 번갈아 느꼈을 것이다. 실제로 만일 중국 전체의 관료가 이사감과 비슷한 신벌을 받았다면 그 귀와 손 그리고 사타구니에서 흐르는 피로 황하의 물도 새빨갛게 물들지 않았을까. 마침 사감은 부인을 때려 죽여서 촌에서 부청으로 통보가 있었다. 만일 부인에게 손만 안 댔었도 사감은 가령 촌민으로부터 뇌물을 받고, 선악을 뒤바꿔 알고, 여자를 범했다고 해도 신벌을 받지 않고 지나갔을 것이다. 그렇다면 성황당 제단 위에 피투성이가 되어 쓰러져 있는 이사감의 시체는 세상의 나쁜 사람들에게 본보기를 보이려고 희생당한 셈이다. 아니, 희생은 그저 본보기를 보이기 위한 것만은 아니었을지도 모른다. 피투성이가 되어 뒹굴고 있는 시체가 과연 상사의 희생이 된 남자가 스스로를 처참하게 베어 죽은 것인가 하는 의문도 생긴다.

나는 그런 것을 별 생각 없이 생각하면서 저녁 뒷골목을 걷고 있었다. 그러자 "어이" 하는 낯익은 목소리가 들려 어두스름한 길에 멈춰 섰다. 그러자 키가 작고 모자를 쓴 남자가 역시 깜짝 놀란 듯 멈춰 섰다. 다음 순간 나는 온몸의 피가 거꾸로 흐르는 듯이 흥분했다. 상대방 남자는 2, 3미터 앞에 멈춰선 채 모자를 벗자 훤히 벗겨진 이마의 얼굴에 엷은 미소를 지으며 말했다.

"생각나?"

"그럼 생각나고 말고." 나는 무의식중에 서둘러 대답했다.

"—히사만키치 아냐."

"……"

묵묵히 고개를 끄덕이는 남자의 얼굴에도 일순, 피가 끓어 오르는 것을 어둠 속에서도 느낄 수 있었다. 그 얼굴에 나는 이번에야말로 틀림없이 30년 전의 고모리 히사만키치의 얼굴이 돌아오는 것을 알아차렸다.

어느 정도 시간이 흘렀을까. 나와 고모리는 난젠지 문밖의 두부집 2층 방에서 곤로 위의 냄비를 가운데 두고 마주 앉았다. 그야말로 매일 아침 판에 박은 듯이 먹는 데친 두부인데 또 두부집에 가야 하나 했지만 그때 나에게는 다른 음식점 같은 것은 거의 생각나지 않았다. 즉 나는 그만큼 흥분하고 당황해 있었다고 해야 할 것이다. 실제로 나는 30년 만에 우연히 만난 친구에게 그리웠다든가 할 여유있는 마음자세가 못 되었었다. 오히려 그것은 일종의 공포심에 가까웠다. ─ 무엇 때문에 이는 공포인가? 30년 전에 스스로 학교를 그만두고 군대에 가겠다고 했으면서 학교도 그만두지 않고 군대에도 가지 않고 결국 학도동원이 될 때까지 우물우물했었던 것에 대한 양심의 가책인가? 물론 그런 것도 있는 것이 틀림없었다. 그러나 사실은 고모리와 내가 군대에 끌려간 것은 고모리가 1년 정도 빠른 차이밖에 없다. 그 정도는 이제 와서 그리 큰 정신적 부담이 되는 것은 아니었다. 실제로 고모리는 그런 것을 그리 문제 삼지 않고 있는 듯했다. 다만 그는, 한 마디,

"다카기도 죽고, 야마다도 죽었어"

라고 옛날 함께 만나던 친구들 소식을 간단하게 전할 뿐이었다. 나도 또 그것에 대해 내가 생각해도 이상할 정도로 마음의 동요가 없었다.

"그래애, 어디서?"

"다카기는 중국 만주, 야마다는 필리핀. 다카기는 전산데, 야마다는 군속인가 뭔가로 되어 있다가 공습으로 죽었다나

봐―."

"그러면, 야마다는 일단 현지 제대인지 뭔지를 했었나 보지."

"그런 거겠지."

이것도 그리 큰 문제가 되는 것은 아니었다. 그 어느쪽이든 죽은 사실에 변함은 없다. 그러나 만일 이 이야기를 전쟁 중에 내가 군대에 있을 때 들었다면 어땠을까? 군속은 군인의 입장에서 보면 자유 그 자체의 신분이다. 군속인 야마다가 흰 천을 붙인 헬멧이라도 쓰고 마닐라 거리를 어슬렁거리고 있는 모습을 상상만 해도 나는 가슴이 타는 듯이 부러워하지 않을 수 없었을 것이다. 그런 것을 생각하면서 나는, 내가 지금 고모리를 만나 무엇을 두려워하는가, 슬슬 알 것 같았다. 요컨대 내가 두려워하는 것은 '과거'를 언급하는 것이고, 그것도 내가 스스로 생각해 내는 것이 아니라, 타인이 생각해 내 돌연 그것이 함께 떠오르게 되는 것이다. 그리고 그것이 아뿔싸 내 기억과는 다른 것이라면! 나는 군대에서 북만주부대로 이송되는 도중 수송열차가 심야에 조선 S마을을 지나갔을 때의 일을 아직도 잊지 못하고 있다. S마을에는 고모리의 집과 고모리 부친이 경영하는 병원이 있다고 했다. 그것이 대체 어느쪽에 있는지, 기차는 천천히 갔는데 철로 양쪽에는 드문드문 어두운 창의 등불만 보이고 마을 같은 것이 있는지조차 알 수 없었다. 물론 고모리의 집이나 병원이 기차에서 보인다고 그곳에 고모리가 있을 리 없다. 그래도 나는 난간에 서서 양쪽 어둠 속에 눈길을 보내면서 뭔가 막 내린 무대 저편에서 꿈틀꿈틀 움직이는 듯한 것을, 어둠에 둘러싸여 검정 일색인 풍경 가운데에서, 기대하고 있었다. 나는 어둠의 장막 안에서 대체 무엇을 기대했었던가? 그것은 결국 잃어버린 청춘, 또는 '우정극'이란 이름의 속세 생활이었을까. 그러나 그 30년 간 지녀 온 감상적인 기억 속의 고모리와 지금 눈앞에 있는 고모리 히사만키치와의 거리는 당연한 일이지만 무한히 멀었다.

질냄비 속의 두부는 벌써 쫄아서 바람이 들어 차가운 회색 덩어리가 되었다. "요전번에 이 집 가정부가 나를 감독으로 잘못 알고" 나는 거의 재가 된 곤로 속의 석탄을 들여다보면서 이야기가 끊기지 않을까 염려하며 그런 말을 했다. "⋯⋯선생님, 직업이 뭐세요라고 묻길래, 내가 이 집에는 그다지 많이 오지는 않았지만 분명히 내가 일년 내내 이 근처를 어슬렁대는 것을 보아 알고 있나 보다. 그래서, ⋯⋯뭔거 같애라고 물으니, 그녀⋯⋯감독님이시죠라고 해. ⋯⋯음, 감독, 내가 영화 같은 것 만드는 것 같니라고 하니까, 그녀, 새빨개져서, ⋯⋯아니예요, 저는 선생님이 앞 도로 하수도 공사현장의 감독님인가 했죠, 실례했습니다라고 하잖아."

고모리는 억지로 웃는 듯한 표정으로 들었는데 내 이야기가 끝나도 아무 얘기도 하지 않았다. 그 이야기가 분명히 그렇게 재미있지도 우습지도 않다는 것은, 나 자신이 이야기하는 도중에도 느꼈었다. 그러나 그 밖에 무슨 얘기가 있겠는가 ─ . (자네 지금 뭐하고 있나?) 사실 나는 몇 번이나 그 질문을 하려다 그때마다 그만두고 말을 삼켰다. 물론 그런 것 물어 봐야 별수 없고 또 그리 묻고 싶지도 않았다. 그러나 그렇다면 물으려다 몇 번이나 도중에서 그만둔 것도 무의미한 것이 아닌가? 설사 고모리가 지금 무슨 일을 하며 살든 그것에 따라 고모리를 존경도 경멸도 할 작정은 적어도 나에게는 없었다. 그런데도 불구하고 왠지 나는 그것을 묻지 못했다. 그리고 그때마다 그것이 점점 내 마음에 걸렸다.

고모리는 옛날부터 옷차림에는 신경을 쓰지 않는 성격이었다. 구제 고등학생의 폐의파모적인 취미는 경멸했지만, 그가 몸에 걸치면 학생복도 때묻은 기모노를 입은 것처럼 왠지 축 늘어져 버리는 것이다. 용돈은 보통 학생들보다 몇 배나 더 타서 썼었는데도 그랬다. 그래서 지금도 어깨도 벌어지지 않고 작은 체구에 주름투성이의 양복을 빈티나게 입었다고 해서, 고모리 생활이 꼭 곤란하다고만은 할 수 없다.

사실 그가 아까부터 아무렇지도 않게 내뿜고 있는 것은 영국제 필터 없는 담배였다.

"별의별 일이 다 있었어."

고모리는 차가워진 술을 한모금 입에 물고 말했다.

"정말이야, 뭐부터 얘기해야 할지 모르겠어……. 나도 꽤 곤란했었는데 근래 4, 5년 겨우 숨을 돌릴 수 있게 됐어."

나도 차가운 술을 한 모금 마셨다.

"그래, 자네는 그렇지도 않잖아."

고모리는 처음으로 내가 말하는 것에 돌려서 반대하듯 말했다. "나는 이렇게 되기까지 정말 힘들었어. 하여튼 근무하는 회사가 우습게도 모조리 망해 버리는데."

나는 그것을 듣자 왠지 안심이 되었다. 아무튼 고모리가 겨우 입을 열기 시작했기 때문이다.

"자네가 고생했다는 것은 대체로 전쟁 직후지. 그런데 나는 그때는 오히려 편했었어. 오히려 한국전쟁이 끝날 무렵까지는 무엇을 해도 살 수 있을 때였고, 복원되어서 얼마 동안 나는 교육영화의 지방순회공연을 했었는데 그것이 지금 생각하면 가장 재미있고 돈벌이도 짭짤했었어. 그러나 언제까지나 빈둥거릴 수만은 없다, 결혼도 못하지 않느냐고 해서 선전회사에서 일했지. 이것이 잘못의 시작이었어. 그 회사에 4, 5년 있었는데 쟁의가 일어나 망해 버린 후로는 엉망이 되어 버렸지. 어차피 망할 거라면 좀더 일찍 망했더라면 좋았을 것을, 하여튼 전후 혼란기가 끝나고 일어설 곳은 전부 일어서서 나 같은 사람이 도중에 차고 들어갈 곳이 아무데도 없었어, 겨우 들어가면 또 망하고 하는 식으로."

고모리 말투에 생기가 나고 어느샌가 원래의 고모리로 돌아온 것같이 보였다. 이전부터 고모리는 역경에 처해도 결코 약한 소리를 하지 않는 사람이다. 교토 고등학교를 그만두고 불쑥 도쿄에 왔을 때도 그랬다. 학교를 퇴학당하면서도 마치 그것을 즐기고 있는 것처럼 의기양양했다.

"자네는 조금도 안 변했네." 나는 겨우 나도 세월의 앙금이 씻기는 듯한 느낌이었다. "그런데 지금 뭐하고 있어."

"지금?" 고모리는 조금 수줍은 듯이 미소를 띠며, "지금은 자네 일과 관련있는 일을 하고 있어. 제본 회사. 마누라 친정에서 하던 것을 잠시 거들다 결국 내가 이어받게 되었지."

나는 제본 회사가 내 일과 관련된다는 이야기를 듣고 잠시 당황했다. 그러나 생각해 보면, 내가 쓴 것은 잡지든 단행본이든 제본 회사를 거치지 않으면 상품이 되지 않는 것이다. 그건 그렇고, 고모리 히사만키치가 제본 회사 사장이 되었다는 것을 듣고 나는 남의 일 같지 않고 안심되었다.

30년 전의 고모리가 말하자면 일본의 거인(擧人) 코스인

구제 고등학교를 거의 자발적으로 그만두고 극작가가 된 양 아사쿠사 쇼극장의 전속 작가가 되려고 했던 것과 비교하면 지금의 고모리는 극히 평범하고 유별나지 않은 한 시민에 지나지 않는다고 할 수 있다. 그러나 그렇다고 나는 조금도 낙담하지 않았다. 그때 학교를 그만두고 도쿄에 온 고모리는 어떤 의미에서 '이사감'과 비슷한 점이 있다. 휘장도 백선도 떼어 버린 밋밋한 학생모를 쓴 고모리의 표정은 어딘가 자기 처벌의 충동에 휩싸인 이사감과 통하는 부분이 있었다고 지금 와서 생각하는 것이다. 대체 무엇을 위한 처벌인가? 나에게는 잘 이해가 되지 않는다. 아니면 고모리 자신 말로 표현할 수 있을 만큼은 느끼지 못했을지도 모른다. 요컨대 처를 죽인 이사감이 아직 누구에게서 고발당했다고는 모르는 채, 스스로 성황당에 뛰어가서 제단 위에서 자신의 귀와 손가락, 그리고 양물을 잘라 버리고 기절하지 않을 수 없었던 것과 마찬가지로 고모리도 또한 어떤 충동에 의해서 그러한 행동을 취했음에 틀림없다. 이렇게 말하면 요즘 젊은 사람들에게는 과장된 것처럼 들릴지는 모른다. 그러나 그 당시 학교를 그만두는 것은, 거의 곧바로 전장에 가는 것을 의미했다. 아니 고모리는 그때 자기는 징병검사에 합격할 리 없다고 말했었다. 그러나 고모리가 뭐라고 하든 그가 구제 고등학교를 그만두자 사립대학 예과에 들어간 나로서는 고모리가 취한 태도에 놀라면서도 한편으로는 선망이라고도 할 수 없는 일종의 외경심을 느끼지 않을 수 없었다(지금, 이 시대를 살아가기 위해서는 고모리처럼 해야 하는 것이 아닌가?).

그것을 시대에의 저항이라고 하기에는 너무 유치하고 바보 같기도 할 것이다. 그렇지만 이사감이 성황당에 뛰어가서 자신을 처단하는 것을 밑에서 바라다본 사람들은 역시 깜짝 놀라면서도 이 한편으론 맹목적이고 우스운 것 같은 참극을 보고 자신들이 살아가는 시대와 자기 자신의 생활방식을 돌아다보고 내심 가슴이 덜컥 내려앉는, 어떤 공감 같은 것을 느끼는 것을 아닐까? 지금 그 고모리가 평범한 시민의 한 사람으로 착실하게 살아가고 있다는 것을 듣고 내가 남의 일 같지 않게 느끼고 안심한 것은 무엇보다도 이 친구의 청춘기의 자기 처벌로부터 내 자신이 해방된 기분이 들었기 때문이다.

물론 만일 고모리가 바랐던 대로 아사쿠사든 어디든 작은 극장 전속 작가라도 되었다면 그것은 그대로 재미있었을 것이다.

고모리는 말했다.

"내가 제대하고 도쿄로 돌아오자 곧바로 아사쿠사에 갔지. 이미 오페라관은 없어졌지만, 조반 극장에 들어가서 스트립쇼라는 것을 보고 있는데 그 순간 눈물이 주르르 흘러나오잖아. 우습지, 무대에서 춤추고 있는 여자아이를 보고 마음속으로 혼자말처럼 하고 있는 거야, '고모리 일등병, 지금 막 돌아왔습니다'……"

"무희 가운데 아는 애라도 있었어."

"그게 아니야. 왜 우는지 나도 모르겠는 거 있지. 살아 돌아와서 기쁘다, 그런 것도 아니고, 아사쿠사가 그립다고 생각한 적도 없는데. 그저 마구 눈물이 나오는 거야. 그걸 마지막으로 아사쿠사에 다시 가지 않았지."

분명히 전후의 아사쿠사는 우리들에게는 이미 그리워 가보고 싶은 장소는 아니었다. 고모리가 전속 작가가 되고 싶어했던 희극을 공연하는 쇼무대도 없어졌고, 그뿐만이 아니고 어느샌가 표주박 연못도 메꾸어져 공원 6구 공연가 그 자체가 우리들이 얼쩡댈 때의 아사쿠사와는 딴판이었다.

하지만 사실 바뀐 것은 아사쿠사보다도 시대 그 자체, 아니면 우리들 자신일지도 몰랐다. 고모리가 말하는 것처럼 확실히 전쟁이 끝난 후 3, 4년 되었을 때까지는 오히려 편하게 살 수 있었던 시대였는지도 모른다. 자유로 말하면 그만큼 자유로웠던 시대는 없었을 것이다. 먹는 것도 입는 것도 전력도 연료도 무엇 하나 풍족한 것은 없었지만 어떤 삶의 방식도 허용되었던 것도 그 시대에 우리는 처음으로 경험했다. 직업의 선택도 지금까지와 다르게 자유로웠고 만일 고모리에게 그럴 마음만 있었다면 전쟁중에는 불가능했던 극장 전속 작가가 되는 것도 그 시대에는 아마 가능했을 것이다. 한편 거인 코스를 밟아 대학을 졸업한 사람들에게는 관료가 되는 것과 지하금융 브로커가 되는 것이 거의 같은 것으로 인정되었다. 물론 이 시대에도 관료양성 국가시험은 실시되었지만 지금까지의 고등문과시험과 비교해서 공무원 시험은 권력적 색채가 아주 엷어지고 시험 그 자체도 쉬워졌다. 고모리가 중도 퇴학한 구제 고등학교도 학제가 변해서 없어졌고 재학생은 새로 국·공·사립의 신제 대학 시험을 보지 않으면 안되게 되었다. 즉, 모든 점에서 메이지 이래 이 나라를 지배해 온 일본의 '과거제도'는 이 시기가 되어 드디어 일거에 없어진 셈이다. 그리고 고모리 히사만키치도 새삼 아사쿠사 근처를 배회하며 에도 시대의 극작가 흉내를 내며 살아도 세상 사람들은 이것을 극히 상식적인 것으로 받아들이지, 새삼스럽게 이상하게 생각하는 사람은 아무도 없었을 것이다. 그렇게 되면 이것은 이미 자기 처벌적인 의미는 전혀 없어지게 된다.

 오히려 고모리는 교육영화 지방 순회공연이라는 한층 멋없는 직업을 택하게 된 것이리라.

그런데 나 자신에 대해 말하자면 가장 자유롭던 그 시대는 결코 편한 시대가 아니었다. 말하자면, 그때 '자유'는 나에게 최악의 형태로 찾아왔다. 나도 또한 제대하고 돌아오자, 아사쿠사에서 스미다가와 하류 일대를 하루 종일 정처 없이 걸어다녔는데 그것은 고모리같이 스트립쇼를 보면서 눈물을 흘리려고 그런 것이 아니고, 정말로 어디에도 갈 곳이 없었기 때문이었다. 전쟁이 끝났을 때 외지에 있었던 고모리와는 달리 내지 병원에 있었던 나는 패전 소식을 듣자 금방 쫓겨나듯이 제대를 했지만, 집은 다 타 버렸고 의지할 곳도 없이 친척이나 친구집을 전전하면서 돌아다니고 있었다. 그 무렵에도 이미 아사쿠사는 인파로 북적대고 있었는데 사람들은 오로지 텐트 친 음식점 주위에 모여들었고 스트립쇼는 고사하고 어떤 공연물도 기억에 없다. 그런 가운데 한 가지 이상하게 인상에 남는 것은, 다 타서 폐허가 된 한편에 임시 가건물의 공중목욕탕 같은 것이 있고, 여탕 입구에 'OFF LIMIT'라는 노란 페인트 칠한 푯말이 걸려 있는 것이다. 당시 나는 그 나무 푯말의 글자가 무슨 뜻인지 몰랐다. 다만 그것은 뿌연 오후 햇살 아래에 지금 우리 도시가 외국군 점령하에 있다는 것을 아주 복잡한 형태로 말해 주는 것 같았다.

그 복잡한 것은 그 이후에도 줄곧 나를 따라다녔고 내 마음속 깊이 새겨져 아직까지도 떠나지 않고 있는 것 같다. 그 날도 어디를 어떻게 걸었는지 강변을 따라 강어구까지 나왔다. 탁 트인 바닷바람이 하류에서 불어와서 한순간 나는 배가 고픈 것도 잊은 채 생각에 몰두했다. 나라가 망해도 산하는 그대로. 무심히 강을 바라보고 있는데 그런 말이 마음에 와 닿았다. 이제까지 전부 빨갛게 타 버린 들판만 보고 왔는데 여기에 오니 강 양쪽의 건물까지 기적같이 옛날 그대로였다. 아아, 지금에야말로 나는 누구의 침범도 받지 않은 내 옛집에 돌아왔다.

나는 흥분해서 그런 것을 나 자신에게 말하고 있었다. 그 때였다. 등 뒤에서 무거운 소리가 다가온다 했는데 초록색 덮개를 씌운 미군 트럭이 콘크리트 다리를 뒤흔들면서 회오리바람처럼 스쳐 지나갔다. 우라질, 나는 혀를 차면서 중얼거리다 보니 아직 가벼운 모래 먼지가 일고 있는 길 옆에 트럭 창으로 버렸는지 불이 붙은 하얀 담배꽁초가 뒹굴고 있다. 그 순간 나는 뛰어가서 그 꽁초를 주워 염치도 없이 한 모금 피우고 얌전히 불을 꺼서 주머니에 넣었다. 이런 더러운 마음씨는 패전과는 아무 관련도 없는지도 모른다. 그러나 나에게 전후의 자유는 요컨대 미군이 버린 담배 꽁초를 주울까 말까 하는 선택을 마음대로 할 수 있는 것이 아니었을까. 그리고 내가 아무 거리낌없이 그것을 주운 것은, 즉

적에게 망하기 전에 이미 나 자신에게 패배했기 때문이 아닐까. 그리고 그 패배감은 내가 어떻게 해서든지 글을 쓰려고 할 때마다 내 속에서 점점 더 크게 부풀어 오르게 되었다. 아아, 나는 졌다. 앞으로 얼마든지 져 주겠다.

 이 이상한 자기 주장은 요컨대 자기 속에는 아직 잃지 않고 남아 있는 것이 무엇인가 있다고 하는 암묵의 자신감에서 온 것일까? 그렇다면 이것은 틀림없이 아주 역겨운 비열한 자기 과신이다. 더구나 실제로 나를 안팎으로 패배감에 빠뜨리는 일들이 그 후 계속 꼬리를 물고 일어났다. 병의 재발, 실직, 빈곤, 실연―. 그 결과 나는 불륜의 육욕에 몸을 맡기기도 했고 신세를 졌던 선배와 친구를 배신하기도 했다. 어쩌면 나도 또한 무의식중에 그 불운한 거인 이사감의 자기 처벌을 흉내내려고 했는지도 모른다. 그러나 이사감과는 달리 나는 무엇으로 자신을 벌하려고 했었다고 해도 그 처벌자인 주체를 처음부터 잃어버렸다. 그래서 나는 자신의 귀도 손가락도 양물도 잘라 버리지 않고 그 대신 자신 속에서 무엇인가가 무너져 내리는 불길한 충격을 느끼고 그럴 때마다 어쩌면 내 속에는 무슨 나쁜 벌레가 진을 치고 있어 그것이 나쁜 짓을 하는가 보다라고 나 자신에게 속삭여 보는 것이었다.

 나는 이미 "낭만주의의 발굴" 같은 야망은 일찍이 버렸다. 현실을 거역하고 나 자신의 공상의 세계를 세운다, 그런 것을 도저히 나는 할 수가 없다. 거기다 기상천외한 공상이라는 것은 자신은 독창적이라고 생각해도 사실은 대개가 다른 데서 들은 이야기 몇 개를 뜯어맞추거나 부풀리거나 한 것에 지나지 않는다고 생각하게 되었다. 그런 어설픈 공상 같은 것을 쫓아다니느니 나는 여기 내 속에 진치고 있는 나쁜 벌레라도 쫓아내자. 이 벌레 덕분에 나는 안해도 되는 실패—낙제, 실연, 질병, 배신 등—를 거듭했다. 어쩌면 이 벌레는, 나에게만 나쁜 일을 하게 하는 것이 아니라, 좀더 큰 것, 가령 전쟁 같은 것도 누군가에게 들어가서 일으키게 하는지도 모른다.

그러나 이 벌레를 쫓아내는 일도 막상 하려고 하니 그리 쉬운 일이 아니라는 것을 깨달았다. 다시 말해서 이 벌레의 궤도나 정체를 찾아내는 것은 잘못하면 스스로 자기 자신을 파멸로 이끄는 셈이 될지도 모르고, 그런 것을 하는 것은 무의미하다기보다는 사실 불가능하기 때문이다. 이 난젠지에 와서 어떻게 해서든지 장편을 써 보려고 하다가 겨우 그런 것을 깨달았을 때, 마침 그『요재지이』를 알게 된 것이다.

포송령에게 재난을 초래한 귀호라는 것도 어쩌면 내 속에 진치고 있는 벌레와 어딘가 상통하는 데가 있는 것은 아닐까?

그런데 나는 고모리 히사만키치와 우연히 만나 이야기하고 있는 사이에 내 속에 있던 벌레의 존재가 어느샌가 사라져 가는 느낌을 받았다. 어째서일까? 아니면 내 속에 있는 벌레는 사실은 이 고모리였단 말인가. 그러고 보니 지금 눈앞에서 무릎을 안듯이 등을 구부리고 두 손으로 숯불을 덮으면서 이쪽을 보고 앉아 있는 고모리의 눈빛은 어느샌가 30년 세월을 넘어 불량소년 시대 그대로 장난꾸러기처럼 빛나고 있다. 나는 물론 이 고모리가 꼬드겨서 낙제 등 그 밖의 실패를 거듭했다고 생각하지는 않는다. 다만 나는 지금까지 내 속에 있으면서 억눌러 온 어떤 소질을 고모리와 알게 됨으로써 적극적으로 인정하게 되고 거기에서 청춘기의 내적 갈등이 시작되었는지도 모르겠다고 생각한 것뿐이다. 그리고 그 갈등은 바로 지금 우연히 만난 고모리와 이렇게 이야기하는 동안에 겨우 조금씩 와해되기 시작했다는 것이다.

"그건 그렇고 자네가 이렇게 무사히 전쟁터에서 돌아와 착실하게 살아가고 있는 줄은 몰랐어."
라고 내가 말하자, 고모리는 말했다.

"나는 자네 소식을 알고 있었어. 잡지 같은 데 가끔 이름을 봤으니까. 그런데 솔직히 그 이름과 자네 얼굴이 아무리 해도 잘 연결이 안돼서. 그래서 몇 번인가 편지를 쓰려다 결국 못 쓰고 말았지. 그런데 이렇게 만나 보니 자네도 안 변했는데……."

"정말이야. 자네도 하나도 안 변했어. 서로 이렇게 변하지 않으려면 그로부터 30년 왜 고생하며 살았는지 모르겠어."

나는 그런 말을 하면서 두부집 계산을 마치고, "자, 슬슬가 볼까"라며 자리에서 일어나려는데 문득 고모리의 다리를 보고 깜짝 놀랐다. 한쪽 다리가 마치 큰 막대기를 끼운 것처럼 양말이 발톱 있는 데에 늘어져 있다. "어떻게 된거야" 나는 물으려다 그 순간 고모리가 얼굴을 붉힌 것을 보고 말을 삼켰다. 고모리는 전쟁터에서 한쪽 발가락을 모조리 잃어버린 모양이다. 어쩐지 이 녀석 걷는 모습이 이상하다고 생각했더니ㅡ. 그러나 내가 우울한 기분으로 그런 것을 생각하고 있는데 고모리는 쓴 웃음을 지으면 말했다.

"못 일어나, 어떻게 된건지 요즈음은, 오래 앉아 있으면 다리가 저려서 발가락이 안쪽으로 늘어져서. 늙었어, 벌써……."

"뭐야, 나는 또 자네가 전쟁터에서 지뢰라도 밟았나 했지……."

나는 말하면서 나도 모르게 웃었다. 지뢰를 밟은 사람이 살아 있을 리 없지.

두부집을 나오니, 난젠지 벚꽃문이 마치 전국 시대 무장의 위엄을 나타내듯이 검게 우뚝 솟아 있었다.

                            17

 강희 52년(1713) 9월 26일, 포송령은 부인 유씨를 잃었다. 이것으로 송령은 생애 최대의 전기—라고 하기보다 그 자신, 일종의 '죽음'—를 맞이하게 된다. 즉 송령은 이미 74세였는데 부인의 죽음에 즈음하여 일생을 수험과 낙방으로 일관한 자신의 실패를 드디어 확실히 인정했기 때문이다.
 「술유씨행실」은 송령이 처를 위해 기술한 유일한 전기인데 그것은 동시에 그 자신의 자전이기도 해서 유부인과의 혼약과 동거의 전말로부터 결혼 후의 일상생활과 형제와 다툰 상황 등, 일체의 것이 간결하면서도 구체적으로 기술되어 있다. 내가 이시자와 마쓰이치를 통해서 들은 포송령의 에피소드—가령 그가 얼마나 공처가였는가 하는 것 등—도 실은 거의 이 「술유씨행실」에서 나왔다. 그렇다고 해서 물론 송령이 거기에 자기 마누라가 얼마나 무서운 존재인가 하는 것을 적은 것은 아니다. 다만 송령은 결혼 당초부터 재산분배 등으로 그녀가 형제들로부터 얼마나 괴로움을 당했고 또 자기가 과거에 응시해서 몇십 년씩이나 계속 낙방하는 동안에 그녀가 어떻게 해서 가계를 꾸려 나갔고 4남 1녀를 키웠는지 등을 진솔하게 말하고 있을 뿐이다.

 포씨 집안 사람이 된 유부인은 조용하고 근면하며 꾸밈이 없고 말이 없었다. 특별히 눈치가 빠른 편은 아니었지만 다른 며느리들처럼 시어머니와 싸우는 것만은 하지 않았다. 따라서 시어머니 동씨는 어느 며느리보다도 유부인을 귀여워하고 여기저기서 그녀만 칭찬했다. 그러나 이것이 화근이 되었다. 형제들은 연합해서 유부인을 못살게 굴고 기회 있을 때마다 시어머니가 유부인편만 든다고 성화였다. 그래서 가장 처사공은 더 이상 아들들을 같이 살게 해서는 안되겠다고 생각해서 재산을 분배해서 분가시키기로 하고 한 사람에게 전답 20결, 그리고 오래된 가구와 농기구 등을 나누어 주었다. 형제들은 앞을 다투어 좋은 물건을 골라 갖고 또 집도 부엌이 달린 넓은 집을 받았는데 유부인은 혼자만 넋을 잃고 있었기 때문에 농장 외에 벽도 없는 낡은 집만 받게 되었다.
 단, 이 불공평한 재산분배에 대해서는 유부인이 욕심이 없었을 뿐만 아니라 남편 송령이 서자였기 때문에 그런 것이 아닌가 하고, 송령의 과거실패 원인도 그 출생에 뭔가 어두운 비밀이 있기 때문일지도 모른다고 생각하는 사람도 있다. 그런 추측이 어느 정도 맞는 것인가 하는 것은 제쳐두고 송령 부부가 형제들과 비교해서 부당한 차별을 받은 것은 확실한 것 같다. 그 송령 자신이 툭하면 집을 비우고 수험여행을 가고, 다른 곳에서 입주 가정교사 노릇을 했었기 때문에 재산분배 때 불리하지 않을 수 없었을 것이다. 어쨌든 유부인은 혼자서 집 주위의 덤불을 잘라 내고 사람을 고용해서 흙벽을 쌓고 시아주버니에게서 나무 판대기를 한 장 빌려서 흙벽 끝에 세워 문 대신으로 쓰는 등 조금이라도 집안과 집밖이 구별되도록 정비했다.

그런 가운데 갓 태어난 약을 데리고 사는 유부인의 고초는 정말 이만저만한 게 아니었을 것이다. 문이라고 해도 널판지를 잘라 세우기만 한 것이라 사람이 지나갈 때마다 아주 조심하지 않으면 푹 쓰러지기 일쑤고 조금만 비가 와도 집 주위가 물바다가 된다. 그래도 사람 발자국 소리가 들려오면 그것만으로도 마음이 든든할 텐데, 겨우 오는 것은 대개 족제비나 다람쥐 정도로 쓸쓸하기 그지없다. 바람이 불면 그 소리에 말을 걸고 천둥이 치면 놀라 옷깃을 여민다. 밤이 되면 늑대가 습격해 와 닭이나 돼지가 엄청난 소리를 지르며 도망가는 소리에 전율하며 차라리 자신도 이 집에서 도망갈까 하다가도 아무것도 모르고 색색 자고 있는 아기 얼굴을 보면 그렇게도 못하고, 불을 피우고 동이 틀 때까지 기다릴 수밖에 없다. 너무나 마음이 허전하여 자기 식사를 줄이고 남은 밀가루로 경단을 만들어 이웃집 노파에게 주고 그 대신 밤에 함께 있어 달라고 부탁했다.

이런 쓸쓸하고 가난한 생활을 하면서도 그녀는 아들의 공부만은 아무리 손이 가도 포기하지 않고 시켰다. 아침 동틀 무렵부터 머리 빗을 새도 없이 아직 어린 장남을 서당에 데려갔다 집에 돌아와서 집안일과 농사일을 바쁘게 한 후 저녁이 되면 또 그 아이를 데리러 간다. 그 비슷한 일을 현대 일본의 극성맞은 어머니들도 하고 있을지는 모르지만 유부인의 경우는 전기 세탁기도 청소기도 없는 시대였고 다람쥐와 늑대까지 출몰하는 들판에서 농사일을 하면서 했기 때문에 현대 도시의 주부와는 도저히 비교도 안되는 악조건이다. 그 후 여자 아이가 한 명 태어나고, 2남 호, 3남 홀, 4남 균이 차례차례 태어나는데 2남을 제외하고 홀도 균도 장남 약에 이어 현시, 부시, 원시를 돌파해서 생원이 된 것은 앞에서도 말한 바와 같다. 교육열이 강한 어머니로서 유부인은 훌륭하게 성공을 거두었다고 해야 할 것이다.

그 유부인이 남편 송령이 51세의 나이에 향시에 실패했을 때, "이제 깨끗이 포기하세요"라며 수험을 단념시킨 것은 부득이한 일이었다고 생각한다. 그런 만큼 송령으로서는 이 부인의 충고는 참말로 도리에 맞는 사려깊은 것으로, '내가 굴욕을 뼈에 사무치게 깨달았다'는 식이었을 것이다.

물론 송령도 부인에게 이 정도 말을 들었다고 순순히 물러날 사람은 아니었다. 겉으로는 과거를 단념했다고 하고 역시 향시가 실시될 때마다 시험장이 있는 제남까지 간다. 유부인은 보고도 못 본 체하지만 송령이, "올해는 꿈이 좋았으니까, 이번에야말로 잘될 것 같애"라는 둥, 농담조로 말하는 것을 듣고 딱 잘라 대답하는 것이다.

"저에게는 이렇다 할 재주는 없지만 그래도 제 분수만은 잘 지키고 있어요. 지금 아들 셋과 손자 하나가 현학에 들어가서 훌륭하게 학자 가풍을 이어가고 의식도 그럭저럭 꾸려나가 헐벗거나 굶지 않고 있어요. 하늘에서 이만큼 은혜를 받았으면 되지 않아요. 저에게는 아무런 공덕도 없는데 이렇게 은혜를 받아 감사하는 마음이 들망정 불평할 마음은 조금도 없어요."

이렇게 말하는 것을 들은 송령이 무슨 말을 부인에게 할 수 있었겠는가. 그야말로 인정과 도리를 겸비하고 한 치의 틈새도 없다. 그런 만큼 이것을 보면 유부인이 젊었을 때 동서들이 못살게 군 이유도 알 것 같은 기분이 든다. 말이 없고 멍한 얼굴을 하고 있으면서도 가끔 이런 식으로 당하면 포씨 집안 며느리가 아니더라도 화가 나서 견딜 수 없었을 테니까—.

송령뿐만 아니라 포씨 형제들은 모두 살림이 풍족하지 않았다. 그래서 동서들은 재산을 제일 적게 받은 송령의 부인에게 돈을 빌리러 오는 것이다. 그러면 유부인은 조금도 싫은 내색 않고 돌려주리라는 기대도 하지 않고 빌려 주는 것이다. 마음속으로는,

"항상 다른 사람이 나에게 구걸은 해도 나는 다른 사람에게 구걸한 적은 없어요. 행복한 것이지요."

라고 중얼거리면서, 사실 그녀는 다른 사람에게뿐만 아니라, 남편 송령에게도 무엇 하나 요구한 적이 없었을 것이다. 50이 넘어도 아들들과 함께 향시를 치르러 가겠다고 하는 남편을, "이제 포기하세요"라고 권한 것 이외에는—. 그런데 그런 송령도 69세 때 제남 시험장에 간 것을 마지막으로 70대가 되어서부터는 어쩐지 향시에 응시한 흔적이 전혀 없다. 그것은 첫째로는 71세 되던 해에 향리에서 나이가 많은 까닭에 공사로 선출되어 월급을 받게 되어 겨우 가정교사를 그만두고 집으로 돌아왔기 때문일 것이다. 송령은 입주 가정교사 생활을 40년이나 계속한 셈으로 생각하면 그것이 그의 전생애의 반을 넘고, 결혼 후 유부인과 함께 산 것은 고작 처음 10년에 불과하다. 40년 만에 돌아온 집은 아마도 우라시마 다로(浦島太郞 : 거북을 살려 준 덕분에 용궁에 가서 호강하며 살다 돌아오니 세월이 너무 지나 일가친척이 모두 죽고 없었다는 전설의 주인공—역주)와 같은 심경이었을 것이다.

어쨌든 70이 넘어서 처음으로 부인과 여러 아들과 손자에 둘러싸여 살게 된 송령은 겨우 세상 보통 아버지와 같이 가정의 재미를 보게 되었다고나 할까. 송령, 72세 되던 해에는 장손 포입덕(蒲立德)이 수석으로 생원에 합격해 이것을 축하하는 시를 다음과 같이 읊었다.

    옛날, 나도 동시에 수석
    지금 너도 동과에 일등
    조금은 이름을 날렸지만
    지금부터 앞날은 아무도 몰라
    구름에 사다리를 놓아라
    시험은 앞으로 얼마든지 있다
    제발 너는, 이 할애비처럼
    백발이 성성한 머리를 헛되이 감싸고
    낙방만 하는 창피한 녀석
    그런 사람은
    되지 말아다오

  아마 송령도 이런 손자와 함께 같은 시험을 볼 기분은 안 들었을 것이다. 그러나 이 입덕이 생원이 되었던 해에는 향시도 있었다. 입덕의 아버지, 즉 송령의 장남, 약은 아마도 여기에 응해 떨어졌을 것이다. 혹은 송령도 함께 이것을 보지 않았다고 단정지을 수는 없다. 그리고 또다시 떨어져서 늙은 부인 유씨는 질겁하고 송령은 이런 장난스런 노래를 읊었다고도 생각할 수 있다. 이것은 나의 지나친 억측일지도 모르지만 아직 송령이 과거에 미련을 못 버리고 있었던 것은 사실일 것이다.

그로부터 2년이 흐른 6월 초, 정원에 방 하나를 증축해서 이것을 뇌헌(磊軒)이라고 했다. 뇌헌은 장남 약의 아호니까, 아마도 송령은 방을 장남에게 주려고 새로 지었는지도 모른다. 어쨌든 그 축성을 축하하며 부자가 술자리를 같이했을 때 송령은 절실하게 말했다.

"아주 기분이 우울해지네. 평소 즐거워도 그것은 일시적인 안일에 지나지 않아. 사람은 좀더 여유가 있어야 하는데, 너는 그 여유를 갖도록 노력해라. 이번에 지은 이 방만 해도 그래. 돌을 수레에 실어 산 넘고 계곡을 넘어 땀을 뻘뻘 흘리며 벽돌을 운반하는 동안에 준비한 돈은 점점 없어지고 아침부터 밤까지 그저 초조했지. 올 2월부터 6월까지 걸려 겨우 다 지었다. 다른 사람이 보면 대단한 건물은 아니지만 이렇게 새 방에서 술을 마시니 다 지을 때까지의 고생도 다 잊고 한숨 돌리며 술에 취해ㅡ. 이거야, 인생만사, 실컷 고생한 후 한숨 돌리는, 이게 우리에게 주어진 최대의 위로가 아닐까."

　장남 약도 생원이 되었지만 그로부터 이미 20년이 지났는데 부친과 마찬가지로 향시에는 계속 떨어졌다. 그런 부자가 이런 이야기를 주고받는 장면은 뭔가 가슴에 와 닿게 하는 것이 있다. 아마도 당시 송령은 단념할 수 없는 과거에의 꿈을 어떻게 해서든지 단념하려고 자기 자신에게 이런 이야기를 틀림없이 했을 것이다. 그러나 그 꿈은 의외로 빨리 이루어지게 된다. 연보에 의하면,

　"7월 1일, 이가 하나 빠지다."

라고 적혀 있고 그로부터 1개월 반 후인 8월 15일, 중추에 유부인은 딸과 며느리들과 술을 마시면서 점심 넘어서까지 원기왕성하게 수다를 떨었었는데, 다음날 발병해서 그로부터 자리에서 일어나지 못했다. 젊어서부터 열심히 일만 해 온 유부인에게는 실은 어려서부터 배에 딱딱한 것이 생기는 이상이 몸에 일어났다. 그냥 놔 두어도 별일은 없었지만 60 넘어서부터 그것이 커지고, 70이 되자 그 주위에도 멍울이 생기고 가끔 현기증이 나고 몸을 심하게 떨었다. 그러나 그 발작은 언제나 3일에서 5일 정도면 가라앉았다. 그런데 이번에는 발작이 일어나고 며칠도 되기 전에 눈에 띄게 쇠약해져 드디어 못 일어나게 되었다. 고열이 나고 몸이 불덩어리처럼 뜨겁다. 온 가족이 걱정하여 의사를 불러 해열제를

먹이려고 했는데 기가 센 유부인은 고개를 가로저으며,

"어차피 의사는 모두 엉터리야. 듣지도 않는 쓴 약을 억지로 먹는 건 딱 질색이야."
라며 아예 말을 듣지 않는다. 그 정도가 아니고, 아들들에게는 시장에 가서 천을 사오라고 했다. 그것으로 상복을 만들어 장례식 준비를 하라고 하는 것이다. 40일 간이나 누워 있고 9월 26일에는 아직 누운 채 가사일을 돌보았는데, 저녁이 되고 등을 켤 무렵부터 계속 수의를 가져오라고 재촉했다. 그리고,

"이제 가야겠어. 별로 남길 말도 없지만, 제발 재(齋)만은 올리지 말아 다오……."
라고 말하는가 했더니 그것을 마지막으로 의식을 잃었다.

얼마나 냉정하고 기가 센 유부인다운 최후인가. 말이 없고 멍하고 있는 것 같아도 결국 그녀는 최후까지 자신의 의지를 관철하고 또 그 의지로 사후까지 주위를 지배한 것이 아닌가.

여기에 한 장의 노인 초상화가 있다. 이 화상은 포씨 집안 사람들이 오랫동안 소장해 왔고, 중국 공산당에 의한 해방 후에는 잠시 소유자가 그림의 소재를 비밀로 하기도 해서 꽤 파손되었지만, 비단 폭에 그려진 사람은 청대의 정장 차

림으로 왼손으로 수염을 꼬면서 단정하게 의자에 앉아 있다. 긴 화폭 한 편에 다음과 같은 두 개의 화찬이 있다.

爾貌則寢, 爾軀則修. 行年七十有四, 此二万五千余日, 所成何事, 而忽已白頭. 變世對爾孫子, 亦孔之羞. 康熙癸巳自題
(너의 얼굴은 못생겼고, 너의 몸은 껑충하다. 향년 70하고도 4세, 이 2만 5천여 일 동안에, 대체 무엇을 이루어, 이렇게 백발이 되어 버렸느냐. 수 세대에 걸쳐 자손에 대해 창피하기만 하다.)

癸巳九月, 筠囑江南朱湘鱗爲余肯像, 作世俗裝, 實非本意, 恐爲百世後所怪笑也. 松齡又誌
(계사년 9월, 균이 강남의 주상린에게 의뢰해서 내 초상을 그리게 했다. 세속 복장을 한 것은 실로 내 본의가 아니고, 백대 후대까지 웃음거리가 될 것이다. 송령 또 적다.)

계사년 9월이라면 유부인이 병상에 누운 후이다. 부인이 세상을 뜬 것이 9월 26일이니까 그때부터 장례식까지 바쁜 동안에 설마 강남에서 화가를 불렀다고는 생각하기 힘들다. 생각건대 이것은 송령의 4남 균이 화가를 불러 그리게 했다고 해도 실은 그것을 균에게 명령한 것은 병상에 있는 유부인이 아니었을까. 아들에게 자신의 상복까지 준비시킨 부인이다. 남편 송령의 초상화를 자신이 살아 있는 동안에 그리게 해야겠다고 생각하지 않을 리 없다. 만일 그렇다고 한다면 이 초상을 세속 정장 차림으로 그리게 했다는 것, 여기에는 부인의 만감이 들어있다고 해도 지나친 말은 아닐 것이다. 그리고 또 그런 것을 송령이 창피하게 생각했다는 것도―.

18

강희 53년(1714), 유부인이 죽은 다음 해, 포송령은 이런 시를 두 편 남겼다. 하나는,

野有霜枯草	들판에 풀은 서리를 맞아 시들고,
谷有長流川	계곡의 물은 끝없이 흘러간다
草枯春復生	시든 잎은 봄이 되면 다시 살아나기도 하겠지만,
川流逝不還	흘러간 물은 다시 돌아오지 않는다
朱光如石火	시간은 쏜살같이 흘러가고
桃杏忽已殘	복숭아 은행은 눈깜빡할 사이에 흩어진다

登壟見殯宮	무덤의 흙 봉분에 올라가 관이 안치된 곳을 바라보면,
叢翳新阡	바로 얼마 전에 지나간 좁은 길은 이미 수풀에 뒤덮여
欲喚墓中人	무덤 속의 사람을 불러내
班莉訴煩寃	돗자리를 깔고 앉아, 번민을 호소했지만
百叩不一應	백 번 두들겨도 한마디 대답도 없고,
淚下如流泉	눈물이 넘쳐 흐를 뿐
汝墳卽我墳	네 무덤은 내 무덤
胡乃先著鞭	왜 나를 두고 먼저 갔나
只此眼前別	생사이별을 이 눈으로 보고
沈痛摧心肝	그저그저 침통해, 애간장이 타는 이 마음

또 한 편은,

朝看陵陂麥	둑의 보리밭을 바라보면
鬱鬱見高墳	보리이삭 넘어 무덤 봉분이 보인다
年少遭死別	젊어서 사별했다면
情猶生於文	그 슬픔은 글로도 쓸 수 있으리라
況乃白頭侶	그런데, 우리 부부는, 같이 늙어

	백발이 되었을 뿐만 아니라,
生子見曾孫	손자는 고사하고 증손까지 같이 본 후 사별이다
觸類皆辛酸	눈에 보이는 것 모두 괴롭고,
涕下欲沾巾	눈물로 수건이 마를 새 없다
老屋汝所處	네가 살던 집은
今日空無人	지금은 비어 인기척도 없다
衾裯汝所寢	네가 자던 이부자리는 벌써
設置不復陳	개어진 채 두 번 다시 펼쳐지지 않으리
華服汝所惜	네가 아끼던 외출복도,
散棄無復存	지금은 어디로 사라졌나
菽粟汝所蓄	물건을 오래 잘 지니는 네가 기근 때를 대비하여 남겨둔 좁쌀 등도,
抛擲等灰塵	재와 먼지에 쌓여 팽개쳐진 채
性最畏荒寂	원래 누구보다도 외로움을 타는 네가
今獨眠荊榛	지금, 황야에 홀로 잠들어 있다
勉哉汝勿懼	기운을 내라, 두려울 것 없다,
翁姑爲比隣	네 시부모도 바로 옆에 있지 않느냐
匪久蟆被來	그렇게 오랫동안 기다리게는 하지 않는다,

乃爾省晨昏　　머지않아 나도 여기에 와서,
　　　　　　　아침저녁으로, 네 얼굴 보며 살리라

그 전해의 11월 26일은 부인의 생일인데 그날 손자 입덕이 조모의 생일을 잊지 않고 돌아와서 위패에 절하는 모습을 보고, 함께 울며 통곡의 칠언절구를 읊고 있다.

네가 태어난 날에,
눈물이 끊임없이 흘러내리는데
돌연 나타난 구름이 어디론가 사라진 채,
어째서 돌아오지 않나
생각하면 작년 오늘
함께 술잔을 들고
서로의 장수를 축하했었는데 —

앞의 시 두 수 이외에 언제 읊었는지 확실하지 않지만 이런 시도 적혀 있다.

꾸벅꾸벅 낮잠을 자고 있는데 갑자기 처가 들어와서 내가 자고 있는 것을 보고 웃었다.
나는 급히 눈을 떴는데 그것은 꿈이었다. 그래서 칠

언절구 한 수를 읊었다. 즉,

一自長離歸夜臺	멀리 떨어진 당신은 지금, 밤의 저택으로 돌아갔다
何曾一夜夢君來	어째서 지금까지 하룻밤도 당신의 꿈을 꾸지 않았을까
忽然含笑塞幃入	그런데 홀연히 웃으며 휘장을 제치고 들어왔다
賺我朦朧睡眼開	그리고 나를 잠결의 몽롱한 가운데 눈을 뜨게 하였다

 이것은 마치『요재지이』이야기를 대화체로 만든 것과 같지 않은가. 짧지만 정감이 넘치고, 한 편의 일인칭 소설을 읽은 것처럼, 조용한 이야기 가운데 인생의 단면을 엿보게 하고 극적 흥분을 느끼게 한다. 여기에 나타난 유부인은 결코 70세를 넘은 노파도 아니고 임종시 아들에게 상복을 준비하라든지 재를 올리지 말라든지 까다롭게 지시하는 기가 센 시어머니가 아니다. 그야말로 한 요정이고,『요재지이』의 작가 생애를 통해서 성장한 영원한 여성임에 틀림없다. 그래도 유부인 생전에는 이러한 감미로운 시는 물론 부인에 대해 거의 아무런 언급도 안하던 포송령이 그녀의 사후 장문의「술유씨행실」을 비롯해, 죽은 처를 애도하고 추억하는

시문을 계속해서 남긴 것을 보면 마치 사람이 변한 것 같다. 물론 이것은 당시 풍습으로 사대부의 길을 걷는 사람이 자신의 마누라에 대해 문장을 쓰는 것을 꺼렸기 때문일 것이다. 그리고 70대 중반이 되어 처의 죽음을 맞이한 송령은 이미 세상 눈치를 보며 사대부인 척할 필요가 없어졌을 것이다. 그러나 그렇다고 해도 50대, 60대 때의 송령에게는 과거에 대한 미련이 많았고 입신출세의 야망에 초조해서 실제로 부인이나 가정에 신경쓸 틈도 없었다고밖에 볼 수 없다.

확실히, 아시자와 마쓰이치도 말한 것처럼, 포송령은 부인 유씨를 두려워했음에 틀림없다. 공처대하소설이라고 일컬어지는 『성세인연전(醒世姻緣傳)』은 나는 읽을 수 없어 무슨 내용인지 모르지만, 『요재지이』를 여기저기 읽어 봐도 세상 부인들이 얼마나 무서운가에 대해 쓴 것이 적지 않고 그것들은 결국 송령 자신이 공처가였던 것을 반영한 것임에 틀림없다. 더욱이 송령의 공처는 반드시 유부인 한 사람을 무서워했다기보다 여성 일반에 대한 공포였을지도 모르지만―. 송령의 여동생 중에 결혼을 해서도 행실이 좋지 않은 사람이 하나 있었는데, 남편이 있는데도 거리의 부랑배와 짝이 되어 도박을 하고 거주지도 일정치 않고 만주인 집에서도 빈둥대다가 결국 현이 방을 붙이고 재판을 해, 그녀와 남편 자식이 모두 연좌된 사연을 송령 자신이 기술하고 있다. 이것은 현학에는 들어가지 못했어도 부친대부터 독서인을 표방했던 포씨 집안으로서는 그야말로 있어서는 안될 딸이었지만 한편 색목인의 피를 이어받은 포씨 일족에게는 이러한 어두운 정열에 사로잡혀 몸을 망치고야 마는 그런 무엇이 있었을지도 모른다. 그리고 송령은 그 피가 자신에게도 흐르고 있다는 사실을 무의식중에 두려워했을 것이다. 여자에게는 누구에게나 자유분방한 소질이 속에 있고 그러한 불길한 정열이 어떤 정숙한 부인이라도 언제 터져 나올지 모른다는 의구심을 품고 있었다고도 볼 수 있다. 아마도 송령은 과거에 거듭 낙방하는 사이에 울적해서 여우에게 홀린 듯한 불길한 것을 느끼면서 한편으로는 유부인을 그런 것에 비추어 생각하고는 스스로 두려워한 것은 아닐까.

그러나 어쨌든 송령은 유부인이 이 세상을 떠나자 자신이 정말로 두려워하지 않으면 안되는 것이 무엇이었는가를 처음으로 깨달았을 것이다. 만년이 되어서야 겨우 공생으로 뽑혀 월급을 받게 되어 생활의 안정을 얻었을 때, 철든 후 거의 인생을 같이한 반려를 잃은 송령은 갑자기 모래를 씹는 듯한 무료와 고독에 빠지게 되었다—. 부슬부슬 비 오는 밤 홀로 움막 같은 공원 방에서 답안을 적고 있을 때, 또 용호방(합격자발표의 게시)에 몇 번 눈을 돌려도 자기 이름이 눈이 안 뜨일 때, 곧잘 그는 고립무원의 불안과 허무함을 느껬을 것이다. 그러나 지금 와 생각하니 그런 것은 모두 일시적인 허전함과 실망에 지나지 않았다. 비둘기가 몇 번 둥지가 부서져도 나뭇가지를 물어와 둥지를 트는 것은 새로 품을 알이 있기 때문이 아닌가. 그러나 지금의 송령에게는 새로 알을 품을 능력이 없었다. 둥지는 남아 있었지만, 그것이 더욱 알이 없는 허전함을 느끼게 할 뿐이었다. 향시에 낙방해 귀로에 올랐을 때 몇 번이나 그는 무거운 마음으로 처를 생각하고 독신을 부러워했던가. 또 말없이 감정을 겉으로 표시하지 않는 처의 얼굴에 모든 불행의 씨앗이 있는 것처럼 생각도 했을 것이다. 그러나 지금 와 생각하니 그것은 자신의 불만을 다른 것으로 바꾸어 자신이 자신을 속인 것에 지나지 않았다.

賺我朦朧睡眼開(나를 속여서 몽롱하게 해놓고 졸린 눈을 뜨게 한다)

송령은, 죽은 처가 미소를 띠며 찾아온 꿈에 몽롱하면서도 오히려 무엇이 자기를 속여서 눈을 뜬 것 같은 기분이었을 것이다.

다시 말하자면 송령은 입주 가정교사 생활을 계속해서 40년, 유부인과 함께 산 것은 결혼 초 10년 정도와 만년 71세로 가정교사를 그만두고부터 3년 정도에 불과하다. 가정교사를 하는 동안에도 가끔 집에 돌아올 수 있었다고는 해도 그리 행복한 가정생활은 아니었을 것이다. 아니 어쩌면 송령은 부랑배와 부부가 되어 도박꾼이 된 여동생처럼 집 밖에서 방랑하며 살 팔자였는지도 모른다. 더구나 그 동안 진사급제의 꿈에 사로잡혀 자신의 야망에 쫓기며 산 것을 결코 행복하다고 할 수는 없다. 조금이나마 그를 위로했던 것은 『요재지이』에 의지하여 귀호들과 얘기하고 그것을 시문으로 표현한 것이 아니었을까.

아아, 서리에 놀란 겨울 참새는 나무를 껴안아도 몸이 따뜻해지지 않는다. 달을 보며 우는 가을 벌레는 난간에 기대어 자기 몸을 따뜻하게 하려고 한다. 나를 알아주는 것은 아마도 저 울창한 숲 사이에 있는 귀호들이 아닐까(『요재지이』 서문).

그러나 그 귀호들과 어울렸다고 생각한 것은 실은 자신이 스스로 속았을 뿐, 실제로 귀호적인 것은 40년 간 빈 집을 지켜 온 유부인 속에 있었다는 것을, 죽은 처의 꿈속에서 깨달은 게 아닌가.

여하튼 집에 돌아가서 유부인과 함께 산 만년의 3년 간 송령은 진정으로 편안함을 느꼈을 것이다. 부인이 죽은 후에는 다시 집에서 혼자가 되어 잠잘 때나 식사 때에도 고서를 옆에 두고 자나깨나 독서와 시작으로 보냈는데 그때는 이미 귀신들과 어울리지도 못했다. 부인이 죽은 다음해 섣

달 그믐날 밤, 가족 모두가 모여 단란하게 보냈지만 부인이 없는 허전함은 달랠 수가 없었다.

三百余辰又一周	삼백여 일 지나고, 또 일년이 지났다
團欒笑語繞爐頭	화롯가를 둘러앉은 단란도
朝來不解緣何事	아침에 생각하니 무엇이 재미있었는지 모르겠다
對酒無歡只欲愁	술을 마셔도 즐겁지 않고, 오로지 수심에 찰 뿐

그렇게 해서 강희 54년(1715) 정월을 맞이한 송령은 설날 자신의 점을 치니 불길하다고 나왔다.

1월 5일은 송령 부친의 기일로 해마다 자식들을 데리고 성묘를 갔다. 이날은 흐리고 추웠는데, 집에 돌아오자 송령은 기분이 나빠져서 그대로 잤다. 감기가 든 것같이 하루 걸러 땀이 났다 괜찮다 했는데 드디어 겨드랑이에 통증을 느끼게 되고 가래가 나오고 숨이 찼다. 의사를 부르고 약을 먹자 겨드랑이 통증이 가라앉았다. 얼마동안 요양하면 가래도 가라앉을 것이라고 의사는 말했지만 그 무렵부터 식욕이 감퇴되고 식사량이 줄었다.

1월 15일, 보름이라 동생들도 부르고 하여 일가가 즐겁게 지냈는데, 송령은 가볍게 두 번 식사를 하는 등 보통 때와 다름없이 보였다. 독신 생활이 길었던 탓일까 송령은 누가 주위에서 보살피며 돌봐 주는 것을 싫어해, 병상에 누워서도 용변은 꼭 지팡이를 짚고 마당에 있는 변소까지 갔다. 침실에서 마당 변소까지는 꽤 떨어져 있어 자손들이 걱정이 되어 함께 갔는데 그럴 때도 송령은 손을 잡아 주거나 부축해 주는 것을 싫어하고 혼자 걷고 싶어 했다. 그로부터 일주일 후 1월 22일 유시(오후 6시) 송령은 침실 창가에서 정좌한 채 죽었다. 향년 76세이다.

19

 나는 시냇물 소리에 눈을 떴다. 그리고 메밀 껍질을 채운 베개에서 머리를 들자, 어젯밤부터 밤새도록 몸을 뒤척일 때마다 메밀 껍질 소리가 들렸던 것을 생각해 내고는 그것이 물소리처럼 들렸나 하고 어렴풋이 머릿속으로 생각했다.
 그러나 틀림없이 그것은 물소리다. 나는 2개월 남짓이나 신세진 난젠지 승방을 어제 떠나, 이 시라카와(白川) 천변의 하숙으로 옮겨 왔다. 실은 그대로 도쿄로 갈 작정이었는데 막상 가려니까 왠지 미련이 남아 보통 하숙집에서 하루, 이

틀 더 머물고 싶어진 것이다. 예정했던 장편소설의 원고는 결국 쓰지 못했다. 대체로 전쟁이란 한 개인에게 어떤 것인가를 생각하려고 해도 결국 그것은 변덕스러운 운명의 장난에 대한 원망을 기술하는 것에 그치지 않는가? 게다가 이제 와서 생각하니 전쟁이란 이상 사태가 그다지 이상한 현상처럼 보이지 않게 되었다. 물론 그런 전쟁 시대를 두 번 다시 되풀이해서 맞이하고 싶지는 않다. 그러나 전쟁중일 때와 전쟁이 끝난 후의 결정적인 차이는 무엇인가 하고 생각하면 아무런 차이도 없는 것 같다. 여전히 우리들은 뭔가 큰 힘의 지배를 받고 있고, 그 속에 붙잡힌 채 살고 있다──. 나는 일어나서 머리맡의 창을 열었다. 여닫이 창으로 그 바로 밑을 폭 5미터 정도의 개천이 흐르고 있다. 어제 저녁 하숙집 여주인에게, 이 개천이 난젠지로 이어지는지 물어 보았더니, 여주인은,

"아니예요. 이건 시라카와니까 히에산(比叡山) 산기슭에서 흘러오는 걸 거예요."

라고 말했다. 나는 절에 처박혀 있는 동안 낮에는 거의 매일 발길 닿는 대로 산책을 했었는데도 이곳의 지리는 통 모르겠다. 물론 제일 큰 강은 가모가와라는 정도는 알고 있었지만 시내를 흐르는 작은 강은, 다카세가와(高瀬川)라든지, 시라카와라든지, 호리카와(掘川)라든지 이름은 들은 적이 있지

만 어느게 어느것인지 일일이 묻지 않으면 모르고, 또 들어도 금방 잊어버린다. 그건 그렇다 치고 다카세가와라는 것이 이렇게 작은, 한 번 다리만 벌리면 건널 수 있는 강인지는 몰랐고, 말라붙은 산병선 참호 같은 개천이 호리카와라고 해도, 이것이 '호리카와쓰쓰미사루마와시'라고 하는 연극에 나오는 호리카와라고는 생각도 못했다. 그러나 호겐(保元 : 1156년—역주), 헤지(平治 : 1159년—역주) 전란 이래 몇 번이나 동란을 겪으면서 불에 타고 부서진 이 도시에서 그들 강과 운하는 휘고 구부러져 아마도 강줄기도 바뀌었겠지만 여하튼 오늘날까지 계속 흘러왔다.

주인 여자 말에 의하면 히에산 기슭은 화강암으로 물과 함께 하얀 모래가 흘러온다. 그래서 이 강을 시라카와라고 한다.

"지금은 그렇게 희지는 않지만. 옛날에는 더 희었어요."
라며, 주인 여자는 양 소매 속에 있는 손으로 입을 가리면서 웃었다. 그렇게 말하지만, 그때는 이미 밤이었기 때문에 강가를 지나는 자동차의 헤드라이트가 강물 위에 비쳐 빛날 뿐이었다. 그러나 지금 봐도 강의 물빛은 확실치 않았다. 강바닥까지 투명하게 보일 정도는 아니지만, 그렇게 탁하지도 않다. 그것보다도 나는 강 양편에 늘어선 버드나무 가로수에 시선을 빼앗겼다. 잎은 이미 대부분 떨어져서 가는 마른 가지가 실같이 늘어져 있는 나무는 처음에는 무슨 나무인지도 몰랐는데, 맑은 가을 햇살에 비친 강 수면에 닿을 듯 말 듯, 잎이 조금 남은 가지가 바람에 흔들리는 것을 보니, 바로 그것은 버드나무에 틀림없었다.

그리고 일순 나는 산동성 치천현 현성에서 동쪽으로 7리 정도 떨어진 만정장(滿井莊)이란 곳 주위를 상상해 보았다.

그 마을에는 동쪽 끝에 우물이 있는데 언제나 물이 꽉 차서 흘러 넘친 물은 계곡을 따라 흘렀다. 계곡 양 기슭에는 큰 버드나무가 백 그루 정도나 서 있었고, 그 무성한 잎으로 계곡은 덮여 있었다. 그리고 우물에서 솟아오른 물은 버드나무 밑을 헤치고 흘렀기 때문에 사람들은 이것을 유천(柳泉)이라고 불렀다. 만정장이란 마을 이름도 여기에서 나왔는데 포씨 일가가 거기에 살기 시작한 이래 그 성을 따서 포가장이라고 불리게 되었다. 포송령 선생, 자는 유선(留仙), 또는 검신(劍臣)인데, 또 달리 유천거사라고도 불렀다. 선생에게 『요재지이』라는 책이 있기 때문에 세간에서는 요재 선생이라고 부르는 사람도 많았는데, 요재는 선생의 서재 명칭이다. 노대황(路大荒) 편저 『포유천선생 연보』의 첫머리에 이렇게 기술되어 있다.

나는 출창에 걸터앉아 멀거니 마른 버드나무 가지가 흔들리는 강을 바라보면서 이 개천을 흐르는 물을 어떻게 해서든지 유천에 연결해 유천 거사의 심경을 헤아려 보려고 했다. 『요재지이』의 작가라면 어쩌면 여기에 유천 선생의 유령을 등장시켜 뒤에서 내 등을 살짝 두드리고 무슨 으시시한 말을 속삭이고는 눈깜빡할 사이에 그 자리를 뜨게 할 장면일 텐데, 나에게는 그런 재능이 없다. 더구나 포송령 자신은 시에 능하고 환상과 어울리기를 좋아했는데 본래 낭만주의자라기보다도 완고하게 현실만을 믿어온 사람인 것 같다. 가령 「노산도사(勞山道士)」는 신선으로부터 벽을 뚫고 지나가는 기술을 배운 남자 이야기인데 거기에도 역시 현실적인 부분이 있다.

그 남자는 노산에 있는 신선의 제자로 들어갔는데, 매일 아침 일찍부터 해가 질 때까지 산에 나무를 하러 보낼 뿐 아무것도 가르쳐 주지 않는다. 그러기를 한 달, 어느 날 저녁 집에 돌아오니 스승 신선이 손님과 술을 마시고 있다. 이미 주위는 어두워졌는데 방에는 등불도 안 켰다. 드디어 스승은 종이와 가위를 가져오라고 하여 둥그렇게 잘라 벽에 붙였다. 그러자 명월이 방에서 빛나, 그 빛으로 털구멍이 보일 정도로 밝았다. 손님 하나가,

"우리들끼리 술마시는 것도 심심하니 모두에게 술을 돌립시다."

라고 해서 스승은 제자들은 불러 모아,

"자, 모두 이것으로 실컷 마셔라."

라며 술을 한 병 건넸다. 열 명 이상이나 모였는데 한 병으로 누구 코에 붙이나 생각했는데 병 속의 술은 아무리 마셔도 줄지 않아 그곳에 있는 사람은 모두 만취하고 만다. 그러는데 또 한 손님이,

"이렇게 남자들끼리 마시는 것도 심심하네. 항아(嫦娥 : 달 속에 있다는 전설 속의 미녀—역주)를 불러 봅시다."

라고 하자, 젓가락을 집어 달 속으로 던지니, 미녀 하나가 빛 가운데에서 나타났다. 처음에는 키가 한 자 정도밖에 안 되었는데 땅 위에 서자마자 완전히 사람과 같은 크기로 변해 날씬한 허리에 고개를 세우고 살랑살랑 춤을 추기 시작했다. 춤을 다 춘 후 그녀는 가볍게 탁자 위로 올라가 모두 깜짝 놀랐는데, 금세 본래의 젓가락으로 돌아갔다—. 이런 즐거운 밤도 있기는 있었지만, 그리고는 또 매일 나무만 해야 했다. 또 한 달 지나자 남자는 더 이상 참을 수가 없어 그러한 뜻을 스승에게 전했다. 신선은 웃으며 대답했다.

"너 같은 도련님에게는 될 리가 없다고 생각했었는데 역시 그러네. 좋아 내일 아침에는 집에 돌아가게 해 주지."

그런 소리를 듣자 남자는 멀리 수백 리 길을 와서 아침저녁으로 고생한 것이 전부 수포로 돌아가나 생각하니 분해

서, 제일 간단한 것 하나만이라고 좋으니 제발 가르쳐 달라고 애원했다.

"무슨 마술을 배우고 싶은가"
라고 신선이 물었다. 남자는 대답했다.

"제가 보니까, 보통 사부님이 걸으실 때 벽이고 담이고 하나도 거침없이 지나가시는 것 같던데요. 그 방법을 가르쳐 주시면 저는 만족입니다."

신선은 웃으며 승락했다. 그리고 주문을 전수시킨 후 그것을 외우게 하고는,

"자아, 들어가."
라고 외쳤다. 남자가 벽에 부딪힌 채 들어가지 못하고 있으니까, 신선은 계속해서,

"괜찮으니까, 들어가 봐."
라고 한다. 남자는 하라는 대로 조용히 들어가려고 하는데 벽에 걸려 들어가지 못한다. 신선은 말했다.

"고개를 숙이고 힘껏 뛰어 들어가. 주저하지 말고!"

남자는 하라는 대로 벽에서 4, 5보 떨어진 곳에서부터 뛰어서 들어가니, 분명히 벽이 있다고 생각한 곳에 아무것도 없다. 뒤돌아보니, 아니, 자신이 벽 밖에 서 있는게 아닌가. 대단히 기뻐서, 또 벽 안으로 들어가 고맙다고 인사를 하니, 신선은,

"집에 돌아가면 반드시 몸을 깨끗이 해야 해. 그렇지 않으면 아무 소용없어."
라고 말하고는 돌아갈 여비까지 주었다.

여기까지는 마치 저 아폴리네르의 「나, 슈브락의 소멸」을 연상시키는 야릇한 분위기의 단편이다. 그러나, 「노산도사」에는 뒷이야기가 더 있다.

남자는 집에 돌아가자, 나는 신선을 만나고 왔다. 아무리 두꺼운 벽이라도 그냥 지나갈 수 있다고 자랑했다. 그러나 남자의 처는 이것을 비웃고 믿으려 하지 않았다. 남자는 배운 대로 힘껏 기합을 넣고는 4, 5보 떨어져서 벽을 향해 뛰어 들어갔다. 그 순간 머리가 딱딱한 벽에 부딪혀 남자는 푹 쓰러졌다. 처가 부축하여 일으키고 보니, 남자 이마 가운데 큰 달걀 만한 혹이 나 있었다고 한다.

이것을 가지고 포송령과 아폴리네르 중 누가 더 뛰어난 시인이었는지 비교할 수는 없다. 아폴리네르는 20세기 시인답게 효과적인 화술을 효과적으로 쓰는 법을 알고 있었을지도 모른다. 오히려 나는 이 청대 초기의 시인이 20세기 초 유럽보다도 더 가혹한 문명 사회란 벽에 둘러싸여 있었던 사실에 놀랍다기보다 탄식을 금할 수 없을 뿐이다. 어쨌든 그들은 양쪽이 높은 벽으로 막힌 길을 하염없이 걸어가야만 했고 도망가려고 해도 두꺼운 벽에 가로막혀 빠져나가려면, 슈브락처럼 벽 앞에 가운과 슬리퍼를 남겨 놓은 채 두 번 다시 이쪽으로 돌아오지 못하게 되든가,「노산도사」의 남자처럼 이마에 달걀만한 혹이 나고 정신을 잃든가, 둘 중에 하나가 될 것이다. 오히려 후자 쪽이 더 평범한 만큼 그래도 조금은 행복한 길을 무난하게 걸었다고나 할까.

그건 그렇고, 나도 집에 돌아가지 않으면 안된다. 그리고 돌아가면 나도「노산도사」의 남자처럼 마누라로부터 2개월간 집 밖에서 허탕치고 돌아왔다고 채근당하고 아무 쓸모없는 재능이라고 무시당할 것이다. 괜히 벽을 뚫고 지나갈 수 있다고 자랑해도 얻는 것은 이마의 혹밖에 없다. 내 직업도 도사가 도 닦는 것과 비슷해서, 아침부터 저녁까지 도 트는 것과는 아무 상관없는 나무베기를 하는 것처럼, 겉으로 보기에는 허송세월을 하는 것처럼 보이는 면이 있다. 그것은 집안 식구들에게도 다른 사람들에게도 무엇을 하고 있는지 이해받기 힘들기 때문에 무리한 변명 같은 것을 할 필요가 없다. 더구나 이번에 절에 있으면서 생각한 것이 모두 불필요한 행위였다고만은 할 수 없다. 그것이 만일 정말 아무 쓸모없는 것이었는지 아닌지는 일단 집으로 철수해서 다시 생각하고, 만일 그것을 계속해야겠다고 생각되면 또다시 오기로 하자.

다행히 아직 여비는 조금 남아 있다. 오늘 밤은 신세를 진 이시자와 마쓰이치 부부에게 인사를 하자, 그런 생각을 하면서 나는 하숙을 나왔다.

이상하게도 단 2개월 남짓 머물렀는데도 막상 철수하려니까 지금까지 그냥 지나친 것들이 이게 마지막인 것처럼 갑자기 귀중하게 생각된다. 창살문의 처마가 낮은 집들, 무너지는 축대벽, 머리를 치켜깎고 허리를 구부리고 걷는 노파—. 나는 하숙 근처의 개천을 조금 올라간 곳에서 장화를 신은 일꾼들이 차가운 물에 서서 염색한 천을 빨고 있는 것을 그저 감탄하면서 바라보고 있었다. 그 빠릿빠릿한 기계적인 동작이 염색한 천을 물에 담그는 것 같다는 것은 짐작할 수 있지만 대체 왜 이런 것을 하는지는 정말 전혀 알 수 없었다. 그러나 얼핏 보기에는 무의미한 동작의 반복에 지나지 않는 것 같은 노동이 자꾸 보니까 리듬을 탄 운동이 그대로 이쪽 몸에 옮겨진 것처럼 경쾌하고 아무리 보아도 질리지 않는다. 그때 나는 갑자기, 저 긴 내의 안팎에 사서 오경을 신문 활자 크기만한 깨알 같은 글자로 가는 붓으로 쓴 것이 생각났다.

'도대체 왜 그런 것을 만들었을까?'

처음 그것이 과거 컨닝용으로 만들어졌다고 들었을 때, 그 몇십만 자 한 자 한 자에 수험생의 원망이 서려 보기만 해도 왠지 그 원망의 이가 살 위를 기어다니는 것 같아 기분이 나빴다. 그러나 잘 생각해 보니, 그 속옷이 실제로 컨닝에 쓰였을 리가 없다. 시험장에서 자신의 상의 안쪽을 들여다 보는 수험생이었으면 곧바로 시험감독관 눈에 띄어서 의심받을 것이고, 그렇지 않더라도 공원의 그 어두컴컴한 방속에서는 모시나 비단천에 쓴 작은 글자는 알아보기 쉽지 않을 것이다. 그렇다고 하면 이것은 컨닝 때문에 만든 것이 아니고 불경을 베끼는 것처럼 일종의 기분전환이라고 할까 재미로 틈틈이 써 넣은 것일 게다.

'그렇다, 철수하기 전에 다시 한 번 그 이상한 속옷을 보자.'

생각이 거기에 미쳤는데, 나는 벌써 발을 그 오카자키의 간제화관 옆에 있는, 노란 기와지붕의 건물 쪽으로 내디디고 있었다. 이상한 일도 다 있다. 나는 걸으면서 내 발걸음이 필요없이 빨라지는 것을 느꼈다. 서두를 필요가 하나도 없지 않은가, 그 아가씨는 분명히 첫째, 셋째 일요일은 무료 입장이지만 그 밖의 요일에는 문을 닫는다고는 하지 않았다. 게다가 이렇게 서두르지 않아도 그 속옷이 도망갈 것도 아니다. 그렇게 생각하면서도 나는 까닭없이 마음이 조급해지는 것이다.

그러나 이것은 반드시 까닭이 없는 것은 아니었다. 그 건물 앞까지 와 보니 웅장한 철책문은 닫혀 있고 거기에 처음

이곳에 왔을 때처럼 '금일휴관'이라는 푯말이 있는 것이다. 그것만이라면 나는 실망할 필요가 없었다. 생각해 보면 이 건물 안에 특별히 내가 보지 않으면 안되는 물건은 없었다. 그런데도 나는 한참 길에 선 채 망연히 이 중국풍인지 서양풍인지 알 수 없는 건물을 바라보고 있었다. 정면의 문은 꼭 닫혀 있고 댓돌 위에는 어렴풋이 먼지가 쌓인 것처럼 보인다. 오늘만 휴관이 아니고 며칠 계속해서 휴관이었던 것은 아닐까? 그때였다. 갑자기 쪽문이 열리고, 빨간 외투를 입은 여성이 나를 등진 채 빠른 걸음으로 멀어져 가려고 한다. 저 사람은, 마쓰라 고자부로의 딸이 아닌가? 나는 나도 모르게 주위도 아랑곳하지 않고 큰 소리를 질렀다.

"저, 마쓰라 양. 마쓰라 고자부로 따님……."

그러나 그녀는 서려고도 하지 않고 높은 구두를 신은 발을 더욱 빠르게 움직이면서 계속 걷는다. 나는 뛰어가서 불러 세웠다.

"마쓰라 양."

그러나 다음 순간 나는 말할 수 없이 당황했다. 의아한 얼굴로 돌아본 그녀는 전혀 다른 사람이었기 때문이다.

"저, 마쓰라가 아닌데요."

"아, 실례했습니다……."

내가 사과하려고 하자, 그와 동시에 그녀는 교토 사람으로는 드물게 고압적이고 딱딱한 말투로 말했다.

"마쓰라 양이라면, 보름쯤 전에, 여기를 그만두고 결혼하지 않았어요? 저는 원래 여기 사람이 아니라서 잘 모르지만."

그렇게 내뱉듯이 말하고 멀어져 간다. 그 여성 뒷모습을 멍하니 바라보면서 나는 몇 번이나 나 자신에게 중얼거렸다.

"결혼? 마쓰라 딸이 **결혼**……, 그런가."

그리고 중얼거릴 때마다 나는 뭔가, 눈앞에 있는 것이, 건물도, 도로도, 철책도, 모든 것이 한꺼번에 소멸해 가는 듯한 기묘한 허전함을 느꼈다.

저자/야스오카 쇼타로(安岡章太郞)

1920년 고치(高知)시 출생

1948년 게이오대학(慶應義塾大學) 문학부 졸업

1953년 「우울한 즐거움」, 「나쁜 친구」(아쿠타가와상 수상)

1959년 『해변의 광경』(藝術選奬・野間문예상 수상), 講談社 刊

1975년 『사설 요재지이』, 朝日新聞社 刊

1977년 알렉스 헤일리의 『뿌리』 번역출간

현 일본문학가협회 이사, 아쿠타가와상 선고위원, 예술원회원

역자/이양(李陽)

1955년 서울 출생

1978년 서울대학교 가정대학 졸업

1983년 한국외국어대학교 통역대학원 일본어-한국어과 졸업

한림신서 일본현대문학대표작선을 발간하면서

　한림대학교 한림과학원 일본학연구소에서는 1995년에 광복 50년, 한일국교 정상화 30년을 기념하면서 일본학총서를 출간하기 시작했다. 그 성과에 대해서 한일 양국의 뜻있는 분들이 높이 평가해 주신 데 깊은 사의를 표한다.
　본 연구소는 한국이 일본을 더욱 잘 알게 되고, 한일간의 문화교류가 활발해진다는 것이 한일 양국을 위하는 것일 뿐 아니라 21세기를 향한 동북아시아의 평화와 새로운 질서를 수립하는 데 크게 이바지한다고 생각한다. 그런 뜻에서 일본학총서도 발간해 왔던 것이다. 앞으로도 그 사업을 계속할 것이며 연륜을 더해감에 따라 큰 발자취를 남기게 될 것을 의심하지 않는다.
　그런 확신을 가지고 지금까지 일본학총서 발간에 보내 주신 한일 양국 여러분의 성원에 보답하는 의미에서 여기에 새로이 한림신서 일본현대문학대표작선을 발간하기로 했다. 일본 문학은 이미 세계 문학사에서 확고한 자리를 차지하고 있다.
　일본은 전통적으로 문학 속에 사상을 담아 왔기 때문에 일본 사회를 알기 위해서는 일본 문학을 알아야 한다고들 흔히 말한다. 그럼에도 불구하고 지금까지 상업성을 위주로 하는 일반적인 출판사업에서는 일본 문학의 전모를 알리기에는 어려운 사정이 많았던 것이 사실이다. 그러므로 본 연구소는 일본을 바로 이해하기 위하여, 한일간의 문화교류를 더욱 촉진하기 위하여 여기에 일본현대문학대표작선을 간행하기로 했다.
　이러한 노력이 우리 문화발전에도 크게 이바지할 수 있기를 바라면서 일본에서도 한국 문화를 일본에 알리기 위한 노력이 일어나서 한일간에 새로운 세기를 좀더 밝게 전망할 수 있게 되기를 바란다.
　여러분들의 계속적인 성원을 기대해 마지 않는다.

1997년 11월
한림대학교 한림과학원 일본학연구소

존 웨슬리 설교선집

김영선 옮김

열린출판사

□ 역자 머리말

　본서는 2004년 1학기에 개설한「웨슬리 신학 특강」을 준비하기 위해 존 웨슬리의 설교 가운데 일부를 번역한 것을 출판한 것이다. 이 번역 설교문을 학생들과 함께 읽고 토론하면서 웨슬리의 신학과 영성을 새롭게 조명할 수 있었다. 여기에 번역된 설교들은 Thomas Jackson이 편집한 151편의 웨슬리 설교 가운데 21편의 설교를 선택한 것이다. 선택된 21편의 설교는 역자의 신학적 관심과 감각에서 비롯된 것으로 대부분 조직신학적 주제들을 다루고 있다.

　그 동안 웨슬리 신학을 주로 조직신학적 영역에서 강의하여 왔다. 그러다보니 학생들이 웨슬리의 글을 직접적으로 대할 수 있는 기회를 별로 제공하지 못하였다. 왜냐하면 조직신학적 취급은 웨슬리의 신앙과 사상에 대한 직접적인 만남의 기회를 제공하기보다는 그에 대한 해석이 중심을 차지하였기 때문이다. 웨슬리의 글 자체보다는 이에 대한 해석에 익숙해 있는 학생들에게 웨슬리의 소리를 직접 듣게 하고 싶었다. 웨슬리는 신약성서주해를 비롯해서, 일기와 일지, 편지와 설교 그리고 논문 등을 포함한 수많은 저술들을 남겼다. 한정된 강의 시간에 이 많은 모든 자료를 접할 수는 없는 것이다. 「웨슬리 신학 특강」을 위해 어떤 장르의 자료를 다룰까 고심하다가 설교 영역을 택하였다. 이들 자료가 다른 자료들보다 웨슬리의 신앙적 또는 신학적 숨결을 느끼는데 가장 빠를 것 같다는 생각에서였다.

본 역서는 역자의 저서 『존 웨슬리와 감리교 신학』과 짝을 이룰 수 있을 것으로 기대한다. 왜냐하면 『존 웨슬리와 감리교 신학』은 웨슬리 신앙과 사상을 소개하고 해석하는 조직신학적 취급에 중점을 둔데 반하여 본 역서는 해석이 철저히 배제된 웨슬리 자신의 순수한 복음적 삶과 사상의 고백을 다루고 있기 때문이다.

여기에 번역된 21편의 설교들은 151편의 웨슬리 설교들 가운데 역자의 관심하는 바에 따라 설교 번호의 순서에 따라 번역되었다. 그러나 이 책의 출판을 위해 유사한 주제들을 임의적으로 모아 네 가지 주제- 1) 하나님에 관하여, 2) 그리스도와 인간에 관하여, 3) 종말에 관하여, 4) 영성 생활에 관하여 -로 분류하였다. 따라서 어떤 설교들은 주어진 주제에 크게 부합되지 않을 수 있음을 독자들께서 양지해 주시기 바란다. 설교 제목 옆 괄호 안에 있는 숫자는 Thomas Jackson이 편집한 웨슬리 설교의 번호임을 밝혀둔다.

번역을 하고보니 151편의 설교를 조직신학적 주제별로 구성하여 웨슬리 설교에 나타난 그의 영성과 신학을 정리할 수 있었으면 좋았을 것이라는 아쉬움이 남는다. 그러나 아주 제한된 웨슬리 설교 번역이지만 이를 통해 웨슬리의 신앙적, 신학적 숨결을 느끼고 새로운 삶을 출발하는 사람들이 나타나기를 감히 바란다. 마지막으로 이 책을 출판하느라고 수고하신 열린출판사의 김윤환 대표를 비롯한 편집실 여러분들께 감사드린다.

2005년 1월

수원 영통 살구골에서
김영선

☐ 차 례

4 · 역자 머리말

I. 하나님에 관하여

11 · 1. 하나님의 형상 (141)

28 · 2. 하나님의 사랑 (144)

53 · 3. 삼위일체 (55)

68 · 4. 예정 (58)

80 · 5. 영원 (54)

97 · 6. 사랑 (149)

II. 그리스도와 인간에 관하여

113 · 1. 그리스도인의 완전 (40)

154 · 2. 그리스도를 육체대로 앎 (123)

166 · 3. 인간지식의 불완전 (69)

192 · 4. 인간 I (103)

205 · 5. 인간 II (116)

III. 종말에 관하여

- *219* · 1. 휫필드의 죽음 (53)
- *250* · 2. 존 플레처의 죽음 (114)
- *284* · 3. 시대의 표적 (66)
- *301* · 4. 지옥 (73)

IV. 영성생활에 관하여

- *323* · 1. 신생 (45)
- *346* · 2. 교회 (74)
- *364* · 3. 영적 예배 (77)
- *386* · 4. 시험 (82)
- *404* · 5. 믿음 (106)
- *419* · 6. 안식일 (139)

437 · 부록. 감리교인의 특색

I. 하나님에 관하여

1. 하나님의 형상 (141)
2. 하나님의 사랑 (144)
3. 삼위일체 (55)
4. 예정 (58)
5. 영원 (54)
6. 사랑 (149)

1. 하나님의 형상 (141)

The Image of God

창 1:27

"하나님이 자기 형상 곧 하나님의 형상대로 사람을 창조하시되 남자와 여자를 창조하시고"

1. 인간 본성을 높이 평가하고, 긍정적으로 설명하는 견해가 있다면, 그것은 그러한 본성을 소유한 인간들에 의해 잘 받아들여질 수 있을 것입니다. 따라서 그러한 종류의 주장들은 모든 시대에 늘 있었습니다. 예를 들면 인간은 하나님으로부터 유래했다든지, 인간은 인간 자신을 만든 하나님의 모습과 같다든지 또한 인간에게서 하나님의 형상을 발견할 수 있다는 주장들이 그런 것들입니다.

2. 그러나 이러한 주장에 대한 반대 또한 항상 있었습니다: 사람이 하나님의 형상대로 만들어졌다면, 왜 자신의 본성과 명예를 더럽히는 수많은 불완전함이 존재하는가? 왜 사람의 몸은 질병과 고통에 시달리고 마침내 죽음에 이를 수밖에 없는가? 왜 사람의 영은 때때로 무

지와 잘못과 통제할 수 없는 격정으로 인하여 더 큰 모욕을 당하고, 무엇보다도 죄악으로 인해 그러한 모든 것들을 함께 겪을 수밖에 없는가? 모든 지혜를 소유하신 거룩한 창조주에게 그와는 완전히 구별되는, 무지하고 불쌍하고 죄로 물든 피조물이 어떻게 존재할 수 있는가?

  3. 요즘 이렇게 반대하는 주장들 가운데, 인간들은 하나님의 형상대로 만들어지지 않고 멸망하는 짐승(시49:12)의 형상대로 만들어졌다고 주장하는 사람들이 있습니다. 그들은 '그들이 짐승이다'(전3:18)라는 솔로몬의 말을 문자적으로 적용시킵니다. 그러나 이러한 주장은 참으로 부끄러운 것입니다. 이들은 하나님이 주신 인간에 관한 이야기를 끊임없이 거부하고 비웃으면서, 그 이야기가 자신들의 행동양식과 이성에 반대되고 나아가 그 이야기 자체에 모순이 있다고 단언합니다.

  4. 하나님이 주신 이야기의 핵심은 이것입니다: '하나님이 사람을 정직하게 지으셨으나 사람은 많은 꾀를 냈습니다'(전7:29). 인간은 자기에게 주어진 자유를 남용하여 창조주에게 반항했고, 썩지 않는 하나님의 형상을 고의로 죄와 괴로움과 타락으로 변질시켰습니다(롬 1:18-25). 그러나 자비로우신 창조주는 자기 손으로 만드셨으나 타락해 버린 작품을 버리지 않으시고, 그를 위해 '그를 만드신 자의 형상을 좇아 거듭나게'(골3:10) 하는 수단들을 준비하시고 허락하셨습니다.

5. 인간에 대한 설명이 본질이나 이성에 일치한다거나 그렇지 않다고 나뉘지만, 나는 1. 어떻게 인간이 하나님의 형상대로 만들어졌나, 2. 어떻게 그가 그 형상을 잃게 되었나, 3. 어떻게 그가 그것을 회복하는가에 대한 질문을 제기함으로 여러 설명들을 좀 더 다양하게 기술할 것입니다.

I. 인간은 원래 하나님의 형상(image)대로 만들어졌습니다.

1. 먼저 인간의 이해력에 대해 생각해봅시다. 인간은 하나님의 형상을 따라 지음 받았기에 사물을 관찰하거나 비교함으로써, 또 이 비교로부터 더 발전된 진리를 추론함으로써 진리와 거짓을 구분하는 능력을 부여받았습니다.

(1) 먼저 인간의 능력뿐만 아니라 여러 특징들이 하나님을 닮았습니다. 인간의 이해력은 정확했었고, 만물은 각자의 참된 본질대로 그의 앞에 놓여 있었습니다. 그의 이해력은 절대로 실수하지 않았고, 그는 모든 것을 존재하는 그대로 인식했습니다. 그는 그 어느 것에 대해서도 결코 잘못 인식하지 않았습니다.

(2) 인간의 이해력은 틀림없었고 명확했습니다. 진리와 그것에 대한 이해는 함께 있었습니다. 하나님이 인간을 창조하실 때 빛과 어두움

이 있었습니다. 어둠의 그림자가 물러갈 때마다, 그 순간 더 밝은 빛이 등장했습니다. 마찬가지로 인간의 지식은 완전한 빛처럼 언제나 분명했습니다. 인간은 오류와 의심을 모르는 자였습니다. 그는 사물을 전혀 보지 않거나, 그렇지 않으면 아주 분명하게 인식했습니다.

(3) 그러므로 여기에 인간의 이해력이 가진 또 다른 탁월함이 있습니다. 그것은 바로 이해력의 빠른 속도입니다. 정신(spirit)을 제외하고 생각보다 더 빠른 것은 없었습니다. 우리의 첫 조상이 사고했던 것을 살펴보면 우리가 가진 이론으로는 그 속도를 표현할 수조차 없다는 사실을 발견하게 됩니다. 즉, 그는 참으로 짧은 순간에 '모든 육축과 공중의 새와 들의 모든 짐승에게 이름을 지어주었습니다'(창 2:20). 또한 그 이름들은 아무렇게나 붙인 게 아니라 동물들의 내적 본성들을 표현하는 이름들이었습니다.

(4) 이것을 살펴볼 때 생각의 빠름뿐만 아니라 이해력의 위대함을 발견할 수 있습니다. 이처럼 많은 것들을 인식하고 판단할 수 있었던 그는 얼마나 넓은 시야를 가졌던 것일까요! 일순간에 거의 무한대에 가까운 대상들을 파악했으니 그 이해력은 참으로 놀랍습니다! 이러한 인간의 능력과 비교할 때 다른 피조물들은 매우 미미한 존재였을 것입니다.

2. 그러나 이와 같이 신속 정확하며 폭넓은 이해력은 인간이 처음

에 받은 하나님 형상에 있어서 사소한 부분일 뿐입니다. 그의 두 번째 능력인 완전한 의지는 훨씬 더 위대하고 고귀합니다. 그러한 이해력의 지배를 받는 동안 인간의 의지는 완전할 수밖에 없었습니다. 인간은 하나님의 본성인 그의 '사랑들'(affections: 물론 유일한 사랑이기에 단수로 취급해야하지만 '사랑들'로 표현해도 된다면)로 영혼 전체가 가득 채워졌습니다. 그의 사랑은 이성적이었고 한결같았으며 정상적으로 그를 지배했습니다. 매순간 그는 사랑을 생각했습니다. 그는 다른 열정을 알지 못합니다. 사랑은 그의 생명의 열기이며, 그의 몸의 전체 구조에 생기를 불어넣는 온화한 열기였습니다. 그의 영혼의 불꽃(사랑을 말함, 역주)은 계속 흘러나와 그 영혼을 주신 분께로 향하고, 또한 그 불꽃을 느낄 수 있는 그분의 피조물인 모든 만물에게로 향합니다. 특히 그것은 하나님의 이름뿐만 아니라 하나님의 형상을 가진(마22:20) 존재들에게로 향합니다.

3. 셋째로, 그분의 형상을 인간 안에서 더 확실하게 해 주는 것이 바로 인간이 처음 누렸던 자유입니다. 그 자유는 인간의 본성에 심겨지고 모든 존재들과 함께 엮어진 완전한 자유입니다. 인간은 어떤 대상을 자신의 소유물로 가지거나 변경시키는 문제에 있어서 완전한 자유를 가진 자로 창조되었습니다. 그가 무엇을 할 것인지 스스로 결정했습니다. 또한 스스로 선택한 것이 모든 면에 있어서 그를 규정지었습니다. 그 자신의 행위가 없을 경우 저울은 어느 한 쪽으로도 기울지 않았습니다. 창조주나 다른 어떤 피조물도 그 저울의 한 쪽을 누

르지 않았습니다. 이 경우 그는 스스로에게 단독 지배자였고 자신의 행위를 판단하는 최상의 재판관이었습니다.

4. 완전한 이해력과 부패하지 않은 의지, 그리고 완전한 자유의 결과는 이 모든 것들 위에 행복을 가져옴으로써 인간 안에 있는 하나님의 형상을 완성시켰습니다. 그 때에는 산다는 것이 삶을 향유하는 것이었습니다. 그 때에는 무한한 지혜가 인간의 기능에 맞춰 놓은 많은 대상들에게 인간의 기능이 완벽하게 작동했습니다. 그 때에는 인간의 의지가 선을 만족하듯이 인간의 이해력이 진리를 만족했습니다. 그 때에는 인간이 창조주와 피조물을 향유하며 고통이 없는 순수한 행복을(시36:8) 맘껏 누리는 완전한 자유를 가졌습니다.

II. 둘째로, 지혜롭고 행복했던 피조물이 어떻게 이러한 완전함을 잃게 되었는지, 어떻게 하나님의 형상을 잃게 되었는지 알아봅시다.

그것에 대한 분명한 답은 이것입니다: 인간의 자유가 필연적으로 약간의 시험을 가져왔다는 것입니다. 만약 그에게 자유가 없었다면, 그는 그 시험을 받아들일 것인지 말 것인지를 선택할 수 없었을 것이기 때문입니다. 하나님께서는 그를 시험하며 말씀하셨습니다. '동산

각종 나무의 실과는 네 임의로 먹되, 선악을 알게 하는 실과는 먹지 말라'(창2:16-17). 하나님께서는 인간이 이 단 하나의 명령을 범하는 것을 막게 하시려고 인간의 자유를 침해하지 않는 범위 내에서 그에게 범죄의 결과를 말씀하십니다. '네가 먹는 날에는 정녕 죽으리라'(창2:17). 이러한 하나님의 말씀에도 불구하고 인간은 그것을 먹었고, 결국 사망이 그와 모든 자손들에게 임하게 되었습니다. 또한 죽음의 전(前) 단계로 질병과 고통과 무지, 그리고 악함과 노예생활이 시작되었습니다.

하나님께서 기적으로 그 범죄를 막지 않으시고 피조물에게 자신의 길을 가도록 허용하실 경우, 다음으로 어떻게 진행될 것인지 쉽게 예측할 수 있습니다. 하지만 우리는 먼저 다음의 내용을 알아야 합니다: 인간은 창조될 때에도 물질과 영의 혼합체였고, 이러한 결합 기간 중에는 언제나 한 부분이 다른 부분과 함께 행동하는 원칙이 있었습니다. 두 부분의 상호 의존적인 상태는 절대적으로 유지되었고, 영의 기능들로 인해 육체가 적당한 기질을 가지듯이 영 또한 육체로부터 영향을 받는다는 것을 우리는 알아야 합니다. 우리가 이것을 염두에 두면 죽음에 이르게 하는 이 금단의 열매가 어떻게 '죽음'이라는 말에 암시된 모든 결과들을 초래하게 되는지 쉽게 알 수 있습니다. 다음의 이야기 중 어떤 것이 성경에 근거하므로 확실한지, 그리고 어떤 것이 추측에 근거하므로 단지 가능성으로만 제시되는지 구분하는 것은 어렵지 않습니다.

1. 선악과를 따먹은 행위의 첫 번째 결과는 불멸로 창조되어 부패하지 않고 외부로부터 아무 것도 첨가되지 않은 그의 몸에 나타났습니다. 선악과를 먹기 전 몸의 모든 입자들은 부패하지 않았으며, 사용 목적이 아니고 즐거움을 위하여 섭취한 물질들이 몸에 합해진다거나 그 몸의 어느 한 부분에 들어갈 수는 없었습니다. 그 이유는 당시의 몸의 각 부분은 보수할 필요가 없었기 때문입니다. 이것이 의미하는 바는 몸에 들어있는 체액들이 여전히 동일한 상태를 유지하고, 그것들을 담고 있는 혈관은 동일한 탄력을 유지하며 항상 깨끗하여 막힘이 없었다는 것입니다.

 이와 반대로 인간에게 알려진 치명적인 선악과는 그것만의 어떤 액체를 함유한 것 같은데, 그 액체의 성분은 그것이 접촉하는 것에 달라붙는 성질이 있었습니다. 인간의 몸에 섭취된 이 액체의 일부가 더 가느다란 혈관의 내벽에 달라붙게 되고, 또한 전에 혈관 내에서 느슨하게 흘러 다니던 다른 입자들도 그것에 달라붙게 되었습니다. 결국 계속 그것들이 달라붙어 몸의 모든 부분이 수많은 병에 걸리게 되었습니다. 특히 그것은 사망의 원인이 되었습니다. 왜냐하면 매일 전에 있던 것에 더 많은 이물질이 달라붙어 튼튼했던 몸의 부분들이 점차 활력을 잃어버려 체액의 순환에 필요한 도움을 줄 수 없게 되었기 때문입니다. 시간이 지나면서 더 작은 혈관들이 점차 이물질로 메워지는데, 이는 특별히 사지(四肢)에 있는 부분들이 그러합니다. 그 이유는 그곳이 심장에서 멀리 떨어져 항상 체액의 흐름이 더 느리고 운동이 활발하지 못했기 때문입니다. 몸이 체액의 흐름에 추진력을 주는 힘이 감소하고, 마침내 그 힘이 완전히 사라지게 되면, 몸 전체도 움직이기를 그치고 죽게 됩니다.

아담이 선악과의 독과 함께 생명나무 실과(창3:22)의 해독제를 먹었다면 위의 결과는 나타나지 않았을 것입니다. 당연한 말이지만 그가 독을 삼켰음에도 불구하고 분명 생명나무로 인해서 영원히 살았을 것입니다. 생명나무 열매가 선악과를 해독하는 묽은 세척제 성질을 가지고 있어서 어디에 붙어 있는 입자든 그것들을 씻어내어 그것을 먹은 자가 영원히 살도록 만드는 데 효능이 있어 그런 일이 가능한 것 같습니다.

그러한 일이 가능하더라도 이에 못지않게 명확한 사실이 있습니다: 선악과를 먹는 순간 고통을 느끼지 않고 불멸적이었던 그 몸에 사망이 선고되었습니다. 이 썩지 아니할 것이 썩어짐을 입은 후(참고, 고전15:53-54) 그 다음 타격이 그 몸의 동반자인 영혼에 임했습니다. 그 영도 죽지 않는다는 사실만을 제외하고 자신의 모든 능력들에 있어서 몸에 일어난 것과 비슷한 변화를 겪게 되었습니다. 영과 육은 이전과 가졌던 조화를 가질 수 없었습니다. '썩어질 몸이 영혼을 짓눌렀습니다.' 썩지 않는 동안에는 몸이 영과 함께 자유롭게 삶을 누렸었습니다.

2. 우선 그는 인식하는 기관들이 정상적이지 않다는 사실을 알게 됩니다. 인식에서 나오는 관념(觀念)들은 더 이상 올바르지 않습니다. 그것은 오류를 진리로 알고 진리를 오류로 판단합니다. 무지로 인하

여 과실(過失)이 생겨나고, 그러한 과실은 또한 무지를 증가시킵니다. 여기서 이해력은 더 이상 분명하지 않습니다. 그것은 마치 탁해진 유리를 통해 보는 것처럼 희미하게 보는 것(고전13:12)과 같습니다. 그러므로 이러한 불확실한 인식은 아는 것과 모르는 것을 명확히 구분할 수조차 없습니다. 왜냐하면 불확실한 가운데 인식이 내린 결론은 과실(過失)을 범할 수 있기 때문입니다. 그 결과 인식이 가진 영향력은 작을 수밖에 없습니다. 인식이 가진 명료함과 신속함은 밀접하게 연결되어 있습니다. 따라서 일순간에 만 가지 피조물들의 본성들을 파악하던 인식은 이제 여러 해를 애써도 단 하나의 피조물조차도 완전히 파악하지 못하게 되었습니다. 전에는 눈에 보이는 세상을 단순하게 파악할 수 있었던 이해력이 이제는 그 세상 안에 있는 한 피조물의 모든 성질들을 바로 파악한다는 것조차 불가능해졌습니다. (그렇게 그 인식의 광대함과 신속함이 훼손되었습니다.)

3. 의지의 안내자(이해력을 말함, 역주)가 시력을 잃었을 때 그 의지가 얼마나 많은 해를 입게 되는지 우리는 쉽게 알 수 있습니다. 그 의지를 완전히 장악했던 영광스런 안내자 대신에 이제 악의에 찬 군대가 그 의지를 점령하게 되었습니다(롬1:26). 비통함과 분함과 증오와 두려움과 수치심이 일제히 의지 속으로 몰려들었습니다. 그리하여 세상적이고 정욕적이고 마귀적인(야3:15) 감정이 의지에 달라붙어 의지를 갈기갈기 찢어버렸습니다. 사랑과 하나님의 광선, 그리고 생명의 향기를 이젠 고통으로 느낄 뿐입니다. 의지를 비추던 불빛이 꺼졌으

므로 그 의지는 안식을 찾아 이리저리 방황하지만 찾지 못합니다(눅 11:24). 마침내 (거라사의 귀신처럼, 역주) 의지는 다른 것 없이는 생존할 수 없게 되었고, 자신이 가졌던 감각을 잃었기 때문에 허식적인 일들과 화려해 보이는 세상 오락에 빠지게 되었습니다.

4. 진실로 인간의 마음에 자유가 없다면 어떤 일을 할 수 있겠습니까? 자유가 덕스런 마음과 함께 인간에게서 달아나버렸습니다. 관대한 주인 대신 무자비한 폭군이 인간을 지배하게 되었습니다. 덕(德)의 신하였던 인간의 마음은 악(惡)의 노예가 되고 말았습니다. 피조물이 허망한 것에 복종하는 것은 자원하기 때문이 아닙니다. 율법이 강압이 되었으며, 지배자의 금홀이 때리는 쇠막대기가 되었기 때문입니다. 전에는 사랑의 줄이 그를 하늘로 끌어 올렸고(호11:4), 그가 원할 경우 땅으로 몸을 굽힐 수 있었습니다. 그러나 이제 그는 너무 땅 쪽으로 묶여 있어서 하늘을 우러러 볼 수도 없습니다(눅18:13).

5. 타락한 인식과 부패한 의지의 노예가 된 결과는 사람들이 완전함 가운데 누렸던 행복과는 정반대였습니다. 그 때 인간들의 수명은 짧아졌고 그 삶의 날들은 험난했습니다(창47:9). 인간의 육체적, 영적 능력들이 쇠퇴하고 인간들에게 고통이 임하였습니다. 결국 천국의 행복이 사라졌을 때, 죽을 수밖에 없는 존재가 되어버린 미련하고 악한 인간은 노예처럼 자신이 원하지 않은 불행에 넘겨졌습니다.

모든 질문자들은 자신의 경험을 기초로 판단하는데, 그러한 인간이 선하신 하나님의 손에서 만들어졌다는 것은 그들에게 언제나 기이한 일로 여겨졌습니다. 불신자들에게 이 문제를 말해주고 그가 기독교적 설명 외에 다른 방법으로 이 문제를 해결할 수 있으면 그렇게 해보라고 하십시오. 만약 그렇게 된다면 문제의 난해함은 곧 사라지게 됩니다. 즉, 선하신 하나님이 아닌 인간 스스로 현재의 자신을 만들었다는 것을 먼저 인정하고, 다음으로 인간 스스로 고의로 잃었던 것을 어떻게 회복할 것인가를 알아보면 모든 것이 합리적이고 명확해집니다. 이것이 우리의 세 번째 질문의 요지입니다.

III. 진실로 이 사망의 몸에서 누가 나를 회복시키랴(롬 7:25)

누가 우리의 원래 타고난 불멸성을 회복시키랴? 사도 바울과 함께 우리는 말합니다, '하나님 우리 주님 예수 그리스도께 감사하노라'(롬7:25). '아담 안에서 모든 사람이 죽은 것 같이 그리스도 안에서 모든 사람이 삶을 얻으리라'(고전15:22). 그리스도께서 예비하신 구원의 길을 받아들이고 그분께서 주신 계명을 지키는 모든 자들이 이 삶을 얻습니다. 이 모든 자들이 죽음으로써 첫째 사망을 맞게 되나 그 후 둘째 사망은 절대로 맛보지 않을 것입니다(계2:11 ; 20:14-15). 땅에 묻힌 몸이 흙으로 돌아가기 전에 그들의 영을 죽이는 씨앗들은 점차 제거될 것입니다. 그리하여 그 몸도 또한 허물어지고 완전히 정화되어 '하늘에 있는 영원한 집'(고후5:1)으로 다시 지어지게 될 것입니다.

1. 이 영광스런 변화를 향한 첫 발걸음은 겸손, 즉 우리 자신들에 대한 바른 인식과 우리의 처지에 대한 올바른 판단입니다. 이 덕목에 관해 악한 영(여기서는 아폴로(Apollo)를 말한다. : 역주)도 하나님께 압도당했거나 아니면 그분을 흉내 내어서 자신의 신전 앞에 '너 자신을 알라'라는 유명한 문구를 썼습니다. 그런데 이러한 덕목에 대하여 그 악한 영보다 더 뛰어난 예언자가 '마음을 새롭게 하여 변화 받기'를 원하는 모든 자들에게 다음과 같이 권면했습니다: '각 사람에게 말하노니, 마땅히 생각할 그 이상의 생각을 품지 말라'(롬 12:2-3).

이 덕목이 다른 모든 지식을 얻는 데 얼마나 유용한 것인가 하는 것은 말할 필요도 없습니다. 즉, 이 덕목이 이해력을 기르는 데 매우 유익하다는 말입니다. 우리 자신에 대한 거짓된 생각들이 수많은 잘못으로 우리를 끌어갑니다. 그러나 주님께서는 자신의 어리석음을 아는 자들에게 '지혜의 영을 주시고, 그들이 지음 받은 모양을 따라 이해의 눈을 밝혀주십니다'(참고: 엡1:17; 골3:10, 역주).

2. 이렇게 겸손으로 일깨워진 이해력은 즉시 우리 자신의 의지를 사랑(charity)으로 바꾸도록 합니다. 그것은 우리로 하여금 우리의 영에서 모든 나약한(unmanly) 감정들을 제거하게 하고, 잠시도 그것들

이 틈타지 못하게 하며, 모든 비통과 부정함과 무절제와 '모든 악독과 분냄과 훼방하는 것'(엡5:31)을 떨쳐버리게 합니다. 또 분산되었던 거룩한 마음의 기둥들을 모아 우리가 살고 존재하는 이유가 되시는(행17:28) 최고의 선이신 바로 그 분께 그 기둥들을 세워 고정시키게 합니다. 그리고 그분을 위하여 또한 그분을 본받아 '서로 인자하게 하며 불쌍히 여기며 서로 용서하기를 하나님이 그리스도 안에서 우리를 용서하심과 같이 하게 합니다'(엡4:32).

3. 그것은 '생명의 성령의 법이 죄와 사망의 법에서 우리를 자유케 함'(롬8:2)을 의미하고, 먼저 우리를 지식으로, 또한 덕과 자유와 행복으로 회복시킵니다. 그리하여 우리는 '썩어짐의 종노릇한 데서 해방되어 하나님의 자녀들의 영광의 자유에 이르게 되었습니다'(롬8:21). 그 자유는 미래의 기쁨을 위한 고통으로부터의 해방일 뿐만 아니라, 영원토록 하나님의 우편에서 흘러나오는 행복의 서막으로 적당한 현세의 행복도 포함합니다!

IV. 지금까지 논의된 것에서 얻을 수 있는 추론 하나를 말하면 이것입니다

1. 자신들의 내적 질병에 무감각하고 그것에 대한 유일한 치료를 거부하는 자들은 지극히 불쌍합니다. 또, 그러한 치료를 받지 못한 자

들조차도 그와 같은 자들을 동정의 대상으로 보지 않고 진노의 대상으로 보는 것이 사실입니다. 그럼에도 불구하고 주님께서는 자신들의 주인이 보낸 종들을 죽이고 그분의 아들까지도 죽이려 하는 예루살렘을 보시고 그 도성을 인하여 우셨고, 모든 분노와 아픔을 동반한 격정(激情)(passions)을 동정심으로 승화시키셨습니다(눅19:41). 그러나 우리는 그 격정(passions)을 지닌 채 판단하려는 유혹을 받습니다. 치료를 거부한 자들은 '무지함으로 인해 하나님의 형상에서 벗어나 있는 자들'(엡4:18)보다 더 죄인이며 더 불행합니다. 이들은 항상 아프고 자주 고통 가운데 있습니다. 파멸과 불행이 이들이 가는 길에 놓여 있습니다. 이들은 평화의 길을 모릅니다(사59:7-8). 이들은 악한 병에 걸렸습니다(시41:8). 이들의 오장육부(五臟六腑)는 고통 그 자체입니다. 이들의 총명은 어두워졌습니다(엡4:18). '이 세상 신이 그들의 마음의 눈이 멀게 하고'(고후4:4) 그 본래 가진 부패한 마음을 무한히 증대시켰기에 그들의 눈앞에는 항상 무지와 오류의 구름이 드리워져 있습니다. 그들의 사랑은 천박하며 파멸적이고 만족을 주지 못하는 대상에 집착하고 있으며, 그러한 선택으로 인한 고뇌는 끊임없는 격정들로 칼날을 더 세우고 자신들의 힘없는 대상을 찢어놓습니다. 하나님, 노예가 된 자들을 구하소서! 인간은 도울 수 없습니다. 당신께서만 그들을 불쌍히 여기실 수 있습니다! 사람들이 자신들의 쇠사슬을 끌고 다니고, 자유에 대해 목청껏 소리 지르면서도 오히려 영원히 꺼지지 않는 불구덩이(막9:43)로 내달리고, 자신의 건강만을 믿고 있는 것을 보실 때 당신만이 그들을 전능하시고 자비로 충만하신 당신에게로 인도하실 수 있습니다.

2. 그렇습니다. 그들은 자신들에게 보여진 풍성한 자비를 알아야 합니다. 그 자비의 풍성함은 인간의 기술과 하나님의 지혜가 주는 좀 더 나은 정신을 소유할 수 있는 모든 기회 속에, 그리고 기독교 국가에서 교육받은 우리에게 아낌없이 주어진 모든 지식 속에 나타납니다. 곧 무엇에든지 정결하며 무엇에든지 칭찬할 만하며 사랑할 만한 것에 필요한 지식을 소유할 수 있는 기회를 부여받은 우리 모두에게 그 자비의 풍성함이 보여졌습니다.

우리에게는 그러한 지식을 받는 것이 허용되었고 그것을 사용하도록 권함을 받았습니다. 다른 자들은 이곳에서 흘러나오는 개울의 물 몇 방울을 떠놓고 즐거워하지만, 우리는 이 생명수 샘물(계7:17)가에 누워서 그곳으로부터 뻗어나가는 다양한 지류들을 내려다보고 있습니다. 지식을 얻는 것은 많은 자들의 기쁨이 됩니다. 그것은 또한 우리의 과업이기도 합니다. 특별히 우리 모두가 원래 어리석고 악하다는 것을 알며, 전체 기독교에서 이 진리가 무엇보다도 먼저 알려져야 한다는 것을 인식하는 것이 우리의 과업입니다. 왜냐하면 만약 인간이 본래 부패했다고 한다면 다른 모든 종교는 헛된 것이 될 수밖에 없기 때문입니다. 우리는 다음의 논증 하나를 생각할 때 이 기본 진리에 반대하는 모든 이론들이 얼마나 보잘 것 없는지 알게 됩니다: 인간이 본래 죽어야 할 존재라면 그는 본래 죄인입니다. 정신적 부패의 씨앗들과 마찬가지로 육체적 부패의 씨앗들도 우리의 생명뿐만 아니라 우리의 이해력과 이해력을 가진 기질들을 분명히 해칩니다.

우리는 우리의 종교가 가진 필연성과 효능을 거의 본능적으로 알고 있습니다. 인간이 본래 부패했다는 구조에서 보면 기독교가 하나님으로부터 유래했음을 필연적으로 알게 되는데, 그 이유는 그러한 부패에서 '이같이 구원할 다른 신이 없으므로'(단3:29) 다른 종교가 있을 수 없기 때문입니다. 끝으로 기독교가 하나님으로부터 나왔기에, 이 은혜를 받아들이라고 다른 사람들을 설득하는 자들에게 얼마나 큰 영광스런 명예가 돌아갈 것인지 매일매일 배우게 됩니다. 이 일을 행하실 주님이 '하늘 구름을 타고 오시며'(단7:13), '땅의 티끌 가운데서 자는 자들이 깨어 날 때(단12:2)' 다른 자들을 죄와 죽음에서 구원시킨 자가 '궁창의 빛과 같이 빛날 것'이기에, 많은 자들에게 하나님의 형상을 다시 새겨 놓은 자들은 '별과 같이 비췰 것입니다'(단12:3).

이제와 영원토록 성부 하나님, 성자 하나님, 성령 하나님께 모든 영광과 찬양이 돌려지기를 원합니다.

2. 하나님의 사랑(144)

The Love of God

막 12:30

"네 마음을 다하고 목숨을 다하고 뜻을 다하고 힘을 다하여 주 너의 하나님을 사랑하라."

1. 하나님께서 흙으로 사람을 만드시고, 생명의 호흡(창2:7)을 그에게 불어넣으시고, 그분의 형상과 이름을(마22:20) 그에게, 곧 그의 이해력과 의지와 감정들에 새기셨을 때, 그에게 자신의 형상의 원형이신 분을 사랑하라는 계명을 주셨습니다. 또한 인간의 창조주께서 당신의 모든 은총에 대한 보답으로 한 가지 요구하신 것이 사랑인데, 그분께서 그것을 요구하신 이유는 그분의 피조물들이 행복해지기 위해 필요한 한 가지(눅10:42)가 바로 그 사랑이기 때문입니다.

2. 너는 주 너의 하나님을 사랑하라는 계명은 인간이 본래적 인간일 때 하나님께서 내리신 율법의 전부였습니다. 하지만 인간이 하나님에 대한 자신의 사랑을 시험하는 단 하나의 금령(禁令)을 범함으로 그가 고의로 행복과 완전 상태에서 추락했을 때, 좀 더 특별한 법이 필요하게 되었습니다. 이는 인간이 하나님의 사랑에서 벗어나 있었으

므로, 인간이 만들어낸 많은 꾀들이 인간으로 하여금 하나님의 피조물에 대한 사랑의 노예가 되게 했고, 그리하여 과실(過失)과 악과 수치와 불행의 노예가 되게 해서, 그러한 꾀들에 대한 구제책이 필요했기 때문입니다. 따라서 좀 더 특별한 법이 그에게 주어졌는데, 이 법이 정한 규칙들에 의해 그의 영혼을 습격하는 죄와 고통이 걸어 들어온, 그 자 안에 나 있는 모든 길이 평가받게 됩니다. 또한 이것을 통해 그는 하나님께서 그 자의 본성을 새롭게 만드시려 마련하신 몇몇 수단들로 인도됩니다. 또한 인간의 본성이 자신을 창조하신 분의 형상으로 새로워지기까지 그 특별한 법이 유용하도록 그 법은, 하나님을 사랑하는 것이 영혼의 근거였을 때 아무런 강제명령 없이 존재했던 모든 생각과 말과 행위에 대해 명령의 형식으로 언급합니다.

3. 우리는 인간의 이러한 처지 가운데서도 여전히 사랑이 율법의 완성임을(롬13:10), 곧 여러 시대와 여러 경우 가운데 하나님의 입에서 나온(마4:4) 모든 법과 특히 마지막 날에 그분께서 당신의 아들을 통해 주신 모든 법(히1:1-2)의 완성임을 쉽게 깨닫습니다. 사랑은 그리스도의 모든 명령들의 목적이며(딤전1:5), 인간에게 말해진 그 모든 명령들은 사소한 것에서 중대한 것에 이르기까지 순전히 이 사랑을 위한 것이었습니다. 금지 명령들을 생각한다면, 그것들은 하나님의 사랑으로부터 우리를 떼어놓는 것들에 대한 수많은 주의들이지 않습니까? 행위를 명하는 명령들은 은혜의 수단들을 사용하라고 명하는데, 그 수단들은 진실한 사랑의 열매인 덕들을 실천하는 것만을 말하고,

우리로 하여금 작은 능력에서 큰 능력으로 올라가게 하고 첫째 되고 가장 위대한 명령을 완전히 수행하도록 합니다. 그 첫째 되고 위대한 명령은 바로 모든 명령을 포함하고 모든 명령을 앞서고, 다른 모든 명령들이 사라져도 여전히 남아 있을 바로 '네 마음을 다하고 목숨을 다하고 뜻을 다하고 힘을 다하여 주 너의 하나님을 사랑하라'는 명령입니다.

나는 첫째, 이 명령이 의미하는 바를 명확히 설명하고, 둘째, 그 의미가 참된 것임을 밝히고, 또한 셋째, 이것을 반대하는 이론에 답변하기를 힘쓸 것입니다.

I. 첫째로, '네 마음을 다하고 목숨을 다하고 뜻을 다하고 힘을 다하여 주 너의 하나님을 사랑하라' 라는 명령의 분명한 뜻을 말하고자 합니다.

1. 하나님을 사랑하는 것은 여러 의미가 있습니다. 첫째로 사실상 그것은 하나님께 순종함을 의미합니다. 그리하여 성 요한은 '하나님을 사랑하는 것은 이것이니, 우리가 그의 계명을 지키는 것이니라' (요일5:3)라고 했습니다. 이러한 환유법, 즉 결과를 원인으로 기술하는 수사법은, 성경에서 자주 쓰입니다. 이 어법에 의하면, 하나님을 사랑하는 것이 외적 순종의 결정적 원리인데도 하나님을 사랑함이 외

적 순종이라 하듯이, 하나님을 경외함의 결과가 '죄악에서 떠남(잠 3:11)'인데도 하나님을 경외함이 죄악에서 떠남이라고 합니다.

2. 동일한 성경 기자는 하나님을 사랑함을 그분을 향유하려는 욕망이라 했습니다. 왜냐하면 이것도 또한 직접적으로 사랑으로부터 유래하고 그 사랑에 비례하여 커지기 때문입니다. 이것으로부터 몇몇 저명한 자들이 부지불식간에 샘과 그곳에서 발원한 물줄기를 혼동하고 하나님을 향유하려는 것을 욕망을 사랑하는 것이라고 부적절하게 칭했습니다. 이는 마치 사랑과 욕망이 같다는 식인데, 실상은 열매가 그 열매가 자라고 있는 나무와 구별되듯이 욕망은 그 욕망을 생성시키는 사랑과 본질적으로 구분됩니다.

3. 인간의 상식에 의하고 만인의 경험에 따르면 사랑 그 자체는 만족과 기쁨을 위한 사랑과 감사와 선행을 위한 사랑으로 나뉩니다. 따라서 하나님을 사랑함도 기쁨을 위한 사랑과 감사를 위한 사랑으로 나뉘는데, 하나는 하나님 자신 안의 본질과 관련이 되고, 다른 하나는 우리에게 다가오신 하나님의 본질과 관련이 있습니다. 하나님의 본성 안에 있는 무한한 완전함들은 그것들을 이해할 수 있는 모든 피조물들에게 영원한 기쁨의 근거가 됩니다. 또한 우리를 위하여 수없이 이 모든 완전함들을 발휘하신 하나님의 역사하심은 참으로 강하게 우리의 감사를 요구합니다. 전자의 경우를 고려하면, 모든 이성적 피조물들은 하나님을 사랑하게 되는데, 이는 그분의 능력과 지혜와, 그렇습

니다, 그분의 선하심이 무한하기 때문입니다. 후자를 고려하면, 사도 요한이 말하길, '우리가 그분을 사랑함은, 그분께서 먼저 우리를 사랑하셨기 때문이다'(요일4:19)라고 했습니다. 이러한 샘들이 일단 그들의 물길들과 결합되면 그 물길들은 재배가(再倍加)된 세기로 흐르고 기독교인들을 앞으로 떠내려 몰아서 무한히 자비로우신 분을 기쁘시게 하고 순종하게 하며, 무한히 완전하신 분과 하나가 되게 하며, 마음을 다하고 목숨을 다하고 뜻을 다하고 힘을 다하여 주 그의 하나님을 사랑하게 합니다.

4. 이러한 말들이 규정하는 사랑의 정도에 관해 생각해 보면, 모든 성경 주석가들은 그 사랑이 적어도 이 정도는 되어야 한다고 입을 모읍니다: 우리는 하나님보다 다른 그 어떤 것을 더 사랑하면 안 되고, 우리는 창조주보다 피조물을 더 사랑하면 안 된다. 아니, 우리가 하나님을 사랑하는 만큼 그 어떤 것도 사랑하면 안 된다는 것과, 하나님께서 우리에게 월등히 큰 사랑을 요구하신다는 것, 우리가 우리의 마음에 그분을 위해 가장 높은 자리, 즉 우리의 사랑하는 맘 중 가장 크고 가장 좋은 부분을 따로 마련해 놓아야 한다는 것이 맞겠지요. 마찬가지로 그들 모두는 그분을 사랑하는 것에 반하는 그 어떠한 사랑도 우리가 품어서는 안 되고, 우리가 마음에 품게 되는 어느 것에 대한 사랑이 이 거룩한 사랑의 불을 지피는 것을 막게 하거나 지펴졌을 때 그것을 끄거나, 그 열기와 밝기를 증대시키는 것을 방해하거나 그것을 감소시키는 경우에, 또는 그러한 상황을 의심할 이유가 있을

경우에 우리는 그러한 것이 한시도 틈타지 못하게 해야 하고 즉시 우리의 모든 힘을 다해 그것에 대항해야만 한다고 합니다.

5. 하지만 우리는 이보다 더 높이 올라가야 합니다. 그렇지 않으면 우리의 신앙이 이 계명이 주는 명백한 의미에 절대로 다가갈 수 없습니다. '네 마음을 다하고 목숨을 다하고 뜻을 다하고 힘을 다하여 주 너의 하나님을 사랑하라'는 말씀에 의하면, '우리는 하나님께 가장 많은 사랑과 가장 좋은 사랑을 드릴뿐만 아니라 사랑하는 맘 그 전체를 드려야 하고, 우리가 그분을 힘과 열정과 능력과 지력과 의지와 감정들이 최고로 가능한 단계에서만 사랑할 뿐만 아니라 우리의 힘의 전체 범위와 우리의 의지의 전체 범위와 우리의 영혼의 전체 가능성을 가지고 사랑하며, 우리가 가장 높은 사랑의 단계에서 그분께 헌신할 뿐만 아니라 모든 사랑의 단계들에서 헌신해야 합니다. 요컨대 하나님께서는 우리의 제일 중요한 사랑의 대상일 뿐만 아니라 우리의 유일한 사랑의 대상입니다.'

6. 이는 하나님께서 우리의 사랑의 대상이 되심으로 하나님의 피조물들이 우리의 사랑의 부차적 대상이 전혀 될 수 없다는 말이 아닙니다. '주께서는 자기 행사로 인하여 즐거워하시므로'(시104:31), 따라서 그분의 모양대로 지음 받은 인간도 그러한 점에 있어서 그분을 닮아도 되고 닮아야 하며, 기쁨 중에 '그것들이 매우 좋은 것이다'(창1:31)라고 고백해도 되고 고백해야 합니다. 아니, 하나님을 사랑하

는 마음이 그 사랑으로 채워진 자들(롬5:5)로 하여금 그분의 형상을 담고 있는 자를 사랑하도록 강요합니다. 또한 우리는 이 하나님을 사랑함에서 필연적으로 흘러나온 그러한 사랑이 하나님에 의해 금해진다는 것을 생각할 수 없습니다.

7. 또한 하나님을 사랑하는 것에서 기인하지 않은 피조물들을 향한 사랑조차도, 결과적으로 후자가 전자로 인도된다면, 수용이 가능합니다. 왜냐하면 바로 그 목적을 위해 하나님께서 그것들을 우리에게 즐기라고 주셨고, 그리하여 이러한 단계들을 통하여 우리가 더 높은 기쁨에 도달하게 하셨습니다. 그러므로 하나님을 사랑함에서 기인한 어떤 것에 대한 사랑을 금할 수 없듯이 하나님을 사랑하는 것으로 이끄는 그 어떤 사랑도 금해질 수 없습니다.

8. 논의를 더 진전시켜봅시다. 하나님의 피조물들 중에는 하나님께서 인간들에게 분명히 사랑하라고 명하신 것들이 있습니다. 그것도 감사와 선행을 위한 사랑뿐만 아니라 만족을 위한 사랑도 하라 하셨습니다. 왜냐하면 자연스런 사랑이 분명 그러한 사랑이고, 우리의 거룩하신 구세주께서 자신과 그의 교회 사이의 사랑에 비유되는 것을 꺼리지 않으신(엡5:32) 우리의 동료인간들을 향한 우리의 가장 동정심 많은 사랑이 바로 그런 사랑입니다. 또한 우리가 이 땅에서 살았던 성자(聖者)들과 뛰어난 덕을 지닌 자들을 보고서 맛봐야 하는 기쁨이 바로 그런 사랑입니다. 이와 반대되는 견해, 즉 어떠한 경우도 그 어

느 피조물도 우리가 사랑하면 안 된다는 말은, 전지하신 하나님께서 우리에게 하나님을 사랑하라 명하시면서도 그 사랑의 직접적 결과로 나타나는 행위는 금하신다고 생각하는 것 밖에 안됩니다. 그러한 생각은 전지하신 분을 어떤 목적을 위한 명령을 내리시고 목적을 이루는 수단을 바로 그 명령 안에서 금하시는 분으로 비하하고 있습니다. 이는 그분의 지극히 거룩함과 지극히 완전하심을 심한 자가당착이라 하고 처음 명령에서 완전히 정죄된 것을 다른 데에서 요구한다고 하여 심히 욕보이고 있는 것입니다.

9. 따라서 이 점을 고려하면, 본문의 명령이 의미하는 바는 다음과 같이 쉽게 분석됩니다: '너는 주 너의 하나님을 너의 모든 능력을 다하고 모든 힘을 다해 사랑하여 항상 네게 다음과 같은 일을 행해야만 함을 항상 기억하라. (1) 네가 사랑하는 그분께 순종하고, 그리하여 하나님의 명령이 허용하는 범위 내에서 하나님께서 사랑하라 하신 것들을 사랑하라. (2) 너의 하나님을 그와 같이 사랑함의 결과로써 하게 되는 사랑, 곧 하나님의 의와 거룩함의 형상을 따라 새로워진 자의 사랑을 마음에 품으라. (3) 경험이나 이성이 이 위대한 목적에, 특히 하나님의 모든 피조물들을 사랑함이 너의 하나님을 사랑하는 것으로 이끌 경우 그 피조물들을 사랑하는 것에 필요하다고 판단을 내리는 모든 수단들을 행하라.' 하나님에 대한 모든 순종이 그분을 사랑함에로 이끌고, 거룩한 사랑의 다른 모든 열매가 그 열매를 야기한 사랑을 증대시킴을 고려하면, 진실로 이 셋째 명령이 선행하는 두 명

령을 포함합니다. 그러므로 첫째 되고 가장 위대한 본문명령의 완전한 의미는 이 단 하나의 문장으로 나타낼 수 있습니다: '당신은 하나님 그분을 위하여 그분을 사랑하시고, 다른 모든 것들은 그것들이 당신을 하나님께로 인도할 경우에만 사랑하십시오.'

II. 이것이 바로 우리가 위에서 부르신 부름의 상을 얻고자 할 때(빌3:14) 우리가 목표로 삼아 추구해야 할 것이라는 것과, 하나님께서 주신 몇몇 능력들을 힘입어 신자들이 이 목표를 향해 전진하지 않으면 아무도 그 목표를 달성할 수 없다는 것과, 이 위대한 명령의 분명한 의미가 진리라는 것을 나는 두 번째 단계에서 설명할 것입니다.

또한 나는 (1) 성경으로부터, (2) 추론을 통하여 이것을 증명하기를 힘쓸 것입니다.

1. 성경 전체를 보면 이성을 가진 자의 본래적 예배가 바로 사랑임을 말하는 것 같습니다(롬12:1). 본문 바로 직전의 말씀까지만 생각하면, 우리의 거룩하신 선생님께서 말씀하시길, '이스라엘아 들으라. 주 곧 우리 하나님은 유일한 주시라. 또한 너는 주 너의 하나님을 사랑하라'(막12:29-30). 너는 그분을 사랑하라 - 왜요? 왜냐하면 그분께

서 '주 너의 하나님'이시기 때문이고, 그러한 분으로서 마땅히 너에게 사랑을 요구하시기 때문이다. 또한 왜냐하면 그것이 이성을 가진 자가 자기 창조주께 드리는 마땅한 경의(敬意)이기 때문이다. '내가 수소의 고기를 먹으며 염소의 피를 마시겠느냐? 감사로 하나님께 제사를 드리며 지극히 높으신 자에게 네 마음을 드려라'(시50:13-14, BCP). 이것 없이는 당신이 천천의 수양을 그분께 드리고(미6:7) 당신에게 있는 모든 것으로 구제할지라도(고전13:3) 그분께서 기뻐하지 않으십니다. 하지만 사랑이 함께 하면 모든 제물은 열납되고, 하나님께서 항상 그 제물을 기뻐하십니다.

2. '이스라엘아 들으라. 하나님은 너의 주님이시다'(신6:4, 막12:29). 그러므로 당신은 하나님을 경배해야 합니다. 또한 사랑이 아닌 모든 예배는 그분께 가증한 것입니다. 그러므로 당신은 주 하나님을 사랑해야 합니다. 그런데 '주 너의 하나님은 오직 하나인 주님이시다.' 그러므로 당신은 주 하나님을 온 마음을 다하여 사랑해야 하고, 그 마음을 쪼개 나누면 안 됩니다. 하나님께서는 당신의 마음 전부에 대한 소유권이 있으십니다. 따라서 당신은 그 마음을 조각내어 그 조각난 마음을 이간시키면 안 됩니다. 여러 조각난 마음 중 가장 큰 것 말고 당신의 마음 전체를 하나님께 드려야 합니다. 당신이 하나 이상의 주님을 두었다면 당신은 하나 이상의 사랑을 할 수 있습니다. 하지만 당신이 다른 신을 두지 않았다면, 당신은 다른 사랑을 할 수 없습니다. '가로되 주 너의 하나님께 경배하고 다만 그를 섬기라

하였느니라'(마4:10). 보라, 사랑은 너의 주님을 경배하는 것이며, 오직 이것만이 그분께 적당한 예배이다(롬12:1, KJV). 그러므로 당신은 주 당신의 하나님을 기뻐하시고 그분만 사랑하십시오.

3. 따라서 매우 지혜로우신 성부 하나님께서 성한 눈과 나쁜 눈 사이의 중간 눈을 인정하지 않으신 것이(마6:22-23) 놀라운 일이 아닙니다! 영감을 받은 그분의 사도가 매우 격한 감정으로 '두 마음을 품은 자들아 마음을 성결케 하라'(야4:8)고 말해서 그분께서 사랑하시는 제자가 바로 이어서 말하길 '자녀들아 너희 자신을 지켜 우상에서 멀리하라'(요일5:21)고 합니다. 어떤 우상이나 어떤 우상숭배로부터도 우리를 지켜야 한다는 말을 그 제자가 잘 알려진 다른 말씀을 통해 분명히 말하길, '이 세상이나 이 세상에 있는 것들을 사랑하지 말라. 누구든지 세상을 사랑하면 아버지의 사랑이 그 속에 있지 아니하니'(요일2:15)라고 합니다.

4. 기독교의 첫째 원리를 증거하는 말씀을 성경에서 좀 더 제시해야 한다면 성 바울의 글을 봅시다: '너희가 먹든지 마시든지 무엇을 하든지 다 하나님의 영광을 위하여 하라'(고전10:31). 이 말씀이 명하는 것은, 우리가 하나님께 받은 그 어떠한 힘을 어떻게 사용하든지, 우리의 그 어느 능력으로 행하는 그 어떠한 행위든지 간에, 모든 것이 하나님의 영광과 그분을 사랑하는 것으로 귀결되어야 한다는 것입니다. 또한 그것은 명백한 의미로 명령되어졌습니다. 우리는 동일한

가치로 적용하는 추론으로, 예를 들어 '너희가 먹든지 마시든지 간에'를 '너희가 기뻐하든지 사랑하든지 간에'로 바꾸어, 생각할 필요가 없습니다. 우리는 확대해석 하는 추론, 예를 들어 '기껏해야 조금밖에 유익이 없는 모든 몸의 행위도 그러한데 하물며 우리의 영의 모든 행위가 더더욱 우리의 존재 목적을 따라야 하지 않겠는가!'라고 할 필요가 없습니다. 아닙니다. 우리는 훨씬 분명한 명령을 받았습니다: 그 단어들은 바로 '너희가 무엇을 하든지(whatever ye do)'입니다. 우리의 혀가 말하는 단 하나의 단어도(시139:4), 우리의 마음에 있는 단 하나의 생각도 이 명령을 벗어날 수 없습니다. 여러분께서 행동하시고, 말씀하시고, 이치를 따지시고, 사랑하십니까? 모든 것을 하나님의 영광을 위해 하십시오.

5. 이 성경의 말씀들이 불합리하고 분명히 이치에 맞지 않을 경우 우리가 그것들을 문자적으로 해석하지 않고 좀 더 느슨한 의미를 찾아야 함이 옳습니다. 그러므로 나는 하나님께서 원하시는 대로 그분을 사랑하고자 하는 자들을 우상숭배를 위한 이런 그럴듯한 핑계로부터 지키기 위해 이러한 문자적 의미가 가장 엄격한 이성에 모순되지 않고 그것에 일치함을 보이도록 하겠습니다.

6. 주 우리의 하나님을 온 마음을 다하고 온 힘을 다하여 그토록 사랑하기에 하나님을 위하고 그분을 사랑하는 것에 맞지 않는 것을 절대로 사랑하지 않음이 얼마나 이성적인지는 모든 자들이 인정하는

견해인, '우리가 다른 그 어떤 것도 하나님보다 더 사랑하면 안 된다'라는 말을 통해 알 수 있습니다. 이 말은 우리의 최고의 관심을 나타냅니다. 여기서 이성은 우리에게 매우 중요한 일을 위험에 빠지지 않게 하고, 우리를 영원한 행복으로 가게 하는 통행증이 어떤 위험에 처하지 않도록 모든 것을 확실히 해야 합니다. 하지만 하나님을 향한 우리의 사랑에 종속적이지 않은 그 어떤 사랑을 우리가 품고 있는 동안에 이것은 불가능합니다. 왜냐하면 우리가 하나님 외에 다른 그 어떤 대상을 사랑하는 동안에 우리가 하나님보다 그것을 더 사랑하지 않을지 누구도 보장 못하기 때문입니다. 우리 본성의 질병이 바로 창조주보다 피조물을 더 사랑하는 것인 한, 또 어떤 대상을 하나님을 위하지 않고 그 자체만을 사랑하는 것이 은밀하게 우리에게 파고들어 그 한계를 정할 수 없게 되는 한, 즉 '네가 여기까지 오고 넘어가지 못하리니'(욥38:11)라고 말 할 수 없는 한, 그와 마찬가지로 우리가 하나님보다 피조물을 더 사랑하는 것에서 안전할 수 없습니다. 그래서 이성은 우리로 하여금 하나님보다 다른 그 어떤 것을 더 사랑하는 최소한의 위험에 빠지는 것도 금합니다. 또 우리가 하나님을 고려하지 않고 다른 어떤 것을 사랑하는 동안 그런 위험에 빠진다면 이성은 성경과 마찬가지로 우리가 온 마음을 다하여 하나님을 사랑하는데 맞지 않는 것을 사랑하지 말도록 요구합니다.

7. 이와 같은 진리는 '하나님을 사랑하는 것에 반하고, 하나님을 사랑하는 것을 훼손시키는 그 어떠한 사랑도 우리가 품어서는 안 된

다'라는 또 다른 견해로부터 쉽게 유추될 수 있습니다. 직간접적으로 하나님에 대한 사랑으로 인도되지 않는 사랑은 하나님에 대한 사랑을 훼손시킵니다. 왜냐하면 나뉘어진 마음에서 나오는 힘은 일심(一心)에서 나오는 힘을 결코 따라잡을 수 없기 때문이고, 조각난 한 쪽의 힘이 온전한 힘만큼 우리를 전진시킬 수 없기 때문입니다.

8. 이것이 하나님에 대한 사랑으로 귀결되지 않는 피조물에 대한 사랑에 반대하는 가장 심한 질책은 아닙니다. 피조물에 대한 사랑은 하나님에 대한 사랑을 방해할 뿐만 아니라 파괴시키기도 합니다. 이 두 가지 사랑은 서로 일치되지 않고 양립됩니다. 사실 많은 사랑들이 한 사람의 마음 안에서 조화를 이루고, 어느 한 사랑에 다른 사랑들이 종속될 수 있습니다. 하지만 두 궁극적 사랑들은 두 개의 최초들이나 두 개의 최후들과 같이 완전한 모순입니다. 그리하여 시락(Sirach)의 아들이 '두려운 마음과 힘 빠진 손과 두 길을 가는 죄인에게 화가 있으리라(Ecclus 2:12)'고 했을 때, 그는 자신을 자랑하는 자는 하나님과 자기 우상 양쪽으로 향해 가고 있으며, 자신의 길을 바로 선택하지 못하는 자는 이 길로 갔다가 어떤 때는 저 길로 간다고 말하고 있는 것입니다. 이런 일이 빈번히 일어나는 것을 우리의 불행했던 경험이 잘 입증해 줍니다. 하지만 전능하신 하나님 스스로 우리가 동시에 두 길을 가는 것이 가능하게 만드실 수 없습니다. 모든 우리의 습관적인 사랑이 어느 한 순간에 하나님이나 다른 그분의 피조물들에서 끝마치게 됨이 분명합니다. 그 사랑이 하나님께 종착하

면 피조물에게 종착하지 않고, 피조물에게 종착하면 하나님께 종착하지 않습니다. 그러므로 우리는 두 가지의 궁극적인 사랑들을 가질 수 없습니다. 그래서 부인할 수 없는 결과로, 우리가 하나님 외에 다른 어느 대상을 궁극적으로 사랑하면 우리 안에 그분에 대한 사랑이 없습니다.

9. 또한 궁극적 사랑임이 아님에도 최우선적 사랑이 있을 수 있다는 말도 성립할 수 없습니다. 다른 것에 종속적이지 않은 어떠한 목적은 그 자체가 궁극적 목적이듯이 다른 어떤 사랑에 종속적이지 않은 사랑은 그 자체가 궁극적 사랑인데, 그 이유는 궁극과 하위는 서로 상반되는 개념이고, 그 둘 사이에 중간이 없기 때문입니다.

10. 그런데 어떤 분이 우리의 사랑을 전부 차지하나 아니면 부분적으로 차지하나 우리가 냉정하게 논증하는 대상인 바로 그 어떤 분이 누구입니까? 주 우리의 하나님, 무한히 충분한 분이 아니십니까! 무한히 완전한 분이 아니십니까! 모든 사랑스러움의 보화가 그분 안에 숨겨져 있습니다! 신실하심과 지혜와 선하심이 한량없는 분이 그분이시지 않습니까? 그분을 너무 사랑하여 탈날 것이라고 걱정하는 자가 있습니까? 너무 뜨겁게, 너무 완전하게 사랑한다고요? 우리를 향한 하나님의 사랑이 제한적일 때가 있었나요? 그분께서 이 사랑의 바다에 경계를 정하신 적이 있었나요? 흙으로부터 우리를 세워 일으키신 분이 누구인가요? 그 생령(生靈)을 우리에게 불어넣으신 분이 누군가요? 자

신의 능력의 말씀으로 우리를 붙드시는 분이 누군가요? 자신의 은혜로운 섭리로 우리를 보호하시는 분이 누군가요? 자기 아들의 피로 우리를 구원하신 분이 누군가요? 자신의 성령을 통한 은혜로 우리를 성결케 하신 분이 누군가요? 오 하나님, 주님의 손으로 만드신 피조물들이, 주님의 아들의 피값으로 산 자들이 주님을 과도하게 사랑해도 되냐고 논쟁하고 있습니까? 주님께서 그들의 온전한 사랑을 받을 자격이 있으신지 그들이 논쟁하고 있습니까? 하나님의 본성의 사랑스러움이 우리의 사랑 전부가 아니라 우리의 사랑 전부보다 무한히 더 많은 사랑을 받을 가치가 있지 않습니까? 우리의 사랑 전체가 그분의 자비의 가장 작은 부분보다 무한히 더 작지 않습니까? 혹은 우리의 사랑의 푼돈으로 우리가 그 자비들의 가격보다 더 지불하고자 할 때 그분께 더 이상 여분의 자비가 없을까요? 그분의 손이 짧아졌습니까? 우리가 그분께 드리는 티끌 같은 사랑에 천 배로 갚아 주시는 일에 그분께서 능력이 없으시고, 그럴 맘도 없으시고, 맹세도 안 하셨습니까? 하나님께서 전체를 요구하시는 것이 이치에 맞지 않는 말입니까? 그분께서 우리의 사랑 전부를 달라고 하시는 것이 이치에 맞지 않는 말입니까? 오 주님, 그렇습니다, 주께서는 주께서 지으신 모든 피조물들의 모든 사랑을 받으시기에 합당하십니다! 특별히 주께서 구원하신 자들의 사랑 전부를 받으시기에 합당합니다! 특히 주님의 지도로 인도하시고 이후로 주님의 영광 안으로 받아들이실 자들의 사랑 전부를 받으시기에 합당합니다!

III. 다른 대부분의 명령들이 쉽게 요약되는 위대한 계명에 대한 이러한 해석에 반하여 자주 제기된 중요한 반론이 있는데, 이는 내가 세 번째로 다룬다고 했던 것입니다.

1. 그 내용은 바로 이렇습니다: '그 계명이, 우리가 온 맘을 다하여 하나님을 사랑함으로 그분을 위한 것이 아니고 그분을 사랑함이 목적이 아니면 다른 아무 것도 사랑하지 말라고 우리에게 의무를 지운다면, 그러한 의무는 우리의 거룩한 기독교가 이룩하려 계획한 행복을 훼손시킬 것이다. 그 계명은 우리를 음울하고 우울하게 살게 할 것이고, 기독교인의 얼굴에 슬픔을 가져올 것이다. 그 명령은 우리에게서 순수한 삶의 기쁨을 앗아갈 것이고, 우리의 삶의 즐거움을 너무 협소하게 하여 그 즐거움이 우리의 고통을 상쇄시키기에 부족하게 하고, 그 즐거움이 죄악들 아래 있는 우리를 돕기에 부족하게 한다. 따라서 우리는 단지 모든 자들 가운데 제일 불쌍한 자들이 될 것이다.'

2. 나는 이 반론의 어느 특정한 면들에 먼저 대답을 하고나서 전반적으로 대답을 하겠습니다. 첫째 문제로, 그 반론이 하나님에 대한 전적인 사랑으로 말미암아 훼손된다고 가정한 행복은 하나님을 고려하지 않은 채 피조물들을 향유함에서 기인한 행복입니다. 즉, 그러한 행복은 과거에도 미래에도 절대로 일어나지 않는 것입니다. '그러한

행복은 그 어떠한 피조물 안에서 발견되지도 발견될 수도 없다는 것은 우리의 경험과, 우리가 만물에서 발견하는 공허함과, 이에 기인한 불안정과 변화욕에서 분명히 밝혀집니다. 벌이 꿀을 찾아 이 꽃 저 꽃을 날아다니듯 우리가 이것저것을 해봅니다만 매번 우리는 실망과 헛된 기대를 확인한 채 그것을 떠납니다. 거의 모든 것들이 약속을 주나 아무 것도 성취감을 주지 않습니다. 새로운 즐거움들이 꼬리를 물고 이어져 즐거움을 줄지라도 만족을 주지 않습니다.' 결국 모든 것이 고통이고 실망이며 손실입니다! 우리가 인정해야 할 바는 하나님에 대한 전적인 사랑이 이런 유의 불완전한 행복을 제거시킨다는 것입니다.

3. 그러한 계명이 인간들로부터 순수한 삶의 즐거움들을 빼앗아 그들을 음울하고 우울하게 만듭니까? 신자이든 불신자든 불문하고 사람들이 모든 인류에게 공통되고 선악의 구분이 없는 수많은 종류의 기쁨이 있다고 인정하더라도 나는 그 중 어느 한 즐거움도 완전히 무해한 것은 없다고 생각합니다. 그러나 반론자들은 그것에 관해 얼마나 많은 증인들이 있는지 모르는 것 같습니다. 더욱이 우리는 그러한 증인들이 필요치 않습니다. 그 이유는 증인들의 말이 결코 적절하게 쓰일 수 없기 때문입니다. 그 말은 지나치게 많거나 적은 내용을 포함할 것이 분명합니다. 왜냐하면 증인들의 상황을 고려할 경우 모든 즐거움은 무해한 것 이상이거나 이하이기 때문입니다. 그 즐거움이 하나님을 사랑하는 것으로 귀결되면 그것은 무해한 것 이상입니다(즉,

이로운 것입니다, 역주). 그렇지 않다면 그것은 무해한 것 이하입니다 (즉, 해로운 것입니다, 역주). 모든 종류의 즐거움들은, 그것들이 우리의 마음에 활기와 힘을 주고 각자 위치에서 우리로 하여금 맡은 바 사명들을 잘 수행하게 하는 범위 안에서 누려진다면, 무해하다는 것보다 고결하고 유익하다고 해야 합니다. 이와 다른 범위에서 누려진 즐거움은 죄가 되고 하나님께 받은 달란트를 낭비한 것이라고 칭해져야 합니다. 반론에서 말한 무해한 즐거움들이 바로 그러한 것들이라면 우리는 하나님에 대한 전적인 사랑이 그것들을 파괴시킨다고 말할 수 있습니다. 하지만 그 전적인 사랑은 거룩한 사랑과 덕스런 삶과 거룩한 아름다움의 원인과 결과로 나타나는 즐거움으로 이끄는 그 어떤 것도 우리에게서 빼앗지 않습니다.

4. 우리 시대의 가장 저명한 신학자에 속하는 분께서 이성의 명료함과 능력을 가지고 이 중요한 진리를 확증한 내용을 반복하는 것도 현명한 일일 것입니다:

몇몇 비기독교도 철학자들은 모든 행동이 가치중립적이지 않다고, 즉 모든 행동은 선하거나 아니면 악하다고 합니다. 이로써 그들이 하고자 하는 말은 본질상 가치중립적인 행위가 없다는 말이 아니라 사실상 모든 행위가 가치중립적이 아니라는 말입니다. 내가 '사실상'이라고 한 이유는 이 경우 행위들은, 그것들의 표면적인 면은 논외로 하고, 행위자의 목적이나 의도를 내포하기 때문입니다. 이러한 의미로 그 철학자들은 선인은 가치중립적인 행위를 선하게 만드나 악인은 가치중립적인 행위를 악하게 만든다고 역설했습니다. 따라서 그들은 사람이 자신의 모든 행위에 일반적 목적과 범위를 정해둬야 한다는, 즉 올바른 이성에 맞게 행동하라는 법을 세웠는데, 그리하여 사람들이 이 법에 주목하는 동안 그 자체로 가치중립적인 그의 행위들이 지혜롭고 선하게 되었습니다. 하지만 반대로 이 법이 없다면 인간의 모든 행위들은, 그것들이 본질상 아무리 가치중립적이라도, 해이해지고 비합리적이고 악하게 됩니다. 그래서 성 바울이 우리에게 말하길, 모든 기독교인이 그의 모든 행위에 있어서 목적을 가지라고 했습니다. 그의 명령은 이러합니다: '너희가 먹든지 마시든지 무엇을 하든지 하나님의 영광을 위해 하라.' 분명한 것은, 우리가 하는 모든 일에 있어서 우리가 하나님의 영광을 고려하면 이것이 바로 우리의 모든 행위들을, 비록 그것들이 가치중립적이긴 하지만, 거룩하게 만든다는 것입니다. 하지만 반대로 우리가 이 일반적 목적을 외면하는 한 우리의 모든 가치중립적 행위들은 비합리적인 것이 되고 하나님께서 우리에게 선용하라고 주신 시간, 곧 하나님 그분께 헌신하며 다시 바치라 하신 시간을 엄청나게 낭비하는 것이 됩니다. 그러므로 우리는 자주 우리의 영에게 질문을 해야 합니다.

> Dic anima, quo tendis? et in quod dirgis arcum?
> '내 영혼아 말하라. 너의 목적이 무엇인가? 이 행위의
> 목적이 무엇인가?'

당신은 하나님의 영광을 염두에 두십니까? 아니면 무턱대고 쏘아대거나 허공만 치고 계십니까? 이러한 생각이 모든 일에 있어서 영혼을 거룩하게 할 것이고, 모든 자연스런 행위를 종교적이게 할 것이고, 우리로 하여금 어느 곳에서든지 하나님을 만나게 하고 우리의 인생길에서 사업과 작업장에서 그분의 지혜와 선함과 섭리를 맛보게 할 것이며, 이러한 생각을 하지 않고 다만 기도만을 하여 우리가 하나님께 성결해지는 것보다 더 만사에 우리를 하나님께 성결하게 만들 것입니다.(영 박사(Dr. Young)의 설교, 역주)

5. 하나님께 대한 그러한 사랑이 우리의 즐거움들을 너무 제한하여 그 즐거움들이 우리의 고통들과 균형을 이루지 못하고 우리가 매일 당하는 고난들을 이기게 도움을 주는 데 부족하다는 반론의 마지막 부분에 대해 나는 즐거움들이 그러한 목적으로 주어지지 않는다고 말하고 싶습니다. 하나님께서는 우리를 위해 다른 도움들을 예비하셨습니다. 사실상 극한 고통과 중한 괴로움 가운데 있으면서 그러한 즐거움들로부터 도움을 받은 자가 누구입니까? 하나님께서 쓰라린 삶을 허락하신 자에게 즐거움으로 위로가 넉넉했던 적이 있었나요? 물이 그의 영혼까지 찼을 때 고난의 격류가 그를 덮쳤을 때 말입니다. '그 모든 것들은 다 형편없는 위로자들'(욥16:2)이었고, 그 아무 것도 마음 상한 자를 고칠 수 없었고 질병에 듣지 않는 약들이었습니다!

6. 이제 나는 반론 전체에 대해 직접적이고 적절한 대답을 하겠습니다. 하나님에 대한 전적인 사랑은, 그것이 비록 직간접적으로 하나님을 향유하는 것으로 이끌지 못하는 피조물에 대한 모든 사랑을 금하고, 그것이 비록 특히 고난이 우리의 영혼을 짓누를 때 우리로 하여금 상한 갈대들에게 의지하지 못하게 하고, 그것이 우리를 순수한 즐거움들, 곧 긴요하지 않은, 쓸모없는 향락들보다 더 높은 곳에 두지만, 그 전적인 사랑은 결코 우리의 거룩한 기독교가 제공하려 계획했던 행복을 파괴하지 않습니다. 그래서 기독교는 완전한 사랑을 기독교의 중심으로 삼지 않습니다. 그 중심은 행복의 주체이신 주님께서 우리 가운데 이루시기 위해서 이 땅에 사시고 죽으셨던 바로 그러한 행복입니다. 그것(온전한 사랑, 역주)이 하나의 행복일진대, 그것은 하나님께 합당한 것입니다! 그 온전한 사랑을 드리는 것은 무한히 선하시고 무한히 지혜로운 분께 합당한 것입니다! 실제 행복은 상상에 머물지 않고 사실적이고 합리적입니다. 실제 행복은 우리의 눈앞 먼 곳에서 아른거리지 않고, 그것을 잡으려 할 때 사라지지 않습니다. 행복은 가까이서 접할 수 있는 것이고, 더 체험할수록 더 기쁨을 줍니다. 사랑이 주는 기쁨은 허무하지 않고, 영혼을 괴롭게 하지도 않습니다(전1:14). 현혹과 실망이 거기에 없으며, 평화와 기쁨이 언제나 사랑과 함께 갑니다. 하나님을 사랑하는 자는 '모든 것을 후히 주사 누리게 하시는 하나님을'(딤전6:17) 체험합니다. 그는 하나님의 작품들을 보며 즐거워하고 하나님께서 만드신 만물을 둘러보며 기뻐합니다. 사랑은 그 자의 기쁨의 수와 크기를 증대시킵니다. 그 크기를 천 배

나 증대시킵니다. 왜냐하면 마치 거울을 통하여 보듯 우리가 모든 피조물들 안에서 하나님의 영광을 보기 때문입니다(고후3:18). 영안이 열린 신자의 눈에 만물들이 그 자의 영이 사랑하는 하나님의 형상을 반영하고, 그분의 현존에 대한 그의 의식은, 그 자가 세상 사람들과 함께 공유하는 기쁨을 훨씬 능가하여, '그의 마음에 너무나 큰 기쁨과 즐거움을 주어 영원만 가미된다면 그게 바로 그에게 천국이 됩니다(Norris의 글, 역주)!'

7. 인생의 모든 화(禍)를 견디게 해주는 유일하게 충분한 것이 있습니다. 화(禍)라고요? 하나님을 사랑하는 자에게 화라는 것은 없습니다! 모든 것이 그에게 선합니다! 그가 원하는 단 한 가지는 바로 하나님을 기뻐하는 것이고, 하나님께서는 그의 마음이 원하는 것을 주셨습니다. 그의 영이 하나님과 함께 있는 동안 그는 악한 것의 권세로부터 안전합니다. 진실로 그의 마음이 하나님 앞에 온전하지 않으면, 그가 그 분 외에 다른 것들을 더 사랑할수록 그만큼 더 실망, 두려움, 슬픔, 불행에 빠지게 됩니다. 하지만 그가 사랑의 대상을 하나로 정하고 그 외 다른 모든 것들을 그 사랑을 증진시키는 데 사용한다면 그의 마음은 흔들림이 없게 됩니다. 왜냐하면 그는 '사망이나 생명이나 장래 일이나 능력이나 높음이나 깊음이나 다른 아무 피조물이라도 우리를 주 예수 그리스도 안에 있는 하나님의 사랑에서 끊을 수 없다고'(롬8:38-39) 확신하기 때문입니다.

8. 위에서 인용한 분의 말씀으로 결론을 맺고자 합니다 : 여러분들께서는 거룩한 사랑의 완전하고도 진정한 범위와, 지금 진실로 중대한 계명으로 판단되는 그 계명의 완전하고도 참된 의미를 들으셨습니다. 이 둘은(완전한 사랑의 범위와 의미, 역주) 그 계명을 주신 분께 드려 마땅한 것이고, '이스라엘아 들으라!'가 의도하는 것처럼 지엄하게 강조함이 마땅합니다. 만물은 들을지어다. 잠잠히 이 위대한 계명을 들으라. 어느 누구도 이 계명과 무관하다고 스스로 생각하지 못하게 하려고 그 계명은 분명히 모든 자들에게 명해졌습니다: '네 마음을 다하고 목숨을 다하고 뜻을 다하고 힘을 다하여 주 너의 하나님을 사랑하라.' '내 아들아, 네 마음을 내게 달라(잠23:26)'는 말씀은 크신 하나님께서 모든 이성적 피조물들에게 하신 말씀입니다. '네 마음을 나에게 달라. 왜냐하면 그 마음을 만든 자가 나이고, 그것을 너에게 준 자가 바로 나이다! 그 마음에 생명의 약동을 준 자가 바로 나이다. 그 생명의 약동도 다른 목적으로 준 게 아니라 그 마음을 나를 향하고 나에게 기울이라고 준 것이다. 오직 나만이 너의 진정한 선(善)이다. 오직 내 안에서 너는 네 영혼의 안식처를 찾을 수 있다. 오직 내 안에 네 모든 행복의 샘이 있다. 그러므로 내 아들아, 네 맘을 내게 다오. 오직 나만이 네 마음을 취할 자격이 있다. 또한 오직 나만이 네 사랑을 되갚아줄 수 있다! 나 외에 그 누구도 네 마음을 나와 함께 나누지 못하게 하고, 내가 네 마음을 온전히 소유하게 하라!'

천사들과 천사장들과 하늘에 있는 모든 자들과 함께 피조물을 껴안고 있던 손을 풀어놓고 주 우리의 하나님 그분만을 사랑합시다. 더 이상 하나님께서 피조물들과 우리의 마음을 나누시지 않게 하고 대신 그분께서 우리 마음에서 절대적 왕권을 지니게 합시다. 또한 우리의 온전한 사랑을 그분께서 독점하시게 합시다. 그렇습니다. '우리의 마음을 다하고 목숨을 다하고 뜻을 다하고 힘을 다하여 주 우리 하나님을 사랑합시다!'(Norris의 글, 역주)

우리를 먼저 사랑하시고 독생자 안에서 우리를 받아주신 성부 하나님과, 우리를 사랑하시고 자신의 피로 우리의 죄를 씻으신 성자 하나님과, 우리의 마음에 하나님의 사랑을 비춰주신 성령 하나님께 이 세상에서와 영원토록 모든 사랑과 모든 영광이 돌려지기를 원합니다!

3. 삼위일체 (55)

On the Trinity

요일 5:8
"하늘에서 증거하는 이가 셋이니, 아버지와 말씀과 성령이니라;
그리고 이 셋이 하나이니라."

1. 어떠한 보편성을 고려하더라도 어떤 소견이 종교가 될 수 없음은 분명합니다.

그 이유는 그것이 옳은 소견이라도 천 가지 혹은 만 가지 진리들에 동의하지는 않기 때문입니다. 소견과 종교 사이에는 큰 차이가 있습니다. 옳은 소견이라도 그것은 동이 서에서 먼 것처럼 종교와 동떨어져 있을 수 있습니다. 자신에게 옳은 소견이 있으나 전혀 종교를 가지지 못한 자가 있습니다. 반대로 많은 그릇된 소견을 가진 자라도 진실로 종교적인 자가 있습니다. 카톨릭 교도들이 이 땅에 살고 있는 동안에 그 누가 이 사실을 부인할 수 있습니까? 이전의 로마 카톨릭 교도들 중 (a Kempis, Gregory Lopez, the Marqis de Renty 와 같은 자처럼) 진실한 신앙인들이 있었고, 카톨릭 교도들 중 현대에도 많은 자들이 진정하고도 내적인 기독교인들이라는 것을 부인할 수 없습니다. 그럼에도 불구하고 카톨릭 교도들은 그들의 과거 사제들로부터 산더미 같은 엄청난 분량의 그릇된 소견들을 물려받고 있습니다! 뿐만 아니라, 절대적 예정을 신봉하는 칼빈주의자들이 이 땅에 살고 있는 동안에 그 누가 이 사실을 부인할 수 있습니까? 어느 누가 이들 중 누구도 진정한 신앙인이 아니라고 장담할 수 있습니까? 지난 세기 그들 중 다수가 타오르는 밝은 등불과 같은 존재들이었고 (요5:35), 지금도 또한 그들은 하나님과 인간들을 사랑하는 진정한 기독교인들입니다. 그럼에도 이 땅에서 모든 카톨릭 교도들이 그 얼마나 어리석은 소견들을 가지고 있습니까? 이 소견들은 다음의 한 어리석은 소견과 견줄만합니다: 사랑의 하나님, 즉 지혜로우시고 공의로우시고 자비로우신 모든 인간들의 아버지께서 영원부터 영원까지 절대적이고 변하지 않고 거부할 수 없는 법, 즉, 인류의 일부가 그들이 무엇을 했든지 간에 구원받을 것이고, 나머지 사람들은 그들이 무엇을 할 수 있었든지 간에 저주받는 다는 법을 정하셨다!

2. 따라서 우리는 다음과 같이 생각할 수밖에 없습니다. 즉, 진정한 종교와 양립하는 수많은 착오들이 있다는 것이고, 이에 대하여 모든 솔직하고 사려 깊은 사람들은 생각하게 된다는 것입니다.

그러나 어떤 진리들은 다른 것들보다 더 중요합니다. 몇몇 진리들은 심히 중대해 보입니다. 나는 그것들을 '근본적' 진리들이라 칭하지 않습니다. 그 이유는 그것이 애매한 단어이고, '근본적인 것들'의 수에 대한 많은 논쟁이 있어왔기 때문입니다. 그러나 진실로 몇몇은 그것들이 극히 중대한 종교와 연관되어 있어서, 우리와 긴밀히 관련되어 있고, 우리가 알아야 할 것들입니다. 의심의 여지없이 위에서 인용한 바 있는 "하늘에서 증거하는 이가 셋이니, 아버지와 말씀과 성령이니라; 그리고 이 셋이 하나이니라"는 말씀 안에 있는 내용은 이 중요한 것들 속에 포함됩니다.

3. 내가 그 단어들의 이러 저러한 해설(explication)을 믿는 것이 중요하다고 말하는 것은 아닙니다.

올바른 판단력을 가진 사람들이 그것을 설명하려고 할지 모릅니다. 학장(Dean) 스위프트(Swift)가 쓴 책들 중 가장 우수한 것은 삼위일체에 관한 설교입니다. 이 글 속에서 그는 삼위일체를 설명하려 분투하는 자들이, 욥의 이야기처럼 '무지한 말로 어두운 이치에 이르러'(욥38:2), 결국 자신들의 길을 잃고, 무엇보다도 타인들이 마땅히 행할 바를 못하게 했다고 했습니다. 이러한 해설자들이 결과 없는 일을 시작한 그 때가 바로 악한 시기였습니다. 나는 절대로 어떠한 해설을 고집하지 않습니다. 내가 알았던 것 중 가장 훌륭했던 것에도 집착하지 않습니다. 그 훌륭했던 것은 바로 아타나시우스(Athanasius)가 작성했다고 알려진 신경(the creed)입니다. 내가 지금 이 신경에 동의하지 않는 자는 '필시 영원히 멸망할 것이다'라고 결코 말하지 않습니다. 그것 때문에 또한 다른 이유로 인하여 나는 다음과 같은 결론에 이르기까지 그 신경에 동의하기를 주저했습니다. 1) 이 문장들은 본의 아닌 비신자들에게가 아니라 오로지 고집 센 비신자들에게 해당됩니다. 그들은 진리를 알 수 있는 모든 수단을 가지고 있으면서도 그 진리를 완강히 거부하는 자들입니다. 2) 그 문장들은 오로지 전래된 교리의 내용에 관련된 것이지, 그것의 철학적 예증에 관련된 것이 아닙니다.

4. 나는 다른 사람에게 '삼위일체'나 '위격(Person)'을 사용해야 한다고 강권하지 않습니다.

내 자신은 그것들을 아무 거리낌 없이 사용하는데, 그 이유는 그보다 더 나은 것이 없기 때문입니다. 이것들과 관련하여 일말의 망설임이 있는 자가 있다면, 누가 그자를 억지로 그것들을 사용하게 할 수 있겠습니까? 나는 그렇게 할 수 없습니다. 더욱이 어떤 자가 '내가 성부와 성자와 성령께서 하나님이시다는 것은 믿지만, "삼위일체"나 "위격들(Persons)"은 성서에 나오지 않기 때문에 사용하는 것을 망설인다'라고 말했다고 해서 나는 그를 산채로, 그것도 축축하고 푸른 나무로, 화형 시키고 싶지는 않습니다. 이 단어들은 인정 많은 존 칼빈이 셀베투스로 인하여 그 자신의 서간문에서 쓴 것들입니다. 나는 해석되지 않은 오직 단도직입적인 단어들을, 그것들이 성경에 나와 있기 때문에 받아들이고자 합니다: '하늘에서 증거하는 이가 셋이니, 아버지와 말씀과 성령이니라; 그리고 이 셋이 하나이니라.'

5. '그러한 단어들이 성경에 있으므로' - 하지만 여기에 문제가 있습니다. 그 본문은 진짜인 것입니까? 그것이 저자인 사도의 원래 작품입니까 아니면 후대에 삽입된 것입니까?

많은 사람들이 여기에 의문을 가지고 있습니다. 특별히 교회의 위대한 등불이요, 작고한 신약성서 주석가들 중 가장 경건하고 신중하며 열심이었던 벵겔리우스(Bengelius)가 그러한 사람입니다. 한동안 그는 이 본문의 진정성에 의문을 가졌는데, 그 이유는 많은 고대 사본들에는 그 본문이 없기 때문입니다. 그러나 그의 의심은 세 가지를 고려할 때 극복됩니다: 1) 그것이 비록 많은 사본들에서 누락되었지만 훨씬 더 많은 수의 가장 큰 권위가 있는 사본들 안에 기록되어 있습니다. 2) 요한 사도로부터 콘스탄틴에 이르는 기간 동안 모든 과거의 필자들이 이것을 사용하고 있습니다. 그것이 당시의 성경에 나와 있지 않았다면 그들이 인용하지 못했을 것이므로, 이 논증은 결정적입니다. 3) 우리는 다음을 고려할 때 콘스탄틴 이후에 많은 사본들에서 그 본문이 누락된 것을 쉽게 설명할 수 있습니다. 즉, 콘스탄틴의 후계자는 열렬한 아리우스주의자였습니다. 그는 그의 제국 전체에 아리우스주의를 퍼뜨리려는 잘못된 생각으로 그의 수중에 들어오는 모든 사본들에서 그 본문을 삭제하는데 온갖 수작을 부렸습니다. 그가 매우 득세하여 사람들이 그가 살던 시대를 보통 아리우스시대(seculum Arianum)'라 불렀습니다. 따라서 당시에 자신의 목숨을 걸고 그에게 반대한 오직 한 명에 대한 속담이 생겼습니다: "세상에 적대적인 아타나시우스(Athanasius contra mundum)."

6. 그러나 다음과 같은 말은 반대에 부딪칩니다 :

'무엇이 성경 본문이 되었던지 간에, 우리가 이해할 수 없는 것을 믿어서는 안 된다. 그러므로 당신이 우리에게 신비를 믿으라 요구할 때, 제발 우리로 하여금 변명할 기회를 주시오.'

여기에는 두 가지 오해가 있습니다. 1) 당신이 생각하는 것과는 반대로 우리는 이것(삼위일체, 역자) 안의 어떤 비밀도 믿으라고 요구하지 않습니다. 그러나 2) 당신은 이미 당신이 이해 못하는 많은 것들을 믿고 있습니다.

7. 후자부터 먼저 생각해 봅시다. 당신은 당신 스스로 이해 못하고 있는 많은 것들을 이미 믿고 있습니다.

당신은 당신의 머리 위에 '태양'이 있음을 믿고 있습니다. 그러나 그것이 그것의 세계 가운데 정지하고 있는지, 아니면 그것이 자전을 하는 것뿐만 아니라 '거물로서(as a giant) 자신의 길을 가는 것을 기뻐하든지'간에, 당신은 다음의 두 가지를 이해할 수 없습니다: 그것이 어떻게 움직이며, 그것이 어떻게 정지해 있는지. 무슨 힘으로, 어떠한 자연력과 기계적인 힘으로 그것이 유체인 에테르(ether) 속에서 받쳐져 있습니까? 당신은 이 사실을 부인할 수 없습니다. 그러나 당신은 이성적인 질문자를 만족시킬 만큼 그것을 설명할 수 없습니다. 당신은 Ptolemy, Tychyo Brahe, Copernicus, 그 외 20명 이상의 가설들을 제시할 수도 있습니다. 나도 그것들을 거듭하여 읽었습니다. 그러나 나는 그것들에게 싫증을 느꼈습니다. 나는 조금도 그것들에 개의치 않습니다.

>매 번의 새로운 해답은 오로지
>또 한 번의 새로운 용어의 변화와
>언어의 발판을 제공할 뿐이다.
>다른 양식으로 나는 질문을 하고,
>내가 제기했던 바로 그 동일한
>의심을 다시 한다.

계속하여 내가 주장하는 바는 당신이 믿고 있는 어떠한 사실에 대해 당신이 부정할 수 없다는 것입니다. 그러나 그 사실의 이치(manner)를 당신은 이해할 수 없습니다.

8 당신은 이를테면 빛, 그것이 태양이나 혹은 다른 발광체로부터 온 것이든지 간에, 그것이 존재한다고 믿고 있습니다.
그러나 당신은 그 빛의 본질이라든가 그것이 움직이는 방법을 이해할 수 없습니다. 그것이 도대체 어떻게 하여 목성에서 지구로 8분 동안에, 초속 20만 마일의 속도로 올 수 있을까요? 방에 들여놓은 촛불의 불빛이 어떻게 즉시 방의 구석구석까지 흩어집니까? 다시 말하면, 여기 촛불 셋이 있습니다. 그러나 오로지 한 빛이 있습니다. 이것을 설명해 보십시오. 그리하면 나도 삼위일체를 설명해줄 것입니다.

9. 당신은 공기가 존재한다고 믿고 계십니다. 그 둘(공기와 빛, 역자)은 마치 옷과 같이 당신을 감싸고 있고, 널리 스며들어 있으면서 이 화려한 지구 주위를 감싸고 있습니다.

하지만 당신은 그 방법을 이해하십니까? 당신은 나에게 그것의 본질과 그 특성들의 원인에 대한 만족할 만한 설명을 줄 수 있습니까? 공기의 신축성만을 고려해봅시다. 아마도 그것은 공기 입자들에게 있는 전깃불 때문일지 모릅니다. 그러나 그렇지 않을 수도 있어 당신이나 나나 그것을 설명할 수 없습니다. 하지만 만약 우리가 그것을 이해하기 전까지 숨쉬기를 그친다면 우리는 곧 죽을 것입니다.

10. 당신은 지구가 존재함을 믿고 계십니다. 여기서 당신은 땅을 딛고 있습니다.

땅이 당신을 지탱하고 있습니다. 그러나 당신은 이 지구를 유지시키는 것이 무엇인지 이해하십니까? 말라보의 철인(Malabarian philosopher)은, '오, 한 마리의 코끼리가 그리고 한 마리의 황소가 그것(him)을 지탱하고 있구나'라고 했습니다. 그러나 그 황소를 유지시키는 것은 무엇입니까? 인도인도 영국인도 이 질문에 난감해하기는 마찬가지입니다. 우리가 아는 바는 '북방을 텅 빈 공간 위로 펼치시고, 지구를 무(無)에 매달아 놓으신'분이 바로 하나님이시라는 것입니다(욥26:7). 이것이 사실입니다. 그러나 어떤 방법으로? 누가 이를 설명할 수 있습니까? 천사라면 혹시 몰라도 인간은 아닙니다.

나는 투사력과 인력에 대한 그럴듯한 말을 알고 있습니다. 우리가 아무리 세밀히 짠다고 하더라도 사실이라는 것은 우리의 거미줄과 같은 엉성한 가정을 쓸모없게 만듭니다. 우리가 아무리 투사력과 인력을 조화시키려 해도 이것들은 절대로 원운동을 만들어내지 못합니다. 투사된 금속이 자기력 안에 들어오는 순간 곡선 운동을 하지 않고 곧장 떨어지고 맙니다.

11. 당신은 영혼을 가지고 있다고 믿고 계십니다. 하지만 어느 의사는 말합니다.
'그만두시오, 난 그런 것 믿지 않소. 당신이 비물질적인 영혼을 소유했다면 짐승들에게도 영혼이 있소.'(이 자는 동물도 사람처럼 생각할 수 있다고 믿고 있다, 역주). 난 동물이 영혼을 가지고 있다고 주장하는 자와 언쟁하고 싶지 않습니다. 다만 그들이 그것을 증명할 수 있기를 바랄 뿐입니다. 난 내 영혼을 포기하느니 차라리 동물들에게 영혼이 있다고 말하고 싶습니다. 이 점에 있어 나는 그 정직한 이교도의 심정에 진심으로 공감합니다 : 내가 틀렸다면, 나는 자발적으로 틀린 것이다. 또한 나는 강요로 설득되는 것을 강력히 거부한다(Si erro, libenter erro; et me redargui valde recusem). 내 생각에 삼위일체를 믿지 않는 자들이 이런 심정을 갖고 있다고 봅니다. 내 말 좀 더 들어보십시오. 당신은 이 흙으로 된 집(욥4:19)과 연관된 영혼을 소유하고 있다고 믿고 계십니다. 그러나 당신은 그 방법을 알고 계십니까? 하늘의 불꽃(영혼, 역주)과 땅의 흙덩이를 묶어놓고 있는 것이 무엇입니까? 당신은 그것을 전혀 모르고 있습니다. 하나의 사실은 그와 같이 존재하되, 그 누구도 그 방법을 말할 수 없다는 것입니다.

12. 분명 당신은 당신이 영혼과 함께 몸을 가지고 있고, 이 둘은 상호 의존적이라고 믿고 계십니다.

가시가 당신의 손을 찌르면 당신의 영혼 안에 고통이 느껴집니다. 다른 한편, 당신의 영혼 안에서 부끄러움이 느껴지십니까? 그러면 즉시 당신의 얼굴이 온통 빨개질 것입니다. 당신의 영혼이 공포나 격한 분노를 느낍니까? 그러면 즉시 몸이 떨리게 됩니다. 당신이 부인할 수 없는 사실들이 또한 더 있습니다. 그러나 당신은 그것들을 설명할 수 없습니다.

13. 한 가지 예를 더 들고 싶습니다. 당신의 영혼의 명령에 당신의 손이 올려집니다.

그러나 그 누가 이 사실과 또 마음의 행위와 밖으로의 행동 사이의 연관을 설명할 수 있습니까? 그럴 수 없습니다. 대체 누가 근육의 움직임을 설명할 수 있습니까? 그 운동에 관한 어떠한 항목에 대해서요? 영국에서 퍽이나 솔직한 축에 드는 한 의사가 이 주제에 관한 강의를 마치고 한 마디 더 했습니다: '자, 여러분, 저는 우리의 계몽된 시대의 발견들을 당신들에게 말씀드렸습니다. 그리고 여러분, 여러분께서 이것에 관해 조금이라도 이해하셨다면, 당신들은 저보다 이해를 더 잘 하신 것입니다.'

요컨대 핵심은 이것입니다. 자기가 이해하는 것만을 믿으려 하는 자들은 궁창에 해가 있다는 것과, 그 주위에 빛이 있다는 것과, 공기가 있다는 것을, 그것들이 온갖 방향에서 그들을 감싸고 있더라도 믿어서는 안 되고, 그들이 땅을 밟고 있더라도 지구가 있다고 믿어서는 안 됩니다. 그들은 자신들이 영혼을 갖고 있다고 믿어서도 안 되고 몸을 가지고 있다고 믿어서도 안 됩니다.

14. 둘째로, 좀 이상해 보이긴 해도, 당신에게 '하늘에서 증거하는 이가 셋이니, 아버지와 말씀과 성령이니라; 그리고 이 셋이 하나이니라.'라는 것을 믿으라고 말함에 있어 당신에게 어떤 신비를 믿으라 요구하는 것은 아닙니다.

그렇지 않습니다. 한 때 코르코 주교였던, Peter Browne 박사는 상세히 논증하기를 성경이 당신으로 하여금 신비를 믿으라 요구하지 않는다고 했습니다. 성경은 그러한 사실(facts)들을 믿으라 요구하지 그것들의 방식(manner)을 믿으라 하지 않습니다. 신비는 사실 속에 있는 게 아니라 방식 속에 있습니다.

예를 들어, '하나님께서 말씀하시기를, 빛이 있으라 하시니 빛이 있었다'(창1:3)' 나는 이것을 믿습니다. 나는 그 단순한 사실을 믿습니다. 여기에는 신비가 전혀 없습니다. 신비는 그것의 방식에 있습니다. 그러나 나는 그 방식을 절대로 믿지 않고, 하나님께서도 나에게 그것을 요구하시지도 않습니다.

다른 예를 들어봅시다. '말씀이 육신이 되셨다'(요1:14)' 나는 이 사실 또한 믿습니다. 이 안에는 신비가 없습니다. 그러나 그분께서 어떠한 방식으로 육신이 되셨나에 관하여는, 그것이 신비이긴 하지만, 나는 아는 바가 없고, 그것에 관하여 믿음도 없습니다. 그것이 나의 이해에서 나온 것이 아니듯이 내 믿음의 대상도 아닙니다.

15. 이것을 우리에게 주어진 문제에 적용하면. '하늘에서 증거하는 이가 셋이니, 아버지와 말씀과 성령이니라; 그리고 이 셋이 하나이니라.' 나는 다음의 사실, 즉 하나님은 셋이시고 하나이시다는 것을 믿습니다. 그러나 방식(manner), 방법(how)에 관하여는 나는 이해하지 못합니다. 나는 그것들에 대한 믿음도 없습니다. 이 안에, 바로 그 방식 속에 신비가 있습니다. 그렇다 하더라도 그것은 나와 상관이 없습니다. 그것은 나의 신앙의 대상도 아니며, 나는 하나님께서 계시하신 것만큼만 믿고 그 이상은 믿지 않습니다. 그러나 이것, 즉 그 방식은 하나님께서 드러내시지 않으셨고, 따라서 나는 그것에 관하여 아무 것도 믿지 않습니다. 하지만 내가 그 방식을 이해 못한다고 해서 그 사실을 부인하는 것은 불합리한 것이 아닐까요? 즉, 하나님께서 계시하시지 않으신 것을 내가 이해 못한다고 해서 하나님께서 계시하신 것을 거부하면 어리석은 일이 아닙니까?

16. 이것이 바로 우리가 주목해야 할 것입니다. '보지 못하고, 듣지 못하고, 사람의 마음속에 들어와 지각되어지지도 않은' 많은 것들이 존재합니다(고전2:9). 이들 중 일부를 하나님께서 '당신의 성령

으로 우리에게 계시하셨습니다.'

계시, 즉, 베일을 벗기시고, 덮개를 치우셨다는 것입니다. 그 부분에 대하여 하나님께서는 우리에게 믿으라고 말씀하십니다. 그것들 중 일부는 당신께서 드러내시지 않으셨습니다. 그것에 관하여는 우리가 믿을 수도 믿을 필요도 없습니다. 그것은 너무 높이 있어 우리의 시야밖에 있습니다.

계시되지 않은 것을 이해 못한다 해서 계시된 것을 거부하는 것은 지혜롭지 못합니다. 어떠한 것의 방식을 우리가 이해할 능력이 없는 까닭에 하나님께서 그 어떠한 것에 대한 사실을 계시하셨는데, 그 사실을 거부하는 것은 지혜롭지 못합니다. 그 방식은 여전히 베일에 싸여 있습니다.

17. 이는 특히 하나님께서 이 주제(삼위일체)와 관련하여 계시하시기를 기뻐하시는 그것이, 우리가 무관심해서는 전혀 안 될 가장 중요한 최후의 진리임을 우리가 깨달을 때 그러합니다. 그것은 바로 기독교의 심장으로 들어가는 것이고, 그것은 기독교의 기초가 되는 것입니다.

이 셋이 하나가 아니라면 어찌 '만민이 성부를 경외함같이 성자를 경외할' 수 있습니까?(요5:23) 소시누스(Socinus)는 친구에게 보낸 서신에서 자신의 고집 센 제자들을 어찌 다뤄야 할지 모르겠다고 했습니다. 그들은 예수 그리스도를 믿으려 하지 않는다네. 내가 그들에게 성경에는 '하나님의 모든 천사로 하여금 그를 경배케 하셨다

(히1:6)'고 기록되어있다고 말했지. 그들이 대답했네. '그렇다 해도, 그가 하나님이 아니라면 우리는 감히 그를 경배할 수 없습니다. "성경이 너는 주 하나님만을 경배하고 다만 그를 섬기라 했기 때문입니다.(마4:10).'"

내가 여기서 특별히 뜻하는 바는 이것입니다: 삼위일체에 관한 지식은 모든 진실한 기독교 신앙이나 모든 지극히 중요한 종교(기독교)와 상호 얽혀 있다는 것입니다.

모든 진실한 기독교인들이 Marquis de Renty처럼 '나는 항상 경험적 진실과, 영원히 거룩하신 삼위일체의 현존의 충만함을 가까이 지니고 있다'고 말할 수 있다고 나는 주장하지 않습니다. 내 생각에 이는 아이들의 경험이 아니라 그리스도 안에 사는 교부들의 경험입니다.

그러나 개인이 어떻게 기독교인이 되어 '(성 요한이 말하듯) 자기 안에 그 증거를 갖게 되기까지 되고'(요15:10), '하나님의 성령께서 그가 하나님의 아들임을 그의 영과 함께 증거하시기까지 되는지'(롬8:16) - 즉, 실제로 성령 하나님께서 성자 하나님의 공로를 인하여 성부 하나님께서 그를 받아들이셨음을 증거하시기까지 되는지 - 나는 잘 모릅니다. 그러나 이 증거를 가지고 그는 '성부 하나님을 경배하듯' 성자와 성령을 경배합니다.

18. 모든 기독교인들이 삼위일체를 말하는 것은 아닙니다. 아마 처음에는 스무 명 중에 아무도 없을 것입니다.

그러나 당신이 그들 중 누구에게라도 몇 가지 질문을 한다면, 당신은 쉽사리 삼위일체가 그가 믿고 있는 것 안에 포함되어 있음을 발견할 것입니다. 그러므로 나는 이 세 분이 하나이시다는 것을 부인하는 자가 어떻게 기독교를 가지는 것이 가능한지 알 수 없습니다. 기독교인들을 향한 나의 소원은 그들이 불신앙 가운데 구원을 받는 것이 아니라, 그들이 죽기 전에 하나님께서 그들을 '참다운 지식으로 인도하시는' 것입니다(딤전2:4 ; 딤후3:7 ; 히10:26).

4. 예정 (58)

On Predestination

롬 8:29-30

"하나님이 미리 아신 자들로 또한 그 아들의 형상을 본받게 하기 위하여 미리 정하셨으니... 또 미리 정하신 그들을 또한 부르시고 부르신 그들을 또한 의롭다 하시고 의롭다 하신 그들을 또한 영화롭게 하셨느니라."

1. 성 베드로가 '우리 사랑하는 형제 바울도 그 받은 지혜대로 너희에게 이같이 썼고, 또 그 모든 편지에도 이런 일에 관하여 말하였으되 그 중에 알기 어려운 것이 더러 있으니 무식한 자들과 굳세지 못한 자들이 다른 성경과 같이 그것을 억지로 풀다가 스스로 멸망에 이르느니라'(벧후3:15,16)라고 했습니다.

2. 성 베드로는 아마 성 바울의 글 중 '알기 어려운 것들'에 로마서 8, 9장의 말씀에 나오는 예정의 문제도 포함시킬 것 같습니다. 또한 '무식한 자들'뿐만 아니라 세상에서 가장 많이 배운 자들조차, 그리고 '굳세지 못한 자들'뿐만 아니라 복음의 진리 안에서 굳게 선 많은 자들조차도 수세기 동안 이 구절들을 '억지로 풀다가 스스로 멸망에 이르렀습니다.'

3. 모든 교육혜택을 받아 성숙해져서 가장 강력한 이해력을 지닌 참으로 많은 자들이 그 구절들에 대한 판단을 놓고 끊임없이 의견이 분분했던 것을 보면 그것들이 '알기 어려운 것들'인 것만은 사실인 것 같습니다. 우리가 생각해 낼 수 있는, 가장 많이 배우고 센스도 있고 경건함도 있는 자들이 예정에 관해 커다란 견해 차이를 보이고 있는 바로 이 사실이 모든 자들로 하여금 이제 그 주제를 다룸에 있어서 극도로 신중하고 자신이 없게 만듭니다. 하지만 기독교 세계 곳곳에서 이와 반대되는 일이 발견되는 이유를 나는 잘 이해가 안 갑니다. 이 어려운 주제에 관해 글을 남기는 자들보다 더 독단적인 자들이 이 세상에 없는 것처럼 보입니다. 그보다는 그 동일한 자들이 이와 다른 주제에 관해 쓸 때에는 아주 신중하고 겸손하나 유독 이 예정론에 관해서만은 자기 불신을 전혀 고려치 않는다고 해야겠지요.

> And speak ex cathedra infallible.
> 또한 오류가 없는 주교좌로부터 말한다.

이러한 태도는 특히 절대 신의(神意)(absolute decrees, 극단적 예정론을 말함; 역주)를 주장하는 거의 모든 자들에게서 발견됩니다. 하지만 이러한 태도는 피할 수 있습니다. 우리가 주장하는 모든 것들은 겸손한 마음과, 반대 의견을 가진 현명하고도 선한 자들에 대한 존경심을 가지고 주장될 수 있는 것입니다. 이는 모든 신학적 질문들에 대해 아주 많이 논의가 되어졌고, 아주 많은 분량의 책이 나와 있어서 전에 언급이 되지 않은 문제가 거의 없기 때문에 더더욱 그렇습니다. 오늘 내가 다투기를 좋아하는 자들은 제외하고 경건과 허심탄회한 마음을 가진 자들에게 주장하는 것들은 오늘의 본문에서 약간의 이해를 주는 몇몇 짧은 견해들입니다.

4. 자주 신중하게 내가 이 주제를 고민할수록 나는 다음과 같이 생각하게 됩니다. 곧 여기서 사도 바울은 인과관계를 말하고 있는 것이 아니라, 단지 하나님께서 일하시는 방법 즉 몇몇 구원의 지류들이 항상 서로 이어지는 순서를 보여주고 있는 것 같습니다. 내가 이해하는 바에 의하면, 하나님의 사역을 전진방향이나 후퇴 방향, 곧 시작부터 종말까지 혹은 종말부터 시작까지 탐구하는 신중하고도 편견 없는 그 어떤 질문자에게도 이것은 분명할 것이라 생각됩니다.

5. 첫째로, 인간구원에 있어서 하나님의 전체 사역을 전진 방향으로, 곧 출발점인 그 사역의 시작부터 영광 가운데 끝나는 데까지 생각해봅시다. 출발점은 하나님의 예지(foreknowledge)입니다. 하나님께서는 태초부터 종말까지 모든 나라에 사는 자들 중 믿음을 갖게 될 자들을 미리 아셨습니다. 하지만 이 애매모호한 문제를 해결하려면, 우리가 하나님의 예지를 말할 때 문제의 본질(the nature of things)에 따르지 않고 사람의 예를 따른다(롬6:19)는 것을 알아야 합니다.

왜냐하면 하나님께서는 예지나 후지(after-knowledge, 後知)같은 것은 없기 때문입니다. 전체 시간 즉 모든 영원이 (왜냐하면 시간은 인간에게 부여된 영원의 작은 파편이기 때문에,) 하나님 앞에 동시에 존재하기 때문에 그분께서는 하나의 사건을 다른 것의 이전에, 혹은 하나의 사건을 다른 것의 이후에 아시는 것이 아니라, 영원부터 영원까지 존재하는 모든 것들을 하나의 시점(時點)으로(in one point of view) 보십니다. 모든 시간이 그 안에 존재하는 모든 것들과 함께 하나님께 동시에 현존하듯이 그분께서는 과거에 존재했고, 지금 존재하고 종말 때까지 존재할 모든 것들을 동시에 보십니다. 그러나 우리가 주목해야 할 바는 하나님께서 그것들을 아시기 때문에 그들이 존재하고 있다고 우리가 생각해서는 안 된다는 것입니다. 그렇지 않습니다. 그것들이 존재하고 있기 때문에 하나님께서 그것들을 아십니다. 이는 마치 지금 내가 저 태양이 빛나고 있는 것을 아는 것과 같습니다. 그럼에도 내가 알고 있기 때문에 저 태양이 빛나고 있는 것이 아니라 그것이 빛나고 있기 때문에 내가 그것을 압니다. 내 지식은 저 태양이 빛난다고 헤아리지 그것을 결코 존재하게 하지 못합니다. 이와 마찬가지로 하나님께서 인간이 죄짓고 있다는 것을 아십니다. 왜냐하면 그분께서는 모든 것을 아시기 때문입니다. 그럼에도 그분께서 인간이 죄짓는다는 것을 아시기 때문에 우리가 죄를 짓는 것이 아니라 우리가 죄를 짓기 때문에 그분께서 그것을 아십니다. 또한 그분의 지식이 우리 죄를 압니다만 결코 그것을 유발시키지 않습니다. 요컨대 창조부터 종말까지의 모든 시대를 한 순간으로 보시고 모든 인간의 자손들의 마음에 있는 모든 것들을 동시에 보시는 하나님께서 모든 시대와 모든 나라들 안에 존재하는, 믿음을 갖거나 믿지 않는 모든 자들을 아시고 계십니다. 그럼에도 그분께서 아시고 계시는 내용(사건들)은, 그것이 믿음이건 불신앙이건 간에, 결코 그분의 지식에 의해 유발된 게 아닙니다. 마치 하나님께서 자기들의 일을 모르시기라도 한 것처럼 인간은 신앙과 불신앙의 문제에 있어서 그만큼 자유를 가집니다.

6. 진실로 인간이 자유롭지 못하면 그는 자신의 생각이나 말이나 행동에 책임질 일이 없습니다. 그가 자유롭지 못하면 보상이나 형벌을 받을 수 없습니다. 그는 덕이나 악을 행할 수 없으며, 도덕적으로 선하거나 악해질 수 없습니다. 그가 해나 달이나 별들보다 더 자유가 없다면 그것들보다 더 많이 책임질 일이 없습니다. 인간이 그것들보다 더 많은 자유를 갖고 있지 않다고 가정하면 땅위의 돌들이 인간만큼 보상을 받을 수 있고 형벌을 받을 수 있습니다. 즉 돌이 인간만큼 책임적인 존재가 된다는 말이지요. 그렇습니다. 그리고 인간에게 덕이나 악이 있다고 주장하는 것이 나무줄기가 그러한 것을 소유하고 있다고 주장하는 것처럼 불합리한 일이 되겠지요.

7. 하지만 '하나님이 미리 아신 자들로 또한 그 아들의 형상을 본받게 하기 위하여 미리 정하셨으니.' (하나님께는 전이나 후가 없기 때문에 인간의 방식으로 말하자면) 이것이 둘째 단계입니다. 환언

하여, 하나님께서는 영원부터 영원까지 인간을 향한 자신의 사랑인 성자를 믿는 모든 자들이 모든 내적 외적 죄로부터 모든 내적 외적 거룩함으로 구원받을 것을 선언하십니다. 따라서 분명하고도 부정할 수 없는 사실은 이것입니다: 하나님의 아들을 진실로 믿는 모든 자는 지금 '그들의 믿음의 열매, 곧 자신들의 영혼의 구원을 받는데,' 이는 변함없고 취소할 수 없고 저항할 수 없는 하나님의 신의(神意)인 '믿고 세례를 받는 사람은 구원을 얻을 것이요, 믿지 않는 사람은 정죄를 받으리라'(막16:16)에 의한 것입니다.

8. '또 미리 정하신 그들을 또한 부르시고.' (계속하여 우리가 인간의 방식으로 말하고 있음을 기억하며) 이것이 셋째 단계입니다. 이것을 좀 더 확대하여 생각하면, 믿는 자가 구원을 받는다는 그분의 불변의 신의(神意)에 의해, 그분께서 믿는 자로 미리 아신 그들을 내적으로도 외적으로도 부르십니다. 곧 그분의 은혜의 말씀으로 외적으로, 그분의 성령에 의해 내적으로 부르십니다. 그분의 말씀이 인간의 마음에 내적으로 적용되는 것을 혹자는 '효과적 부름(effectual calling)'으로 이해하고 있는 것 같습니다. 이는 그들을 하나님의 자녀들이라 일컬음, 그들을 '그분의 사랑하시는 자 안에서 받아들이심', '예수 그리스도 안에 있는 구원을 통하여 그분의 값없는 은혜로' 그들을 의롭다함을 의미합니다.

9. '부르신 그들을 또한 의롭다 하시고.' 이는 넷째 단계입니다.

일반적으로 여기에 나오는 '의롭게 하시고(justify)'라는 말은 특별한 의미로 쓰였는데, 이는 그분께서 그들을 올바르게(just) 혹은 의롭게(righteous) 만드셨음을 말합니다. 하나님께서는 '그들을 아들의 형상을 본받게 하셔서' 자신의 신의(神意)를 성취시켰습니다. 환언하여 (보통 우리가 말하길) '그들을 거룩케 하셨습니다.'

10. '의롭게 하신 그들을 또한 영화롭게 하셨느니라'라는 말씀이 남아 있군요. 이것이 마지막 단계입니다. 그들을 '빛 가운데서 성도의 기업의 부분을 얻기에 합당하게 하신 후(골1:12)' 그분께서는 그들에게 '그들을 위하여 창세전부터 예비된 나라를' 주십니다(마 25:34). 이것이 '그 마음의 원대로 역사하시는'- 하나님께서 영원 전에 세우신 계획을 말함- 그분께서 자신이 미리 아신 모든 시대 모든 나라의 참된 신자들을 구원하시는 순서입니다.

11. 하나님의 예지나 신의(神意)에 따르면 믿음에 의한 구원이라는 그 동일한 위대한 사역이 우리가 그것을 거꾸로 즉 종점에서 시작 쪽으로 보면 훨씬 더 분명한 모습으로 나타나게 됨을 봅니다. 당신이 '보좌에 앉으신 이와 어린양께 영원 영원토록 찬송하는, 각 나라와 족속과 백성과 방언에서 아무라도 능히 셀 수 없는 큰 무리'와 함께 서 있다고 가정합시다. 그러면 당신은 영화롭게 된 모든 자들 중 그 어느 한 사람도 '거룩함이 없이는 아무도 주를 보지 못하리라'라는 저 위대한 진리의 증인이 아닌 자가 없음을 발견할 것입니다.

즉 그 무리 가운데 영화롭게 되기 전에 거룩해지지 않은 자가 하나도 없다는 것을 알 것입니다. 그분의 아들의 피로 산 면류관이 그분의 성령에 의하여 새롭게 된 자 외에는 주어지지 않는다는 변치 않는 주님의 뜻에 따라 그자의 영화로움을 위해 그자의 거룩함이 준비됩니다. 그분(예수님)께서 오직 '자기에게 순종하는 자들에게 구원의 근원이' 되셨습니다(히5:9). 곧 내적으로 외적으로 그분께 순종하는 자들과 마음이 거룩하고 모든 친교에 있어서 거룩한 자들에게 그분께서 구원의 근원이 되신 것입니다(벧전1:15).

12. 당신이 지금 이 땅에서 거룩하게 된 모든 자들을 살펴보면 그들 중 그 어느 한 사람도 부름을 받기 전에 거룩해진 자가 없음을 발견할 것입니다. 말씀(the Word)과 하나님의 사자들에 의한 외적 부름뿐만 아니라, 마찬가지로 그분의 말씀을 적용하시고, 그로 하나님의 독생자를 믿도록 하시고, 그의 영과 함께 그가 하나님의 자녀라고 증거하시는 그분의 성령에 의한 내적 부름으로 그가 첫 단계로 부름을 받습니다. 또한 그들 모두가 거룩하게 된 것도 바로 이 (내적, 외적; 역주) 방편에 의한 것이었습니다. 각자 그들 모두 하나님을 사랑할 수 있게 된 것은 그들 마음에 넓게 스며든 하나님의 사랑에 대한 감각에 의한 것이었습니다. 하나님을 사랑했기 때문에 그가 이웃을 자기 몸같이 사랑했고 그분의 모든 명령을 흠 없이 준행할 능력을 얻게 되었습니다. 이 법에는 예외가 있을 수 없습니다. 하나님께서는 인간을 거룩하게 하시기 전에 그 죄인인 인간을 자신의 것으

로 부르십니다(선언하십니다). 즉 그를 먼저 의롭다 하십니다. 또한 바로 이것, 곧 그분의 호의에 대한 의식을 수단으로 그분께서는 모든 선한 기질과 말과 행위의 원천인 감사한 마음과 자식으로서의 사랑이 그자 안에 생겨나게 하십니다.

13. 이처럼 하나님께 지금 부름 받고 있으나 이전에 하나님께서 '그분의 아들의 형상을 따르도록' '예정하시고' 그분의 뜻으로 정하신 자들이 누구입니까? 이 신의는 (여전히 인간의 방식대로 말하자면) 각인(各人)의 소명(부름 받음)을 앞섭니다. 각인은 부름 받기 전에 예정되었습니다. 왜냐하면 하나님께서는 오로지 '자신의 뜻에 의한 결심에 따라' 곧 이 $\pi\rho o\theta\varepsilon\sigma\iota\varsigma$(프로테시스: 결의, 결심; 역주) 즉 그분께서 창세전에 세우신(엡1:4) 행동계획(롬8:28)에 의해서만 사람을 부르시기 때문입니다.

14. 다시 말합니다: 부름 받는 모든 자들이 예정되었듯이 하나님께서는 예정하신 모든 자들을 미리 아셨습니다. 하나님께서 그들을 신자로 아시고 간주하셨고, 그분의 영원한 신의 '믿는 자는 구원받으리라'에 따라 그들을 신자로 구원받은 자로 예정하셨습니다. 이같이 우리는 끝에서 시작 방향으로 하나님의 사역의 전 과정을 살펴보았습니다. 누가 영화롭게 됩니까? 바로 먼저 성화 된 자입니다. 누가 성화됩니까? 먼저 의롭다함을 받은 자입니다. 누가 의롭다함을 받습니까? 먼저 예정 된 자입니다. 누가 예정됩니까? 바로 먼저 하나님께

서 신자로 아신 자입니다. 따라서 하나님의 목적과 사역은 하늘나라의 기둥처럼 흔들림 없이 서 있습니다: '믿는 자는 구원을 얻을 것이요, 믿지 않는 자는 정죄를 받으리라'(막16:16). 그러므로 멸망하는 자는 자신의 행위나 행실 때문에 그렇게 되므로 하나님께서는 모든 자의 피로부터 깨끗하십니다. 인간들의 구세주께서 '그들이 내게 오기를 원치 않는다'(요5:40)라고 하시고 '다른 자에게는(다른 이름으로는, 역주) 구원이 없다(행4:12)'라고 말씀하십니다. 그들은 믿기를 거부할 것이고 따라서 현재나 미래의 구원에 이르는 다른 길이 없습니다. 그러므로 그들의 피는 그들 자신들의 머리로 돌아갈 것이고(삼하1:16), 하나님께서는 여전히 '모든 사람이 구원을 받으며 진리를 아는 데 이르기를 원한다(딤전2:4)'라는 '그분의 말씀과 관련하여 불의가 없으십니다'(롬3:4).

15. 요약하면 이렇습니다: 전능하시고 무한히 지혜가 많으신 하나님께서는 그분의 영원한 현재를 통하여 영원부터 영원까지 과거와 현재와 미래에 존재하는 모든 것들을 보시고 아십니다. 그분께는 어떤 것이든 과거와 미래가 없고 모든 것들이 동등하게 현재로 존재합니다. 그러므로 본질적 진리를 좇아 말하자면 하나님께는 예지나 후지가 없습니다. 그것은 사도 야고보의 글 '그는 변함도 없으시고 회전하는 그림자도 없으시니라'(야1:17)와 하나님 자신에 관한 말씀 '나 여호와는 변역지 아니하나니'(말3:6)와 일치하지 않습니다. 그럼에도 하나님께서 우리가 무엇으로 만들어졌나 아시고 우리의 이해

력이 얼마나 부족한지 아시므로, 우리에게 말씀하실 때에 친히 우리의 능력의 단계로 내려오시며 인간의 방식에 따라 자신에 대해 말씀하십니다. 그래서 하나님께서는 우리의 연약한 정도까지 낮아지셔서 자신의 '목적,' '결심,' '계획,' '예지'를 말씀하십니다. 이는 하나님께서 그분의 사역을 미리 결심하시고 목적으로 삼으시고 계획하시는 것이 필요하다는 말이 아닙니다. 우리는 지극히 높으신 분께 이러한 속성들을 부여하거나 우리 자신의 기준으로 그분을 판단해서는 절대로 안 됩니다. 하나님께서 이같이 자신에 대하여 하늘이나 땅의 것들을 '미리 아신다'거나 그것들을 '예정하신다(predestinate)'거나 '미리 운명을 정하신다(foreordain)'라고 하신 것은 단지 인간의 생각과 언어로 말씀하신 것입니다. 하지만 이러한 일들을 문자적으로 받아들이는 것이 가능이나 합니까? 하나님께서는 생각이 그처럼 어수룩한 자에게 '내가 너와 같은 줄 아느냐'라고 말씀하시지 않을까요? 아니지요. '하늘이 땅보다 높음 같이 내 길은 너희 길보다 높다'(사55:9). 네가 알 수 없는 방식으로 나는 알고 뜻을 정하고 일한다. 하지만 너에게 어렴풋하고 희미한, 내 방식들에 대한 지식을 주기 위해 나는 인간들의 언어를 사용하고, 너의 이해력에 나를 적응시키고 그렇게 하여 너의 유아적 삶의 상태에 나를 적응시킨다.

16. 이 모든 것들이 주는 교훈이 무엇입니까? 더도 아니고 바로 이것입니다:

1) 하나님께서는 모든 신자를 아십니다.
2) 그들이 죄에서 구원받도록 뜻을 정하십니다.
3) 그 목적을 위하여 그들을 의롭다 하십니다.
4) 그들을 성화시키십니다.
5) 그들을 영화로운 상태로 옮기십니다. 사람들이 주님의 선하심을 인하여 그분께 찬양을 드리면 좋으련만! 또한 그들이 이 평범한 설명으로 만족하고, 너무 깊어서 인간이 알 수 없는 신비로운 것들 쪽으로 걸어 들어가려 애쓰지 않으면 좋으련만!

아마(Armagh)에서
1773. 6. 5.

5. 영원 (54)

On Eternity

시 90:2

"영원부터 영원까지 당신은 하나님이시니이다."

1. 나는 기꺼이 장엄한 주제인 영원에 대해 말씀드리고자 합니다. 그러나 우리 생각으로 어떻게 그것을 이해할 수 있겠습니까? 영원은 너무 광대하여 인간의 좁은 생각으로는 전혀 이해할 수 없습니다. 하지만 영원은 또 다른 이해할 수 없는 '광대함'과 어떤 관계를 가지고 있지 않을까요? 공간은 실체가 없는 것이지만 또 다른 실체가 없는 '지속(duration)'과 비교될 수 있지 않을까요? 그런데 광대함이란 무엇입니까? 그것은 끝이 없는 공간입니다. 그러면 영원은 무엇입니까? 영원은 끝없는 지속입니다.

2. 영원은 보통 두 부분으로 나누어 질 수 있는 것으로 생각됩니다. 그것들은 전반부와 후반부입니다. 보통 우리말로 과거의 영원과 장래의 영원입니다. 본문 시편에 이러한 구분이 암시되어 있지 않습니까? '당신은 영원부터 하나님이십니다'- 이 말은 과거의 영원을 말한 것입니다. '영원부터 영원까지'라는 말은 장래의 영원을 표현

한 것입니다. 아마 혹자는 과거의 영원이 있다고 말하는 것이 엄밀히 말해 적절치 못하다고 생각할지도 모릅니다. 그러나 그 의미는 쉽게 이해됩니다. 우리는 과거의 영원이 시작이 없는 지속을 의미하고, 장래의 영원은 끝이 없는 지속을 의미한다고 봅니다.

3. 두 가지 의미로 '영원에 사시는 분'(사57:15)은 오직 하나님 뿐입니다. 위대하신 창조주만이 '영원에서 영원까지' 존재하십니다. 그의 시간만이 시작이 없듯이, 그의 끝도 없습니다. 이로 미루어 볼 때 시인이 다음의 임마누엘(사7:14; 마1:23) 찬양에서 말하고자 하는 바가 바로 하나님의 두 영원성인 것 같습니다.

> 찬양하라 성자 하나님을,
> 시간이 있기 전부터 영광의 관을 쓰시고
> 광대한 영원의 절반 기간을
> 성부 하나님과 함께 보좌에 좌정하셨네!

그리고

> 찬양하라 성자 하나님을,
> 시간이 그칠 때 영광의 관을 쓰시고,
> 온전한 영원 속에서
> 성부 하나님과 함께 보좌에 좌정하시네!

4. '시간이 시작되며' - 그런데 시간이 무엇입니까? 시간은 우리가 그것을 자주 사용할 때마다 그러하듯이 그 의미를 말하기가 쉽지 않습니다. 우리는 그것이 원래 무엇인지 모릅니다. 우리는 그것을 어떻게 정의해야 할지 모릅니다. 그것은 혹시 양끝이 잘려나간 영원의 한 토막이 아닐까요? 세계가 시작되었을 때 시작되었고, 세계가 계속되는 동안 계속될 것이며 그리고는 영원히 소멸해 버릴, 지속의 일부가 아닐까요? 지금은 태양과 행성의 회전으로 측정되며, 영원 전과 영원 후 사이에 놓여있는 지속되는 일부분이 아닐까요? 하지만 시간은 하늘과 땅이 높은 백보좌에 좌정하신 분(계20:11) 존전에서 사라져 버릴 때 더 이상 존재하지 않게 되고 영원의 대양 속으로 영원히 잠적해 버릴 것입니다.

5. 그러나 죽을 수밖에 없는 인간, 즉 하루살이 같은 피조물이 어떻게 영원이 무엇인지 알 수 있겠습니까? 자연의 한계 내에서 그것을 설명할 수 있는 그 무엇인가를 찾을 수 있을까요? 그것을 무엇에다 비유를 해야 할까요?(막4:30) 영원과 유사한 것이 있을까요? 끝없는 지속과 무한한 공간 사이에 어떤 유사성이 있지 않을까요? 위대하신 창조주, 무한하신 성령께서는 영원한 시간과 무한한 공간 속에서도 존재해 계십니다. 이것이 바로 그분의 특이한 특권 중 하나입니다. '내가 하늘과 땅에 충만하지 아니하냐?'고 주께서 말씀하십니다. 그렇습니다. 모든 피조물의 영역뿐만 아니라 무한한 공간에까지도! 한편 수많은 사람들은 이렇게 노래할 것입니다.

보라. 대지의 좁은 목에,
무한한 두 바다 가운데 나는 서 있다.
안전한가? 어불성설!
한 점의 순간이, 잠시의 공간이
나를 하늘나라로 옮겨가게 한다.
또는 지옥에 가둬버린다.

6. 그러나 이러한 무한한 바다들 중 하나를, 그 자신에게만 시작도 없는 시간(과거 영원, 역주)이 속하는 영원하신 성부께 맡겨두고, 우리는 끝없는 지속(장래 영원, 역주)에 대해 생각해 봅시다. 이것은 위대한 창조주만의 불가해한 속성이 아닙니다. 오히려 그분께서는 자비로우시게도 당신의 무수한 피조물들이 이 속성에 참여하는 것을 기뻐하셨습니다. 그분께서는 죽지 않고 그분을 영화롭게 하며 그분의 존전에서 영원히 살도록 지음 받은 천사들, 천사장들, 그리고 하늘의 모든 무리들에게 이 속성을 분배해 주셨을 뿐만 아니라, 육체로 살고 있는 이 땅의 거민들에게도 나누어 주셨습니다(욥4:19). 그들의 몸은 '좀 때문에 훼손되고 맙니다.' 그러나 그들의 영혼은 결코 죽지 않습니다. 어느 고대 작가가 말한 것처럼 하나님께서는 그들을 '자신의 영원성의 형상'으로 만드셨습니다. 진실로 모든 영혼들이 불멸성의 옷을 입고, 내적 부패 원리를 갖지 않으며, 외부의 위해에 해를 당치 않는다는 것이 우리가 보기에 마땅한 진리입니다.

7. 우리는 한 단계 더 나아갈 수 있습니다. 영뿐만 아니라 물질 자체도 어느 면에서는 영원하지 않습니까? 그렇다고 이 말이 고대와 현대의 어떤 지각없는 철학자들이 생각했던 것처럼 물질이 전반부 영원을 소유했다는 말은 아닙니다. 또한 그것이 영원부터 존재했다면 그것은 하나님이 되어야 하므로, 이 말이 어떠한 것이 영원부터 존재했다는 말도 아닙니다. 그렇습니다. 두 하나님이나 두 영원자가 있을 수 없으므로 그것은 오직 한 하나님이 되어야 할 것입니다. 그러나 비록 위대하신 하나님 외에 그 어떤 것도 영원한 과거로부터 존재해 올 수 없지만, 그럼에도 모든 피조물들이 미래에 영원히 존재한다고 가정하는 것은 모순이 안 됩니다. 참으로 모든 물질은 끊임없이 변하고 있습니다. 그것도 만 가지 형태로 변하고 있는 것입니다. 그러나 그것이 변하기 쉽다는 것이 그것이 소멸하게 된다는 것을 의미하는 것은 결코 아닙니다. 실체는 수없이 많은 형상으로 변하지만 동일한 존재로 남아있을 수 있습니다. 물질의 어떤 부분이라도 원래 그것을 구성한 원자로 분해될 수 있습니다. 그러나 그러한 원자 중 하나가 소멸된 적이 있거나 소멸될 것이라고 믿어야만 하는 이유가 있습니까? 전능하신 창조주의 무한한 능력이 아니고서는 그렇게 될 수 없습니다. 하나님께서 그가 만드신 사물 중 어떤 것을 소멸시키시는 데 이 능력을 행사하실 것 같습니까? 이 점에 있어서 하나님께서는 '후회를 일삼는 인간이' 아니십니다. 참으로 하늘 아래 모든 피조물의 형상은 끊임없이 변하고 변해야 합니다. 우리는 이것을 쉽게 설명할 수 있습니다. 최신의 발견에 의하면 에테르성 불은 피조물의 모

든 부분의 구성물 속으로 들어가는 것으로 판단되기 때문입니다. 이는 본질적으로 만물을 삼키는(edax rerum) 불과 같습니다. 이것은 보편적 용매, 해 아래 만물을 분리시키는(discohere) 것입니다. 이것의 힘에 의해 세상에서 가장 강력한 물질마저 분해 됩니다. 위대한 베이컨 경이 여러 번 한 실험을 통해 볼 때 심지어 다이아몬드까지 높은 열로 가루로 변할 수 있는 것 같습니다. 그리고 더 높은 열에서는 다이아몬드도 완전히 연소해 버립니다. 그렇습니다. '하늘들 자체가 불에 타서 풀어질 것입니다.' '체질(elements, 원소들(흙, 물, 공기, 불; 역주))이 뜨거운 불에 녹을 것입니다(벧후3:12).' 그러나 그것들은 단지 풀어지는 것이지 파괴되는 것은 아닙니다. 그것들은 녹지만 소멸하지는 않습니다. 그것들이 현재의 형상을 잃게 되겠지만 그것들 중 어떤 원소도 그 존재를 잃지는 않을 것입니다. 모든 원소들은 이런 저런 형태로 영원히 남아있을 것입니다.

8. 우리는 여전히 영원이 무엇인지 질문을 해야 합니다. 이 난해한 주제에 어떻게 하면 빛을 비출 수 있을까요? 그것은 우리의 이해의 대상이 될 수 없습니다. 영원을 무엇으로 비유할 수 있을까요?(막 4:30) 영원은 이 모든 것들을 얼마나 무한하게 초월하는지요! 영원한 것들과 비교되는 일시적인 것들은 무엇이 있습니까? 그것은 없는 거나 매 한 가지입니다. 아니, 창세로부터는 아닐지라도 노아의 대홍수 이후로 계속 존재해 온, 비유적으로 말해 '영원한 산들'의 존속기간은 영원과 비교할 때 어떻겠습니까?(창49:26) 미미한 수에 지나지

않습니다. 더 계속해 봅시다. 하나님의 최초의 아들들, 특히 천사장 미가엘의 창조로부터 그가 그의 트럼펫을 불도록, 그리고 '일어나라 너희 죽은 자여, 심판대 앞에 나아 오라!' 하면서 그의 힘찬 목소리를 하늘의 창공에 울려 퍼지게 하도록 명함 받은 그 시간까지를 생각해 봅시다. 그것은 깊이를 잴 수 없는 영원과 비교할 때 한 순간, 한 점이며 아무 것도 아니지 않습니까? 이것에 천 년, 백만 년을 더해 보십시오. '산들이 생기기 전 땅과 둥근 하늘이 만들어지기 전'의 수억만의 연대를 더해 보십시오(시90:2). 이 모든 것은 과거의 영원과 비교할 때 어떻습니까? 그것은 전 대양에 떨어지는 물 한 방울보다 작지 않습니까? 아주 무한히 작지 않습니까? 그렇습니다. 백만 년에 비교되는 하루, 한 시간, 한 순간보다도 더 작습니다.

9. 우리가 미래의 영원에 대해 보다 적절한 개념을 정립할 수 있습니까? 이를 위해 우리에게 익숙한 몇 가지 종류의 시간과 비교해 봅시다. 하루살이는 6시간을 삽니다. 저녁 6시부터 12시까지 삽니다. 이는 60내지 80년이나 되는 인간의 수명에 비하면 아주 짧습니다. 그리고 이 사람의 수명도 무두셀라의 969세에 비하면 아주 짧은 것입니다(창5:27). 그러나 하늘과 땅이 세워지고, 그 다음 하늘이 떠나가고 땅과 그 안의 피조물들이 불에 타는 그 일련의 세월도 끝없는 지속의 시간과 비교할 때 그 무엇이라 할 수 있습니까!

10. 이것을 설명하기 위해 과거의 한 저자는 성 키프리안(St.

Cyprian)의 놀라운 말을 되풀이했습니다. '지구만큼 큰 모래더미가 있다고 가정해 보자. 이 모래더미 안의 어느 한 모래 알맹이가 천년이 지나면 없어져 무로 된다고 하자. 하지만 이 모래더미가 천년에 한 알맹이씩 없어지면서 존속하게 되는 전체 시간은 정지가 없는 지속, 즉 영원과 비교해 볼 때 모래 알맹이 하나 대 전체 모래더미의 비율도 못된다.'

11. 이 중요한 사실을 여러분께 명심시키기 위해 또 다른 비유를 들겠습니다. 바다가 지구와 별이 빛나는 하늘 사이의 모든 공간을 포함할 정도로 커졌다고 합시다. 또 천년에 이 바다의 물 한 방울이 사라진다고 가정합시다. 그럼에도 이 대양이 천 년에 한 방울씩 없어지는 비율로 줄어들어 없어지는 기간은 영원에 비할 때 물 한 방울 대 전체 대양의 비율보다 작습니다.

12. 그러나 과거의 영원과 미래의 영원의 구분 외에도 또 다른 영원의 구분이 있는데, 이것은 매우 중요합니다. 미래의 영원은 불멸의 영들과 관련되므로 행복한 영원이나 불행한 영원이 됩니다.

13. 이미 행복한 영원 속에서 하나님을 찬미하고 있는 의로운 자들의 영을 보십시오. 우리는 하나님 오른편에서 기쁨의 강물을 마시는 자들에게 '그것(대양의 비유에서 나온 긴 시간, 역주)이 얼마나 짧은 세월로 보이는가!'라고 말할 준비가 되어 있습니다(시36:8). 우

리는 이렇게 외칠 준비가 되어 있습니다.

> 밤이 없는 대낮
> 그들은 하나님의 존전에서 살고 있네
> 그리고 영원은 하루처럼 보이네!

하지만 이것은 인간의 언어로 표현된 것일 뿐입니다. 길고 짧다는 것은 다만 한계가 있는 시간에만 적용될 뿐이지 무한한 지속에는 적용되지 않습니다. 그것은 우리의 조잡한 개념을 통하여 표현할 수 없고, 단지 상상을 초월하는 속도로 굴러간다고 표현됩니다. 비록 사람들이 그것이 전혀 구르거나 움직이지 않고, 조용하고 정지한 대양이라 칭하고 싶을 지라도 말입니다. 하늘의 백성들은 '밤낮 쉬지 않고' 계속하여 '거룩, 거룩, 거룩하신 주, 전능하신 하나님, 어제도 계시고 오늘도 계시며 장래에도 계실 분이시다!'라고 외칩니다(계 4:8). 그리고 수억의 세대가 지나도 그들의 영원은 금방 시작되었을 뿐입니다.

14. 반면에 불행한 영원을 선택한 불멸의 영들은 어떤 처지에 있습니까! 나는 자발적 선택을 말하고 있습니다. 왜냐하면 이것은 어느 한 피조물의 운명 때문이 아니라 자신의 행동과 행위의 결과로 생긴 일이기 때문입니다. 모든 영혼이 사람들과 천사들이 보는 앞에서 부득불 다음의 사실을 인정해야 할 날이 오고 있습니다.

주님의 지엄한 천명(天命)이
피할 수 없는 악한 운명을 지정하지도, 고정하지도 않으셨다.
내 영이 생기기도 전에 나를 지옥행으로 정하지도 않으셨고,
내 어머니의 자궁에서 나를 저주하시지도 않으셨다.

'저주받은 자여 악마들과 그의 사자들을 위해 예비된 영원한 불에 들어가라!'(마25:41)는 판결이 내려진 후 그 영들은 어떻게 되겠습니까? 이제 바로 그가 '쉼도 없고 낮과 밤도 없고 고통의 연기만이 영원히 피어오르는 유황으로 타는 불못으로 금방 들어갔다고' 해봅시다(계14:11). 영원 영원히! 그렇습니다. 글쎄요, 우리가 하루, 한 시간 만이라도 불못 속에 묶여있다면, 그 하루나 한 시간이 얼마나 길게 느껴지겠습니까! 아마 천년으로 느껴지지 않을까요? 그러나 - 무시무시한 생각입니다만 - 수십만 년이 흐른 뒤에도 이제야 그 고통의 잔을 처음 입에 댄 격이라면! 수백만 년이 지나도 끝에 가깝지 않고 시작한 순간에 더 가까울 뿐입니다.

15. 그렇다면 인간의 이해력을 소유한 자가 고의로 영원한 것보다 덧없는 것들을 더 사랑한다면 이 얼마나 미련하고, 미쳤고, 한량없이 정신 나간 짓입니까? (악이 행복이라는 불가능한 가정, 즉 실제 삶뿐만 아니라 모든 이성에도 완전히 반하는 이 가정을 용인하더라도) 누가 영원의 행복보다 일년 혹은 천년의 행복을 더 좋아하겠습니까? 영원과 비교하여 천년은 일년이나 하루나 순간 보다 무한히 더 작지

않습니까? 특별히 우리가 행복한 영원을 거절하는 것이 불행한 영원을 선택하는 것임을 고려한다면 그렇습니다(이 점을 우리가 잊어서는 안 됩니다). 그 이유는 영원한 기쁨과 영원한 고통 사이에 어떠한 중간지대가 있지도, 있을 수도 없기 때문입니다. 죽음이 육체뿐만 아니라 영의 죽음이라는 어떤 자들의 생각은 허망한 것입니다. 죽음은 육체도 영도 끝나게 하지 않습니다. 그것은 육체와 영의 존재 방식만을 바꿀 뿐입니다. '몸이 그 본래 있던 흙으로 돌아가면, 영은 그것을 주신 하나님께 돌아갑니다'(전12:7). 따라서 죽음의 순간에 영은 말할 수 없이 기쁘거나 말할 수 없이 비참할 게 분명합니다. 그리고 그 비참함은 끝날 날이 없을 것입니다.

> 아니다! 그 두려운 소리에 영혼은 어디로 떨어지나?
> 어둡고 깊은 구덩이 속으로!

비참한 선택을 한 그 사람은 그 얼마나 육체와 영혼의 죽음을 갈망할까요! 아마도 그자는 영(Young) 박사께서 상상했던 기도를 하게 될 것입니다.

> 내가 불 속에서 천년 간 몸부림치며 괴로워할 때,
> 수십만 번 '이제 족하니 날 좀 소멸시켜 주오!'라고 외쳤다.

16. 그럼에도 영원보다 현재의 것을 더 좋아하는 이런 말도 안 되

는 어리석음과 이루 형언할 수 없는 미친 짓은 이 세상에 태어난 모든 사람이 자연인으로 사는 동안 앓는 질병입니다. 우리의 본성이 그러하기 때문에 눈이 한번에 우주의 일부분만 보는 것처럼 정신도 한번에 시간의 일부만을 봅니다. 그리고 이것 너머에 있는 모든 공간이 눈에 보이지 않는 것처럼 일정 범위 이상의 모든 시간은 정신이 감지할 수 없습니다. 그래서 우리는 우리로부터 멀리 떨어져 있는 공간이나 시간을 인식하지 못합니다. 눈은 가까이 있는 공간을 그 안에 있는 물체들과 함께 뚜렷이 볼 수 있습니다. 이와 같이 정신은 인식이 가능한 시간 내에 있는 것들을 분명히 봅니다. 눈은 아름다운 중국을 못 봅니다. 그것은 너무 먼 곳에 있습니다. 우리와 그 아름다움 사이에 큰 간격이 있습니다. 그리하여 그것이 우리를 감동시킬 수 없습니다. 그것은 우리에게 무(無)나 마찬가지입니다. 그것은 우리에게 그것이 존재를 갖지 않은 것처럼 보여집니다. 동일한 이유로 정신은 영원의 아름다움이나 공포를 보지 못합니다. 그것이 너무 멀리 있어 우리에게 영향을 못 미칩니다. 이 때문에 그것이 우리에게 무(無)와 같이 보이고, 존재를 갖지 않은 것처럼 보입니다. 우리가 (시간적으로든 공간적으로든) 현재의 것들에 완전히 취해 있게 되면, 우리에게 멀리 떨어져 있는 것들은 시간적으로든 공간적으로든 점점 작게 보입니다. 사정이 그러하니 우리의 본성이 하나님의 무한한 은혜로 변화되지 않으면 그 본성이 그런 상태로 남아 있을 수밖에 없습니다. 하지만 이 사실이 미래에 대해 눈이 먼 상태를 계속 유지하는 자들에게 변명의 구실이 되지 않습니다. 그 이유는 이것을 치료하는 약을 찾는 모든 자들에게 그 약은 제공되었고, 발견되었기 때문입니다. 그렇습니다. 성심껏 구하는 모든 자들에게 이 약은 거저 제공됩니다.

17. 이 처방이 바로 믿음입니다. 이 믿음은, 하나의 신이 존재하고 또한 부지런히 그를 찾는 자에게 그가 상을 준다고 믿는 이방인의 믿음이 아니라(히11:6), 바로 사도들이 정의한 믿음, 곧 보지 못한 것들에 대한 신적인 증거와 확신이고, 보이지 않는 것과 영원한 세계에 대한 신적인 증거와 확신을 말합니다(히11:1). 이것만이 하나님과 그분의 사역들에 대한 이해에 눈을 뜨게 하는 것입니다. 말하자면 이것이 바로 불투명한 베일을 제거하거나 투명하게 만드는 수단입니다.

  그 베일은 필멸적 존재와 불멸적 존재 사이에 드리워져 있구나.
바로 이때,
  믿음이 이해의 빛을 비추면,
  구름은 흩어지고, 그림자는 사라진다.
  보이지 않는 것이 시야에 나타나고,
  그리하여 인간의 눈에 하나님이 나타나신다.

따라서 믿는 자는 성경적으로 볼 때 영원 안에서 살고 그 안에서 걸어갑니다. 그의 장래는 확장되었습니다. 그의 시야는 더 이상 현재의 것에 제한되어 있지 않고, 아니, 지구의 범위에 제한되어 있지도 않습니다. 밀톤(Milton)이 말했듯이, 그것이 땅의 길이의 열 배에 달할 지라도. 믿음은 보이지 않는 것과 영원한 세계를 계속하여 신자들에게 대면시킵니다. 부, 명예, 쾌락, 혹은 잠시 존재하는 이 세계가 줄 수 있는 그 무엇이라도 그것들은 믿는 자의 목표, 곧 추구 대상도, 욕구 대상도, 기쁨도 아닙니다. 그의 목표는 보이지 않는 것이고, 하나님의 은혜와 형상과 영광입니다. 또한 그의 목표는 보이는 것은 잠시이고, 안개이며, 그림자이고, 잊혀 질 꿈이라는 것을 아는 것이며(약4:14), 보이지 않는 것이 영원하고, 실제이며, 확고한 것이고, 변함이 없는 것임을 아는 것입니다(고후4:18).

18. 그러니 지혜로운 자에게 이런 것들을 깊이 생각하는 일보다 더 바람직한 것이 있을까요? 종종 그의 생각을 이 지구의 범위를 벗어나게 해서 별들의 세계조차 넘어 영원을 논하는 것도 좋지 않을까요? 이것이야말로 초라하고 작은 이 땅의 일들에 대한 믿는 자들의 경멸을 잘 확증하는 것이 아니고 무엇이겠습니까! 큰 부자가 자신의 넓은 땅을 친구에게 자랑하고 있을 때 소크라테스가 그에게 지도를 가져와서 그 속의 아티카(Attica)를 찾아보라고 했습니다. 그곳이 매우 작은 지역이어서 그가 어렵사리 그것을 찾았을 때 소크라테스는 알키비아데스(Alcibiades)에게 그 안에서 자기 땅을 찾아보라고 했습니다. 그가 이 일을 못했을 때 그는 자기를 그렇게 자랑하게 했던 그 소유가 전체 지구와 비교하여 얼마나 보잘것없는지 족히 알았을 것입니다. 이것이 바로 우리가 말하려 한 것의 아주 적당한 비유입니다. 땅덩어리 조금 가진 걸 가지고 자기를 높게 볼 자가 있습니까?

아! 그러나 무한한 공간과 비교할 때 이 지구는 얼마나 작습니까? 단순한 점에 지나지 않는 피조물입니다. 인간의 수명은 무엇입니까, 좋습니다, 그럼 지구 자체의 존재 연수는 영원의 길이와 비교할 때 점과 같은 시간이 아닙니까? 이것을 생각하십시오! 당신에게, 아무리 불완전할지라도, 어떤 개념이 생길 때까지 다음의 것을 마음에 생각해 보십시오. 한이 없고, 측량할 수 없는 심연, 바닥도 없고 경계도 없는 심연.

19. 하지만 순수한 영원이 소위 너무 광대하고 놀랄만한 대상이어서 우리의 생각을 압도해 버린다면, 행복이나 불행으로 옷 입혀진 영원을 보는 일이 얼마나 더 우리의 생각의 폭을 넓히겠습니까! 영원한 복락이나 영원한 고통! 영원한 행복이나, 영원한 불행! 그것은 아마 모든 이성을 가진 피조물 안의 다른 모든 생각을 삼켜버릴 것입니다. 단지 이것만 말하겠습니다: '당신은 행복한 영원이나 불행한 영원, 둘 중의 한 문턱에 서 있습니다.' 창조주께서 '네 손을 들어 이 둘 중 하나에게로 향하게 하라'고 말씀하십니다. 혹자는 이성을 가진 피조물이 이와 다른 그 어느 것도 생각할 수 없다고 여길 것입니다. 혹자는 그의 모든 관심을 독차지 하는 것이 바로 오직 이 점이라고 말할지도 모릅니다. 분명 그래야 하겠지요. 진정 사정들이 그러하다면 필요한 것은 오직 하나입니다. 아! 다른 사람들이 어찌하든, 적어도 저와 당신은 타인이 우리로부터 절대로 빼앗을 수 없는 바로 그 좋은 편을 선택해야 합니다!(눅10:42)

20. 이 설교의 주제를 마치기 전에 이 주제와 관련된 두 편의 시편(8편, 144편)에 있는 귀한 말씀 두 구절을 말씀드리겠습니다. 전자는 '주의 손가락으로 만드신 주의 하늘과 주의 베풀어 두신 달과 별들을 내가 보오니, 사람이 무엇이관대 주께서 저를 생각하시며, 인자가 무엇이관대 주께서 저를 권고하시나이까?'(시8:3-4)입니다. 여기서 인간은 광대함과 비교할 때 무(無)나 점과 같습니다. 후자는 '주여, 인간이 무엇이관대 주께서 그를 존귀하게 보십니까? […] 인간은 무(無)와 같은 존재이고, 그의 시간은 그림자처럼 지나가 없어집니다(시144:3-4)'입니다. 새 번역 성서에서는 훨씬 힘 있게 표현되어 있습니다. '사람이 무엇이관대 주께서 저를 알아주시며, 인생이 무엇이관대 저를 생각하시나이까.' 여기서 시편기자는 영원과 비교하여 인생을 순간이나 무로 보고 있습니다. 전자의 기록 목적이 '하늘과 땅에 충만히 거하시는 분께서 어찌 원자와 같은 인간을 알아주실 수 있을까? 어찌하여 인간이 광대한 하나님의 창조세계에서 잊혀지지 않을 수 있을까?'를 말하려 하는 것이 아닐까요? 후자의 기록 목적이 '어떻게 영원 안에 거하시는 분께서(사57:15) 수명이 한나절의 그림자같이 지나가는 하루살이 인생에게 관심을 두시려 몸을 구부리실 수 있으신가?'를 말하려는 것이 아닐까요? 이것이 바로 다윗에게 그랬듯이 많은 신중한 자들의 마음에 떠올랐던 생각이고, 이것이 바로 무한한 공간과 영원한 시간을 소유하신 분께서 혹시나 자기를 잊지는 않으실까 하는 두려움을 불러 일으켰던 생각입니다. 그러나 이 두려움이 하나님께서 우리 인간과 같으시다는 가정에서 나온

것이 아닙니까? 우리가 무한한 시간과 공간을 생각하면 우리는 그 앞에 무(無)가 되고 맙니다. 그러나 하나님께서는 사람이 아니십니다. 하루나 백만 년이나 그분께는 매한가지입니다. 따라서 그분과 어느 유한한 존재사이의 불균형은 그분과 하루살이 생명 사이의 불균형과 동일합니다. 따라서 그러한 생각이 떠오를 때마다, 무한하시고 영원하신 하나님께서 당신을 잊지는 않으실까 하는 두려움이 당신을 엄습할 때마다, 하나님께는 피조물들 간에 크거나 작고의 구별이 있을 수 없고 긴 세월이나 짧은 세월의 구분이 있을 수 없다는 것을 기억하십시오. 하나님께서는 한 사람을 전 우주를 다스림같이 다스리시며, 전 우주를 한 사람을 다스림같이 다스리신다(ita praesidet singulis sicut univrsis, et universis sicut singulis)라는 말을 기억하십시오. 그러하여 우리는 담대히 다음과 같이 말할 수 있습니다:

> 아버지시여, 당신의 영광의 광채가 끝없이 펼쳐지나이다.
> 만유의 주여, 나의 주여!
> 당신의 선하심이 온 누리를 살피십니다.
> 마치 온 세상이 한 사람이라도 되는 것처럼.
> 그럼에도 당신께서는 나의 머리카락 하나하나를 세십니다.
> 마치 내가 당신의 모든 관심의 대상이라도 되는 것처럼!

엡워스(Epworth)에서
1786. 6. 28.

6. 사랑 (149)

On Love

고전 13:3
"내가 내게 있는 모든 것으로 구제하고 또 내 몸을 불사르게 내어줄지라도 사랑이 없으면 내게 아무 유익이 없느니라."

1. 이 자리에 계신 여러분들이 전에 들으셨던 말씀뿐만 아니라 지금부터 전해드릴 성경 말씀 또한 여러분에게 아무런 영향력을 미치지 못했다는 사실에 대하여 염려해야 할 중대한 이유가 있습니다. 아마도 어떤 분은 이 말씀에 주의를 기울일 만큼 심각하지 않을 것이고, 주의를 기울이는 분들 중에도 어떤 분은 믿지 않을 것입니다. 어떤 분은 믿기는 하지만 어려운 말씀이라 생각하실 것입니다(요6:60). 그래서 가능한 한 빨리 잊어버립니다. 극소수만이 한동안 받아들일 뿐입니다. 어떤 분은 겸손이나 자기 부인의 뿌리가 없기 때문에 말씀으로 인하여 환난이나 핍박이 일어날 때(마13:21) 넘어지고 맙니다(살후 2:3). 이 말씀에 관심을 기울이시는 분, 믿음을 가지신 분, 기억하고

깊이 마음속에 받아들여 겸손과 자기부인의 뿌리를 가진 분, 고된 시험을 견뎌내고 열매를 맺기 시작하는 분들조차도 모두가 다 완전에 이르는 열매를 맺는 것은 아닙니다. 세상의 염려나 유혹(마13:22) 그리고 다른 것들에 대한 욕망이 (아마 얼마 동안 감지되지 않은 채) 말씀과 함께 자라나서 말씀을 막을 것입니다(마13:22).

2. 그렇다고 하나님의 말씀을 전하는 저 역시 듣고 계신 여러분과 마찬가지로 이러한 위험 요소들로부터 보다 더 안전하다는 말은 아닙니다. 저 역시 '믿지 아니하는 악심'(히3:12)을 비탄해 해야 합니다. 하나님께서 환란을 허락하실 때마다, 그 환란이 사소한 책망성 환란일 경우라도, 그것을 겪을 첫 번째 사람은 바로 제가 될 것입니다. 제가 이 환란을 감내할 수 있다해도, 하나님께서 세상의 관심거리들을 내게 부으시고, 그분께서 나를 그분께 인도해주지 못할 기쁨을 주는 것들로부터 나를 지켜주시지 않는다면, 나는 그것들에 의해 압도될 것이며, 타인에게 말씀을 전한 후에 나 자신은 버림받게 될 것입니다!(고전9:27)

3. 왜 제가 이런 말씀을 드립니까? 그 이유는 제게 복음이 맡겨졌기 때문입니다(고전9:17). 비록 내일 할 일은 알지 못하나 나는 오늘 복음을 전할 것입니다. 여러분에 대한 나의 직분은 이런 것입니다: '인자야, 네가 너를 그들에게 보내노니 듣든지 아니 듣든지 너는 그들에게 이르기를 주 하나님의 말씀이 이러하시다 하라'(겔2:3-5).

4. 주 하나님께서 다음과 같이 말씀하셨습니다. "누구든지 생명에 들어가려면 계명들을 지키라"(마19:17). "모이기를 폐하는 어떤 사람들의 습관과 같이 하지 말라"(히10:25). "은밀한 중에 보시는 네 아버지께 은밀한 중에 기도하라"(마6:6). "하나님 앞에 네 마음을 쏟아 놓으라"(시62:8). "너는 마음에 새기고 집에 앉았을 때에든지 길에 행할 때에든지 누웠을 때에든지 이 말씀을 가르치라"(신6:6-7)고 하셨습니다. 하나님께서 탄식하고 기도하며 돌아오라고 하셨습니다(욜2:12). 그리고 여러분께 그 떡(주님의 몸)을 먹고 그 잔(주님의 피)을 마시며 주님께 순종함으로 그분께서 다시 오실 때까지 그분의 죽으심을 증거하라고 하셨습니다(고전11:26). 이러한 것들을 통해 위로부터 받을 능력을 힘입어 율법이 명하는 모든 것을 하시고, 그것이 금하는 모든 것을 피하십시오. 왜냐하면 여러분께서 율법의 한 가지라도 거치시면 모두 범한 것임을 아시기 때문입니다(약2:10). 선을 행함과 서로 나누어주기를 잊지 말라고 하셨습니다(히13:16). 기회 있는 대로 모든 이에게 착한 일을 행하라고 하셨습니다(갈6:10). 죄와 싸우되 피 흘리기까지 대항해야 합니다(히12:4). 그리고 하나님께 손을 들어 "이것들을 다 지켰나이다"라고 말할 수 있을 때, 이어서 (벨릭스 한 사람뿐만이 아니라 세상에서 가장 거룩한 사람도 그 말에 놀라서 떨도록(행24:25)) "제가 제게 있는 모든 것으로 가난한 자들을 구제하고 또 제 몸을 불사르게 내어 주었는데도 저는 사랑한 적이 없고, 그것이 저에게 유익이 되지 못했습니다"라고 말하십시오.

그러므로 높은 단계에서 다음의 의미를 아는 것이 우리 모두에게 중요합니다. I. '내가 내게 있는 모든 것으로 구제하고 또 내 몸을 불사르게 내어 줄지라도'라는 말의 완전한 의미. II. '사랑'이라는 말의 참다운 의미. III. 어떤 의미에서 사랑이 없으면 우리에게 이러한 모든 것이 아무 유익이 없다고 할 수 있는가.

I. 첫 번째 문제를 생각해 보면, 사도 바울이 사용한 단어가 '작은 부분들로 나누고 그 다음 그렇게 나뉜 것을 분배하는 것'으로 본래 그 뜻을 사용하고 있음을 깨달아야 합니다.

이것은 세상에 대한 돌연한 혐오로부터 유래하든지 또는 돌연한 헌신의 시작으로부터 유래하든지 간에, 결과적으로는 우리가 즐기는 모든 세상적 소유물들을 제거하는 것을 의미할 뿐만 아니라, 냉정하고도 확고한 선택의 행위도 의미합니다. 이는 또한 허영심으로부터가 아니라 단계적으로, 올바른 원리에 의해 이루어진다는 것을 말합니다. 즉 계획에서 하나님 명령의 수행 쪽으로, 소망에서 그분의 나라를 소유하게 되는 쪽으로 이루어짐을 말합니다. 더욱이 '주다'라는 말이 실제로 동의에 의해 재물을 넘겨주는 것임을 알아야 합니다. 따라서 생각 없이 성급하게 한 행동이 아니라 눈을 열고 마음에 결정을 하여 해결을 추구하면서 수행하는 것을 의미합니다. 그러므로 이 말의 온전한 의미는 이것입니다 - 귀 있는 자는 들을진저! - : 비록 내가 내 집 전체를 가난한 자들을 먹이는 데 사용하고, 그 일을 현명한 선택과 신중함으로 했더라도, 그리고 내가 비록 내 일생을 내 손으로 그들에게 나눠준다고 해도, 그것을 순종하는 마음으로 했다고 해도, 내가 비록 그와 같은 의미에서 비난과 부끄러움뿐만 아니라 결박당하거나 감옥살이, 죽음까지 맛볼지라도 - 그렇습니다, 그것이 세상에서 가장 고통스런 죽음일지라도 내게 사랑이 없으면 그것이 내게 아무 유익이 없다는 말입니다.

II. 이러한 사랑(charity)이 무엇인지 생각해봅시다. 사랑이란 말의 참된 의미가 무엇입니까?

1. 우리는 사랑의 속성이나 의미와 관련하여 그 뜻을 생각해 볼 수 있습니다. 우리가 실수할 가능성을 없애기 위해, 사랑의 본질과 하나님의 영감을 받은 사도들에게 나타났던 사랑의 의미를 알기 위해서, 인간의 판단을 고려하지 않을 것이며 우리 주 하나님께 나아갈 것입니다.

2. 우리 주 하나님께서 그의 모든 백성들에게 요구하시는 사랑이란 하나님과 사람을 사랑하는 것입니다. 자기 자신을 위해 하나님을 사랑하는 것이고, 하나님을 위해 인간을 사랑하는 것입니다. 하나님을 사랑한다는 것이 그분을 즐거워하고, 그분의 뜻을 기뻐하고, 그분을 항상 기쁘시게 하며, 그분 안에서 우리의 행복을 구하고 찾으며, 밤낮

그분을 온전히 기쁘게 체험하기를 갈망하는 것이 아니고 무엇이겠습니까?

3. 이러한 사랑의 정도에 관해서 우리 주님께서 분명히 말씀하셨습니다. "마음을 다하여 주 너의 하나님을 사랑하라"(마22:37). 이는 하나님 외에 아무 것에도 기뻐하지 말고 사랑하지 말라는 말이 아닙니다. 왜냐하면 하나님께서는 이웃을 사랑할 뿐만 아니라 우리 자신처럼 사랑하라고 명하셨고, 우리 자신의 행복처럼 신실하고 지속적으로 이웃의 행복을 원하고 추구하라고 명하셨기 때문입니다. 또한 하나님은 그분의 많은 피조물들도 사랑하라 명하셨습니다. 우리가 하나님을 체험하기에 합당한 자가 되어야 하듯이, 세상을 즐기기에 합당한 자가 되어야 합니다.

4. 이러한 사랑의 의미나 속성들은 사도들이 성서를 통해 우리에게 설명해준 것입니다. 이러한 흔적에 의해서 누구라도 사랑이 있는지 없는지 판단할 수 있기에 우리가 이 흔적을 깊이 생각해야할 가치가 있습니다.

사랑은 오래 참습니다. 사랑은 오래 견디는 속성을 가지고 있습니다(고전13:4). 하나님 때문에 여러분이 이웃을 사랑한다면 이웃의 연약함을 오래 참을 수 있습니다. 이웃이 지혜를 원한다면 여러분은 불쌍히 여길 것이며 업신여기지 않을 것입니다. 이웃이 실수를 했다면 여러분은 너그러운 마음으로 어떠한 비난이나 꾸짖음보다는 그를 회복시켜 주고자 노력할 것입니다. 이웃이 범죄한 것이 드러나면 여러분은 온유한 마음으로 바로잡아주고자 애쓸 것입니다(갈6:1). 그 일이 곧 이루어질 수 없다고 해도 결국 하나님께서 진리의 사랑과 지혜로 이웃을 인도하신다면, 여러분은 이웃을 인내로 대하게 될 것입니다. 인간의 약함이나 사악함에서 비롯된 매우 큰 분노 가운데에서도 여러분은 자신들의 온유하고 관대한 모습을 보일 것입니다. 이것은 계속해서 자주 반복되어야 합니다. 악에게 지지 말고 선으로 악을 이기도록 해야 합니다(롬12:21). 누구든지 헛된 말로 여러분을 속이지 못하게 하십시오(엡5:6). 오래 참지 못하는 사람에게는 사랑이 없습니다.

5. 사랑은 온유합니다. 누구든지 하나님의 사랑을 느끼는 자와 그 마음속에 하나님의 사랑이 부은바 된 사람은(롬5:5) 하나님의 모든 피조물의 행복을 추구하려는 강력하고 지속적인 갈급함을 느낍니다. 그러한 행복을 진전시켜야만 하는 매우 강렬한 소망 때문에 그의 영혼은 녹습니다. '마음에 가득한 것을 입으로 말함이니라'(마12:34). '그 혀로 인애의 법을 말하며'(잠31:26). 이와 동일함이 그의 행동에도 나타납니다. 속 안의 불이 가까운 곳에서도 일을 하고, 계속하여 점점 멀리 퍼져 어느 때든지 만나는 모든 자들에게 선행을 하게 합니다. 그래서 생각이나, 말이나, 행하는 모든 것들이 모든 수단에 의해 동료 피조물들의 행복을 향상시켜주는 동일한 결과를 보여줍니다. 그러므로 여러분의 영혼을 속이려 하지 마십시오. 온유하지 않은 사람에게는 사랑이 없습니다.

6. 사랑은 투기하지 않습니다(고전13:4). 이 말은 사실 사랑이 온유하다고 했을 때 포함된 내용이었습니다. 왜냐하면 온유와 투기는 반대되는 것이기 때문입니다. 온유와 투기는 빛과 어두움처럼 함께 있을 수 없습니다. 진정으로 모든 사람들의 참된 행복을 바란다면 어느 누구의 행복에 슬퍼할 수 없습니다. 우리의 소원이 성취된다면 우리의 영혼이 기뻐할 것입니다. 그러므로 투기로 인하여 고통을 당하는 일은 없을 것입니다. 우리의 이웃을 위해 할 수 있는 좋은 일을 늘 행하면서 좋은 일을 더 많이 할 수 있기를 소망한다면, 이웃의 어떠한 일에 대해서도 불평할 수 없습니다. 오히려 마음에 진정한 기쁨이 있을 것입니다. 우리가 우리 자신을 자랑하고 서로가 서로에게 아첨하더라도, 어느 누군가를 투기한다면 사랑이 없는 것입니다.

7. 사랑은 자랑하지 않습니다(고전13:4). 서두르거나 급하게 판단하지 않습니다. 사실 이것이 자랑하다(perpereuetai)라는 말의 의미입니다. 하나님을 인하여 이웃을 사랑하는 자마다 모두 사람들에 대한 나쁜 말을 쉽게 받아들이지 못할 것입니다. 증거가 없이는 마음속에서조차 이웃을 비난할 수 없습니다. 약간의 증거에 근거해서도 안 됩니다. 또, 가능한 한 먼저 이웃과 고소자가 서로 대면하게 하고, 아니면 적어도 그 이웃에게 그 고소한 내용을 알게 해서 그 자신이 자신을 변호하게 하지 않고서는 실로 어떠한 근거에 의거해서도 그를 비난해서는 안 됩니다(요7:51, 행25:16). 여러분 모두는 따뜻하게 사랑하는 사람에 대해서 이렇게 밖에 할 수 없음을 알고 있습니다. 친구든지

원수든지 모든 사람에게 이렇게 하지 않는 사람에게는 사랑이 없습니다.

8. 시간이 허락되기 때문에 사랑의 속성과 의미에 대해 좀 더 말씀드리고자 합니다. "사랑은 교만하지 아니하며"(고전13:4). 여러분은 사랑하는 사람에게 잘못할 수가 없습니다. 당신이 하나님을 온 마음을 다해 사랑하면 당신은 그분께 그릇 행하여 그분의 영광을 도적질하거나, 그분께만 돌려야 할 것을 당신이 취하지 않게 됩니다. 여러분은 여러분 자신과 여러분의 소유가 그분의 것이고, 그분 없이는 아무 선한 것도 할 수 없으며(롬7:18), 그분께서 여러분의 빛이요 생명이시고, 힘이시고 여러분의 모든 것이며, 그분 앞에 여러분은 아무것도 아닌, 아무 것보다도 더 아무 것이 아님을 고백하게 될 것입니다(시68:2). 마음으로나 말로나 행위로 간에 모든 교만은 사랑이 있는 곳에서 사라집니다. 사랑은 자기 능력을 자랑하는 자의 태도를 낮추고, 그를 수줍어하고, 들으려 하고, 배우기를 기뻐하고, 쉽게 확신을 갖고, 쉽게 설득이 되는 아이로 만듭니다. 그렇지 않은 마음이 있는 자는 누구든지 그 모든 헛된 소망을 버리십시오. 교만한 자에게 사랑은 없습니다.

III. 내게 있는 모든 것으로 구제하고 또 내 몸을 불사르게 내어줄지라도 사랑이 없으면 내게 아무 유익이 없느니라'

1. '내게 있는 모든 것으로 구제하고 또 내 몸을 불사르게 내어줄지라도 사랑이 없으면 내게 아무 유익이 없느니라'는 말씀의 뜻을 살펴보겠습니다.

2. 이 말씀의 주된 의미는 의심할 바 없이 이런 뜻입니다: 우리가 무엇을 하든지, 우리가 어떤 일을 겪든지 마음의 영혼 속에서 하나님의 사랑으로 새로워지지 않으면, 우리에게 주어진 성령으로 말미암아 우리의 마음에 하나님의 사랑이 부은바 됨이 없으면(롬5:5) 영원한 생명에 들어갈 수 없습니다. 그 누구도 하나님께서 사랑하시는 성자 안에서 주어진 약속에 의하지 않고는 영원한 생명에 이를 수가 없습니다.

3. 그렇지만 보편적 진리가 쉽게 우리에게 영향을 주지 못하기 때문에, 우리가 할 수 있고 겪을 수 있는 모든 것과 관련하여 이 말씀에 담겨진 한두 가지 특별한 진리를 생각해 봅시다. 우선 사랑이 없는 모든 것은 무익하여 삶을 행복하게 만들 수 없으며, 둘째로 죽음을 안락하게 맞이하게 못합니다.

4. 첫째, 사랑이 없으면 아무 것도 우리의 삶을 행복하게 만들 수 없습니다. 내가 말하는 행복이란 한 시간 안에 시작하고 끝나는 시시한 즐거움이 아니라, 영혼을 만족시키는 행복한 상태를 말합니다. 이것은 꾸준하고 지속적인 만족입니다. 우리의 현재 행복과 관련하여

사랑이 없으면 아무 것도 우리에게 유익이 없다는 말은 다음의 한 가지 사항을 고려할 때 그러해 보입니다: (여러 삶의 문제에 있어서) 여러분이 고통이 없다면 여러분은 사랑에 부족함이 없습니다. 여러분께 인내가 부족합니까? 그렇다면 이 인내가 부족할수록 여러분의 행복은 작습니다. 반대되는 성품, 즉 화, 분냄, 복수심이 커질수록 여러분은 불행해집니다. 여러분은 이것을 알고 있습니다. 느끼고 있습니다. 한 마디로 사랑이 없으면 평화는 결코 여러분의 영혼에 깃들지 않으며, 폭풍은 잠잠해질 수 없습니다. 온유함에 반대되는 악의, 원한, 질투 등의 다른 성품을 자신 속에서 발견하는 분이 계십니까? 그렇다면 불행이 있습니다. 그런 성품이 강할수록 불행은 더욱 커집니다. 게으른 자가 고기를 먹는다고 하면 원한과 질투가 더 커집니다. 그 영혼은 지옥을 대표하며, 사악함뿐만 아니라 고통으로 가득합니다. 그는 이미 결코 죽지 아니하는 벌레를 가지고 있으며, 꺼지지 않는 불에 들어가기를 재촉하고 있습니다. 자신과 하늘 사이에 깊은 구렁이 있을 뿐입니다(눅16:26). 그러나 연약함을 기꺼이 도우시는 성령님이 계십니다(롬8:26). 하늘로 손을 뻗치면 여전히 성령께서는 돕고자 하십니다. 무지와 불행을 탄식하시며 매우 나쁜 영향력으로부터 마음을 정화시켜 주시고 하나님의 사랑 안에서 새롭게 하십니다. 그래서 지금부터 영원까지 행복으로 인도해 주십니다.

5. 둘째로, 사랑이 없으면 안락한 죽음을 맞을 수 없습니다. 제가 말하는 안락이란 어리석거나 무의미하다는 것을 뜻하지 않습니다. 안

락하게 죽었다함은 자기 양심에 화인 맞은 자들이(딤전4:2) 멸망하는 짐승같이 죽었다(시49:12)는 것을 말하는 것도 아니고 포탄에 맞아 죽었다는 것을 말하는 것도 아닙니다. 저는 여러분들이 광란으로 죽는 평안함을 부러워한다고 생각하지 않습니다. 평안한 죽음이 의미하는 것은 평탄하고도 합리적인 평화와 기쁨으로 가득한 삶의 조용한 퇴장입니다. 그래서 사랑이 없이는 모든 행함과 수고가 평안한 죽음을 가져다 줄 수가 없습니다.

6. 이 사실을 보여드리기 위해 저는 여러분들의 경험에 의지할 수는 없습니다. 그러나 다른 사람들의 경험을 보시라고 말씀드릴 수는 있습니다. 저는 두 사람이, 비록 안락함에 있어서는 차이가 있겠지만, 제가 판단하기에 안락한 죽음을 맞이했던 자들을 직접 보았습니다. 한 사람은 다른 사람보다 사랑이 더 있었으므로 분명 더 평안하게 죽었습니다.

7. 나는 첫 번째 사람이 운명할 때뿐만 아니라 그의 죽음이 가져온 시련의 마지막 기간에 그를 간호하고 있었습니다. 그 때 그는 '하나님께서 큰 고통으로 나를 징계하시지만(욥33:19), 나는 하나님께 감사드린다. 나는 모든 것을 인하여 하나님을 송축하며, 모든 것을 인하여 하나님을 사랑한다'고 외쳤습니다. '하나님의 위로가 작다고 생각하는가?'(욥15:11)라고 질문 받았을 때 그가 큰 소리로 대답하기를 '아닙니다, 아닙니다, 그게 아닙니다!'라고 했습니다. 그는 곁에 있

는 우리들 모두의 이름을 부르면서 다음과 같이 말했습니다. '천국을 생각하고, 천국을 이야기하십시오! 우리가 천국을 생각하지 않을 때 모든 시간을 잃게 됩니다!' 바로 이것이 사랑의 소리였습니다. 그리고 사랑이 지배하는 동안 모든 것이 평안하고 평화롭고 기뻤습니다. 그는 때때로 성냄과 분노를 보이기도 하였고 불행한 모습을 보이기도 하면서, 사랑이 삶과 죽음 모든 것을 편하게 만들 수 있듯이, 그것이 영혼에서 떠나 없을 때나 영혼에서 희미할 때 인간에게 어떤 평화나 평안함도 없다는 것을 명백히 보여주었습니다.

8. 저는 바로 이곳에서 또 다른 훌륭한 그리스도의 군사가 사망이라는 마지막 원수(고전15:26)와 싸우는 것을 보았습니다. 그것은 하나님과 인간과 천사들이 보기에 정말 대단한 장면이었습니다. 얼마 남지 않은 그의 마지막 숨은 그에게 승리를 주시고 계신 하나님께 시편의 찬양을 드리는 데 사용되었습니다. 분명 그 치열한 전장에서부터 승리는 시작되고 있었습니다. '당신에게 사랑이 있습니까?'라고 물었을 때 그는 눈을 뜨고 손을 들었습니다. 그리고 남아있는 혼신의 힘을 다해서 '그렇습니다. 그렇습니다'라고 대답했습니다. 마지막 공격을 가하는 원수 사탄이 두려운지 묻는 사람에게 '아닙니다. 아닙니다. 우리의 사랑하는 구세주께서 모든 원수들을 이기셨습니다'라고 말했습니다. '주님께서 나와 함께 계십니다. 나는 아무 것도 두렵지 않습니다!' 곧이어 '우리가 사랑하는 구세주께로 가는 길은 가파르지만 거리가 짧습니다!'라고 했습니다. 곧 그가 잠들고 향기

롭게 그의 영혼은 그에게 영혼을 주신 하나님께 돌아갔습니다(전 12:7). 여기서 우리는 사랑에 반대되는 그 어떤 고통이나 성품의 혼합을 볼 수 없습니다. 온전한 사랑이 고통을 야기하는 모든 것을 몰아냄으로 괴로움이 없게 됩니다(요일4:18). 이 정도의 사랑이 있는 자는 누구든지 이러한 그리스도의 군사가 맞이한 것과 같은 최후를 맞이할 것입니다.

II. 그리스도와 인간에 관하여

1. 그리스도인의 완전 (40)
2. 그리스도를 육체대로 앎 (123)
3. 인간지식의 불완전 (69)
4. 인간 (103)

5. 인간 (116)

1. 그리스도인의 완전 (40)

Christian Perfection

빌 3:12

"내가 이미 얻었다함도 아니요 온전히 이루었다함도 아니라."

1. 성경에서 이 말씀처럼 우리를 거북하게 만드는 구절도 찾아보기 힘들 것입니다. 왜냐하면 많은 사람들에게 '완전'이란 말은 감당하기 어려운 말씀이기 때문입니다. 많은 사람들은 이 말을 듣는 것 자체를 부담스러워 합니다. 따라서 이 세상에서 완전을 성취할 수 있다고 설교하거나 주장하는 자는 이방인이나 세리보다도 못하다는 비난을 사람들로부터 받을 각오를 해야 합니다.

2. 혹자는 '이러한 성경 말씀들이 사람들에게 심한 거리낌을 주므로' 사용하지 말도록 조언하기도 합니다. 하지만 이 말씀들이 하나

님의 계명에 속하지 않는 것입니까? 만약 이 말씀들이 하나님의 계명에 속한다면, 설사 모든 사람들이 이 말씀을 불쾌하게 여긴다 할지라도 하나님의 대언자라는 사람이 무슨 권위로 이 말씀을 제쳐놓을 수 있다는 말입니까? 우리는 그런 식으로 그리스도를 배우지 않았습니다. 우리는 하나님의 계명을 자기 나름대로 취사선택하면서 마귀에게 어떤 빌미를 제공해서는 안 됩니다. 사람들이 듣든 안 듣든, 감당하든 못하든, 우리는 하나님께서 말씀하신 모든 것을 선포할 것입니다. 왜냐하면 그리스도의 종이 하나님이 권고하시는 말씀을 모든 사람에게 선포하기를 주저하지 않게 될 때 우리는 '모든 자들의 피로부터 깨끗해짐'(행20:26-27)을 확신할 수 있기 때문입니다.

3. 우리는 이러한 말씀들을 거부하거나 제거해서는 안 됩니다. 왜냐하면 그 말씀들은 인간의 말이 아니라 하나님의 말씀이기 때문입니다. 우리는 그 말씀들이 뜻하는 바를 설명하고 가르쳐야만 합니다. 그렇게 함으로써 신실한 자들이 위로부터 그들에게 부여된 목표에서 벗어나 좌로나 우로 치우치지 않게 되기 때문입니다. 이미 바울 또한 반복적으로 자신에 대하여 완전하다고 하지 않고 '내가 이미 온전히 이루었다는 것이 아니다'라고 하였기 때문에 더욱 그러한 가르침이 필요합니다. 반면에 그러한 말씀에 이어 15절 말씀에서는 바울이 자신과 다른 많은 사람들이 완전하다고 말하고 있습니다: '누구든지 우리 온전히 이룬 자들은 이렇게 생각할지니'라고 언급합니다.

4. 이와 같은 두 종류의 말씀들은 언뜻 보아 모순처럼 보입니다. 그러나 이러한 말씀들이 가지고 있는 어려움을 제거하고, 하나님이 정하신 푯대를 향해 정진하는 사람들에게 이 말씀이 가진 의미를 이해시키며, 완전이라는 말씀으로 인해 시험 당하는 자들에게 올바른 길을 제시하기 위해 나는 다음과 같은 문제에 대하여 설명하고자합니다:

첫째, 기독교인들이 완전하지 않다는 의미는 무엇인가?

둘째, 기독교인들이 완전하다는 의미는 무엇인가?

I. 먼저 나는 기독교인이 완전하지 못하다는 뜻이 무엇인지 설명하고자 합니다.

1. 경험상으로나 성경에서 볼 때 먼저 기독교인은 지식에 있어 불완전한 것 같습니다. 기독교인들은 이 땅에서 살 때 무지에서 자유로울 만큼 완전하지 않습니다. 아마 그들은 현세에 관련된 많은 것들을 세상 사람들과 공통으로 알고 있을 것이고, 내세에 관련된 것으로는 하나님께서 계시하신 일반적인 진리들을 알고 있을 것입니다. 이처럼 그들은, (영적인 것들은 영적으로 분별이 되므로 자연인이 받지 못한 것을 알 것이고), 그들을 하나님의 자녀라 일컫게 해주는, 그들을 향한 하나님의 사랑이 어떠함을 알 것입니다. 그들은 그들 마음 가운데

서 역사하는 성령의 강한 능력을 알며, 그들의 모든 인생길을 인도하고 모든 일이 그들의 선을 위해 협력하게 하는 하나님의 섭리의 지혜를 압니다. 진실로 그들은 삶의 모든 환경 속에서 주께서 그들에게 원하시는 바가 무엇인지 알고, 하나님과 사람에 대하여 거리낌 없는 양심을 지키는 법을 압니다.

2. 그러나 그들이 알지 못하고 있는 것들은 무수히 많습니다. '전능자 그분 자신에 대해 언급하자면, 그들은 그분을 완전히 발견해 낼 수 없습니다."보라, 이것들은 그분의 길의 일부분일 뿐이요, 우레와 같은 그분의 능력을 그 누가 이해하랴?' 이로써 제가 드리고자 하는 말씀은 '하늘에서 증거하는 이 셋이 있으니, 성부, 성자 성령이라. 이 셋은 하나이다'(요일5:7, KJV; 역주)라는 말씀과, 또는 영원하신 하나님의 아들께서 '종의 형상을 자신에게 취하셨음'을 그들이 이해할 수 없다는 것이 아니라, 하나님의 본성의 모든 속성과 모든 상황을 그들이 이해할 수 없다는 말입니다. 하나님께서 당신의 위대한 일을 이 땅에서 행하실 때와 기한은 그들이 알바가 아니고, 이는 창세 이래로 하나님의 종들인 예언자들을 통해 그분께서 부분적으로 드러내신 것들에 관한 것조차도 그러합니다. 그러니 하나님께서 '택하신 자들의 수를 채우시고 난 후 당신의 나라가 임하게 하실' 때와 '하늘이 큰 소리로 떠나가고 체질(원소들[흙, 물, 불, 공기], 초대교회 당시의 철학은 우주가 이 네 기본 요소로 구성되어 있다고 보았음; 역주)이 뜨거운 불에 풀어지는' 때를 그들이 더 모르

는 것은 당연합니다.

3. '구름과 흑암이 하나님을 두르고 있고, 의와 심판이 그분의 보좌입니다'마는 기독교인들은 인간의 자손들에게 미치는 하나님의 많은 섭리에 대한 이유조차 알지 못하고 부득이 이 땅에 머물고 있을 뿐입니다. 주께서 기독교인들을 다루시는 일에 있어 자주 그들에게 말씀하십니다: '나의 하는 것을 네가 이제는 알지 못하나 이후에는 알리라.' 또 그들이 자신들 앞에 항상 현존하는 것과, 심지어 그분의 눈에 보이는 피조물들에 대해 얼마나 무지합니까! '그분께서 어떻게 북편 하늘을 허공에 펴시며 땅을 공간에 다십니까.' 그분께서 어떻게 끊어지지 않는 비밀스런 사슬로 이 광대한 기계의 모든 부분들을 통합시킵니까. 인간 중 가장 뛰어난 자라도 그의 무지함이 심히 크고 그의 지식이 너무 보잘 것 없습니다.

4. 그러므로 그 누구도 이 땅에서 살 동안 무지에서 자유로울 만큼 완전하지 못합니다. 또한 기독교인들이 '부분적으로 밖에 알지 못해서' 자신들이 모르는 것들에 대해 말할 때 언제나 실수할 수밖에 없음을 고려하면, 둘째로 실수는 무지의 필연적 결과이고 그들은 이 실수에서도 자유롭지 못합니다. 구원에 필수적인 사항들에 있어서 하나님의 자녀들이 실수하지는 않습니다. 그들은 '흑암으로 광명을 삼거나, 광명으로 흑암을 삼지도 않고,' '삶의 실패 가운데 죽음을 택하지도' 않습니다. 왜냐하면 그들이 '하나님의 가르침을 받기'

때문이고, 그분께서 그들을 가르치시는 방식과 거룩함에 이르는 길이 너무 쉬워 '우매한 행인도 그 길에서 실수하지 않기' 때문입니다. 하지만 구원에 필수적이지 못한 일에 있어서는 그들이 자주 그릇 행합니다. 가장 선하고 현명한 자라도, 사실이었던 것을 사실이 아닌 것으로 믿거나 행해지지 않은 것을 행해진 것으로 믿음으로, 사실들에 관한 문제에서도 빈번히 오해를 합니다. 혹은 사실 자체의 문제에 있어서 그들이 오해를 안 한다고 가정하더라도, 그 사실에 관련된 상황들 전체나 부분들을 실제와 달리 믿어 옴으로써, 그 상황들을 오해할 수 있습니다. 그러므로 실수가 더 많이 생길 수밖에 없습니다. 그래서 그들은 과거나 현재에 악한 행위들을 선한 것들로 믿거나, 과거나 현재에 선한 행위들을 악한 것들로 믿을 수가 있습니다. 따라서 그들이 사람들의 특성을 사실에 따라 판단하지 않아서, 사람들을 본래보다 더 선하게 혹은 더 악하게 생각할 뿐만 아니라, 과거나 현재에 매우 사악한 자를 선한 자로 여기며 거룩하고 책망할 것이 없는 자를 사악한 자로 여깁니다.

5. 성경에 있어서도, 가장 선한 자라할지라도 가능한 한 오해를 피하려 하나 실수하는 경향이 있으며 또한 날마다 실수를 합니다. 특히 성경 말씀 중 실천과 직접적 관련이 적은 구절들의 경우가 그러합니다. 따라서 하나님의 자녀들조차 여러 성경 구절에 대한 해석에 서로 동의하지 않는데, 이 의견의 불일치가 그들 중 어느 한쪽이 하나님의 자녀가 아니라는 증거가 되지 않습니다. 하지만 이것은 우리가 살아

숨쉬는 그 어느 누구에게서도 전지(omniscient)를 기대할 수 없듯이 무오류(infallible)도 기대할 수 없다는 것을 보여줍니다.

6. 사도 요한이 믿음 가운데 그의 형제들에게 '너희는 거룩하신 자에게서 기름 부음을 받고 모든 것을 아느니라'(요일2:20)라고 한 말은 앞에서 다룬 내용과 상반된다고 할 수도 있습니다. 그러나 이에 대한 대답은 분명합니다: 사도 요한은 '여러분께서는 이미 여러분의 영적 건강에 필요한 모든 것들을 다 아십니다'라는 말을 하고 있는 것입니다. 사도 요한은 결코 여기서 더 나아가려고 하지 않았고, 그가 그 말씀을 절대적 의미로 사용하지 않았음은 분명합니다. 이렇게 결론을 내지 않으면, 인간인 예수 자신도 모든 것들을 아시지 않았음을 고려할 때, 요한이 제자를 '그의 스승보다 높게' 생각하는 것이 되고 맙니다. 예수께서 말씀하시기를, '그 때는 아무도 모르나니, 아들도 모르고 오직 아버지만 아시느니라'라고 하셨기 때문입니다. 이 문제는 '너희를 미혹케 하는 자들에 관하여 내가 이것을 너희에게 썼노라'라는 요한의 말과 그가 자주 한 경고 '아무도 너희를 미혹치 못하게 하라'는 말씀을 미루어 볼 때 분명해집니다. 만약 이 말씀을 잘못 이해하게 된다면 거룩한 자에게 기름 부음 받은 자들은 무지에서 자유로워진 상태에서 어떠한 실수도 할 수 없다는 오류를 범하게 됩니다.

7. 그러므로 기독교인들일지라도 무지와 오류로부터 자유로울 만큼

완전하지는 않습니다. 세 번째로 우리는 하나 더 추가할 수 있습니다. 우리는 허약함들로부터도 자유롭지 못합니다. 이 말을 바로 이해하려면 주의가 필요합니다. 혹자들이 그리하듯 알려진 죄들(명시적 죄들, 역주)을 이러한 온건한 명칭(허약함, 역주)으로 칭해서는 안 됩니다. 어느 한 사람이 말합니다. '사람들 각자는 약점을 가지고 있다. 내 약점은 내가 술고래라는 것이다.' 다른 사람은 불결이라는 약점을, 또 다른 자는 하나님의 성호를 헛되이 부르는 약점을, 또 다른 자는 형제를 '미련한 놈'으로 부르거나 '욕을 욕으로 대꾸하는' 약점을 가지고 있습니다. 이러한 말을 하고도 여러분이 회개하지 않으면 여러분은 여러분의 약점들과 함께 속히 지옥으로 갈 것이 분명합니다. 하지만 나는 허약함이라는 말로 이에 당연한 '육체적 허약함들'뿐만 아니라 도덕적 본성에서 나오지 않은 모든 내적이나 외적인 불완전함도 말하고 있습니다. 우리의 지력의 미미함과 더딤이 그러한 불완전함이고, 우리의 이해력의 둔함과 혼돈이, 우리의 생각의 모순됨과 우리의 상상의 변칙적 성급함과 서투름이 그러한 불완전한 점들입니다. 이러한 종류를 제외하고도 빠르고 지속적인 기억력이 없는 것도 그러한 불완전함입니다. 보통 어눌함, 적절치 못한 언어, 촌스런 발음의 결과로 나타나는 다른 종류의 불완전함은 대화나 행동에 있어서 수많은 명명되지 않은 단점들이라 할 수 있습니다. 이러한 것들이 가장 훌륭한 사람들에게도 정도에 차이가 있을 뿐 다 발견되는 허약함들 입니다. 어느 누구도 영혼을 주신 하나님께 되돌아가기 전에는 이러한 불완전함에서 완전히 자유로움을 기대를 할 수 없습니다.

8. 우리는 그때가 되기 전에 시험으로부터도 완전히 자유로울 수 없습니다. 그러한 완전은 이생에 속한 것이 아닙니다. 사실, 자신을 방탕에 방임하여 모든 더러운 것을 욕심으로 행하여, 자신들이 저항하지 않는 시험들을 거의 인식하지 못한 자들이 시험 없이 지내는 것처럼 보이기도 합니다. 또한 영혼들의 간교한 대적이 그들이 죽은 경건 가운데 깊이 잠들어 있는 것을 보고, 그들이 영원한 불구덩이에 던져지기 전에 미리 깨어나지 않게 하려고, 추악한 죄를 짓도록 유혹하지 않을 것인데, 여기에 해당하는 자들도 많습니다.

또한 '그리스도의 피로 대속함'을 받은 후 '값없이 의로워져' 현재로서는 시험을 느끼지 못하는 하나님의 자녀들이 있음을 나는 압니다. 하나님께서 그들의 대적에게 '나의 기름부음 받은 자를 만지지 말며, 나의 자녀들을 상하게 하지 말라'고 말씀하십니다. 이 시기 동안에, 그것이 수주나 수개월인지 모르겠지만, 하나님께서 그들을 악한 자의 모든 화전들이 미치지 못하도록 '땅의 높은 곳을 타고 다니게' 하시며, 독수리 날개처럼 그들을 보호하시고 인도하십니다. 그러나 하나님의 독생자 자신도 육체 중에 거하시는 동안에 당신의 생애 마지막까지 시험을 받으셨다는 한 가지 사실을 고려해 보더라도 그러한 상태가 항상 지속되지는 않을 것입니다. 그러므로 '종이 그 상전만 같아도 족하다'라는 말씀을 생각하면 주의 종이 그 정도만 기대해야 할 것 같습니다.

9. 그러므로 기독교인의 완전은 단순히 무지나 실수 혹은 연약함이나 시험에서 면제되는 것이 아닙니다. 진정 그것은 오로지 거룩함의 또 다른 표현입니다. 거룩함과 완전은 동일한 것에 대한 두 가지 명칭입니다. 따라서 누구든 완전한 자는 거룩하고, 누구든 거룩한 자는 성경이 정한 의미대로 완전한 자입니다. 그러함에도 끝으로 우리는 이 점에 있어서 이 땅에서는 어떠한 절대적 완전도 존재하지 않는다고 말할 수 있습니다. 완전의 본뜻 그대로 '정도에 있어서 완전'은 있지 않습니다. 즉, 지속적 성장을 수용할 수 없는 자는 없습니다. 그리하여 누군가가 설사 아무리 많이 성취했든, 아무리 높은 단계의 완전함에 거하든, 여전히 '은혜 가운데 성장하고' 그의 구세주 하나님에 대한 지식과 사랑 가운데 날마다 전진해야할 필요가 있습니다.

II. 그러면 어떤 점에 있어서 기독교인들이 완전할까요? 이것이 바로 내가 두 번째로 다루려는 주제입니다. 자연적인 삶과 마찬가지로 기독교인의 삶에도 몇몇 단계가 있음을 전제해야 합니다.

1. 자연적인 삶과 마찬가지로 기독교인의 삶에도 몇몇 단계가 있음을 전제해야 합니다. 이는 일부 하나님의 자녀는 신생한 유아들이고,

다른 자들은 이미 성숙해져 있다는 말입니다. 그런고로 요한은 그의 첫 서신에서 몇 차례 자신이 아이들, 청년들, 그리고 아비들이라 칭한 자들에게 관심을 기울였습니다. 사도가 말합니다. '아이들아 너희에게 쓰는 것은', '너희 죄가 용서함 받았고,' '값없이 의롭다 함 받고' 거기까지 이르렀으니 '너희는 예수 그리스도를 통하여 하나님과 화평케 되었느니라.' '청년들아 너희에게 쓰는 것은, 너희가 흉악한 자를 이겼고,' 혹은 (그가 후에 부언하기를) '너희가 강하고, 또 하나님의 말씀이 너희 안에 거하시고.' 너희가 악한 자의 화전, 즉 그 자가 너희 마음을 휘저어 놓은 수단인 의심과 두려움을 소멸하고, 너희 죄가 사함 받았다는 하나님의 증거가 지금 '너희 마음 가운데 있느니라.' '아비들아 너희에게 쓰는 것은, 너희가 태초부터 계신 이를 알았으니.' 너희는 아버지와 아들 그리고 너희들의 영 가장 깊은 곳에 계신 그리스도의 영을 알고 있느니라. 너희는 '그리스도의 장성한 분량이 충만한 데까지 이르러서 온전한 사람이다.'

2. 설교의 후반부에서 주로 내가 다루려고 하는 것이 바로 이들입니다. 왜냐하면 오로지 이들만이 본연의 기독교인들이기 때문입니다. 그러나 그리스도 안의 어린 아이들, 즉 '하나님께로서 난 자'조차도, 첫째, 죄를 짓지 않는다는 의미에서 완전합니다. 이 하나님의 자녀들의 특권에 대한 의심이 있더라도, 그 질문은 추상적 추론으로 대답이 결정될 수 없습니다. 왜냐하면 그 추론 과정이 끝없이 계속되어

1. 그리스도인의 완전

문제가 해결되지 않기 때문입니다. 그것은 또한 이러 저러한 특정인의 경험으로 결정될 수 없습니다. 많은 자들이 그리스도 안의 어린 아이들이 무엇을 행할 때 죄를 짓지 않는다고 추측할 수도 있으나 이것 가지고는 진위(眞僞)를 결정할 수 없습니다. 우리는 '율법과 증거의 말씀에서' 그 근거를 찾습니다. '사람은 다 거짓되되 오직 하나님은 참되시다 할지어다.' 우리는 오직 하나님의 말씀에 따라 살 것입니다. 이에 의하여 우리가 판단 받아야 합니다.

3. 하나님의 말씀이 분명히 선언하는 바는 다음과 같습니다: "의롭다함을 받고, 중생이라는 가장 낮은 차원에 있는 자라도 '더 이상 죄 가운데 살' 수 없다. 그들은 '그리스도의 죽음을 본받아 연합한' 자들이다. 그들의 '옛 사람이 예수와 함께 십자가에 못 박힌 것은, 죄의 몸이 멸하여 그들이 죄에게 종노릇하지 아니하려 함이다.' 그들이 '그리스도와 함께 죽어, 죄에서 자유로워졌다.' 그들은 '죄에 대하여는 죽은 자요,' '하나님을 대하여는 산 자들'이다. '율법 아래 있지 않고 은혜 아래 있는' 그들을 '죄가 주관치 못한다.' 반면 이들은 '죄에서 자유로워져서 의의 종들이 되었다.'"

4. 이러한 말씀들로부터 알 수 있는 최소한의 사실은 여기에 나오는 사람들, 즉 그리스도 안의 모든 실제적인 기독교인이나 신도들이 외적인 죄에서 자유롭게 되었다는 것입니다. 바울이 여러 다양한 구

절들에서 말한 바로 그 동일한 자유를 베드로도 다음의 구절에서 말합니다: '육체의 고난을 받은 자가 죄를 그쳤음이니, 그 후로는 다시 사람의 정욕을 좇지 않고 오직 하나님의 뜻을 좇아... .' '죄를 그침'을 최소한의 의미로 해석하면 오직 외적 행실에만 관련되므로, 외적 행위 즉 모든 율법의 행위적 위반을 그치는 것을 의미합니다.

5. 가장 명백한 말씀은 요한일서 3장 (8절 등)에 나와 있는 요한의 말입니다: '죄를 짓는 자는 마귀에 속하나니, 마귀는 처음부터 범죄함이니라. 하나님의 아들이 나타나신 것은 마귀의 일을 멸하려 하심이니라. 하나님께로서 난 자마다 죄를 짓지 아니하나니, 이는 하나님의 씨가 그의 속에 거함이요, 저도 범죄치 못하는 것은 하나님께로서 났음이라.' 또한 5장 18절에: '하나님께로서 난 자마다 범죄치 아니하는 줄을 우리가 아노라. 하나님께로서 난 자가 저를 지키시매 악한 자가 저를 만지지도 못하느니라.'

6. 혹자는 이것이 의미하는 바가 단지 신자가 고의로 죄를 짓지 않거나, 습관적으로 죄를 짓지 않거나, 또는 세상 사람들과 같이 행하지 않거나, 또는 과거의 자신처럼 행하지 않음이라 말합니다. 그러나 누가 그렇게 말했습니까? 요한이 그랬습니까? 아니지요. 그런 말씀은 본문에 나와 있지 않습니다. 장 전체에도, 서신서 전체에도, 그의 글들 그 어디에도 없습니다. 글쎄요, 그렇다면 이 주장에 가장 뻔뻔스런 말로 대꾸하려면 그것을 간단히 부인하면 되겠군요. 또 누구든 하나

님의 말씀으로부터 그 뻔뻔스런 말을 증명할 수 있다면 설득력을 가진 근거들을 제시해 보세요.

7. 그러한 이상한 주장들을 뒷받침하기 위해, 성경에 기록된 예들에서 **유추해 낸 일종의 근거라는 것이 있습니다.** 그들은 주장합니다. '뭐라고요! 아브라함이 죄를 짓지 않았다구요? 자기 아내를 아내가 아니라고 속였는데요? 모세가 "므리바 물"에서 여호와를 노하게 했을 때 죄를 범하지 않았나요? 자, 결정적인 근거를 대자면, "하나님의 마음에 합한" 다윗조차도 헷족속 사람 우리아와 관련된 사건에서 살인과 간음을 범하지 않았나요?' 그가 그 일을 했다는 것은 지극히 분명한 사실입니다. 다 옳습니다. 그러나 그 말씀들에서 당신이 끌어내고 싶은 결론이 무엇이겠습니까? 첫째, 다윗이 그의 일생 전반적으로 볼 때 유대인 중 가장 거룩한 자에 든다고 인정할 수 있다는 것이지요. 또한 둘째로, 유대인 중 가장 거룩한 자라도 가끔은 죄를 범했다는 말이 아닙니까. 따라서 당신이 그 말씀으로부터 모든 기독교인들이 살아 있는 한 죄를 진실로 범하며 죄를 범할 수밖에 없다고 결론을 내고자 한다면 우리는 그 결론을 단호히 거부합니다. 그것은 절대로 그러한 전제들로부터 나오게 될 결론이 아닙니다.

8. 그렇게 논증하는 자들은 다음의 주님의 선언을 전혀 고려하지 않은 것 같습니다: '내가 진실로 너희에게 말하노니, 여자가 낳은 자

중에 세례 요한보다 큰 이가 일어남이 없도다. 그러나 천국에서는 극히 작은 자라도 저보다 크니라.' 진실로 내가 염려하는 바는 여기에 나오는 '천국'이 영광의 나라를 의미한다고 생각하는 자들이 있다는 것입니다. 마치 하나님의 아들께서 천국에서 가장 적게 영화롭게 된 성도가 이 땅위의 그 누구보다도 더 위대하다는 비밀을 우리에게 알려주시기라도 했듯이! 그들의 주장에 대한 논박은 이로써 충분합니다. 따라서 불확실한 것은 이것 외에 있을 수 없습니다: ('침노하여 빼앗기는' 것으로 묘사되어 다음 절의 말씀에도 언급된) 이곳 '천국'이나, 혹은 누가도 사용했던 '하나님의 나라'가 그리스도 안의 모든 진정한 신도들, 즉 모든 진정한 그리스도인들이 속해있는 이 땅에서의 하나님의 나라이냐는 것이 그것입니다. 이러한 말씀들에서 우리 주님께서는 두 가지를 말씀하십니다. 첫째, 주께서 모든 인간들의 자손 가운데 육체를 입으시고 오시기 전에 세례 요한보다 더 큰 인물이 없었다. 그러므로 아브라함, 다윗, 혹은 그 어느 유대인도 요한보다 크지 않음은 분명하다. 둘째로, 우리 주님께서 말씀하시길, 하나님의 나라에서는 (주께서 이 나라를 이 땅에 세우시려고 오셨고, 이 나라를 '침노하는 자'가 지금 '빼앗으려' 하고 있음. 바로 그 나라에서는) 작은 자라도 요한보다 크다. 분명한 결론은 지금 그리스도를 자신들의 왕으로 모신 자들 중 가장 작은 자라도 아브라함이나 다윗이나 과거에 생존했던 모든 유대인보다 크다는 것입니다. 그들(과거의 유대인들, 역주) 중 그 누구도 요한보다 크지 않았습니다. 그러나 이들(그리스도인들, 역주) 중 가장 작은 자라도 요한보다 큽니다. (혹자가 그 단어를 설명한 것처럼) '더 큰 선지자가' 된다는 말이 아닙니다. 왜냐하면 이는 사실 명백한 오류이기 때문입니다. 그게 아니고 하나님의 은혜와 우리 주 예수 그리스도에 대한 지식에 있어서 더 크다는 말입니다. 그러므로 우리는 과거 유대인들에게 주어진 특권의 잣대로 기독교인의 진정한 특권을 측량할 수 없습니다. '그들의 직분'이 (혹은 세대가) '영광스러웠음'을 우리가 인정합니다. 그러나 우리의 직분이 '더욱 영광스럽습니다.' 그래서 누구든 기독교 세대를 유대적 기준으로 끌어내리거나, 율법서와 예언서에 기록된 연약함의 예들을 모아, 그것으로부터 '그리스도로 옷 입은' 자들이 더 큰 힘을 부여받지 못한다고 결론을 내리면, 그는 '성경도 하나님의 능력도 알지 못하는 고로 크게 오해하고 있습니다.'

9. '그러나 이것(반론자들의 주장, 역주)이 그러한 예들로부터 유추되지 못할 경우, 똑같은 결론을 확증하는 말씀들이 성경에 있지 않습니까? 성경이 밝히 말하길, '의로운 자라도 하루에 일곱 번 죄를 진다'고 하지 않습니까?' 내 대답은 아니오 입니다. 성경은 그렇게 말한 적이 없습니다. 성경에 그러한 본문은 없습니다. 그런 식으로 의도하는 것처럼 보이는 잠언 23장 16절 말씀의 내용입니다: '의인은 일곱 번 넘어질지라도 다시 일어난다.' 하지만 이 말씀은 전혀 다른 것입니다. 왜냐하면, 첫째로 '하루'라는 말이 본문에 없습니다. 그리하여 의인이 그의 일생동안 일곱 번 넘어지면 이는 이 말씀에서 언급된 만큼 된 것입니다. 둘째로, 이 말씀에는 '죄를 짓는다'

라는 말이 전혀 없습니다. 여기서 언급된 것은 '일시적 고난에 빠지는 것'입니다. 이는 그 이전 구절말씀으로 미루어 볼 때 분명 그러해 보입니다. 그 내용은 '악한 자여 의인의 집을 엿보지 말며, 그 쉬는 처소를 헐지 말지어다'입니다. 그 다음에 이어지는 말씀은 '대저 의인은 일곱 번 넘어질지라도 다시 일어나려니와, 악인은 재앙으로 인하여 엎드러지느니라'입니다. 이는 마치 성경 기록자가 '하나님께서는 의인을 그의 고난으로부터 구해주실 것이다. 그러나 네가 넘어지면, 너를 구할 자가 없을 것이다'라고 말한 것처럼 보입니다.

10. 반론자들은 계속 주장합니다: 그러나 다른 곳에서 솔로몬이 분명히 말하길, '죄를 범치 않는 자들이 없다. 그렇다, 선을 행하고 죄를 범치 아니하는 의인은 세상에 아주 없다'라고 합니다. 나의 대답은 이것입니다: 분명 그렇지요, 솔로몬 시대에는 그랬지요. 그렇습니다, 아담에서 모세 시대까지, 모세에서 솔로몬 시대까지, 그리고 솔로몬에서 그리스도 때까지 그랬습니다. 그때에는 죄를 범치 않은 자가 없었습니다. 세상에 죄가 들어온 이후 하나님의 아들께서 '우리의 죄를 없이하려고' 나타나시기까지 세상에 의인은 하나도 없었습니다. '유업을 이을 자가 어렸을 동안에는 종과 다름없다'라는 말씀은 의심할 수 없는 진리입니다. 또한 '이같이 그들(유대인 세대에 속한 과거의 모든 성도들)도 어린아이 상태의 교회 시대에 이 세상 초등 학문 아래 있어서 종노릇했으나, 때가 차매 하나님이 그들을 아

들의 명분을 얻게 하시려고 그 아들을 보내서 여자에게 나게 하시고 율법 아래 나게 하셔서 율법 아래 있는 그들을 속량하셨다. 이는, 사망을 폐하시고 복음으로써 생명과 썩지 아니할 것을 드러내신 우리 주 예수 그리스도의 나타나심으로 분명히 제시된 그 은혜를 그들이 받을 수 있도록 하기 위함이다'라는 말씀도 진리입니다. 자, 그러므로 그들은 '더 이상 종들이 아니고 자녀들'입니다. 그리하여 율법 아래 있는 자들이 어떤 상황에 있었던지 간에, 우리는 요한과 함께 복음이 주어진 이래 '하나님으로부터 난 자는 죄를 짓지 않는다'라고 무리 없이 주장할 수 있습니다.

11. 평소보다 더 신중하게 유대인과 기독교인의 세대들 간에 큰 차이가 있음과, 그 동일한 사도가 그의 복음서(요한복음, 역주) 7장 38절 등에서 제시한 그 차이의 근거를 주목하는 것이 매우 중요합니다. 그가 그 장에서 우리의 거룩하신 주께서 하신 말씀 '나를 믿는 자는 성경에 이름과 같이 그 배에서 생수의 강이 흘러나리라'를 언급한 후 바로 그 다음에 '이는 그를 믿는 자의 받을 성령(ou $\epsilon\mu\epsilon\lambda\lambda ov$ $\lambda\alpha\mu\beta\alpha\nu\epsilon\iota\nu$ oi $\pi\iota\sigma\tau\epsilon\upsilon o\nu\tau\epsilon\varsigma$ $\epsilon\iota\varsigma$ $\alpha\upsilon\tau o\nu$)을 가리켜 말씀하신 것이라'를 보충하여 말했습니다. 왜냐하면 예수께서 아직 영광을 받지 못하셔서 그들이 성령을 아직 받지 못했기 때문입니다. 사도가 그 말씀에서 의미하는 바는 기적을 행하는 성령의 능력이 아직 임하지 않았다는 것이 아닙니다. 그 능력은 이미 주어졌습니다. 우리 주께서 맨 처음 복음을 전파하라 하

시며 사도들을 파송하셨을 때 그들 모두에게 그 능력을 주셨습니다. 그분께서 그때 그들에게 '더러운 귀신을 쫓아내는 권능,' "병자를 고치고' '죽은 자를 일으키는' 권능을 주셨습니다. 하지만 예수님께서 영광을 받으신 후와는 달리 아직 성령은 성화시키는 은총들 중에 부어지지 않았습니다. 주께서 높은 곳으로 오르시어 인간의 포로 상태를 폐하시며(시68:18), 오순절이 이르게 되었을 때 약속된 것을 기다렸던 자들은 그들에게 부어진 성령에 의해서 죄를 이기는 능력 있는 자들이 되었습니다.

12. 예수께서 영광을 받으시기 전에는 이 위대한 죄로부터의 자유가 주어지지 않았다고 베드로는 다음의 말씀으로 분명히 증언합니다. 베드로는 '육체 가운데 있는 그의 형제들'이 지금 '그들의 믿음의 목적, 즉 그들의 영혼이 구원'을 받고 있는 중이라고 하며 말을 덧붙이길, "그 구원을 선지자들이 연구하고 부지런히 살폈습니다. 이 선지자들은, 그들 가운데 계신 그리스도의 영이 미리 그 받으실 고난과 후에 얻으실 영광(영광스런 구원)을 증거하셨을 때, 그 영이 지시하는 때가 어느 시 어떠한 때인지 상고하여, 여러분에게 임할 은총(즉, 은혜의 세대)을 예언했습니다. 하늘로부터 보내신 성령을 힘입어 여러분에게 복음을 전했던 자들에 의해 여러분들께 지금 전해진 것들이 있는데, 이것을 전한 자들이 자신들을 위한 것이 아니고 진정 우리를 위해 했다는 사실이 여러분들(육체 가운데 있는 형제들, 역주)에게 계시되었습니다(즉, 오순절 날에 모든 세대들에게 모든 신실한 신

자들의 마음속에 전해졌음)." 이에 근거하여 베드로는 그들에게 강하게 다음과 같이 권고합니다: ' 예수 그리스도의 나타나실 때에 너희에게 가져올 바로 그 은혜를 (온전히 바랄지어다, 역주), 그러므로 너희 마음의 허리를 동이고, … 오직 너희를 부르신 거룩한 자처럼 너희도 모든 행실에 거룩한 자가 되라'(벧전1:9-15).

13. 때가 찼고, 성령께서 이제 임하셨고, 예수 그리스도의 나타나심으로 위대한 하나님의 구원이 인간들에게 베풀어졌음을 고려할 때, 이것들을 바로 깨달은 자는 기독교인들의 특권이, 유대인의 세대에 있던 자들에 대해 구약에 기록된 것에 의하여, 절대로 판단을 받지 않음을 인정해야 합니다. 하늘나라는 이제 이 땅위에 세워졌습니다. 성경은 오래 전에 이에 관해 선언하기를 (다윗은 이 기독교인의 완전의 모범이나 기준에 한참 못 미칩니다), '그 날에 그 중에 약한 자가 다윗 같겠고, 다윗의 족속은 하나님 같고 무리 앞에 있는 여호와의 사자 같을 것이라'(슥12:8) 했습니다.

14. 당신이 "'하나님께로 난 자는 죄를 짓지 아니한다'라는 사도의 말이 그 말의 평범하고, 자연스럽고, 분명한 의미로 이해되어서는 안 된다"라고 증명하고자 한다면 당신은 그 증거들을 신약성서의 말씀에서 제시해야 합니다. 그렇지 않으면 당신은 허공을 치며 싸우는 자가 됩니다. 또한 대개 그들이 제시한 것들 중 맨 처음 제시되는 것은 신약에 기록된 예들에서 취한 것입니다. '(기록되길) 사도들 자

신들도 죄를 범했다. 뿐만 아니라, 그들 중 가장 위대한 베드로와 바울도 그랬다. 성 바울은 바나바와 심하게 다퉜으며, 베드로도 안디옥에서 위선자였다.' 좋습니다, 베드로와 바울 둘 다 그때 정말로 죄를 범했다고 가정합시다. 당신이 여기서 이끌어 내고 싶은 말이 뭐요? 그들을 제외한 다른 모든 사도들이 어느 때인가 죄를 범했다는 것입니까? 그것에 대한 증거는 털끝만큼도 없습니다. 아니면 사도 시대의 다른 모든 기독교인들이 죄를 범했다고 추론하시려 합니까? 점점 더 꼬여 가시는군요. 이러한 추론은, 자신의 감각들로 절대 생각한 적이 없는 한 인간을 상상으로 떠올리려 하는 자의적 행위와 같습니다. 아니면 다음과 같이 주장하시렵니까? '이 두 사도가 전에 정말로 죄를 지었다면, 모든 시대의 모든 다른 기독교인들도 죄를 짓고 그들이 살아 있는 동안 죄를 질 것이다.' 아, 나의 형제여! 상식을 가진 어린이도 그러한 추론을 부끄럽게 여길 것입니다. 당신이 가장 할 수 없는 일이 바로 누구나 다 죄를 짓지 않을 수 없다는 것을 여러 논증을 통해 추론하는 것입니다. 불가능합니다. 이는 하나님께서 그런 말을 못하도록 명하셨기 때문입니다. 기독교인들에게는 범죄의 필연성이 있지 않습니다. 하나님의 은총은 그들에게 참으로 충분합니다. 오늘 우리에게도 그 은총은 충분합니다. 그들에게 닥친 시험이 있으면 그것(하나님의 은총, 역주)은 피할 길이고, 이 일은 모든 시험 중에 있는 모든 자들의 영혼에 일어나는 일이며, 그리하여 누구든 죄를 짓도록 유혹을 받으면 굴복할 필요가 없는데, 그 이유는 아무도 시험에 견딜 능력 그 이상으로 유혹을 받지 않기 때문입니다.

15. '하지만 바울이 세 번 주님께 간구했으나 그는 이 시험에서 벗어날 수 없었습니다.' 그의 말을 직역한 것을 봅시다: '내 육체 안에 있어 나를 치는 가시 곧 사단의 사자가 있다. 이것을 언급하며 나는 세 번 그것(또는 그가)이 나를 떠나도록 주님께 간청했다. 그러자 주께서 내게 말씀하셨다. 내 은혜가 네게 족하다. 왜냐하면 내 힘은 약함 가운데 완전해지기 때문이다. 그리하여 나는 그리스도의 능력이 내게 임하여 있도록 하기 위해 오히려 나의 이 약함을 가장 기쁜 마음으로 자랑할 것이다. 그래서 나는 약함을 기뻐한다... 왜냐하면 내가 약할 때 나는 강하기 때문이다.'

16. 이 성경 말씀이 죄를 장려하는 자들의 요새들 중 하나이므로 우리는 그 말씀을 철저히 살펴봄이 좋을 것 같습니다. 먼저 그 말씀을 눈여겨봅시다. 그러면 이 가시가, 그것이 무엇이었던지 간에, 성 바울로 하여금 죄를 짓게 하지 않았고, 죄를 짓게 하는 어떤 필연성을 그에게 부과한 것은 더더욱 아니었음을 알 수 있습니다. 그러므로 이 말씀에서 기독교인 어느 누구나 다 죄를 짓고 있음에 틀림없다라고 증명할 수 없습니다. 둘째로, 고대 교부들은 그 가시가 육체의 고통이라고 우리에게 전해주고 있습니다: 터툴리안은 '극심한 두통'이라 했고, 크리소스톰과 성 제롬은 이에 동의했습니다. 성 키프리안은 '살과 몸에 있는 많은 심한 고통들'이라고 하여 좀 더 일반적인 어휘로 표현했습니다. 셋째, 바울 자신의 글이 이 전술한 논거에 정확히 일치합니다: '내 몸에 나를 때리고, 치고, 두드려 패는 가시

가 ... 내가 약할 때 나는 강하다.' 여기 두 구절에서만 병($ao\Theta eve\iota a$)이라는 단어가 네 번이나 나오고 있습니다. 하지만, 넷째로, 그것이 무엇이든지 간에 그것은 내적이나 외적인 죄가 될 수 없습니다. 그것이 교만, 분냄, 육욕의 외적 표출이 아니듯 그러한 것들을 내부에서 부추기는 것도 될 수 없습니다. 이는 바로 그 다음에 이어지는 말씀 '그리스도의 능력이 내게 임하여 있으므로 내가 나의 연약함들을 크게 기뻐한다'에 의거할 때 의심의 여지가 없습니다. 뭐라고요! 그가 교만과 분냄과 육욕을 자랑했습니까? 그리스도의 능력이 임한 것이 이러한 '약함들'을 통해서였습니까? 그의 말이 계속됩니다: '그러므로 내가 약한 것들을 기뻐하노니 이는 내가 약할 그때에 곧 강함이니라,' 즉 나의 몸에 약함이 있을 때 나의 영은 강하다. 하지만 어찌 그 누가 '교만이나 육욕으로 내가 약할 때 나는 영적으로 강하다'라고 감히 말할 수 있습니까? 자신들에게 임해 있는 그리스도의 능력을 발견한 여러분들을 나는 증인으로 삼습니다. 여러분은 분냄이나 교만이나 육욕을 자랑하실 수 있습니까? 여러분은 이러한 결점들을 기뻐할 수 있습니까? 이러한 약함들이 여러분을 강하게 만듭니까? 그것들을 피하는 것이라면 지옥이라도 뛰어들어가고 싶지 않으신지요? 그러니 여러분 스스로를 통해서라도 바울이 그 결점들(육체의 병이 아닌 교만, 분냄, 육욕 등, 역주)을 기뻐하고 자랑할 수 있었겠는지 판단해 보십시오!

마지막으로, 다음의 사실을 주목하십시오. 이 가시는 그가 이 서신서를 쓰기 '14년 전에' 받은 것입니다. 이 서신서는 그의 선교여행이 마치기 몇 년 전에 쓰여진 것이지요. 그러므로 그는 이 가시를 받은 후로도 긴 선교여행을 했으며, 많은 싸움을 싸웠고, 많은 승리를 했고, 하나님의 모든 은사와 예수 그리스도를 아는 지식에 있어 큰 진전을 이뤘습니다. 따라서 당시에 그가 느꼈던 어떠한 영적 약함(혹시 그의 영이 정말 그랬다면)으로부터도 우리는 절대로 다음과 같이 결론을 낼 수 없습니다: 그는 절대로 강해지지 않아서 연장자이고 그리스도 안에서 (신자들의, 역주) 아비인 그가 여전히 동일한 연약함들 때문에 괴로워했으며, 또 그는 그의 죽는 날까지 더 높은 단계에 이르지 못했다. 전술한 모든 것에서 결론을 내자면, 이 바울의 예(가시와 관련된, 역주)는 논의 중인 문제에는 전혀 적합지 않으나, '하나님으로부터 난 자는 죄를 짓지 않는다'라는 요한의 말과는 절대로 모순 관계에 있는 것 같지는 않습니다.

17. '하지만 야고보는 이것에 전적으로 반박하고 있지 않은가?' 그는 "우리 모두는 여러모로 과오를 범한다"(약3:2)라고 말합니다. 과오를 범함이 죄를 범함과 동일하지 않은가? 이 경우 나는 그것을 인정합니다. 나는 여기서 언급된 자들이 진정 죄를 범했음을 인정합니다. 그래요, 그들 모두는 많은 죄를 범했지요. 그러나 '여기에 언급된 자들'이 누구입니까? 그야 하나님께서 보내시지 않으신 많은 선생들이나 교사들이지요 (아마 앞장에서 심하게 책망 받은 '행함이 없는 믿음'을 가르친 '허탄한 사람들'과 동일인들일 것입니다[약

2:20, 3:1]). 그러나 야고보 자신이나 다른 진정한 기독교인은 아닙니다. (영감을 받아 쓰여진 글뿐만 아니라 다른 모든 글들에서도 공히 수사적 표현에서 쓰이는) '우리'라는 말에 야고보가 자신이나 다른 어느 진정한 신자를 포함시키지 않은 것이 확실해 보입니다.

그 이유는, 첫째로, 9절에 동일한 단어가 사용되고 있습니다: '(그가 말합니다) 이것으로 우리가 주 아버지를 찬송하고 또 이것으로 하나님의 형상대로 지음 받은 사람을 저주하나니. 한 입으로 찬송과 저주가 나는도다'(약3:9,10). 옳습니다, 그러나 이것은 그 사도의 입에서도, 그리스도 안에서 새로운 피조물인 자 그 누구의 입에서도 나오지 않았습니다.

둘째로, 본문 말씀(약3:2, 역주) 바로 직전에 나오고, 명백히 그것(우리, 역주)과 연관된 구절로 미루어 볼 때 그렇습니다: '내 형제들아 너희는 선생 된 우리가 더 큰 심판 받을 줄을 알고 많이 선생(또는 교사)이 되지 말라. 우리가 다 실수(과오)가 많으니'(약3:1,2). '우리'랍니다! 누구요? 이는 사도들도 아니고 진실한 신자들도 아닌, 자신들의 많은 과오 때문에 '더 큰 심판을 받게 될' 것을 스스로 알고 있는 자들을 말합니다. '육체를 좇아 살지 않고 성령을 좇아 사는 자에게 정죄함이 없음'을 고려할 때, 이것(과오와 심판, 역주)은 야고보 자신이나 그를 본받아 사는 자에 대한 말이 아닙니다.

셋째로, 3장 2절 자체가 '우리가 다 과오를 범한다'라는 말이 모든 사람들이나 모든 기독교인들에 대해 말하는 것이 아님을 증명하는데, 그 이유는 그 2절에서 먼저 언급된, 과오를 범한 '우리'라고 칭해진 자들과는 달리, '과오가 없는' 자를 언급하는 부분이 바로 다음에 이어지기 때문입니다. 따라서 이 자는 그 자들과 명백히 대조가 되고, '온전한 사람'으로 칭해집니다.

18. 이처럼 분명히 야고보는 자신을 설명하고 자신의 말의 뜻을 명확하게 합니다. 그럼에도 혹시나 한 사람이라도 여전히 의심 가운데 있지 않게 하려고 요한은, 야고보 보다 많은 해를 지나 글을 쓰는 가운데, 위에 열거한 명쾌한 말씀들을 통하여 이 문제에 관하여 완전히 논쟁을 종식시킵니다. 하지만 여기서 새로운 난점이 발생할 수 있습니다. 우리가 어떻게 요한을 그 자신과 일치시킬 수 있습니까? 한편으로 그는 선언하길, '하나님으로부터 난 자는 죄를 짓지 않습니다'라고 합니다. 또한 '하나님께로서 난 자마다 범죄치 아니하는 줄을 우리가 아노라'라고 합니다. 그럼에도 다른 한편 그는 '만일 우리가 죄 없다 하면 스스로를 속이고 또 진리가 우리 안에 있지 아니할 것이요'라고 합니다. 또한 그는 '만일 우리가 범죄하지 아니하였다 하면 하나님을 거짓말하는 자로 만드는 것이니 또한 그의 말씀이 우리 속에 있지 아니하니라'라고 합니다.

19. 이처럼 커다란 난점이 나타날 수 있습니다. 하지만 그것은 다음을 고려할 때 사라집니다.

첫째, 10절 말씀이 8절 말씀의 어의를 규정합니다: 앞의 '만일 우리가 죄 없다(have no sin, 현재형, 역주) 하면'이 뒤의 '만일 우리가 범죄하지 아니하였다(have not sinned, 현재완료형, 역주)하면'에 의해 설명이 되어집니다(요일1:8,10).

둘째, 지금 우리의 논의 사항은 지금까지 우리가 정말 죄를 지었냐 안 지었냐(현재완료, 역주)가 아니며, 이 두 말씀들은 우리가 지금 죄를 짓냐 안 짓냐에 대해 언급하고 있지 않습니다. 셋째, 9절 말씀이 8절과 10절을 설명하고 있습니다: '만일 우리가 우리 죄를 자백하면 저는 미쁘시고 의로우사 우리 죄를 사하시며 모든 불의에서 우리를 깨끗하게 하실 것이요(요일1:9).' 이는 마치 그가 다음과 같이 말하는 것 같습니다: '내가 전에 분명히 "예수 그리스도의 피가 우리를 모든 죄에서 깨끗하게 했다"라고 말했습니다. 그러나 그 누구도 「나는 그게 필요 없다. 왜냐하면 나는 씻음 받아야 할 죄가 없기 때문이다」라고 해서는 안 됩니다. 우리가 "우리는 죄 없어. 우리는 죄를 범한 적이 없어"라고 주장한다면 우리는 자신을 속이고 하나님을 거짓말쟁이로 만들게 됩니다. 그러나 우리가 우리 죄를 자백하면 하나님은 미쁘시고 의로우셔서 우리의 죄를 용서해주실 뿐만 아니라 우리를 모든 불의에서 깨끗케 하셔서, 우리가 더 이상 나가서 죄를 범하지 않게 해주십니다.'

20. 그러므로 요한은 다른 성경 저자뿐만 아니라 자신과도 모순 관계에 있지 않습니다. 이는 우리가 이 문제와 관련된 그의 모든 주장들을 그것들이 하나의 관점이 되도록 보면 더 분명해 보일 겁니다.

그는 단언합니다. 첫째, '예수 그리스도의 피가 우리를 모든 죄에서 깨끗케 한다.' 둘째, '아무도 자신이 죄가 없다거나 씻음 받을 죄가 없다고 할 수 없다.' 셋째, '그러나 하나님께서는 우리의 과거 죄를 용서하시고 장래의 죄에서 우리를 구원하실 준비가 되어 있으시다.' 넷째, 사도 요한이 말하길, '이것을 너희에게 씀은 너희로 범죄치 않게 하려 함이라. 만일 누가 죄를 범하면, 혹은 범한 적이 있다면 (이런 해석도 가능합니다) 그는 죄를 계속 지을 필요가 없는데, 그 이유는 아버지 앞에서 우리에게 대언자가 있으니 곧 의로우신 예수 그리스도시라'(요일2:1). 지금까지 모든 것이 분명해졌습니다. 그러나 매우 중요한 문제에 있어서 일말의 의심도 남아있게 하지 않으려고 사도 요한은 3장에서 이 주제를 다시 논하며, 주로 자신이 말한 것을 설명합니다. 그가 말합니다. '자녀들아 아무도 너희를 미혹하지 못하게 하라 (마치 내가 죄를 계속 짓는 자들을 격려나 했던 것처럼 주장하는 자들이 있기 때문이다). 의를 행하는 자는 그의 의로우심과 같이 의롭다. 죄를 짓는 자는 마귀에게 속하나니 마귀는 처음부터 범죄함이니라. 하나님의 아들이 나타나신 것은 마귀의 일을 멸하려 하심이니라. 하나님께로서 난 자마다 죄를 짓지 아니하나니 이는 하나님의 씨가 그의 속에 거함이요, 저도 범죄치 못하는 것은 하나님께로서 났음이니라. 그러므로 하나님의 자녀들과 마귀의 자녀들이 나타나나니'(요일3:7-10). 그때까지 마음이 약한 자에게 약간의 의심이 있을 수 있게 한 문제점이 이제 영감을 받은 성경 기자의 의도적인 결론에 의해 해결되었고, 가장 명확한 방법으로 결론이 났습니다. 그러므로 성 요한의 교리 그리고 신약성서 전체의 주제에 일치하여 우리

는 이와 같이 결론을 짓습니다: '기독교인은 죄를 짓지 않을 만큼 완전하다.'

21. 이는 모든 기독교인의 영광스런 특권입니다. 예, 비록 그가 '그리스도 안에서 어린 아이'일지라도 그렇습니다. 그러나 오직 '주 안에서 강한' 자들, '악한 자를 이긴' 자들, 혹은 '처음부터 계신 이를 알고 있는' 자들만이, 첫째로 매우 완전하여, 둘째로 악한 생각과 악한 성질(기질)에서 자유롭다고 인정될 수 있습니다. 먼저 악하거나 죄 된 생각에서 자유롭습니다. 하지만 여기서 짚고 넘어가야 할 문제가 있습니다. 죄에 대해 생각을 하는 것이 항상 악한 생각은 아니라는 것입니다. 즉 죄에 대한 생각과 죄를 품은 생각은 천양지차입니다. 예를 들어 어느 한 사람이 살인자를 마음에 떠올릴 수 있는데, 그럼에도 이것이 악하거나 죄 된 마음은 아닙니다. 따라서 우리의 거룩하신 주님 자신도 마귀가 '만일 내게 엎드려 경배하면 이 모든 것을 네게 주리라'라고 말했을 때 그 때 한 말을 분명히 생각하시고 이해를 하셨을 것입니다. 그럼에도 악하거나 죄 된 생각을 갖지 않으셨고, 진정 그러한 생각들을 소유하실 수도 없으셨습니다. 그래서 이어지는 결론은 진정한 기독교인도 악한 생각을 갖지 못합니다. 왜냐하면 '무릇 온전케 된 자는 자기 선생과 같기' 때문입니다 (눅6:40). 그러므로 주께서 악하거나 죄 된 생각에서 자유로우시다면, 기독교인들도 그렇습니다.

22. 그렇다면 과연 '자기 선생과 같은' 자의 마음에 들어온 악한 생각은 어디서 온 것일까요? '사람의 마음에서 악한 생각이 나옵니다'(막7:21). 따라서 그의 마음이 악하지 않다면 그것으로부터 악한 생각이 나오지 않습니다. 나무가 썩었다면 그 열매도 그렇습니다. 하지만 나무가 좋습니다. 그러면 그 열매도 좋습니다. 나쁜 나무가 좋은 열매를 맺지 못하는 것처럼, 좋은 나무는 나쁜 열매를 맺을 수 없습니다.

23. 바울도 그의 경험으로부터 진정한 기독교인의 행복한 특권을 말합니다: '우리의 싸우는 병기는 육체에 속한 것이 아니요 오직 하나님 앞에서 견고한 진을 파하는 강력이라. 모든 상상(여기서는 이론이 더 나을 것 같습니다. 그 이유는 λογιομους(로기스무스: 판단, 견해)가 하나님의 선언과 약속과 선물을 대적하는, 교만과 불신앙의 모든 이론들을 의미하기 때문입니다)을 파하며 하나님 아는 것을 대적하여 높아진 것을 다 파하고 모든 생각을 사로잡아 그리스도에게 복종케 합니다'(고후10:1,5).

24. 기독교인들이 악한 생각으로부터 진정 자유롭게 되었듯이, 그 다음으로 그들은 악한 기질로부터도 자유롭습니다. 이는 전술한 우리 주님 자신의 선언으로 미루어 볼 때 분명합니다: '제자가 그 선생보다 높지 못하나 무릇 온전케 된 자는 그 선생과 같으리라'(눅6:40). 이 바로 전에 예수께서는 기독교 교리 중에 가장 숭고하고도, 혈과

육에 (속한 자들에게, 역주) 버거운 몇 가지를 말씀하시고 계셨습니다: '내가 이르노니, 너희 원수를 사랑하며 너희를 미워하는 자를 선대하며, 네 이 뺨을 치는 자에게 저 뺨도 돌려 대라'(눅6:27, 29). 예수께서 세상이 이 말씀들을 받아들이지 않을 것을 잘 아셨으므로 바로 말씀을 덧붙이십니다: '소경이 소경을 인도할 수 있느냐? 둘 다 구덩이에 빠지지 아니하겠느냐?'(눅6:39) 이는 마치 주님께서 다음과 같이 말씀하시는 것 같습니다: '이 문제들에 관하여 혈육, 곧 영적 분별력이 없고 하나님을 이해하는 눈이 감긴 자들과 의논하여서 그들과 너희들이 함께 멸망하지 말아라'(갈1:16). 바로 그 다음 절에서 예수께서는 우둔한 현자들(롬1:22)이 우리를 만날 때마다 내 놓는 커다란 두 평계, 곧 '이것들은 우리가 감당하기 힘들다'와 '그것들은 너무 높은 곳에 있어 도달할 수 없다'(시139:6)를 제거할 수 있는 말씀을 하십니다: '제자가 선생보다 높지 못하다'(눅6:40). 그러므로 내가 고난을 당했다면 너희도 나의 선례를 따르는 것으로 만족해라. 너희는 그 때에 의심하지 말지니, 내가 나의 말을 성취할 것이기 때문이다: '무릇 온전케 된 자는 그 선생과 같으리라.' 하지만 그의 선생님은 모든 죄악 된 기질에서 자유로우셨습니다. 그러므로 그분의 제자도 그러하고, 모든 진정한 기독교인조차도 그러합니다.

25. 그러한 모든 자는 바울과 더불어 이와 같이 말할 수 있습니다: '내가 그리스도와 함께 십자가에 못박혔으나 나는 살아 있습니다. 그런데 내가 산 것이 아니요 오직 내 안에 그리스도께서 사십니다.'

이 말씀은 외적인 죄뿐만 아니라 내적인 죄로부터의 구원도 분명히 말해줍니다. 이 말씀은 적극적으로도 소극적으로도 표현되었는데, 소극적으로는 '나는 살지 않는다', 곧 나의 악한 본성 즉 죄의 몸은 멸하여졌다, 적극적으로는 '그리스도께서 내 안에 사신다', 그러므로 거룩하고 의롭고 선한 모든 것이 내 안에 산다라고 말하고 있습니다. '그리스도께서 내 안에 사시고'와 '나는 살지 않는다'는 아주 긴밀히 연관을 맺고 있는데, 그 이유는 '어찌 빛과 어두움이 사귀며, 그리스도와 벨리알이 조화됩니까?'입니다.

26. 따라서 진실로 믿는 자는 '믿음으로 저희 마음이 깨끗케' 되어서(행15:9), '자신 안에 그리스도 곧 영광의 소망을 소유한(골1:27) 자는 그분께서 깨끗하심같이 자신도 깨끗케 하였습니다.' 그는 교만을 씻어냈습니다. 왜냐하면 그리스도께서 마음이 겸손하시기 때문입니다. 그는 자기 고집과 욕망을 씻어냈습니다. 왜냐하면 그리스도께서 오직 그의 아버지 하나님의 뜻을 행하고 그분의 일을 완수하시기를 원하셨기 때문입니다. 또한 그는, 상식적 의미로 말해, 화를 씻어냈습니다. 왜냐하면 그리스도께서 온유하시고 친절하시며, 인내심이 많으시고 오래 참으시기 때문입니다. 내가 '상식적 의미로' 말한 이유는 모든 화가 다 악한 것은 아니기 때문입니다.

우리는 예수님 자신에 관한 말씀 중 '노하심으로 저희를 둘러보시고'(막3:5)라는 구절을 읽은 적이 있습니다. 그런데 여기서 말하는 화는 어떤 것일까요? 이는 노한다는 것($συλλυπουμενος$)과 동시에

'저희 마음의 완악함을 근심하심'을 말합니다. 그리하여 당시에 그분께서는 죄에 대해 노하셨고, 동시에 죄인들에 대해 근심하셨습니다. 범죄에 대해서는 노하시거나 불쾌해 하셨으나 죄인에 대해서는 근심하셨던 것입니다. 분함, 즉 미워함을 가지고 그분께서 그 사건을 보셨으나 근심을 가지고 당사자들을 보셨습니다. 완전한 자 그대여 가서 이같이 행하시오(눅10:37). '이같이 분을 내시오, 그렇다고 죄는 짓지 마시오'(엡4:26). 여러분이 하나님에 대적하는 모든 범죄는 불만족스럽게 보며 범죄자에게는 사랑과 따뜻한 동정심을 보이면 그렇게 됩니다.

27. 이처럼 예수께서는 진정 '자기 백성을 저희 죄에서 구원하셨는데', 이는 외적 죄뿐만 아니라 저희 마음의 죄에서 구원이고, 악한 생각과 악한 성질로부터의 구원입니다. 혹자는 말하길, '진실로 우리는 이처럼 장래에 우리의 죄에서 구원받을 것이나, 죽기 전에는 그렇지 못하며, 이 세상에서는 그렇게 안 됩니다'라고 합니다. 그러나 어떻게 우리가 이 주장과 성 요한의 확실한 말씀을 조화시킬 수 있습니까? '이로써 사랑이 우리에게 온전히 이룬 것은 우리로 심판 날에 담대함을 가지게 하려 함이니 주의 어떠하심과 같이 우리도 세상에서 그러하니라'(요일4:17). 이 말씀에서 요한은 모든 반박들을 극복하며 자신과 다른 살아있는 기독교인들에 대해 말하고 있습니다. 즉, 요한은 (마치 그가 바로 그러한 핑계를 예견하고 그것을 뿌리로부터 뒤엎으려 노력하듯이) 단호하게 그들에 대해 말하길, 죽음의 시점이나 죽

음 이후뿐만 아니라 '이 세상에서도' 그들이 자신들의 선생과 같다고 주장합니다.

28. 이것과 정확히 일치하는 것이 바로 요한일서 1장에 나오는 그의 말입니다: '하나님은 빛이시라. 그에게는 어두움이 조금도 없으시니라. 저가 빛 가운데 계신 것같이 우리도 빛 가운데 행하면, 우리가 사귐이 있고 그 아들 예수의 피가 우리를 모든 죄에서 깨끗하게 하실 것이요(우리를 모든 죄에서 깨끗케 하신다, 역주).' 또한, '만일 우리가 우리 죄를 자백하면 저는 미쁘시고 의로우사 우리 죄를 사하시며 모든 불의에서 우리를 깨끗케 하실 것이요'라고 합니다. 이제 분명해졌습니다. 사도 요한은 이 말씀에서 '이 땅에서' 행해진 구원도 말하고 있습니다. 왜냐하면 그는 (임종 순간이나 심판 날에) '그리스도의 피가 깨끗케 하실 것이요'라고 하지 않고, '그 피가 우리(살아있는 기독교인들)를 모든 죄에서 (현재시간에) 깨끗하게 한다'라고 말합니다. 그리고 죄가 조금이라도 남아 있다면 우리는 모든 죄에서 깨끗해진 것이 아니고, 영혼 가운데 어떠한 불의함도 남아있다면 그 영혼은 모든 불의에서 깨끗해지지 않았다는 말도 마찬가지로 확실한 것입니다. 우리는 그 어떤 죄인이 자신의 영혼에 해가 되도록 요한의 말이 의인, 즉 우리의 죄로부터의 구원만 가리킨다고 주장하게 해서는 안 됩니다. 왜냐하면 첫째로, 이 주장은 요한이 명확히 구분해 놓은 것을 혼동하고 있는데, 그는 먼저 '우리의 죄를 사하시며'를 언급하고 그 다음에 '모든 불의에서 우리를 깨끗케 하실 것

이요'라고 말하고 있습니다. 둘째로, 그 이유는 이 주장이 공로(행위)에 의한 의인을 가장 강력하게 주장하고 있기 때문입니다. 그 주장은 모든 외적 거룩함뿐만 아니라 모든 내적 거룩함이 필연적으로 의인 이전의 것으로 되게 합니다. 왜냐하면 만약 여기서 언급된 깨끗케 함이 다름 아닌 우리를 죄로부터 깨끗케 하는 것을 의미한다면, '저가 빛 가운데 계신 것같이 우리도 빛 가운데 행함'(요일1:7)이라는 조건이 충족되지 않을 경우 우리는 죄로부터 씻음 받지 못하게, 즉 의롭게 되지 못합니다. 그리하여 결론은 기독교인들이 이 세상에서 모든 죄와 모든 불의에서 구원받으며, 이제 죄를 짓지 않거나 악한 죄와 악한 기질에서 벗어났다는 의미로 완전해졌다는 것입니다.

29. 그리하여 주께서는 당신의 거룩한 예언자들을 통해 하신 말씀들을 이루셨는데, 그 말씀들은 창세 이래로 있어왔습니다: 모세를 통하여 특별히 말씀하시길, '내가 네 마음과 네 자손의 마음에 할례를 베풀어 너로 마음을 다하며 성품을 다하여 네 하나님 여호와를 사랑하게 할 것이다'(신30:6)라고 하셨고, 절규하는 다윗을 통하여 나온 말씀은, '내 속에 정한 마음을 창조하시고 내 안에 정직한 영을 새롭게 하소서'였습니다. 특별히 에스겔을 통한 말씀은 이런 것들이 있습니다: '맑은 물로 너희에게 뿌려 너희로 정결케 하되 곧 너희 모든 더러운 것에서와 모든 우상을 섬김에서 너희를 정결케 할 것이다. 또 새 영을 너희 속에 두고 새 마음을 너희에게 주어, 너희로 내 율례를 행하게 하리니... 너희가 내 백성이 되고 나는 너희 하나님이

되리라. 내가 너희를 모든 더러운 데서 구원하고… 나 주 여호와가 말하노라 내가 너희를 모든 죄악에서 정결케 하는 날에… 이방 사람이 나 여호와가 무너진 곳을 건축하는 것을 알리라… 나 여호와가 말하였으니 이루리라'(겔36:25-36).

30. '그런즉 사랑하는 자들아 구약과 신약에 기록된 이 약속을 가진 우리가, 또한 복음서에서 우리의 거룩하신 주님과 그분의 사도들에 의해 우리에게 확증된 그 예언의 말씀을 가진 우리가 하나님을 두려워하는 가운데서 거룩함을 온전히 이루어 육과 영의 온갖 더러운 것에서 자신을 깨끗케 하자'(고후7:1). '그러므로 우리는 두려워할지니 그의 안식에 들어갈 약속이 아주 많이 남아 있을지라도 (이 안식에 들어간 자는 자기 일을 쉬게 되는데) 너희 중에 혹 미치지 못할 자가 있을까 함이라'(히4:1,10). 밤낮 우리가 썩어짐의 종노릇에서 해방되어 하나님의 자녀들의 영광의 자유에 이르기를 하나님께 간구하며(롬8:21), '오직 한 일 즉 뒤에 있는 것은 잊어버리고 앞에 있는 것을 잡으려고 푯대를 향하여 그리스도 예수 안에서 하나님이 위에서 부르신 부름의 상을 위하여 좇아갑니다'(빌3:13,14).

찰스 웨슬리의 성시

성화의 약속

The Promise of Sanctification
겔 36:25, etc.

전능하시고 진리이시고 은혜가 많으신 하나님
영원하신 하나님
주님의 말씀은 땅과 하늘이 사라져도
없어지지 아니하고 영원히 변치 아니합니다

고요한 맘으로 내 영이 주님을 바라봅니다
내 영이 주님의 약속의 성취를 기다립니다
주님의 약속은 나의 변함없는 소망이며
주님의 영원한 사랑의 증표입니다

주님의 위대하시고 영화로우신 성호를 높이시고
내 안에 완전한 거룩함을 이루시어
나로 하여금 주님의 자비를 선포하고
모든 족속들이 주님의 진리를 깨닫게 하소서
이 세상에서 택함을 받아
거룩한 의로움으로 옷 입어
약속의 땅으로 인도되면
나는 담대히 주님을 나의 주님으로 부르리라
주께서 시작하신 일을 이루시고
내 영 깊은 곳이 주님께 향하게 하소서
나를 사랑하소서,
나는 당신의 것이니

나를 영원히 사랑하소서
주님의 피를 내 마음에 뿌리소서

주님의 거룩케 하시는 성령을 부어주시어
나의 목마름을 풀어주시고 나를 깨끗케 씻어 주소서
지금 아버지여 소나기와 같은 은혜를
내게 내려주시어 나를 죄에서 깨끗케 하소서

나에게서 모든 죄의 얼룩을 지워주소서
나의 모든 우상들을 몰아내소서
모든 악한 생각에서 나를 깨끗케 하소서
내 자아와 내 교만함의 모든 더러움에서 나를 깨끗케 하소서

새로운 마음 완전한 마음을 내게 주소서
의심과 두려움과 근심이 없는 마음을 주소서
그리스도 안에 있는 마음을 내게 주소서
또한 내 영혼이 주님께 붙어있게 하소서

아! 돌 같은 나의 이 마음을 몰아내소서
(주님의 법은 그런 마음을 소유하지도 소유할 수도 없습니다)
내 안에 그런 마음이 더 이상 머물게 마소서
아! 돌 같은 이 마음을 몰아내소서

나의 육적인 생각에서 나오는 미움을
내 몸에서 즉시 몰아내소서
친절하고 인내하는 마음을
정결하고 믿음과 사랑이 가득한 마음을 주소서

치유와 사랑과 능력의 성령

주님의 선하신 성령을 내 안에 두소서
승리케 하시는 은혜를 내 안에 부으소서
그리하여 죄가 다시는 들어오게 마소서

그리스도 안에서 나의 길을 가게 도우소서
내가 주님의 계명을 지키겠나이다
주님의 법을 낱낱이 지키겠나이다
주님의 뜻을 완전하게 이루어 드리리이다

거짓이 없으신 주께서
내가 주님의 법을 지키고 행해야 한다고 말씀하셨지요?
주여, 사람들이 거부하더라도 나는 믿습니다
그들은 다 거짓되나 주님은 참되십니다

내가 지금 죄에서 벗어나
주님의 말씀을 낱낱이 체험하기를 원하네
약속된 안식에 들어가
주님의 완전한 사랑인 가나안 땅에 들어가길 원하네

거기서 주님 곁에 영원히 영원히 살리라
나는 주님의 종이 되리라
주님의 도장으로 인치소서
주님 안의 영원한 생명을 주소서

속에 남아있는 모든 더러운 것에서
깨끗케 하시어 주님 안에서 구원을 얻게 하소서
자범죄와 타고난 죄에서
나의 대속 받은 영혼을 구하소서

내 오랜 과거의 원초적 얼룩을 씻어내소서
그럴 수 없노라고 내게 말씀 마소서
악마야 인간들아! 어린양이 죽임을 당하셨다
그의 피 전부가 나를 위해 흘렸다

예수여 그 피를 내 마음에 뿌리소서!
모든 것을 정케 하는 주님의 피 한 방울이
나의 죄를 떠나게 할 것입니다.
또한 하나님의 생명으로 나를 채우소서

아버지여 내게 필요한 것을 채워주소서
주님께서 주신 이 생명을 지켜주소서
양식을 주시고 살아있는 떡을 주소서
하늘에서 내려온 만나를 주소서

내 안에 은혜롭고도 의로운 열매들이
다함이 없는 주님의 축복이
넘치도록 충만합니다.
나로 하여금 굶주리지 않게 하소서

더 이상 깊은 실망 가운데
'야윈 내 몸아, 오 야윈 내 몸아' 외치지 않게 하소서
내 아버지의 모든 자녀들 중
나 홀로 극심한 가난 가운데 수척해 있나이다

주님을 만나는 순간 내 맘이 기쁘고
고통스런 갈증과 어리석은 욕망이 사라집니다
그때에 나의 영혼 전체는
주님의 영원한 사랑 전체를 바랍니다

거룩하시고 참되시고 의로우신 주여
내가 주님의 완전하신 뜻을 체험하기를 원합니다
주님의 은혜로우신 말씀을 기억하소서
주님의 거룩한 영으로 나를 인치소서

주님의 신실하신 자비를 맛보기 원합니다
주께서 나로 하여금 그 자비를 신뢰하게 하십니다
온유하고도 겸손한 마음을 내게 주소서
나의 영혼을 티끌 가운데 두소서

은혜로 말미암아 내가 온전히 새로워졌을 때
내 마음이 얼마나 부패했었는지 보여 주소서
주께서 내 죄를 제거하셨을 때
나의 수치가 얼마나 컸는지 보여 주소서

나의 마음속 믿음의 눈을 여소서
위로부터 임하는 주님의 영광을 보여주소서
그때에 나의 전 존재는 쓰러져 죽습니다
경이로움과 사랑 속으로 나는 사라져갑니다

나를 놀라게 하고 나를 압도하는 주님의 은혜여!
내 자신이 싫어질 정도입니다
(모든 권능, 모든 주권, 모든 찬양
모든 영광을 나의 주 그리스도께 드립니다!)

이제 나로 하여금 충만한 완전함에 도달하게 하소서
이제 나로 하여금 무(無)가 되게 하소서
주께서 보시기에 무(無)보다도 더 작게 하소서
그리하여 그리스도께서 모든 것의 모든 것이 되게 하소서

2. 그리스도를 육체대로 앎 (123)

On Knowing Christ after the Flesh

고후 5:16
"그러므로 우리가 이제부터는 아무 사람도 육체대로 알지 아니하노라. 비록 우리가 그리스도도 육체대로 알았으나 이제부터는 이같이 알지 아니하노라."

1. 나는 본문 말씀에 관해 명확하고도 이해할 만하게 쓴 것을 오랫동안 찾았습니다. 이 말씀은 의심의 여지없이 아주 중요합니다. 이 말씀은 기독교의 본질 깊숙이 뿌리박고 있습니다. 그럼에도 이 말씀에 관해 영어로 쓰여진 기록이 우리에게 있습니까? 아마 그런 것이 있을 수도 있겠지요. 그러나 제게 발견된 것은 하나도 없습니다. 단 하나의 설교도 없습니다.

2. 바울은 여기서 다음의 구절을 아주 진지하게 도입합니다. 이 말씀을 직역하면 다음과 같습니다: '저가 모든 사람을 대신하여 죽으심은 산 자들로 하여금 이제부터는(즉, 그들이 그분을 안 순간부터는) 저희 자신을 위하여 살지 않고(즉, 자신들의 명예나 이익이나 즐거움을 추구하지 않고) 그분을 위하여(즉, 의로움과 진정한 거룩함 가운

데) 살게 하려 함이다'(고후5:15). '그러므로 우리가(즉, 믿음을 따라 그분을 아는 우리들은) 이제부터는 아무 사람도(즉, 다른 사도들이나 혹은 너희나 혹은 다른 어느 자를) 육체대로 알지 아니하노라(고후5:16)'. 기독교 교리 전체가 의존하고 있는 이 특별한 말씀은 우리가 사람을 과거의 신분, 고향, 재산, 권세, 힘, 지혜에 따라 판단해서는 안 됨을 의미하는 것 같습니다. 우리는 오직 영적 상태에 있고, 더 나은 세상과 관련을 맺고 있는 모든 자들을 고려합니다. '비록 우리가 그리스도 육체대로 알았으나, (분명 그들이 그같이 행동하여 인간적 감정(natural affection)을 가지고 그분을 한 인간으로 여기고 바라보며 사랑했는데), 이제부터는 이같이 알지 아니하노라'(고후5:16). 우리는 더 이상 그분의 얼굴, 풍채, 음성, 또는 대화 태도를 근거로 그분을 한 인간으로 알지 않습니다. 우리는 더 이상 그분을 한 인간으로 생각하거나 그러한 인물로 그분을 사랑하지 않습니다.

3. 강한 비유로 표현된 말씀의 뜻이 이 이상을 의미하는 것 같지는 않습니다. 우리가 그리스도 예수 안에서 새롭게 창조되었을 때부터 우리는 우리의 거룩하신 주님을 단지 인간으로 생각하여 그러한 믿음에 따라 생각하고 말하고 행동하지 않습니다. 그분께서 인간이실 뿐만 아니라 '만물 위에 계시고 세세토록 찬양 받으실 하나님'(롬9:5)이시므로, 지금 우리는 그분에게 합당하지 않는 호칭으로 그분을 부르지 않습니다.

4. 이것을 좀 더 명확히 설명하고 동시에 위험한 오류들을 제거하기 위하여, 가장 분명하고도 명백하게 '그리스도를 육체로 아는' 자들 중에서 예를 드는 것이 좋겠군요. 우리는 이들 중 선두그룹에 드는 자들로 소시니우스주의자들을 들 수 있습니다. 그들은 '주께서 그들을 사신 것'(벧후2:1)을 단호히 부인하고, 그분을 가장 높으신 하나님(the supreme God)으로 인정하지 않을 뿐만 아니라 하나의 하나님(any God)으로도 절대로 인정하지 않았습니다. 내가 보기에 이들(그리스도의 신성을 부인하는 자들, 역주) 중 영국에서 태어났고, 금세기 가장 두각을 드러낸 자가 바로 박식함과 비범함을 겸비한 존 테일러(John Taylor) 박사인데, 그는 수년간 노르위치(Norwich)에서 목사로 봉직했고, 후에 와링톤 아카데미(Academy at Warrington)의 원장으로 지냈습니다. 하지만 그가 아주 정중한 예를 갖추고 그분을 논했으며, 그분께 찬사를 아끼지 않았고, 그분을 '아주 존귀한 분', '최고의 덕을 지닌 분'으로 칭했음을 부인할 수 없습니다.

  5. 다음으로 예수님의 신성을 부인하는 자들이 바로 아리우스주의자들입니다. 나는 이들을 소시니우스주의자들과 같은 등급으로 분류하지 않습니다. 이 둘 사이에는 상당한 차이가 있습니다. 왜냐하면 소시니우스주의자들이 그리스도를 하나의 하나님(any God)으로 인정하지 않았음에 비해 아리우스주의자들은 그러지 않았습니다. 그들은 그분께서 단지 위대하신 하나님(the great God)이심을 부인했습니다. 그들은 기꺼이 그분께서 작은 하나님(a little God)이심을 강력히 주장

했습니다. 하지만 이것은 특별한 불편함을 수반했습니다. 이것은 신성의 단일성을 완전히 파괴시켰습니다. 왜냐하면 큰 하나님(a great God)과 작은 하나님(a little God)이 존재하게 되면 두 하나님이 계셔야만 하기 때문입니다. 하지만 이것을 잠시 제쳐두고 우리의 논점으로 돌아오면, 그리스도를 성부 하나님보다 열등한 분으로 말하는 모든 자는, 비록 그 열등함이 아무리 적더라도, 분명 '그분을 육체대로 아는' 것입니다. 그들은 그분을 '하나님의 영광의 광채시요, 그 본체의 형상'으로 알지 않고, '자신의 능력의 말씀으로 (곧, 태초에 만물을 존재에로 부실 때 사용하셨던 것과 동일한 능력의 말씀으로) 만물을 붙드시고 지탱하시는 분'(히1:3)으로 알지 않습니다.

6. 이들 중 몇몇은 위대한 와트(Watts) 박사를 자신들과 동일한 의견을 가진 자라고 주장하는데, 그가 그러한 사람이라고 증명하기 위해 그들은 그의 유작에 나오는 우수한 독백을 인용했습니다. 그럼에도 편견을 갖지 않은 자라면 지금까지 존재했던 증거보다 더 큰 확증을 주는 증거가 없이는 그들의 주장을 인정하지 않을 것입니다. 하지만 그가 이러한 비난에 대해 결백하다 하더라도, 또 다른 의미에서 '그리스도를 육체대로 아는 것'에서도 결백한 것은 아닙니다. 분별력 있고 심히 경건한 어떤 자가 이따금 '신들의 사랑을 다룬 그의 Horae Lyricae(서정시신(敍情詩神) 호라에게)'에 나오는 몇몇 찬양곡들이 (그의 말대로 표현하여) 너무 호색적이어서 한 죄인이 지고(至高)의 신(the most High God)에게 낭송하기 보다는 한 애인이 그의

동료 인간에게 읽어주는 것에 알맞다'고 말했을 때, 나는 그 글에서 그의 (그리스도를 육체대로 아는 것에 대한, 역주) 결백을 찾을 수 없었고 단지 동일한 놀라움을 가지고 그의 작품 모두를 읽었습니다. 그리스도의 신성을 믿으면서도 그같이 경솔한 태도로 말하는 자가 또 있는지 나는 의심이 갑니다.

7. 과거의 한 위대한 사람에 의해 출간된 찬양들이 이 잘못에서 자유롭다고 우리가 말할 수 있습니까? 그 찬양들이 '그리스도를 육체대로 아는' 느낌이 강하게 배어있는 표현들로 가득 차있지 않습니까? 그렇습니다. 지금까지 영어로 출판된 것들보다 더 추잡한 문체로 기록되어 있습니다. 많은 영성(靈性) 찬양곡들 안에 상스런 표현들이 있다는 사실이 너무 유감스럽습니다! 얼마나 빈번히 훌륭한 가사 안에 앞뒤 구절의 품위를 훼손시키는 행들이 끼어 있습니까? 왜 그 책에 있는 모든 글들이 그들 중 많은 부분이 인정받은 것같이 시적일 뿐만 아니라 이성적이고 성경적이지 않습니까?

8. 오륙십 년 전일 겁니다. 하나님의 은혜로운 섭리에 따라 나와 내 형제는 아메리카로 가는 배에서 '모라비아 형제들(Moravian Brethren)'을 알게 되었습니다. 26명의 모라비아 형제들이 같은 배에 있었는데, 우리는 즉시 그들이 어떠한 영을 소유했는지 알아챘습니다. 우리는 그들에 대한 존경심뿐만 아니라 강한 형제애를 가지게 되었습니다. 매일 우리는 그들과 대화했고, 모든 문제를 놓고 그들의 고견을

들었습니다. 나는 우리 교인들이 사용하게 하려고 많은 그들의 찬양곡을 번역했습니다. 사실 내가 그자들 하나하나 모두를 맹목적으로 따르기를 원하지 않아서 내게 제시된 것 모두를 다 받아들이지는 않았지만, 참으로 성경적이고 건전한 체험에 적당한 것들을 수집했습니다. 그럼에도 왜 내가 모든 적절치 않은 단어나 표현들, 곧 지렁이 같은 인간의 입이 하늘의 하나님을 찬양드릴 때 어울리지 않는 표현들, 곧 인간적으로 허물없이 사용하는 표현들을 충분히 걸러내지는 않았나 모르겠습니다. 특별히 나는 우리의 거룩하신 주님께 드려진 모든 찬양곡에서 다정스런 표현을 피하고, 지극히 높으신 하나님 곧, '영광에 있어 성부와 동일하시고 성부와 함께 영원히 위엄 가운데 계신' 그분께 드리는 말씀처럼 표현하려 애썼습니다.

9. 혹자는 내가 특별한 단어에 대해 너무 신중한 것이 아니냐고 생각할 수도 있습니다. 그 단어는 현대 로마 카톨릭이나 개신교 성직자들이 자주 사용함에도 내가 시, 산문, 기도나 설교 중에 결코 사용하지 않는 것입니다. 그것이 바로 '사랑스런(dear, 친애하는, 귀여운, 그리운; 역주)'입니다. 많은 자들이 자주 설교 중에, 기도 중에, 식사 감사기도 중에 '사랑스런 주님' 혹은 '사랑스런 구세주여'라고 합니다. 내 형제도 그의 많은 찬양곡에 그 말을 사용했는데, 살아 있는 동안 그 말을 사용했습니다. 하지만 이 단어가 하늘과 땅의 위대하신 주님께 사용하기에는 너무 스스럼없는 표현이 아닙니까? 성경 어디에, 신구약 어느 말씀에 이러한 말투를 허용합니까? 영감을 받은

성서기자 그 누가, 시가서 그 어디에 그런 표현을 썼습니까? 혹자는 질문하겠지요. '아니지요. 사도 바울이 그런 말을 썼지요. 그는 "하나님의 사랑스런 아들"(God's dear Son)(골1:13)이라 했습니다.' 내 대답은 이렇습니다. 첫째, 그 말씀은 지금 이 문제에 해당되지 않는데, 왜냐하면 우리가 '사랑스런'으로 번역한 단어는 우리가 그리스도를 부르는 데 쓰인 말씀이 절대로 아니라, 단지 그분에 대한 설명으로 쓰인 것입니다. 둘째로 그것은 원문에 동일한 뜻을 전한 게 아닙니다. 그 문장을 문자적으로 번역하면 '그의 사랑스런 아들(his dear Son)'이 아니고 '그분의 사랑을 받는 아들(the Son of his love)'이나 '그의 사랑하는 아들(his beloved Son)'이 됩니다. 그러므로 나는 영감을 받은 기록자들 중 이 단어를 성부나 성자에 사용한 자가 있는지 여전히 의문입니다. 따라서 성경이 우리에게 그것을 사용하는 것을 명하거나 그러한 사용 전례를 갖고 있지 않으므로, 나는 성경을 사랑하는 성도들에게 그 단어를 굳이 사용하겠다면 가급적 적게 쓰라고 권면하지 않을 수 없습니다: '만일 누가 (설교나 기도 때에) 말하려면 하나님의 말씀을 하는 것같이 하고(벧전4:11)!'

10. 사적인 대화 중에도 우리가 자주 우리의 거룩하신 주님을 이 비성서적 표현으로 부르지 않습니까? 그리하여 특히 우리가 그분을 단순한 인간이라 말하는 경향이 있지 않습니까? 특별히 우리가 그분의 고난을 말할 때, 얼마나 쉽게 이런 실수에 빠집니까! 우리가 이것을 조심해야 합니다. 여기에 온정주의적 상상을 방관하는 입장은 설

자리가 없습니다. 이따금 나는 (내 형제의 썩 좋은 찬양 가운데 나오는) 저 사랑스런, 훼손된 얼굴, 또는 다음의 강렬한 표현, 당신의 따스한 핏방울을 내 마음에 떨어뜨리소서라는 구절을 노래하기를 주저했는데, 그 이유는 그렇게 노래함으로 내가 '만군의 주께서 당신의 친구라고 칭하신 분'(슥13:7)에 대해 말하고 있음을 잊고 있는 것으로 비쳐지지는 않을까 하는 염려에서였습니다. 비록 그분께서 '자기를 비어 종의 형체를 가져 사람들과 같이 되었고', 그렇습니다, '죽기까지 복종하셔서 십자가에서 죽으셨으나', 그럼에도 '그분께서 하나님과 동등케 됨을 강도짓으로 여기지 않으셨다'라는 말씀을 잠시라도 잊어서는 안 됩니다(빌2:6-8). 우리의 마음이 여전히 '주께서 심히 영화로우시며, 주께서 위엄과 존귀를 옷입으셨나이다'(시104:1)를 외치게 합시다.

11. 아마 혹자는 이러한 표현들을 삼가거나 그런 표현들을 제약하는 것이 우리의 뜨거운 헌신을 억제하지는 않을까 걱정도 할 것입니다. 그러한 제약이 헌신으로 알려진 일종의 열정을 다분히 억제하거나 금할 수 있습니다. 그러한 제약이 기독교뿐만 아니라 일반적 품위의 기준으로 볼 때 충격적인 큰 외침, 이상한 비명, 동일한 말을 이삼십 번 반복하는 것, 60-90cm 높이로 뛰어 오르기, 팔과 다리를 휘젓기 등도 억제하겠지요. 하지만 그 제약은 진정한 성서적 헌신을 절대로 억제하지도, 더욱이 금하지도 않을 것입니다. 오히려 그러한 제약이, 비록 진짜 인간이시나 그럼에도 진짜 하나님이신 분께 드리는 합

당한 기도에 더 생동감을 줄 것입니다. 그분께서는 인간을 구하시기 위해 여자의 몸에서 태어나셨지만 영원 전부터 온 천지의 하나님이셨습니다.

12. '그리스도를 육체대로 아는 것', 곧 그분을 단순한 인간으로 생각하는 것, 그 결과 개인적으로나 공적으로 그분(단순한 인간으로서, 역주)에 대한 개념들에 맞는 말들을 사용하는 것이, 순수한 객관적인 차원의 문제이고, 하지만 중요한 문제가 아니라고 생각하지 마십시오. 그와 달리 우리의 창조주 하나님, 우리의 구세주, 우리의 지배자이신 분과의 이 적절치 않은 스스럼없는 관계가 자연스럽게 매우 악한 열매들을 맺게 합니다. 그것도 말하는 자 본인뿐만 아니라 듣는 자에게도 그런 영향이 미칩니다. 그러한 태도는 그들의 지배자이신 주님께 마땅히 보여야 할 친근한 경외심을 해치는 경향이 있습니다. 그러한 태도는 눈에 띄지 않게 천천히 요동함이 없는 무언의 경외와 사랑으로 가득한 모든 무언의 행복감을 감소시킵니다.

우리가 다음의 장엄한 글에 강력하게 채색된 생생한 감정을 우리 마음에 품은 채 불쾌하고 점잖지 못한 창조주와의 스스럼없는 관계에 우리 자신을 적응시키는 것은 불가능합니다.

어둠 (가운데, 역주) 엄청난 밝은 빛을 동반하여 그분의 옷자락이 나타났다.

그것이 하늘도 한층 눈부시게 할 정도여서

가장 밝은 스랍들도 접근 못하고 두 날개로 얼굴을 가렸다.

13. 이제 모든 진실한 기독교인들이 (그분께서 인간인 동시에 하나님이심을 고려할 때) 거룩한 두려움(angelic fear)이 스며든, 자신들의 구세주에 대한 사랑을 항상 체험하기를 간절히 소원하겠지요? 와츠(Watts) 박사가 다음의 글에서 아주 잘 서술한 것이 바로 이러한 마음의 태도가 아닐까요?

> 신실한 마음을 가진 자들에게서
> 당신의 자비는 결코 떠나지 않을 것입니다.
> 거룩한 두려움이 스며있는
> 겸손한 사랑을 가진 자를 당신께서 구원하십니다.

14. 내가 차갑고, 활력 없고, 형식적인 기도를 권하고 있는 것이 아닙니다. 사랑과 요구, 소망과 두려움이 그런 기도에서는 다 배제됩니다. 이전의 호아들리(Hoadly) 주교가 강력히 추천한 '조용하게 마음의 평정을 잃지 않고 하는 기도방법'이 그런 종류의 기도인 것 같습니다. 그러한 기도방법은 기독교계에서 수년 동안 격한 논쟁을 불러 일으켰습니다. 그 호의적인 주교께서 마담 귀온(Madam Guyon)이나 대주교 캄브라이(Cambrai)와 같은 몇몇 신비주의자들이나 정적주의자들과 대화를 나누고, 또한 이러한 것들을 경험하지 못했기 때문에 자신의 이론들을 짜깁기하여 가능한 한 그들의 이론에 접근시켰다는 것

이 가능한 이야기가 아닙니까? 하지만 실제적이고 성서적인 헌신이 냉랭한 마음에서 가장 멀리 있는 것이 확실합니다. 그러한 헌신이 우리의 좀 더 고상한 모든 열정을 자극하고 힘을 주어 최대한도로 발휘하게 합니다. 그러나 그러한 헌신은 거칠고 비이성적이고 인간의 존귀함에 못 미치는 것들을 배제시킵니다.

15. 하지만 진정한 사랑이 최고조에 달한 많은 성인(聖人)들이, 경건한 켐피스(Kempis)도 예외가 아닌데, 그토록 빈번히 이러한 말투, 곧 이러한 다정스런 표현을 사용한 것을 어떻게 설명해야 합니까? 그들이 진정 경건한 자들이었다는 것에 우리가 의심을 해야 합니까? 우리는 그들이 경건한 자들이었다는 것을 인정할 수 있습니다. 그러나 우리는 그들의 판단력이 그들의 경건에 미치지 못했다고 말할 수 있습니다. 그러하므로 그들의 실제적이고 선한 사랑이 이성의 한계를 약간 초월하여 그들로 하여금 하나님의 말씀이 허용하지 않는 어투를 사용하게 했습니다. 그 하나님의 말씀이 우리의 사랑과 언어생활의 진정한 표준입니다. 하지만 구약이나 신약에서 과거의 성자(聖者)들이 그처럼 말한 적이 있습니까? '하나님께 크게 사랑받은 자'(단10:11)였던 다니엘이 자신의 생각을 하나님께 그렇게 표현한 적이 있습니까? 혹은 '예수께서 사랑하시는 제자'(요20:2)가 (인간에게 하듯 하는, 역주) 그런 예수님 호칭을 우리에게 범례(範例)로 남겨놓았습니까? 예수께서 영광을 받으시려는 그 때에 그랬습니까? 그 때도 그 제자의 마지막 말은 다정한 어투가 아니라 지엄한 어투였습니다 - '주

예수여, 오시옵소서!'(계22:20)

16. 이 모든 것을 종합하면, 우리는 '성부 하나님을 존경함같이 성자 하나님도 존경해야 합니다'(요5:23). 우리가 하나님 아버지께 드리는 예배와 동일한 예배를 그분께 드려야 합니다. 우리의 온 마음과 영으로 우리는 그분을 사랑해야 합니다. 또한 우리는 우리가 가진 모든 것과 우리 자신 전체, 우리의 생각하고 말하고 행하는 모든 것을 거룩하게 구별하여 온 천지의 성부, 성자, 성령 삼위일체 하나님께 드려야 합니다!

플리머스 독(Plymouth Dock)에서
1789. 8. 15.

3. 인간 지식의 불완전 (69)

The Imperfection of Human Knowledge

고전 13:9
"우리가 부분적으로 알고"

1. 지식욕은 사람의 마음속에 있는, 그의 내면의 가장 깊은 본성에 있는 보편적인 것입니다. 이것이 더 강한 다른 욕구에 의해 저지되지 않는다면 그것은 모든 이성적인 피조물들에 있어 변할 수 없습니다. 그리고 이것은 만족을 줄 수 없는 것입니다. 성경에 이르기를 '눈은 보아도 족함이 없고 귀는 들어도 차지 아니하는도다'라고 했습니다 (전1:8). 마음속에 들어오는 그 어떠한 수준의 지식도 그것을 만족시킬 수 없습니다. 지식욕은 좋은 목적을 위해 인간의 영혼에 심겨져 있습니다. 그것은 우리로 하여금 낮은 이 땅의 것 안에서 안주하는 것을 막고, 우리의 생각을 더 높은 대상들에게 향하게 하여 모든 지식과 미덕의 근원이신, 즉 지혜와 은혜가 무한히 충만하신 하나님께 이르게 하기 위해 있습니다.

2. 그러나 우리의 지식욕이 끝이 없을 지라도, 우리의 지식 자체에는 한계가 있습니다. 지식은 참으로 좁은 한계 내에 갇혀 있습니다.

그것은 보통 사람이 생각하는 것이나 식자들이 인정하는 것보다 훨씬 더 좁은 한계에 있습니다. 이로써 우리는 (창조주 하나님께서 헛되이 일을 안 하시므로) 장래에, 현재에는 불만족이었던 것이 만족함을 줄 것이고, 욕구와 그 욕구의 대상간의 엄청난 간격이 해소될 것이라는 생각을 하게 됩니다.

3. 현재의 인간 지식은 인간의 현재의 부족함을 메우기 위한 것입니다. 그것은 우리에게 해를 끼치는 모든 죄악들에 대해 우리를 경계하게 하고 그것으로부터 보호하게 하며, 우리의 어린아이와 같은 삶에 필요한 모든 것을 우리에게 보급하기에 충분한 것입니다. 우리는 우리 주위의 사물들, 그것들이 우리의 건강과 신체의 강건함에 도움이 되는 한, 그것들의 본질과 감각적 특질에 대해 충분히 알고 있습니다. 우리는 음식을 장만하고 준비하는 법을 알고 있습니다. 우리는 우리 몸에 적당한 옷을 알고 있습니다. 우리는 집 짓는 법을 알고 있고, 그 안에다 필수품과 생활용품을 설치하는 법을 알고 있습니다. 우리는 이 땅에서 우리의 삶의 안락에 필요한 것만큼 알고 있을 뿐입니다. 그러나 하늘에 있는 것이나, 땅 아래에 있는 것이나, 혹은 우리 주위에 있는 것들에 대한 것은 우리는 그들이 존재한다는 것 그 이상은 거의 알지 못합니다. '인간의 교만을 막기 위하여'(욥33:17) 하나님의 지혜와 선하심이 우리의 이러한 깊은 무지 가운데에서도 보여지고 있습니다.

4. 따라서 가장 지혜로운 자라 할지라도 오로지 '부분적으로' '알뿐입니다'. 그리고 인간들이 창조주 하나님과 그분의 피조물들에 대해 어찌 그리도 적은 분량만 알고 있는지요! 이는 매우 필수적이긴 하지만 사람들에게 기분 좋은 주제는 아닌 것 같습니다. 왜냐하면 성경에 '하잘것없는 자가 지혜로워질 것이라'(욥11:12)했기 때문입니다. 이것을 잠시 더 생각해 봅시다. 지혜와 사랑의 하나님, 우리의 눈을 여시어 우리의 무지함을 깨닫게 하소서!

I. 먼저 위대하신 창조주 하나님을 생각해 봅시다. 우리가 하나님에 대해 참으로 조금밖에 알고 있지 않습니다!

1. 우리가 그분의 본질에 대해 그 얼마나 조금밖에 알고 있지 못하는지요! 그분의 본질적 속성들에 대해 얼마나 적게 알고 있는지요! 그분의 전능하심에 대해 우리가 어떤 개념을 만들어 낼 수 있습니까? 하나님께서 여기를 비롯한 모든 장소에 계시는 방식을 그 누가 알 수 있습니까? 어떻게 무한대의 공간 안에 하나님께서 충만히 계십니까? 철학자들이 진공의 존재를 부인함으로써 하나님께서 존재하시지 않는 곳이 없다거나, 무한한 공간 안의 모든 점이 하나님으로 충만하다고 주장한다면, 분명 아무도 이에 대해 이의를 제기 할 수 없을 것입니다. 그러나 그 사실을 용인하더라도 편재, 즉 모든 곳에 계심은 어떻

게 설명됩니까? 인간이 우주를 이해할 수 없듯이 이것도 이해할 수 없습니다.

2. 이삭 뉴튼(Isaac Newton) 경은 하나님의 편재나 무한하심을 무한공간을 '신의 지각기관'이라 칭함으로써 설명하려 했습니다. 그리고 이교들도 '모든 것에는 신으로 가득 차 있다'라고 말하기를 주저하지 않습니다. 이는 하나님께서 하신 말씀 '나는 천지에 충만하지 아니하냐?'(렘23:24)에 해당하는 말입니다. 시편 기자는 놀라운 정도로 아름다운 어조로 이것을 말하고 있습니다. '내가 주의 신을 떠나 어디로 가며, 주의 앞에서 어디로 피하리이까? 내가 하늘에 올라갈찌라도 거기 계시며 음부에 내 자리를 펼찌라도 거기 계시니이다. 내가 새벽 날개를 치며 바다 끝에 가서 거할찌라도, 곧 거기서도 주의 손이 나를 인도하시며 주의 오른손이 나를 붙드시리이다'(시139:7-10). 다른 한편, 하나님의 영원성과 무한광대하심에 대한 그 어떠한 개념을 우리가 만들어 낼 수 있습니까? 그러한 지식은 우리에게 너무 기이하여 우리가 거기에 도달할 수 없습니다(시139:6).

3. 하나님의 근본적인 속성 두 번째는 영원성입니다. 당신께서는 영원 전부터 계셨습니다. 아마도, 그분께서 영원 전부터 영원까지 존재하신다고 말하는 것이 좀 더 나은 표현일 것입니다. 하지만 영원성이 무엇입니까? 한 저명한 작가가 말하는 신의 영원성은 '결코 끝나지 않는 삶을 전체적이고도 동시에 완전하게 소유함(Vitae

interminabilis tota simul et perfecta possessio)'입니다. 그러나 이 정의를 앞에 놓고 우리가 얼마나 더 지혜로울 수 있습니까? 우리는 단지 전에 알았던 것만큼만 알뿐입니다. '전체적이고도 동시에 완전한 소유,' 바로 그것입니다! 그 누가 이것이 의미하는 바를 깨달을 수 있습니까?

4. 하나님께서 인간들의 영혼에 당신 자신의 이데아를 각인시켜놓으셨다면, 그분의 다른 속성들뿐만 아니라 이것들(편재와 영원성)에 관한 것들을 우리가 이해하고 있었음이 분명합니다. 왜냐하면 우리는 하나님께서 자신에 대한 그릇되거나 불완전한 관념을 우리에게 각인시키셨으리라 생각할 수 없기 때문입니다. 그러나 사실인즉, 그 어느 누구도 자신의 영혼에 각인된 그러한 관념을 이전에도 지금에도 발견해내지 못했습니다. 우리는, 우리가 하나님에 대해 알고 있는 바로 그 적은 분량을, (하나님의 영감으로 받은 것을 제외하고는) 내적 인상에서가 아니라 외부로부터 점진적으로 얻습니다. '하나님의 보이지 않는 것들'은, 그것이 이왕 알려진 경우, '피조물로부터 알려집니다.' 즉, 우리는 하나님께서 우리의 마음에 새겨놓으신 것에서가 아니라 그분께서 모든 피조물에 써놓으신 것으로 아는 것입니다.

5. 이 경우 우리는 하나님의 작품들로부터 특히 그분의 창조물들로부터 하나님에 대한 지식을 배워야 합니다. 하지만 이 창조물들조차도 우리가 조금밖에 모른다는 것을 인정하기가 쉽지 않습니다. 멀리

있는 것부터 생각해봅시다. 얼마나 우주가 넓게 펼쳐져 있는지 누가 압니까? 그것의 끝은 어디입니까? 세상의 도량이 정해질 때 함께 노래했던 별들은(욥38:5-7) 하나님께서 '오 세상아! 여기가 너의 한계니라!(밀톤의 실락원)'라고 말씀하셨던 때를 말할 수 있습니다. 그러나 별들 너머 있는 모든 것은 인간의 자손들에게 철저히 가리어져 있습니다. 또한 우리가 별들에 대해 아는 것이 무엇입니까? 그것들의 수를 누가 말할 수 있습니까? 빛들이 서로 섞여있어 우리가 은하수라고 부르는 것을 형성하는 별들의 작은 일부분의 수조차 알 수 있습니까? 그것들의 용도를 누가 압니까? 그 별들은 각자 자신들의 행성들을 비추는 많은 수의 태양들입니까? 혹은 그것들이 오직 이것에만 기여하고 (Hutchinson이 생각하듯이) 우리가 알 수 없는 방식으로 빛과 영혼의 영원한 순환에 기여합니까? 혜성들이 무엇인지 누가 압니까? 그것들이 아직 완성되지 않은 행성들입니까? 혹은 큰 화재로 파괴된 행성들입니까? 혹은 그것들이 우리가 어떠한 개념을 형성시킬 수 없는 전혀 다른 성질의 물체들입니까? 태양이 무엇인지 누가 말할 수 있습니까? 그것의 용도를 우리가 압니다. 그러나 그것을 구성하고 있는 물질에 대해 누가 압니까? 아니, 우리는 아직도 그것이 액체인지 고체인지도 결정하지 못하고 있습니다! 지구에서 태양까지의 거리를 정확히 아는 자가 누구입니까? 많은 천문학자들이 그것이 1억 마일이라 하고, 어떤 자들은 단지 8600만 마일이라고 하는데, 보통은 9000만 마일이라고 합니다. 그러나 그들과 같은 정도로 유명한 사람들이 5000만 마일이라고 하고, 그 일부는 단지 2000만 마일이라고도 합니다. 로저스 박사(Dr. Rogers)가 논증하기를 그것이 고작 290만 마일이라고 합니다. 우리는 이 낮은 세계의 눈과 영혼인 이 영광스런 발광체조차도 매우 조금밖에 알지 못합니다! 이 태양 주위에 있는 행성들에 대해서도 동일하게 조금밖에 알지 못합니다. 그렇습니다. 우리의 지구나 달에 대해서도 그렇습니다. 혹자들은 실제로 곰보 같은 구체인 달의 표면에 강들과 산들이 있음을 발견하고, 바다들과 대륙들을 구분하였습니다! 그러나 결국 우리나 그것에 대해 아는 것은 없습니다. 우리는 가장 가까운 천체에 대한 불완전한 추측을 할 뿐입니다.

6. 우리의 주위에 아주 가까운 것들을 생각해보고, 그것에 대해 우리가 가진 지식이 무엇인지 물어봅시다. 우리에게 아주 놀라운 것, 빛에 대해 우리가 얼마나 압니까? 그것이 어떻게 우리에게 전달됩니까? 그것이 태양으로부터 연속된 흐름으로 흘러옵니까? 혹은 태양이 이 입자(빛)를 자신의 구체 밖으로 밀어내고, 그러한 것이 계속 이어져, 나중에 태양계 끝까지 이르게 합니까? 다시 말해, 빛이 인력에 끌립니까, 아닙니까? 그것이 다른 물체를 끌어당기거나 밀쳐냅니까? 그것이 다른 모든 만물에서 유효한 일반 법칙들에 종속됩니까? 혹은 이것이 다른 모든 물질들과는 다른 자기 발생(sui generis)적인 것입니까? 그것이 전류와 같은 것입니까, 아닙니까? 전기현상을 누가 설명할 수 있습니까? 어떤 물질은 전류를 흐르게 하고 다른 것들은 흐르지 않는 이유를 누가 압니까? 작은 유리병이 어느 한도까지만 전

기를 띠는 이유가 무엇입니까? 살아있는 자는 그 누구도 대답하지 못할 이런 주제에 관한 질문이 천 개나 더 있습니다.

7. 그러나 확실히 우리는 우리가 숨쉬고, 우리를 온통 감싸고 있는 공기를 알고 있습니다. 그것의 놀랄만한 탄성으로 인해 공기는 일반적으로 사용되는 자연의 스프링입니다. 하지만 탄성이 공기에 본질적인 것이고, 공기로부터 분리가 불가능한 것입니까? 그렇지 않습니다. 수많은 실험에 의해 최근에 발견된 바에 의하면 공기는 탄성을 잃어 고정될 수도 있고, 생성될 수도, 즉 다시 탄성이 회복될 수도 있다고 합니다. 그러므로 공기의 탄성이 전깃불과 관련되어 있는 탄성과 다른 방식의 탄성이 아닙니다! 이 전기적이거나 에테르적인(ethereal) 불이 자연계에서 유일한 진정하고도 본질적인 탄성체가 아닙니까? 이슬, 비, 그리고 다른 증기들이 어떤 힘에 의해 공기 중에서 오르락내리락 하는 것을 그 누가 압니까? 우리가 상식적 원리들로 이들의 현상을 설명할 수 있습니까? 또는 우리가 이전의 독창적인 저자(이론가)와 함께 그러한 원리들이 매우 불완전하고, 그것들은 전기법칙에 의하지 않고는 설명될 수 없다고 인정해야 합니까?

8. 이제 우리가 밟고 있고, 하나님께서 특별히 인간들의 자손들에게 주신 이 지구로 내려와 봅시다. 인간들이 이 지구를 이해할 수 있습니까? 이 육지와 바다로 된 구체가 직경이 칠천 내지 팔천 마일이 된다고 합시다. 우리가 이 구체를 얼마나 많이 알고 있습니까? 아

마 겨우 지표로부터 1 내지 2마일 정도의 깊이일 것입니다. 왜냐하면 인간의 기술이 거기까지 파고 들어갔기 때문입니다. 하지만 그 밑에 있는 것을 누가 우리에게 알려 줄 수 있습니까? 암석과, 금속과, 광물과 다른 화석들 밑에 있는 것을 누가요? 이는 전체에 비해 아주 적은 부분을 차지하고 있는 단지 얇은 껍데기일 뿐입니다. 누가 우리로 지구의 내부를 이해하게 할 수 있습니까? 그 내부가 무엇으로 이루어졌습니까? 지구 중심부에 불이 있어, 그것이 엄청난 불못이 되어 화산에 불을 공급하고, (우리가 방법은 잘 모르지만) 보석과 금속이 자라게 하고, 그리고 아마도 식물들이 자라게 하고, 또한 동물들이 잘 살게 합니까? 혹은 엄청난 깊은 심연, 즉 물 가운데 가장 중심이 되는 심연이 땅으로 된 그릇에 담겨 있습니까? 누가 보았으며, 누가 말할 수 있습니까? 이성적인 질문자에게 누가 완전한 만족을 줄 수 있습니까?

9. 지구의 지표조차도 그토록 많은 부분이 우리에게 여전히 알려지지 않았습니다! 극지방들, 즉 북극이나 남극을 유럽이나 아시아에 있는 우리가 얼마나 조금밖에 알고 있지 못하는지요! 아프리카나 아메리카 내륙에 대해 얼마나 조금밖에 모르고 있습니까! 드넓은 바다, 즉 지구의 상당부분을 차지하고 있는 광대한 심연 안에 무엇이 들어 있는지, 이것은 더욱 더 조금밖에 모릅니다. 거기에 있는 방들의 대부분이 인간이 들어갈 수 없어 그것들이 어떻게 설비되어 있는지 우리는 말할 수 없습니다. 우리가 내려다보는 건조지역에 있는 것들에

대해 우리가 얼마나 조금밖에 알지 못하는지요! 가장 단순한 금속이 나 암석을 생각해봅시다. 그것들의 성질이나 특성들에 대해 우리는 그 얼마나 불완전하게 알고 있는지요! 금속을 다른 화석들로부터 구분 짓게 하는 것이 무엇인지 누가 압니까? 여기 누가 대답합니다. '그야 물론 금속이 더 무겁다는 거지요.' 옳으신 말씀입니다. 그러나 금속이 더 무거운 이유는 무엇입니까? 금속과 암석의 특별한 차이는 무엇입니까? 혹은 한 금속과 다른 금속의 특별한 차이는 무엇입니까? 금과 은의 차이나, 주석과 납의 차이는 무엇입니까? 인간의 자손들에게 이는 완전한 미스테리입니다.

10. 식물계를 생각해봅시다. 수액이 맥관을 통해 규칙적인 순환을 하는지 안 하는지 누가 설명할 수 있습니까? 한 종류의 식물을 다른 종류로부터 구분 짓는 특별한 차이를 누가 지적할 수 있습니까? 혹은 그것들을 구성하는 부분들의 특별한 내적인 조직이나 성질을 누가 말할 수 있습니까? 그렇습니다. 숨쉬고 있는 자 그 누가 하늘 아래 있는 그 어느 식물의 성질이나 특성들을 완전히 이해할 수 있습니까?

11. 동물들을 생각해봅시다. 미생물들이 (소위) 실제 동물입니까, 그렇지 않습니까? 동물이라면, 그들이 먹이도 먹지 않고, 낳지도 태어나지도 않으므로 세상에 있는 다른 모든 동물들과 본질적으로 다르지 않습니까? 그것들이 동물들이 아니고 단지 소동 가운데 있는 생명 없

는 미립자입니까? 생명발생에 관한 모든 일을 다루고 있는 가장 현명한 자라도 그 얼마나 완전히 무지합니까! 사람의 발생조차도 그렇습니다. 창조주 하나님의 '책에' 진실로 '하루하루 형성되어 가는 몸의 모든 지체들이, 아직 구체적으로 존재하기도 전에, 쓰여져 있습니다'(시139:15-16). 하지만 어떤 법칙에 따라 그것들이 형성됩니까? 어떤 방식으로요? 어떤 수단에 의해 첫 번째 운동이 생동하는 장소에 전달됩니까? 언제 어떻게 불멸의 영혼이 무감각한 흙에 더해집니까? 그것은 모두 미스테리입니다. 우리가 할 수 있는 말은 '나는 신묘막측하게 만들어졌다' 것입니다(시139:14).

12. 곤충들에 대해 생각해봅시다. 많은 것이 최근에 발견된 것들입니다. 하지만 아직 발견되지 않은 것과 비교해 볼 때 지금까지 발견된 모든 것이 그 얼마나 적은지요! 그들 중 얼마나 많은 수백만의 것들이 그것들의 극소함 때문에 우리의 모든 질문을 완전히 피해가는지요! 그리고 가장 큰 동물들이라도 그것들의 몸의 작은 부분들은 실로 우리의 최대한의 부지런함도 피해갑니다. 우리가 곤충들에 대해 아는 것 이상으로 물고기들에 대해 완전히 압니까? 물고기들의 어느 한 큰 부분은, 그것이 수중 생물들의 가장 큰 부분이 아니더라도, 우리에게 철저히 감추어져 있습니다. 육상동물과 같이 수중생물의 종들도 넉넉히 있을 것으로 생각됩니다. 하지만 얼마나 적은 종들이 우리들에게 알려져 있는지요! 그리고 그 적은 종들에 대해서도 우리는 조금밖에 모릅니다. 새들에 관해서도 더 많이 알고 있지 않습니다. 알

려진 것은 실로 조금밖에 안됩니다. 많은 새들에 대해 우리가 아는 것은 그것들의 겉모습 이상의 것이 아니기 때문입니다. 우리는 다른 것들의 명백한 특성들을, 대부분 우리들의 집에 자주 나타나는 것들의 경우인데, 조금은 압니다. 그러나 우리는 그것들에 대한 것조차도 완전하고도 적절한 지식을 갖고 있지 못합니다. 동물들에 대해 우리가 어찌도 그리 조금밖에 모르는지요! 우리는 다른 종류들뿐만 아니라 같은 종의 서로 다른 개체 간에도 서로 다른 습성과 특질을 나타내는 그 원인을 모릅니다. 그렇습니다. 또한 이런 일은 같은 부모에게서 나온 같은 수놈이나 같은 암놈에게도 자주 일어납니다. 그것들이 그저 기계들입니까? 그렇다면 그것들은 기뻐하거나 고통을 느낄 수 없습니다. 그 경우 그것들은 감각기관이 없고, 보지도 듣지도 못합니다. 맛도 못보고 냄새도 맡지 못합니다. 깨닫거나 지식을 갖거나, 외부로부터 강요된 것과 달리 움직이는 것은 더더욱 할 수 없습니다. 그러나 이 모든 것은 (일상의 경험이 보여주듯이) 사실과 전혀 다릅니다.

13. 좋습니다. 하지만 우리가 다른 것은 모른다 해도, 그러면 우리 자신들에 대해서는 알고 있지 않습니까? 우리의 몸과 영혼을요? 우리의 영혼이 무엇입니까? 그것이 영임을 우리는 알고 있습니다. 여기서 우리는 완전히 멈춰 있습니다. 영혼이 어디에 머물러 있습니까? 송과선에 머물러 있습니까? 머리 속 전체에 있습니까? 심장 속에 있습니까? 피 속에 있습니까? 몸의 어느 한 부분에 있습니까? 그렇지 않고

(혹시 누가 이 말을 이해한다면) '모든 것은 모든 것 안에 있고, 모든 것은 각 부분 안에 있다', 그렇습니까? 영혼이 몸에 어떻게 연합되어 있습니까? 영혼이 어떤 한 덩어리에 붙어 있습니까? 이것들을 함께 묶는 비밀스럽고 알 수 없는 그 사슬이 무엇입니까? 가장 지혜로운 자들이라 할지라도 이 단순한 질문들에 대해 만족스런 답변을 줄 수 있습니까?

  또한 우리의 몸 자체를 봅시다. 우리가 그것에 대해 어찌도 그리 적게 알고 있는지요! 건강한 사람이 밤에 자는 동안에 땀을 흘릴 경우에 땀을 흘리지 않을 경우 보다 1/4 정도 더 적게 흘립니다. 누가 이것을 설명할 수 있습니까? 살은 무엇입니까? 특히 근육은 무엇입니까? 그것을 구성하는 섬유조직들은 명확한 치수를 가집니까? 그리하여 지금까지 그것들이 분리될 수 있었습니까? 혹은 그것들이 무한히 분해될 수 있습니까? 근육이 어떻게 작동합니까? 볼록해져서 짧게 되어 그렇습니까? 하지만 무엇 때문에 볼록해집니까? 피 때문에 부풀어진다면 그 피는 어디서 나옵니까? 근육이 이완된 순간 그 피는 어디로 갑니까? 신경들은 투과성을 가졌습니까 아니면 속까지 단단합니까? 그것들이 어떻게 작동합니까? 짐승들의 영혼들이 무엇인지 누가 압니까? 그것들이 전깃불입니까? 잠은 무엇입니까? 어떻게 그런 일이 일어납니까? 꿈은 무엇입니까? 깨어서 생각하는 것과 꿈을 어떻게 구별할 수 있습니까? 아마 아무도 모를 것입니다. 우리 자신에 대해서조차도 어찌 이처럼 조금밖에 모르는지요! 따라서 하나님의 모든 피조물에 대해 알 것을 우리가 어찌 기대할 수 있습니까?

II. 그러나 우리는 하나님의 창조 사역들보다도 그분의 섭리 사역들에 대해 더 잘 알고 있지 않습니까?

1. 그러나 우리는 하나님의 창조 사역들보다도 그분의 섭리 사역들에 대해 더 잘 알고 있지 않습니까? 하나님의 나라가 모두를 다스린다는 것이 기독교의 첫째 되는 원리에 속하므로 우리는 확신을 가지고 다음과 같이 말할 수 있습니다. '여호와 우리 주여 주의 이름이 온 땅에 어찌 그리 아름다운지요!'(시8:1,9) 우연이라는 것이 세상을 지배한다든가, 세상의 지배에 어느 정도 관여한다고 생각하는 것은 유치한 자만심입니다. 그럴 수 없습니다. 세속의 눈에 보이기에 완전히 우연인 사건들 속에서도 우연이 개입 못합니다. '사람이 제비를 뽑으나 일을 작정하기는 여호와께 있느니라'(잠16:33). 우리의 거룩하신 주님께서 친히 이 일을 확실하게 정하셨습니다. 예수께서 말씀하십니다. '참새 두 마리가 한 앗사리온에 팔리는 것이 아니냐? 그러나 너희 아버지께서 허락지 아니하시면 그 하나라도 땅에 떨어지지 아니하리라.'(마10:29) 또한 예수께서 이것을 더 강조하시기 위해 다음 말씀을 하십니다: '너희에게는 오히려 머리털까지도 다 세신 바 되었나니'(눅12:7).

2. Cicero의 말처럼 모든 것이 신의 섭리에 지배당한다(deorum moderamine cuncta geri)는 일반적 진리를 우리가 잘 알고 있다하더

라도, 우리가 일반적인 것에 포함된 특별한 것들에 대해 얼마나 적게 알고 있는지요! 국가나 가족이나 개인에 대한 하나님의 섭리를 우리가 얼마나 적게 알고 있는지요! 이러한 모든 것들에는 우리의 이해력이 절대로 파악하지 못할 높이와 깊이가 있습니다. 우리는 지금 하나님의 길들 중에 적은 부분만 이해할 수 있을 뿐입니다. 그 나머지는 우리가 나중에 알게 될 것입니다.

3. 하나님께서 온 민족들에게 행하시는 섭리도 우리는 아주 조금밖에 모릅니다! 한때 동방 세계에, 주변 모든 나라들이 두려워 할 정도로, 참으로 많은 나라들이 번성했었으나, 이제 땅위에서 사라졌으며, 그것들과 함께 그것들에 대한 기억도 사라졌습니다! 서방의 경우도 이와 다르지 않습니다. 유럽에서 우리는 지금은 이름밖에 남지 않은 많은 크고 강력한 왕국들에 대해 읽습니다. 그 백성들은 사라졌으며, 과거에 그들이 전혀 없었던 것처럼 생각되기도 합니다. 그러나 전능하신 주권자께서 왜 그들을 파괴의 막대기로 전멸시키기를 기뻐하셨는지 우리는 말할 수 없습니다. 왜냐하면 그들의 뒤를 이은 자들이 그들보다 선한 자들이 결코 아니었기 때문입니다.

4. 그런데 하나님의 섭리 세대들을 전혀 이해할 수 없는 것은 과거에 대한 것뿐만 아니라 현재의 일도 그렇습니다. 우리는 하나님께서 현재 이 땅에 사는 자들에게 행하시는 일을 설명할 수 없습니다. 우리는 주님께서 모든 자들에게 친근하시며, 그분의 자비가 그분의 모

든 피조물 위에 있음을 압니다. 그러나 우리는 이 사실과 현재의 그분의 섭리 세대를 어떻게 조화시킬지 모릅니다. 오늘날에 대부분의 땅이 어둠과 잔혹함의 터가 되어있지 않습니까? 특히, 크고 인구가 많은 인도 제국이 어떤 상태에 있습니까? 얼마나 많은 수십만 명의 가난하고 얌전한 사람들이 죽임을 당하여 그들의 시체가 땅위의 인분들처럼 버려져 있습니까! 태평양의 수 없는 섬들이 (비록 영국 악당들이 그곳에 없더라도) 어떤 상태에 있습니까? 그곳이 곰이나 늑대의 처지와 거의 같지 않습니까? 누가 그들의 영과 육을 돌봅니까? 그러나 하나님(인류의 아버지)께서 그들을 돌보시지 않습니까? 오 섭리의 신비여!

5. 또한 수백만은 아니더라도 수천의 무수한 아프리카 사람들을 누가 돌봅니까? 이 가엾은 양떼들이 꾸준히 시장으로 내몰리고, 가축처럼 가장 비참한 노예로 팔려 죽음의 방법 외에 아무런 구원의 소망을 갖지 못하고 있지 않습니까? 이 버림받은 자들, 미개인들로 알려진 호텐토트 사람들(Hottentots)을 누가 돌봅니까? 이전의 어느 작가가 이들을 존엄성을 가진 인간으로 표현하려 매우 애를 쓴 것은 사실입니다. 그러나 어떤 동기에서 그가 그렇게 했는지 말하기 쉽지 않습니다. 왜냐하면 그가 양이나 다른 가축의 내장이 그들의 가장 좋은 음식일 뿐만 아니라 팔과 다리의 장식품이라 말하고 있고, 그곳의 아들은 자기 어머니를 거의 죽을 정도로 때리기 전에는 남자로 인정되지 않는다고 말하기 때문입니다. 그리고 그의 부친이 나이가 들면 그는

그 부친을 작은 오두막 안에 묶어두어 거기서 굶어 죽게 한다고 합니다! 오 자비의 성부 하나님이시여! 이자들이 주님의 손에서 나온 자들입니까? 이자들이 주님의 독생자의 피로 사신 자들입니까?

6. 가련한 아메리카 인디언들의 사회와 종교의 상태가 어찌 그토록 더 나을게 없는지요! 그들의 후예들이 참으로 비참합니다. 어떤 지역에서는 살아 숨쉬는 인디언이 없습니다. 히스파니올라(Hispaniola)에는 처음에 기독교인들이 도착했을 때 삼백만의 인구가 있었습니다. 지금은 간신히 만 이천명도가 생존해 있습니다. 이들이 어떠한 처지에 놓여 있습니까? 남북 아메리카의 광활한 대륙에 지금도 여전히 위아래로 흩어져 사는 다른 인디언들은 어떻습니까? 그들은 종교를 갖고 있지 않습니다. 어떤 종류의 공공 예배도 없습니다. 그들의 생각 속에 하나님은 계시지 않습니다. 그들 대부분은 민간정부를 갖고 있지 않습니다. 법도 없고 행정관도 없습니다. 하지만 각자는 자신들이 보기에 옳은 일을 합니다. 그리하여 나날이 그들의 수는 줄고 있습니다. 한두 세기 후에 아마도 거의 그들은 자취를 감출 것입니다.

7. 하지만 유럽에 있는 사람들은 그처럼 통탄할 만한 상태에 있지 않습니다. 그들은 문명 속에 살고 있습니다. 그들은 유용한 법을 가지고 있고 행정관리들에 의해 다스려지고 있습니다. 그들은 종교를 가지고 있습니다. 그들은 기독교인들입니다. 그들이 기독교인이라 불리우든 그렇지 않든, 나는 그들 중 다수가 종교를 갖고 있지 않다는

것을 유감스럽게 생각합니다. 라프랜드(Lapland), 핀랜드(Finland), 사모이드(Samoyed), 그린랜드(Greenland)의 수천의 사람들에 대해 어떻게 생각하십니까? 사실상 북반구 고위도의 모든 지역의 수천의 사람들에 대해 어떻게 생각하십니까? 그들이 양이나 소만큼 개화되었습니까? 그들을 말이나 우리 속의 가축들 중 어느 하나와 비교하는 것은 너무 지나치게 그들의 면목을 세워주는 것입니다. 이에 더하여 시베리아의 눈 속에서 추위에 떠는 무수한 야만인들과, 이보다 많지는 않더라도 같은 정도의 타타리(Tartary) 사막에서 남으로 북으로 방랑하는 자들이 있습니다. 수천에 더하여 수천의 극지방과 무스코비트(Muscovit) 사람들이 있습니다. '하나님께서 이들을 사랑하셔서 그분의 아들 독생자를 주셔서 끝까지 그들이 멸망치 않고 영생을 얻게' 하셨습니까?(요3:16) 그렇다면 그들이 왜 이런 처지에 있습니까? 아! 놀라움 중의 놀라움입니다!

8. 기독교와 하나님의 통치 속에서도 이와 동일한 신비스러운 그 무엇이 있지 않습니까? 죄가 퍼진 것처럼 기독교가 널리 퍼지지 않은 이유를 누가 설명할 수 있습니까? 질병이 발견되는 모든 곳에 왜 약이 전달되지 않습니까? 아! 슬픕니다! 그 약은 보내지지 않았습니다. 지금 '그것에 대한 소리가 온 땅에 통하지 않았습니다!'(시19:4) 독이 온 세상에 퍼졌습니다. 해독제가 온 땅의 1/6의 지역에 알려지지 않았습니다. 또한 어찌하여 하나님의 지혜와 선하심이 그 해독제 자체가 로마 카톨릭 나라에서뿐만 아니라 모든 기독교 세계에서 심각히

불순해지는 것을 허용하고 있습니까? 자주 무익한 것과 해로운 성분이 너무 섞여 원래의 효능이 조금밖에 남아있지 않거나 아주 없어졌습니다. 그렇습니다. 하나님께서 그것을 잘 투여하라고 파송하신 바로 그 자들에 의해 그것이 너무 철저히 섞여서 그것이 그것에 의해 치료되어야할 병을 열 배나 더 악성이 되게 했습니다! 그 결과 자비와 진리가 이교도들에서처럼 기독교인들에도 거의 발견되지 않습니다. 뿐만 아니라, 내가 유감스럽게 생각하는 바는 소위 기독교인이라 하는 자들이 주위의 이교도들보다 훨씬 더 악하다는 것입니다. 그들은 더 방탕하고, 더 악한 행위들에 자신들을 내어 맡기며, 하나님을 두려워하지 않고, 사람들을 귀히 보지 않습니다! 아, 누가 이것을 깨달을 수 있습니까! 최고로 높은 사람보다 더 높으신 분께서 이것을 유념하시지 않습니까?

9. 이와 동일하게 우리가 이해할 수 없는 것은 특정한 가족들에 대한 많은 하나님의 섭리들입니다. 우리는 왜 하나님께서 어떤 자들에게는 부와 명예와 권력을 주셔서 높이시고, 어떤 자들에게는 가난과 여러 고통들을 주셔서 낮추시는지 알 수 없습니다. 어떤 자들은 하는 일마다 놀라울 정도로 잘 되고, 세상의 재물이 그들을 향하여 연달아 나아가지만, 어떤 자들은 열심히 일하고 고생해도 하루 끼니 얻기가 힘듭니다. 아마도 전자들에게는 행복과 박수갈채가 그들이 죽는 날까지 계속될 것이나, 후자들은 괴로움의 잔을 그들의 생애 끝까지 마실 것입니다. 비록 한 사람의 행복과 다른 사람의 불행의 이유를 우리가

알 수 없을지라도 말입니다.

  10. 개인들에 대한 하나님의 섭리들에 대해서도 우리는 또한 설명할 수 없습니다. 이 사람이 살아야 할 땅은 유럽이고, 저 사람이 살아야 할 땅은 아메리카 광야가 되는 이유를 우리는 모릅니다. 한 사람은 부유하고 고귀한 신분으로 태어나고, 다른 사람은 가난한 부모의 자식으로 태어납니다. 한 사람의 부모님은 강하고 건강하며, 다른 자의 부모님은 약하고 병이 들었습니다. 후자는 이 때문에 가난과 고통과 피할 수 없는 수 없는 유혹들에 노출되어 일생을 불행히 연명해 나갑니다. 우리는 이런 이유를 모릅니다. 얼마나 많은 자들이 태어난 바로 그 때부터 이러한 상황들에 갇혀 있어 자신들에게나 타인들에게 유용한 자들이 될 기회나 가능성이 없는 것처럼 보입니까? 왜 그들이 자신들이 선택하기 이전에 그러한 굴레들에 얽매여져야 합니까? 어찌하여 그들이 해로운 자들을 피하는 방법을 모르도록 해로운 자들의 길이 정해졌습니까? 또한 어찌하여 그들에게 유용한 자들이 그들의 눈에 멀리 있으며, 그들이 가장 필요할 때 그들에게서 제거됩니까? 오 하나님, 주님의 판단과 계획이 그 얼마나 심오한지요! 우리의 이성은 그것이 너무 깊어 알 수 없습니다. 우리의 지혜로는 그 계획을 실행하시는 '주님의 길을 찾을 수 없습니다'(롬 11:33)

III. 우리가 하나님의 섭리의 사역보다 그분의 은혜의 사역을 더 잘 탐색할 수 있습니까?

1. 우리가 하나님의 섭리의 사역보다 그분의 은혜의 사역을 더 잘 탐색할 수 있습니까? '거룩함이 없이는 주님을 볼 수 없다'라는 말보다 더 확실한 것은 없습니다(히12:4). 그러면 우리가 판단하듯이 왜 그토록 많은 대부분의 인류가 모태에서부터 모든 거룩함의 수단과 가능성에서 단절되어 있습니까? 예를 들어, 어느 호텐토트 사람이나, 뉴질랜드 사람이나 노바 잠블라(Nova Zambla) 사람이 그곳에서 살다가 죽는 경우 거룩함의 수단들에 대해 알 기회가 있을까요? 따라서 언젠가는 그것을 얻을 수 있을까요? 하지만 혹자는 이렇게 말할 수 있습니다. '그는 그가 태어나기 전, 즉 선재(pre-existent)상태에서 죄를 지었습니다. 그래서 그는 여기서 매우 불운한 처지에 놓인 것입니다. 그가 두 번째 시도를 하는 것이 그에게 있어 순전한 자비입니다.' 이에 나는 대답합니다. 그러한 선재 상태를 가정하더라도 그대가 말하는 둘째 시도는 절대로 새로운 시도가 될 수 없습니다. 그가 태어나자마자 그는 절대적으로 그의 야만적인 부모와 종교들의 권세 아래 있습니다. 그의 부모는 그가 이성적 인간이 되는 바로 그 때부터 그들 자신들과 동일하게 무지, 무신론, 그리고 야만성 속에서 그를 양육합니다. 그에게는 기회가 없습니다. 즉, 그는 더 좋은 교육을 받을 가망성이 없습니다. 그 경우 그가 어떤 시도를 할 수 있겠습니까? 그

가 세상에 온 때로부터 세상을 다시 떠날 때까지 그는 모든 불경스러움과 불의 가운데 무시무시한 삶의 필연성에 지배당하는 것 같습니다. 왜 이러한 일이 일어납니까? 왜 하나님께서 지으신 수백만의 인간들에게 이런 일이 닥칩니까? 주님께서는 '땅의 모든 끝과 먼 바다에 있는 자의' 하나님이 아니십니까?(시65:5)

2. 내가 바라는 바는, 혹시 이러한 생각이 발전되어 계시에 대한 반대가 된다면 그것이 계시종교에 적대적인 것만큼 자연종교에도 적대적이라는 것을 분명히 해야 한다는 것입니다. 그것이 결정적이라면 이는 우리를 이신론으로 인도하지 않고 단순한 무신론으로 이끕니다. 그것은 기독교의 계시뿐만 아니라 하나님의 존재도 부인하게 되는 결론에 이릅니다. 우리의 무지와, 하나님의 계획들을 이해할 수 없는 우리의 능력을 깊이 명심하며, 여전히 나는, 이러한 모든 것이 우리가 알 수 없는 하나님의 지혜에서 나온다고 생각하지 않고는, 우리가 그러한 것의 힘을 피할 수 있는 방법을 알 수 없다고 봅니다.

3. 이러한 자들보다 훨씬 더 혜택을 받고 있는 우리들에게조차도 - 우리에게는 그분의 말씀이 우리 발에 등이요 우리의 모든 길에 빛이신(시119:105) 바로 그 하나님의 신탁이 맡겨져 있습니다 - 여전히 우리의 이해를 넘어서는 그분의 섭리(dispensations) 속에는 아직도 많은 상황들이 있습니다. 우리는 하나님께서 어찌하여 우리가 죄를 깨닫기 전에 그토록 오랫동안 우리의 길을 가게 허용하셨는지 알지 못

합니다. 혹은 왜 하나님께서 이것이나 저것을 도구로 사용하시고, 이 방법 혹은 저 방법으로 사용하시는지 모릅니다. 그리고 수많은 상황들이 우리가 이해할 수 없는 과정에 개입합니다. 우리는 왜 하나님께서 당신의 독생자를 우리 마음에 계시하시기 전에 우리가 그토록 오래 멈춰 서 있게 하셨는지 알지 못합니다. 혹은 왜 어둠에서 빛으로 된 이 변화가 이러 이러한 특별한 상황에서 발생했는지 우리는 알지 못합니다.

4. '때와 기한은 하나님의 권한 아래' 두신 것은(행1:7) 의심 없이 그분의 특별한 특권입니다. 그리고 똑같이 구원을 갈망하는 두 사람 중에 한 사람은 즉시 하나님의 은혜를 받고 다른 사람은 그러지 못해 몇 달이나 몇 년 동안 한탄하게 되는 이유를 우리는 모릅니다. 한 사람은 하나님께 부르짖자마자 응답을 받아 믿음 가운데 평화와 기쁨으로 가득 찹니다. 또 한 사람은 똑같은 정도의 신실함과 진지함이 있는 것 같은데도 몇 주, 몇 달, 몇 년 동안 하나님과 그분의 은혜에 대한 의식을 발견하지 못합니다. 우리가 잘 알고 있듯이, 이것은 태어나기도 전에 한 사람은 영원한 영광에 이르고, 다른 사람은 영원한 불에 던져지도록 하는 절대적인 섭리에 기인한 것이 아닙니다. 그러나 우리는 이러한 것에 대한 이유를 알지 못합니다. 하나님께서 아시고 계신다는 것만으로 충분합니다.

5. 이와 마찬가지로 하나님께서 당신의 자녀들로 하여금 그들의 온

마음을 당신께 드리도록 하시는 그분의 성화의 은혜를 하나님께서 주시는 방법과 시기가 매우 다양합니다. 이것도 우리는 절대로 설명할 수 없습니다. 우리는 사람들이 구하기도 전에 왜 하나님께서 이 은혜를 주시는지 알지 못합니다 (이것에 대한 몇몇 분명한 예를 우리가 본적이 있습니다). 어떤 자들에게는 그들이 구한 지 며칠이 지난 후 주십니다. 어떤 자들에게는 이십 년, 삼십 년, 또는 사십 년 후에 주십니다. 아니, 어떤 자들에게는 그들이 죽기 수분 전에 주십니다. 우리는 그 이유를 알지 못합니다. 하나님께서는 '내가 네 마음에 할례를 베풀어 너로 마음을 다하며 성품을 다하여 네 하나님을 사랑하게 하겠다'(신30:6)라는 위대한 약속을 이루게 하는 여러 상황들에 대한 이유들을 분명히 갖고 계십니다. 하지만 그 이유들은 보통은 인간의 자손들에게 가려져 있습니다. 다시 말해서, 마음을 다하고 성품을 다하여 하나님을 사랑하도록 능력을 받은 자들 중 일부는 그들이 아브라함의 품에 안기기 전까지 아무런 방해 없이 동일한 축복을 유지합니다. 다른 자들은 자신들이 성령을 근심케 했다는(엡4:30) 생각이 없더라도 그 복을 유지하지 못합니다. 이 또한 우리가 이해 못합니다. 여기서 우리는 '성령의 생각을 알지' 못합니다(롬8:27).

IV. 우리 자신의 무지함에 대한 깊은 의식으로부터 우리는 몇 가지 값진 교훈을 얻을 수 있습니다.

1. 우리 자신의 무지함에 대한 깊은 의식으로부터 우리는 몇 가지 값진 교훈을 얻을 수 있습니다. **첫째, 우리는 겸손의 교훈을 얻습니다.** 이는 특히 우리의 이해력과 관련하여 우리 자신들에 대하여 '우리가 마땅히 생각할 그 이상을 생각하는' 것이 아니라, '지혜롭게 생각하는 것'입니다(롬12:3). 그 이유는 우리에게는 다음과 같은 확신이 있기 때문입니다. 즉, 우리는 우리 스스로 단 하나의 선한 생각을 하기에도 불충분한 존재입니다. 우리가 '우리 안에 거하는, 거룩하신 자에게서 받은 기름부음'(요일2:20,27)이 없다면, - 사람 속에 무엇이 있나 아시는 분께서 우리의 연약함을 돕지 않으신다면,- 우리는 매 발걸음마다 넘어지고, 우리의 생의 매 순간마다 그릇 행할 것이 분명합니다. 또한 '사람 안에는 지혜를 주는 한 영(a spirit)이 있고', 이해력을 주시는 거룩하신 분의 영감이 있습니다(욥32:8).

2. **둘째로, 우리는 하나님에 대한 믿음과 신뢰의 교훈을 얻습니다.** 우리에게 우리들 자신의 무지함에 대한 확신이 있을 때 우리가 그분의 지혜를 완전히 신뢰하게 됩니다. 그것은 우리에게 우리가 볼 수 있는 하나님 보다 더욱 보이지 않는 성부 하나님을 신뢰해야 함을 가르쳐줍니다! 그것은 우리에게 저 어려운 교훈 즉, 우리의 '상상들'을 '쓰러뜨리고', '하나님에 대한 지식에 적대적이 되어 스스로를 높이는 모든 교만한 것들을 쓰러뜨리며, 모든 생각을 그리스도에 대한 복종에 이르도록 하는 것'을 가르쳐 줍니다. 요즘 하나님께서 인간들을 다스리심에 대해 우리가 올바른 판단을 못하게 하는 두

가지 큰 방해물이 있습니다. 하나는, 우리가 알지도, 알 수도 없는 각 사람과 관련된 수많은 사실들입니다. 그것들은 오늘날 우리에게 가려져 있고, 뚫을 수 없는 어둠 가운데 있어 우리가 탐색할 수 없습니다. 다른 하나는, 우리가 사람들의 행위는 알 수 있으나 그들의 생각은 알 수 없다는 것입니다. 우리는 그들의 의도를 알 수 없습니다. 이러한 것을 모르면 우리는 그들의 외적인 행위를 틀리게 판단할 뿐입니다. 이것을 염두에 두고, '때가 이르기 전에' 곧 주께서 오시기까지 하나님의 섭리적인 통치를 '판단하지 마십시오.' 그가 '어둠에 감춰진 것들'을 드러내고 '마음의 뜻'을 나타내실 것입니다(고전4:5).

3. 셋째로, 우리는 우리의 무지함을 인식함으로 복종을 배웁니다. 우리는 언제나, 어떤 경우에나 다음과 같이 말하도록 지도를 받습니다. '아버지시여, 나의 원대로 마옵시고 아버지의 원대로 하옵소서'(마26:39). 이것은 복되신 주님께서 이 땅에 계실 동안 배우신 최후의 교훈입니다. 당신께서는 고개를 떨구시고 영혼이 떠나시기까지 '나의 원대로 마옵시고 아버지의 원대로 하옵소서'라는 태도 이상으로 올라가지 않으셨습니다(요19:30). 여기서 또한 그의 죽으심을 본받아 '그분의 부활의 온전한 권능'을 알도록 합시다(빌3:10).

브리스톨(Bristol)에서
1784. 3. 5.

4. 인간 I (103)

What is Man?

시 8:3-4

"주의 손가락으로 만드신 주의 하늘과 주의 베풀어주신 달과 별들을 내가 보오니 사람이 무엇이관대 주께서 저를 생각하시며 인자가 무엇이관대 주께서 저를 권고하시나이까"

 시편이 기도를 위한 풍성한 보고(寶庫)임을 얼마나 자주 깨닫게 되는지 모릅니다. 하나님의 지혜로 인하여 모든 세대를 거쳐 하나님의 자녀들이 필요로 하는 것이 채워지는 것을 얼마나 자주 깨닫게 되는지 모릅니다. 노소를 불문하고 시편은 하나님을 사랑하거나 두려워하는 사람에게 특별히 유용한 것입니다. 이는 경건한 이스라엘 백성뿐만 아니라 하나님의 자녀인 다른 민족들도 포함됩니다. 시편은 하나님의 교회에서 지극히 유용하게 사용되었습니다. 이는 사도 바울이 갈라디아서 4장 전반부에서 매우 아름답게 묘사한대로 어린 아이 상태에 있을 뿐만 아니라, '복음으로써 생명과 썩지 아니할 것을 드러내신 때'(딤후1:10) 곧 장성한 때에도 그러하였습니다. 모든 시대의 그리스도인들은 바로 이 하나님의 보물인 시편을 적절하게 사용해 오고 있습니다. '그리스도 안에서 어린 아이들'(고전3:1) 즉 하나님의 길에 들어선 자들뿐만 아니라 그 안에서 훌륭히 성장하는 사람들에게서도 사용되었으며, '그리스도의 장성한 분량이 충만한 데까지'(엡 4:13)이르도록 하는데 사용되었습니다.

이 시편의 주제는 그 시작부터 아름답게 제시되고 있습니다. '오 주 하나님, 주의 이름이 온 땅에 어찌 그리 아름다운지요. 주의 영광을 하늘 위에 두셨나이다'(시8:1). 이렇게 창조주이시며 만물의 주재자이신 하나님의 영광스러운 지혜와 사랑을 찬양하고 있습니다. 다윗이 밝고 환한 밤중에 이 시편을 썼다는 것은 근거가 있는 추측입니다. 그 때 다윗은 달이 '명랑하게 운행하는 것'(욥31:24)을 보았을 것입니다.

> 이 멋진 반구여, 구름 한 점 없는 넓은 하늘이여,
> 수많은 별들과 측량할 수 없는 환한 빛으로
> 몹시도 아름답게 빛나네

'인간이란 무엇입니까?' 첫째로 크기와 관련하여 이 문제를 생각해 보기로 하고, 둘째로 시간과 관련하여 생각해 보도록 합시다.

I. 먼저 크기의 면에서 사람이 무엇인지 생각해 봅시다.

1. 먼저 크기의 면에서 사람이 무엇인지 생각해 봅시다. 대영제국의 모든 국민들과 비교할 때 한 개인은 무엇에 비유될 수 있습니까? 800만에서 1000만에 이르는 국민들이 상상할 수 없는 작은 한 사람과 어떻게 비교가 됩니까? 그 개인은 끝없는 대양에 한 방울의 물처럼 잊혀지지 않는가?

2. 그러나 대영제국의 모든 국민이라는 것은 세상의 모든 사람들과 비교하여 무엇이라 할 수 있습니까? 종종 세상에 사는 사람들이 4억 정도 된다고 합니다. 그러나 중국만 해도 5800만을 포함한다는 가정만으로도 이러한 수를 받아들일 수 있겠습니까? 이 하나의 제국에 6000만 명보다 약간 적은 수가 있다는 것이 사실이라면, 우리는 세계에 살고 있는 모든 사람들의 수가 4억이라기보다는 40억에 이른다고 쉽게 추측할 수 있을 것입니다. 이러한 수와 비교할 때 한 개인이란 무엇이겠습니까?

3. 지구 자체의 크기를 태양계와 비교해 보십시오. 저 엄청나게 큰 태양, 지구보다도 엄청나게 큰 태양을 제외하고도, 전체 1차와 2차 행성들을 생각해 보십시오. 그것들 중 몇 개는 (제가 지금 말하는 것은 2차 행성들 - 목성이나 토성의 달들이나 위성들입니다) 지구 전체 크기보다도 훨씬 더 큽니다.

4. 태양계를 이루는 모든 공간들은 차치하고라도, 모든 1,2차 행성

들과 태양에 포함된 물질들의 전체 양이 얼마입니까? 창조주가 아니라면 누가 이것들의 '수효를 알 수'있으며 '다 이름대로 부를 수가' 있겠습니까?(시147:4) 혜성의 궤도와 그 안에 포함된 공간을 항성들이 차지하고 있는 공간과 비교하면 어떻겠습니까? 항성들은 지구와 거리가 너무 멀기 때문에 가장 큰 망원경으로 볼 때에야 육안으로 보는 것처럼 나타납니다.

5. 누가 창조의 한계가 고정된 별들의 범위를 넘어서 있다거나 혹은 그렇지 않다고 할 수 있겠습니까? 땅의 기초가 놓여졌을 때(욥38:4,7) 오직 '새벽 별들만이 함께 노래합니다(욥38:4,7).' 그러나 이것은 유한합니다. 그 한계는 고정되어 있습니다. 이 점에 대해서는 의심할 여지가 없습니다. 성자께서 창조하시던 모든 일을 마치셨을 때 말씀하신 것을 의심할 수 없습니다.

   이것들이 너의 경계이며!
   오, 세상이여! 이것이 곧 너의 경계일지니!

그런데 여기에 비하면 사람은 무엇입니까?

6. 한 걸음만 더 나아가 봅시다. 창조의 전체 공간은 무엇입니까? 무한과 비교하여 존재하거나 상상할 수 있는 유한한 모든 공간은 무엇입니까? 하나님께서 모든 것에 모든 것을 채우시는 것과 비교해서

한 점이나 영(零)은 무엇입니까? 이 점을 생각하십시오. 그리고 '인간은 무엇인가?'라고 질문하십시오.

7. 사람이 무엇이관대, 하늘과 땅을 채우신 하나님, 곧 지존무상하시며 영원히 거하시는 분께서 사람을 생각해 주시기 위해 상상할 수조차 없이 낮추셔야만 했습니까? 어떤 이유로 하나님의 거대한 역사 속에서 그토록 작은 존재인 피조물을 관대히 보아주시는 것입니까?

II. 둘째로, 시간을 생각해 볼 때 인간이란 무엇입니까?

1. 인간의 수명이 줄어든 이후로 '인간의 날들'은 '칠십이요 강건하면 팔십이라'(시90:10)고 했습니다. 이 마지막 수명의 단축은 모세 시대에 일어났던 것처럼 보입니다. 아마도 이 말씀이 이러한 고백을 했던 당시의 하나님의 사람들에게 계시되었던 것 같습니다. 이것은 하나님께서 허락하신 일반적 기준입니다. 아마도 백 명 중 한 사람 정도가 '팔십이라도 그 년수의 자랑은 수고와 슬픔 뿐이요, 신속히 가니 우리가 날아가니이다'(시90:10).

2. '므두셀라는 969세를 향수하였습니다'(창5:25,27). 그러니까 므두셀라의 수명과 비교해 보면 이것이 얼마나 보잘것없는 기간입니

까! 그렇지만 이 969년은 천사들의 시간과 비교하면 어떻습니까? 하나님께서 천사들을 창조하신 후 흘러갔던 시간이란 그 천사들이 창조되기 이전에 흘렀던 시간, 즉 시작도 없는 영원과 비교하면 무엇입니까? 아니, 경과되었던 그 영원한 시간의 절반과 비교하더라도 칠십년의 세월이 무엇이란 말입니까?

3. 진정 유한한 시간과 무한한 시간 사이에 어떠한 비례가 있을 수 있겠습니까? 어떤 비례인들 천년 또는 만년 또는 만년의 만 배의 세월인들 영원에 비할 수 있겠습니까? 유한한 기간과 영원 사이의 형언할 수 없는 비례가 성 키프리안(St. Cyprian)의 글에서 아주 놀라운 방식으로 설명되고 있습니다. 그 내용은 다음과 같습니다. '지구만한 크기의 모래더미가 있다고 가정하고, 천년에 모래 한 알이 소멸된다고 하자. 그럼에도 천년에 한 알씩 없어지는 비율로 그 전체 모래더미가 존속하는 기간은 영원과 비교할 때 모래 한 알 대 전체 모래더미의 비율보다도 무한히 작은 비율을 차지한다.' 그렇다면 영원과 비하면 인생 칠십 년이 무엇이겠습니까? 이들 사이의 비례관계를 그 어떠한 용어로 설명할 수 있겠습니까? 아무것도 아닙니다. 사실 그 아무 것보다도 아닌 것보다 무한히 작은 것입니다.

4. 우리가 이렇게 설명할 수 없을 정도로 짧은 인간의 시간과 더불어 인간의 작음을 말하자면, 위대하시고 영원하시고 무한하신 우주의 주재자 하나님께서 그토록 미미한 피조물인 인간을 저버리시지 않을

까 하는 일종의 두려움을 종종 느끼는 것이 이상한 일입니까? 광대함과 영원함에 비교될 때 피조물은 모든 면에서 미미합니다! 이 두 성찰들이 다윗의 마음에 스쳐 지나가지는 않았을까요? 따라서 그는 사람의 크기에 대해 깊이 생각하면서 격한 어조로 다음의 말을 발합니다. '주의 손가락으로 만드신 주의 하늘과 주의 베풀어 두신 달과 별들을 내가 보오니 사람이 무엇이관대 주께서 저를 생각하시며 인자가 무엇이관대 주께서 저를 권고하시나이까?' 성 어거스틴의 말을 사용하자면, 다윗은 진정으로 주님의 창조의 일부분(aliqua portio creaturae tuae)이었습니다. 그러나 얼마나 작은 부분인가!(quantula portio!) 얼마나 주님께서 관심을 두실 가치도 없는 존재인가! 사람의 시간을 깊이 생각하면서 다윗은 시편 144편에서 '주님, 사람이 무엇이관대 주께서 저를 알아주시며, 인생이 무엇이관대 저를 생각하시나이까. 사람은 헛것 같고'라고 기도했습니다. 무엇 때문에 '사람의 날은 지나가는 그림자 같다(시144:3-4)'고 했겠습니까? 우리가 가진 번역본에서는 이것을 더 적절하게 번역한 것 같습니다. 이는 공기도문(the Common Prayer)에 있는 것으로 다음과 같습니다. '주님 인간이 무엇이기에 그토록 알아주십니까? 인간이 무엇이기에 그토록 귀히 생각해 주십니까?' 첫 번째 번역에서는 다윗이 작은 존재인 사람을 생각하며 영원하신 하나님께서 그토록 사람을 사랑해 주시고 그토록 생각해 주시는 것에 놀라고 있음을 보입니다. 그런데 두 번째 번역에 따르면 인간의 삶이 그림자처럼 지나가는 것을 깨달으면서 하나님께서 전적으로 인간에 대해 모든 것을 아시며 귀히 여겨주심을 감탄하고 있습니다.

5. 우리가 이와 동일한 생각을 하는 것은 자연스러운 일입니다. 그리고 우리가 그와 같은 두려움을 갖는 것도 자연스러운 것입니다. 그러나 우리가 어떻게 이 거북한 성찰을 피하고, 그 두려움을 잘 치유할 수 있겠습니까? 먼저, 다윗이 생각하지 못했던 것을 고려하면, 즉, 몸이 인간이 아니라는 것, 인간은 단지 흙으로 지어진 집이 아니라(욥4:19) 영원불멸의 영혼이라는 것입니다. 이 영혼은 하나님의 형상으로 지어진 영혼이고, 썩지 않는 하나님의 영광의 형상입니다. 이 영혼은 지구 전체보다도 무한히 더 귀하고, 태양과 달과 별들보다도 더 고귀합니다. 이 영혼은 모든 창조된 물질보다도 더 고귀합니다. 인간의 영혼은 단지 보이기만 하는 세계의 어느 부분보다도 더 나은 본질을 가지고, 더 높은 차원일뿐더러 더 항구적이고 썩어 없어지지 않는 것입니다. 우리가 알거니와 '보이는 것은 잠깐이요' '보이지 않는 것은(특히 인간의 영혼과 같은 것은) 영원함이니라'(고후4:18). '보이는 것은 멸망한 것이나'(히1:11) 오직 영은 영존할 것입니다. '그것들은 다 옷과 같이 낡아지리니(히1:11), 그러나 천지가 다 지나갈지라도 영혼은 사라지지 않을 것입니다.

6. 둘째로, 영혼의 아버지께서 호세아 선지자를 통해서 선포하신 말씀을 생각합시다. '내가 사람이 아니요 하나님임이라'(호11:9). '나의 긍휼이 무궁함으로'(애3:22). 마치 '내가 단지 인간이거나

천사이거나 그 어떠한 유한한 존재였다면 나의 지식은 한계가 있을 것이고 나의 자비는 제한되었을 것이다'라고 하나님께서 말씀하시는 것 같습니다. 그러나 "나의 생각은 너희의 생각과 같지 않다" 그리고 "나의 자비는 너희의 자비와 같지 않다"고 하나님께서 말씀하십니다. "하늘이 땅보다 높음같이 내 생각은 너희의 생각보다 높으며" 나의 자비, 긍휼 그리고 그것을 보여주는 나의 길은 "너희의 길보다 높다"(시55:9)라고 하나님께서 말씀하셨습니다.

7. 두려움의 그림자가 없어지고, 의심의 가능성이 없도록, 그리고 작은 체구와 짧은 수명의 인간들에게, 특히 그의 불멸의 부분(영혼)에게 위대하시고 영원하신 하나님께서 어떠한 관심을 보이셨는지를 보이시기 위해서 하나님께서는 독생자를 주셨습니다. '누구든지 그 아들을 믿으면 멸망하지 않고 영생을 얻으리라'(요3:16). 하나님께서 어떻게 세상을 사랑하셨는지 보세요! 하나님의 아들, 그분께서는 하나님으로부터 오신 하나님이시고, 빛으로부터 오신 빛이시고, 참 하나님으로부터 오신 참 하나님, 영광에 있어서 성부와 동등하시며, 위엄에 있어서 성부와 함께 영원하시며, 사람의 모양으로 나타나셨고, 죽기까지 복종하셨으니 곧 십자가에 죽으심이라(빌2:7-8). 이 모든 것은 자신을 위한 고난이 아니요 우리 인간을 위한, 우리의 구원을 위한 고난이었습니다. '친히 나무에 달려 그 몸으로 우리 죄를 담당하셨으니, 저가 채찍에 맞음으로 우리가 나음을 입었나니'(벧전2:24). '인간이 허물과 죄로 죽은 것'(엡2:1)임에도 불구하고 성자의 사랑이 이

렇게 드러난 이후에도 인간을 향한 하나님의 자비하심을 더 이상 의심할 수 있습니까? 우리의 죄 중에서 우리의 혈과 육 중에서 우리를 바라보실 때조차 우리에게 이렇게 말씀하셨습니다. '살아라! 더 이상 두려워 마라! 더 이상 의심하지 마라!' '자기 아들을 아끼지 아니하시고 우리 모든 사람을 위하여 내어주신 이가 어찌 그 아들과 함께 모든 것을 거저 주시지 아니하겠느뇨(롬8:32)?'

8. 철학자들은 '글쎄 그렇기는 하나, 만일 하나님께서 세상을 그렇게 사랑하셨다면, 이와 마찬가지로 수천의 다른 세상들을 사랑하시지 않았겠는가?'라고 말합니다. 수백만이라면 몰라도 수천의 다른 세계가 우리가 살고 있는 이 세계 외에 존재한다고 말할 수는 없습니다. 그것들 중 다수가 우리 세계와 크기가 같거나 훨씬 클진대, 어떤 이성 있는 자가 이 모든 것들의 창조주께서 다른 모든 것들보다 유독 한곳만 엄청난 사랑을 보이신다고 생각할 수 있나요? 내 대답은 이렇습니다. 수백만의 세계가 존재한다고 가정해 보십시오. 그럼에도 그분의 은혜의 깊음 가운데서 하나님께서는 우리가 알 수 없는 이유들, 즉 그분께서 수천이나 수백만의 다른 세계들보다 우리 세상을 더 사랑하시어 우리에게 이 자비를 보이시는 것을 기뻐하시는 그 이유들을 보시고 계십니다.

9. 다수의 세계란 그리스도의 계시를 부인하는 모든 사람들이 좋아하는 개념인데, 그것에 대해 일반적으로 가정하는 것에 대해서도 말

씀드리고자 합니다. 왜냐하면 그 생각이 너무도 그럴듯해서 기독교 계시에 대한 반대를 위한 기초를 제공하고 있기 때문입니다. 그러나 제가 그 가정을 생각하면 할수록 저는 그것을 더 의심하게 됩니다. 유럽에서 모든 철학자들이 그것을 인정한다 해도, 저는 제가 만난 것 이상의 확실한 증거가 없이는 그것을 인정할 수 없습니다.

10. 그러나 대단하다는 휘겐스(Huygens)의 주장이 모든 의심을 능가할 정도로 충분한 것이 아닙니까? 저 실력있는 천문학자가 말하는 것처럼 좋은 망원경으로 달을 볼 때, 우리는 명백히 알 수 있습니다: 그 얼룩얼룩한 구면의 강과 산들. 강들이 있는 곳에는 분명 다양한 종류의 나무와 채소가 있습니다. 그리고 채소가 있는 곳에는 분명 땅 위의 동물들, 그리고 이성적 동물들이 있습니다. 그래서 달에 거주하는 생물체가 있다면 아마도 우리와 거의 유사할 것입니다. 그런데 만일 달이 살 수 있는 곳이라면 모든 2차 행성들도 그럴 것이라고 쉽게 가정할 수 있습니다. 특히 모든 위성이나 달에도 목성과 토성의 모든 위성들이나 달에서도 그럴 것입니다. 2차 행성이 살 수 있는 곳이라면 왜 1차 행성이 안 되겠습니까? 달, 금성, 수성과 마찬가지로 목성이나 토성을 왜 의심해야 합니까?

11. 그렇지만 여러분은 휘겐스 자신이 죽기 전에 이 모든 가설들을 믿지 못했다는 것을 모르실 것입니다. 그는 더 많은 관찰에 근거해서 달에는 대기가 없다는 믿을만한 근거를 발견했습니다. 그가 관찰한

바는 이렇습니다. 개기일식 때 지구의 어느 곳에서든지 (달의) 그림자가 이동하는 순간, 그곳에서는 태양빛이 즉시 밝게 비추입니다. 만약 달에 대기가 있다면 태양빛이 달의 대기를 통과하는 동안에 약하고 침침하게 보였을 것입니다. 그러므로 달에는 대기가 없다는 것입니다. 결과적으로 달에는 구름도 없고, 비도 없으며, 샘도 없고 강도 없습니다. 그렇기 때문에 어떠한 동물이나 식물도 살 수 없습니다. 달이 살 수 있는 곳이라는 어떠한 가능성이나 증거도 없습니다. 뿐만 아니라 다른 행성들이 살 수 있는 곳이라는 그 어떠한 가능성이나 증거도 없습니다. 결국 그 이론의 기초가 없어지고 그 이론의 전체적 구조는 그 근거가 없어진 것입니다.

12. 그러나 이 논증이 실패했다고 가정해도 '우리가 창조주의 신성과 능력과 무한한 지혜로부터 '지구의 다수성'이라는 동일한 결론을 추론할 수 있다'고 혹자가 말할지도 모릅니다. 하나님께서 지구와 같은 수천 수백만의 세계를 창조하신다는 것이 어렵지 않다는 것입니다. 그렇다면 하나님께서 단 하나의 세계를 만드시는데 그의 모든 능력과 지혜를 쓰셨다는 것을 믿을 수 있겠습니까? 하늘과 땅을 세우신 위대하신 하나님과 피조물의 아주 작은 부분 사이에 어떠한 비례가 있습니까?

   우리는 알고 있네, 그의 전능하신 능력의 손은
   모래알로도 또 다른 세상을 만드실 수 있음을

13. 이런 주장에 대한 저의 질문은, '당신은 유한과 무한 사이에 어떤 비례를 구하는 것을 기대하는가?'입니다. 하나님께서 이 우주 안의 모래알 수 이상으로 수많은 세상을 창조하셨다고 가정해보십시오. 그러면 이 모든 것들이 무한하신 창조주와 비교하여 어떤 비율을 차지합니까? 여전히 하나님 대 그 모든 것들의 비율은 전 우주 대 작은 일부분의 비율보다도 천 배가 작은 게 아니라 무한히 작은 배로 작을 것입니다. 그렇다면 창조주와 피조물의 비례에 대한 유치한 소란은 이제 끝내십시오. 그리고 하나님께서 무엇을 창조하시기를 기뻐하시고, 언제 창조하시기를 기뻐하셨는지의 문제는 무한히 현명하신 하나님께 넘겨드리십시오. 하나님 외에 '누가 주님의 마음을 알았는가? 누가 하나님의 모사가 되었는가?'(롬11:34)

14. 전능하신 창조주께서 '자기 지위를 지키지 아니하였던'(유 1:6) 천상의 피조물들에게도 보여주지 아니하셨던 관심을 이 하루살이와 같은 불쌍하고 작은 피조물에게 보여주셨다는 이 분명한 위로가 되는 진리를 아는 것에 우리는 만족해야 합니다. 하나님께서는 우리에게 자신의 독생자를 주셨으며, 그 아들은 우리를 위해 사시고 우리를 위해 돌아가셨습니다. 오! 여러분, 그분을 따라 삽시다. 그리하여 그분과 함께 죽고 그분과 함께 영원히 삽시다!

맨체스터(Manchester)에서
1787. 7. 23.

75. 인간 II (116)

What is Man?

시 8:4
"사람이 무엇이관대 주께서 저를 생각하시며
인자가 무엇이관대 주께서 저를 권고하시나이까"

1. 글쎄, 나는 어떤 존재일까요? 하나님의 도우심으로 저는 제 자신을 생각해보려 합니다. 여기 참으로 신기한 기계가 있습니다. 두려움을 불러일으키고 감탄을 자아낼 정도로 잘 만들어졌습니다. 몸은 땅(흙)의 작은 일부분이고, 그 몸의 작은 부분들은 그것들이 어떻게 결합되어 있는지 알 수 없지만 머리카락보다 천 배나 가느다란 무수한 실처럼 되어 있습니다. 이것들은 서로 온 방향으로 얽혀져서 신기한 막들을 형성하고, 이 막들은 역시 신기롭게 동맥, 정맥, 신경, 분비선을 형성합니다. 이 모든 것들은 기계 전체를 끊임없이 순환하는 다양한 체액들을 담고 있습니다.

2. 이 순환을 계속하기 위해서는 상당량의 공기가 필요합니다. 이에 적합하도록 만들어진 원동기(engine)에 의해 그 공기는 계속하여 몸 안에 공급됩니다. 하나의 에테르성 불의 원소가 각각의 공기 원소

와 결합되어 있어서 (물 원소도 마찬가지임) 물과 공기 그리고 불은 함께 폐로 흡수됩니다. 그리하여 이 폐에서 불은 공기와 물로부터 분리되고, 이 둘은 끊임없이 밖으로 배출됩니다. 다른 한 편, 이 둘로부터 분리된 불은 몸으로 흡수되어 피와 섞입니다. 이렇게 인간의 몸은 네 원소들로 구성되어 있고, 그것들은 서로 알맞은 비율로 섞여 있으며, 마지막 원소(불)는 생명의 불꽃을 형성하고 이 불꽃으로부터 생명의 열이 흘러나옵니다.

3. 이것을 좀 더 자세히 생각해 봅시다. 폐의 주된 기능이 몸에 불을 공급하는 것이고, 또 그 불이 신기한 불펌프에 의해 공기로부터 쉴 새 없이 뽑아지는 것이 아닙니까? 들숨 때 폐는 공기, 물, 불을 동시에 받아들입니다. 무수한 폐세포(보통 공기 주머니(air-vessels)로 불림) 속에서 불은 공기와 물에서 분리됩니다. 각각의 공기주머니는 혈관과 연결되어 있어서 그 불이 피와 섞입니다. 그리고 불이 공기 주머니에서 추출되자마자 공기와 불은 날숨에 의해 배출됩니다.

4. 이 생명의 샘, 즉 생명의 불꽃이 없다면 피의 순환도 없을 것이고, 따라서 체액의 운동 특히 (개연성이 매우 큰 것으로 판단되는데, 신경성 체액이 우리가 말하고 있는 이 불이 아닌 경우) 그 신경성 체액의 운동이 불가능할 것입니다. 따라서 감각도 있을 수 없고, 근육운동도 있을 수 없게 됩니다. 통상 순환운동의 원인으로 지목되고 있는 것, 즉 심장의 힘이 부재하여 심장이 전혀 그 기능을 발휘할 수

없게 되기 때문에 순환 운동이 불가능하다는 말입니다. 그 누구도 건장한 사람의 심장의 힘이 3천 파운드의 무게를 감당하고도 남는다고는 생각하지 않습니다. 그런데도 심장으로부터 모든 혈관으로 피를 보내기 위해서는 십만 파운드의 무게를 감당하는 힘을 요합니다. 이것은 오로지 피 속에 들어있고, 피가 순환하는 혈관의 탄성력의 힘을 받은 에테르성 불에 의해 가능합니다.

5. 그러나 네 가지 원소들 - 흙, 물, 공기, 불 - 의 이 기묘한 결합 외에 나는 이것들과 유사하지 않고 본질적으로 아주 다른 것이 내 안에 있음을 발견하게 됩니다. 나는 내 안에 생각하고 있는 그 어떤 것을 발견하는데, 그 생각하는 일은 흙, 물, 공기, 불이나 그것들의 합성물이 할 수 없는 것입니다. 보고, 듣고, 냄새 맡고, 맛보고, 느끼는 것, 이 모두는 사고(思考)의 양식들인데, 이것을 하는 그 어떤 것이 있습니다. 그것은 여기서 멈추지 않습니다. 그것은 이러한 감각들로부터 물체들을 지각한 다음 그것들에 대한 내적 관념들(inward ideas)을 형성합니다. 그것은 그 관념들에 대한 판단을 내리고 서로간의 일치와 불일치가 있는지 보게 됩니다. 그것은 그 관념들에 대해 이성적 판단, 즉 서로에 대한 비율을 추론해 냅니다. 그것은 그 자신의 동작(즉 사고(思考)나 인지 행위, 역주)에 대해 반성도 합니다(reflects). 그것은 상상력과 기억력을 부여받았습니다. 그것의 어느 동작이든, 특히 판단행위의 경우, 다른 여러 동작으로 세분될 수 있습니다.

6. 하지만 어떻게 내가 이 사고 구조가 내 몸의 어느 부분에 있는지 알 수 있나요? 몇몇 저명한 자들은 '모든 것은 모든 것 안에, 모든 것은 각각의 부분 안에'라고 말합니다. 그러나 나는 이것에서 아무 것도 배울 수 없습니다. 이 단어들은 명확한 의미가 없는 것들입니다. 우리가 할 수 있는 최선책은 우리 자신의 경험에 의존하는 것입니다. 경험으로부터 나는 이 사고 구조가 손이나 발이나 팔 안에 있지 않음을 압니다. 그것은 내 몸통 안에도 없습니다. 누구라도 조금만 생각하면 이것을 알 수 있습니다. 그것은 뼛속이나 살의 어느 부분에 있지도 않습니다. 내 판단에 의하면 그 사고 구조는 머릿속 어느 부분인가에 있는 것 같습니다. 하지만 그것이 송과선에 있는지 뇌의 다른 어느 부분에 있는지 저는 판단을 내릴 수 없습니다.

7. 하지만 계속 생각해 봅시다. 이 내적 구조는, 그것이 어디에 있던지 간에, 사고 작용뿐 아니라 사랑, 증오, 기쁨, 슬픔, 욕망, 공포, 희망, 그리고 흔히 '정열'이나 '기질'이라 불리는 또 다른 모든 일련의 내적 감정들도 야기할 수 있습니다. 통상 이것들은 '의지'라 불리고, 무수한 방식으로 혼합되고 다양화됩니다. 나는 이 내적 구조를 영(soul)이라 칭합니다. 그리고 그러한 일들만이 그 내적 구조 안에서만 일어나는 행위의 약동인 것 같습니다.

8. 그러나 나의 '영'이란 무엇입니까? 이는 중요한 질문이고, 풀기가 쉽지 않은 것입니다.

> 유순한 자여(영,역주), 너는 천한 태생임을 들어 알지 못하느냐?
> 좀 더 고운 티끌임을 모르느냐?
> 운동력이 명하고, 원자들이 만날 때,
> 자연이 출생시켜야만 하는 평범한 소산물이 아니더냐?

나는 도대체 이러한 시를 믿을 수 없습니다. 나의 이성은 이것에 반감을 느낍니다. 나는 영이 공기, 흙, 물, 혹은 불이라거나, 혹은 이것들이 결합하여 나온 하나의 합성물이라는 주장에 굴복할 수 없습니다. 그 단순한 이유는 이 모든 것들이, 분리되었든 혹은 어떤 가능한 방식으로 합성되었든지 간에, 수동적인 비운동성 존재들이라는 것입니다. 이것들 중 그 어느 것에도 스스로 움직이는 최소한의 힘도 없습니다. 그것들은 스스로 움직일 수 없습니다. 혹자는 말합니다. '그러나 배는 움직이지 않은가?' 맞습니다. 그러나 그것은 스스로 움직이는 것이 아니라 그것이 그 위에 떠다니고 있는 물에 의해 움직입니다. '그러면 그 물은 움직이고 있다.' 맞습니다. 그러나 그 물은 바람, 즉 움직이는 공기에 의해 움직입니다. '그러면 공기가 움직인다.' 하지만 그것은 에테르성 불에 의해 움직이고, 이 불은 모든 원소에 붙어 있습니다. 그리고 이 불 자체는 우주의 모든 운동의 근원이신 전능하신 영(the Almighty Spirit)에 의해 움직입니다. 그러나 나의 영은 그분으로부터 내적 운동 원리를 받았고, 그것을 가지고 마음대로 몸의 모든 부분을 다스립니다.

9. 그것은 한 가지만 제외하고 몸의 모든 부분의 운동을 제어합니다. 이 예외는 위대하신 창조주 하나님의 현명하심과 자비로움이 크심을 보여줍니다. 그것은 바로 폐의 확장과 수축, 심장의 확장과 수축, 동맥의 맥박, 그리고 피의 순환과 같이 생명 유지에 절대적으로 필요한 몸의 운동들입니다. 이것들은 내 맘대로 움직여지지도 않고, 내 의지의 명령을 기다리고 있지도 않습니다. 오히려 그것들이 내 명령을 따르지 않는 것이 더 좋습니다. 생명 유지 운동이 비자발적인 것이고, 우리가 그것에 의식적이든 그렇지 않든 그 운동이 계속되는 것이 훨씬 더 좋습니다. 이와 같지 않을 때 심한 불편을 겪게 됩니다. 죽기 원하는 자는 언제든지 심장과 폐 운동을 정지시켜 삶을 마감하게 될 것입니다. 또는 단지 피를 순환시키는 것에 무관심하거나 기억을 못하거나, 의식을 못하여 죽을 수도 있습니다. 하지만 이러한 생명유지 운동이 제외됨으로 나는 온 몸의 운동을 제어할 수 있게 됩니다. 비록 내가 '하늘에서 증거하는 이가 셋이니, 이 셋이 하나니라 (요일5:7, KJV)'를 이해 못하듯 그러한 원리를 이해 못해도, 단 한 번의 내 의지의 작용으로 나는 나의 머리, 눈, 손, 혹은 몸의 어느 부분이든지 움직일 수 있습니다.

10. 나? 대체 나는 어떤 존재란 말인가? 두말할 나위 없이 나는 내 몸과 다른 존재입니다. 내 몸이 필연적이지 않은 상태로 내 안에 포함되어 있는 것이 분명해 보입니다. 그 이유는 내 몸이 죽어도 나는 죽지 않고, 전에 내가 그랬던 것처럼 후에도 존재할 것이기 때문입니

다. 몸이 썩어 흙이 되어도 이 스스로 움직이고 생각하는 구조(principle)는 자신의 정열과 기질을 가지고 계속 존속할 것임을 나는 믿어 의심치 않습니다. 진실로 잠시 이 몸은 영과 아주 긴밀히 결합되어 있어 나는 이 둘로 구성되어 있는 것처럼 보입니다. 나의 현재의 존재 상태 가운데 나는 확실히 영과 육으로 구성되어 있습니다. 그러므로 나는 부활 이후 영원토록 다시 영과 육을 가질 것입니다.

11. 나는 내 자신에게서 또 하나의 특성, 흔히 자유라 불리는 것을 의식하고 있습니다. 이것은 자주 의지와 혼동하기 쉬우나 그와는 아주 다른 성질을 갖고 있습니다. 자유는 의지의 속성이 아닙니다만, 모든 영혼의 기능들과 모든 육체의 운동들에 있어서, 외부의 작용력을 수용할 수 있는 능력이 있는, 영혼의 독특한 특성입니다. 그것은, 비록 그것이 우리의 모든 생각과 상상에 영향을 끼치지는 못해도 거의 예외 없이 우리의 말과 행동에 영향을 끼치는, 자아 결단의 힘입니다. 내가 나의 존재를 확신하는 것만큼, 나는 말하고 말하지 않고, 행동하고 행동하지 않고, 이것을 하든가 그 반대를 하든가의 문제에 있어서 자유를 갖고 있다고 확신합니다. 나는 어떤 일을 하든가 안 하든가를 결정할 수 있는 '부인의 자유(liberty of contradiction)'뿐만 아니라 이 방법 혹은 그 정반대 방법으로 행동하는 것을 결정할 수 있는 '반대의 자유(liberty of contrariety)'도 갖고 있습니다. 이것을 부인하는 것은 모든 인류의 변함없는 경험을 부인하는 것입니다. 각자는 맘대로 몸의 이쪽이나 저쪽 부분을 움직이거나, 그것을 움직이거나

움직이지 않거나, 이 방향이나 그 반대 방향으로 움직이게 할 수 있는 타고난 능력을 감지하고 있습니다. 나는 나의 선택에 의해 눈을 뜨거나 감고, 말하거나 침묵하며, 일어서거나 앉고, 손을 뻗거나 그것을 안으로 접을 수 있고, 내 뜻대로 나의 온 몸뿐만 아니라 사지의 어느 부분이라도 사용할 수 있습니다. 비록 내 본성이 부패함으로 인해 내가 내 마음에 대한 절대적 힘을 발휘할 수 없지만, 나를 돕는 하나님의 은혜로 말미암아 나는 선과 악을 선택할 수 있는 힘이 있습니다. 나는 누구를 섬길 것인가 결정하는 자유를 갖고 있고, 내가 더 나은 것을 선택할 경우 목숨을 희생하기까지 그것을 행할 자유를 갖고 있습니다.

12. 놀란 자여 말하라. 죽음이 무엇인가?
  피가 멎고 숨이 막히는 것뿐인가?
  짧은 수명의 맨 끝인가?
  생명이 출발시켰던 그 움직임의 정지인가?

죽음은 본래 영이 몸에서 분리되는 것을 말합니다. 우리는 그것을 확신하고 있습니다. 그러나 우리는 이 분리가 일어나는 시각이 언제인지 확정할 수 없습니다. 널리 알려진 금언 Nullus spiritus, nulla vita(호흡이 없으면 생명이 없다)에 의하면 숨이 멎은 때가 바로 그 때인 것 같습니다. 호흡이 없으면 생명이 없다? 글쎄요. 우리는 이 말을 절대적 확신을 가지고 확증할 수 없습니다. 그 이유는 많은 실례에서 보듯이 사람들이 숨이 멎은 다음에도 다시 살아났기 때문입니다. 심장이 더 이상 뛰지 않는 때일까요? 또는 피의 순환이 그칠 때일까요? 그러지 않습니다. 왜냐하면 그 심장이 다시 뛸 수 있고, 핏줄이 막힌 다음에도 다시 순환할 수 있기 때문입니다. 전신이 굳고 얼음처럼 차가울 때가 바로 영이 몸을 떠난 때일까요? 하지만 몇몇 사람들의 예에서 볼 수 있듯이, 최근에 어떤 사람은 몸이 차갑고 굳어 살았다는 증거가 없었으나 적당한 치료를 하니 생명과 건강이 회복되었습니다. 따라서 우리는 죽음이 영과 육의 분리라는 것 그 이상은 말할 수 없습니다. 대부분의 경우 하나님만이 그 분리의 순간을 말씀하실 수 있으십니다.

13. 그러나 우리가 알아야만 하고 숙고해야만 하는 것이 바로 삶의 목적입니다. 무슨 목적 때문에 인간들에게 생명이 부여되었습니까? 왜 우리가 세상에 보냄을 받았을까요? 다른 목적이 아닌 오직 한 가지 이유 - 바로 영원을 준비하는 것입니다. 이것 때문에 우리가 살고, 다름 아닌 바로 이것 때문에 우리의 생명이 부여되고 연장되고 있는 것입니다. 무한히 지혜로우신 하나님께서, 그분께서 보시기에 가장 적당한 때에, 자신의 무한한 능력 중에 일어나셔서 하늘과 땅을 지으시고 그 안에 있는 모든 것들을 지으시는 것이 그분의 기쁨이었습니다. 이렇게 그를 위해 모든 것을 준비하신 후에 '하나님께서는 자신의 형상과 모양을 따라 인간을 만드셨습니다'(창1:26-27). 그러면 그분의 창조 목적은 무엇입니까? 그것은 다름 아닌 인간이 창조주 하나님

을 영원토록 알고, 사랑하고, 기뻐하고, 섬기는 것입니다.

14. 그러나 '인간의 존귀함은 계속되지 못했고, 멸망할 짐승보다도'(시49:12) 더 낮아지게 되었습니다. 인간은 의도적으로, 공공연히 하나님께 대적했으며, 하늘의 주권자에 대한 충성을 거부했습니다. 이렇게 하여 인간은 하나님의 사랑도, 창조시 그에 따라 지음 받은 하나님의 형상도 잃게 되었습니다. 인간이 옛 계약으로 행복해질 수 없었으므로, 하나님께서는 인간과 새 계약을 맺으셨습니다. 이 새 계약의 조문은 '이것을 해라. 그러면 살 것이다(창42:18)'가 아니라 '믿어라. 그리하면 살 것이다'(막16:16)입니다.

그럼에도 여전히 인간의 존재 목적은 오직 하나입니다. 단지 그것이 다른 기초 위에 세워졌을 뿐입니다. 왜냐하면 이 새로운 계약의 분명한 요점은 '하나님께서 너의 죄를 속하시기 위해 보내신 주 예수를 믿어라. 그리하면 구원받을 것이다'(행16:31 ; 요일2:2)이기 때문입니다. 이 구원은 먼저 죄로부터의 구원이고, 그분의 보혈로 구원을 얻었다면, 그 다음으로는 이후로 당신에 대한 아무런 권한이 없는 죄의 권세로부터의 구원이고, 그 다음에는 그 죄의 뿌리로부터 구원되어 온전한 하나님의 형상으로 회복되는 것입니다. 그리고 하나님의 사랑과 그분의 형상이 회복되면 당신은 영원토록 그분을 알고, 사랑하고, 섬길 것입니다. 그래서 여전히 세상에 태어난 모든 인간 각자의 삶의 목적은 그의 위대하신 창조주를 알고, 사랑하고, 섬기는 것입니다.

15. 우리가 깨달아야 할 바가 바로 이것입니다. 이것이 바로 그 유일한 목적이므로, 그것은 단 하나의 충만한 목적입니다. 이 때문에 인간들이 땅위에 있으며, 이 때문에 여러분 각자가 생명을 부여받아 세상에 보냄을 받았습니다.

기억하십시오! 당신은 그 외에 다른 목적을 가지고 태어나신 게 아닙니다. 당신은 그 외에 다른 목적을 위해 사는 것이 아닙니다. 당신의 생명이 땅에서 연장되는 이유는 다름 아닌 바로 이 목적, 즉 이 땅에서 하나님을 알고, 사랑하고 섬겨서 영원토록 그분을 기뻐하기 위함입니다. 생각해 보십시오! 당신은 당신의 육체를 만족시키고, 헛된 꿈을 이루고, 돈과 인간들의 칭찬을 얻고, 또 피조된 선한 것들과 해 아래 모든 것들을 통해 행복을 맛보기 위해 창조된 게 아닙니다. 이 모든 것은 '허망한 그림자 속을 걷는 것'(시39:7, BCP)이고, 비참한 영원을 얻기 위한 안식이 없고 가련한 삶입니다.

이와 반대로 당신은 다른 목적이 아닌 바로 이 목적을 위해 창조되었으니, 곧 이 땅에 살 동안 하나님 안에서 행복을 구하고 찾음으로써 천국에서 하나님께서 주시는 영광을 확보하는 것입니다.

따라서 당신의 마음이 언제나 '이 한 가지만을 내가 하리라'(빌3:13)라고 말하게 해야 합니다. 이 한 가지를 목표로 삼고, 내가 왜 태어났으며 왜 계속 살고 있는지 그 이유를 기억하며, '푯대를 향하여 나는 갑니다'(빌3:14). 나는 오직 하나뿐인 나의 존재 목적, 즉 하나님, 곧 '세상을 자기와 화목하게 하시는, 그리스도 안에 계신 하나님'(고후5:19)을 목표로 삼습니다. 그분께서는 영원토록 나의 하나님이 되실 것이며, 내 생명 다할 때까지 나의 인도자가 되실 것입니다.

브래드포드(Bradford)에서
1788. 5. 2.

III. 종말에 관하여

1. 휫필드의 죽음 (53)
2. 존 플레처의 죽음 (114)
3. 시대의 표적 (66)

4. 지옥 (73)

1. 휫필드의 죽음 (53)

On the Death of George Whitefield

민 23:10
"나는 의인의 죽음같이 죽기를 원하며 나의 종말이 그와 같기를
바라도다."

1. '나의 종말이 그 자와 같기를 바란다!' 여러분들 중에 이러한 소망을 가진 분이 몇 분이나 됩니까? 아마도 여기 많이 모이신 분들 중에 몇 분 안 되겠지요. 오! 하지만 이러한 소망이 여러분의 마음에 임하기를 기원합니다! 또한 여러분의 영혼이 '악한 자가 소요를 그치며 곤비한 자의 소리를 듣지 아니하는 곳'(욥3:17)으로 들어가기 전에 그 소망이 사라지지 않기를 기원합니다.

2. 이 설교에서 본문 말씀에 대한 세심한 설명은 하지 않을 작정입니다. 그 이유는 그러한 설명이 지금 슬픔에 빠져 있는 우리가 사랑스런 형제요, 친구요, 목자요, 그가 '주님 안에서 낳은'(고전4:15) 자가 여기에 심히 많음을 고려할 때, 바로 여러분의 아비가 되는 그에 대하여 추억하는 것을 제한하기 때문입니다. 그가 여기서 설교하는 것을 여러분이 자주 들으셨는데, 바로 이 하나님의 사람에 대해

말하는 것이 좀 더 이 장례의 엄숙함에 맞고 여러분께서도 원하시는 바인 것 같습니다. '그의 행실($αναστροφη$: 아나스트로페, 행실, 품행; 역주)의 종말을' 여러분들이 알고 있고, '예수 그리스도는 어제나 오늘이나 영원토록 동일하십니다(히13:7-8).'

첫째로, 나는 그의 삶과 죽음에 대해 몇 가지를 상세히 언급하고,

둘째로, 그의 인품에 대해 말하고,

셋째로 이 두려운 섭리, 곧 그의 갑작스런 죽음을 통하여 우리가 배울 점은 없는지 생각해 보겠습니다.

I. 먼저 조지 휫필드 그의 삶에 대해 몇 가지를 말하겠습니다.

1. 먼저 그의 삶과 죽음에 대해 몇 가지를 말하겠습니다. 그는 1714년 12월 글로세스터(Gloucester)에서 태어났고, 12세 때쯤에 그곳의 그래머스쿨(grammar-school)에 들어갔습니다. 17세 때 그는 매우 종교적인 자가 되었고, 자신의 지식이 허용하는 한 온전히 하나님을 섬겼습니다. 18세 때에 그는 대학(university)에 들어가는데, 옥스퍼드의 펨브로크 칼리지(Pembroke College)에 입학합니다. 일년쯤 지나서 그는 소위 메소디스트(Methodist)들과 교제를 나눴는데, 그때부터 그는 그들을 자기 목숨처럼 사랑했습니다.

2. 그들은 그에게 우리들이 '거듭나야만 한다는 것(요3:7),' 즉 외적인 종교(outward religion)가 우리에게 아무 유익을 주지 못한다는 것을 알려 주었습니다. 그는 그들과 함께 수요일, 금요일에 금식했고, 병자와 재소자들을 심방했고, 일각이라도 허비하지 않기 위해 자투리 시간을 모아 사용했습니다. 또 학문연구 과정을 변경했고, 주로 종교적 감정에 파고드는 책을 읽으며 예수 그리스도에 대한 실제적 지식에 그리고 십자가에 달리신 그분 자신께 직접 다가갔습니다(고전 2:2).

3. 그는 곧 불같은 시련을 당합니다. 그의 명성이 사라지고 그의 친한 친구들 몇이 그를 저버렸을 뿐만 아니라, 가장 가혹한 내적 시련을 당했습니다. 여러 날 잠 못 이루고 침대에 누웠고, 여러 날 바닥에 엎드린 채 있었습니다. 하지만 그가 몇 달 간 '종의 영'의 밑에서 신음한 후 하나님께서는 그에게 '양자의 영'(롬8:15)을 주시고, 그로 하여금 살아있는 믿음을 통하여 '하나님의 사랑하시는 아들'을 붙잡게 하셔서 그 무거운 짐을 그에게서 떨쳐버리게 하시기를 기뻐하셨습니다.

4. 하지만, 많이 약해진 그의 건강을 회복하기 위하여 그는 고향으로 가야 했습니다. 그래서 그는 글로세스터(Gloucester)로 갔고, 그곳에서 하나님께서는 그로 하여금 몇몇 젊은이를 깨우치게 하셨습니다. 곧이어 이들은 소모임을 결성했고, 그의 노고의 첫 열매들이 되었습

니다. 바로 그 다음에 그는 그 도시에 있는 몇몇 가난한 자들에게 일주일에 두세 번씩 글을 읽어주고 그곳 감옥에 있는 재소자들에게 매일 글을 읽어주고 그들과 함께 기도하였습니다.

5. 21세가 되어 그는 성직에 종사하라는 권유를 받게 됩니다. 자신이 비적격자라고 스스로 생각했었기 때문에 그는 이 제안에 심히 어려워했습니다. 그러나 주교는 그를 부르러 가서 말하길, '내가 23세 이하의 사람에게는 목사 안수를 해주지 않으려 했지만 언제든지 당신이 오면 목사 안수를 하겠습니다'라고 했고, 몇몇 하나님의 섭리들이 발생하여 그는 그 제의를 받아들였고 1736년 (6월 20일, 역주), 성 삼위일체 주일(Trinity Sunday)에 목사 안수를 받았습니다. 그 다음 주일에 그는 자기가 세례 받았던 교회에서 운집한 청중을 향해 설교했습니다. 그 주에 그는 옥스퍼드로 돌아왔고 학사학위를 받았습니다. 이제 그는 전임 목회자가 되었고, 재소자들과 가난한 자들을 돌보는 것이 그의 주요 사역이 되었습니다.

6. 하지만 얼마 안 되어서 그는 성직에 발을 들여놓은 한 친구(토마스 브로튼 Thomas Broughton, 런던탑의 부목사였음; 역주)의 교구에서 사역해달라는 부탁과 함께 런던으로 초대받았습니다. 그는 2개월 간 런던탑에 거처를 잡았고, 일주일에 두 번 채플에서 기도문을 읽었고, 세례문답 교육과 설교를 한 번 했고, 그 외에 매일 병영과 병원에 있는 군인들을 심방했습니다. 또한 그는 매일 밤 와핑 교회당

(Wapping Chapel)에서 기도문을 읽었고, 매주 화요일에는 루드게이트(Ludgate) 교도소에서 설교를 했습니다. 그가 거기에 있는 동안 조지아(Georgia)의 친구들로부터 편지가 왔는데, 그 편지들은 그로 하여금 그곳으로 가서 그들을 돕고자 하는 마음이 간절하게 했습니다. 하지만 그의 초빙문제가 명확한 게 아님을 알고 그는 정해진 날에 옥스퍼드의 약소한 사역으로 되돌아갔습니다. 거기서 그는 자기 방에서 매일 몇몇 젊은이들을 만났고 '그들의 가장 거룩한 믿음 안에서 서로의 믿음을 증진시켰습니다'(유 20).

7. 그러나 그는 다시금 그곳으로부터 햄스피어의 두머(Dummer of Hamshpire)에 있는 교구 쪽으로 와달라는 초빙을 받았습니다. 여기서 그는 하루에 기도문을 두 번, 이른 아침에 한 번 그리고 성도들이 하루 일을 마치고 돌아온 후 한 번 읽었습니다. 또한 그는 매일 어린이들에게 세례문답교육을 했고, 성도들을 심방했습니다. 그때 그는 하루를 삼등분하여 8시간은 수면과 식사, 8시간은 공부와 개인시간, 그리고 8시간은 기도문을 읽고 세례문답교육을 했고 심방을 했습니다. 그리스도와 그분의 교회를 섬기는 자가 이보다 더 잘 할 수 있습니까? 그 섬김이 가장 우수한 것이라면 우리도 '가서 이같이 하여야'(눅 10:37)하지 않겠습니까?

8. 그럼에도 그의 마음은 여전히 밖을 향하여 나아가고 있었습니다. 이제 하나님께서 그를 밖으로 내보내시는 것을 확신한 후 그는

모든 일을 정리하고 1737년 1월에 글로세스터(Gloucester)로 가서 친구들에게 작별을 고했습니다. 하나님께서 그의 사역에 기이한 방식으로 복을 내리시기 시작하신 때가 바로 이때입니다. 글로세스터(Gloucester)에서, 스톤하우스(Stonehouse)에서, 바쓰(Bath)에서, 브리스톨(Bristol)에서, 그가 설교하는 곳마다 엄청난 규모의 청중이 몰려들어 교회 안의 열기는 엄청났습니다. 청중의 마음에 각인된 그에 대한 인상은 비범함 바로 그것이었습니다. 런던으로 돌아온 후 그가 종종 일주일 혹은 한 달 간 오글리토프 장군(General Oglethorpe)집에 묵는 동안 하나님께서는 그의 말씀사역에 더욱 많은 복을 내려 주시기를 기뻐하셨습니다. 그는 사역하는 동안 지칠 줄 몰랐고, 보통 주일에 대규모 청중을 향하여 네 번 설교했고, 그 외에도 두세 번 기도문을 읽었고 빈번히 이곳저곳으로 10내지 12마일을 돌아다녔습니다.

9. 1737년 12월 28일 그는 런던을 떠났습니다. 그가 처음으로 설교원고 없이 설교했던 때가 바로 29일이었습니다. 12월 30일에 승선을 했으나 출항하기까지는 한 달 넘게 기다려야 했습니다. 항해가 더뎠는데 그는 3월에 그로 인한 행복한 결과를 이같이 말합니다. '하나님을 찬양하라. 이제 우리는 큰 선실에서 매우 안락하게 지내고 있다. 우리는 하나님과 그리스도에 관한 것 외에는 별로 말하지 않았다. [...] 함께 있었을 때 우리는 첫째 아담 안에서 우리가 타락하고 둘째 아담 안에서 신생했다는 것에 관한 것을 제외하고 별로 말하지 않았다.' 그가 지브랄터(Gibraltar)에서 잠시 머문 것이 아주 특별한

섭리였던 것 같은데, 그곳에 사는 시민들과 군인들이, 신분과 나이에 상관없이, 그들이 축복받은 날을 기억하고 있었습니다.

10. 1738년 5월 7일 주일부터 그 해 8월 마지막 날까지 그는 조지아(Georgia) 특히 사반나(Savanna)에서 '그의 직무를 다했습니다(딤후4:5).' 그는 하루에 두 번 기도문을 읽고 성경을 해석했으며, 매일 병자를 심방했습니다. 주일에 그는 아침 5시에 성경을 강해했고, 10시에 기도문을 읽었고 설교를 했으며, 오후 3시에 또한 그 일을 했고, 저녁 7시에 세례문답을 강해했습니다. 잉글랜드나 스코틀랜드나 아일랜드에서 사역하는 우리의 형제들이 그의 발자취를 따르기보다 우리 주님의 포도원에 있는 그와 같은 일꾼을 흠잡는 일에 너무 쉽게 빠집니다!

11. 그 때 그는 이곳에서 많은 아동들의 개탄할만한 처지를 보게 되고, 하나님께서는 그에게 가장 먼저 고아원을 짓는 마음을 심어주셨습니다. 그는 하나님께서 무사귀국을 허락하시면 잉글랜드에서 고아원 건립을 위한 모금을 하겠다고 결심했습니다. 그 해 12월에 그는 런던으로 돌아왔고, 1739년 1월 14일에 옥스퍼드 크라이스트 처치(Christ Church)의 성직자로 부름 받았습니다. 그 다음날 그는 런던으로 다시 돌아왔고, 21일 주일에 두 번 설교했습니다. 하지만 예배당은 컸지만 사람들이 너무 붐벼 수백 명이 교회 마당에 서 있었고 수백 명은 그냥 집으로 돌아가야 했습니다. 이러한 상황을 해결하기 위

해 그는 야외설교를 생각해냈습니다. 하지만 그가 이것을 동료들에게 말했을 때 그들은 그것을 순전히 정신 나간 짓(madness)이라 했습니다. 그러나 그는 런던을 떠난 후에 그것을 실행에 옮겼습니다. 2월 21일 수요일에 그는 브리스톨의 모든 교회들의 문이 닫힌 것을 보고 (그 외에도 모인 청중의 절반도 감당할 교회가 없음을 알고) 오후 3시에 킹스우드(Kingswood)로 가서 이천여 명의 성도들을 향하여 야외설교를 했습니다. 금요일에 그는 사오천 명에게 설교를 했고, 또한 주일에 아마도 만 명에게 설교했습니다. 그가 브리스톨에 있는 동안 내내 청중의 수가 늘어났습니다. 또한 거룩한 사랑의 불꽃이 피워졌고, 그 불꽃은 쉽게 꺼지려 하지 않았습니다. 후에 그 불꽃은 웨일즈(Wales)와 글로세스터셔(Goucestershire)와 워세스터셔(Worcestershire)의 여러 지방에서 피어올랐습니다. 진실로 그가 가는 곳마다 하나님께서 당신의 대언자의 말을 확증시켜주셨습니다.

12. 4월 29일 주일에 그는 무어필즈(Moorfields)에서 먼저 설교를 했고, 계속하여 케닝톤 캄몬(Kennington Common)에서 했습니다. 수천의 청중이 교회에 있는 것처럼 조용했습니다. 또다시 이따금 런던에 주요거처(主要居處)를 두고 그는 몇몇 주를 여행했고 조지아의 고아원을 위한 청중들의 기부금을 모았습니다. 선박에 가해진 출항금지 때문에 그는 잉글랜드 여러 곳을 돌아다닐 여유를 갖게 되었고, 많은 성도들이 이 일로 인하여 하나님을 영원토록 찬양하게 되었습니다. 마침내 그는 8월 14일 승선했습니다. 하지만 그는 10월 30일이 되어

서야 펜실바니아에 닿았습니다. 후에 그는 펜실바니아, 저지(Jerseys), 뉴욕, 매럴랜드(Maryland), 버지니아, 남북 캐롤라이나를 돌아다니면서 내내 엄청난 청중들에게 설교하여 영국에서와 마찬가지로 완전하고도 엄청난 성과를 거뒀습니다. 1740년 1월 10일에 그는 사반나에 도착했습니다.

13. 1월 29일 그는 버려진 세 고아를 전에 그의 집에 있었던 약 20명의 고아들과 합류시켰습니다. 다음 날 그는 사반나에서 10마일 정도 떨어진 곳에 고아원 터를 잡았습니다. 2월 11일 그는 네 명의 고아를 더 받아들였고, 식민대륙 남부에 있던 고아들을 데려오려고 프레더리카(Frederica)로 출발했습니다. 돌아오는 길에 그는 다린(Darien)에서 아동들과 성인들을 위한 학교를 정했고, 그곳에서 네 명의 고아들을 받아들였습니다. 3월 25일 그는 고아원의 첫 주춧돌을 놓았고, 아주 적절하게도 그 이름을 '베데스다'(요5:2)라 했는데, 이 일 때문에 아직 태어나지 않은 아이들이 주님께 감사드리겠지요. 이제 그는 약 40명의 고아를 두었고, 그리하여 하루에 함께 식사하는 자들이 백 명에 이르렀습니다. 그러나 그는 '아무 것도 염려하지 않고(빌4:6)' '자기에게 부르짖는 까마귀 새끼에게 먹을 것을 주시는 주님께(시147:9)' 그의 염려를 맡겼습니다.

14. 4월에 또 한 차례 그는 펜실바니아, 저지, 뉴욕을 통과하는 여행을 했습니다. 어마어마한 청중이 설교를 들으러 몰려들었고, 그 중

에는 흑인도 많았습니다. 가는 곳곳마다 대부분의 청중들이 큰 감동을 받았습니다. 많은 자들이 자신들이 잃어버린 자들이었음을 깊이 깨닫고, 대부분의 사람들이 눈물로 온 몸을 적셨습니다. 어떤 자들은 죽은 것처럼 창백해졌으며, 어떤 자들은 손을 꼭 쥐었고, 어떤 자들은 바닥에 누웠고, 어떤 자들은 친구들이 포옹하고 있었고, 대부분의 사람들은 하늘을 바라보며 자비를 구했습니다.

15. 6월 5일 그는 사반나로 돌아왔습니다. 다음날 저녁 공중예배(公衆禮拜) 때 남녀노소 모든 성도가 눈물바다를 이뤘습니다. 예배 후 몇몇 교구민들과 그의 온 가족 특히 아이들은 집으로 오는 길 내내 울었고, 어떤 자들은 큰 소리로 기도하는 것을 억제할 수 없었습니다. 밤새도록 아이들이 계속 울었고, 다음날에도 한참이나 울어댔습니다.

16. 8월에 그는 다시 출발하여 여러 주(州)를 돌아다니다 보스톤(Boston)에 도착했습니다. 그가 이곳과 그 주위에 기거할 때 그의 몸은 극히 쇠약해졌습니다. 그럼에도 청중이 너무 많고 그들이 받은 감동이 너무 커서, 이는 그곳 사람들이 이전에는 결코 체험하지 못했던 것이었습니다. 이와 동일한 능력이 그가 뉴욕에서 한 설교에 나타났는데, 특히 11월 2일 주일에 그가 설교를 시작하자마자 모든 곳에서 울음과 흐느낌과 울부짖음이 들려왔습니다. 많은 자들이 바닥으로 쓰러졌고, 마음을 찢었으며, 많은 자들이 하나님의 위로를 받았습니다. 그의 설교여행 막판에 그는 다음과 같은 생각을 했습니다. '로데 아

이랜드(Rhode Island)에 온지도 75일이 되었고 몸이 극도로 쇠약해졌구나. 그럼에도 하나님께서 나에게 힘을 주시어 빈번히 개인들에게 권면한 것을 제외하고도 175번 공중설교를 하게 하셨다. 지금 그 어느 때보다도 더 하나님께서 나에게 큰 위로를 주신다. 나는 지금 그 어느 때보다도 더 힘차게 설교여행을 하고 있다. 이처럼 내가 설교하는 자들 가운데 계속하여 하나님의 현존이 나타났던 적은 없었다.' 12월에 그는 사반나에 돌아왔고, 그 다음 해 3월에 잉글랜드에서 결혼했습니다.

17. 여러분들께서 쉽게 알아채셨듯이 지금까지의 이야기는 주로 그의 일지(Journals)에서 간추린 것인데, 그의 일지는 꾸밈없음과 소박한 간결함에 있어 다른 것들에 뒤지지 않습니다. 지금까지 언급된 내용은 그 이후 30년 동안 그의 사랑하는 주님의 영광을 위하여 그가 유럽과 아메리카에서 한 노고들에 대한 참으로 정확한 표본이 됩니다! 또한 그것은 하나님께서 그의 사역들에 성공을 주시려고 기뻐하며 주신 그침 없는 소나기와 같은 은혜들에 대한 표본도 됩니다! 적어도 주님께서 그로 하여금 자기가 수고하여 맺은 열매를 취하도록 하시는 시기에 근접할 때까지, 그가 이 이야기를 계속하지 못하게 한 그 무엇이 있었다는 것이 참으로 애통한 일이 아닙니까? 그가 이와 같은 글을 남기고, 그리고 그의 친구들이 그 공로를 나에게 돌린다면, 나로서는 그의 글들을 정리하고 옮겨 적어 사람들이 볼 수 있도록 한 것이 영광이고 기쁨입니다.

18. 보스톤의 한 신사가 그의 생애 마지막 특별한 장면을 전해주고 있습니다.

약 한 달간 우리와 함께 보스톤과 그 근교에서 지내며 매일 설교를 한 후, 그는 올드 요크(Old York)에 갔고 9월 27일 목요일에 거기서 설교했습니다. 그리고 포츠마우스(Portsmouth)로 가서 거기서 금요일에 설교했습니다. 토요일 아침에 그는 보스톤으로 갔으나, 다음 날에 설교하기로 약속된 뉴버리(Newbury)로 도착하기 전에 도중에 설교해달라는 간청을 받았습니다. 집이 사람들을 수용하기에 좁았기 때문에 그는 야외설교를 했습니다. 하지만 수주일간 아파왔기 때문에 그것이 그의 기력을 너무 소진시켜 그가 뉴버리에 도착했을 때 두 남자에게 부축 받고서야 겨우 나룻배에서 내릴 수 있었습니다. 하지만 저녁에 그는 정신을 회복시켰고 평상시처럼 웃는 모습으로 나타났습니다. 9시에 그는 자기 방으로 갔는데, 이것은 매일 정해진 시간이었고 동료들이 변경할 수 없는 것이었습니다. 그리고 지난 몇 주 동안의 수면보다 더 숙면했습니다. 그는 9월 30일 새벽 4시에 기상했고 화장실에 갔습니다. 그런데 그가 심상치 않게 오랫동안 그곳에 있는 것을 그의 동료들이 보았습니다. 그가 화장실에서 나와서 동료들에게 왔습니다. 그는 침대 위에 쓰러져서 약 10분간 누워 있었습니다. 그러고 나서 무릎을 꿇고 하나님께 열렬히 기도하기를, 하나님께서 허락하신다면 그 날 그의 주님의 일을 마치고 싶다고 했습니다. 그 다음에 그는 한 사람에게 파손스(Parsons) 씨를 불러오라고 부탁했는데, 파손스라는 분은 자기 집에 휫필드를 숙식시키고 있던 성직자였습니다. 하지만 1분 후에 파손스씨가 도착하기도 전에 그는 조용히 운명했습니다. 그의 운명 소식을 듣고 여섯 명의 남자 분들이 그의 시신을 거두어 오려고 뉴버리로 갔으나 그의 시체를 옮길 수 없어서 그가 남긴 재는 뉴버리에 매장되어야 했습니다. 수백 명의 사람들이 그가 이곳에서 매장될 것이라고 생각했었기 때문에 그곳에서 치러진 장례식에 참석 못했던 것입니다. … 이 갑작스런 죽음이 넓게는 하나님의 교회를 위한, 그리고 특별히 이 지역을 위한 거룩한 희생이 되기를 원합니다!

II. 휫필드, 그의 삶과 죽음에 대해 계속 말하겠습니다.

1. 먼저 그의 삶과 죽음에 대해 몇 가지를 말하겠습니다. 그 이후 바로 보스톤 신문(Boston Gazette)에 그에 관한 글이 게재되었는데, 거기서 발췌한 것을 적겠습니다.

그의 설교를 들은 기독교에 우호적인 자들이 그에 관해 전하는 것 외에 그에 관한 말이 별로 없습니다. 수년간의 그의 공중(公衆)사역을 통하여 그는 달변과 헌신으로 세상을 놀라게 했습니다. 그가 참으로 큰 파토스(情念)를 가지고 회개할 줄 모르는 죄인들을 설득하여 경건과 덕을 실천하게 했습니다! 은혜의 성령이 충만한 가운데 그는 마음에서 우러나오는 것을 말했고, 사도시대 이후 그 유례가 없었던 뜨거운 열정을 가지고 그는 자기가 증거하는 진리를 가장 은혜롭고도 매력적인 말재주와 웅변술로 장식했습니다. 강단에서 나오는, 항상 꽉 들어찬 청중들에 대한 지배력에 있어서 그는 타의 추종을 불허합니다. 사적인 대화에 있어서도 그의 말은 적절함과 교훈에 있어 월등히 뛰어났습니다. 그는 아주 평안히 말하는 태도 중에 행복한 기분을 나타냈고, 의견을 교환하기를 힘썼고, 교화하기를 힘썼습니다. 이후의 세대가 이 지극히 높으신 하나님의 신실한 종의 영혼과 행위 가운데 찬란히 빛나는 그 불꽃을 이어받았으면 좋겠습니다!

2. 그의 성품에 대한 좀 더 특별하고 편견 없는 글이 한 영자신문에 나왔습니다. 그 내용을 옮겨 놓는 것이 여러분께 불쾌한 일은 아닐 듯싶습니다.

참으로 경건한 이 자의 성품이 모든 기독교의 친구들의 마음에 깊은 인상을 줬음에 틀림없습니다. 부드럽고 섬세한 체격에도 불구하고 그는 세상에서 가장 튼튼한 자들을 능가하는 힘을 내어 그의 생애 마지막 날까지 자주 그리고 뜨겁게 설교를 계속했습니다. 그가 직분자로 부름 받은 정도의 이른 나이에 대부분의 젊은이들은 그러한 직분을 준비하기 시작하는데, 그는 그렇게 일찍 부름 받아서 식자(識者)들의 언어를 배울 시간이 없었습니다. 하지만 이러한 결점들은 그의 기운차고 창의적인 기풍과 불같은 열정과 강력하고도 설득력

있는 언변 때문에 문제가 되지 않았습니다. 그가 강단에서 자주 '주님에 대한 두려움을 이용하여 사람들을 설득하는 것'(고후5:11)이 필요하다고 여겼지만, 그의 성격은 절대로 우울하지 않았고, 유달리 쾌활했으며 또한 인애했고 다감했습니다. 그는 자기에게 영적, 육체적 도움을 의뢰하는 자들에게 기꺼이 도움을 줬습니다. 간과되어서는 안될 말은, 그가 청중들에게 모든 도덕적 의무, 특히 자기 직업에 대한 근면과 직장 상사에 대한 복종을 강조했다는 것입니다. 그는 여러 곳에서 또한 야외에서 지대한 열심을 가지고 설교하여 하층민들을 무관심과 무지로부터 깨어 나오게 하여 종교적 감정을 가지게 했습니다. 이 일과 또한 그의 다른 사역들로 인해 조지 횟필드의 이름이 오래오래 존경과 경의 가운데 기억될 것입니다.

3. 위의 두 이야기가 공정하다는 것은 쉽게 인정될 수 있습니다. 즉, 그 이야기들에 나온 내용이 그러하다는 말입니다. 하지만 그 이야기들은 그의 밖으로 드러난 성품만을 말했을 뿐입니다. 그 이야기들은 그를 설교자로 전했을 뿐이지 인간으로, 기독교인으로, 하나님을 섬기는 성인(聖人)으로 보여주지 않았습니다. 40여 년 간 그에 대해 개인적으로 안 것으로부터 그의 이러한 면들을 말해도 되겠지요? 그렇게 섬세한 성격의 소유자에 대해 언급하는 것이 얼마나 어려운 일이고, 양극단 즉 너무 지나침이나 너무 못 미침을 피하기 위해 얼마나 신중을 기해야 하는지 나는 깊이 생각하고 있습니다. 아니, 내가 알기로 무엇을 말함에 있어서 또 어떤 것을 약간 많이 혹은 약간 적

게 말할 때, 반드시 어떤 자들로부터는 너무 지나쳤다는 비난을 듣거나 또 다른 자들로부터는 너무 못 미쳤다는 비난을 듣습니다. 하지만 나는 이것에 개의치 않고 우리가 직고하여야 할 자 앞에서 나는 단지 내가 아는 것을 말할 것입니다.

4. 그의 유별난 열정, 지칠 줄 모르는 활동, 고난당하는 자들을 향한 다가감, 가난한 자들에 대한 인애는 이미 언급한 바 있습니다. 그런데 우리는 그가 하나님께서 그를 도우시려고 보내신 모든 자들에게 깊이 감사한 것을 말하지 않을 수 없습니다. 그가 소천한 오늘에 이르기까지 그가 아주 정중히 사의(謝意)를 표하지 않은 자가 있었습니까? 우리는 그가 아주 관대하고도 다정다감한 우정의 소유자였다는 것을 말하지 않을 수 없습니다. 나는 그의 여러 성품들 중에 이것이 그에게 특히 돋보였던 성품이라고 자주 생각했습니다. 우리 중에 그토록 친절하고 아량이 넓으며 풍부한 사랑을 가진 성품을 가진 자는 많지 않습니다. 이상할 정도로 사람들의 마음이 그에게 끌리어 그와 친밀하게 되는 것은 바로 그러한 이유 때문이 아니었을까요? 사랑 이외의 그 무엇이 사랑을 낳을 수 있을까요? 바로 이 사랑이 그의 표정에 스며 있었고, 공적이나 사적인 대화들 중에 그의 모든 말을 통해 계속하여 표현되었습니다. 전광석화처럼 마음에서 마음으로 전해진 것이 바로 이 사랑이 아니었을까요? 그의 설교와 대화와 편지에 생명을 불어넣었던 것이 바로 그 사랑이 아니었습니까? 여러분들이 증인입니다.

5. 하지만 마음이 부패한 자들의 간악한 오해는 멀리해야 합니다. 그들은 '세상적이고 정욕적인 것'(야3:15)만 알지 사랑은 모릅니다. 또한 우리는 그가 가장 훌륭하고도 흠 없는 겸손을 겸비했음을 기억해야 할 것입니다. 그의 직책은 모든 연령과 모든 처지에 있는 많은 남성들 또한 여성들과 아주 빈번히 대화하는 것을 요구했습니다. 그런데 그들에 대한 그의 모든 행동은 성 바울이 디모데에게 권면한 말씀, 곧 '늙은 여자를 어미에게 하듯 하며, 젊은 여자를 일절 깨끗함으로 자매에게 하듯 하라'(딤전5:1-2)에 대한 실천적 주석이었습니다.

6. 한편, 그의 우호적인 성품에 참으로 어울렸던 것이 바로 대화 속에 나타나는 그의 솔직함이었습니다! 무례함이나 속임수가 없었습니다. 이 솔직함이 그의 용기와 담대함으로부터 나온 열매요 증거가 아니겠습니까? 이러한 성품들로 무장하고 있었기 때문에 그는 사람들 대하기를 두려워하지 않았고, 모든 신분과 모든 처지, 곧 빈부귀천을 막론하고 모든 자들에게 '아주 솔직한 설교(speech)'(고후3:12)를 하여 '오직 진리를 나타냄으로 하나님 앞에서 각 사람의 양심에 대하여 스스로 천거하기를'(고후4:2) 힘썼습니다.

7. 그는 수고와 고통을 두려워하지 않았으며, '사람이 그에게 할 수 있는 행위'(히13:6)도 두려워하지 않았습니다. 또한 그는 인내하며 재난을 참고 인내하며 선을 이뤘습니다.

그의 이러한 성품은 자기의 주님을 위하여서 맡은 모든 일을 행할 때 나타난 끈기에서 찾아볼 수 있습니다. 많은 증거들 중에 하나를 들자면 조지아의 고아원을 말할 수 있는데, 그는 여러 낙담을 줄만한 일들이 있었지만 그것을 시작하여 완성을 보았습니다. 사실 그 자신과 관련된 모든 일에 있어서 그는 융통성을 가지고 탄력적으로 행동했습니다. 이를 두고 그가 '양순하다'(야3:17)고 말할 수 있고, 이는 그가 쉽게 타인의 말에 확신을 가지게 되고 설득됨을 말합니다. 그러나 그는 하나님의 일과 그의 양심에 관한 사항에 있어서는 단호한 모습을 보였습니다. 그의 모든 인격을 대변하는 고결함(integrity, 성실함, 완전함; 역주), 그의 모든 언행을 좌우했던 그 고결함에서 조금이라도 벗어나게 하려고 그 누구도 그를 설득하거나 위협할 수 없었습니다. 바로 이 성품 안에 그는 튼튼한 쇠기둥처럼 서 있었고, 놋벽처럼 흔들림이 없었습니다.

8. 그의 이러한 고결함, 또는 그의 신실함, 용기, 인내, 또한 다른 모든 귀하고도 우호적인 성품의 기초가 되는 것이 무엇인가 하는 질문은 간단히 대답될 수 있습니다. 그 기초는 그의 천성적 기질의 우수함도 아니고 그의 이해력의 강함도 아닙니다. 그것은 학력도 아니고, 동료들의 조언도 아니었습니다. 그 기초는 다름 아닌 피 흘리시는 주님에 대한 믿음, 곧 '하나님의 구속사에 대한 믿음'(골2:12)이었습니다. 그 기초는 '썩지 않고, 더럽지 않고, 쇠하지 아니하는 산 소망'(벧전1:3-4)이었습니다. 또한 그 기초는 '그의 마음에 임하신 성

령께서 그에게 부으신 하나님의 사랑'(롬5:5)이었습니다. 이 사랑이 그로 하여금 동정심을 갖고 사심 없이 모든 사람들을 사랑하도록 만들었습니다. 바로 이 원천(源泉)으로부터 모든 자들을 빈번히 압도했던 저 달변이라는 홍수(洪水)가 나왔고, 이 원천으로부터 저 놀랄만한 설득력이 나왔는데, 가장 마음이 굳은 죄인들조차도 이러한 달변과 설득력에 저항할 수 없었습니다. 자주 '그의 머리가 물이 되게 하고 그의 눈이 눈물의 근원이 되게 한 것이'(렘9:1) 바로 이것(믿음, 소망, 사랑; 역주)이었습니다. 그의 기도의 특징은 내용적으로 풍부함과 평이함이 조화를 이루고, 감정과 표현에 있어서 힘차고 다양했는데, 그로 하여금 그러한 기도 중에 자기 영혼을 쏟아내게 한 것이 또한 이것이었습니다.

9. 하나님께서 그분의 신실한 종으로 하여금 그분의 영원한 복음을 그토록 많은 나라에 그토록 많은 자들에게 선포하게 하시어 그토록 많은 귀한 영혼들에게 그토록 엄청난 감화를 주게 하심으로써 그 종에게 어떠한 영광을 허락하시기를 기뻐하시는지를 제가 우리의 주제의 결론으로 언급하도록 하겠습니다. 우리가 사도들 이후로 하나님의 은혜의 복음을 그토록 넓은 지역에, 그토록 넓은 인간 거주지역에 전한 자가 있다는 것을 읽거나 들은 적이 있습니까? 그토록 많은 수천 수만의 죄인들을 회개시킨 자가 있었습니까? 무엇보다도 그토록 많은 죄인들을 '어두움에서 빛으로, 사단의 권세에서 하나님께로'(행 26:18) 이끈, 하나님의 장중(掌中)에 있는 복 받은 도구였던 자가 있

었습니까? 그러므로 만일 우리가 방탕한 세상을 향하여 말한다면 우리는 '야만인처럼 말하는'(고전14:11) 것처럼 생각될 것입니다. 그러나 여러분은 여러분께서 가시는 지역의 방언을 이해할 수 있는데, 그곳은 바로 우리의 사랑하는 형제(휫필드, 역주)가 우리보다 잠깐 앞서 간 곳입니다.

III. 하지만 어떻게 우리가 이 장엄한 섭리를 더 발전시킵니까?

하지만 어떻게 우리가 이 장엄한 섭리를 더 발전시킵니까? 이것이 바로 우리가 세 번째로 고려해야 할 바입니다. 이 중요한 질문에 대한 대답은 간단합니다(하나님이시여, 이것을 우리들 모두의 마음에 새기게 하소서): 그가 주장한 교리들(doctrines)을 충실히 따르고, 그의 정신을 본받는 것입니다.

1. 첫째로, 그가 두루 다니며 말했던 위대한 성경적 교리들을 자세히 살펴봅시다. 우리에게는 좀 더 본질적인 교리들이 있는데, 이에 관해서 신실한 하나님의 자녀들 사이에도 오랜 기간 의견이 분분했습니다(지금에 있어서도 이러한 행태가 인간의 이해력이 약함을 보여줍니다). 이 교리들의 한계 내에서 우리가 생각할 수 있고, 생각해야하고, '상대방의 다른 의견을 인정하여 다투지 않기로' 약속할 수 있습니

다. 한편 우리는 '성도들에게 단번에 전해지고(유3)', 이 하나님의 전사(휫필드, 역주)가 언제나 모든 장소에서 강하게 주장했던 바로 그 근본적인 믿음을 굳게 지켜야 합니다.

2. 그가 말하는 핵심은 이것입니다: 인간 안에 있는 모든 선한 것들을 가지고 하나님께 모든 영광을 돌려라. 또한 구원 사역 중에 되도록 그리스도를 높이고 인간은 낮춰라. 소위 원조 감리교인들이라 일컬어지는 옥스퍼드 대학의 그와 그의 동료들이 바로 이것을 주안점으로 삼아 사역을 시작했습니다. 그들의 위대한 원리는 이것입니다: 인간에게는 본래 능력도 없고 공로도 없다. 그들이 주장하길, 생각하고 말하고 바르게 행동하는 모든 능력은 그리스도의 영 안에 있고 그 영으로부터 나오며, 모든 공로는 사람이 제 아무리 고상하더라도 그 사람 안에 있지 않고 단지 그리스도의 피에 있다고 했습니다. 그리하여 그와 그의 동료들은 이렇게 가르쳤습니다. 위로부터 능력을 받기 전에는 인간에게 단 하나의 선을 행하거나 단 하나의 선한 말을 하거나 단 한 번의 선한 욕구를 가질 능력이 없다. 왜냐하면 모든 인간이 죄라는 병을 앓고 있다는 말은 상황을 충분히 표현한 게 아니기 때문입니다. 아니지요, 우리 모두는 '죄와 허물로 죽었습니다(엡2:1).' 그로 인하여 모든 사람들은 '본질상 진노의 자녀들'(엡2:3)이고, 이 땅에서 죽음을 직면할 수밖에 없는 존재들입니다.

3. 우리 모두는 능력과 죄의 문제에 있어서 무기력한 자들입니다.

왜냐하면, '그 누가 깨끗한 것을 더러운 것 가운데서 낼 수 있습니까(욥14:4)?' 전능자가 아니고서야 어림도 없습니다. 그 누가 죽은 자, 곧 죄 가운데 영이 죽은 자를 일으킬 수 있습니까? 땅의 흙으로부터 우리를 일으켜 살게 하신 분 외에 그 아무도 없습니다. 그런데 그분께서 무엇을 참작하시므로 이 일을 행하시나요? '우리의 행한 바 의로운 행위 때문입니까(딛3:5)?' '오 주님, 죽은 자들은 주님을 찬양할 수 없나이다!' 또한 하나님께서는 인간을 살리는 목적 때문에 행하시는 분이 아니십니다. 그러므로 하나님께서 하시는 모든 일은 오직 그분의 사랑하시는 성자 하나님을 위해서입니다: '그가 찔림은 우리의 허물을 인함이요 그가 상함은 우리의 죄악을 인함이라'(사53:5). '친히 나무에 달려 그 몸으로 우리 죄를 담당하셨으니'(벧전2:24). '예수는 우리 죄를 위하여 내어 줌이 되고 또한 우리를 의롭다 하심을 위하여 살아나셨느니라'(롬4:25). 바로 여기에, 우리가 즐기고 있고 즐길 수 있는 모든 축복을 가능케 한 유일한 공로의 근거, 특별히 하나님께서 우리를 용서하시고 받아주심과 우리의 완전하고도 값없이 받은 의롭다함을 가능케 한 공로의 근거가 있습니다. 하지만 무엇을 통하여 우리가 그리스도께서 행하신 일과 고통당하신 것에 관심을 가지게 되나요? '행위에서 난 것이 아니니 이는 누구든지 자랑치 못하게 함이니라'(엡2:9). 오직 믿음만으로 가능합니다. 사도 바울이 말하길, '그러므로 사람이 의롭다 하심을 얻는 것은 율법의 행위에 있지 않고 믿음으로 되는 줄 우리가 인정하노라'(롬3:28). 그러므로 '영접하는 자 곧 그 이름을 믿는 자들에게는 하나님의 자녀가 되는 권세를 주셨으니, 이는 사람의 뜻으로 나지 아니하고 하나님께로서 난 자들이니라'(요1:12-13).

4. 또한 '사람이 거듭나지 아니하면 하나님 나라를 볼 수 없느니라'(요3:3). 하지만 이같이 '성령으로 난 모든 자에게는'(요3:5) '하나님의 나라가 그들 안에 있다'(눅17:21). 그리스도께서는 그들의 마음에 당신의 나라를 세우시는데, 이는 곧 '성령 안에서 의와 평강과 희락이다'(롬14:17). '그리스도의 마음이 그들 안에 있어서'(빌2:5), 그 마음이 그들로 하여금 '그리스도께서 행하시는 대로 행하게 합니다'(요일2:6). 그분의 내주하시는 성령께서 그들의 마음을 거룩하게 하시고, '모든 행실을 거룩하게 하십니다'(벧전1:15). 하지만 이 모든 것이 그리스도의 피와 의로 말미암은 값없이 주는 선물임을 고려할 때, 여전히 우리가 '자랑하는 자는 주 안에서 자랑하라'(고전1:31)라는 말씀을 영원히 마음에 새겨야 할 이유가 있습니다.

5. 여러분께서는 그가 어디 가든지 항상 강조한 근본 교리들이 있다는 것을 아실 것입니다. 그것들을 두 마디로 요약할 수 있습니다: 바로 신생과 믿음으로 의롭다함을 받는 것입니다. 큰 담대함을 가지고 언제 어디서나 개인적으로 이것을 강조합시다. 이러한 좋고도 오래되고도 유행을 타지 않는 교리들을 떠나지 맙시다. 아무리 많은 자들이 그것들을 부인하고 그것들에 대해 불경스런 말을 할지라도, 형

제들이여, '주님의 이름으로, 그분의 능력 안에서'(엡6:10) 계속 행하시고, 모든 주의를 기울여 가장 부지런히 '여러분께 맡겨진 것을 지키십시오'(딤전6:20). 이는 우리가 '천지는 없어지겠으나 이 진리는 없어지지 아니할 것을'(마24:35) 알기 때문입니다.

6. 하지만 그의 교리들이 아무리 순수하다 할지라도, 그것들을 따르는 것만으로 충분한 것입니까? 이보다 훨씬 더 중요한 것, 즉 그의 정신을 본받는 것이 남아 있지 않습니까? 그가 '그리스도를 본받는 자였던 것 같이' 우리도 '그를 본받는 자가 되어야 할'(고전11:1) 이유가 여기에 있습니다. 이것 없이는 우리 교리의 순수함이 우리의 죄만 가중시킬 뿐입니다. 그러므로 이것, 곧 그의 정신을 본받는 것이 가장 중요합니다. 우리가 흉내 낼 수 없는 몇몇 사항들에 대해 단지 우리가 감탄하는 것으로 만족해야 하겠지만 다른 많은 것들의 경우 우리는 그가 받은 것과 동일한 값없는 은혜를 통하여 그가 받은 축복을 나눌 수 있습니다. 그러므로 여러분 자신의 소망들을 생각하시고, '후히 주시고 꾸짖지 아니하시는'(약1:5) 분께서 주시는 아낌없는 사랑을 생각하셔서 그가 가졌던 것과 동일한 소중한 믿음을 보시고 총체적으로 일하시는 하나님께 부르짖으십시오. 또한 그가 가졌던 열정과 부지런함, 다정다감함, 자비로운 아량을 생각하십시오. 그가 받은 것과 동일한 수준의 은혜롭고 우호적이며 사랑할 수 있는 성품을 달라고 하나님과 씨름하십시오. 또한 동일한 솔직함과 단순함과 경건한 신실성과 '거짓 없는 사랑'(롬12:9)을 달라고 씨름합시다. 위로

부터 임하는 능력이 여러분 안에서 역사하여 그가 가졌던 정도의 용기와 인내가 생길 때까지 계속하여 씨름하십시오. 특히 무엇보다 그가 소유했던 정도의 변함없는 고결함(integrity)을 가지도록 하십시오. 왜냐하면 이것이 가장 좋은 것이기 때문입니다.

7. 하나님의 은혜로 말미암은 또 다른 열매 곧, 그가 남달리 그것을 소유했고, 하나님의 자녀들 중에 그것이 없는 것을 보고 자주 깊이 탄식했던 바로 그 열매가 있지 않습니까? 그것은 바로 보편적 사랑(catholic love)입니다. 그 사랑은 믿음으로 하나님의 자녀들이 된 모든 자들, 환언하여 각 교파에서 '하나님을 경외하며 의를 행하는'(시15:2) 모든 자들 때문에 생긴 신실하고도 동정심 많은 사랑입니다. 그는 진실한 관용 정신(catholic spirit)이라는 '선한 말씀을 맛본'(히6:5) 모든 자들을 보기를 갈망했습니다. 이 관용 정신은 사람들이 거의 이해하지도 못하고 경험도 못했지만 자주 많은 자들의 입에 올랐던 말입니다. 이 성품을 설명할 사람이 있습니까? 진실한 '관용 정신'을 소유한 자가 누구입니까? 그는 주 예수를 믿지만 다양한 견해와 예배 양식을 갖는 모든 자들과 주 예수를 믿는 성도들을 주님 안에서 친구들로, 형제들로, 이 땅에서의 하나님의 나라를 함께 누리고 그분의 영원한 왕국을 상속하는 자들로 사랑하는 자이고, 하나님을 기쁘시게 해드리는 일을 하며 기뻐하고 그분께 죄를 짓는 것을 두려워하는 가운데 죄악을 삼가도록 유의하고 선한 일에 열심을 내는 자입니다(딛2:14). 진실한 관용 정신을 가진 자는 이러한 모든

덕목들을 항상 마음에 간직한 자이고, 사람들에 대한 형언할 수 없는 애정과 그들의 행복을 간절히 바라는 마음을 가지고 기도를 통하여 그들을 하나님께 맡기고 그들의 어려운 문제를 사람들 앞에서 변호하기를 그치지 않는 자이고, 그들에게 마음 편하도록 말하고 하나님 안에서 그들이 힘을 얻도록 권면하기를 애쓰는 자입니다. 그는 영적인 일이든 세상적 일이든 매사에 온 힘을 다하여 그들을 돕습니다. 그는 그들을 위하여 기꺼이 '재물을 허비하고 자신까지 허비하는'(고후 12:15) 자입니다. 그렇습니다. 그는 기꺼이 '형제들을 위하여 목숨을 희생하는'(요15:13) 자입니다.

8. 이 얼마나 고운 성품입니까! 모든 하나님의 자녀들에게 합당한 성품이 아닐 수 없습니다! 그런데 어찌하여 이러한 성품이 드뭅니까? 그러한 성품을 가진 자가 지극히 적은 이유가 무엇입니까? 우리가 하나님의 사랑을 맛보았다면, 어찌 우리 중 어느 한 사람이라도 그러한 성품을 소유할 때까지 그냥 맘 놓고 있을 수 있겠습니까! 그런데 사단이 수천의 사람들을 죄만 짓지 말고 그러한 성품을 소유하지 말라고 유혹하는데 쓰는 계책이 있습니다. 여기에 계신 많은 분들께서 '마귀의 올무에서 벗어나 하나님의 뜻을 좇으시면(딤후2:26) 다행입니다. 혹자가 말합니다. '오, 그렇습니다. 나는 내 생각에 하나님의 자녀들이라고 판단되는 자들을 향하여 이 모든 사랑의 마음을 가지고 있습니다. 하지만 나는 저 상스런 무리에 속한 자를 하나님의 자녀라고 결코 믿지 않을 것입니다! 당신이 생각하시기에 그렇게 혐오스런

생각을 가진 이 자가 하나님의 자녀가 될 수 있습니까? 또한 우상숭배는 아니더라도, 그렇게 무분별하고 미신적인 생각을 하는 무리와 함께 하는 자가요?' 이와 같이 우리는 죄 가운데서 또한 다른 죄를 추가하며 우리 자신을 합리화합니다! 우리는 타인을 비난함으로써 자신들 안에 사랑이 없는 것을 변명합니다. 우리는 우리가 가진 마귀의 성품을 숨기며 그럴듯하게 보이기 위해 오히려 형제들을 마귀의 자녀들이라고 말합니다. 이것을 잊지 마십시오! 여러분들께서 이미 그 올무에 걸렸다면 가급적 빨리 벗어나십시오. 가서 참된 보편적 사랑이 뭔지 배우십시오. 그 보편적 사랑은 '판단할 때 경솔하거나 성급하지 아니하고', '악한 것을 생각지 아니하고', '모든 것을 믿고 바랍니다'(고전13:4,5,7). 그 사랑은 타인이 자신의 처지를 생각해주기를 바라는 것처럼 타인의 모든 처지를 생각합니다. 그때에 우리는 각각의 형제의 견해나 예배형식의 차이에 상관없이 그 자 안에 있는 하나님의 은총을 발견하게 됩니다. 그때에 하나님을 경외하는 모든 자들은 '그리스도의 심장 안에서'(빌1:8) 우리에게 가깝고도 사랑스런 자들이 될 것입니다.

9. 바로 이것이 우리의 사랑하는 형제(횟필드, 역주)의 마음이 아니겠습니까? 그렇다면 그것이 우리의 마음이 되지 말아야 할 이유가 있습니까? 오 사랑의 하나님, 얼마나 오랜 기간 당신의 백성이 이방인들 가운데 웃음거리가 되어야 합니까(시44:14)? 얼마나 오랫동안 그들이 우리를 보고 비웃으며 '이 기독교인들이 얼마나 서로 간에 사랑

하는지 보라!(터툴리안)'고 말해야 합니까? 주께서는 언제 우리의 수치가 굴러가게 하실 것입니까(수5:9)? '칼이 영원토록 사람을 상하게 하시렵니까? 주께서 주님의 백성에게 서로를 쫓지 말라고 명하실 때가 언제입니까?' 지금 어쨌든 '모든 백성들이 정지하게 하시고, 자기 형제를 더 이상 (잡아 죽이려, 역주) 뒤쫓아 가지 말게 하소서!'(삼하2:26, 28) 하지만 나의 형제들이여, 다른 형제들이 무슨 일을 하든 개의치 마시고 우리 모두 '죽었으나 여전히 말하고 있는'(히11:4) 그(휫필드, 역주)의 음성을 들읍시다! 여러분들께서 그가 다음과 같이 말하는 것을 듣고 계신다고 생각하십시오: "이제 '내가 그리스도를 본받는 자 된 것 같이 여러분도 나를 본받는 자들이 되십시오(고전11:1)!' '형제가 형제를 대적하여 칼을 들지 말고 더 이상 전쟁을 하지 마십시오!'(사2:4) 그 대신에 '여러분께서는 하나님의 택하신 자로서 서로서로 사랑하는 가운데 인내하고 관용함으로써 자비와 겸손과 형제애적 친절과 온유를 덧입으십시오'(골3:12-13). 다툼과 시기와 논쟁, 그리고 '서로 물어 삼키는 일은'(갈5:15) 과거의 일이었던 것만으로도 족합니다. 여러분이 오래 전에 '서로를 멸망시키지'(갈5:15) 않은 것을 인하여 하나님을 찬양합니다! 이후로 여러분께서는 '평안의 매는 줄로 성령의 하나 되게 하신 것'(엡4:3)을 지키십시오."

10. 오 하나님, 주님께는 모든 말씀이 가능합니다. 주님께서는 기뻐하시는 일은 다 하십니다! 주께서 하늘로 들어 올리신 주님의 선지자

의 겉옷을 이제 남아있는 우리 위에 덮이게 하소서! '엘리야의 하나님은 어디 계십니까?'(왕하2:14) '그의 영감이 이 주님의 종들에게 임하게 하소서!'(왕하2:9,15) 주님께서 '불로 응답하시는'(왕상 18:24) 하나님이심을 보이소서! 주님의 사랑의 화염이 모든 자의 마음에 임하게 하소서! 또한 우리가 주님을 사랑하기에 우리로 하여금 서로를 '죽음보다 강한 사랑으로' 사랑하게 하소서. '우리에게서 모든 분냄과 노함과 비통과 떠드는 것과 훼방하는 것을 버리게 하소서'(엡4:31). 주의 성령을 우리에게 임하시게 하시어 이 시간 이후로 우리가 '서로 인자하게 하며 불쌍히 여기며 서로 용서하기를 하나님이 그리스도 안에서 우리를 용서하심과 같이 하게 하소서!'(엡4:32)

찰스 웨슬리 찬송가
하나님의 종이여, 잘 하였도다!

I.
하나님의 종이여, 잘 하였도다!
너의 영광스런 싸움이 그쳤도다
전쟁을 하였고, 경기에서 이겼도다
마침내 네가 면류관을 썼도다
네 마음의 모든 소원이
승리 가운데 이루어졌도다
네가 행한 목자의 노고(勞苦)는
네 구세주의 마음에 새겨져 있도다

II
낮은 데로 임한 주님의 사랑 가운데
너의 끝없는 기도는 주님께 상달되었고
주께서 네게 명하시길
속히 네가 완전한 상을 받을 곳으로 가라
하나님의 자비가 네 영혼의 떠남을 알리고,
너를 하나님께 들어 올릴 때,
평화를 맞이하여라
네 아름다운 발에 신을 신겨라.

III

성도들이 높은 자리에 앉아있고
너는 너의 주님에 대해 선언한다
여전히 구원이 하나님께 있다고 외친다
구원이 어린양에게 있다!
오 복되고도 복된 영혼이여!
찬양의 황홀감 가운데
세세토록 울려퍼지는 찬양 가운데
너는 네 구세주의 얼굴을 본다

IV

세속의 일과 고통에서 벗어나
아! 우리가 하늘로 들림 받으면
천국에 올라간 우리의 친구들과 함께
모두 예수님의 존전에서 다스린다!
주여 오소서, 빨리 오소서!
주님 안에서 삶을 마감하면
주님을 갈망하는 종들을 집으로 영접하소서
그리하여 주님의 발아래서 개가를 올리게 하소서

2. 존 플레쳐의 죽음 (114)

On the Death of John Fletcher

시 37:37

"완전한 사람을 살피고 정직한 자를 볼지어다. 그 자의 결국은 평안이로다."

본문 구절 앞에 나오는 말씀들과 이 본문 말씀을 함께 고려하면 악한 자의 죽음과 선한 자의 죽음 사이에 멋있는 대조가 있음을 봅니다. 시편 기자가 말하길, '내가 악인의 큰 세력을 본즉 그 본토에 선 푸른 나무의 무성함 같으나, 내가 지나며 보니 저가 없어졌으니, 내가 찾아도 발견치 못하였도다'(시37:35,36)라고 합니다. 생애 중에 그리고 죽음 중에 당신이 행복한 자로 비쳐지기를 원하십니까? 그렇다면 '순전함을 지키시고, 옳은 일에 관심을 두십시오. 왜냐하면 그런 삶이 그 자의 임종 때에 평안을 주기 때문입니다'(시37:38, BCP). 훨씬 더 힘 있고 고상하게 이 말씀이 새로 번역되었습니다: '완전한 사람을 살피고 정직한 자를 볼지어다. 그 자의 결국은 평안이로다(Mark the perfect man, and behold the upright! For the end of that man is peace).' 다윗이 이 시를 지었을 때 뭔가 특별한 일이 그의 눈앞에 펼쳐졌던 것 같습니다. 그 일이 바로 하나님께서 오랫동안 하늘로 데려가지 않으셨던 위대하고도 선한 자의 삶입니다.

이 말씀들을 논하는 가운데 나는 첫째로, 여기서 언급된 '완전하고도 올바른 자'가 누구인지 간단히 생각해보겠습니다. 둘째로, 나는 '그 일이 마지막에 그 자에게 평안을 준다는', 혹은 다른 번역에 나와 있듯이 '그 자의 마지막이 평안하다'라는 약속을 설명할 것입니다. 그 다음으로 나는, 하나님의 도우심을 입어, 어떻게 위대한 방식으로 그 약속이 최근에 우리 곁을 떠난 '완전하고도 정직한 자'의 임종 가운데 성취되었는지 좀 더 상세히 보여드리겠습니다.

I. '완전하고도 정직한 자'가 어떠한 자인지 생각해보겠습니다.

1. 첫째로, 나는 본문에서 언급된 '완전하고도 정직한 자'가 어떠한 자인지 생각해보겠습니다. 이 주제를 논하는 가운데 나는 다윗과 같은 의로운 유대인이나 모세 세대(Mosaic dispensation, 구약시대; 역주)의 성자(聖者)들을 묘사하지는 않겠습니다. 우리에게 더 중요한 것은 기독교 세대(Christian dispensation)에 살았던 의로운 자들, 곧 '복음으로 생명과 썩지 아니할 것이 드러난'(딤후1:10) 이래로 살다가 죽은 의로운 자들을 생각하는 것입니다.

2. 이러한 의미에서 하나님 아들의 이름을 믿는 자는 완전하고도

의로운 자이고, 하나님께서는 그에게 그분의 사랑인 성자 하나님을 계시하시기를 기뻐하십니다. 따라서 그는 '내가 사는 것은 나를 사랑하사 나를 위하여 자기 몸을 버리신 하나님의 아들을 믿는 믿음 안에서 사는 것이라'(갈2:20)라고 고백할 수 있게 됩니다. 그는 바로 '성령께서 그의 영과 더불어 그가 하나님의 자녀인 것을 증거하심을'(롬8:16) 발견한 자이고, '예수 그리스도께서 하나님께로서 나오셔서 그자에게 지혜와 의로움과 거룩함과 구속함이 되셨습니다'(고전1:30).

3. 물론 이 믿음은 '사랑으로써 역사할 것입니다'(갈5:6). 따라서 모든 기독교인들은 '그들에게 주신 성령으로 말미암아 마음 전체에 하나님의 사랑이 부은바 되었습니다'(롬5:5). 또한 하나님을 사랑하기 때문에 그는 형제들도 사랑하고, 그의 선한 마음이 모든 인간들에게 확장됩니다. 또한 사랑의 열매, 곧 겸손과 온유와 인종(忍從)으로써 그는 '그리스도 예수의 마음을'(빌2:5) 가졌음을 보입니다.

4. 외적 행동을 살펴보면 의로운 기독교인은 흠 없고 책망할 것이 없습니다(골1:22). 그를 부르신 그리스도께서 거룩하시므로 그는 모든 행실에 있어(벧전1:15) 거룩하고 '하나님과 사람을 대하여 항상 양심에 거리낌이 없기를 힘씁니다'(행24:16). 그는 모든 외적인 죄를 피할 뿐만 아니라 '악은 모든 모양이라도 버립니다'(살전5:22). 그는 공적이고 사적인 주님의 계명들을 흠 없이 착실하게 지킵니다(눅1:6).

그는 선한 일에 열심을 내고(딛2:14), 시간이 허락하는 한, 경우와 정도를 불문하고, 모든 자들에게 선을 행합니다. 또한 그의 전 생애에 걸쳐 그는 '먹든지 마시든지 무엇을 하든지 다 하나님의 영광을 위해 하라(고전10:31)'는 단 하나의 변치 않는 법을 좇아 행합니다.

II. '이 자의 결국은 평안이로다' 문장의 뜻을 생각해봅시다.

둘째로, '이 자의 결국은 평안이로다' 문장의 뜻을 생각해봅시다.
나는 이것이 직접적으로 영원의 세계에서 하나님의 현존 가운데 그에게 예비된 영광스런 평화를 말하지 않고, 그의 영을 주신 하나님께 그 영이 되돌아가기(전12:7) 전 이 세상에서 그가 누릴 평화를 말한다고 봅니다. 그것은 또한 직접적으로 외적 평화, 즉 외적인 고통에서의 해방을 의미하지 않습니다. 비록 오랜 기간 역경에 시달리고 갖가지 일로 고생했던 다수의 진정한 선한 자들이 그것으로부터 완전히 구원받은 경험을 하고 하늘에 가기 전에 놀라울만한 평온을 맛보았을지라도 말입니다. 하지만 본문 말씀의 평화는 주로 내적인 평화, 즉 '모든 지각에 뛰어난 하나님의 평강'(빌4:7)을 뜻하는 것 같습니다. 따라서 그 평화는 인간의 말로 완전하고도 적절하게 설명될 수 없다는 게 이상한 일이 아닙니다. 우리는 단지 그것이 형언할 수 없는 영혼의 평온과 평정이라고 말할 수 있을 뿐이고, 그리스도의 보혈로 인한 고요함이라고 말할 수 있을 뿐인데, 그 고요함은 수비대가 도시를 지키듯 임종시에 신자들의 영혼을 지키고, 그들의 마음과 그들의 모든 열정과 사랑뿐만 아니라 그들의 마음, 그들의 이해력과 상상력의 모든 움직임, 그들의 모든 이성의 활동을 그리스도 예수 안에서 지킵니다. 그들이 예수의 보혈로 말미암은 구원 곧 죄 사함을 받은(골1:14) 이후로부터 (그들의 믿음이 지속되었으므로) 때로는 크게 때로는 작게 그들이 이 평화를 맛보았습니다. 하지만 그들이 삶의 여정을 마감할 때가 되면 그 평화는 강같이 되며, 그런 평화는 심히 커서 이전에는 감지할 수 없는 것입니다(사66:12). 수많은 이러한 예들 중에 주목할 만한 것 하나를 들자면, 오래 전의 일입니다. 에녹 윌리엄스(Enoch Williams)라는 분인데, 이 분은 콕(Cork)에서 사역하셨던, 맨 처음 우리와 함께 설교했던 설교자입니다. (이분은 11세 때에 이 평화를 맛보았고, 그 이후 잠시도 이 평화를 잃지 않았습니다.) 그분은 병에 걸려있는 동안 내내 형언할 수 없는 기쁨으로 하나님 안에서 즐거워하였으며 '평화! 평화!'라고 말하고 운명했습니다.

III. 성경은 작고하신 저 훌륭한 하나님의 종 플레쳐(역주)에게서 훨씬 더 영광스럽게 성취되는데

성경이 이와 같이 성취되었습니다. 또한 성경은 작고하신 저 훌륭한 하나님의 종(플레쳐, 역주)에게서 훨씬 더 영광스럽게 성취되는데,

이는 우리가 먼저 그의 삶에 관하여, 다음으로 그의 승리에 찬 죽음에 관하여 몇 가지 사항을 고려하면 분명해질 것입니다.

1. 사실 지금까지 우리는 그의 삶에 대하여 매우 불완전하게 알고 있었습니다. 우리는 그의 초기에 관하여는 그가 유년시절부터 도대체 음식에 관심을 안보여 생명을 부지하는 데에 필요한 것도 충분히 먹지 않았고, 항상 하나님을 경외하는 마음이 컸고, 종교에 대한 실제적 감각을 가졌다는 것 외에 별로 아는 게 없습니다. 그는 1729년 9월 12일 스위스 뉘온(Nyon)의 명문가에서 태어났습니다. 그는 제네바 대학에서 평범한 학문 과정을 마쳤습니다. 이후로 당시에 황제 군대의 장성이었던 그의 삼촌께서 그에게 장교 자리를 약속하며 자기 군대에 들어오라 했습니다. 그러나 그가 독일에 도착했을 때 전쟁은 끝났습니다. 이 여행 중에 그는 또 다른 삼촌으로부터 네델란드로 오라는 권유를 받았는데, 그 삼촌께서는 바로 얼마 전에 영국에 있는 지인(知人)으로부터 한 신분이 높은 분 자제의 가정교사를 구해달라는 서신을 받았습니다. 그는 플레처에게 잉글랜드로 가서 그 직책을 맡을 맘이 있는지 물었습니다. 플레처는 이에 동의했고 따라서 잉글랜드로 건너가 힐(Hill)의 두 자제를 지도하는 일을 맡았고, 그 두 젊은이가 대학에 입할 할 때까지 그 직책을 맡았습니다.

2. 힐이 의회에 참석하려고 런던에 갔을 때, 그는 자기 부인 그리고 플레처와 함께 갔습니다. 그들이 세인트 알반스(St. Alban's)에서

식사를 할 때 그는 시내로 걸어 나갔고, 마차가 런던을 향해 출발할 때까지 돌아오지 않았습니다. 하지만 승용마(乘用馬)가 뒤에 남겨졌고, 그는 뒤따라 와서 그 날 저녁 그들과 합류했습니다. 그의 부인이 왜 바로 오지 않았냐고 묻자 그는 '시장을 둘러보며 다녔는데, 어떤 노파가 예수 그리스도에 대해 하도 좋게 말하는 것을 듣느라 그만 시간 가는 줄도 몰랐소'라고 했습니다. 그의 부인은 '머지않아 우리 집 가정교사가 메소디스트가 되지 않으면 내 손에 장을 지지겠어요!'라고 했습니다. 플레처는 '마님, 메소디스트들은 어떤 자들입니까?'라고 했습니다. 그녀는 '글쎄요, 메소디스트들은 그저 기도만 하는 자들이지요. 그들은 밤낮을 가리지 않고 기도만 합니다'라고 했습니다. 플레처는 '그들이 기도만 한다고요? 그렇다면 하나님께서 도우시고 그들이 살아있다면 제가 그들을 찾아낼 수 있겠네요'라고 했습니다. 오래 되지 않아서 그는 그들을 정말로 찾아냈고 그 모임의 일원으로 받아들여지길 소원하게 되었습니다. 그가 시내에 있을 때에 리처드 에드워드(Richard Edwards) 선생의 속회(class)에 참가하게 되고 그 만남의 기회를 놓치지 않았습니다. 그는 에드워드 선생에 대한 특별한 경의를 죽는 날까지 간직하고 있었습니다.

3. 얼마 후 그는 죄인들을 회개케 하는 일에 강하게 맘이 끌렸습니다. 온 세상이 죄 가운데 놓여 있는 것을 보고 그는 진지한 소원을 품었습니다: 가엾은 나뭇조각들을 불에서 끄집어내고 지옥의 가장자리에서 그들을 건져낼 것이다.

비록 그가 아직 영어를 완벽하게 구사하지 못했지만, 특히 발음이 좀 형편없었지만, 그럼에도 그가 말할 때의 진지함은 영국에서는 찾아보기 힘든 것이었고, 그의 모든 말과 몸짓에서 나오는 가난하고 버림받은 죄인들에 대한 그의 한량없는 동정심 어린 사랑이 너무나 커서 그의 말을 듣는 모든 자에게 그렇게 각인된 인상이 사라지지 않았습니다.

4. 1753 년경에 (이제는 성숙한 나이가 되었는데), 그는 부제(副祭, deacon)와 사제(司祭, priest)로 안수 받고, 쉬롭쉬어(Shropshire)의 마델리(Madeley)에서의 소박한 삶에 들어갑니다(플레처가 실제로 부제로 안수 받은 날은 1757년 3월 13일이다. 출판자의 실수로 보임, 역주). 그가 자주 말하길, 이것이 바로 그가 항상 바랐던 삶이라고 했습니다. 그는 화이트홀(Whitehall)에서 안수 받았고, 그 날에 웨스트 스트리트 채플(West Street Chapel)에 있는 내게 조력자가 없음을 듣고 안수식이 끝나자마자 내게로 와서 성찬식을 도왔습니다. 이제 그는 설교를 하느라고 갑절이나 바쁘게 지냈는데, 그는 웨스트 스트리트(West Street)와 스피탈필즈(Spitalfields)에서 뿐만 아니라 하나님의 섭리가 이끄시는 모든 곳에서 영원한 복음을 전했습니다. 그는 이 일을 (영어로 뿐만 아니라) 자주 프랑스어로 했는데, 모든 전문가가 판단하길 그의 프랑스어는 완벽하다고 했습니다.

5. 그는 그곳으로부터 마델리(Madeley)의 교구 목사관으로 거처를

옮겼습니다. 그는 이곳에서 전임으로 교구민들을 섬겼는데, 교구민들은 시내와 그곳에서 일 마일이나 이 마일 정도 떨어진 마델리 우드(Madeley Wood)에 살고 있었습니다. 이곳은 킹스우드(Kingswood)처럼 거주민 거의 모두가 갱부들과 그들에게 딸린 많은 식구들이었습니다. 그는 (멸망하는 짐승과도 같은(시49:12) 이 버림받은 자들을 개조시키고 가르치는 데 엄청난 수고를 했습니다. 지금 그들은, 세 왕국(잉글랜드, 스코틀랜드, 아일랜드; 역주)에서 그들의 신분에 맞게 사려와 분별력이 있으며 품행이 단정합니다.

6. 하지만 얼마 후에 헌팅돈(Huntingdon)의 백작부인이 그에게 아끼던 거처를 떠나 트레베카(Trevecka)에 있는 그녀의 학교를 관리해 달라며 웨일즈로 가달라고 설득했습니다. 그는 이 일에 온 힘을 다하여 일했습니다. 그는 쉬를리(Shirley)의 서명이 있는 회람서신과 함께 백작부인이 보낸 편지를 받을 때까지 젊은이들에게 학문과 인생관을 가르쳤습니다. 그 편지에는 '이전의 연회(Conference) 때 작성된 의사록에 포함된 엄청난 이단적 요소를 비판하기 위하여' 잉글랜드에 있는 모든 하나님을 경외하는 자들을 브리스톨(Bristol)의 감리교 연회(Methodist Conference)에 소집한다는 내용이 있었습니다. 그 귀부인은 그 연회 의사록에 포함된 여덟 가지 신조들을 철저히 거부하지 않는 자는 즉시 그녀의 집을 떠나라고 선언했습니다. 플레처는 이 독단적인 선언에 심히 당황했습니다. 그는 다음 날 금식하며 기도했고 저녁에 그녀에게 편지를 쓰길, 자기는 그 여덟 신조들을 철저히 거부하

258 Ⅲ. 종말에 관하여

지 않을 뿐만 아니라 오히려 철저히 수용한다고 했고, 따라서 그녀의 명령을 지켜 그녀의 집을 떠나 마델리에 있는 자기 집으로 돌아왔습니다.

7. 회람서신은 그의 뛰어난 작품 「율법폐기론을 결박함(Checks to Antinomianism)」을 쓰게 되는 유익한 계기가 되었습니다. 사람들은 이 글을 읽으며 (외국인이 이제까지 그같이 써 본 적이 없는) 언어의 정결함, 논증의 명료함과 힘, 글 전체에 흐르고 있는 영혼의 온유함과 감미로움 중에 어느 것을 더 칭찬해야 할지 고민해야 할 정도였습니다. 자신이 신주 모시듯하는 교령집(Decrees)에서 절대로 떠나지 않겠다고 작심한 어느 성직자가 그의 글을 읽어보라 권함을 받았을 때, '아니오, 나는 절대로 플레처의 글을 읽지 않을 거요. 내가 그것을 읽는 날에는 그의 말에 설득될 게 분명하오'라고 말하는 것이 놀라운 일이 아닐 정도였습니다. 플레처는 다른 글들도 남겼습니다. 이제 그는 그의 목회 사역을 좀 더 확장시킵니다. 공개적으로나 개인적으로, 이른 아침도 저녁 늦게도, 춥든지 덥든지 비가 오나 눈이 오나 상관 않고 모든 날씨 중에, 또한 말을 타고 다니거나 도보로 다니며 그는 수고를 아끼지 않았습니다. 하지만 이 일이 그도 모르는 사이에 그의 몸을 약하게 했고 그의 건강의 근원을 고갈시켰는데, 그의 집중적이고 쉼 없는 학문연구 때문에 그것이 가속되었습니다. 그는 빈번히 하루에 거의 쉬지 않고 14시간에서 16시간을 공부했습니다. 또한 그는 충분히 먹지 않았습니다. 그는 모임이 없을 때는 거의 정규 식

사를 하지 않고 하루에 두세 번 빵과 치즈나 과일을 먹었고, 그렇지 않으면 우유 한 모금을 마시고 나서 글쓰기를 계속했습니다. 어느 누군가가 이 문제, 곧 충분한 음식을 먹지 않는 것을 지적하자 그는 놀란 듯이 대답하길, '제가 식사를 거른다고요? 글쎄요, 저와 저의 집 가정부가 일주일에 쓰는 식비가 두 쉴링(shilling) 이하일 때가 거의 없는데요'라고 했습니다.

8. 그의 건강이 심각하게 훼손됐음을 알고 나는 긴 여행이 제일 좋은 회복책이라고 판단했습니다. 그래서 나는 그에게 나와 함께 스코틀랜드로 여행가자고 제안했고, 그는 기꺼이 동의했습니다. 우리는 봄에 출발했고, 110에서 120 마일 정도 여행한 후에 가을에 런던으로 돌아왔습니다. 내가 확신하건대 그가 나와 함께 몇 달 더 여행했더라면 그의 건강은 완전히 회복되었을 것입니다. 그러나 그의 친구들로 인해 그것이 중단되었기 때문에 그의 병은 빠르게 재발했고 폐결핵으로 되었습니다.

9. 하지만 이 병은 죽을병이 아니었습니다. 그 병은 단지 주님의 영광을 드러내기 위한 것이었습니다(요11:4). 병을 치료하는 기간에 그는 줄곧 뉴윙톤(Newington)에 있었고, 모든 계층의 사람들의 방문을 받았습니다. 모든 사람들은 그의 안에 있는 하나님의 은혜를 보고 놀라움을 금치 못했습니다. 모든 고통 중에도 그는 입으로 불평하지 않았고, 그의 모든 호흡은 하나님을 찬양하거나 그의 이웃을 권면하

고 위로하는 데 쓰였습니다.

10. 더 이상 유용한 치료수단이 없게 되자 그는 바다와 육지를 거쳐 그의 고국으로 여행하라는 권유를 받았습니다. 그는 아일랜드(Mr. Ireland)와 함께 그 여행을 했는데, 이 자는 많은 시련을 겪은 성실한 자입니다. 이 자는 플레처를 형제처럼 사랑했고, 그처럼 고귀한 생명을 구할 수만 있다면 그 어떤 수고도 할 수 있다고 생각한 자였습니다. 플레처는 약 일년 간 고국에서 살았고, 주위에 있는 자들에게 복이 임하게 하는 자가 되었습니다. 많이 회복되었을 때 그는 몇 달 간 프랑스에서 지냈고, 그리고 나서 완쾌된 몸으로 마델리로 되돌아왔습니다.

11. 1781년 모든 그의 동료들의 전적인 인정을 받으며 그는 보산퀘트양(Miss Bosanquet)과 결혼합니다. 그녀가 지금 생존해 있기 때문에 나는 지금 그녀에 대해 영국에 단 하나밖에 없는, 플레처에게 꼭 맞는 배우자였다는 것 그 이상은 말할 수가 없군요. 그녀의 애정어린 신중한 간호 덕분에 그의 건강이 점점 나아졌습니다. 확신컨대, 그가 매년 오 개월이나 육, 칠 개월 간 영국 도처를 돌아다니는 데 이 건강을 사용했다면 영국에 있는 그 누구보다도 더 선한 일을 많이 했을 것입니다. 나는 그것이 더 좋은 길(고전12:31)이었을 것이라고 생각합니다. 하지만 비록 그가 이렇게 행하지 않았다하더라도 그는 자신이 택한 좁은 영역에서 많은 선을 행했고 그것을 통해 모든 영국 교구

목회자들의 귀감이 되었습니다.

12. 그 부부가 함께 한 삶 동안의 그의 삶에 관해서는 그녀 자신의 말로 대신하는 게 좋을 듯싶습니다.

존 플레처에 대한 부인 보산퀘트(Miss Bosanquet)의 글

제 사랑하는 남편이 친필로 자신에 대한 기록을 남겨놓지 않은 것이 제게 큰 슬픔입니다. 또한 저는 제가 알았던 천사와 같은 한 사람의 삶에 대해 세세히 말할 수도 없습니다.

그는 스위스의 베르네(Berne) 칸톤(Canton, 행정구역 단위; 역주)의 뉘온(Nyon)에서 태어났습니다. 유아시절 그는 명랑했으며 마음이 매우 여렸습니다. 어느 날 아버지를 노하게 한 후, 그의 아버지께서는 그를 혼내주려 하셨는데, 그는 아버지께서 다가오실 때까지 먼 정원 에 있다가 다가오시는 것을 보고 아버지께서 자기를 발견하시면 더 화나실까봐 도망쳤습니다. 하지만 얼마 안 있어 그는 '아니! 내가 아버지에게서 도망쳤어? 이 불쌍한 녀석! 아마 나도 성장하여 나에게서 도망치는 아들을 낳을 거야!'라고 생각하며 크게 후회했습니다. 당시 그에게 닥쳤던 슬픈 인상은 그 후 몇 년이 지나서야 기억에서 점차 사라졌습니다.

그가 일곱 살 가량 되었을 때 그를 돌보던 여자가 '넌 참 버릇없는 녀석이구나. 마귀가 그런 녀석들 모두 다 잡아간단다'라고 핀잔을 주었습니다. 그가 침대에 누웠을 때 그녀의 말을 되새겼고, 그의 마음이 그를 찔렀고, 그래서 그는 '난 버릇없는 놈이야. 그래서 아마도 하나님께서 마귀를 시켜 나를 잡아가게 하실지 몰라'라고 말했습니다. 그는 침대에서 일어나 그의 마음이 하나님의 사랑으로 온전히 평안하게 될 때까지 하나님께 힘써 기도했습니다.

(이어지는 글의 일부분은 이전에 내가 적어 놓은 것과 거의 같아서 제외했습니다.)

그가 힐(Mr. Hill)의 집안으로 들어갔을 때 그는 마음에 그리스도를 알지 못했습니다. 어느 일요일 저녁에 그가 음악을 적고 있었을 때 한 종이 불을 살펴보러 들어와서 그를 보며 말하길, '선생님, 선생님께서 고용되시어 주일에도 일하시니 참으로 안 됐습니다'라고 했습니다. 그는 즉시 그의 음악을 중지했고, 그 때 이후로 그는 성일(聖日)을 엄격히 지키는 자가 되었습니다.

얼마 안 가서 그는 자기와 함께 가서 감리교인들(Methodists)의 설교를 듣자고 권하는 여자를 만납니다. 그는 선뜻 동의했습니다. 그러나 들으면 들을수록 그의 마음은 불편해지기만 했습니다. 자신이 더 열심을 내지 않아서 그럴 거라 생각하고 열심히 설교를 들으면서 자신이 하나님께 받아들여지기를 바랐습니다. 이러한 상황은 그가 그린(Green)의 설교를 들으며 자신이 진정한 믿음이 뭔지 모르고 있었다고 깨달을 때까지 계속되었습니다. 이 사건은 그로 하여금 많은 것들을 마음속 깊이 곰곰이 생각하게 했습니다. '(그가 말하길) 신학을 공부하고 대학에서 신학을 주제로 쓴 글로 "경건상(敬虔常, the premium of piety)"까지 받은 내가 지금까지 믿음이 뭔지도 모를 정도로 무지했다는 게 있을 수 있는 일인가?' 하지만 더 세심히 살펴볼수록 그는 더 확신하길, 그에게는 죄가 되살아났고 소망이 사라졌다는 것입니다. 이제 그는 가장 가혹한 금욕행위(austerity)를 통하여 죄를 정복하고 하늘로부터 내리는 평화를 맛보려 했습니다. 하지만 그가 더 몸부림칠수록 그가 더욱 확신하는 바는 그의 타락한 영혼 전체가 죄이고 예수의 사랑이 계시되지 않고서는 그를 기독교인으로 만들 수 없다는 것이었습니다. 어느 날 그는 제단 앞에서 얼굴을 땅에 대고 예수의 피가 자기를 위해 흘렸다는 것을 체험하기까지 괴로워했습니다. 드디어 그를 묶었던 끈이 풀렸고, 그의 자유로운 영혼은 맑은 공기를 호흡하기 시작했습니다. 죄는 그에게 굴복했으며, 그는 주님, 그의 구원의 하나님 안에서 승리했습니다.

이때부터 그는 용맹스럽게 하나님의 길을 갔고, 낮에는 여가가 없음을 감안하여 하나님과 더 깊은 교제를 하기 위해 독서와 기도와 묵상의 시간을 주중(週中) 이틀 밤 동안 갖는 것을 확고한 삶의 규칙으로 세웠습니다. 하나님과의 교제가 그의 영혼의 기쁨이 되었습니다. 한편 그는 초식(草食)만을 고집했는데, 육 개월 이상 빵과 우유와 물만 먹고 지냈습니다.

이틀 밤을 철야함에도 그는 깨어 있을 수만 있다면 잠을 절대로 청하지 않는다는 삶의 규칙을 정했습니다. 이를 실천하기 위해 그는 항상 침대 가까이에 양초와 책을 두었습니다. 그런데 어느 날 촛불을 끄기 전에 그만 졸음을 못 이겨 그가 자던 중 꿈을 꿨는데, 꿈에 커튼과 베개와 모자가 불붙었는데 그는 멀쩡했습니다. 그런데 실제로 그런 일이 일어났습니다. 아침에 그의 커튼과 베개와 모자가 불탔습니다. 하지만 그의 머리카락은 한 가닥도 그을리지 않았습니다. 하나님께서는 당신의 천사를 보내시어 그를 그렇게 돌보라고 명하셨던 것입니다!

얼마 후 그는 하나님의 특별한 사랑을 체험했는데, 그 정도가 너무 세서 그의 몸과 영이 분리되는 것처럼 그가 느꼈습니다. 이제 그의 모든 소망은 한곳으로 집중되는데, 바로 그의 귀하신 주님을 섬기는 일에 자신을 바치는 일입니다. 그는 이를 위해서는 성직자가 되는 것이 제일 좋다고 생각했습니다. 하나님께서는 그의 길을 평탄케 하셨고, 그는 곧 마델리(Madeley)에 정착합니다. 그는 하나님의 손에서 직접 받은 것처럼 이 교구를 받았고, 그곳과 그 주위에서 자기의 주님을 위해 자신을 사용하고 영광에 이르도록 빠르게 성숙해질 때까지 지칠 줄 모르고 사역을 했습니다. 여러 해 그는 많은 반대에 부딪쳤고, 자주 그의 목숨이 위협받았습니다. 때로 그는 내적으로 압박감을 느껴서 완고한 죄인들에게 회개하지 않으면 하나님의 손이 그들을 제거하실 것이라 경고하기도 했습니다. 사건이 발생하여 그의 예언이 엄포가 아니었음을 보여줬습니다. 하지만 그들의 모든 방해에도 불구하고 많은 자들이 그의 목회의 보증이 되었습니다.

그는 자신이 떠나더라도 그의 교구민들이 순수한 복음을 견지하기를 간절히 바랐습니다. 이를 위해 그는 마델리 우드(Madeley Wood)에 건물을 짓느라고 큰 어려움을 견뎠습니다. 그는 이 때문에 수중에 있는 동전 하나도 남김없이 다 저축했을 뿐만 아니라, 그가 국외에 나갔을 때 (귀국하면 근처의 작은 오두막에서 지낼 생각으로) 교구 목사관을 세놓자고 제안했고 그 돈으로 그 건물 문제를 해결하려 했습니다.

영광스럽고 행복하게도 제가 그와 함께 산 이후로 저는 그에게 임하신 성령의 강한 역사를 매일 점점 더 감지하였습니다. 그 열매는 그의 모든 삶과 행실에 나타났고, 특히 그의 온유와 겸손에서 그 절정을 이뤘습니다. 어떤 모욕도 그의 온유함을 흔들지 못했고, 그의 겸손은 그로 하여금 유명해지지 않음과 잊혀짐과 멸시 당하는 것을 사랑하게 했습니다. 자기와 대등한 자를 사랑하는 탁월한 자를 찾기가 얼마나 어렵습니까! 하지만 그는 자신보다 남들을 더 높이기를 기뻐했습니다. 그러한 태도가 그에게 너무 자연스러워서 모든 타인들을 자기보다 앞에 세우는 것이 그의 즐거움인 것 같았습니다. 그는 꼭 필요한 경우가 아니면 타인이 있지 않을 때 그를 비판하지 않았고, 비판할 경우에도 극히 신중히 했습니다. 그는 자신의 수고를 중시하지 않았고, 그 수고가 사람들 입에 오르는 것을 극도로 꺼렸던 것 같았습니다.

인내는 겸손의 자매입니다. 그가 보인 겸손은 내가 말하고 싶은 것이었고 또한 본받고 싶은 것이었습니다. 그의 겸손은 그로 하여금 모든 시련을 신속하고도 기쁜 맘으로 받아들일 각오를 갖게 했습니다. 자기 이웃에게 유익한 일이라면(특히 가난한 자들) 그는 힘든 줄 몰랐고 지칠 줄 몰랐습니다. 제가 개인 연구실에서 공부에 열중인 그를 한 시간에 두 세 번 교회와 교인의 일로 불러내는 것을 미안해하자 그는 '오! 여보, 그렇게 미안해하지 말아요. 우리가 무슨 일을 하느냐는 중요하지 않소. 우리는 항상 하나님의 뜻을 이룰 준비를 하고 있어야 하오. 그것이 바로 걸출한 하나님의 일꾼에 맞은 태도요'라고 했습니다.

그는 양떼 중에도 새끼양들, 즉 어린이들에 대한 남다른 사랑이 있었고, 가장 큰 열심을 가지고 그들을 교육하는 일에 몰두했는데, 이 일에 그는 특별한 은사를 받았습니다. 그리하여 이 사람 많은 교구는 그가 이 일에 완전한 적임자임을 발견하게 됩니다. 아주 가난한 자들이라도 부자와 동일하게 그의 관심의 대상이었습니다. 그들을 위해 그는 생활필수품도 자신에게 사용하는 것을 아까워했고, 자기 교구민 중 하나가 그것들을 필요로 할 때 그것들을 사용하며 가슴 아프다고 그는 자주 말했습니다.

하지만 제가 그의 온유와 사랑을 말하는 중에도 저는 그에게 강하고 담대한 용기를 주신 그의 주님의 사랑을 말하지 않을 수 없습니다. 죄악과 완고한 죄인들을 책망함에 있어서 그는 '우레의 아들'이었고, 하나님의 말씀을 대언할 때 그는 두려움이나 호의(好意) 따위를 염두에 두지 않았습니다.

하나님과의 교제에 관한 거라면 안타깝게도 우리는 그 자신이 남긴 글을 찾을 수 없습니다. 하지만 하나님의 현존을 지속적으로 인식하려는 것이 그의 변함없는 관심사였다는 것 정도는 제가 말씀드릴 수 있습니다. 이를 위해 그는 말을 천천히 했고, 자신의 말을 제어했습니다. 그가 이것에 너무 정신적으로 집중하여 간혹 그를 모르는 자들에게 어리석게 보이기도 했습니다. 하지만 하나님의 영광이라고 판단되면 그는 소수의 사람들과는 더 자유롭게 대화했습니다. 그는 지속적으로 자신과 다른 모든 자들의 영을 고양시켜 하나님과 직접적 교제를 하도록 힘썼습니다. 그이와 저와의 모든 교제는 기도와 찬양으로 범벅되어 있어서 모든 식사 때나 사역할 때에는 그 향기가 나왔습니다. 그가 자주 말하길, '믿음으로 하나님과 하나 되어 그분과 함께 있다고 느끼는 것은 매우 사소한 일입니다. 차라리 나는 그분의 성령을 충만히 받기를 원합니다'라고 했습니다. 그는 또한 '간혹 나는 내 영혼을 취하여 영광으로 들어가게 하려는 듯한 번쩍이는 빛, 즉 하늘공기(heavenly air)의 순간적인 바람을 느꼈습니다'라고 했습니다. 그가 병에 걸리기 얼마 전, 열병이 우리 가운데 퍼지려 할 때 그는 병자를 심방하는 의무에 대해 설교했는데, 설교에서 그는 '우리가 무엇을 두려워합니까? 이 병에 전염되어 죽는 것이 두렵습니까! 오, 더 이상 그것을 두려워하지 마십시오! 여러분이 주님의 일을 하는 가운데 죽는 것은 참으로 큰 영광입니다! 이 일이 나에게 허용된다면, 나는 그것을 유례 없는 호의로 받아들이겠습니다'라고 했습니다. 이전에 그가 병들었을 때 이와 같이 말했습니다: '확고한 인종(忍從) 가운데 나는 조용히 하나님의 완전한 구원을 바랍니다. 나는 신실한 그분의 사랑과 다윗이 바랐던 확실한 자비를 향해 담대히 나아갑니다. 그분의 때가 가장 선하고, 그 때가 바로 나의 때입니다. 사망은 그 쏘는 힘을 잃었습니다. 또한 나는 하나님을 찬양합니다. 나는 영혼의 조급함과 믿음 없는 두려움을 알지 못합니다.'

그의 마지막 몇 달 동안 그는 일어서나 누우나 다음의 말을 그치지 않았습니다:

나는 아무 것도 소유하지 않았고, 나는 아무 것도 아니다.

내 보화는 피 흘리신 어린양에게 있다.

이제와 영원토록.

얼마 전부터 그의 사랑하는 마델리 성도들에게 쓰기 시작한 편지 중에 이런 말이 있습니다: '나는 이 축복의 섬을 잠시 떠납니다. 하지만 나는 그리스도의 십자가 그늘이고, 우리 위해 상하고 찢긴 갈라진 바위틈인 하나님의 나라를 내가 결코 떠나지 않을 것을 확신합니다. 거기서 나는 영으로 여러분을 만나고, 내가 확신하길, 나는 거기에서 기쁘게 영원한 대양(大洋)으로 뛰어올라 그곳으로 가서 구원의 상속자들을 받들어 섬기는 영들과 합류할 것입니다. 내가 이 땅에서 여러분들을 더 이상 섬기지 못하게 되면 아마 그 천사들 무리에 들어가는 것이 내게 허용될 것이라는 생각을 하면 기쁩니다. 그 천사들은 (여러분이 믿음 안에 거하시기만 한다면) 여러분을 아브라함의 품으로 인도하는 책임을 맡았습니다.'

그러한 생각이 저의 믿음에 활력을 줍니다! 주님 저에게 그 믿음을 주시어 그의 길을 따라가게 하소서! 그러면 저는 그를 다시 볼 것이고, 제 맘이 기쁠 것이고, 우리는 영원히 함께 어린양을 볼 것입니다. 믿음이 그 기쁜 순간을 가까이 다가오게 합니다! 지금 그가 멀리서 손짓합니다! 또한 예수께서 오라고 저에게 말씀하십니다!

플레처의 부인이 전하는 그의 죽음에 대한 이야기 외에 다른 것이 부가될 수도 부과되어서도 안 됨을 나는 압니다. 이 이야기 또한 그녀가 전한 것입니다:

그의 마지막 병 이전 얼마 동안 특별히 그의 마음이 영원에 다가간다는 생각으로 채워졌습니다. 그는 우리에게 모든 생각과 모든 근심을 버리고 오직 하나님께 더 깊이 취(醉)하는 일에 전념하라고 말했습니다. 우리는 많은 시간 하나님과 씨름했고, 특별한 방식으로 우리의 자아 전체를 버리고 하나님의 손안으로 인도되었으며, 그리하여 그분을 기쁘시게 해드리는 일이라면 무엇이든 하였고 무엇이든 감당하였습니다.

8월 4일 목요일에 그는 오후 세 시부터 밤 아홉 시까지 하나님의 일을 했습니다. 귀가하여 그가 '나 감기들었소'라고 말했습니다. 금요일과 토요일 그는 편찮았고, 그런데 심상치 않게 오래 기도했습니다. 토요일 밤에 그는 열이 심했던 것 같았습니다. 저는 그에게 아침에 교회에 나가지 마라고 간청했습니다. 하지만 그는 그것이 주님의 뜻이라 했고, 그 경우 저는 설득을 포기해야 했습니다. 기도문을 읽는 동안 그는 거의 실신할 지경이었습니다. 저는 성도들 사이를 헤치고 나가 강단에서 내려오라고 간청했습니다. 하지만 그는 온화한 태도로 저와 다른 자들에게 우리가 하나님의 지시를 방해하면 안 된 다는 것을 가르쳤습니다. 이에 저는 신도석으로 돌아왔고, 신도석에 있던 제 주위의 모든 사람들이 눈물을 글썽였습니다. 열려진 창문으로 불어온 바람으로 다소 기운을 회복시키고 그는 계속 기도문을 읽었고, 이어서 그는 힘차게 설교했고 그의 집중력은 우리 모두를 놀라게 했습니다.

설교를 마친 후 그는 성찬대 쪽으로 올라가며 '나는 자비의 보좌 앞으로, 내 자신이 그룹 날개 밑에 엎드리려고 나아갑니다'라고 말했습니다. 예배는 거의 두 시간 계속되었습니다. 때로 그는 서 있을 수도 없었고, 자주 어쩔 수 없이 멈추기도 했습니다. 성도들이 깊게 감명을 받았고, 곳곳에서 울음이 터졌습니다. 자비로우신 주여! 가장 허약한 감정 가운데에서도 저의 영이 그토록 평온했던 까닭이 무엇이었습니까? 극도로 약해진 그의 몸에도 불구하고 그는 찬양을 몇 구절 불렀고, 권면의 말씀을 기운차게 전했습니다. 예배가 끝나자 우리는 서둘러 그를 침대로 데려갔고, 거기서 즉시 그는 실신했습니다. 후에 그는 얼마 간 깊은 잠에 빠졌고, 깨자마자 기쁘게 미소지으며 외쳤습니다. '여보, 보시오. 나는 이제 주님의 일을 하는 데 문제가 없소. 내가 그분을 신뢰할 때 그분께서는 절대로 나를 실망시키지 않는다오.' 그는 약간의 식사를 한 후, 저녁 내내 졸았고, 이따금 하나님 찬양하며 걸었습니다. 밤에 심하지는 않았지만 열이 다시 났고, 그의 기력은 굉장히 쇠약해졌습니다. 월요일과 화요일에 우리는 함께 작은 낙원을 맛보았습니다. 그는 침상에 누워 공부했고, 자주 자세를 바꾸긴 했지만 매우 즐거워했습니다. 또 자주 긴 시간 잠을 잤습니다. 잠에서 깨어나면 그는 제가 찬양시와 믿음과 사랑에 대해 쓴 소책자를 읽는 것을 들으며 기뻐했습니다. 그의 말은 매우 활기차 있었고, 그의 인내는 말로 표현할 수 없을 정도였습니다. 진저리나는 약을 복용할 때 그는 십자가를 즐기는 것 같았는데, 이는 그가 자주 거듭하여 '우리는 하나님의 뜻에 완전히 순종해야 하고, 그분께서 좋으신 대로 우리를 위로하시도록 하게 해야 한다'라고 한 말씀에 일치하는 것입니다. 저는 만약 그가 저에게서 떠나간다면 저에게 어떤 권고의 말을 남길 것인지 그에게 물었습니다. 그는 '특별히 남길 말은 없소. 주님께서는 당신에게 모든 것을 알게 하실 것이오'라고 했습니다. 저는 '하나님께서 혹시 당신을 데려가실 것이라 생각하지는 않으시나요?'라고 물었습니다. 그는 '아니오. 특별히 그런 것은 없소. 다만 나에게는 죽음이 늘 가깝게 있기에 우리 둘 다 마찬가지로 함께 영원의 문턱에 서 있는 것처럼 보일 뿐이오'라고 말했습니다. 그가 잠깐 잠에 든 사이에 저는 주님께 그분께서 기뻐하시는 일이라면 그를 저에게 좀 더 머물게 해달라고 기도 드렸습니다. 하지만 저의 기도는 날개를 달지 않은 것 같았고, 저는 계속하여 '주님, 저에게 완전한 순종심을 주소서'라는 기도를 동시에 드리지 않을 수 없었습니다. 이 불확실한 믿음이 저로 하여금 하나님께서 혹시나 최근에 제 남편에게 허용하려 하셨던 고난의 잔을 제 손에 쥐어 주시지는 않을까 하는 걱정에 떨게 했습니다. 몇 주 전에 저도 열병을 앓았습니다. 그 때 저의 남편은 완전한 이별의 장면을 감지했고, 완전한 포기에 이르기 위해 고투했습니다. 그때 그는 '오! 팔리(Polly), 당신이 땅에 묻히려 밖으로 실려 나가는 날을 내가 보게 될까? 그러면 당신이 친절한 보살핌으로 나를 위해 해 놓은 집안 구석구석에 있는 아기자기한 일들이 얼마나 나의 마음에 상처를 주고 아프게 할까! 뭐야? 난 지금 질투하고 있구나! 난 구더기들에게 질투를 느끼고 있어! 내가 구더기들에게 내 사랑하는 팔리를 빼앗길 것을 겁내고 있는 것 같아!'라고 했습니다.

이제 이런 모든 생각들이 내 마음으로 들어왔고 맷돌처럼 나를 짓눌렀습니다. 나는 주님께 부르짖었고, '나 있는 곳에 내 종들도 있게 될 것이고, 그리하여 그들이 나의 영광을 보리라'라는 말씀이 내 영혼에 깊이 새겨졌습니다. 이 약속이 내 영혼에 완전한 위로를 주었습니다. 저는 그리스도의 현존 안에 우리 가정이 있음과, 우리가 그분의 마음 깊은 중심에 놓여지는 데에서 우리의 재결합의 가능성을 찾아야 한다는 것을 깨달았습니다. 저는 그것을 영생을 얻기 위한 새로운 결혼으로 이해했습니다. 그러한 결혼을 할 자로서 저는 영원히 그것을 붙잡을 것을 확신합니다. 그 날 온종일 제가 '내 영광을 보리라'는 말씀을 생각할 때마다 그 말씀이 저의 모든 눈물을 닦아내는 것 같았고, 우리를 새롭게 결합시키는 가락지처럼 되었습니다.

얼마 후 그가 깨어나 말했습니다. '팔리, 나는 이스라엘의 잘못이 바로 표적을 구하는 것이라 생각했었소. 우리는 그래서는 안 되고, 우리의 자아 전체를 하나님의 손에 맡기고 그분께서 모든 것들을 선히 행하실 것을 확신하며 그분 앞에 인내심을 가지고 기다려봅시다.'

저는 '사랑하는 여보, 제가 당신을 슬프게 하도록 행한 것이나 말한 적이 있다면, 당신이 나를 떠나가면 그렇게 했던 기억들이 얼마나 내 맘을 상하게 할까요!'라고 말했습니다.

그는 지극히 부드러운 말로, 피에 흠뻑 적셔진 우정(友情)의 철필(鐵筆)로 제 마음에 쓴 여러 말로써 우리의 결혼이 감사한 일이었다고 밝히 말했고, 저에게 그런 생각을 하지 말라고 간청하며 부탁하였습니다.

수요일에 하나님의 권능의 무게에 눌려 온종일 신음한 후, 그는 저에게 말로는 도저히 표현할 수 없는 '하나님은 사랑이시다'라는 말씀의 완전한 의미의 현시(顯示, manifestation)를 받았다고 말했습니다. 그가 말했습니다. '매순간 그것(하나님의 사랑, 역주)이 나를 채웠소. 오! 팔리, 내 사랑 팔리, 하나님은 사랑이오. 소리치시오, 크게 소리치시오! 나는 땅 끝까지 울려 퍼질 하나님 찬양을 위한 큰 소리를 원하오. 하지만 더 이상 내가 말을 할 수 없을 것 같소. 우리 둘 사이에 신호를 정합시다. (손가락으로 나를 두 번 톡톡 치며) 이게 바로 "하나님은 사랑이시다"라는 뜻이오. 이렇게 하여 우리는 서로를 하나님 안으로 끌어당기는 것이오. 잊지 마시오! 이렇게 함으로 우리는 서로를 하나님께로 끌어당기는 것이오.'

샐리(Sally)가 들어오자 그는 외쳤습니다. '오! 샐리, 하나님은 사랑이십니다. 당신과 샐리 둘 다 외치시오. 나는 여러분이 하나님을 찬양하는 것을 듣기 원하오.' 이러한 모든 기간에 그를 성실히 치료했던 친구 의사는 그가 위험에 처하지 않기를 기대했습니다. 왜냐하면 그는 심한 두통도 없었고, 잠을 많이 잤고, 정신착란도 전혀 없었고, 맥박도 거의 정상이었기 때문입니다. 그의 생명을 앗아갈 병이었지만 하나님의 능력이 병세(病勢)를 그렇게 붙잡아두었던 것입니다.

목요일에 그의 언어능력이 사라지기 시작했습니다. 그가 말할 수 있는 동안에 그는 눈에 들어오는 모든 자들에게 말을 했습니다. 집에 온 낯선 여자의 인기척을 듣고 그는 그녀를 불러오라고 했습니다. 비록 두어 마디 말하고 거의 실신하다시피 했는데도 말입니다. 말할 힘이 생기기만 하면 그는 절친한 의사 선생에게 침묵을 지키지 못하고 '오! 선생, 당신이 나의 몸을 고치려 그렇게 생각이 많은데, 나에게 당신의 영혼을 위해 생각할 여유 좀 주시오'라고 말했습니다. 그가 말하는 것을 제가 거의 알아들을 수 없을 때 저는 '하나님은 사랑이시다'라고 말했습니다. 즉시 그의 모든 힘이 깨어난 듯이 환희에 차서 말하길, '하나님은 사랑이시다! 사랑! 사랑! 오, 나는 하나님 찬양을 위한 큰 소리를 내기 원하오'라고 했습니다. 여기서 그의 음성은 다시 그쳤습니다. 여러 가지로 고통을 당했으나 그는 당시 그 자리에 있는 자들이 상상할 수 있는 최대의 인내심으로 그것을 대했습니다. 아마 제가 그의 고통들을 나열했다면 그는 미소를 머금고 그 신호(두 번 톡톡 치는 것, 역주)를 했을 것입니다.

금요일에 그의 몸이 점으로 뒤덮여 있음을 발견하고 저는 저의 영에 검이 꽂힌 것처럼 느꼈습니다. 제가 그의 손을 잡고 그의 옆에 무릎을 꿇고 주님께 이 공포의 시간에 우리와 함께 계실 것을 간구할 때 그가 여러 말을 하려 애썼으나 할 수 없었고 저의 손을 꼭 쥐거나 그 신호를 반복했습니다. 마침내 그가 숨을 내쉬고, '교회의 머리시여, 제 아내의 머리가 되어주소서!'라고 했습니다. 잠시 제가 볼일이 있어 그를 떠났을 때 샐리가 그에게 '사랑하는 선생님, 저를 알아보십니까?'라고 했습니다. 그는 '샐리, 하나님께서 그분의 오른손으로 당신을 붙들어 주실 거요'라고 했습니다. 그녀는 '오, 내 사랑하는 목사님, 목사님께서 떠나시면 불쌍한 사모님은 얼마나 큰 비탄에 빠질까요!'라고 말을 이었습니다. 그는 대답하길, '하나님께서 그녀의 모든 것이 되어주실 거요'라고 했습니다. 그는 그때까지 언제나 이 글을 매우 좋아했습니다:

예수의 피가 땅과 하늘을 통해 흐르고,
자비, 아낌없는 끝없는 자비가 외친다.

제가 이것을 그에게 들려줄 때마다 그는 '끝없는! 끝없는! 끝없는'이라고 대답하곤 했습니다. 이제 그가 고통 가운데서도 그의 말을 이어갑니다:

내가 곧 증거할 자비의 온전한 능력이
영원한 사랑으로 나를 사랑했도다.

토요일 오후에 그의 열이 싹 물러간 것처럼 보였습니다. 병상 가까이 서 있는 몇몇 친구들에게 그는 일일이 손을 내밀었고, 한 목사를 보며 '내일 도와주실 수 있습니까?'라고 물었습니다. 그의 방에서 요일이 언급된 적이 없었음을 고려하면 그의 집중력(기억력)이 우리를 놀라게 했습니다. 많은 자들이 그가 회복할 것이라 믿었습니다. 한 사람이 '주께서 당신을 일으키시리라 생각하십니까?'라고 물었습니다. 그는 기력을 다하여 '부활 때 나를 일으…'라고 했는데, '부활 때 나를 일으키실 것이다'라는 말이겠지요. 다른 자가 동일한 질문을 했을 때 그는 '나는 모든 것을 하나님께 맡깁니다'라고 했습니다.

저녁에 열이 되돌아와 심히 기세를 부렸고, 목에 생긴 가래가 그를 거의 질식하게 만들었습니다. 정신적 고통도 이와 같이 커서 마지막까지 점점 더 격심해지겠구나 하는 생각이 제게 들었습니다. 제가 이것을 강하게 느꼈을 때, 저는 주님께 그 생각을 없애달라고 외쳤고, 감사하게도 주께서 들어주셨습니다. 그 시간 이후 그런 생각이 들지 않았습니다. 밤이 다가오자 저는 그가 신속히 죽어가고 있다는 것을 감지했습니다. 그의 손가락은 (잠시라도 잊은 적이 없는) 그 신호를 거의 할 수 없었고, 그의 언어능력은 완전히 사라진 것 같았습니다. 제가 '나의 사랑하는 자여, 저는 제 자신을 위해 구하는 것이 아니라 (저는 당신의 영혼을 압니다!) 다른 자들을 위해 구합니다: 예수께서 지금 이 순간 당신과 함께 계신다면 오른손을 들어주세요' 라고 말했습니다. 그가 오른손을 들었습니다. '당신 앞에 영광의 문이 열려 있다면 다시 한 번 해보세요.' 그는 즉시 오른손을 다시 올렸습니다. 30초 후에 다시 한 번 했고, 그리고 나서 마치 침대 끝까지 닿게 할 것처럼 손을 쭉 위로 뻗었습니다. 그 이후로 사랑스런 그의 손은 더 이상 움직이지 않았고, '많이 고통스러우세요?'라는 저의 말에 그는 '아니오'라고 대답했습니다. 이때부터 그는 눈을 고정시키고 뜬 채 일종의 수면상태에 빠졌습니다. 대부분 그는 베개를 등에 기대고 고개를 한 쪽으로 기울인 채 앉아 있었습니다. 또한 그의 표정이 지극히 평온하고 승리에 차 있어서 죽음의 그림자라고는 찾아볼 수 없었습니다.

24시간 동안 그는 잠자는 자처럼 숨을 쉬며 이런 상태에 있었습니다. 8월 14일 일요일 밤 10시 35분경에 그의 귀중한 영혼은 몸부림치거나 신음 소리 없이 56세에 기쁨 속에서 주님께로 갔습니다.

여기서 저의 애도의 이야기를 그칩니다. 하지만 그의 거룩하고 탁월한 모습은 쓰라린 제 마음에서 영원히 지워지지 않을 것입니다. 그의 뜨거운 열정, 잃은 자들을 찾고 구하려는 노고, 자신의 시간을 사용함에 있어서의 부지런함, 예수님과 같은 저에 대한 그의 인자한 겸손, 하나님과의 중단 없는 교제는 (하나 더 추가해도 된다면, 저의 손실은) 글로써 다 표현할 수 없을 정도입니다. 저는 '깊은 물 가운데' 지나왔습니다. 하지만 저의 모든 고통들은 이것과 비교할 바가 못됩니다: 곧, 저는 현재의 기쁨보다 미래의 기쁨을 원하고, 저의 소망을 붙들어 맬 세상 것보다는 불멸을 원합니다.

17일 그의 유해는 수천의 눈물과 슬픔 가운데 마델리의 교회 뜰에 안장되었습니다. 장례예배는 와터스 압톤(Waters Upton)의 교구목사이신 해톤(Hatton) 목사님께서 집례하셨는데, 하나님께서 그분에게 능력을 주시어 울먹이는 성도들에게 감동적인 설교를 하게 하셨습니다. 저의 부탁으로 목사님께서는 마지막 말씀으로 다음의 글을 낭독하셨습니다:

저의 사랑하는 남편이 이처럼 소박하게 매장되는 것을 원하였고, 사랑하는 마음에서 그는 제가 장례식에 참석하지 말기를 간청했습니다. 이 모든 것을 저는 순종하고자 합니다.

그래서 드리는 말씀입니다만, 하나님의 영광을 위하여 제가 친구의 입을 통하여 제 남편처럼 하나님의 길을 똑바로 갔던 자를 보지 못했다는 것을 공개적으로 증언하는 것을 용납하여 주시기 바랍니다. 주님께서는 그에게 눈동자처럼 맑은 양심을 주셨습니다. 그는 정말로 자신보다 타인의 유익을 먼저 구했습니다.

그는 고지식하게 공명정대했으나 세상과 연결된 모든 줄은 완전히 풀어놓았습니다. 그는 자신의 모든 소유를 가난한 자들과 나눴는데, 그의 마음에 그들이 그토록 깊게 자리잡고 있어서 죽음에 임박해서도 힘들여 다음과 같이 말했습니다: '아! 나의 가난한 성도들! 그들의 앞날이 어떻게 될까?' 그는 유례가 없을 정도의 큰 겸손을 가졌습니다. 제가 그것을 증언합니다. 그는 자주 멸시받는 것을 정말로 기뻐했습니다. 진실로 그의 영혼의 양식은 작아지고 무명(unknown)해 지는 것이었습니다. 그가 운명할 것을 대비해 그의 형제에게 편지를 써달라고 제게 부탁했을 때 제가 '주님께서 당신을 대하신 일을 적을게요'라고 하니 그가 '아니오, 아니오. 나에 대해서는 아무 것도 쓰지 마시오. 나는 내 자신이 잊혀지기를 바라오. 하나님만이 나의 전부입니다!'

영혼들에 대한 열정에 관해서는 제가 여러분께 따로 말씀을 드릴 필요가 없을 것 같습니다. 여러분들께서 그의 25년 간의 수고와 최후의 순교자적 죽음을 기억하시어 그 사실을 인정해 주셨으면 합니다. 그의 부지런한 병자심방이, 하나님의 허락 하에, 저와 여러분을 그이로부터 떼어놓은 그 열병의 계기가 되었습니다. 죽어가는 입술과 손으로 여러분에게 작별의 인사를 하려는 비장한 열망이 아마도 결정적 타격이 되어 그의 피가 썩음에 넘겨지게 했던 것 같습니다. 여러분들의 종이 이렇게 살다가 죽었습니다. 여러분들 중에 그 날에 하나님 우편에서 그를 만나기를 원치 않는 분들이 계실까요?

그는 항상 죽음을 눈앞에 보며 살았습니다. 약 2 개월 전에 그가 저에게 와서 말했습니다. '사랑하는 여보, 왜 그런지는 잘 모르겠지만, 나는 죽음이 우리에게 매우 가깝다는 이상한 느낌을 가지고 있소. 마치 죽음이 우리 둘 중 하나에게 갑자기 닥칠 것과 같은 느낌말이오. 그 느낌이 내 영으로 하여금 기도하게 하여 우리가 그것을 대비하게 하는 것 같으오.' 그리고는 돌연히 '주여, 주님께서 부르실 그 영혼이 준비하게 하소서. 또한, 오! 뒤에 남아있을 비탄에 잠길 가련한 자에게 힘을 주소서!'라고 기도를 드렸습니다.

운명하기 며칠 전에 그는 사랑에 가득 차 있었고, 저에게 그는 '내가 "하나님은 사랑이시다"라는 말씀의 너무도 깊은 뜻을 발견해서 당신에게 절반도 설명 못하겠소. 오, 소리 높여 하나님을 찬양하라'라고 목소리가 남아 있는 동안 끝까지 증거했습니다. 그는 이 일을 어린양이 보이신 인내로 했고, 그 인내 가운데 그는 죽음을 초월하여 미소를 지었으며 그토록 오랫동안 여러분께 전했던 그 영광스런 진리에 자신의 마지막 도장을 찍었습니다.

삼 년 구 개월 이틀 간 저는 저의 거룩한 성품을 가진 남편을 소유했습니다. 하지만 지금 이 땅에서 저에게 기쁨을 준 태양이 영원히 졌고, 오직 하나님의 뜻에 완전히 복종함으로써 위로를 찾을 수 있는 저의 영혼은 근심 중에 있습니다. 제가 주님께서 기뻐하시는 일이라면 제 남편을 저에게 좀 더 있게 해 달라고 기도 드릴 때 다음의 약속의 말씀이 제 맘에 강하게 다가왔습니다 (이 약속의 성취에서 저는 그와의 재회를 기대하고 있습니다): '나 있는 곳에 내 종들도 있을 것이다. 그리하여 그들이 내 영광을 볼 것이다.' 주님, 하루 빨리 그 날이 오게 하소서.

플레처의 부인이 감개무량한 심정으로 전하는 지금까지의 이야기에 덧붙여 나는 이 하나님의 사람의 성품에 대해 약간 더 언급을 해야 되겠다는 생각이 드는군요. 여러 해 동안 나는 대영제국에서 그리고

리 로페즈(Gregory Lopez)나 머써 더 렌티(Monsieur de Renty)에 필적할만한 자를 찾는 것을 단념했었다고 밖에 말씀드릴 수 없습니다. 하지만 공명정대한 의식을 가진 자가 있다면 플레처가 그들보다 못하다는 증거를 대보시오! 그가 타오르는 밝은 빛(요5:35)인 자들에 속한 자가 체험한 것보다 하나님과의 깊은 교제를 체험 못했거나 높은 단계의 내적 거룩함에 미치지 못했습니까? 분명히 그의 외적 거룩함은 그들 못지않았습니다.

하지만 혹자가 이들을 비교하려 한다면 두 가지를 고려해야 합니다. 첫째, 우리는 그들의 전기를 기록한 자가, 그들에게 있는 적절치 못한 면들을 감추지는 않았을지도, 내용을 축소하지 않았다고 확신할 수 없습니다. 우리가 확신하기는 몇 가지 적절치 못한 것들, 곧 성인(聖人)들을(특히 마리아를) 숭배하는 가운데 미신이나 우상숭배에 접했던 사실들이 있었습니다. 하지만 나는 플레처의 성품에 대해 말할 때 사실을 감추거나 축소하지 않았습니다. 왜냐하면 나는 그에게서 적절치 못한 것을 보지 못했고, 축소하여 전해야만 할 것을 발견 못했고, 더욱이 감추어야 할 것도 보지 못했습니다. 둘째로, 나와 플레처의 부인은 그의 모든 행동을 눈으로 보고 귀로 들었기 때문에, 그들의 삶을 기록한 자들은 우리가 플레처에 대해 알고 있는 것만큼 완전하게 그들에 대해 알지 못하다는 것입니다. 따라서 우리는 플레처의 삶이 우상숭배나 미신으로 더럽혀지지 않았다고 말할 수 있습니다. 나는 그와 30년 이상 가깝게 지냈습니다. 수백 마일 함께 여행하며 그와 나는 털끝만큼도 숨기지 않고 솔직하게 오전, 오후, 밤에 대화를 나눴습니다. 그 모든 기간 중에 나는 그에게서 적절치 못한 말이나 행동을 보지 못했습니다. 결론을 맺겠습니다. 나는 80년 간 마음과 삶이 거룩한 많은 모범적인 자들을 보았습니다. 하지만 그와 견줄만한 자를 나는 찾지 못했습니다. 그렇게 내적으로나 외적으로 하나님께 헌신한 자를 보지 못했습니다. 모든 면에서 그렇게 흠잡을 데 없는 성품을 유럽이나 아메리카에서도 보지 못했습니다. 또한 이 세상이 끝날 때까지 그러한 자를 발견할 것을 나는 기대 안 합니다.

우리 모두도 그와 같이 되는 것이 가능하므로, 그가 그리스도를 본받았던 것처럼 우리도 그를 본받읍시다!

노르위치(Norwich)에서
1785. 10. 24.

존 플레쳐, 그의 비문(碑文)

여기 마델리의 교구목사
John William de la Flechere가 잠들다.
1729년 9월12일
스위스 뉘온(Nyon)에서 태어났고
이곳에서
1785년 8월 14일 생을 마치다.
그의 지극한 노고는
이곳에서 영원히 기억될 것이다.
뛰어난 열정과 재능을 가지고
그는 24년 간 이 교구에서 목회했다.
그러나 많은 자들이 그가 전하는 말씀을 믿었으나,
그럼에도 그는
선지자의 탄식을 외치지 않을 수 없었을 것이다.
내가 종일 손을 펴서
불순종하고 반항하는 백성을 불렀나니(사65:2)
그럼에도 내 의(義)는 주께 있고
내 보상도 하나님께 있다(사49:4).

3. 시대의 표적 (66)

The Signs of the Times

마 16:3
"너희가 천기는 분별할 줄 알면서 시대의 표적은 분별할 수 없느냐?"

1. 본문은 다음과 같습니다: '바리새인과 사두개인들이 와서 예수를 시험하여 하늘로서 오는 표적 보기를 청했다. 예수께서 대답하여 가라사대, 너희가 저녁에 하늘이 붉으면 날이 좋겠다 하고 아침에 하늘이 붉고 흐리면 오늘은 날이 궂겠다 한다. 아! 이 위선자들아, 너희가 천기는 분별할 줄 알면서 시대의 표적은 분별할 수 없느냐?'

2. '바리새인과 사두개인들이 왔습니다.' 보통 이 두 무리는 서로 아주 적대적이었습니다. 하지만 세상의 자녀들에게 있어서 서로간의 반목을 (적어도 잠시만이라도) 접어두고 진심으로 마음을 합하여 하나님의 자녀들을 대적하는 것은 특별한 일이 아닙니다. '그리고 그분께서 정말로 하나님으로부터 오셨는지 시험하여, '하늘로서 오는 표적 보기를 청했습니다.' 그들이 생각하기에 그 일은 거짓 선지자라면 할 수 없는 것이었습니다. 그러한 표적이 예수께서 정말로 하나님으로부터 오셨다는 것을 자신들에게 확신시킬 수 있을 것이라고

그들이 생각했던 것 같습니다. '예수께서 대답하여 가라사대, 너희가 저녁에 하늘이 붉으면 날이 좋겠다 하고 아침에 하늘이 붉고 흐리면 오늘은 날이 궂겠다 하나니.' 아마도 날씨의 좋고 나쁜 징후가 우리나라보다 그들 나라에서 더 확실하게 나타났던 것 같습니다. '아! 이 위선자들아,' 마음에는 적의를 품은 채 가식적인 사랑을 내보이고 있구나. 즉 '너희가 하늘을 보고' 그것으로 날씨가 어떠할지 판단하면서도 하나님께서 첫 아들 독생자를 세상에 보내셨는데도 '너희는 시대의 표적을 분별 못하고 있지 않느냐?'

3. 좀 더 자세히 질문해 봅시다. 첫째로, 우리 주님께서 말씀하신 '시대(times, 시대들)'가 어떠한 것입니까? 또한 다른 모든 시대들로부터 그때의 시대를 구분시키는 '표적(signs, 표적들)'이 무엇이었습니까? 둘째로, 그 다음에 이렇게 질문해 볼 수 있습니다. 우리가 기대해야 할 이유가 있는, 지금 우리 가까이에 있는 '시대'가 어떠합니까? 또한 기독교인이라 하는 모든 자들이 '이 시대의 표적들'을 분별하지 못하는데, 왜 그렇습니까?

I. 우리 주님께서 말씀하신 시대(들)는 어떠한 것이었습니까?

1. 먼저 질문해봅시다. 우리 주님께서 말씀하신 시대(들)는 어떠한

것이었습니까? 이에 대한 대답은 아주 쉽습니다: 바로 메시야 시대입니다. 그 시대는 창세전에 계획된 시대입니다. 그 시대에 하나님께서는 독생자를 보내주셔서 우리의 본성을 그분께 덧입히시고, '인간으로 나타나게' 하시고, 슬픔과 고통의 삶을 살게 하시고, 마침내 '죽기까지 순종하여 십자가의 죽음을 당하게 하시고,' 마지막으로 '그를 믿는 모든 자들이 멸망당하지 않고 영생을 얻게'하시기를 기뻐하셨습니다. 이는 중요한 시대였고, 이 시대의 표적을 바리새인과 사두개인은 분별할 수 없었습니다. 그 표적이 너무 분명했지만 이 자들의 마음에 너무 두꺼운 베일이 덮여 있어서 그토록 오랜 세월 예언이 되었는데도 그들은 그분의 오심을 보여주는 증거들을 분별할 수 없었습니다.

2. 그런데 그토록 오랜 기간 분명하게 예언된 의로우신 분의 오심에 대한 표적들이 무엇이었습니까? 그들의 마음에 베일이 덮이지 않았을 경우 무엇을 통해 그들이 그 시대를 쉽게 분별할 수 있었을까요? 그 표적들은 아주 많으나 몇 가지를 언급하는 것으로도 충분할 것 같습니다. 첫째로 언급될 표적은 야곱이 죽기 바로 전에 한 엄숙한 말 가운데 나옵니다: '홀이 유다를 떠나지 아니하며, 치리자의 지팡이가 그 발 사이에서 떠나지 아니하시기를 실로가 오시기까지 미치리니, 그에게 모든 백성이 복종하리로다'(창49:10). 옛날이나 현대의 유대인들 모두 '실로'를 메시야(the Messiah)로 이해해야 한다는데 의견의 일치를 보이고 있습니다. 그러므로 예언에 따르면 메시야

는 '홀 즉 주권(主權)이 유다를 떠나기 전에' 오시기로 되어 있었습니다. 하지만 이 홀이 바로 이 시대에 논쟁의 여지없이 유다를 떠났습니다(서기 70년 로마에 의한 유대 나라의 멸망을 고려하기 바람, 역주). 이는 이 시대에 '실로' 즉 메시야가 '오셨다'는 아주 명백한 표적입니다.

3. 그 시대, 곧 메시야가 도래한 그 시대의 분명한 두 번째 표적은 말라기 3장에서 우리에게 제시됩니다: '보라 내가 내 사자를 보내리니 그가 내 앞에서 길을 예비할 것이요, 또 너희의 구하는 바 주가 홀연히 그 전에 임하리니'(말3:1). 이 예언이 첫째로 세례 요한이 옴으로써, 그리고 다음으로 우리의 거룩하신 주님께서 친히 '자신의 성전에 갑자기 오심으로써' 분명하게 성취되었습니다! 또한 예언자 이사야의 말 '외치는 자의 소리여 가로되 너희는 광야에서 여호와의 길을 예비하라. 사막에서 우리 하나님의 대로를 평탄케 하라(사40:3)'를 편견을 갖지 않고 읽는 자들에게 무엇이 이보다 더 분명한 표적이 될 수 있겠습니까!

4. 하지만 그럼에도 이것들보다 더 분명한 표적들은(혹시 더 분명해질 수 있는 것이 있다면) 바로 그분께서 행하신 위대한 사역들입니다. 따라서 예수께서 친히 말씀하시길, '나의 하는 그 역사가 나를 위하여 증거하는 것'이라 하셨습니다. (혹자가 이상하게 생각하듯, 요한이 스스로 의심해서가 아니라 그의 제자들이 그들의 지도자 자리

에서 요한이 물러날 때 흔들릴 것이므로 그들에게 확신감을 심어주기 위해) '오실 그이, 곧 메시야가 당신이오니이까, 아니면 우리가 다른 이를 기다리오리이까?'라 한 요한의 질문에 대한 예수님의 대답을 통해 그분께서는 자신의 사역에 (메시야 됨의, 역주) 근거를 두셨습니다. 말뿐인 대답이 그들 자신의 눈으로 직접 본 것만큼 확신을 주지 못합니다. 그래서 예수께서는 그들에게 이 증거를 보이십니다: '예수께서 대답하여 가라사대 너희가 가서 듣고 보는 것을 요한에게 고하되, 소경이 보며 앉은뱅이가 걸으며 문둥이가 깨끗함을 받으며 귀머거리가 들으며 죽은 자가 살아나며 가난한 자에게 복음이 전파된다하라'(마11:4-5).

5. 하지만 다른 일에는 눈치가 그토록 빨라서 '천기를 분별할 줄 아는' 자들이 어떻게 하여 메시야의 도래를 나타내는 표적들은 분별할 수 없는 일이 일어났나요? 그들이 증거가 부족해서가 아니라 - 증거는 많았고 명확했습니다 - 그들 자신 안에 고결함(integrity)이 부족했기 때문에 분별할 수 없었습니다. 왜냐하면 그들은 '음란하고 악한 세대'였고(마16:4), 그들의 마음의 사악함이 그들의 이해력에 구름이 감싸이게 했기 때문입니다. 그러므로 의로운 해가(말4:2) 밝게 빛났지만, 그럼에도 그들은 그것에 대해 무감각했습니다. 그들은 설득당하는 것을 원치 않았고, 그래서 그들은 무지 가운데 거했습니다. 빛은 충분했는데 그들은 그것을 보지 않으려고 눈을 감아버렸습니다. 그래서 그들은 노하심이 끝까지 저희에게 임할 때까지(살전2:16) 변명

할 수 없게 되었습니다.

II. 우리가 기대해야 할 이유가 있는, 지금 우리 가까이에 있는 '시대'는 어떠한 것입니까?

1. 두 번째 문제를 생각해 봅시다. 우리가 기대해야 할 이유가 있는, 지금 우리 가까이에 있는 '시대'는 어떠한 것입니까? 또한 기독교인이라 하는 모든 자들이 '이 시대의 표적들'을 분별하지 못하는데, 왜 그렇습니까?

우리가 기대해야 할 이유가 있는 '시대들'은 바로 많은 경건한 자들이 말한 '나중 영광'(the latter-day glory, 학2:9)의 시대인데, 이것이 의미하는 바는 이 시대에 하나님께서 그분의 은혜로운 약속 즉 '물이 바다를 덮음 같이 여호와를 아는 지식이 세상에 충만할 것임이니라'(사11:9)를 성취시키시는 가운데 그분의 능력과 사랑을 영광 중에 나타내신다는 것입니다.

2. '하지만 영국이나 세상 다른 어느 나라에 그러한 시대가 도래하는 표적이 있습니까?' 몇 년 전에 교회에서 저명할 뿐만 아니라 (당시에 런던 주교였음), 상당한 학식이 있는 사람이 그의 목회서신에서 이렇게 말했습니다: '나는 사람들이 이 시대의 "하나님의 위대한 사역"에 관해 한 말을 이해할 수 없습니다. 나는 이전 그 어느

시대보다 지금 하나님의 사역을 더 볼 수 없습니다.' 나도 그 말에 수긍이 갑니다. 나도 그 대단하신 분께서 특별한 하나님의 역사를 보지 못했다는 것을 이해합니다. 그와 마찬가지로 기독교인들 태반이 소위 다가오고 있는 영광의 날의 표적을 보지 못했습니다. 하지만 이것이 어떻게 설명됩니까? 지금 '천기를 분별'할 수 있는 자들이고, 대단한 학자들(philosophers)일 뿐만 아니라 사두개인들이나 바리새인들만큼 유능한 성직자들인 자들이 어떻게 아직 시작은 안 되었지만 가까이 있고 바로 문턱까지 온 이 영광스런 시대들을 분별하지 못합니까?

3. 진실로 우리는 모든 교회의 시대에 '하나님의 나라가 눈에 띄게'(눅17:20), 화려함과 장관 가운데, 또는 이 세상 나라들에 흔히 있을 수 있는 상황들 가운데 도래하지 않았다고 알고 있습니다. 우리는 이 '하나님의 나라가 우리 가운데 있음'(눅17:21)과, 따라서 개인이나 국가에 그것이 시작되면 '마치 처음에는 모든 씨보다 작은 것이로되 점차 자란 후에는 큰 나무가 되는 겨자씨와 같게 됨'(마13:31-32) 인정합니다. 혹은 우리 주님의 다른 비유를 들자면, 하나님 나라는 '여자가 가루 서 말 속에 갖다 넣어 전부 부풀게 한 누룩'(마13:33)과 같습니다.

4. 하지만 하나님의 능력의 날이 다가오고 있다는 표적이 지금 있지 않을까 하는 질문이 있을 수 있지요? 솔직하고 편견이 없는 모든

분들께 우리가 오늘날 우리 주님께서 요한의 제자들에게 말씀하신 그 모든 표적들을 (그것들을 영적 의미로 이해하여) 분별해야 하는지 그래서는 안 되는지 묻고 싶습니다. '소경이 보며'(마11:5). 날 때부터 소경이어서 자신들의 처량한 모습도 못보고, 더욱이 하나님과, 그분께서 자신의 사랑의 표현인 독생자를 통해 그들을 위해 예비하신 그 치료함도 볼 수 없는 자들이 이제 자신들을 보고 '예수 그리스도의 얼굴에 있는 하나님의 영광을 아는 빛'(고후4:6)도 보게 되었습니다. 그들의 '이해의 눈이 이제 열렸으므로'(눅24:45) 그들은 모든 것을 분명하게 봅니다. '귀머거리가 들으며'(마11:5). 전에는 내적, 외적 하나님의 부르심에 완전히 귀먹었던 자들이 이제 하나님의 섭리에 의한 부름뿐만 아니라 하나님의 은혜의 속삭임도 듣습니다. '앉은뱅이가 걸으며'(마11:5). 전에는 땅에서 일어서지도 못하고 천국을 향해 한 발자국도 내디디지 못한 자들이 이제 하나님의 모든 길을 걷고 있고, 그렇습니다, 자신들 앞에 놓여 있는 경주에서 뛰고 있습니다(히12:1). '문둥이가 깨끗함을 받으며'(마11:5). 인간들이 세상에 가지고 들어오고, 지금까지 그것을 치료할 인간의 의술이 없었던 치명적인 죄의 문둥병이 그들로부터 떠나 그들이 깨끗해졌습니다. 사도시대 이래 모든 시대와 나라를 두고 볼 때 '가난한 자에게 복음이 전파된다'(마11:5)는 말씀이 진정으로 오늘날과 같이 아주 잘 성취된 때가 없었습니다. 오늘날 복음의 누룩, 곧 사랑으로써 역사하는 믿음(갈5:6)과 내적, 외적 거룩함과, 혹은 (성 바울의 말을 사용하자면) '성령 안에서 의와 평강과 희락'(롬14:17)이 유럽 여러 나라에, 특히 잉글랜드, 스코틀랜드, 아일랜드에, 섬들에(islands), 북쪽으로 남쪽으로, 조지아에서 뉴 잉글랜드와 뉴파운드랜드까지 퍼져서, 죄인들이 수십 명 수백 명씩이 아니라 수천 명씩 수만 명씩 진실된 마음으로 하나님께로 나왔으며, 마음과 삶이 완전히 변화되었습니다! 우리는 이 사실을 부인할 수 없습니다. 우리는 그 사람들을 이름과 거주지까지 들어 나열할 수 있습니다. 그럼에도 세상에서 지혜로운 자들, 저명한 자들, 학식 있고 유명한 자들이 '우리가 말하는 하나님의 특별하신 역사(extraordinary work of God)를 생각해 낼 수 없습니다!' 그들은 이 시대의 표적을 분별할 수 없습니다! 그들은 하나님께서 자신의 목적을 이루시고 이 땅위에 자신의 나라를 세우시기 위해 일어서신 표적을 전혀 볼 수 없습니다!

5. 하지만 어떻게 이러한 일을 설명합니까? 그들이 이 시대의 표적을 분별하지 못하는데, 왜 그렇습니까? 우리는 사두개인들과 바리새인들의 부족했던 분별력을 설명했을 때 제시한 그 동일한 원리로 그들의 분별력의 부족함을 설명할 수 있습니다. 즉, 이들도 마찬가지로 당시의 그들, 곧 '음란하고 죄 많은 세대'였습니다. 그들의 눈이 성하면 온 몸이 밝을 것입니다(마6:22). 그러나 그들의 눈이 나쁘면 온 몸이 어두울 것입니다(마6:23). 모든 나쁜 기질이 영을 어둡게 만들고, 모든 나쁜 격정이 이해력을 흐리게 만듭니다. 그러니 우리가 어떻게 뒤죽박죽이 된, 격정이 가득하고 모든 나쁜 기질의 노예가 된 자들에게서 이 시대의 표적들을 분별하는 것을 기대할 수 있겠습니까? 하지

만 이것이 현실입니다. 그들은 교만으로 가득 찼고, 자신들에 대하여 마땅히 생각해야 할 것보다 더 높게 생각합니다(롬12:3). 그들은 자만심이 강합니다. 그들은 '서로 영광을 취하고 유일하신 하나님으로부터 오는 영광은 구하지 아니합니다'(요5:44). 그들은 증오와 악의를 마음에 품고 있으며, 분냄과 시기와 복수를 합니다. 그들은 악을 악으로 갚으며, 욕을 욕으로 갚습니다. 선으로 악을 이기는 대신 그들은 눈에는 눈으로 이는 이로 보복하기를 주저하지 않습니다. 그들은 '하나님의 일을 생각지 아니하고 사람의 일을 생각합니다'(막8:33). 그들은 위엣 것에 사랑을 두지 않고 땅엣 것에 사랑을 둡니다(골3:2). 그들은 '피조물을 조물주보다 더 사랑합니다'(롬1:25). 그러니 어떻게 그들이 이 시대의 표적을 분별할 수 있겠습니까? 그들이 섬기고 있는 이 세상의 신이 그들의 마음의 눈을 멀게 했고(고후4:4), 칠흑 같은 어둠을 주는 베일로 그들의 마음을 덮었습니다. 아! 도대체 이 '혈과 육이 된 영들(souls of flesh and blood)'이 하나님이나 그분의 일들과 무슨 상관이 있단 말입니까?

6. 요한은 유대인들이 하나님의 일들을 이해 못하는 이유를, 그들의 과거의 죄와 그 빛(이신 그분, 역주)을 고의적으로 거부해서 하나님께서 지금 그들을 사탄에 넘겨주어 사탄이 그들을 회복 불가능하게 눈멀게 했음에 두었습니다. 거듭하여 그들이 볼 수 있었을 터인데도 보기를 싫어했고, 그 빛에 대해 자신들의 눈을 감아버렸습니다. 하나님께서 그들을 분별심 없는 마음에 넘기셔서 그들이 지금 보지 못합

니다. 그리하여 그들은 이사야의 글에 나오는 다음의 이유 때문에 믿음을 갖지 못합니다: '그들이 눈으로 보고 마음으로 이해하여 돌아와 고침을 못 받게 하시려고 그분께서 그들의 눈을 멀게 하셨고 그들의 마음을 굳게 하셨다'(사6:10). 이 말씀의 분명한 의미는 하나님께서 자신의 힘으로 직접 이 일을 하셨다는 게 아니라 - 하나님께서 어느 사람의 마음을 굳게 하셨다고 말하는 것은 심각한 신성모독입니다 - 그분의 성령께서 더 이상 그들과 함께 일하시지 않으시고 그 경우 사탄이 그들을 유효하게(effectually) 마음을 굳게 했다는 말입니다.

7. 과거에 그들(바리새인과 사두개인, 역주)에게 그러했던 것처럼 이 시대 사람들도 그러합니다. 그리스도의 이름을 지니고 있는 자들 중 수천 명이 분별심 없는 마음에 넘겨졌습니다. 이 세상의 신이 그들의 마음의 눈이 멀게 하여 빛이 그들 위에 비추지 못하고, 옛날에 바리새인이나 사두개인이 그랬던 것처럼 그들도 이 시대의 표적들을 분별할 수 없습니다. 이 영적 소경됨의 좋은 예, 즉 성경에 기록된 시대의 표적들을 분별 못하는 전적 무능력이 전에 아주 유명한 저술가의 글에 나오는데, 그는 콘스탄틴 대제가 스스로 기독교인임을 천명했을 때 '하늘로부터 새 예루살렘이 내려왔다'고 생각했습니다. 나는 '스스로 기독교인임을 천명했다'고 말하는데, 그 이유는 내가 대(大) 베드로(Peter the Great)를 기독교인이라고 공언할 수 없듯이 그도 기독교인이라고 말할 수 없었기 때문이라고 기록하고 있습니다. 나는 그가 그 시대를 무저갱으로부터 거대한 지옥의 유황 구름과 연

기가 올라온 시대라고 했다면 좀 더 정확하게 표현한 것이었으리라고 생각합니다. 왜냐하면 막대한 재물과 명예와 권력이 교회에 밀려 들어왔던, 특히 성직자 계층에 밀려들어왔던 시대처럼 사탄이 그리스도의 교회에 대적하여 그처럼 엄청난 이득을 본 적이 없었기 때문입니다.

8. 동일한 규정에 의해, 다가오는 이교도들의 개종에 대해 이 저술가가 무슨 표적을 기대했을까요? 분명 그는 스웨덴의 찰스(Charles)나 프러시아의 프레데릭(Frederick)과 같은 한 영웅이 불과 검과 기독교를 가지고 즉시 모든 나라들을 휘젓고 돌아다니는 것을 기대했겠지요. 콘스탄틴 시대 이후로 많은 나라들이 그와 같은 방식으로 개종되었음을 부인할 수 없습니다. 그러나 그러한 개종과 관련하여 '하나님의 나라는 볼 수 있게 임하는 것이 아니요'(눅17:20)라고 말해질 수 있습니다. 분명히 모든 자들이 오천이나 육천 명의 군사들을 거느리고 땅을 누비고 다니는 한 전사(戰士)를 목격했겠지요! 그러나 이것이 기독교 확산의 장본인, 곧 평화의 왕께서 채택하신 기독교 전파방식일까요? 아니지요. 겨자씨가 자라나 큰 나무로 성장하는 방식은 이와 같지 않지요. '작은 누룩이 반죽 덩어리 전체를 부풀게 하는' 방식은 이와 같지 않지요. 오히려 그것은 전체가 부풀 때까지 점차적으로 진행되지요. 우리는 우리가 이미 관찰 한 것으로부터 지금 이후로 되어질 일을 판단할 수 있습니다. 이것이 바로 진정한 기독교, 곧 사랑으로 역사하는 믿음이 전파되고 있어왔던 방식이고, 특별히 반세

기 동안 대영제국과 그 속국들에서 전파되었던 방식입니다.

9. 현재에도 기독교는 눈이 멀지 않은 모든 자들에게 일어나는 방식과 동일한 방식으로 전파하기를 계속하고 있습니다. 자신들의 마음에 구원에 이르는 하나님의 능력을 경험하는 모든 자들은 자신들이 누리고 있는 동일한 종교가 여전히 마음에서 마음으로 전파되고 있음을 쉽게 파악할 것입니다. 그들은 강하고 감미롭고 모든 방향으로부터 역사하는 동일한 하나님의 은혜에 대한 지식을 습득하고, "내가 어찌해야 구원받습니까?"라고 먼저 묻는 자들을 한명씩 발견하고 기뻐합니다. 공정하고 솔직한 연구를 하면서 그들은 특정한 형식적 종교를 가진 자들뿐만 아니라, 전에는 방탕하고 버림받은 죄인이었지만 지금 완전히 변화되어 하나님을 진심으로 경외하고 의를 행하고 있는, 형식적인 종교를 전혀 갖지 않은 자들도 더욱더 발견합니다. 그들은 사람들로부터 버림받은 이러한 부랑자들도 더욱더 많이 목격하고 있는데, 그들은 지금 내적, 외적으로 변화되어 하나님과 이웃을 사랑하고, 정의와 자비와 진리를 한결같이 행하고, 기회 있을 때 모든 자들에게 선을 행하며, 느긋하고 행복하게 살고, 죽음까지 이기고 있습니다.

10. 성경을 하나님 말씀으로 믿고 있는 자들이 이 시대의 표적들을 모든 이방인들을 부르기 전의 예비적 표적으로 분별하여 알지 못하고 있는 것에 대한 변명이 도대체 무엇입니까? 하나님께서 그분의 영광

스런 약속을 이루실 때, 그리고 자신의 목적을 달성하시고 온 땅위에 그분의 나라를 세우시기 위해 일어나실 때, 당신들에게 그 날이 다가오고 있고, 그 때가 가깝다는 것을 확신시키기 위해 하실 수 있었지만 하시지 않은 일이 무엇입니까? 참으로 당신을 억지로 믿게 하는 것 외에 뭐가 더 있었겠습니까? 또한 이 일은 하나님께서 당신들에게 주신 본성을 파괴하지 않고는 하실 수 없는 것이었습니다. 왜냐하면 하나님께서는 당신들을 내적 자기 결단력을 지닌 자유로운 행위자들(free agents)로 만드셨고, 이 자기 결단력이 당신들의 본성에 필수적인 것입니다. 또한 하나님께서는 당신들을 처음부터 끝까지 자유로운 행위자로 대우하셨습니다. 그러한 자유로운 행위자로서 당신은 당신의 마음에 따라 당신의 눈을 뜨거나 감을 수 있습니다. 당신은 당신의 주위 모든 곳에 충분한 빛을 가지고 있습니다만 당신이 원하지 않으면 그것을 볼 이유가 없습니다. 하지만 하나님께서는 당신이 눈을 감은 채 '나는 볼 수 없다'고 말하는 것을 기뻐하시지 않는다는 것을 잊지 마시기 바랍니다. 나는 당신에게 편향됨이 없이 모든 일을 잘 관찰해 보라고 조언하고 싶습니다. 사실에 대해 솔직한 질문(연구)을 한 다음 '하나님께서 무슨 일을 하셨나?' 깊게 생각해 보십시오. '그러한 일을 본 자가 누구인가? 그러한 일을 들은 자가 누구인가? 말하자면, 한 나라가 하루아침에 생기지 않았는가?'(사66:8) 얼마나 심오하고도 얼마나 신속하게 그리고 얼마나 광범위하게 이 시대에 하나의 역사(a work)가 일어났는지요! 또한 분명히 '힘으로 되지 아니했고 능으로 되지 아니했고 오직 주의 영으로' 그 일이 일어났습니다. (복음전파의, 역주) 수단들이 참으로 쓸모 있는 것이 거의 없었습니다! 그러한 일을 하려는데 장비들이 얼마나 부족했는지요! 아무튼 영국과 미국에는 하나님께서 쓰시기를 기뻐하시는 것들이 조금은 있었습니다. 처음부터 하나님께서 참으로 도구 같지 않은 도구들을 사용하시기를 기뻐하셨습니다! 런던 주교가 말하길, '미숙하고 경험 없는 자들 몇이 있구먼! 그들이 감히 뭘 하겠다는 건지!'라고 했습니다. 그들은 감히 인간의 손안에 있는 펜과 같은 하나님 손안에 있는 펜이 되려고 했습니다. 그들은 감히 (지금도 마찬가지이지만) 그것을 위해 자신들이 파송된 바로 그 일을 하려 했고, 주께서 기뻐하시는 일을 하려 했습니다. 여리고 성, 곧 사탄의 보루를 전쟁으로가 아니라 양각 나팔을 불어 넘어뜨리는 것이 주님의 기쁨이라면, 그 누가 주님께 '무슨 일을 하십니까?(요6:30)'라고 말씀을 드릴 수 있겠습니까?

11. '너희 눈은 봄으로 복이 있도다. [...] 많은 선지자와 의인이 너희 보는 것들을 보고자 하여도 보지 못하였고 너희 듣는 것들을 듣고자 하여도 듣지 못하였느니라.(마13:16-17)' 당신은 당신이나 당신 조상들이 알지 못했던, 당신에게 임할 축복의 날을 보고 깨닫고 있습니다. 당신은 '이 날은 여호와의 정하신 것이라. 이 날에 우리가 즐거워하고 기뻐하리로다'(시118:24)라고 말씀하셔도 좋습니다. 당신은 모든 예언자들이 예언했던 영광스런 날의 여명을 보고 있습니다. 당신은 당신에게 임한 이 축복의 날을 어떻게 효과적으로 이용하시겠습니까?

12. 첫째는, 스스로 하나님의 복을 헛되게 받지 마십시오. 받지 못했다면 근본에서부터 시작하십시오. 자, 회개하시고 복음을 받아들이십시오(막1:15). 복음을 믿었다면 '여러분이 일한 것을 잃지 않고 온전한 상을 얻도록 유의하십시오(요이1:8).' '여러분 속에 있는 하나님의 은사가 불일 듯 하게 하십시오!'(딤후1:6) '주께서 빛 가운데 계신 것같이 빛 가운데 행하십시오'(요일1:7). 여러분이 '도달한 것을 확고히 지키는' 가운데 '완전을 향해 계속 나아가십시오'(빌3:12). 그렇습니다. 여러분이 '온전한 사랑을 이루면'(요일4:18) 계속하여 '뒤에 있는 것을 잊어버리고, 푯대를 향하여 그리스도 예수 안에서 하나님이 위에서 부르신 부름의 상을 위하여 좇아가십시오'(빌3:13-14).

13. 다음으로, 당신이 당신의 이웃을 돕는 것이 마땅히 해야 할 바입니다. '너희 빛을 사람 앞에 비취게 하여 저희로 너희 착한 행실을 보고 하늘에 계신 너희 아버지께 영광을 돌리게 하라'(마5:16). 기회 있는 대로 모든 이에게 착한 일을 하되 더욱 믿음의 가정들에게 할지니라(갈6:10). 밝히 드러나도록 준비된 구원의 기쁜 소식을 당신의 집안사람들이나 친척이나 친구나 아는 자들뿐만 아니라 하나님께서 섭리 가운데 여러분에게로 인도하시는 모든 자들에게 선포하십시오. 자신이 누구를 믿고 있는지 이미 알고 있는(딤후1:12) '여러분들은 세상의 소금입니다(마5:13).' 하나님에 대한 지식과 사랑으로 여러분이 관계하는 모든 것들(혹은 교제하는 모든 사람들, 역주)을 맛을

내십시오. '너희는 산 위의 동네이다. 너희는 숨을 수도 없고 숨어서도 안 된다'(마5:13). '너희는 세상의 빛이다.' '사람도 등불을 켜서 말 아래 두지 아니하고 등경 위에 두는데', 무한히 지혜로우신 하나님께서 어찌 그렇게 하시겠는가. 그럴 수 없습니다. 그것을 '집안 모든 사람과(마5:14-15), 모든 당신의 삶과 친교(conversation)의 증인들에게 비추십시오.' 무엇보다도 여러분 자신과 모든 하나님의 교회와 모든 인간의 자손들을 위해 '기도에 항상 힘쓰셔서'(롬12:12) 그들이 자신들을 돌아보고 우리 하나님께 돌아오게 하십시오. 그리하여 그들도 역시 땅위의 복음의 축복과 하늘에 계신 하나님의 영광을 누리게 하십시오.

저지 섬(Isle of Jersey) 쌔인트 헬리어(St. Helier)에서
1787. 8. 27.

4. 지옥 (73)

Of Hell

막 9:48
"거기는 구더기도 죽지 않고 불도 꺼지지 아니하니라."

1. 하나님의 말씀에 계시된 모든 진리는 의심의 여지없이 매우 중요합니다. 그럼에도 성경에 계시된 것들 중에, 그것들이 가장 위대한 목적에, 즉 인간의 영원한 구원에 직접 관련되므로, 다른 것들보다 훨씬 더 중요한 것들이 있습니다. 그것이 성경에 단 한번으로 끝나지 않고 거듭하여 언급된 것에서 우리가 그 중요성을 가늠할 수 있습니다. 우리 앞에 있는 무시무시한 진리가 바로 이러한 것의 좋은 예입니다. 말 많고 '쓸데없이 반복하는 것을'(마6:7) 싫어하시는 우리의 거룩한 주님께서 같은 장에서 그것을 거듭하여 연달아 말씀하십니다. 43, 44절 말씀입니다: '만일 네 손이 너를 범죄케 하거든,' 즉 손처럼 유용한 물건이나 사람이 범죄케 하면, '43 찍어버리라. 불구자로 영생에 들어가는 것이 두 손을 가지고 지옥 꺼지지 않는 불에 들어가는 것보다 나으니라. 44 거기는 구더기도 죽지 않고 불도 꺼지지 아니하느니라(KJV).' 다시 45, 46절입니다: '45 만일 네 발이 너를 범죄케 하거든 찍어버리라. 절뚝발이로 영생에 들어가는 것이 두 발을

가지고 지옥에 던지우는 것보다 나으니라. 46 거기는 구더기도 죽지 않고 불도 꺼지지 아니하느니라'(KJV). 또 다시 47, 48절입니다: 47 '만일 네 눈이,' 곧 당신의 눈처럼 귀한 물건이나 사람이, '너를 범죄케 하거든 빼어 버리라. 한 눈으로 하나님 나라에 들어가는 것이 두 눈을 가지고 지옥에 던지우는 것보다 나으니라. 48 거기는 구더기도 죽지 않고 불도 꺼지지 아니하느니라'(KJV).

2. 이 무시무시한 진리가 대죄인(大罪人)에게만 해당된다고 속단하지 마십시오. 그러한 생각은 우리 주님께서 당시에 의심의 여지없이 세상에서 가장 거룩한 자들에게 하신 말씀과 모순 됩니다. '수만 명이 모였을 때, 예수께서 제자들에게 말씀하셨다. 무엇보다 내가 내 친구 너희에게 말하노니 몸을 죽이고 그 이후에는 능히 더 못하는 자들을 두려워하지 마라. 그러나 내가 너희에게 말하노니, 죽인 후에 또한 지옥에 던져 넣는 권세 있는 그분을 두려워하라. 내가 참으로 너희에게 이르노니 그분을 두려워하라!'(눅12:1, 4-5) 그렇습니다. 바로 그러한 이유 때문에 하나님께서 지옥에 던져 넣으실 수 있는 힘을 가지신 것을 두려워해야 합니다. 즉, 실제로 하나님께서 당신을 고통 받는 곳(눅16:28)에 던지시지는 않을까 두려워하십시오. 하나님의 자녀들에게도 있는 바로 이 두려움은 사람들을 지옥으로부터 지키는 매우 뛰어난 수단입니다.

3. 그러므로 버림받은 자들뿐만 아니라 '예수님의 친구인 당신

들,' 곧 하나님을 경외하는 당신들도 미래에 있을 형벌에 관해 하나님의 말씀에 계시된 것들을 신중히 생각해 봐야 합니다. 이것이 이교도 저술가들이 제시한 아주 정교한 이야기들과 얼마나 차이가 납니까! 그들의 이야기는 (적어도 많은 상세한 부분들의 경우) 유치하고, 공상적이고, 자기 모순적입니다. 그리하여 그들이 스스로도 믿지 못하고 통속적인 이야기만 하고 있는 것이 이상한 일이 아닙니다. 비르길(Virgil)이라는 자가 바로 분명 이 경우인데, 그는 지하의 저승에 대해 애써 설명한 후, 그 통속적인 이야기를 한 자를 상아문(ivory gate)에서 내보내는 것으로 이야기를 잇습니다. 그런데 그 문은 (그의 말대로라면) 오직 꿈만이 통과합니다. 이로써 그는 이전에 한 말이 몽땅 다 꿈과 같은 것이었음을 말하고 있습니다. 이러한 사실을 그는 넌지시 말할 뿐인데 시인인 그의 형제 주브날(Juvenal)은 대담하고도 분명하게 말합니다.

> Esse aliquos manes, et subterranea regna, ...
> Nec pueri credunt, nisi qui nondum aere lavantur -
> 마네스(유령들과 지옥의 신들)와 지하 세계(에 관한 이야기)가 있다...
> 너무 어려서 공중 목욕탕에 들어갈 수 없는 애송이들 외에는 청소년들도 믿지 마시오.

'다른 세상에 관한 이야기는 우리 아이들조차도 믿지 않습니다.'

4. 여기, 이와는 대조적으로 창조주 하나님, 인간의 지배자에 관한 이야기는 모든 것이 다 소중합니다. 비록 처음에는 인간의 자손들을 위해 '예비 되지' 않고 '마귀와 그의 사자들을 위해'(마25:41) 준비되었지만, '오래 전에 도벳에 대해 뜻을 정하신'(사30:33) 하나님께서 하실 (지옥에 관한, 역주) 모든 일은 두렵고도 지엄하며 그분의 지혜와 공의에 합당한 것입니다.

모든 하나님의 경고에도 불구하고 마귀와 그의 사자들과 자신들의 운명을 함께 하려 작정한 자들의 형벌은, 스콜라 신학의 형벌 배분에 따르면 잃어버림을 당하는 것(poena damni: 손실벌(損失罰)) 또는 감각적으로 고통을 당하는 것(poena sensus: 감각벌(體罰)) 입니다. 나는 이것들을 각기 따로 고려한 다음 몇몇 추가적인 상황들을 언급하고, 두셋 추론들로 결론을 맺고자 합니다.

I. 손실벌(the punishment of loss)인 poena damni (포에나 다미니)를 생각해봅시다.

1. 첫째, 손실벌(the punishment of loss)인 poena damni (포에나 다미니)를 생각해봅시다. 이것은 영이 육체를 떠나는 순간에 시작됩니다. 그 순간 영은, 즐겨지기 위해 외부의 육체를 필요로 하는 모든 즐거움들을 잃게 됩니다. 냄새, 맛, 촉감은 더 이상 즐거움을 주지 못합니다. 왜냐하면 그 감각들을 위해 기능을 했던 기관들이 망가졌고,

그 감각들을 만족시켰던 물체들이 먼 곳으로 제거되었기 때문입니다. 사자(死者)들이 있는 적막한 곳에서 이 모든 것들이 잊혀진바 되고, 기억된다 하더라도 그것들이 영원히 사라졌으므로 고통가운데 기억할 뿐입니다. 모든 상상이 주는 기쁨도 끝났습니다. 지옥에는 화려함도 없고, 이 어둠의 처소에는 아름다운 것도 없으며, 검푸른 불꽃이 내는 빛 외에 다른 빛은 없습니다. 거기에는 변함없이 연속되는 공포의 장면만 있고 새로운 것은 없습니다. 음악은 없고, 신음과 비명과 흐느끼는 울음과 절규하는 울음과 이 가는 소리만 있습니다(마8:12). 또 하나님을 대적하여 저주하고 불경스런 말을 하는 소리와 서로가 서로에게 하는 통렬한 비난의 소리만 있습니다. 명예욕을 충족시킬 그 어느 것도 거기에 없으며, 그들은 수치와 영원한 경멸을 유산으로 물려받는 자들이 될 것입니다.

2. 이렇게 그들은 이 세상에서 좋아했던 모든 것들로부터 완전히 단절됩니다. 같은 순간에 다른 손실이 시작됩니다. 바로 그들이 사랑했던 모든 자들을 잃게 되는 것입니다. 그들은 가장 가깝고 사랑스런 친척들로부터, 그들의 남편들, 아내들, 부모님들, 자녀들, 그리고 (몇몇 사람들에게는 이보다 더 큰 손실이 될) 자신의 영혼과 같았던 친구로부터(삼18:1,3) 이별하게 됩니다. 그들이 이제까지 이들로부터 받았던 모든 즐거움은 잃게 되었고, 떠나갔고, 사라졌습니다. 왜냐하면 지옥에는 우정이라는 것이 없기 때문입니다. 무슨 권위로 말했는지는 잘 모르지만 다음과 같이 "마귀와 마귀 사이에 빌어먹을 굳센 일체

감(concord)이 있다"고 말한 시인조차도 거대한 지옥에 거하는 인간 악마들 사이에 아무런 일체감도 없다고 합니다.

3. 그 때에 그들은 이 땅에서 즐겼던 모든 것을 잃은 것보다 더 큰 손실감을 느끼게 될 것입니다. 하나님의 낙원(계2:7)에서 그들은 아브라함의 품(눅16:22)에 있는 자신들의 자리를 잃었습니다. 진실로 이제까지 그들은 거룩한 영들(souls)이 하나님의 동산(겔28:13)에서, 천사들의 무리 속에서, 태초부터 살아왔던 가장 현명하고 선한 자들 속에서 무엇을 향유하고 있는지 그들은 생각하지 못했습니다 (그들이 그 때에 분명 받게 될 엄청난 지식의 증가는 말할 필요도 없고요). 하지만 그 때에 그들은 자신들이 상스럽게도 걸어찼던 대상이 지닌 가치를 온전히 이해할 것입니다.

4. 낙원(paradise)에 있는 자들에게는 큰 행복이 주어집니다. 왜냐하면 낙원은 유일한 천국(heaven)의 현관이고, 거기서 의로운 자들의 영들이 완전해지기 때문입니다(히12:23). 오직 천국에서만 완전한 기쁨이 있습니다. 그 즐거움은 주의 우편에 영원히 존재합니다(시16:11). 불행한 영들이 당하게 될 이것(천국의 기쁨, 역주)의 손실은 그들의 불행의 완성이 될 것입니다. 그 때에 그들은 오직 하나님께서만 모든 창조된 영들의 중심이시고, 그래서 하나님을 위해 만들어진 영은 그분 밖에 있으면 안식이 없다는 것을 알게 되고 느끼게 될 것입니다. 사도 바울이 '주의 얼굴을 떠나 영원한 멸망의 형벌을 받게

될'(살후1:9) 자들에 대해 말할 때 이것을 염두에 두었던 것 같습니다. 하나님을 위해 만들어졌던 영혼에게 주님의 존전에서 추방되는 것이 바로 멸망의 본질입니다. 그 추방이 영원히 지속되면 그것은 '영원한 멸망'이 되는 것입니다.

'저주받은 자들아, 나를 떠나라'(마25:41)라는 저 무시무시한 판결이 선고될 불쌍한 자들이 입게 되는 손실이 그와 같습니다. 또 다른 저주가 없더라도 이 얼마나 끔찍한 저주입니까! 그러나 참으로 안타깝습니다! 이것이 전체 저주가 아닌데, 왜냐하면 손실벌에 더하여 감각벌이 첨가되기 때문입니다. 그들이 잃게 되는 것도 끔찍한 불행인데, 그럼에도 그것은 그들이 몸에 받을 형벌에 미치지 못합니다. 그 형벌은 바로 우리 주님께서 강한 어조로 말씀하신 '거기는 구더기도 죽지 아니하고 불도 꺼지지 아니하느니라'에 나와 있습니다.

II. '너는 흙이니 흙으로 돌아갈 것이니라'(창3:19)라는 판결

1. '너는 흙이니 흙으로 돌아갈 것이니라'(창3:19)라는 판결이 인간에게 선고된 이래로, 우리가 아는 한, 흙을 흙에다 맡기는 것이 모든 나라의 관습이었는데, 죽은 자의 몸을 총체적 대지(大地)로 되돌아가게 하는 것이 자연스러워 보입니다. 하지만 시간이 경과함에 따라 주로 부유하고 위대한 자들 사이에서 그들의 친척을 장대하게 화장하

는 것이 널리 유행했습니다. 그 목적을 위해 그들은 아주 엄청난 노동과 비용을 들여 거대한 장작더미를 만듭니다. 이 두 가지 방법 중 어느 하나를 통해서 인간의 몸은 곧바로 그것의 어머니인 흙으로 돌아갑니다. 구더기나 불이 곧 잘 짜여진 몸을 삼키는데, 이 후에 구더기 자체도 빨리 죽고 불도 완전히 꺼집니다. 그러나 이와 마찬가지로 이후의 세계에도 구더기가 있는데, 그 구더기는 결코 죽지 않습니다. 또한 화장의 장작불 보다 훨씬 더 센 불이 있는데, 이것은 결코 꺼지지 않는 불입니다.

2. 결코 죽지 않는 구더기가 의미하는 바는 먼저 자기 정죄나 슬픔이나 부끄러움이나 후회나 하나님의 분노를 감지하는 마음을 포함하는 죄의식인 것 같습니다. 이 세상에 우리가 있을 동안에도 우리 마음에 느껴지는 것에 의해 그러한 의미의 형벌을 받고 있지 않습니까? 솔로몬이 '사람의 심령은 그 병을 능히 이기려니와', 곧 다른 종류의 병이나 슬픔을 이기려니와, '그러나 심령이 상하면 그것을 누가 일으키겠느냐'(잠18:14)라고 했을 때 이것을 주로 의중에 두지 않았을까요? 전능자의 화살이 영에 박히고 그분의 독을 마시고(욥6:4) 죄책감이 마음을 뚫은, 깨어있는 의식이 당하는 괴로움을 그 누가 견딜 수 있습니까! 얼마나 많은 담대한 마음을 지닌 자들이 그 밑에 가라앉았으며, 사느니 차라리 목매달아 죽었겠습니까(욥7:15)! 그러나 감정이 상하신 하나님의 진노를 느끼도록 그들의 영들이 완전히 깨었을 때 그들이 겪어야만 하는 고통과 비교하여 이 땅에서의 상처들과 영

혼의 고통을 무엇이라 말할 수가 있겠습니까! 이러한 모든 거룩치 못한 정욕과 두려움과 공포와 격분에 더하여 악한 욕망들, 곧 절대로 충족될 수 없는 욕망들을 첨가하십시오. 거룩치 못한 성질과 시기와 질투와 악의와 보복을 더하십시오. 그러한 모든 것들이 독수리가 티티우스(Tityus)의 간을 쪼아 먹듯이 끊임없이 그 영혼을 갉아먹을 것입니다. 이것에 더하여 하나님과 그분의 피조물들에 대한 증오를 첨가하면 이 모든 것들이 합해진 것이, 좀 시시하고도 불완전하긴 하지만, 절대로 죽지 않는 구더기의 표상이 될 것입니다.

3. 우리 주님께서 미래의 형벌의 두 부분에 관해 말씀하실 때 주목할 만한 차이가 서술 방식에서 발견됨을 우리는 알게 됩니다. 그분께서 말씀하시길, '거기는 그들의 구더기가 죽지 않고'가 그 하나이고, '거기에는 그 불이 꺼지지 아니한다'가 다른 하나입니다. 이는 우연이 아닙니다. 이 묘사에 있어서 차이는 무슨 이유에서일까요?

아마 이런 이유는 아닐까요? '그 불'은 그 안에서 고통당하는 모든 자들에게 근본적으로 동일할 것입니다. 단지 그들의 죄의 경중에 따라 그 불의 세기가 달라지겠지요. 그러나 '그들의 구더기'는 같지 않을 것이고 같을 수도 없습니다. 악함의 종류와 정도에 따라 그것은 무한히 다양할 것입니다. 이 다양성은 '각 사람이 행한 대로 갚으시는'(마16:27) 하나님의 공의로운 심판에 기인할 것입니다. 이러한 규칙은 천국 못지않게 지옥에서도 적용됨을 우리는 의심할 수 없습니다. 천국에서 자기 것을 남과 나눌 수 없고 '각각 자기 일하는 대로 자기의 상을 받듯이'(고전3:8), 또한 자기 것, 곧 그의 성질과 생각과 말과 행동의 모든 성격을 타인과 나눌 수 없듯이, 각자는 의심의 여지없이 자신이 한 악한 일에 따라 나쁜 보상을 실제로 받을 것입니다. 또한 이것도 그의 일이 그랬듯이 타인과 나눌 수 없이 자기 것이 됩니다. 형벌의 다양함도 마찬가지로 사건의 정세 때문에 나타납니다. 최고의 거룩함을 가지고 천국에 들어온 자가 거기서 최고의 행복을 누리게 되듯이, 다른 한편 지옥에 더 많은 사악함을 가지고 온 자가 더 많은 불행을 당하게 될 뿐만 아니라 그 사악함의 종류에 따라 그 불행의 종류도 무한히 많아진다는 것이 진리입니다. 따라서 나는 '그 불'은 보편적인 것이고 '그들의 구더기'는 개별적이라고 말하고 싶습니다.

4. 하지만 몇몇 사람들이 지옥에 진짜 불이 있는지 질문합니다. 글쎄요, 만약 불이 있다면 분명 실체적인 불이겠지요. 비실체적인 불이라는 것도 있습니까? 비실체적 물이나 비실체적 흙과 같은 것 말입니다! 이 둘 모두는 다 완전한 난센스, 즉 모순적인 명칭입니다. 따라서 우리는 그것이 실질적이라고 하거나 그것의 존재를 부인하든가 둘 중에 하나를 해야 합니다. 하지만 우리가 (비실질적인, 역주) 그것들을 인정하면 거기에는 불이라는 것이 전혀 없게 되고, 그러면 그들이 거기서 무엇을 받게 되나요? 왜냐하면, 이것은 모든 자들에게 다 해당되는데, 그것(형벌의 수단, 역주)이 불이거나 그보다 더 나쁜 것이기 때문입니다. 또한 이것을 생각해 보십시오: 우리 주님께서 그것이 실

제 불인 양 말씀하지 않으셨나요? 아무도 이것을 부인하거나 의심할 수 없습니다. 그것이 실제가 아니라면 진리이신 주님께서 그같이 말씀하신다고 생각하는 것이 가능한 일입니까? 그분께서 자신의 가엾은 피조물들에게 공포심을 유발하려 계획하신 건가요? 무엇으로요? 허수아비로요? 실체가 없는 그림자 허깨비로요? 그렇게 생각하지 마십시오! 그러한 어리석음을 지존하신 분께 덧씌우지 마십시오!

5. 하지만 다른 자들은 공언합니다: '불이 항상 타는 것이 불가능하다. 불변하는 자연법칙에 의하면 불은 던져 넣어진 것은 무엇이든지 다 사른다. 동일한 법칙에 의하면 그것이 연료를 소실하자마자 그 자신도 태워버리고, 그리고 꺼진다.'

현재의 자연법칙이 지배하는 동안의 현재의 물질 구조 안에서 불의 요소는 던져진 것은 무엇이든 다 분해하고 소실하는 것이 참으로 진리입니다. 그러나 여기에 오해가 있습니다: 현재의 자연법칙은 불변하다. 천지가 없어졌을 때(마24:35) 현재의 무대는 완전히 바뀌고, 그와 함께 현재의 물질구조도 바뀌고, 현재의 자연법칙은 폐지될 것입니다. 이 위대한 변화 후에 그 어떤 것도 분해 되지 않고 더 이상 소실되지 않을 것입니다. 그러므로 현재 불이 모든 것을 소실하는 것이 사실이라 가정해도, 자연의 전체 구조가 저 광대하고도 보편적인 변화를 겪은 후에도 그 불이 동일한 일을 할 것 같지는 않아 보입니다.

6. 내가 '현재 불이 모든 것들을 다 소실하는 것이 사실이라 가정

해도'라고 했습니다. 하지만 사실 그 말은 틀린 말입니다. 이후에 무슨 일이 일어날 것인지 우리에게 증거를 보여주시는 것이 하나님의 기쁨이지 않습니까? 타지 않는 실(linum asbestum)이 유럽 대부분의 나라에 알려지지 않았나요? 당신이 이것으로 만든 수건이나 손수건을, (지금 영국 박물관에 가면 이런 것을 볼 수 있습니다), 가장 센 불에 집어넣으면, 그것을 다시 꺼냈을 경우 실험 후에도 원래 질량에서 미량도 없어지지 않았음을 발견할 것입니다. 여기에 지금 우리의 눈앞에 물질이 있습니다. 이 물질은 현재의 물질 구조 가운데서도 (마치 미래의 일에 대한 표상인 것처럼) 불 속에서 연소되지 않고 남아 있습니다.

7. 많은 저술가들은 불 못에 던져지는 것에 더하여 다른 육체적 고통을 언급했습니다. 이들 중 혹자는, 경건한 켐피스(Kempis)조차도, 일례로 수전노는 녹은 금을 목구멍에 부어 넣는 벌을 당한다고 생각했고, 사람의 특별한 죄에 적절한 다른 여러 특별한 고통들을 생각해냈습니다. 글쎄요, 우리의 위대한 시인 자신(밀톤, 역주)도 지옥에 있는 자들이 여러 고통을 당한다고 했고, 항상 불 못에 있는 게 아니라 자주 '하피(harpy)의 발을 가진 세 자매의 복수의 여신들(furies)에 의해' 얼음 방에 던져졌다가 '좀 더 급격히 바뀌어서 극단을' 체험하도록 다시 불 못에 던져진다고 했습니다. 그러나 나는 성경 전체에서 그것에 관하여 한 단어나 한 주제나, 혹은 그것에 관한 아무런 암시도 보지 못했습니다. 이 주제는 너무 두려운 것이어서 그러한 상

상을 허용할 수 없습니다. 기록된 말씀에서 벗어나지 맙시다. 영원히 불태움을 받으며 사는 것으로 고통은 충분합니다(사33:14).

8. 동방에 사는 한 작가가 쓴 터무니없는 이야기가 이것의 좋은 예가 됩니다. 그 이야기는 터키 왕에 관한 것입니다. 이 왕은 온갖 죄를 다 짓고 나서 착한 일 하나를 했습니다. 한 가엾은 사람이 타인이 구해주지 않으면 반드시 죽을 구덩이에 빠진 것을 보고 그 왕이 그를 밖으로 차내서 목숨을 살려 줬습니다. 그 이야기는 계속하여 그가 자신의 엄청난 죄 때문에 지옥에 던져졌으나 그 가엾은 자를 구하려다 사용한 발 한쪽만큼은 불길 밖으로 빼내지는 것이 허용되었다고 합니다. 그러나 이것이 실제 상황이라고 하더라도 얼마나 보잘것없는 위안입니까! 발 두 쪽 다 불 밖으로 내밀게 되는 건 어떤가요? 그렇습니다. 양쪽 손도요. 그것이 얼마나 유익을 주겠습니까! 아니, 몸 전체가 다 불이 못 미치는 곳으로 꺼내지고 팔이나 발 한 쪽이 불타는 도가니 속에 넣어졌다고 합시다. 그 때에 그 사람이 훨씬 더 편할까요? 아니지요, 정반대일 것입니다. 우리가 보통 어린이에게 '네 손가락을 촛불에 대봐라. 일 분이나 참을 수 있느냐? 그런데 네가 어떻게 지옥 불을 견딜 수 있겠느냐!'라고 말해주지 않습니까? 분명히 손가락 하나에 있는 살을 불살라 없애는 것도 충분한 고통이 됩니다. 그러니 유황불 붙는 못에 던져진 몸 전체로부터 받는 고통은 어떻겠습니까(계19:20)!

III. 영원히 죽지 않는 구더기와 꺼지지 않는 불에서 볼 수 있는 두세 가지 상황들을 생각해 보는 것만 남았습니다.

1. 먼저 고통의 자리에서 각 사람을 둘러싸고 있는 무리들을 생각해 봅시다. 국립 감옥에 있는 유죄 판결을 받은 자들조차도 '아! 내 주위에 있는 이 악당들에게 괴로움을 당하느니 차라리 인적이 드문 곳에서 교수형 당하는 게 낫겠다'라고 말하는 것이 드문 일이 아닙니다. 그러나 지옥에 자리 잡고 있는 자들과 비교하여 이 땅위에 있는 가장 악랄한 악당들이 뭐 그리 대단합니까? 그들 중 누구도 아직까지는 선함의 기미가 전혀 없이 완전히 악하지는 않습니다. 아마 이곳의 삶이 끝나거나 심판의 날이 이르기 전에는 그렇게는 안 될 것입니다. 이들 중 그 누구도 자기 동료에게 무한정 자신들의 악함을 쏟아내지는 않습니다. 때로는 선한 자들에 의해 그들은 제지당하며, 때로는 악한 자들에 의해서도 제지당합니다. 그래서 로마 카톨릭의 종교재판 중의 고문관도 피해자가 더 이상 견딜 수 없다고 여겨질 때 그들을 고용한 자들에 의해 제지되었습니다. 그때 그들은 고문관들에게 참으라고 명령합니다. 왜냐하면 고문대에서 사람을 죽이는 것이 교회법에 위배되기 때문입니다.

또한 매우 빈번히, 인간의 도움이 없을 경우, 그들은 하나님에 의해 제지당하는데, 그분께서는 그들이 넘어서는 안 될 한계를 정하시며 말씀하시길, '너희들이 여기까지 오고 넘어가지 못하리니'(욥38:11)라 하십니다. 그렇습니다. 아주 자비롭게도 하나님께서 고통의 한계로 말미암아 고통이 중지되도록 하셨습니다. 고문당하는 자가 기절하면 (적어도 한동안은) 무감각에 빠집니다. 그러나 지옥에 자리 잡고 있는 자들은 털끝만큼의 선함도 남아있지 않은 채 완전히 악합니다. 또한 그들은 자신들의 악함 전체를 완전히 행사하는 것을 아무에게도 제지당하지 않습니다. 사람들에게 제지당하지 않습니다. 그 누구도 지옥에 떨어진 동료들에 의해 악을 행하는 것을 저지당하지 않을 것입니다. 하나님께서도 저지하지 않으십니다. 왜냐하면 하나님께서는 그들을 잊으셨고, 괴롭히는 자들에게 그들을 넘겨주셨기 때문입니다(마 18:34). 또한 마귀들도, 이 땅위의 자신들의 도구들(종교재판 고문관, 역주)처럼, 고문 중에 그들이 죽지는 않을까 걱정할 필요가 없습니다. 그들은 더 이상 죽지 않는데, 왜냐하면 그들은 천사들의 악의와 기술과 힘이 합쳐진 모든 것이 그들을 괴롭혀도 견딜 수 있도록 강하게 되었기 때문입니다. 그리고 천사들의 고문 방법이 천 번이나 변경될 수 있도록 시간은 넉넉하게 있습니다. 천사들이 한 가지 고문을 얼마나 무한히 많이 변경시켜 가할 수 있는지요, 참으로 두려운 모습입니다! 분명히 한 악령이, 허락이 떨어졌을 경우, 이 땅에서 가장 힘센 자를 그러한 것으로 위협하여 죽게 할 수 있었을 겁니다.

2. 두 번째로, 이 모든 육적, 영적 고통들이 쉼 없이 계속된다고 생각해 보십시오. 그들은 고통에서 잠시 벗어나 쉴 수 없습니다. 그 대신 '그들의 고난의 연기가 밤낮 계속하여 올라갑니다'(계14:11). 밤낮 계속하여! 이는 현재 세상의 체계에 맞게 말한 것입니다. 하나

님께서는 세상에서 낮과 밤이 서로 연이어 등장하도록 지혜롭고도 은혜롭게 정하셔서 24 시간마다 하루 중의 안식이 (오게 하여) 수고한 인간과 지친 짐승이 쉬게 하셨도다. 그리하여 우리는, 곤비한 피조물의 상큼한 회복제(回復劑, restorer), 곧 위안의 단잠이 우리가 알아채지 못하도록 조금씩 스며들어 피로회복의 시간을 갖게 하기 전에, 힘에 겨운 일이나 고통을 당하지 않게 됩니다. 하지만 비록 영벌을 받은 자들이 끊임없는 밤을 지새우게 되나 그 밤이 그들에게 고통의 중단을 가져다주지 않습니다. 그 밤에는 잠이라는 것이 없습니다: 호머(Homer)이든 밀톤(Milton)이든, 고대나 현대의 시인들이 꿈꿔온 것이 무엇이든지 간에, 지옥이나 천국에는 잠이 없습니다. 또한 그들의 고통이 아무리 극한에 달하고, 그들의 고통이 아무리 강하다 해도 그것들이 경감될 가능성이 전혀 없습니다.

또다시 생각해봅시다. 이 땅에 사는 자들은 해맑은 태양빛으로, 계절이 바뀜으로, '인간들의 바쁜 일로,' 끊임없는 변화를 가지고 그들 주위를 돌고 있는 천 가지 것들을 수단으로 자신들에게 고통을 주는 것에서 자주 벗어날 수 있습니다. 그러나 지옥에 있는 자들은 단 한 순간도 자신들의 고통에서 벗어나게 할 수단이 없습니다: 개기일식: 해도 없고 달도 없다! 계절의 변화도 없고, 무리들의 변화도 없다. 경제활동도 없습니다. 그러나 하나의 끝없는 공포 장면만 있는데, 그들 모두는 여기에 참가해야 합니다. 그들은 잠시 딴 생각하거나 어리석은 짓을 할 겨를이 없습니다. 그들의 눈과 귀와 감각은 다 완전히 살아있습니다. 그들이 지옥에 있는 매순간 그들의 온 몸은

... 전체가 살아서 떨고 있고, 또한 모든 구멍들이 쓰리고 괴로움을 준다고 말해질 수 있습니다.

3. 이 지속 기간은 끝이 없습니다! 이 얼마나 진저리나는 생각입니까! 오직 영원만이 그들의 괴로움의 기간입니다! 그 누가 빗방울과 바다의 모래와 영원한 날을 셀 수 있습니까? 모든 고통은, 좀 먼 훗날이라도, 그것에서 벗어날 수 있는 희망이 있으면 약화됩니다. 그러나 여기 희망은 절대 오지 않는다. 그 희망은 모든 상층 세계에 거하는 자들에게 간다! 뭐라고요. 고통이 절대로 그치지 않습니다! 결코 그렇지 않다! 그 영혼이 저 무시무시한 바다 속으로 가라앉는 곳에서는! 참으로 어둡고 깊은 심연 속으로!

백만 날과 백만 년과 백만 세대가 지났다고 가정합시다. 그래도 우리는 겨우 영원의 문지방에 있을 뿐입니다! 몸의 고통도 영혼의 고통도 지나온 백만 세대와 비교하여 영원에 더 멀리 있습니다. 일단 그들이 '꺼지지 않는 불($\tau o\ \pi \upsilon \rho\ \tau o\ \alpha \sigma \beta \epsilon \sigma \tau o \nu$) '에 던져지면 모든 상황이 끝납니다: '그들의 구더기는 죽지 않고, 그 불은 꺼지지 않습니다!'

만민의 심판자(히12:23)께서 회개하지 않는 죄인들을 위해 예배하신 심판이 그와 같습니다. 이것을 생각함이 그 어떤 강력한 시험에 대해서도 참으로 큰 견제 수단이 될 것입니다! 특히 인간에 대한 두려움에 대한 견제수단이 될 것인데, 우리 주님 자신께서 그것을 사용하셨습니다. '몸을 죽이고 그 후에는 능히 더 못하는 자들을 두려워하지 말라. 죽인 후에 또한 지옥에 던져 넣는 권세 있는 그를 두려워하라'(눅12:4-5).

이러한 것을 생각함이 즐거움에서 오는 어떤 시험에 대해서도 참으로 우리를 지켜주는 것이 됩니다! 없어지는 보잘 것 없는 세상적 즐거움 때문에 (현재의 종교가 주는 막대한 기쁨들은 말할 것도 없고) '눈으로 보지 못하고 귀로도 듣지 못하고 사람의 마음으로도 생각지 못한'(고전2:9) 낙원의 기쁨을 잃을 작정입니까? 그렇습니다. 천국의 기쁨, 천사들의 무리와, 완전하게 된 의인들의 영들(히12:23)의 무리, 당신의 구세주이시고 거룩케 하시는 분이신 성부 하나님과 얼굴을 맞대고 담소하기, 주의 우편에 영원히 있는(시16:11) 복락의 강수 마시기(시36:8)를 포기하실 작정입니까?

몸이나 마음의 고통으로 시험당하십니까? 오, 현재의 일을 장래의 일에 비교하여 보십시오. 당신이 지금 견디고 있거나 견딜 수 있는 몸의 고통이 유황이 타고 있는 못에 누워 있는 것과(계19:20) 비교하여 뭐 그리 대단한 것입니까? '절대로 죽지 않는 구더기들'과 비교하여 마음의 고통, 공포, 고뇌, 슬픔이 뭐 그리 대단한 것입니까? 절대로 죽지 않는 구더기! 이것이 모든 자들을 쏘는 침입니다! 주님을 찬양하십시오. 이 땅에서 우리의 고통은 영원한 게 아닙니다. 우리에게는 고통을 경감하기 위한 얼마간의 휴식들이 있으며, 그 고통이 그치는 시간이 있습니다. 앓고 있는 한 친구에게 우리가 어떠한지 물으면 그는, '나는 지금 아프지만 곧 완쾌되기를 바라고 있다'라고 합니다. 이것은 현재의 불쾌함을 기분 좋게 경감시키는 것입니다. 하지만 그가 '나는 구석구석 다 아파서 결코 병에서 벗어나지 못할 거야. 나는 격렬한 몸의 고통과 영혼의 공포 가운데 누워 있어. 그래서 나는 그 고통을 영원히 느낄 거야'라고 말한다면 그의 상태가 얼마나 심각한 것입니까! 지옥에 있는 영벌을 받은 죄인들이 그러한 경우입니다. 그렇다면 그 고통 받는 곳(눅16:28)에 들어가느니 차라리 모든 고통을 견디십시오.

와츠(Watts) 박사의 글에서 인용한 묵상으로 결론을 맺고자 합니다:

우리가 참으로 감사해야 할 일은, 수천의 사람들이 우리들 중 많은 자들이 그래왔던 것처럼 그렇게 오랫동안 죄 중에 있기도 전에 이 형벌의 장소로 판결이 난 반면, 오래 전에 이 불행에 처해져야 마땅했던 우리들은 아직도 그곳에 들어가지 않았다는 것입니다. 우리가 이 불을 사용한 보복을 당하지 않은 것은 하나님의 선하심의 좋은 예입니다! 좌우를 살펴보건대, 우리는 죄 중에 죽은 많은 죄인들을 보고 있지 않습니까? 매주, 매달 우리를 용서하시고 우리에게 회개할 기회를 주시는 것이 하나님의 자상하신 자비가 아니고 무엇이겠습니까? 오늘에 이르기까지의 주님의 인내하심과 오래 참으심을 인하여 우리가 그분께 무엇을 드려야 마땅할까요? 우리의 거듭된 하나님을 향한 반항으로 우리가 얼마나 자주 유죄판결을 받았습니까! 그럼에도 우리는 여전히 그분 앞에 살아있고, 소망과 구원의 말씀을 듣고 있습니다. 오, 뒤를 돌아서 저 무시무시한 천길 절벽을 생각해 보고 두려움에 떱시다. 그 절벽 가장자리에서 우리는 너무 오랫동안

방황했습니다. 우리 앞에 놓여있는 소망이라는 곳으로 피해 날아가서, 우리가 이 파멸로 떨어지지 않음을 인하여 하나님의 자비에 무한히 감사드립시다.

와이트 섬(Isle of Wight) 뉴포트(Newport)에서
1782. 10. 10.

IV. 영성생활에 관하여

1. 신생 (45)
2. 교회 (74)
3. 영적 예배 (77)
4. 시험 (82)
5. 믿음 (106)
6. 안식일 (139)

1. 신생 (45)

The New Birth

요 3:7

"네가 거듭나야 하겠다."

  1. '의인'과 '신생'은 기독교의 기본적인 교리라 할 수 있습니다. 의인은 하나님께서 우리의 죄를 사하시는 가운데 우리를 위해 행하신 위대한 사역과 관계된 것이고, 신생은 하나님께서 우리의 부패한 본성(nature)을 새롭게 하시는 가운데 우리 안에서 행하신 위대한 사역과 관련되어 있습니다. 시간의 순서를 고려하자면 이 둘 중 하나가 다른 것을 앞서지 않습니다. 예수의 구원을 통해 하나님의 은혜로 말미암아 우리가 의롭다함을 받는 순간에 우리는 또한 '성령으로 태어났습니다'. 그러나 단어의 뜻을 생각하여 사고의 순서로 보면 의인이 신생을 앞서게 됩니다. 우리는 먼저 하나님의 진노가 사라진 다음에 성령께서 우리의 마음 안에서 역사하신다고 생각하게 됩니다.

  2. 이 두 기본 교리를 완전히 이해하는 것이 모든 인간의 자손들에게 참으로 중요한 일이 아닐 수 없습니다. 많은 유명한 사람들이 이러한 굳은 신념을 갖고 의인론에 대한 많은 양의 글을 남겼습니다. 그들은 그 교리와 관련된 모든 조항을 설명했고, 그 교리에 관련된

성경 구절을 찾아 놓았습니다. 마찬가지로 많은 사람들이 신생에 관한 글을 남겼고 몇몇 글들은 매우 방대하긴 하나 기대한 것만큼 명료하지 못했고 심오하지도 정확하지도 못했습니다. 그 글들은 애매하고 난해하던지 보잘것없거나 수박 겉핥는 식이었습니다. 따라서 아직도 신생에 대한 완전하고도 분명한 해설이 필요하다고 말할 수 있습니다. 그 해설은 다음 세 가지 질문에 만족할 만한 답변을 줄 수 있어야 합니다. 첫째, 왜 우리가 거듭나야 하는가? 이 신생교리의 근거는 무엇인가? 둘째, 우리가 어떻게 거듭나게 되는가? 신생의 본질은 무엇인가? 셋째, 무엇 때문에, 무슨 목적으로 우리가 거듭나야 하는가? 나는 하나님의 도우심으로 이 질문들에 대한 간결하고도 분명히 대답을 할 것이며, 거기에 자연스럽게 이어지는 약간의 추론들을 덧붙이겠습니다.

I. 왜 우리가 거듭나야 합니까? 이 교리의 근거가 무엇입니까?

1. 첫째, 왜 우리가 거듭나야 합니까? 이 교리의 근거가 무엇입니까? 그 근거는 세계 창조에 근접할 정도로 깊은 곳에 있는데, 이와 관련된 성경구절은 '하나님, 곧 삼위일체 하나님께서 가라사대 우리의 형상을 따라 우리의 모양대로 우리가 사람을 만들자. 그리하여 하나님께서 자기 형상 곧 하나님의 형상대로 사람을 창조하셨다'입니

다. 이 말씀은 인간이 그저 단순히 하나님 자신의 불멸성의 모습인 그분의 본성적 형상(natural image)대로 창조되어 이해력과 자유의지와 다양한 감정들을 소유한 영적 존재자가 되었음만을 말하지 않습니다. 이는 또한 단지 인간이 그분의 정치적 형상(political image)대로 창조되어 이 낮은 세계의 지배자로 지음 받아 바다의 고기와 하늘의 새와 가축과 땅의 모든 것들에 대한 지배권을 가지게 되었다는 것만을 말하지 않습니다. 이 말씀은 주로 인간이 그분의 도덕적 형상(moral image)대로 창조되었음을 말하고 있는데, 사도 바울에 의하면 그 형상은 '의와 진리의 거룩함'(엡4:24)입니다. 이 하나님의 형상대로 인간이 창조되었습니다. '하나님은 사랑이시다'(요일4:8). 따라서 인간은 창조시에 사랑이 가득했고, 이 사랑이 그의 모든 성질, 생각, 말, 행동의 유일한 원리였습니다. 하나님께서 공의와 자비와 진리가 충만하시므로, 인간도 자신의 창조주의 손에서 나왔을 때 그러했습니다. 하나님께서는 흠이 전혀 없으십니다. 인간도 태초에 모든 죄의 얼룩이 없이 순수했습니다. 그렇지 않았다면 하나님께서 당신의 손으로 다른 작품들을 만들어 놓으셨을 때처럼 인간에 대해서 '매우 좋았더라'라고 말씀하실 수 없었을 것입니다. 인간이 죄가 없이 순수하지 않고 의와 진리의 거룩함이 충만하지 않았다면 그런 매우 좋은 존재가 될 수 없었을 것입니다. 왜냐하면 (창세기 성경 말씀에 하나님의 형상을 받은 정도에 있어서, 역주) 중간 존재(medium)가 없기 때문입니다. 우리가 하나님을 사랑하지 않고 의롭거나 거룩하지 않은 지적인 피조물을 가정하면 우리는 필연적으로 그를 좋은 존재라고 절대로 여길 수 없고, '매우 좋은'이라고는 더더욱 할 수 없습니다.

  2. 하지만 인간이 하나님의 형상대로 지음 받았지만 그럼에도 불변(immutable)의 존재로 지음 받지는 않았습니다. 불변성은 하나님께서 부과하신 시련(trial)을 받게 되는 인간의 지위와 조화를 이루지 못합니다. 따라서 인간은 타락에 맞설 수 있으나 그럼에도 자칫하면 타락해질 수도 있도록 창조되었습니다. 하나님께서 인간에게 친히 이런 타락의 가능성을 알려주시고 그것에 대해 엄히 경고하셨습니다. 그럼에도 '사람은 존귀함에 거하지 않았습니다.' 그는 자신의 높은 신분에서 추락했습니다. 그는 '주님께서 먹지 말라 명하신 나무의 실과를 먹었습니다.' 자신의 창조주에 대한 고의적인 불복종 행위로써, 그분의 주권에 대한 단호한 반항으로써 인간은 공개적으로 선언하길, 자신은 더 이상 하나님께서 자기를 다스리시는 것을 허용하지 않을 것이고, 자신의 창조한 분의 의지가 아니라 자기 자신의 의지에 의해 지배를 받을 것이며, 하나님 안에서 행복을 찾지 않고 세상 안에서와 자신의 손이 만들어 내는 것에서 행복을 찾을 것이라 했습니다. 하나님께서 일찍이 말씀하시길, '네가 그 열매를 먹는 날 너는 정녕 죽으리라' 하셨습니다. 주님의 말씀은 어김이 있을 수 없습니다. 그리하여 그 날에 인간은 죽었습니다. 즉 그는 하나님에 대하여 죽었는데, 이는 모든 죽음 가운데 가장 두려운 죽음입니다. 인간은 하나님의 생명(the life of God)을 잃게 되었는데, 이는 그가 인간과 연합하시어 그의 영적 삶을 가능하게 하신 하나님으로부터 분리되었음을 말합니

다. 몸이 영으로부터 분리될 때 죽는데, 그때의 영은 하나님으로부터 분리된 때의 영을 말합니다. 아담이 금단의 열매를 먹은 그 날 그 시간에 그는 이 하나님과의 분리를 경험하게 됩니다. 또한 그는 즉시 이 분리됨의 증거를 보이는데, 그는 곧바로 자신의 행위로써 자신의 영, 즉 이제 '하나님의 생명으로부터 분리된' 그 영 안에 하나님의 사랑이 사라졌음을 증명합니다. 대신 그는 종의 두려움에 사로잡히게 되어서 주님의 현존으로부터 도망가게 됩니다. 그렇습니다. 그가 땅과 하늘을 채우고 계신 하나님에 대한 지식을 너무 적게 소유하게 되어 '동산의 나무들 사이에 숨어 하나님께 보이지 않으려 했습니다.' 그리하여 그는 하나님에 대한 지식과 사랑 둘 다 잃게 되었는데, 그 둘이 없으면 하나님의 형상은 존속할 수 없습니다. 따라서 그는 (하나님의 생명뿐만 아니라, 역주) 동시에 이것(그분에 대한 지식과 사랑, 역주)도 잃게 되었고, 불행해졌을 뿐만 아니라 거룩하지도 못하게 되었습니다. 그 대신 그는 마귀의 형상인 교만과 자기고집(self-will)에 빠지고 멸망할 짐승의 형상인 육욕과 욕망에 빠지게 됩니다.

3. 혹자가 '아니지요, "네가 먹는 날에 네가 정녕 죽으리라"라는 위협은 현세에서의 죽음을 말하고, 그것도 육체의 죽음만을 말하지요'라고 말한다면 이에 대한 대답은 분명합니다. 그렇게 주장하는 것은 거침이 없고도 명백하게 하나님을 거짓말쟁이로 만드는 것이고 진리이신 하나님께서 진리와 배치되는 것을 분명히 말씀하셨다고 단정적으로 주장하는 것입니다. 왜냐하면 아담이 '과실을 먹은 날에'

죽음이 의미하는 바대로 죽지 않은 것이 분명하기 때문입니다. 죽음이 의미하는 바와 반대되게 아담은 구백 년 넘게 살았고, 따라서 하나님의 진실성을 의심하지 않고는 이것을 육체의 죽음에 관한 말씀으로 이해할 수 없습니다. 따라서 그것은 영적 죽음, 곧 하나님의 생명과 형상의 손실을 의미합니다.

4. 그리고 '아담 안에서 모든 자가 죽었습니다.' 모든 인류, 즉 당시에 아직 아담의 허리에 있었던 모든 인간의 자손들이 죽었습니다. 이에 의한 자연적 결과는 아담으로부터 유래한 모든 자가 영적으로 죽은 채 세상에 태어나 하나님에 대해 죽고 완전히 '죄 가운데 죽었다'는 것입니다. 따라서 그에게는 하나님의 생명이 전혀 없으며 하나님의 형상도 없고 무엇보다도 아담이 창조될 때 그 안에서 창조된 바로 그 '의와 거룩함'도 없습니다. 그 대신에 세상에 태어난 모든 자는 이제 마귀의 형상을 가지고 있게 되어 교만과 자기고집 가운데 있고, 짐승의 형상을 가지게 되어 육욕과 욕망 가운데 있습니다. 이것이 바로 신생의 근거인데, 곧 우리의 본성의 완전한 부패를 말합니다. '죄 가운데 태어나서' 우리가 '거듭 나야만 한다는 것'입니다. 따라서 여자로부터 태어난 모든 자는 하나님의 영으로부터 태어나야만 합니다.

II. 우리가 어떻게 거듭납니까? 신생의 본질이 무엇입니까?

1. 하지만 우리가 어떻게 거듭납니까? 신생의 본질이 무엇입니까? 이것이 바로 두 번째 질문입니다. 또한 이것은 가장 중요한 질문입니다. 따라서 우리는 시시한 연구에 만족해서는 안 되고, 많은 관심을 가지고 이 중요한 문제를 우리가 완전히 이해하고 우리가 어떻게 거듭나는지 명확히 이해할 때까지 우리의 모든 주의력을 집중하여 이 문제를 면밀히 조사하고 숙고하여야 합니다.

   2. 이는 우리가 당장 거듭남이 진행되는 방식에 대한 철학적 설명을 기대할 수 있다는 말이 아닙니다. 우리 주님께서는 바로 이어지는 말씀을 통하여 그러한 기대로부터 우리를 넉넉히 거리를 두게 하십니다. 그 말씀 중에 그분께서는 니고데모에게 온 자연계에 존재하는 다른 모든 것 못지않게 논란의 여지가 전혀 없는 한 사실을 일깨우십니다. 하지만 그럼에도 불구하고 그 일은 해 아래 가장 지혜로운 자라도 완전히 설명을 할 수 없는 것입니다. '바람이 임의로 불매 (너의 힘이나 지혜로 부는 것이 아니다) 네가 그 소리를 듣는다.' 의심의 여지없이 바람이 정말로 불고 있다는 것을 네가 확신하고 있다. '그러나 너는 그것이 어디서 오며 어디로 가는지 알지 못한다.' 어느 누구도 어떻게 바람이 시작하고 그치는지, 그리고 어떻게 일고 잔잔해지는지 그 정확한 방식을 말할 수 없습니다. '성령으로 난 사람은 다 이러하니라'(요3:8). 이 사실을 당신은 바람이 부는 것을 확신하는 만큼 절대적으로 확신할 수 있으나, 그 일의 진행 방식과 그 사람의 영 안에 성령께서 역사하시는 방식에 대해서는 당신이나 인간의

자손 중 가장 지혜로운 자, 어느 누구도 설명할 수 없습니다.

3. 하지만 면밀하고도 비판적인 연구에 빠져듦이 없이 우리가 신생의 본질에 대한 명확한 성서적 설명을 할 수 있다는 것은 모든 이성적이고 기독교적인 목적에 충분한 것입니다. 이것은 자신의 영혼 구원만을 바라는 모든 이성적인 자들에게 만족을 줄 것입니다. '거듭난다'라는 말은 우리 주님께서 니고데모와 대화하시는 중에 최초로 사용하신 게 아닙니다. 그것은 그 이전에도 잘 알려진 어법이었고, 우리 주님께서 사람들 가운데 계셨을 당시에 유대인들 사이에 많이 사용되었습니다. 이방인 성인(adult)이 유대교가 하나님으로부터 나온 것임을 확신하고 거기에 동참하고자 하면, 할례를 받기 전에 먼저 세례를 받는 것이 관례였습니다. 그가 세례를 받으면 그는 '거듭 났다'고 말해지며, 이로써 사람들이 말하고자 한 것은 전에 마귀의 자녀였던 그가 이제 하나님의 가족으로 입양되어 그분의 자녀로 인정되었다는 것입니다. 따라서 니고데모가 '이스라엘의 선생'이었으므로 잘 이해하고 있었을 그러한 말을 주님께서 그와의 대화 중에 사용하시는데, 단 그가 익히 알고 있는 뜻보다 더 강한 의미로 말씀하십니다. 그래서 이것이 바로 그가 '어찌 이러한 일이 있을 수 있나이까'라고 물은 이유일 것입니다. 문자적 의미로는 그렇게 될 수 없습니다. '사람이 두 번째 모태에 들어갔다가 나올 수 없습니다.' 그러나 영적으로는 그렇게 됩니다. 사람은 '위로부터 나고', '하나님으로부터 나고', '성령으로부터 날' 수 있는데, 이는 자연적 출생

과 아주 흡사한 방식으로 일어납니다.

4. 아기가 세상에 출생하기 전에 눈이 있으나 보지 못하고, 귀가 있으나 듣지 못합니다. 그는 다른 감각도 매우 불완전하게 사용합니다. 그는 세상일에 대한 지식도 없고 타고난 이해력도 없습니다. 우리는 그 아이가 당시에 가졌던 생존 방식을 삶이라고 하지 않습니다. 사람이 태어났을 때에만 우리는 그가 살기 시작했다고 말합니다. 왜냐하면 그가 태어나자마자 빛과 자신을 둘러싸고 있는 것들을 보기 시작하기 때문입니다. 그때 그의 귀가 열리고, 그는 자기 귀에 연속적으로 도달하는 소리를 듣습니다. 동시에 다른 모든 감각기관들도 그 본래의 목적대로 작동하게 됩니다. 마찬가지로 그는 전에 했던 것과는 완전히 다른 방식으로 숨도 쉬고 살아가게 됩니다. 이 모든 예들이 (영적 거듭남과, 역주) 아주 정확하게 일치합니다. 사람이 하나님으로부터 나기 전 단순히 자연인 상태(natural state)일 때, 영적으로 보아 그는 눈을 가졌으나 보지 못하는데, 이는 그 눈이 두껍고 불투명한 베일로 덮여있기 때문입니다. 그는 귀를 가졌으나 듣지 못하는데, 그 이유는 그가 자신이 가장 듣고 싶어 하는 것에 대해 완전히 귀먹었기 때문입니다. 그의 다른 영적 감각들은 다 자물쇠로 잠겨있고, 그는 그러한 감각들이 없는 것과 같은 상태에 있습니다. 그래서 그는 하나님에 대한 지식이 없고, 그분과의 교제가 없어서 그분과 전혀 아는 사이가 아닙니다. 그는 하나님에 대한 사실들에 대한 참된 지식이 없는데, 영적이거나 영원에 관한 것들 다 해당됩니다. 그러므

로 비록 그가 살아 있는 사람이긴 하나 죽은 기독교인입니다. 그러나 그가 하나님으로부터 태어나자마자 여러 가지 모든 것들이 완전히 변화됩니다. '그의 이해의 눈이 열립니다'(엡1:18) (이것이 바로 위대한 사도 바울의 어법입니다). 그리고 옛날에 '어두운 데서 빛이 비추리라'하시던 그분께서 그 자의 마음에 자신을 비추시면 이 사람은 '예수 그리스도의 얼굴에 있는 하나님의 영광의 빛' 곧 그의 영광스런 사랑을 봅니다(고후4:6). 그의 귀가 열리어 이제 그는 '안심하라. 네 죄 사함을 받았느니라'라고 말씀하시는 하나님의 내적 음성을 들을 수 있습니다. '가라. 그리고 더 이상 죄짓지 마라.' 이것이 바로 그의 마음에 하시는 말씀이 의미하는 바입니다. 물론 이 단어들 그대로는 아니겠지요. 이제 그는 '사람을 지식으로 교훈하시는 분께서'(시94:10) 그 자에게 계시하기를 기뻐하시는 모든 것을 들을 준비가 되어 있습니다. (교회 말로 하자면) 그는 '하나님의 영께서 행하신 능력 있는 역사를 마음에 체험하게 됩니다.' 세상 사람들이 여러 차례 듣고도 어리석고 고집되게 그 뜻을 오해하여 추잡하고 육적으로 이해하는 것과는 달리, 우리는 더도 아니고 덜도 아니고 이것을 다음과 같이 이해합니다. 그 자는 그의 마음속에 하나님의 영에 의하여 역사된 그 은혜를 느끼고 그것을 내적으로 지각합니다. 그는 '모든 이해력을 초월하는 평화'(빌4:7)를 느끼고 그것을 의식하고 있습니다. 그는 자주 '형언할 수 없고 영광이 가득한'(벧전1:8), 하나님 안에서의 기쁨을 느낍니다. 그는 '그에게 부어진 성령에 의해 그의 마음에 부은바 된 하나님의 사랑'(롬5:5)을 느낍니다. 그리고 그의 모든 영적 감각들은 영적 '선악을 분변하는 데 사용됩니다'(히 5:14). 이러한 감각들을 사용하여 그는 매일매일 하나님에 대한, 그분께서 보내신 예수 그리스도에 대한, 그분의 내적 세계에 속하는 모든 것들에 대한 지식을 쌓아갑니다. 이제 마땅히 그는 살아있다고 말할 수 있는데, 하나님께서 그분의 영으로 그를 살리신 후 그는 예수 그리스도를 통하여 하나님에 대하여 살아있기 때문입니다. 그는 세상이 모르고 있는 삶을 살고 있는데, 그 '생명'은 '하나님 안에서 그리스도와 함께 감춰져 있습니다'(골3:3). 말하자면 하나님께서는 계속하여 그 자의 영에 숨을 내쉬시고, 그 자의 영은 하나님을 향해 숨을 내쉽니다. 은혜가 그의 마음에 내려오고 기도와 찬양이 하늘로 올라갑니다. 하나님과 인간의 이 교제와 성부와 성자의 이 친목에 의해, 일종의 영적 호흡에 의한 것과 같이, 하나님의 삶이 인간의 영 안에서 이뤄지며 그 하나님의 자녀는 성장하여 '그리스도의 장성한 분량이 충만한'데까지 이르게 됩니다.

5. 이것으로부터 신생의 본질이 명확해집니다. 하나님께서 인간의 영혼을 살아나게 하시고, 그 영혼을 죄의 사망에서부터 의로운 생명으로 일으키시는 시점이 바로 하나님께서 그의 영혼 안에 역사하셔서 위대한 변화를 일으키신 때입니다. 인간의 영이 '그리스도 예수 안에서 새로이 창조되고', '하나님의 형상을 따라 새로워지고', '그 자가 의와 진리의 거룩함 안에 있고', '세상에 대한 사랑이 하나님을 사랑함으로, 교만이 겸손으로, 격정이 온유함으로, 증오와 질투와

악의가 신실함과 친절과 인간에 대한 사심 없는 사랑으로 변할 때', 그러한 변화들은 하나님의 전능하신 영께서 그 자의 영 전체에 걸쳐 역사하신 것입니다. 요컨대 '세상적이고 정욕적이고 마귀적인'(야 3:15) 것을 '그리스도의 마음'(빌2:5)으로 바꾸는 것이 바로 이 변화입니다. 이것이 바로 신생의 본질입니다. '성령으로 난 사람은 다 이러하니라'(요3:8).

III. 무엇 때문에, 무슨 목적으로 우리가 거듭나야만 하는가?

1. 이러한 것들을 깨달은 자가 신생의 필요성을 이해하고 다음의 세 번째 질문에 대답하는 것은 어려운 일이 아닙니다. 무엇 때문에, 무슨 목적으로 우리가 거듭나야만 하는가? 우리는 먼저 신생이 거룩함을 위하여 필요하다고 쉽게 이해할 수 있습니다. 하나님의 말씀에 의할 때 무엇이 거룩함입니까? 그것은 단순한 외적 종교도 아니고, 아무리 많은 봉사가 완벽하게 수행되었다 할지라도 겉으로 드러나는 그런 틀에 박힌 봉사도 아닙니다. 아니지요. 복음적인 거룩함은 마음에 인쳐진 하나님의 형상 못지않습니다. 그것은 온전한 그리스도의 마음과 다르지 않습니다. 그것은 모든 천국적 기질들과 성품들이 하나로 모아진 것입니다. 그것은 자기의 독생자까지도 우리를 위하여 아끼지 아니하신 하나님에 대한 사랑을 포함하여, 모든 인간의 자녀

들을 사랑하는 것을 우리로 하여금 자연스럽게 여기게 하고 어떤 의미에서는 그 일이 필요함을 느끼게 하며, '긍휼과 자비와 겸손과 온유와 오래 참음의 마음'(골3:12)으로 우리를 채웁니다. 그것은 우리를 가르쳐 모든 행실에 있어서 우리로 흠이 없게 하는 하나님에 대한 사랑이고, 우리가 우리의 영과 몸 그리고 우리의 존재 모두와 우리의 가진 것 모두, 우리의 모든 생각들, 행동들을 하나님께서 기쁘게 받으시도록 그리스도를 통하여 지속적인 제물로 드리게 하는 하나님에 대한 사랑입니다(벧전2:5). 이 거룩함은 우리 마음의 형상이 새로워지기 전에는 존재할 수 없습니다. 그 변화가 일으켜지기 전에는, 지극히 높으신 분의 능력이 우리에게 임하여 우리가 '어두움에서 빛으로, 사단의 권세에서 하나님께로 돌아가기'(행26:18) 전에는, 즉 우리가 거듭나기 전에는 그 거룩함이 시작될 수 없습니다. 그러므로 그러한 일들은 거룩해지기 위해서 절대적으로 필요합니다.

2. '거룩함이 없이는 아무도 주님을 볼 수 없고'(히12:14), 영광 가운데 계신 하나님의 얼굴도 볼 수 없습니다. 그리하여 신생은 영원한 구원을 위해 절대적으로 필요합니다. 사람들은 자신들이 죽을 때까지 죄를 지으며 살더라도 그 후에 하나님과 함께 살 수 있다고 자랑을 해댑니다(인간의 마음이 이렇게 지독하게 사악하고 거짓됩니다!). 또한 수천의 사람들이 '멸망으로 인도하지 않는 큰 길'을 찾았다고 진실로 믿고 있습니다. 그들은 매우 무해하고 덕스런 여인이 어떻게 위험 가운데 처할 수 있겠냐고 말합니다. 최고로 엄격한 도덕

기준으로 보더라도 아주 정직한 사람이 천국을 놓치는 것에 대한 두려움이 있을 이유가 있냐고 말합니다. 특히 이 모든 것에 더하여 그들이 쉬지 않고 교회를 섬기고 성례 때 봉사한 경우는 어떻게 되나요? 이들 중 하나가 아주 확신에 차서 물어볼 것입니다. '뭐라고요, 내가 이웃 사람과 같은 정도로 잘 해서는 안 된다고요?' 네, 거룩치 못한 당신의 이웃과 같아서는 안 되고, 자신들의 죄 가운데 죽는 자들과 같아서는 안 되지요. 왜냐하면 당신들 모두는 함께 구덩이에 빠질 것이고, 가장 깊은 지옥에 들어갈 것이기 때문입니다. 당신들 모두는 불 못 즉 '유황이 타고 있는 불 못'에 들어가 있을 것입니다. 그때에 마침내 당신은 영광을 얻기 위해 거룩함이 필요함을 깨닫게 될 것이고 (하지만 하나님께서는 당신이 미리 그것을 깨닫는 것을 허용하십니다!), 거듭나지 않고는 아무도 거룩해질 수 없으므로 고로 신생이 필요함도 깨닫게 될 것입니다.

3. 동일한 이유로, 사람이 거듭나지 아니하면 그 누구도 이 세상에서도 행복해지지 않습니다. 왜냐하면 거룩하지 않은 자가 행복해지는 것이 자연의 이치로 보더라도 불가능하기 때문입니다. 가련한 비기독교 시인조차 이렇게 말합니다.

'Nemo malus felix - 악한 자는 행복하지 않다.'

이유는 간단한데, 모든 거룩치 못한 기질들은 불쾌한 기질들이기 때문입니다. 악의, 증오, 시기, 질투, 보복만이 우리의 가슴에 지옥을 만드는 것이 아니라 그것들보다 좀 부드러운 격정들(passions)도 적당한 한계 내에 가둬두지 않으면 기쁨보다 고통을 천 배나 더 줍니다. '소망'조차도 '더디 이뤄지면 마음을 상하게 합니다'(잠13:12). 또한 하나님의 뜻에 부합하지 아니하는 모든 욕망은 '많은 근심으로 우리를 찌릅니다'(딤전6:10). 죄와 교만과 자기고집과 우상숭배의 그런 모든 일반적인 근원들은, 그것들이 우세한 분량만큼, 비극의 근원들이기도 합니다. 따라서 이것들이 어떤 자의 영 안에서 지배력을 발휘하는 한 그곳에 행복이 자리 잡을 수 없습니다. 그러나 그것들은 우리의 본성의 성향이 바뀔 때까지, 즉 우리가 거듭날 때까지만 지배합니다. 그러므로 앞으로 다가올 세상에서뿐만 아니라 이 세상에서 행복해지기 위해서 신생은 절대적으로 필요합니다.

IV. 추론이 되는 몇 가지를 마지막 부분

나는 앞에서 언급된 것들로부터 자연스럽게 추론이 되는 몇 가지를 마지막 부분에 덧붙인다고 했습니다.

1. 첫째로, 전술한 것에서 추론되는 것은 세례가 신생은 아니라는 것입니다. 신생과 세례는 동일한 것이 아닙니다. 실로 많은 자들이 그 둘이 같다고 생각하는 것 같습니다. 적어도 그들은 그렇게 생각하

고 있던 것처럼 말합니다. 그러나 나는 그 어느 교파가 이 주장을 공인하고 있는지 알지 못하겠습니다. 분명 그것은, 기존의 교회(Established Church, 영국 국교회, 역주)든 그것을 반대하여 나온 교회(비국교회, 역주)든 간에, 이 기독교 왕국의 그 어느 교파에 의해서도 공인되지 않았습니다. 비국교회의 판단이 그들의 대요리문답에 명시되어 있습니다. '질문: 하나의 성례는 어떠한 부분으로 되어있나? 답: 성례는 두 부분으로 되어 있다: 하나는 외적이고 눈에 보이는 표지(sign)이고 […], 다른 하나는 그 표지가 상징하는 내적이고 영적인 은혜(grace)이다 […]. 질문: 세례란 무엇인가? 답: 세례는 예수께서 그분의 성령에 의한 거듭남의 상징과 그 확증의 표로 제정하신 물로 씻음이 행해지는 성례이다. 여기서 상징인 세례와 상징되어지는 거듭남이 구별되어 진술되고 있음이 분명합니다.

세례 문답서(Church Catechism)에도 마찬가지로 아주 분명하게 우리 교회의 판단이 제시되어 있습니다. '이 "성례"라는 말의 뜻이 무엇인가?' 그것은 내적이고 영적인 은혜의 외적이고 눈에 보이는 표지이다. […] 세례의 외적 부분 즉 그 형식(form)은 무엇인가? "성부와 성자와 성령의 이름으로" 행해지는 세례가 집례될 때 쓰이는 물이다. 내적 부분 즉 상징되어지는 것은 무엇인가? 죄에 대하여는 죽음이고 의에 대하여는 신생이다. 그러므로 영국 국교회에 따르자면 세례가 신생이 아님이 극명합니다.

하지만 진실로 이 세례와 신생 문제 자체의 이치가 매우 명확하고 분명하여 다른 권위가 필요치 않습니다. 하나는 외적 사역이고 다른 하나는 내적 사역이라는 사실보다 더 확실한 근거가 있을까요? 하나는 눈에 보이는 것이고 다른 하나는 눈에 안 보이는 것이므로 서로는 완전히 다른 것들입니다. 즉, 하나는 몸을 씻는 인간의 행위이고 다른 하나는 하나님께서 인간의 영 안에서 행하신 변화입니다. 그래서 영이 몸과 구별되고 물이 성령과 구별되듯이 전자가 후자로부터 구별됩니다.

2. 앞에서 고찰한 것으로부터 우리는, 둘째로, 신생이 세례와 동일한 것이 아니듯 신생이 세례와 항상 동시에 일어나는 것은 아님을 우리는 알 수 있습니다. 이 둘이 항상 동행하는 것은 아닙니다. 사람이 '물로 거듭 나'있을 수도 있으나 그럼에도 아직 '성령으로 거듭 나'지 않을 수도 있습니다. 내적 은혜가 없는데도 가끔은 외적 상징이 있을 수도 있습니다. 내가 지금 유아들에 대해 말하고 있는 것은 아닙니다. 유아 때 세례 받은 자 모두가 동시에 거듭났다고 우리의 교회가 가정하고 있음이 분명합니다. 우리는 또한 유아세례식 전체가 그러한 가정 하에 진행된다고 이해할 수 있습니다. 이 일이 어떻게 유아들 안에 행해질 수 있는지 우리가 이해할 수 없다는 사실이 이것(세례 받은 유아의 거듭남, 역주)에 대한 유력한 반론이 되지 않는데, 왜냐하면 우리는 성인(成人) 안에 그 일이 어떻게 행해지는지도 모르기 때문입니다. 그러나 유아들에게 이 문제가 어떻게 되든, 세례 받은 성인들 모두가 동시에 거듭나는 것은 아니라는 게 분명합니다. '나무는 그 열매를 보아 알 수 있습니다.' 이로써 또한 세례 받기 전에

마귀의 자식이었던 자들 중에 일부가 세례 후에도 계속 마귀의 자식으로 사는 것이 너무 분명하여 부인될 수 없습니다. '왜냐하면 그들의 아비의 일을 그들이 하고,' 그들이 내적이나 외적인 거룩함의 주장 없이 죄의 종노릇을 계속하기 때문입니다.

3. 앞에서 고찰한 것에서 우리가 끌어낼 수 있는 세 번째 추론은 신생이 성화의 경우와 동일하지 않다는 것입니다. 많은 자들이 이를 당연한 것으로 여기고 있는데, 특히 어느 한 저명한 분이 최근에 쓴 논문 '기독교 중생의 본질과 근거(the nature of and grounds of Christian regeneration)'에서 이를 주장하고 있습니다. 이 책에 대해 가해질 수 있는 몇몇 다른 중대한 반론들은 뒤로 미루더라도 다음의 사실은 분명하다고 말하고 싶습니다. 그 책은 처음부터 내내 중생을 우리가 처음 하나님께로 돌이켰던 때부터 우리의 영 안에서 천천히 수행된 단계적 사역으로 기술하고 있습니다. 이것은 성화에 있어서는 부인할 수 없는 사실이지만, 중생, 곧 신생에 있어서는 해당되지 않습니다. 신생은 성화의 일부분이지 전체는 아닙니다. 그것은 성화의 문, 곧 성화로 들어가는 입구입니다. 우리가 거듭났을 때 우리의 성화, 즉 우리의 내적 외적 거룩함이 시작됩니다. 또한 이때부터 우리가 점차 '우리의 머리이신 그분에게까지 자라가게 됩니다'(엡4:16). 사도 바울의 이 말은 이 둘 사이의 차이를 아주 훌륭하게 설명하고, 또한 자연적인 일과 영적인 일 사이에 아주 정확한 유사점을 지적합니다. 어린아이는 여자로부터 순간적으로, 혹은 적어도 짧은 시간 내에 태어

납니다. 그 후에 그는 점진적으로 그리고 천천히 성인의 신장에 이를 때까지 자라납니다. 마찬가지로 한 아기가 순간적은 아니더라도 단기간 동안에 하나님으로부터 태어납니다. 그러나 그 후에 그가 그리스도의 장성한 분량이 충만한데 이르기 까지는 느린 단계들을 거칩니다. 우리의 자연적 출생과 성장 사이에 존재하는 그 관계와 동일한 관계가 우리의 신생과 우리의 성화 사이에도 존재합니다.

4. 앞에서 고찰한 것에서 우리가 배울 수 있는 것 하나가 더 있습니다. 하지만 이것은 너무 중요해서 좀 더 신중하게 생각하고 좀 길게 논해야 할 것입니다. 인간들의 영혼을 사랑하고 그들 중 어느 누구라도 멸망할까 근심하는 자가 안식일을 범하고 술취하고 혹은 고의적으로 죄를 지며 살아가는 자에게 무슨 말을 해줘야 할까요? 앞에서 언급한 것들이 사실이라면 그가 '당신은 거듭나야 합니다'라는 말 외에 무엇을 할 수 있겠습니까? 시샘하는 자가 말하길, '아니오, 그럴 수 없습니다. 어떻게 당신은 그자에게 그렇게 무자비하게 말합니까? 그가 이미 세례 받지 않았나요? 그는 이제 다시 태어날 수 없습니다'라고 합니다. 그가 다시 태어날 수 없다고요? 당신은 그것을 단언합니까? 그렇다면 그는 구원받을 수 없겠지요. 그가 비록 니고데모만큼 나이를 먹었더라도 '거듭나지 아니하면 하나님 나라를 볼 수 없습니다.' 그러므로 '그는 다시 태어날 수 없다'고 말하는 중에 당신은 사실상 그를 지옥에 넘겨주고 있습니다. 그렇다면 이제 무자비함이 누구에게 있습니까? 내 쪽입니까, 당신 쪽입니까? 나는

'그가 다시 태어날 수 있어서 구원의 상속자가 될 수 있다'고 말합니다. 당신은 '그는 다시 태어날 수 없다'고 합니다. 또한 그렇다면 그가 불가피하게 멸망당하겠지요. 따라서 당신은 그의 구원의 길을 완전히 가로막고 있고, 미미한 자비심 때문에(거듭남의 수고를 면해 주었으므로, 역주) 그를 지옥으로 보내고 있습니다.

하지만 우리가 진정한 사랑을 가지고 '당신은 거듭나야 합니다'라고 말해줬던 그 죄인이 아마도 '나는 당신의 새 교리를 거부합니다. 왜냐하면 나는 거듭날 필요가 없기 때문입니다. 나는 세례 받을 때 거듭났습니다. 뭐라고요! 당신은 나에게 내가 받은 세례를 부인하라는 거요?'라고 대답하도록 교육받은 것 같습니다.

내 대답은 이렇습니다. 첫째로, 하늘 아래 거짓말을 정당화 할 수 있는 것은 없습니다. 대신 나는 한 공공연한 죄인에게 '당신이 세례를 받았다면 그 세례 받았다는 고백을 취소하시오'라고 말해야만 합니다. 왜냐하면 그것(세례 받은 자가 거듭남이 불필요하다는 생각, 역주)이 얼마나 당신의 죄를 심화시켰습니까? 그것이 당신의 파멸을 얼마나 증대시켰는지 아십니까! 여덟 살에 당신이 하나님께 바쳐졌고, 그 후 이 모든 세월을 당신 자신을 마귀에게 바치며 사십니까? 당신의 이성을 사용하기도 전에 당신이 성부 아버지, 성자, 성령께 거룩하게 바쳐졌습니까? 그러면서도 당신이 이성을 사용할 때부터 하나님께 반항하고 마귀에게 헌신된 삶을 살아왔습니까? 세상사랑, 교만, 분노, 색욕, 미련한 욕망, 그리고 장사진을 이루고 있는 모든 애착들, 곧 멸망의 가증한 것이 있어서는 안 될 곳에 서있지요? 당신이 이 저주받을 것들을 한때 '성령이 거하시는 성전'이었던 당신의 영 안에 세웠지요? 그것은 '성령을 통하여 하나님의 처소'가 되기 위해 구별해 놓은 것이었습니다(엡2:22). 그렇습니다. 엄숙히 하나님께 바쳐졌나요? 당신이 한때 하나님께 속했다는 것을 자랑하고 계십니까? 아, 부끄러워해야 합니다. 얼굴이 붉어질 일입니다. 쥐구멍에라도 들어가야 합니다! 절대로 더 이상 당신을 혼란에 빠지게 하고 하나님과 사람 앞에 당신을 부끄럽게 만드는 것을 자랑하지 마십시오!

둘째로, 내 대답은 이렇습니다. 당신은 이미 당신이 받은 세례를 부인했습니다. 그것도 가장 확실하게 부인했습니다. 당신은 그것을 몇천 번 부인했고, 여전히 날마다 그 일을 하고 있습니다. 왜냐하면 당신이 세례인이라면 당신은 마귀와 그의 일을 거부하기 때문입니다. 따라서 당신이 마귀에게 틈을 주고, 마귀의 일 중 그 어느 하나를 행할 때마다 당신은 세례를 부인하고 있습니다. 그러므로 모든 고의적인 죄로, 모든 부정과 술취함과 앙갚음의 행위로, 모든 음란과 불경한 말로, 당신의 입에서 나오는 모든 하나님의 이름을 망령되이 일컫는 말로 당신은 세례를 부인하고 있습니다. 당신이 주일을 범할 때마다 이로써 당신은 당신이 받은 세례를 부인하고 있습니다. 그렇습니다. 당신의 이웃으로부터 당신이 바라지 않는 행위를 그에게 행할 때마다 당신은 세례를 부인하고 있습니다.

셋째로 내 대답은 이렇습니다. 당신이 세례 받았든 안 받았든 당신은 거듭나야 합니다. 그렇지 않으면 당신은 내적으로 거룩해지는 것이 불가능하고, 외적뿐만 아니라 내적으로 거룩해지지 않으면 당신은 이 땅에서 행복해질 수 없습니다. 다가오는 세상에서야 더 불행해 지겠지요. '그렇기는 하나, 나는 남에게 해를 끼친 적이 없고, 사람들과의 모든 관계에서 정직하고 공정했으며, 악담하지도 않았고, 주님의 성호를 망령되이 일컫지도 않았으며, 주일을 범하지도 않았고, 술취하지도 않았으며, 이웃을 중상한 일도 없고, 고의적인 죄 가운데 살지도 않았는걸요?'라고 당신이 말하겠지요. 그게 사실이라면 모든 자들이 당신이 행한 만큼 행하는 것이 아주 바람직한 일이겠지요.

그러나 당신은 아직도 더 전진해야만 합니다. 그렇지 않으면 당신은 구원받을 수 없습니다. 여전히 당신은 거듭나야만 합니다. '나는 지금 전진하고 있습니다. 왜냐하면 나는 타인에게 해를 끼치지 않았을 뿐만 아니라 내가 할 수 있는 모든 선한 일을 하기 때문입니다' 라고 말을 덧붙이십니까. 나는 그 사실에 의심이 갑니다. 내가 걱정하는 바는 당신이 행하지 않고 그대로 지나친 수많은 선행의 기회들이 있다는 것이고, 이로 인해 당신이 하나님께 책임을 져야 한다는 말입니다. 하지만 당신이 모든 선행을 하고, 당신이 진실로 모든 자들에게 행할 수 있는 모든 선행을 했다고 하더라도, 그럼에도 이것이 결코 사태를 뒤집지 못합니다. 여전히 당신은 거듭나야 합니다. 이것이 없이는 당신은 당신의 가련하고, 죄 되고, 오염된 영혼에 아무런 선행을 할 수 없습니다. '그렇지만 나는 항상 하나님의 모든 명령을 수행하고 있고, 교회에 참석하고, 성례에 참여하고 있는데요?' 당신이 그렇게 말할 만도 합니다. 하지만 당신이 거듭나지 않으면 그러한 모든 것이 당신을 지옥으로부터 지키지 못합니다. 하루에 교회 두 번 가고, 매주 성찬에 참여하고, 항상 은밀히 많은 기도를 드리고, 언제나 많고도 좋고도 훌륭한 즉 지금까지의 설교 중 가장 좋은 것들을 듣고, 항상 좋은 책을 읽어도 여전히 당신은 거듭나야 합니다. 이것들 중 그 어느 것도 거듭남을 대신할 수 없습니다. 이것들 중 그 어느 것도 신생을 대신할 수 없습니다. 절대로 하늘 아래 그 어느 것도. 따라서 당신이 아직 이 하나님의 내적 사역을 체험하지 못했다면 다음의 기도가 당신의 중단 없는 간구가 되어야 합니다. '주님, 주님의 모든 축복들에 더하여 이것을 주소서: 나로 하여금 "거듭나게" 하소서.' 당신이 거부하고 싶은 것이 있다면 무엇이라도 거부할 수 있지만 이것을 거부해서는 안 됩니다: 나로 하여금 "위로부터 태어나게" 하소서. 명성, 재물, 친구, 건강 등 당신이 가져갔으면 좋겠다는 것이 있으면 가져가세요. 그러나 오직 이것만큼은 나에게 주시오: "성령으로 거듭나는" 것! 또한 하나님의 자녀로 받아들여지는 것. 나로 하여금 "썩어질 씨가 아니라, 썩지 아니하는 씨로, 하나님의 살아있고 항상 있는 말씀으로" 거듭나게 하소서(벧전1:23). 또한 나로 하여금 "우리 주 곧 구주 예수 그리스도를 아는 지식과 은혜가 날로 자라게 하소서(벧후3:18)."

2. 교회 (74)

Of the Church

엡 4:1-6

"그러므로 주 안에서 갇힌 내가 너희를 권하노니 너희가 부르심을 입은 부름에 합당하게 행하여 모든 겸손과 온유로 하고 오래 참음으로 사랑 가운데서 서로 용납하고 평안의 매는 줄로 성령의 하나 되게 하신 것을 힘써 지키라. 몸이 하나이요 성령이 하나이니 이와 같이 너희가 부르심의 한 소망 안에서 부르심을 입었느니라. 주도 하나이요 믿음도 하나이요 세례도 하나이요. 하나님도 하나이시니 곧 만유의 아버지시라. 만유 위에 계시고 만유를 통일하시고, 만유 가운데 계시도다."

1. 우리는 교회에 관하여 끊임없이 듣고 있습니다! 그것은 많은 사람들과 나누는 일상의 화젯거리입니다. 그럼에도 자기들이 말하고 있는 것을 이해하고 있는 자들은 거의 없습니다! 그 명칭이 의미하는 바를 이해하는 자들은 거의 없습니다! 영어에서 이 '교회(church)'라는 말보다 더 애매모호한 말을 찾을 수 없습니다. 이 말은 때로는 공중예배(公衆禮拜)를 목적으로 사용되는 건물로 여겨지기도 하고, 때로는 하나님을 예배하기 위해 모인 회중(會衆, congregation)이나 인

간 단체라 생각되기도 합니다. 이후의 논술에서 취하는 교회라는 의미는 후자의 것으로만 제한합니다.

2. 여기서 사람의 수는 그것이 많든 적든지 간에 별로 중요한 게 아닙니다. '두 세 사람이 그분의 이름으로 모인 곳에'(마18:20) 그리스도께서 계십니다. 그리하여 (성 키프리안[Cyprian]의 말을 인용하면) '두 세 기독교인이 모인 곳에 교회가 있습니다.' 그리하여 성 바울이 빌레몬에게 편지를 쓰는 가운데 '그의 집에 있는 교회'(몬 1:2)를 언급하는데, 이로써 하나의 기독교인 가정도 교회라 칭할 수 있음을 보여줬습니다.

3. 하나님께서 세상에서 '불러내신'(교회라는 말이 원래 그 뜻인데) 몇몇 사람들이 연합하여 하나의 회중을 이루어서 좀 더 큰 교회를 이뤘는데, 그 예가 바로 예루살렘 교회입니다. 즉 하나님께서 불러내신 모든 예루살렘 성도들이 교회였습니다. 하지만 오순절 이후에 그들의 수가 급증했음을 고려하면, 특히 당시에 그들이 넓은 건물을 소유하지 못했기 때문에 또 그런 넓은 건물을 건축하는 것을 허가받을 수 없었기 때문에, 그들이 계속하여 한 장소에서 모였을 것 같지는 않습니다. 그 결과 그들은 분할되어야만 했고, 예루살렘에서도 몇몇 회중들로 분할되었습니다. 이와 비슷하게 성 바울이 몇 년 후에 로마에 있는 교회에 편지를 썼을 때(그 편지는 '성도로 부르심을 입은 로마에 있는 모든 자들'(롬1:7)에게 쓰여진 것인데) 그들이 자신

들을 모두 수용할 수 있는 건물을 소유했다고는 볼 수 없고, 몇몇 장소에서 몇몇 회중들을 이루어 모였다고 보아야 합니다.

4. 사도 바울이 처음으로 '교회'라는 말을 사용한 때가 고린도전서의 서문에 나옵니다: '하나님의 뜻을 따라 그리스도 예수의 사도로 부르심을 입은 바울은 고린도에 있는 하나님의 교회에 편지하노니.' 이 문장의 뜻은 이어지는 말에 의해 규정됩니다: '그리스도 예수 안에서 거룩하여지고 또 각처에서 저희와 우리의 주 되신 예수 그리스도의 이름을 부르는 모든 자들에게'(그의 글은 회람용 서신이므로 고린도만이 아님)(고전1:2-3). 그의 고린도후서 제명(題銘)에서 바울은 더 명확히 말합니다: '고린도에 있는 하나님의 교회와 또 온 아가야에 있는 모든 성도에게'(고후1:1). 여기서 분명히 그는 그 지방에 있는 모든 교회들과 기독교 회중들을 다 포함하여 말합니다.

5. 그는 빈번히 교회라는 단어를 복수형으로 씁니다. 그리하여 갈1:2 '사도 바울은 ... 갈라디아 교회들에게', 즉 그 고장에 산재한 기독교 회중들을 말하고 있습니다. 이 모든 것들에서 교회나 교회들이라는 말은 회중이 모이는 건물들을 말하지 않고 그곳에 자주 모이는 사람들 곧 하나 혹은 그 이상의 회중들을 의미합니다. 그런데 성경에서 가끔 '교회'라는 말은 땅 위에 있는 모든 기독교 회중들을 포함하는 경우처럼 훨씬 더 넓은 의미를 지닙니다. 우리가 예배 때 '우리 모두 투쟁중인 이 땅의 그리스도 교회의 모든 문제를 놓고 기

도합시다'라고 말할 때 그러한 의미로 우리가 이해한 것입니다. 사도 바울이 에베소에 있는 장로들에게 '하나님이 자기 피로 사신 교회를 돌보라'(행20:28)고 권면했을 때 분명 이런 뜻으로 사용했습니다. 분명 여기서 '교회'라는 것은 보편적 교회, 다시 말해 하늘 아래 있는 모든 기독교인들을 말합니다.

6. 위에서 인용한 구절에서, 가장 명확하고 가장 결정적으로 바울은 본래 '하나님의 교회'가 그러한 자들이라고 충분히 말하고, 또한 그런 점에서 바울은 교회의 모든 성도들에게 '부르심을 입은 부름에 합당하게 행하라고'(엡4:1) 가르칩니다.

I. 누가 본래 '하나님의 교회' 인가

7. 첫째로, 과연 누가 본래 '하나님의 교회'인지 생각해 봅시다. 이 용어의 참된 의미가 무엇입니까? 바울이 그 뜻을 말하듯 '에베소 교회'는 '성도들' 곧 '에베소에 있는' 거룩한 사람들이고, 이는 성부 하나님과 그분의 독생자 예수 그리스도를 예배하기 위해 함께 모인 자들인데, 그들이 이 예배를 한 곳이나 (아마 우리가 생각하듯) 여러 곳에 모여 드렸겠지요. 하지만 그것은 일반적으로 교회(the church), 곧 카톨릭 교회(catholic church) 즉 보편적 교회(universal church)인데, 여기서 바울은 그 교회를 '한 몸'(엡4:4)으로 생각합

니다. 또한 그 교회는 '빌레몬의 집에 있는'(몬1:2) 기독교인 즉 어느 한 가족 뿐만 아니라, 또 어느 한 도시나 지방이나 나라의 한 기독교인 회중뿐만 아니라, 여기서 제시된 기독교인의 자격에 합당한 이 땅위의 모든 사람들을 포함합니다. 이제 우리는 특별히 이것과 관련된 상세한 내용을 고려할 수 있습니다.

8. 이 모든 자들, 곧 하나님의 교회의 살아 있는 구성원들에게 생명을 주시는 '성령이 하나이십니다'(엡4:4). 혹자는 이것을(one Spirit, 역주) 두고 모든 영적 삶의 근원이 되시는 성령님을 생각합니다. '누구든지 그리스도의 영이 없으면 그리스도의 사람이 아니라(롬8:9)'라는 말씀은 확실한 것입니다. 다른 자들은 그 단어를 이후에 언급될 영적 은사나 거룩한 성품들로 이해합니다.

9. 이 성령을 받은 모든 자들 안에 '한 소망'(엡4:4), 곧 영원함이 충만한 한 소망이 있습니다. 그들은 죽음이 잃는 것이 아님을 압니다. 그들의 소망은 무덤 저 너머까지 이릅니다. 그들은 기쁨 중에 말할 수 있습니다: '찬송하리로다. 우리 주 예수 그리스도의 아버지 하나님이 그 많으신 긍휼대로 예수 그리스도의 죽은 자 가운데서 부활하심으로 말미암아 우리를 거듭나게 하사 산 소망이 있게 하시며, 썩지 않고 더럽지 않고 쇠하지 아니하는 기업을 잇게 하시나니 곧 너희를 위하여 하늘에 간직하신 것이라'(벧전1:3-4).

10. '주님도 한 분이십니다'(엡4:5). 이 주님은 그분의 나라를 자신들의 마음에 세운 자들을 다스리시고, 이 소망을 함께 나누는 모든 자들을 다스리십니다. 그분께 순종하고 그분의 명령을 준행하는 것이 그들의 영광이요 기쁨입니다. 또한 그들이 자원하는 마음으로 이것을 행하는 동안 그들은 '그리스도 예수와 함께 하늘 의자에 앉습니다'(엡2:6).

11. '믿음도 하나인데'(엡4:5), 이 믿음은 하나님께서 값없이 주시는 은혜이고 기독교인들의 소망의 근거가 됩니다. 이것은 단순히 이교도의 믿음, 즉 '하나의 신이 존재한다'는 믿음이 아니고, 또한 단순히 그분께서 은혜로우시고 공의로우셔서 '부지런히 찾는 자에게 보상해준다는'(히11:6) 믿음이 아닙니다. 그것은 또한 단순히 마귀의 믿음도 아닌데, 마귀의 믿음이 이교도의 믿음보다 더 나을지라도 그렇습니다. 왜냐하면 마귀는 신구약에 기록된 모든 것이 다 진리라고 믿기는 합니다만, 단지 믿기만 할 뿐이기 때문입니다. 그것은 성 도마의 믿음인데, 그 믿음은 그로 하여금 거룩한 담대함으로 '나의 주 나의 하나님'(요20:28)이라고 고백하게 합니다. 그것은 모든 진정한 기독교 신자들로 하여금 바울과 함께 이렇게 증거하도록 힘을 줍니다: '이제 내가 육체 가운데 사는 것은 나를 사랑하사 나를 위하여 자기 몸을 버리신 하나님의 아들을 믿는 믿음 안에서 사는 것이라'(갈2:20).

12. '세례도 하나이다'(엡4:5). 이 세례는 한 분이신 우리의 주님께서, 그분의 교회에 끊임없이 주고 계시는 모든 내적인 영적인 은혜를 지적하기 위하여, 외적 표지로 기쁨 가운데 규정해 놓으신 것입니다. 이 세례는 또한 그분을 열심히 찾는 자들에게 이 믿음과 소망이 제공되는 소중한 수단입니다. 사실 혹자는 세례를 비유적 의미로 해석하여 그것을 오순절 날 사도들이 받은 성령세례를 의미하는 것으로 생각하고, 모든 신자들이 그 성령세례를 좀 낮은 등급으로 받는다고 생각합니다(그래서 기독교인들 중에는 물세례를 거부했던 자들이 있었음, 역주). 하지만 성경해석이 불합리한 것으로 되지만 않는다면 명료하고도 문자적인 의미에서 절대로 벗어나지 않아야 하는 것이 공인된 성경 해석법입니다. 게다가, 우리가 그것(세례, 역주)을 그와 같이 이해한다면, 그것(세례가 하나라는 주장, 역주)은 쓸데없는 반복이 될 것인데, 그 이유는 그러한 주장이 '영이 하나이다'에 포함될 것이기 때문입니다.

13. 양자의 영을 받은 '모든 자들의 아버지이신 하나님이 한 분이십니다'(엡4:6). 그 성령(양자의 영)께서는 '그들의 마음에서 아바 아버지라 외치시고'(갈4:6), 그들이 하나님의 자녀들이라고 쉬지 않고 '그들의 영과 더불어 증거하시는데'(롬8:16), 그 하나님 아버지께서는 만유 위에 계셔서(엡4:6) 지극히 높으신 분이시고, 창조주이시고, 만유를 지탱하시는 분이시고 만유를 다스리시는 분이십니다. 또한 그 하나님 아버지께서는 모든 것 가운데 계셔서 전 공간에 스며

계시고, 하늘과 땅을 채우고 계십니다: 모든 것들에 스며 있어 그것들을 움직이는 영 (Totam Mens agitans molem, et magno se corpore miscens) 또한 여러분 모두 안에 계시는데, 한 영으로 한 몸을 이룬 여러분 안에 특별한 방식으로 계십니다:

> 여러분들의 영혼들을 하나님의 사랑스런 거처로,
> 즉, 내주 하시는 하나님의 성전으로 삼으십니다.

14. 바로 여기에 교회란 무엇인가라는 질문에 대한 명확하고도 더할 나위 없는 대답이 있습니다. 카톨릭 즉 보편 교회는 하나님께서 세상으로부터 불러내시어 자녀라는 신분을 주시고 '한 영으로' 연합하여 '한 몸'이 되게 하신 모든 사람들을 일컫는데, 그들은 '한 믿음, 한 소망, 한 세례를 가지고, 또한 모든 자들의 아버지이고 만유 위에, 만유 가운데, 그리고 모든 신자들 안에 계신 한 하나님'을 모십니다.

15. 이 위대한 몸의 지체, 곧 보편교회의 지체는, 그것이 어느 왕국이나 국가에 존재할 경우, 프랑스 교회나 잉글랜드 교회나 스코틀랜드 교회와 같이 '국가'교회라는 적당한 명칭으로 불릴 수 있습니다. 이보다 더 작은 보편교회의 지체는 에베소 교회나 그 외에 요한계시록에 나온 교회들과 같이 한 도시나 한 시가지의 성도들을 지칭합니다. 기독교 신자들 두셋이 연합하여 가장 좁은 의미의 교회 하나

를 이룹니다. 이러한 교회가 바로 빌레몬의 가정교회이고, 골4:15에 나오는 눔바의 가정교회입니다. 그러므로 어느 한 교회는 다양한 수의 성도를 구성원으로 가질 수 있는데, 두세 사람도 되고 이백만이나 삼백만도 됩니다. 하지만 교회가 크든 작든 여전히 동일한 개념이 유효합니다. 교회들은 한 몸이고 한 성령, 한 주님, 한 소망, 한 세례, 모든 자들의 아버지이신 한 하나님을 소유합니다.

16. 이러한 설명은 우리 교회 곧 영국 성공회 신조 제19조와 정확히 일치하는데, 그 조항은 사도 바울이 말한 것에 약간의 내용을 첨가했을 뿐입니다.

　　　　교회에 관하여(Of the Church): 가시적 그리스도 교회는 그 안에서 수수한 하나님의 말씀이 선포되고 성례가 온당하게 행해지는 신자들(faithful men)의 모임이다.

간과하면 안 될 것은 우리의 39 조항들이 편집되고 출판된 것과 동시에 동일한 (교회) 당국자에 의해 라틴어로도 번역되어 출판되었다는 것입니다. 거기에는 '신자들의 회중'(coetus credentium)이라는 말이 나오는데, 이는 그 편찬자가 '신자들(faithful men)'을 '살아 있는 믿음'을 가진 자들이라고 규정하고 있음을 분명히 보여줍니다. 이러한 규정이 그 조항을 사도 바울이 말한 것에 훨씬 더 근접하게 합니다.

그러나 사도 바울이 개교회를 말했는지 보편교회를 말했는지에 대한 의문이 있을 수 있습니다. '교회 중에서(Of the Church)'라는 제목은 보편교회(catholic church)를 말하는 것 같습니다. 하지만 19조의 후반부에는 예루살렘, 안디옥, 알렉산드리아, 그리고 로마와 같은 개별 교회들을 언급합니다. 아마도 그 조항은 두 가지, 즉 보편교회를 정의하는 것과 그 보편교회를 구성하고 있는 몇몇 개별적인 교회들을 고려하는 것을 의도한 것 같습니다.

17. 이러한 것들을 유념하면, '잉글랜드 교회가 무엇인가?'라는 질문에 답하는 것이 쉽게 됩니다. 그 교회는 보편교회의 지체요, 잉글랜드에 살고 있는 보편교회의 일원들입니다. 잉글랜드 교회는 그 안에 '한 성령, 한 소망, 한 주님, 한 믿음'이 있는 바로 그 잉글랜드 사람들의 '모임'인데, 그 모임은 '한 세례'를 행하고 있고 '모든 자들의 아버지이신 한 하나님'을 모시고 있습니다. 사도 바울에 따르면 바로 이것만이 잉글랜드 교회입니다.

18. 하지만 19조가 제시하는 교회의 정의는 이뿐만 아니라 놀랄만한 첨언(添言) '그 안에서 순수한 하나님의 말씀이 선포되고, 성례가 온당히 행해진다'라는 의미를 더 포함합니다. 이 정의에 따르면 순수한 하나님의 말씀(the pure Word of God)이 선포되지 않는 회중들은 잉글랜드 교회의 지체들도 아니고 보편교회의 지체들도 아닙니다. 마찬가지로 성례가 온당히 집례 되지 않는 곳들도 그러한 지체들이

아닙니다.

19. 나는 이 정의의 엄밀함을 변호하지는 않겠습니다. 나는 '순수한 하나님의 말씀'으로 인정되지 않는 비성서적 교리들이 빈번히 설교되는 모든 회중들을 감히 보편교회로부터 제외시키지는 못합니다. 성례가 '온당히 집례 되지' 않는 회중들도 제외시킬 수 없습니다. 일이 분명 그렇게 되더라도 로마 카톨릭 교회(Church of Rome)는 보편교회의 지체조차 못되는데, 그 이유는 거기에서는 '순수한 하나님의 말씀'이 선포되지도 않고 성례를 '온당히 집례하지도' 않기 때문입니다. '한 성령, 한 소망, 한 주님, 한 믿음, 모든 자들의 아버지이신 한 하나님'을 소유한 자들은 누구든지 간에 나는 그들이 그릇된 견해들을 갖고 있거나 미신적으로 예배를 드려도 쉽게 그들을 용납할 수 있습니다. 이러한 이유로 그들을 보편교회에 소속시키기를 망설일 수는 없습니다. 그들이 원할 경우, 나는 그들을 영국 국교회(성공회, 역주)의 일원으로 받아들이는 것에 반대하지도 않을 것입니다.

II. '우리가 부르심을 입은 부름에 합당히 행하는 것'이 무엇입니까?

20. 두 번째 문제로 넘어갑시다. '우리가 부르심을 입은 부름에

합당히 행하는 것'이 무엇입니까?

우리는 사도 바울의 어투에서 '행하다'라는 말이 매우 넓은 의미를 갖는다는 것을 항상 명심해야 합니다. 그 말은 우리의 모든 내적, 외적 움직임과 우리의 모든 생각과 말과 행동을 포함합니다. 그 말은 우리가 행하는 모든 것뿐만 아니라 우리가 말하고 생각하는 모든 것을 포함합니다. 그러므로 이런 의미로 '우리가 부르심을 입은 부름에 합당히' 행하는 것, 곧 범사에 우리가 기독교인으로 부름 받음에 합당하게 생각하고 말하고 행동하는 것이 작은 일이 아닙니다.

21. 우리는 먼저 '겸손한 가운데' 행하도록, 그리스도의 마음을 품도록(빌2:5), 마땅히 생각할 그 이상의 생각을 품지 않도록(롬13:3), 자신을 작고 가난하고 천하며 타락한 자로 보도록, 모든 자들의 마음을 아시는 그분께서 우리를 아시는 대로 우리 자신을 알도록 부름을 받았습니다. 또한 우리는 우리의 무가치함을 깊이 깨닫도록 부름을 받았습니다. 또한 우리는 (하나님께서 마른 뼈들에게 숨을 불어 넣으시고(겔37:1-10) 당신의 입술의 열매(사57:19)로 생명을 창조하실 때까지 우리가 병들었을 뿐만 아니라 죄와 허물로 죽기까지(엡2:1)할 정도로) 모든 악을 향해 가고 있고 모든 선을 싫어하는 우리들의 본성(이 안에는 선한 것이 하나도 없음(롬7:18))의 보편적 부패를 깊이 깨닫도록 부름을 받았습니다. 하나님께서 우리 안에 그 일을 행하시고 이제 우리를 소생시키셨다고 가정해도, 육적인 생각이 우리 안에 얼마나 많이 남아 있는지요! 참으로 우리의 마음이 살아 계신 하나님을 떠나

려는 경향이 큽니다! 우리가 과거의 죄를 사함 받았음을 알고도 우리 마음이 죄로 향하는 경향이 참으로 지배적입니다! 우리의 모든 노력에도 불구하고 얼마나 많은 죄가 우리의 말과 행동에 나타납니까! 그 누가 자기 안에 하나님에 대한 적대감이 얼마나 남아있는지에 대한 온전한 의식을 가지고 있습니까? 혹은 자신의 무지로 인하여 사람이 얼마나 하나님으로부터 여전히 격리되어 있는가에 대한 온전한 의식을 가진 자가 그 누구입니까(엡4:18)?

22. 하나님께서 우리의 마음을 완전히 깨끗케 하시고 마지막 죄의 찌꺼기조차 다 없애셨다고 가정합시다. 그러함에도 우리가 위로부터 매 시간 매 순간 능력을 받지 않으면 어찌 우리가 우리의 무력함과 모든 선에 대한 완전한 무능력을 감지할 수 있겠습니까? 전능자의 능력이 우리 안에서 역사하여 우리로 하여금 그분의 기뻐하시는 뜻을 원하고 행하도록(빌2:13) 하지 않으면 그 누가 단 하나의 선한 생각을 하거나 단 하나의 선한 소망을 품을 수 있겠습니까? 이러한 은혜를 받는 중에도 우리는 철저히 그리고 끊임없이 이러한 것에 대한 의식을 할 필요가 있습니다. 그렇지 않으면 우리는 하나님으로부터 받았음에도 받지 않은 것으로 여기는 것들을 자랑함으로 계속하여 하나님의 영광을 자신에게 취하는 위험에 처할 것입니다.

23. 우리의 영 가장 깊은 곳이 그렇게 변화되었을 때도 여전히 우리는 '겸손을 입어야'(벧전5:5)합니다. 베드로가 사용한 말은 우리

가 외투를 입듯이 겸손을 입어야 하고, 우리의 모든 생각과 말과 행위를 (겸손으로, 역주) 맛을 내며 우리 안팎을 온전히 겸손하게 해야 함을 의미하는 것 같습니다. 우리의 모든 행위가 바로 이 샘에서 흘러나오게 하고, 우리의 모든 말이 바로 이 영으로 호흡하게 하여 모든 자들이 우리가 예수님과 동행하며 그분으로부터 겸손을 본받았음을 알게 해야 합니다.

24. 또한 우리가 마음이 온유하시고 겸손하신 분께 배웠기 때문에 (마11:29) '온전히 온유함 가운데 행할' 힘을 얻을 것이고, 사람들이 가르치는 것과 다르게 가르치시는 분께(요7:46) 배웠기 때문에 마음이 온유하고 겸손해질 힘을 얻을 것입니다. 이는 노여움뿐만 아니라 모든 폭력적이고 사나운 열정(passion)을 제어하는 능력을 말합니다. 그것은 우리의 모든 열정들을 알맞게 분배함으로 어느 것이 너무 크거나 너무 작지 않게 하여 모든 그것들이 상호 조화를 이루고, 모든 열정들이 이성의 지배를 받고 그 이성은 하나님의 성령의 인도하심을 받게 함을 말합니다. 이 마음의 평정이 여러분의 영혼 전체를 다스리게 하여 여러분의 모든 생각들이 잔잔한 시냇물처럼 흐르게 하고 여러분의 말과 행위가 한결같이 거기에 맞게 하십시오. 그러면 이러한 인내 가운데 여러분은 '여러분의 영혼을 얻게 될 것입니다' (눅21:19). 그런데 우리가 무절제한 열정의 파도에 밀려다니는 동안 그 영혼은 우리의 소유가 아닙니다. 이로써 모든 자들이 우리가 진실로 온유하시고 겸손하신 예수님의 제자들이라는 것을 알 것입니다.

25. 온전한 인내를 가지고 행하십시오. 인내는 거의 온유함을 말하는 것이지만 그 이상을 의미하기도 합니다. 모든 어둠의 세력과 모든 악한 자들과 악한 영들의 공격에도 불구하고, 그것은 여러분의 모든 사나운 열정들에 대한, 이미 이뤄놓은 승리를 계속하여 얻게 합니다. 그것은 모든 적대 행위에 대해 참을성 있게 승리하게 하고, 여러분을 뒤덮는, 그 적대행위로 인한 모든 파도들에 의해 요동치 않습니다. 아무리 자주 화를 나게 해도 그것(인내, 역주)은 여전히 동일하며 조용하고 흔들림이 없습니다. 그것은 '선으로 악을 이길 뿐 악에게 지지 않습니다'(롬12:21).

26. '사랑으로 서로 참아주는 것'은 아무 일에나 분을 내지 않는 것뿐만 아니라 복수하지 않는 것도 뜻하고, 상처를 입히거나 해치거나 서로 간에 말과 행위로 마음 아프게 하지 않는 것뿐만 아니라 서로서로 짐을 져주는 것도 뜻하고(갈6:2), 여러분의 힘이 닿는 한 모든 수단을 동원하여 그 짐을 덜어주는 것을 뜻합니다. 그것은 사람들이 슬픔과 고통과 약함 중에 있을 때 그들에게 동정심을 갖는 것과, 우리의 도움 없이는 그들이 자신들의 짐에 눌려 내려앉게 되는 경우 그들을 받쳐주는 것과, 그들의 처진 고개를 들게 하고 그들의 약해진 무릎이 강하게 되도록(욥4:4) 힘쓰는 것을 뜻합니다.

III. 진정한 그리스도 교회의 일원들은

27. 마지막으로 진정한 그리스도 교회의 일원들은, 최대의 부지런함과 최대의 배려와 노고와 불굴의 인내를 가지고(최대라는 말은 아직도 만족할 만한 표현이 못되는데), 평화의 줄로 성령의 하나 되심을 이루고, 겸손과 온유와 인내와 서로 참음과 사랑의 동일한 영을 거룩하게 지키고, 거룩한 줄, 곧 우리의 마음을 채우고 있는 하나님의 평화로 이 모든 것들을 엮고 결합시키기를 힘씁니다. 오직 그렇게 함으로써 우리는 그리스도의 몸인 교회의 살아있는 일원들이 될 수 있고, 그러한 신분으로 남아있게 됩니다.

28. 보통 사도신경이라 불리는 고대 신경에서 우리가 보편교회 혹은 카톨릭 교회를 '거룩한 공회'라고 칭하는 이유가 전술한 것들로부터 분명해지지 않습니까? 교회에다 그러한 명칭을 부여하는 것에 대한 참으로 많은 놀라운 이유들을 우리가 알아냈습니다! 한 식자(識者)가 우리에게 알려줍니다: '우리는 교회의 머리이신 그리스도께서 거룩하시니 교회가 거룩하다고 해야 한다.' 또 다른 유명한 분께서 단언합니다: '교회의 모든 법들(ordinances, 혹은 의식(儀式)들; 역주)이 거룩함을 증진시키기 위해 제정되어서 교회가 거룩하다.' 또 다른 분은 '우리 주님께서 교회의 모든 성도들이 거룩해지도록 계획하셨기 때문에 교회가 거룩하다'고 합니다. 아니, 우리가 말할 수 있는 가장 간결하고도 분명한 이유, 유일한 진짜 이유는 교회가 거룩하기 때문에 우리가 교회를 '거룩하다'고 합니다. 왜냐하면 신자들을 부르신 분께서 거룩하신 것 같이(벧1:15), 정도의 차이는 좀 있겠지만,

교회의 모든 성도들이 다 거룩하기 때문입니다. 참으로 명쾌한 답입니다! 교회의 본질을 생각하여, 교회가 믿는 자들로 이뤄진 몸이라면 기독교 신자가 아닌 자는 교회의 구성원이 될 수 없습니다. 이 몸 전체가 한 영으로 생기를 얻고, 한 믿음, 한 소명에 따른 소망을 가진다면 그 영과 믿음과 소망을 소유하지 못한 자는 이 몸의 지체가 아닙니다. 따라서 비속한 욕쟁이, 안식일을 범하는 자, 술고래, 호색가, 도둑, 거짓말쟁이뿐만 아니라 분이나 교만의 권세 하에 있는 자 또 세상을 사랑하지 않는 자, 요컨대 하나님에 대해 죽은 자는 그분의 교회의 일원이 될 수 없습니다.

29. 그러므로 사람들이 교회의 일원도 아니고 그 안에서 자신의 몫도 없고 또 교회가 뭔지도 모르면서 '교회! 교회!'라고 외치고 교회 일에 열심인 것보다 더 모순 된 일이 있을까요? 그럼에도 바로 여기서 하나님의 손길을 찾을 수 있습니다! 이를 통해 하나님의 위대한 지혜가 드러나는데, 그 지혜는 그들의 실수를 하나님 자신의 영광이 되도록 이끌고 '땅으로 하여금 여인을 돕게 합니다'(계12:16). 그 세상 사람들은 빈번히 스스로 교회의 일원이라 생각하며 교회를 지킵니다. 그러지 않았다면 사방에서 작은 양떼를 둘러싼 늑대들이 삽시간에 그 양들을 갈기갈기 찢어 놓았을 것입니다. 바로 이러한 이유 때문에 필요 이상으로 그들을 자극시키는 것은 어리석은 일입니다. 가능하다면, 우리의 힘이 닿는 한 모든 자들과 평화롭게 지냅시다(롬 12:18). 이는 특별히 우리가 어느 때에 하나님께서 그들을 사단의 나

라에서 불러내시어 그분의 사랑하시는 아들의 나라로 옮기실지 모르기 때문입니다(골1:13).

30. 한편으로 모든 진정한 교회의 일원들로 하여금 거룩히 행하고 범사에 흠이 없게 합시다. '여러분은 세상의 빛입니다!' 여러분은 '산 위의 동네이고, 숨길 수 없습니다. 아, 사람들 앞에 여러분의 빛이 비취게 하십시오(마5:14, 16)!' 그들에게 여러분의 행위로 여러분의 믿음을 보여주십시오(야2:18). 여러분의 모든 말과 행실의 됨됨이를 통하여 그들로 하여금 여러분의 모든 소망이 하늘을 향해 쌓여 있음을 알게 하십시오! 여러분의 모든 말과 행동이 여러분에게 생기를 준 그 영을 증거하게 하십시오! 무엇보다 여러분의 사랑이 풍성하게 하십시오(빌1:9). 그 사랑이 모든 사람들에게 확장되게 하고, 또한 그 사랑이 모든 하나님의 자녀들에게 흘러가게 하십시오. 이로써 모든 자들이 여러분이 누구의 제자인지 알게 하십시오. 왜냐하면 여러분은 서로서로 사랑하기 때문입니다.

브리스톨(Bristol)에서
1785. 9. 28.

3. 영적 예배 (77)

Spiritual Worship

요일 5:20
"그는 참 하나님이시요 영생이시라"

1. 이 서신에서 요한은 어느 한 특정한 교회에게가 아니라, 당시의 모든 교회들에게, 좀 더 범위를 좁히자면, 그와 함께 거주했던 자들에게 말을 했습니다. 또한 그들에게 말하는 가운데 그는 이후의 모든 교회들에게 말하고 있습니다.

2. 이 서신에서, 혹은 (아마도 그가 극도로 연로하여 더 이상 사람들에게 설교할 수 없어서, 이 글을 좀더 직접적으로 접하게 된 자들과 함께 있었을 것이므로) 소책자에서 그는 바울이 이미 다룬 믿음을 직접 다루지 않고, 또한 바울과 야고보와 베드로가 언급한 내적, 외적 거룩함을 다루지 않고, 모든 것의 기초, 즉 신자들이 성부와 성자와 성령과 나누는 행복하고 거룩한 사귐(communion)을 다루고 있습니다.

3. 그는 서론에서 무슨 권위로 그가 글을 쓰고 말하는지 밝히고,

그가 지금 쓰고 있는 글의 기록 목적을 명확히 기술하고 있습니다. 이 서신서의 결론에서 그는 서론에서 제기된 질문에 정확히 답변을 하고 있는데, 그는 그 동일한 목적을 좀더 넓게 설명하고 있고, 또한 '우리가 아노라'라는 말을 사용함으로 우리와 하나님과의 사귐의 증거를 세 번 요약합니다.

4. 여기서는 다음 사항을 다룹니다.
첫째, 1:5-10에는 성부와의 사귐, 2-3장에서는 성자와의 사귐, 4장에서는 성령과의 사귐을 다룹니다.
둘째, 연합적으로 성부와 성자와 성령의 증거를 5:1-12에서 다루는데, 그리스도 안에서 그러한 믿음을 기초로 하여 하나님으로부터 태어남, 하나님과 그분의 자녀들에 대한 사랑, 그분의 계명을 지키는 것, 세상을 이기는 것이 그 근거를 갖게 됩니다.

5. 5:18에서 요약이 시작됩니다: '우리가 알기로 하나님으로부터 난 자는,' 그가 하나님을 보고 사랑하므로 이 사랑이 가득한 믿음이 그의 안에 있는 동안에는, '범죄치 아니한다.' '우리가 알기로 우리는 하나님께 속하고,' 그래서 하나님의 자녀들이고, 이는 성령의 증거와 열매로 알 수 있는데, '온 세상은,' 곧 성령을 모시지 못한 모든 자들은, '악한 자 안에 처했다.' 하나님의 자녀들이 거룩하신 분 안에 있고, 생존하고, 거주하듯이 그들은 그 악한 자 안에서 그렇게 산다. '우리가 알기로 하나님의 아들께서 오셔서 우리에게' 영

적 '지각을 주셔서 우리로 참된 자를 (곧 신실하시고 진실하신 증인을) 알게 하신다.' '또한 우리가 (포도나무 가지처럼) 참되신 분 안에 있다.' '그는 참 하나님이시요 영생이시다.'

이 중요한 말씀을 묵상하는 가운데 우리는 다음과 같은 질문을 할 수 있습니다.

첫째, 왜 그분(예수님)께서 참 하나님이신가?

둘째, 왜 그분께서 영생이신가?

셋째로 나는 몇몇 추론들을 덧붙일 것입니다.

I. 왜 그분(예수님)께서 참 하나님이신가?

1. 첫째로 우리는 그분께서 왜 참 하나님이신지 물을 수 있습니다. 그분께서는 '만물 위에 계셔 세세에 찬양을 받으실 하나님이십니다'(롬9:5). '그가 태초에 (곧 영원 전부터) 하나님과 함께 계셨으니,' 곧 성부 하나님과 함께 계셨으니, '그는 곧 하나님이시니라(요1:1-2).' '그는 아버지와 하나이신데'(요10:30), 그래서 그분께서는 '하나님과 동등하게 됨을 도적질로 여기지 않으셨다(빌2:6 who, being in the form of God, thought it not robbery to be equal with God. (KJV) 그분께서는 하나님의 형상 안에 계셨고, 하나님과 동등하다고 생각하는 것을 강도질로 여기시지 않으셨다. who, though he was in the form of God, did not count equality with God a thing to

be grasped. (RSV) 그는 하나님의 형상 안에 계셨으나 하나님과 동등하게 됨을 취할 것으로 여기지 않으셨다. 헬라어 원어 성경과 비교하여 봤을 때 KJV가 더 충실히 번역하였다. 이 때 형상은 실체(본체)와 같은 의미를 지닌다. 따라서 성자께서 성부와 일체(一體)를 이루시어 성부와 함께 한 하나님으로 존재하고 계심을 말한다. 역주).' 이에 따라 영감을 받은 기독교 저술가들은 그분을 지극히 높으신 하나님으로 불렀습니다. 그들은 거듭하여 그분을 피조물에게는 절대로 사용할 수 없는 '야웨'라는 성호로 불렀습니다. 그들은 하나님의 모든 속성과 행위를 그분께 돌렸습니다. 그러므로 우리는 그분을 하나님으로부터 오신 하나님, 빛으로부터 오신 빛, 참 하나님으로부터 오신 참 하나님으로 선언하고, 영광에 있어서 성부와 동일하시고, 성부와 함께 영원한 위엄 가운데 계시다고 말하는 데 주저할 이유가 없습니다.

2. 그분께서는 '참 하나님', 유일한 원인, 모든 피조물들의 유일한 창조주이십니다. 사도 바울이 말하길, '하늘과 땅에 있는 모든 것들 곧 보이는 것과 보이지 않는 것들이 (그렇습니다, 땅과 하늘 그 자체와 그 거주자들도 언급이 되는데, 이는 거주자가 집보다 더 귀하기 때문입니다) 그로 인해 창조되었다'(골1:16)라고 합니다. 그 피조물 중에 몇몇 종류를 보충하여 말하길 '보좌들이나 주관들이나 정사들이나 권세들'(골1:16)이라고 합니다. 그래서 요한은 '만물이 그로 말미암아 지은 바 되었으니, 지은 것이 하나도 그가 없이는 된 것이 없느니라'라고 합니다(요1:3). 그리하여 바울은 '주께서 옛적에 땅

의 기초를 두셨사오며 하늘도 주의 손으로 지으신 바니이다'(시 102:25)라는 시편 기자의 확신에 찬 말씀을 예수께 적용시킵니다.

4. '참 하나님'으로서 그분께서는 또한 만물의 보존자이십니다. 그분께서는 만물의 존재를 유지시키실 뿐만 아니라 그들의 몇 가지 본성들에 맞게 그들이 행복하도록 지키십니다. 그분께서는 그들을 서로간의 관계와 관련과 의존 가운데 두시어 자신이 정한 계획에 따라 그것들이 하나의 존재 체계를 이루고 하나의 완전한 우주를 이루게 하십니다. 참으로 이것이 확신에 차 있고 아름답게 표현되어 있습니다! '그로 말미암아 만물이 함께 구성되어 있다' (Τα παντα εν αυτω, συvεστηκεv : 골1:17) 혹은 좀 더 직역하면, '그분에 의하여 또한 그분 안에서 만물이 하나의 체계로 구성되어 있다.' 그분께서는 온 우주를 지탱하는 힘이실 뿐만 아니라 그것의 결합하는 능력이시기도 합니다.

5. 나는 특별히 그분께서 우주 안에 있는 모든 운동의 진정한 '장본인'이라고 말하고 싶습니다. 진정 그분께서는 영혼들에게 약간의 스스로 움직이는 힘을 주셨지만 물질에게는 주시지 않으셨습니다. 어떤 종류가 되었든 모든 물질은 절대적으로 완전히 스스로 움직일 수 있는 힘이 없습니다. 그것은 스스로 움직이지도 움직일 수도 없고, 그것의 어느 부분이 움직일 때마다 다른 것에 의해 움직여집니다. 쉽게 말해 바다 위에서 움직이고 있는 통나무를 보십시오! 그것은 사실상 물에 의해 움직여집니다. 그 물은 바람, 즉 공기의 흐름에 의해 움직

여집니다. 그 공기 자체는 모든 운동을 에테르성 불에 의존하는데, 각각의 에테르성 불 입자는 각각의 공기입자에 붙어 있습니다. 공기 입자에서 그 불을 제거하면 그것은 더 이상 움직이지 않습니다. 그것은 고정되고, 모래와 같이 움직이지 않게 됩니다. (에테르성 불이 함께 섞여 있어서 생기는) 유동성(fluidity)을 물에서 제거하면, 그것은 통나무처럼 더 이상 움직이지 않게 됩니다. 쇠가 발갛게 달궈졌을 때 망치질하여 불이 쇠 속으로 들어가게 하십시오. 그러면 그것(불, 역주)은 고정된 공기 즉 얼은 물같이 움직이지 않습니다. 그러나 그것이 고정되지 않고 가장 많이 활성을 가질 때 불에다가 운동을 주는 것이 무엇입니까? 그 이방인(Virgil)은 말할 것입니다. 그것은 '전체 물체를 움직이게 하고, 전체 물체에 스며있는 영'(Magnam mens agitans molem, et vasto se corpore miscens)이다.

6. 논의를 계속 진행시키면, 우리는 달이 지구 주위를 돌고 지구는 태양 주위를 돌고 태양은 자신의 축을 돌고 있다고 말합니다. 그러나 이는 통속적인 표현에 불과합니다. 왜냐하면 우리가 그것들에 대한 진실을 말하자면, 태양도 달도 별들도 움직이지 않습니다. 이 모든 것들은 스스로 움직이지 않습니다. 그것들은 매순간 그것들을 만드신 전능하신 손에 의해 움직여집니다.

이삭 경(Sir Isaac)이 '그렇지 않습니다. 태양, 달, 그리고 모든 천체들은 참으로 운동하고 있으며, 서로가 서로를 중력으로 끌어당깁니다'라고 말합니다. 중력으로 끌린다고요! 그게 뭔데요? '그야 물론 그것들 모두가 자신들의 질량에 비례하여 서로 끌어당기고 있다는 말이지요.' 훗친슨(Hutchinson)씨는 '그건 정말 난센스입니다. 말도 안 되는 얘기입니다. 자가당착입니다! 어떠한 것이 자기가 존재하지 않는 곳에서 활동을 할 수 있습니까? 그렇지 않지요. 그것들은 계속하여 서로에게 향하여 움직여지도록 힘을 받지요'라고 말합니다. 무엇에 의해 힘을 받는 다는 거지요? '전깃불 혹은 에테르라고 하는 미세한 물질에 의해 움직여지지요.' 그러나 기억하십시오! 그것이 아무리 미세하다 할지라도 여전히 물질입니다. 그러므로 그것은 그 자체에 모래나 대리석처럼 자동력이 없습니다. 따라서 그것은 스스로 움직이지 못합니다. 하지만 아마도 만물의 창조주이시고 보존자이신 분께서 우주를 움직이기를 기뻐하시는데, 그 움직이는 수단이 바로 첫 번째 물질적 발동력(發動力), 즉 주원동력(主原動力)인 것 같습니다.

7. '참된 하나님'께서는 또한 모든 인간의 자손들의 구세주이십니다. '그(성자)에게 우리 모두의 죄악을 담당시켜서'(사53:6) 그가 죽음을 당해서 자신을 희생 제물로 한 번 드리게 하여, 성부 자신께서 온 세상의 죄를 위한 완전하고도 충분한 제물 곧 희생제물을 취하는 것을 기뻐하셨습니다.

8. 본론으로 돌아갑시다: 진정한 하나님께서는 만물의 지배자이시고, '그분의 나라가 만유를 통치합니다'(시103:19). 세세토록 '통

치권이 그분의 어깨 위에 있습니다'(사9:6). 그분께서는 전체 피조물과 각각의 피조물들의 주님이시며 지배자(Disposer)이십니다. 얼마나 놀라운 방법으로 그분께서 세상을 지배하시는지요! 그분의 생각이 인간의 생각에 비해 얼마나 뛰어난지요! 참으로 우리는 그분의 통치 방법을 조금밖에 알지 못합니다! 우리가 아는 것은 이것뿐입니다: 주님께서는 각각의 피조물을 온 우주같이 통치하시며, 온 우주를 각각의 피조물같이 통치하십니다(Ita praesides singulis sicut universis, et universis sicut singulis!). 이 말을 좀더 곰곰이 생각해 보십시오. 참으로 그 안에 영광스런 신비가 깃들어 있습니다! 위에서 언급된 글에서 이것이 알기 쉬운 말로 기록되었습니다(SOSO에 게재된 본문에 나온 것임, 역주).

> 아버지여, 주님의 영광이 참으로 광대하게 비춥니다!
> 만유의 주님, 그리고 나의 주님
> 주님의 선하심이 만유를 돌보십니다.
> 세상 모두를 하나의 영혼처럼 대하시며,
> 그러는 중에도 나의 머리카락 하나하나를 지켜주십니다.
> 마치 내가 주님의 유일한 관심인 것처럼!

9. 그럼에도 전에 언급했다시피 인간의 자손들에 대한 그분의 통치 섭리는 차이가 있습니다. 한 경건한 저술가(토마스 크레인 Thomas Crane, 역주)는 하나님의 섭리가 삼중원(三重圓)이라고 합니다. 가장

바깥에는 모든 인간 곧 이방인, 회교도, 유태인, 그리고 기독교인을 포함하고 있습니다. 그분께서는 모든 인간에게 자신의 해가 비추도록 하십니다. 그분께서는 그들에게 비와 열매 맺는 계절을 주십니다. 그분께서는 그들에게 천 가지 은혜를 베푸시고, 그들의 마음을 양식과 기쁨으로 채우십니다. 그는 그보다 더 안쪽에 있는 원에 모든 가시적 기독교, 즉 그리스도의 이름을 부르는 모든 자들을(딤후2:19) 포함시킵니다. 하나님께서는 이들에 대해 더 세심한 관심을 보이시고, 그들의 행복을 위해 더 마음을 쓰십니다. 하지만 그분의 섭리의 가장 안쪽에 있는 원에는 오로지 불가시적 교회, 곧 장소를 불문하여 모든 참된 기독교인들을, (어떤 정부 형태 안에 살던지 간에) 신령과 진정으로 하나님을 예배하는 모든 자들을(요4:23) 포함합니다. 그분께서는 이들을 눈동자처럼 지키시며, 그들을 자신의 날개 그늘 아래에 숨기십니다(시17:8). 우리 주님께서 '머리털까지도 다 세신 바 되었다(눅12:7)'고 언급하실 때 특별히 이들을 두고 하신 말씀입니다.

10. 마지막으로 사도 바울에 의하면, 하나님께서 참 하나님이시므로 만물의 목적이 되십니다: '만물이 주에게서 나오고, 주로 말미암고, 주에게로 돌아감이라'(롬11:36) - 창조주이시므로 만물이 그에게서 나오고, 그가 만물을 유지하시고 보존하시는 분이시므로 그를 통하여 존재하고, 만물의 최종 목적이시므로 그에게로 돌아간다는 것입니다.

II. 어찌하여 그분께서 '영원한 생명'이십니까?

이러한 모든 의미로 볼 때 예수 그리스도는 '참 하나님'이십니다. 그런데 어찌하여 그분께서 '영원한 생명'이십니까?

1. 이 말씀이 직접적으로 뜻하는 것은 그분께서 영원한 생명이 되실 것이라는 말이 아닙니다. 그것이 바로 절대로 잊어서는 안 될 위대하고도 중요한 진리인데도 말입니다. '그분께서는 자기를 순종하는 모든 자에게 구원의 장본인(근원)이 되십니다(히5:9).' 그분께서는 '죽기까지 충성하는' 모든 자들에게 주어질 '생명의 면류관'(계2:10)을 주시는 분이십니다. 또한 그분께서는 영광 중에 거하는 모든 성도들(saints)에게 그들의 기쁨의 정수(精髓)가 될 것입니다.

> 거룩한 사랑의 불꽃은
> 예수의 얼굴에서 타오르고 있네.
> 모든 하늘의 기쁨은
> 황홀감 중 그분을 볼 때 생긴다네!
> (찰스 웨슬리의 성가, 역주)

2. 여기서 직접 말하고자 하는 바는 그분께서 부활이라는 것을 나타내려는 것이 아닙니다. 비록 그것 또한 그분 자신의 말씀 '나는 부활이요 생명이다'(요11:25)에 따를 때 진리이지만 말입니다. 여기

에 적당한 말이 바로 바울의 글입니다: '아담 안에서 모든 사람이 죽은 것같이 그리스도 안에서 모든 사람이 삶을 얻으리라'(고전 15:22). 그리하여 우리는 다음과 같이 말할 수 있습니다: '찬송하리로다. 우리 주 예수 그리스도의 아버지 하나님이 그 많으신 긍휼대로 예수 그리스도의 죽은 자 가운데서 부활하심으로 말미암아 우리를 거듭나게 하사 산 소망이 있게 하시며, 썩지 않고 더럽지 않고 쇠하지 아니하는 기업을 잇게 하시나니'(벧전1:3-4).

3. 하지만 장래에 그분께서 어떤 분이 되실 것인가 하는 문제는 잠시 접어두고, 여기서 우리는 현재 그분께서 어떤 분이신지 생각해보아야 합니다. 그분께서는 현재 종류와 가치를 불문하고 모든 생명들의 생명이십니다. 그분께서는 모든 하등 생물, 곧 식물들의 생명의 근원이신데, 그 이유는 식물들에게 필요한 모든 운동의 근원이 그분이시기 때문입니다. 그분께서는 동물들의 생명의 근원, 곧 심장이 뛰고 체액이 순환하게 하는 힘이십니다. 그분께서는 인간이 다른 동물들과 공유하는 모든 생명의 근원이십니다. 우리가 동물의 삶과 이성적 삶을 구분한다면 그분께서는 또한 이 이성적 삶의 근원이십니다.

4. 하지만 이 모든 것은 여기서(본문에서, 역주) 직접 의미하고자 했던 생명이 무한히 부족합니다! 그것에 대해 사도 요한은 아주 분명히 앞서 기록한 말씀에서 말합니다: '증거는 이것이니, 하나님이 우리에게 영생을 주신 것과 이 생명이 그의 아들 안에 있는 그것이니

라. 아들이 있는 자에게는 생명이 있고 (여기서는 영생을 말하고 있습니다), 하나님의 아들이 없는 자에게는 생명이 없느니라'(요일 5:11-12). 이는 그가 마치 다음과 같이 말하는 것 같습니다: "이는 하나님께서 그분의 아들에 대해 하신 증언, 곧 '하나님께서 우리에게 영생을 받을 자격을 주셨을 뿐만 아니라 그것의 시작을 우리에게 허락하셨고, 그분의 아들이 이 생명을 사시고, 그분 안에 이 생명이 보존되어 있는데, 그 아들께서는 자신 안에 그 생명의 모든 근원과 충만함을 가지고 계셔서 그것을 자기 몸, 곧 교회에게 주십니다'의 요약입니다."

5. 이 영생은, 하나님 아버지께서 우리 마음에 자기 아들을 나타내시기를 기뻐하실 때, 우리가 '성령으로 그분을 주님으로 부를(고전 12:3)' 수 있게 되어 처음 그리스도를 알 때, 성령으로 더불어 우리의 양심이 우리에게 증언하므로 우리가 '내가 사는 삶은 나를 사랑하사 나를 위하여 자기 몸을 버리신 하나님의 아들을 믿는 믿음 안에서 사는 것이다'(갈2:20)라고 증언하게 될 때 시작됩니다. 또한 행복이 시작되는 때도 바로 그 시기입니다. 이 행복은 진정한 것이고, 확고하고, 실제적인 것입니다. 영혼 안에서 하늘이 열려서 본래의 천국 상태가 시작되는 때도 바로 그때입니다. 한편 그 때에 우리를 사랑하는 하나님의 사랑이 널리 그 마음에 부은바 되어(롬5:5) 즉시 모든 자들에게 향한 사랑이 나타나는데, 거기에는 다음과 같은 성품이 있습니다: 보편적이고 순수한 자비, 그것의 진정한 열매들, 곧 겸손, 온유,

인내, 범사에 만족, 그리고 (하나님의 뜻이 우리로 하여금 '항상 기뻐하고, 범사에 감사하게'(살전5:16,18) 함으로) 하나님의 모든 뜻에 대한 완전하고도 분명하고도 충분한 순종.

6. 우리가 '범사에 그에게까지 자라가는'(엡4:15) 동안, 그분에 대한 우리의 지식과 사랑이 동시에 같은 정도와 비율로 증대되고 그 때 내적 천국도 필연적으로 확장될 것이 분명합니다. 우리가 골2:10에 기록되어진 '$εν$ $αυτω$ $πεπληρωμενοι$'를 '그분 안에서 충만해질(complete in him)' 때로 번역할 수 있지만, 좀 더 정확하게 말한다면 우리가 '그분으로 충만할' 때, '우리 안의 그리스도, 곧 영광의 소망'께서 우리의 하나님이 되시고 우리의 모든 것이 되실 때, 그분께서 우리 마음을 완전히 사로잡으실 때, 그분께서 그 마음을 아무런 경쟁자 없이 다스리시어 그 마음의 온전한 주인이 되실 때, 우리가 그리스도 안에 살고 그리스도께서 우리 안에 사셔서 우리가 그리스도와 하나가 되고 그리스도가 우리와 하나가 될 때, 우리는 완전한 행복을 누리고, 우리는 '그리스도와 함께 하나님 안에 감추인 생명'(골3:3) 전부를 살게 됩니다. 그때에 우리는 '하나님은 사랑이시라. 사랑 안에 거하는 자는 하나님 안에 거하고, 하나님도 그 안에 거하시느니라'(요일4:16)가 본래 의미하는 바대로 체험하게 되는데, 그 이전에는 그렇게 안 됩니다.

III. 전술한 것으로부터 몇 가지 추론들을 이끌어낼 수 있습니다.

1. 이것에서 우리는 다음의 것을 알 수 있습니다. 첫째로, 위로 하늘에나 아래로 땅에 오직 한 분 하나님만 계시듯이, 하늘이나 땅에 있는 피조된 영들에게는 오직 하나의 행복만 있습니다. 이 한 분 하나님께서 자신을 위해 우리 마음을 만드셨고, 그 마음은 그분 안에서 안식하기 전에는 안식을 누릴 수 없습니다. 우리의 젊음과 건강이 활기에 차 있고, 우리의 피가 혈관 안에서 춤을 추고, 세계가 우리에게 미소 짓고, 우리에게 모든 문명의 이기(利器)들이 있으며, 그렇습니다, 또한 우리가 사치스럽게 살 동안 우리가 자주 미래의 단꿈을 꾸고 일종의 행복감을 가지는 것이 사실입니다. 하지만 그것은 지속될 수 없고, 그림자처럼 달아나며(욥14:2), 그것이 지속되는 동안에도 확고하지 못하고 실제적이지 못하여 영혼을 만족시킬 수 없습니다. 우리는 여전히 다른 그 무엇, 곧 우리가 소유하지 못한 그 무엇을 갈망하고 있습니다. 이 세상이 줄 수 있는 모든 것을 한 인간에게 줘 보시오. 하지만 그 결과는 2000년 전에 호레이스(Horace)가 말한 것과 같습니다: 여전히 '있지 않은 그 무엇을 알지 못해 곤핍하다'(Curtae nescio quid semper abest rei). 여전히 우리의 풍요 가운데도 여전히 무언가가. 나에게도 당신에게도 그에게도 부족하다! 그 무엇이라는 것이 하나님에 대한 지식과 사랑 그 이상도 이하도 아닙니다. 그것 없이는 하늘이나 땅에서 그 누구도 행복해질 수 없습

니다.

2. 이것을 확증하기 위해 나의 경험을 말씀드리고자 합니다. 특별히 학창시절을 회고해 보건대, 나는 학생 때에도 자주 다음과 같은 말을 했습니다: '사람들은 세상에서 가장 행복한 것이 학창시절의 삶이라 한다. 그러나 확신컨대 나는 행복하지 않다. 왜냐하면 나는 항상 내가 소유 못한 그 무언가를 원하기 때문이다. 그리하여 나는 만족이 없었고 행복할 수 없었다.' 내가 몇 년 더 살아서 젊음의 활력 가운데 있었고, 고통이나 질병이 없었고, 특히 영혼이 기가 죽어 (이것은 내가 태어난 이후 그때까지 잠깐이라도 체험 못했던 것이었습니다) 있지 않았고, 모든 것을 풍족히 가졌고, 나를 사랑하는 센스 있고 정다운 친구가 있었고, 내가 그들을 사랑했고, 또 무엇보다도 내 취향에 맞는 인생길을 가고 있었는데도 나는 행복하지 않았습니다! 나는 내가 왜 행복하지 못했는지 의아해 했고 그 이유가 뭔지 생각해 내지 못했습니다. 그 이유는 분명 이것이었습니다: 현재와 영원 중에 행복의 근원이신 하나님을 내가 알지 못했다. 내가 그때 행복하지 못한 분명한 이유는, 아주 냉정히 생각해 본 결과, 거듭하여 살아도 될 만한 가치가 있다고 생각되는 한 주간의 삶, 곧 전혀 변경됨이 없이 내적, 외적 감각기관을 동원하여 체험해보고 싶은 그 한 주간의 삶이 내게 없었다는 데 있었습니다.

3. 하지만 어떤 경건한 자가 말하길, '내가 세상에서 철저히 하나

님 없이 살았으나 젊었을 때 난 행복했다.' 당신이 당신 자신을 믿고 있다는 것은 내가 인정하는 바이나 난 당신을 믿을 수 없소. 하지만 내가 거듭하여 속았듯이 당신도 지금 속고 있소. 그것이 바로 인생이라오!

      향기로운 작은 꽃들과 은매화가 피어나고 있나요
      멀리서 보면 아름다우나, 가까이 보면 그렇지 않지요
      달콤한 현혹이 욕망에 찬 눈을 유린하네요
      가시와 사막의 열기와 삭막한 모래를 가지고
          (사무엘 웨슬리)

먼 곳에 있는 경치를 똑바로 보십시오. 얼마나 아름답습니까! 그곳으로 가서 보십시오. 그러면 아름다움은 사라지고, 그것이 조야하고 흉해 보입니다. 인생이 바로 그와 같습니다! 하지만 그 광경을 지나쳐 가면 그것은 이전의 모습을 다시 보입니다. 그래서 우리는 실상은 전혀 딴판이었는데도 그 때가 아주 행복했었다고 굳게 믿습니다. 참 하나님에 대한 충실한 지식이 없이 지금 그 누구도 행복하지 않듯이, 과거에 그 누구도 그러한 상태에서 행복하지 않았습니다.

4. 두 번째로 우리는 다음의 것을 알 수 있습니다. 참된 하나님에 대한 이 행복한 지식만이 종교의 또 다른 명칭입니다. 내가 말하는 종교는 기독교(Christian religion)인데, 오직 이 기독교만이 행복한 지

식입니다. 종교의 본질과 실체에 대해 생각해보건대, 종교는 흔히 말해 '믿음(faith)'라 불리는 이러저러한 관념들의 집합도 아니고, 개혁이 되어 오류나 미신이 철저히 제거된 의무들의 집합도 아닙니다. 그것은 외적 행위들의 수에 있지 않습니다. 아니지요. 종교는 하나님의 사랑인 성자 안에서, 영원한 성령을 통하여 계시된, 하나님에 대한 지식과 사랑을 본질로 삼고 있습니다. 또한 그것은 자연스럽게 모든 하늘의 성품으로 이끌고, 모든 선한 말과 행위로 이끕니다.

5. 셋째로 우리는 다음의 것을 배웁니다. 즉, 기독교인만이 행복하고, 실제적이고 내적인 기독교인만이 행복하다는 것입니다. 대식가나 주정뱅이나 노름꾼이 '즐거울' 수는 있으나 행복할 수는 없습니다. 멋쟁이 남자나 아름다운 여성이 먹고 마시며 일어나 놀 수는 있으나 그들은 자신들이 행복하다고 생각하지 않습니다. 남자나 여자가 애인을 총천연색으로 꾸며 줄 수는 있습니다. 그들은 춤추며 노래하고 이곳저곳을 재빠르게 움직여 가고, 이곳저곳으로 휘젓고 다닐 수는 있습니다. 그들은 화려한 매너를 가지고 모이거나 흩어져 시시한 잡담을 나눌 수는 있습니다. 그들은 이러한 오락을 하다 곧바로 다른 것으로 바꿀 수도 있습니다. 그러나 그 가운데 행복은 없습니다. 그들은 여전히 '공허한 그림자 속을 걷고 있고, 헛되이 스스로를 불안하게 만들고 있습니다.' 그들 중 한 시인이 이 환락의 자손들의 삶 전체를 사실적으로 말했습니다:

> 이것은 재미없는 광대극이고 공허한 쇼이다:
> 분(powder)과 주머니거울과 멋쟁이 남자.

나는 이 우수한 작가가 핵심에 다가가기는 했지만 아직도 부족하게 말했다고 주장할 수밖에 없습니다. 그의 작품 솔로몬(이는 영문학계에서 아주 뛰어난 것으로 평가되는데)에서 그가 분명히 행복이 존재하지 않는 곳을 지적했습니다. 그는 행복을 자연지식이나, 권력이나, 감각이나 상상이 주는 기쁨에서 찾을 수 없다고 합니다. 하지만 그는 행복을 어디서 찾을 수 있는지 말하고 있지 않습니다. 그럴 수밖에 없는 것이, 그 자신이 행복이 뭔지 알지 못했기 때문입니다. 그럼에도 그가 다음과 같이 말할 때 행복에 다가갔습니다:

> 위대하신 아버지여, 당신의 교훈을 받은 아들을 회복시키소서,
> 또한 당신의 뜻이 내 행위 중에 이뤄지길 원하나이다.

6. 넷째로 우리는 모든 기독교인이 행복하고, 행복하지 않은 자는 기독교인이 아니라는 것을 알게 됩니다. 전술했다시피 종교가 행복이라면 그 종교를 소유한 자는 행복해야만 합니다. 이는 문제를 본질적인 면에서 생각할 때 나오는 결론인데, 즉 종교와 행복이 사실상 동일한 것이라면 전자를 가진 자가 후자를 가질 수 없는 것이 불가능하다는 말입니다. 종교와 행복이 불가분리이므로 사람이 행복하지 않은 채 종교를 가질 수 없습니다.

다른 한편, 사람이 진정 기독교인이라면 행복해지지 않을 수 없으므로 행복하지 않은 자는 기독교인이 아니라는 것도 분명합니다. 하지만 여기서 나는 예외를 인정합니다. 즉, 엄청난 시험 중에 있는 자들과 정신이상의 일종인 심한 신경계 이상에 시달리는 자들에게는 그들의 처지를 인정해 줘야 합니다. 영혼을 덮고 있는 구름과 흑암이 행복을 그치게 합니다. 특히 사탄이 그들을 향하여 그의 불화살을 던지도록 허용되었을 때 그러합니다(엡6:16). 그러나 이러한 경우들을 제외하면 나의 주장이 사실이고, 여러분은 하나님 안에서 행복하지 않은 자는 누구든 기독교인이 아니라는 나의 말을 새겨들어야 합니다.

7. 여러분이 이것에 대한 살아있는 증인이 아닌가요? 여전히 이곳저곳을 방황하며 쉴 곳을 찾으나 찾지 못하고 있지 않나요(눅11:24)? 행복을 찾아다녔지만 결코 그것을 따라잡지 못했나요? 그 누가 그것을 찾아다니는 여러분을 비난할 수 있겠습니까? 행복이 당신의 존재 목적인데요. 위대하신 창조주께서는 그 어느 피조물도 불행해지도록 만드시지 않으시고, 모든 피조물이 그 종류대로 행복하도록 만드셨습니다(창1:31). 또한 자신의 손으로 만드신 모든 것들을 둘러보시고 그들을 향해 '매우 좋다'고 하셨습니다. 기쁨과 슬픔을 느낄 수 있는 모든 이성적 피조물이 자신이 피조 된 목적에 부응하여 그 때 행복하지 않았다면 그들이 '매우 좋다'는 상태는 아니었을 것입니다. 여러분이 지금 불행감을 느끼면, 이는 여러분이 부자연스러운 상태에

있다는 말인데, 이것에서 구원받기 위해 한탄해하고 있지 않습니까? '전체 피조물이 허무한 데 굴복 당하고 있어서 함께 신음하며 고통스러워하고 있습니다'(롬8:20, 22). 오히려 나는 당신이 완전히 치우친 그릇된 길을 가고, 행복이 절대로 있지 않았고 발견될 수도 없는 그 곳에서 그것을 찾는 것을 나무라며 측은해 하고 있습니다. 당신은 당신의 하나님 대신에 같은 피조물들에게서 행복을 찾고 있습니다. 하지만 그것들이 당신을 영원히 살게 할 수 없듯이 당신을 행복하게 만들지도 못합니다. 당신에게 들을 귀가 있다면 모든 피조물들이 하는 말 좀 들어 보세요: '행복은 내 안에 있지 않다.' 사실 이 모든 것들은 '물을 담을 수 없는 터진 저수지'(렘2:13)입니다. 오! 안식을 향해 가십시오! 모든 행복의 보화가 숨겨있는 그분을 향해 가십시오! '모든 자들에게 자유를 주시는 그분께' 가십시오. 그러면 그분께서는 당신에게 '값없이 생명수를'(계21:6) 주실 것입니다.

8. 세상이 주는 모든 기쁨에서 당신은 오랫동안 찾아 헤맸던 당신의 행복을 찾을 수 없습니다. 그것들이 '무게를 속이고' 있지 않습니까? 그것들이 '무게보다 더 가볍지' 않습니까(시62:9)? 당신은 언제까지 '양식이 아닌 것을' 먹으려 합니까(사55:2)? 그것이 재미를 주기는 하나 만족을 주지는 않지요? 당신은 세상의 종교나, 의견들이나 단순한 외적 의무들 안에서 그것을 찾을 수 없습니다. 헛수고일 뿐입니다! '하나님께서 영'이시지 않습니까? 그러므로 '신령과 진정으로 예배를 받으셔야지요(요4:23-24)'? 오로지 이것에서 당신은

찾고 있던 그 행복을 찾을 수 있습니다. 즉, 영들의 아버지와 당신의 영이 하나가 되는 것에서, 또한 그분께서 만드신 모든 영혼들에게 베풀어도 충분한 그분의 사랑, 그 사랑의 원천인 그분에 대한 지식과 사랑 안에서 당신은 행복을 찾을 수 있습니다.

9. 하지만 어디서 그분을 찾을 수 있나요? 그분을 찾으러 '하늘로 올라가거나 지옥으로 내려가야 하나요?' '새벽 날개를 치며 바다 끝에 가서' 그분을 찾아야 하나요(시139:8-9)?
 아닙니다. 'Quod petis, hic est! - 네가 찾는 것이 여기 있다!'

한 이방인의 펜에서 '네가 찾는 것이 여기 있다!'라는 말이 나왔으니 참으로 놀라운 일이 아닐 수 없습니다. 그분께서 '당신의 침대 곁에' 계십니다! 그분께서 '당신이 가는 길에' 계십니다(시139:2). 그분께서 '앞뒤에서 당신을 포위하고 계십니다.' 그분께서 '나를 안수하십니다'(시139:5). 보라! 하나님께서 여기 계신다! 멀리 계시지 않는다(렘23:23)! 이제 가까이서 그분을 믿으시고 느끼십시오! 지금 여러분의 마음에 그분께서 스스로를 계시하시기를 기원합니다! 그분을 아십시오! 그러면 여러분은 행복해집니다.

10. 이미 그분 안에서 행복하십니까? 그러면 '이미 취한 것을 굳게 지키십시오(살전5:21)!' '깨어 기도하여(마26:41)' '굳센 데서 떨어지지 않도록'(벧후3:17) 하십시오. '스스로 돌아보아 여러분이

얻은 것을 잃지 않도록 하고, 온전한 상을 얻으십시오'(요이1:8).'
그러는 중에 우리 주 그리스도 예수의 은혜와 그분에 관한 친근한 지식이 계속하여 증대되는 것을 기대하십시오(벧후3:17). 지극히 높이신 이의 능력이 여러분을 덮으셔서(눅1:35), 모든 죄가 멸하여지고 당신의 마음에 여호와께 성결(신28:36)외에 아무 것도 남아있지 않을 것을 기대하십시오. 이 순간, 그리고 매순간 '여러분의 몸을 하나님이 기뻐하시는 거룩한 산제사로 드리시고'(롬12:1), '당신의 몸과 영으로 하나님께 영광을 돌리십시오, 그것들은 하나님의 소유입니다'(고전 6:20).

런던(London)에서
1780. 12. 22.

4. 시험 (82)

On Temptation

고전 10:13

"사람이 감당할 시험 밖에는 너희에게 당한 것이 없나니 오직 하나님은 미쁘사 너희가 감당치 못할 시험 당함을 허락지 아니하시고 시험 당할 즈음에 또한 피할 길을 내사 너희로 능히 감당하게 하시느니라."

1. 본문 앞에 나오는 말씀에서 사도 바울은 먼저 이스라엘을 향한 하나님의 전대미문의 은혜를 말하고 다음에는 불순종적이고 반항적인 이스라엘 백성의 유례없는 배은망덕을 말하고 있습니다. 바울에 의하면 이 모든 것들은, 우리로 하여금 이러한 것들로부터 경고를 받아 그들의 중한 죄를 본받지 않고 그들이 받은 무시무시한 벌을 피하게 하려고, '우리에게 주시는 경고로 기록되었다'고 했습니다(고전 10:11). 다음으로 그는 엄중히 경고하기를, '그런즉 선줄로 생각하는 자는 넘어질까 조심하라'(고전10:12)고 합니다.

2. 하지만 우리가 이 말씀들을 관심 있게 보면, 그 안에 상당한 난점이 있는 것 같지 않습니까? '선 줄로 생각하는 자는 넘어질까 조심하라.' 사람이 단지 자신이 서 있다고 생각만 하면 넘어질 위험에

있지는 않습니다. 자기가 서 있다고 생각만 한다고 해서 반드시 넘어 진다는 것은 불가능합니다. 우리의 번역에 의할 때, 잘 알려진 우리 주님의 말씀 (그 말씀이 (비슷한 뜻을 포함하여, 역주) 여덟 번씩이 나 언급된 것에서 그 중요함을 알 수 있는데) '있는 자는 받겠고, 없는 자는 그 있는 줄로 아는 것(what he seemeth to have, 그가 가진 것같이 보이는 것)까지 빼앗기리라'(눅8:18)에서도 동일한 난점 이 나타나고 있습니다. 그가 가진 것처럼 보이는 것! 글쎄요. 단지 '가진 것처럼 보이는 것'이라면 그것을 빼앗는 것은 불가능합니다. 그 누구도 타인으로부터 단지 '가진 것처럼 보이는' 것을 빼앗을 수 없습니다. 단지 '가진 것처럼 보이는' 것을 아마 그는 잃을 수 도 없을 것입니다. 이 난점은 일견 극복할 수 없는 것 같아 보입니 다. 사실상 그렇습니다. 일상적 번역에 의하면 그것은 해결될 수 없 습니다. 하지만 우리가 원어의 본래 의미를 고찰해보면 그 난점은 사 라집니다. δοκει(도케이)라는 단어가 때때로 '...처럼 보인다 (seem)' 이상을 의미하지는 않는 것 같습니다. 그러나 나는 성경 모든 곳에서 그 말이 항상 그 뜻만 가지고 쓰였다는 주장에는 많은 의심을 가지고 있습니다. 이 단어가 쓰인 신약성서 본문들을 자세히 연구해본 결과 나는 이 단어가 그것이 덧붙여진 단어의 뜻을 감소시 키지 않고 강화시키는 것을 보았습니다. 따라서 ο δοκει εχειν이 '그가 가진 것처럼 보이는 것'을 의미하지 않고, 이와 정반대로 '그가 확실히 가진 것'을 의미합니다. 그리하여 ο δοκων εσταναι 는 '선 것처럼 보이는' 자나 '섰다고 생각하는' 자를 의미하는 게 아니라 '확실히 선 자'를 의미하고, 아주 확고히 서 있어서 넘어질 위험이 전혀 없는 자를 의미하며, 다윗처럼 '내가 영원히 요동치 아니하리니, 이는 주께서 나의 산을 굳게 세우셨기 때문이니이다'(시30:6,7)라고 말하는 자를 의미합니다. 그럼에도 바로 그 때에 주께서 이같이 말씀하시길, '높은 마음을 품지 말고 도리어 두려워하라. 그렇지 아니하면 꺾여 버리게 되고'(롬11:20,21), 그렇지 않으면 당신이 굳게 선 데에서 떨어질 수 있다고 하십니다. 당신이 분명히 가지고 있는 힘이 없어질 것입니다. 당신이 과거에 확실히 서 있었음과 같이 그렇게 확실히 당신이 지옥에는 아닐지라도 죄에는 빠지게 될 것입니다.

3. 하지만 그 누구도 과거에 잘 지냈던 자들이 후에 유혹에 넘어가는 것을 보고 낙담하지 않게 하기 위하여, 그리고 그들이 일어서는 것이 불가능해 보여서 그 두려운 마음이 완전히 절망하지 않게 하기 위하여 바울은 그 심각한 권고에 더하여 이 같은 위로의 말을 합니다: '사람이 감당할 시험 밖에는 너희에게 당한 것이 없나니 오직 하나님은 미쁘사 너희가 감당치 못할 시험 당함을 허락지 아니하시고 시험 당할 즈음에 또한 피할 길을 내사 너희로 능히 감당하게 하시느니라.'

I. 우리에게 위로를 주는 약속, '사람이 감당할 시험 밖에

는 너희에게 당한 것이 없나니' 부터 생각해 봅시다.

1. 먼저 우리에게 위로를 주는 약속, '사람이 감당할 시험 밖에는 너희에게 당한 것이 없나니'부터 생각해 봅시다. 우리나라 말로 번역한 자들이 이 말씀, '사람에게 공통인'이 원어의 뜻에 전혀 못 미친다는 것을 감지한 것 같습니다. 그래서 그들은 그 대용으로 난외에다 '보통의'를 적어 놓았습니다. 하지만 이 말은 본래 것보다 뜻을 더 잘 표현한 것 같지 않은 것으로 보이며, 원어의 뜻에서는 더 멀어진 것 같습니다. 사실 $αvθρωπινος$(안드로피노스: 사람의, 인간적, 사람에 속하는; 역주)라는 단어와 일치하는 영어단어를 찾기가 쉽지 않습니다. 내 생각에 그 단어의 의미는 다음과 같은 몇몇 완곡한 의미로만 기술될 수 있습니다: '인간의 본성과 처지를 표현하는 의미, 또는 사람이 자기 몸과 영혼의 본성 및 현 세상에서 자신의 처지를 생각할 때 그것으로부터 합리적으로 기대되는 의미.' 이것들을 상황에 맞게 생각하면, 우리는 우리에게 닥치는 모든 시험에 놀랄 까닭이 없습니다. 왜냐하면 그것($αvθρωπινος$, 역주)이 바로 그와 같은 인간성이며 처지이기에 그런 시험이 발생한 것이기 때문입니다.

2. 첫째로, 당신의 영혼과 연합되어 있는 몸의 성질을 생각해봅시다. 매일 매시간 그 몸이 자주 빠지게 되는 죄악이 얼마나 많습니까! 연약함, 질병, 천 가지 종류의 병들이 그 몸에 자연적으로 붙어있습니다. 몸의 모든 부분을 이루고 있는 지극히 세미한 섬유질들과, 머리카

락보다 월등히 미세한 (그래서 모세혈관으로 불리는) 실조직들을 생각해 봅시다. 이에 못지않게 미세하고 순환 체액으로 차 있는 수많은 관들과 여과기들을 생각해 봅시다! 이 섬유질들 중 몇몇이 파손되거나 이 관들 중 몇몇이 막히면, 특별히 그 장애가 뇌나 심장이나 폐에 나타나면 우리의 생명 자체까지는 아닐지라도 그것이 우리의 평안함이나 건강이나 힘을 해치지 않을까요? 모든 고통이 시험을 뜻한다면, 모든 인간이 이 부패하게 될 육신 속에 사는 동안에, 빈도나 시간상 차이는 좀 있을지라도, 얼마나 많은 시험에 시달릴까요!

3. 둘째로, 흙집(욥4:19)에 사는 중에 있는 영혼의 현재 상태를 생각해봅시다. 나는 지금, 어둠과 사망의 그늘에 누워있고, 어둠의 왕의 지배를 받고, 세상에서 소망도 없고 하나님도 없이(엡2:12) 지내는 거듭나지 못한 영들의 상태를 말하고 있지 않습니다. 그렇지 않습니다. 저 탄식할만한 상태 그 위로 높여진 자들을 보십시오. 주의 인자하심을 맛본(벧전2:3) 자들을 보십시오. 아직도 그들의 이해력은 초라하기만 합니다! 그 지식의 범위가 참으로 좁습니다! 우리 주위에 있는 것들에 관한 이해들이 참으로 혼동에 빠지고 불명확합니다! 최고로 많이 배운 자들이라도 참으로 너무 쉽게 실수를 범합니다! 그릇된 판단을 내립니다! 거짓을 진리로 받아들이고, 진리를 거짓으로 받아들입니다! 악을 선으로, 선을 악으로 받아들입니다! 상상을 하면서도 우리는 끊임없이 놀라고 방황하는 처지입니다! 부패에 처할 육체가 그 영혼을 얼마나 많은 상황들 가운데 짓누릅니까! 이러한 무죄한 허약함

들 가운데에서도 우리에게 닥칠 수 있는 시험들이 얼마나 많습니까!

4. 셋째로, 하나님을 경외하는 자들이 처한 현 상태를 생각해 봅시다. 그들은 무질서한 세상의 폐허에서 살고 있고, 하나님을 모르는 자들, 곧 그분을 바라지 않고 온전히 그 마음에 그들(하나님을 경외하는 자들, 역주)에게 악을 행할 것만 생각하는 자들 가운데 살고 있습니다. 얼마나 자주 그들이 '메섹에 유하며 게달의 장막 중에 (곧 하나님과 인간의 원수 가운데) 거하는 것이 내게 화로다'(시120:5)라고 외쳐야만 합니까! 하나님을 두려워하지 않고 사람을 무시하는(눅18:4) 자들에게 친절히 대하려는 자들이 얼마나 압도적으로 많습니까! 카울리(Cowley)의 말이 놀랍습니다: 전신에 무장을 한 한 사람이 천 명의 벌거벗은 인디언들에게 포위되면 그들의 수가 그들에게 큰 이점이 되어 그 사람이 빠져나갈 공산이 거의 없게 됩니다. 그러니 천 명의 무장한 자들에게 포위된 벌거벗고도 비무장한 한 사람에게 무슨 희망이 있겠습니까! 이것이 바로 모든 선한 자가 당한 처지입니다. 그는 권력이나 사기로 무장하지 않고 있고, 사탄의 갑옷을 완전히 갖추고도 이 세상의 임금(마귀, 역주)이 지옥의 무기고에서 꺼내준 무기들로 무장한 수천의 사람들 가운데 거할 때 벌거벗고 있습니다. 그 경우 그가 멸망당하지 않으면, 언젠가 이 악한 세상에 살며 반드시 시험을 당하고야 말지 않겠습니까!

5. 그런데 하나님을 경외하는 자에게 악한 자들로부터 오는 시험만

닥칩니까? 이것이 자연스러워 보이고 거의 대부분의 사람들이 그렇게 생각합니다. 그리하여 참으로 우리 중 많은 자들이 '오! 나의 삶이 오직 선인들, 곧 하나님을 사랑하며 두려워하기까지 하는 모든 자들 가운데 있어서 이 모든 유혹들로부터 해방되었으면 좋겠다'라고 생각합니다. 아마도 당신은 이제 만나야만 될 시험들과 동일한 것들을 만나거나 만나지 않을 수도 있겠지요. 그러나 당신은 필시 다른 종류의 시험은 만날 것인데, 그것 또한 당신이 감당하기에 힘든 것입니다. 왜냐하면 대개 선한 자들조차도 죄가 그들을 지배하지 못할지라도 그것의 잔류물에서 자유로울 수 없거든요. 그들은 여전히 '하나님으로부터 떨어지는'(히3:12) 경향이 있는, 악한 마음이 남겨둔 유물을 가지고 있습니다. 그들은 교만과 분노와 미련한 욕망의 씨, 곧 모든 불경스런 씨들을 갖고 있습니다. 항상 감시하지 않고 기도하지 않을 경우에는 이러한 것들 중 하나가 자연스레 고개를 내밀어 자신뿐만 아니라 주위의 다른 모든 자들을 괴롭힙니다. 그러므로 우리는 어느 정도 하나님을 경외하는 자들로부터 오는 시험을 발견 못한 것을 안심해서는 안 됩니다. 또한 우리의 삶의 여정에서 하나님을 전혀 알지 못한 자들보다 과거에 하나님을 신실하게 믿었던 자에게서 더 큰 시험을 받게 될 때 기이하게 생각해서는 더더욱 안 됩니다.

6. '하지만 우리가 "온전한 사랑을 하는 자들"(요일2:5)로부터 오는 시험을 겪을 수 있을까요?' 이는 중요한 질문이고, 특별한 관심을 가지고 생각해 봐야 할 것입니다. 내 대답은 첫째로, 실제는 그

렇지 않은데 스스로 완전하다고 생각하는 자들로부터 모든 종류의 시험이 올 수 있다는 것입니다. 둘째로, 그러므로 과거에 진정 완전한 자였으나 지금은 그들의 충실한 믿음에서 벗어난 자들로부터 시험이 있다는 것입니다. 그래서 당신이 이것을 망각하고, 그들이 과거처럼 여전히 온전하다고 생각하면 그 시험은 견디기 힘듭니다. 셋째로, 글쎄요, '그리스도께서 우리를 해방시킨 그 자유 안에 굳건히 서 있고'(갈5:1), 이제 온전한 사랑을 행하는 자들조차도 여전히 당신에게 시험을 줄 수 있습니다. 왜냐하면 그들은 여전히 연약함 가운데 있기 때문입니다. 그들은 이해력이 적기도 하고, 천성적으로 신중치 못하거나, 기억력이 부족하거나, 너무 제멋대로 상상하는데, 이런 것들로부터 상스런 언행이 나오기도 합니다. 그런데 이런 것들 자체가 죄는 아니더라도 당신의 인자한 마음에 시련을 주기도 합니다. 특히 당신이 사실상 기억력이 부족하거나 이해력이 약함에서 오는 것을 악한 마음에서(이런 마음이 당연히 그러한 것을 하기 때문에) 기인한다고 보고, 실제로는 본의 아니게 한 것이지만 당신이 보기에 고의로 한 실수라 여길 때 그렇습니다. 그러므로 (이제는 아브라함의 품에 있는) 한 성도가 내가 몇 년 전 다음과 같은 질문을 했을 때 한 말이 지당합니다. '제니(Jenny), 당신 여주인과 당신 둘을 하나님께서 죄로부터 구원하셨으니, 이제 서로에게 시련을 주지 않겠군요.' 그녀가 말하길, '오! 목사님, 우리가 죄에서 구원받았더라도 우리에게 연약함이 많아 하나님께서 우리에게 주신 모든 은혜를 시험합니다.'

7. 하지만 악인들을 제외하더라도, 악한 영들이 우리를 항상 사방에서 포위하고 있지 않습니까? 사탄과 그의 사자들이 계속하여 삼킬 자를 두루 찾아 돌아다니지 않습니까(벧전5:8)? 그들의 악의와 교활함에서 벗어나 있는 자가 누구입니까? 가장 현명한 자라도, 가장 선한 자 그 누구라도 벗어나 있지 않습니다. '종이 그 상전보다 높지 못합니다'(마10:24). 그들이 그분(예수님, 역주)을 시험했다면 그들이 또한 우리를 시험하지 않겠습니까? 그렇습니다. 하나님께서 그것을 허락하시는 것을 선한 것으로 여기시면, 그 일은 우리의 생이 마칠 때까지 다소간 있게 될 것입니다. 우리가 영혼을 주신 하나님께 되돌아갈 때까지(전12:7) 우리의 몸이나 영혼, 악한 영들이나 악인들, 심지어 선한 자들로부터 오는 '이유 있는 시험을 우리는 당하게 됩니다.'

II. 우리가 확실히 알기로 '하나님께서 신실하시어 우리가 감당치 못할 시험을 허락지 않는다'는 것입니다.

1. 한편 우리에게 위안이 되는 것은, 우리가 확실히 알기로 '하나님께서 신실하시어 우리가 감당치 못할 시험을 허락지 않는다'는 것입니다. 그분께서는 우리의 능력을 아시고 실수를 하지 않으십니다. '그분께서는 우리가 무엇으로 만들어졌나 (정확히) 아시고, 우리가 단지 흙임을 기억하십니다'(시103:14). 그분께서는 우리의 힘에 맞는

시험만을 우리에게 허락하십니다. 하나님의 공의는, 어떤 시험이 우리의 힘에 너무 부쳐 우리가 대항할 수 없게 되어, 우리가 그 시험에 대항 못한 것 때문에 우리를 심판하지 않습니다. 그런데 그분의 공의만 이것(인간의 힘에 맞는 시험, 역주)을 요구하는 것이 아닙니다. 그분의 자비, 곧 그분의 모든 피조물들 위에와(시145:9) 우리에게 임한 그분의 동정어린 자비만 이것을 요구하는 것이 아닙니다. 그분의 모든 말씀이 신실하고 진실하므로, 또 그분의 모든 말씀의 행로가 '네가 사는 날을 따라서 네 능력이 있으리라'(신33:25)라는 말씀과 완전히 일치하므로, 무엇보다도 그분의 신실하심이 이것을 요구합니다.

2. 저 저주스런 도살장인 로마 카톨릭의 종교재판소에서 (불행히도 대부분 '자비의 집'이라 불렸는데!) 학살자들이 사람의 살을 고문대에서 찢는 동안 그곳의 의사를 옆에 있게 하는 것이 관례였습니다. 그가 하는 일은 시시때때로 고문당하는 자의 눈과 맥박과 다른 상태들을 점검하여, 그 자가 죽지 않고 계속 고문당하도록 고문자들에게 조언을 줍니다. 그리하여 남아있는 고문을 다 당하도록 그 자에게 생명이 붙어있게 만듭니다. 그러나 의사의 모든 주의에도 불구하고 그 의사가 간혹 실수하여 고문자들이 모르는 사이에 죽음이 그 자의 고통을 끝나게 합니다.

우리는 우리 자신의 경우에 이와 비슷한 것을 보게 됩니다. 우리가 어떤 고통이나 시험에 있든지 우리의 위대하신 의사는 절대로 우리를 떠나시지 않습니다. 그분께서는 우리의 침상 주위에 계시고 우리의 길 주위에 계십니다. 그분께서는 우리의 고통이 주는 모든 증상을 살피셔서 그것이 우리의 힘을 능가하지 못하게 하십니다. 그분께서는 우리를 다루실 때 한 치의 실수도 없으십니다. 그분께서는 그분 자신이 우리에게 주신 영혼과 몸을 아시고 계십니다. 그분께서는 지금 우리에게 있는 힘으로 우리가 얼마만큼 시험을 견딜 수 있는지 정확하게 아십니다. 그러므로 다음의 말은 가장 확실한 것입니다: 그분의 정의, 자비, 그리고 신실하심뿐만 아니라 그분의 지혜로 말미암아 그분께서는 우리의 힘이 감당할 수 없는 시험을 절대로 허용하시지 않을 것이며 허용하실 수도 없으십니다. 즉, 그분께서 이미 우리에게 주셨던 힘이나, 우리가 그것이 필요할 경우 곧바로 우리에게 주실 그 힘 이상의 시험을 주시지 않으십니다.

III. 시험당할 즈음에 또한 피할 길을 내사 너희로 능히 감당하게 하시느니라

1. '시험당할 즈음에 또한 피할 길을 내사 너희로 능히 감당하게 하시느니라(이것이 우리가 생각하게 될 세 번째 주제입니다).'

$εκβασιν$ (바신)이라는 말은, '탈출로'라고 우리가 번역하는데, 지극히 중요한 말입니다. 그 의미는 영어로 거의 '출구'라는 말로 표현됩니다. 하지만 좀 더 정확히 하면 그것은 고어인 '나가는 문'로 표현되는데, 이는 스코틀랜드 사람들이 지금도 자주 사용합니다.

이것의 문자적 의미는 '나가는 길'입니다. 하늘과 땅에서 전능하실 뿐만 아니라 전지하신 분께서 그 어떤 일을 어떻게 해야 할지 몰라 어쩔 줄 모르시는 경우가 절대 있을 수 없는데, 하나님께서는 자신이 하실 수 있는 바로 그 일을 발견하시거나 예비하십니다.

2. 그분께서는 시험을 제거하심으로 시험으로부터 빠져나가는 '피할 길을 내시거나,' 시험 가운데에서 '피할 길을 내시는데,' 이는 시험은 그대로 있으나 그 시험이 더 이상 시험이 되지 않는 경우입니다. 먼저 하나님께서는 시험을 제거하심으로 시험에서 피할 길을 내십니다. 인류의 역사, 특히 교회사에서 이런 예를 수없이 볼 수 있습니다. 많은 예들이 우리 기억 속에 살아 있고, 우리와 가깝게 지내는 자들에게 있습니다. 많은 예들 중 하나는 언급할 가치가 있는데, 그것은 시험에서 피할 길을 내시는 하나님의 신실하심의 예로서 기념할 만 합니다: 엘리자벳 채드씨(Elisabeth Chadsey)라는 여자가 있는데, 당시에 런던에 살고 있었고, (그녀의 딸이 지금까지 생존하며 어머니의 명예를 지켜주고 있습니다), 남편의 유산을 관리하도록 지정이 되었습니다. 그 남편은 막대한 재산을 남기고 죽은 것 같았습니다. 하지만 그가 남긴 것들을 다 조사했을 때 그러한 추측은 전혀 근거가 없는 것이었는데, 그는 아무런 재산을 남기지 않았을 뿐 아니라 상당한 부채까지 남겼습니다. 장례가 마치자마자 한 사람이 그녀에게 와서 말합니다. '채드씨 여사님, 여사께서는 땅 주인에게 많은 빚을 지고 계십니다. 그가 저를 보내 지대(地代)를 받아달라고 하셨습니다.'

그녀는, '선생님, 저는 이 세상에서 가진 돈이 그리 많지 않습니다. 사실 저는 가진 게 없습니다!'라고 했습니다. 그가, '하지만 돈이 될 만한 것도 없습니까?'라고 했습니다. 그녀는 말했습니다: '선생님, 제게 있는 것 다 보시고도 그러십니까. 나는 이 여섯 아이밖에 집에 가진 것이 없습니다.' 그가 말했습니다. '그렇다면 저는 영장을 집행하여 여사를 뉴게이트(Newgate, 감옥을 말함, 역주)에 보내야만 합니다. 그런데 그것은 좀 힘든 일이 될 것입니다. 여사님을 내일까지 여기 계시도록 하겠습니다. 저는 가서 땅 주인에게 당신에게 시간을 좀 주라고 설득해 보겠습니다.' 그는 다음 날 돌아와 말했습니다. '저는 최선을 다했습니다. 제게 있는 말재주를 남김없이 사용하였으나 여사님의 땅주인이 요지부동입니다. 그가 공언하길 제가 여사님을 즉시 감옥에 보내지 않으면 저를 그곳에 보내겠다고 하더군요.' 그녀가 대답했습니다. '선생님께서는 선생님의 일을 하신 것입니다. 주님의 뜻이 이루어질 것입니다!' 그가 말하길, '제가 다시 가서 한 번 더 시도해보고서 아침에 오지요'라고 했습니다. 그가 아침에 와서 말했습니다. '체드씨 여사님, 하나님께서 여사님의 일을 맡으셨습니다. 이제 아무도 여사님을 귀찮게 안 할 것입니다. 왜냐하면 땅 주인이 어젯밤 죽었거든요. 그는 아무런 유언도 남기지 않았고, 그 자의 유산을 상속할 자가 누구인지 아무도 모릅니다.'

3. 이와 같이 하나님께서는 시험을 제거하심으로 시험에서 구하실 수 있으십니다. 하지만 시험 그 자체나 시험의 원인이 제거되지 않는

시험도 있지 않습니까? 우리가 저번에 출판한 것에서 나오는 그러한 경우의 예가 놀랍지 않았습니까? '(편지를 쓴 자가 말하길) 조용하고 기분 좋은 저녁에 나는 내가 다정히 사랑하며 며칠 후면 나와 결혼할 사람과 도버(Dover) 절벽 위를 걷고 있었습니다. 우리가 진지한 대화를 하는 중에 그녀의 발이 미끄러져 떨어졌고, 나는 그녀가 해안에 부딪쳐 갈기갈기 찢긴 것을 보았습니다. 나는 손을 쳐들고 외쳤습니다. "이 불행은 치료제가 없습니다. 나는 이제 가서 내게 주어진 날들을 애도하며 살아야 합니다. 나의 상처는 치료가 불가능합니다. 그녀와 같은 다른 여자를 내가 얻는 것은 불가능합니다! 모든 면에서 나에게 맞는 그런 여자 말입니다." 나는 고통 가운데 말을 이었습니다. "이것은 하나님조차도 회복시키실 수 없는 고난입니다!" 내가 이 말을 했을 때 나는 깨었습니다. 그것은 꿈이었습니다!' 그렇게 하나님께서는 발생 가능한 어느 시험이든 제거하실 수 있으십니다! 그것을 잠에서 깼을 때의 그 꿈처럼 만드십니다!

4. 이와 같이 하나님께서는 시험의 근거를 제거하심으로 시험으로부터 구하실 수 있습니다. 또한 마찬가지로 시험 중에도 구하실 수 있는데, 이것이야말로 가장 큰 구원입니다. 내가 의미하는 바는 사람이 시험의 원인을 그대로 둔 채로 그 고통을 제거할 것이라는 말이고, 그리하여 그것이 전혀 시험이 되지 않게 되는 대신 감사의 조건이 될 뿐이라는 말입니다. 매일의 삶 속에서 하나님의 자녀들이 이것에 대한 증거를 얼마나 많이 가지고 있습니까! 얼마나 자주 그들이

걱정거리에 둘러싸여 있습니까! 얼마나 자주 고통과 질병이 닥칩니까! 그들이 주님을 향하여 외칠 때 때로는 그분께서 그들로부터 잔을 거두십니다(마26:19). 즉, 그분께서 걱정거리와 질병과 고통을 제거해서서 그것들이 이전까지 없었던 것처럼 만드십니다. 때로는 그분께서 외적 변화를 허용하시지 않는데, 즉 외적 근심거리, 고통, 질병이 계속되게 하시는데, 하지만 거룩하신 하나님의 위로가 너무 커서 그 모든 것들을 상쇄시키고도 남습니다. 그리하여 그들은 담대히 다음과 같이 말할 수 있습니다:

> 나의 하나님, 당신께서 함께 계시면
> 노동은 휴식이 되고 고통은 즐거움이 됩니다.

5. 이런 유의 구원의 아주 좋은 예가 저명한 마르퀴스(Marquis de Renty)씨의 삶에 있습니다. 그가 격심한 류머티즘 발작 중에 있을 때 친분이 있는 자가 물었습니다. '선생, 고통이 심하지요?' 그가 대답했습니다. '내 고통이 극에 달하나 나는 하나님의 은혜로 내 자신을 고통에 넘기지 않고 하나님께 맡깁니다.' (나의 부친께서 장 궤양을 앓으셨는데, 그것이 7개월 남짓 그분을 밤낮 못살게 했습니다.) 그분께서 이 심한 병으로 기진해 계셨으나 나에게 하신 말씀에서 바로 그러한 믿음을 보이셨습니다. 내가 '아버지, 지금 고통중이신가요?'하고 여쭸을 때 그분께서는 굳세고 큰 목소리로 말씀하셨습니다. '하나님께서 참으로 나를 고통으로 치시는구나. 그래 맞다. 뼛속이 온통

다 심히 아프구나. 그러나 나는 이 모든 것에도 불구하고 그분께 감사드린다. 이 모든 것에도 불구하고 나는 그분께 찬양을 드린다. 이 모든 것에도 불구하고 나는 그분을 사랑한다.'

6. 마르퀴스의 삶에서 이와 비슷한 예를 하나 더 들겠습니다. 그가 아주 친근히 사랑한 그의 아내가 심히 앓아서 거의 죽었다고 생각되었을 때 한 친구가 실례를 무릅쓰고 그 일을 어떻게 생각하는지 그에게 물었습니다. 그가 대답했습니다. '이 시련이 나의 가장 연약한 부분에 충격을 주고 있다고 말할 수밖에 없습니다. 나는 내가 잃어야 할 것 때문에 걱정에 싸여 있습니다. 그럼에도 나는 한 악한 죄인의 뜻이 아니라 하나님의 뜻이 이루어지는 것에 아주 만족하여서, 타인에게 실례가 되지 않는다면 춤도 추고 노래도 부를 수 있을 것 같습니다!' 이처럼 자비로우시고 공의로우시고 신실하신 하나님께서는 이런저런 방법으로 모든 '시험 중에' 피할 길을 내셔서 우리가 그것을 감당케 하십니다.

7. 본문 구절 전체가 많은 교훈을 줍니다. 그 구절에서 우리가 얻을 수 있는 교훈 몇을 더 듭니다.

첫째, '선 줄로 생각하는 자는 넘어질까 조심하여'(고전10:12) 불평불만에 빠지지 말고, 행여 마음에라도 '세상에 나와 같은 처지에 있는 자가 있을까. 나처럼 큰 시련을 당하는 자도 없을 거야'라고 생각하지 마십시오. 그렇습니다. (당신과 같은 처지에 있는 자가, 역주) 만 명은 될 것입니다. '사람이 감당할(인간에 공통적인, 평범한; 역주) 시험밖에는 너희에게 당한 것이 없나니.' 당신의 됨됨이, 즉 당신이 죽을 운명을 지니고 태어난 죄인, 사멸할 육체를 지닌 죄인 된 인간, 무수한 내적 외적 고통에 약점을 보이는 인간임을 고려하고, 당신이 처한 곳, 즉 당신이 결딴나고 혼란 속에 있는 세상에 있고, 악인들과 악령들에게 둘러싸인 것을 고려할 때, 당신은 인간에게 평범한 시험을 당하는 것을 불합리하다고 여겨서는 안 됩니다. 이것을 잊지 마십시오. 그러면 당신은 인간에게 공통적인 운명과 일반적인 인간의 처지 가운데 거한 것 때문에 푸념을 늘어놓지 않을 것입니다.

8. 둘째로, 서 있는 자는 '넘어질까 조심하여', '이 일은 참을 수 없다. 이것은 너무 힘들다. 나는 내 짐이 내 능력을 뛰어넘어 이 시험을 통과할 수 없다'고 생각하거나 그것을 입 밖으로 냄으로 '하나님을 시험해서는' 안 됩니다. 그러지 마십시오. 하나님께 너무 힘든 일은 없기 때문입니다. 하나님께서는 '여러분이 여러분의 능력을 능가하는 시험을 받는 것을' 허용치 않으실 것입니다. 그분께서는 여러분의 힘에 맞게 짐을 지우십시오. 더 많은 능력을 원하시면 구하십시오. 그러면 그것이 여러분께 주어질 것입니다(마7:7).

9. 셋째로, '선 자는 넘어지지 않도록 조심하여' 불신앙으로 또 그분의 신실함을 의심함으로 '하나님을 시험하지' 마시기 바랍니다. 모든 시험마다 피할 길을 주시겠다고 그분께서 말씀하시지 않으

셨습니까? 하나님께서 그것을 이행하지 않으실까요? 그렇습니다. 진실로,

> 당신에게 쓸데없는 두려움을 불러 일으켰던 것을
> 하나님께서 완전히 해결하실 때
> 당신의 생각보다 높게 더 높게
> 그분의 계획이 드러날 것입니다.

10. 그러므로 모든 시련을 차분한 인종(忍從)과 겸허한 신뢰(확신) 가운데 받아들이십시오. 그 확신은, 전지전능하시고 자비와 신실함이 무한히 많으신 하나님께서 먼저 모든 시험 중에 우리에게 힘을 주시고, 다음에 모든 시험에서 우리를 구해주시어, 마침내 모든 것이 합하여 선을 이룰 것(롬8:28)이라는 확신과, 이 모든 것들이 우리의 유익을 위한 것이어서 '우리가 그분의 거룩함에 참여하게 되는'(히 12:10) 행복한 경험을 할 것이라는 확신을 말합니다.

런던(London)에서
1786. 10. 7.

5. 믿음 (106)

On Faith

히 11:6
"믿음이 없이는 하나님을 기쁘시게 못하나니"

1. 그런데 믿음은 무엇입니까? 그것은 '보이지 않는 것들에 대한 신적인 증거요 확신'입니다.(히11:1) 즉, 그것은 보이든지 본질상 안보이든지 간에 지금 볼 수 없는 것들에 대한 증거요 확신인 것입니다. 특별히 그것은 하나님과 하나님의 것들에 대한 신성한 증거요 확신입니다. 이는 가장 낮은 단계에서 가장 높은 단계의 모든 종류의 믿음을 포함하므로, 여태까지 존재했고 또는 지금 주어질 수 있는 믿음의 정의 중 가장 포괄적인 것입니다. 그럼에도 나는, 이 주제를 가지고 출판된 모든 장황하고도 지루한 논문들을 보건대, 몇몇 믿음의 종류에 대한 완전하고도 명확한 설명을 한 탁월한 저자를 기억하지 못합니다.

2. 저명한 플레처(Fletcher)씨는 그의 하나님의 은혜의 천계법 시대들(dispensations)에 대한 논문에서 이와 비슷한 주제로 글을 썼습니다. 이 글에서 그는 네 천계법 시대들, 즉 하나님께서 그 곳에 속한

사람들에게 주신 빛의 정도에 의해 서로 구별되는 네 천계법 시대들이 있다고 했습니다. 적은 정도의 빛은 이방인 천계법에 속한 자들이 받습니다. 이들은 보통 '신이 계시다. 그분은 자신을 열심히 찾는 자에게 상을 준다'라고 믿습니다(히11:6). 하지만 훨씬 더 높은 정도의 빛이 유대민족에게 주어졌습니다. 그 이유인즉 그들에게 위대한 빛의 수단들, 즉 하나님의 신탁들이 맡겨졌기 때문입니다. 따라서 그들 중 다수의 사람들이 하나님의 본질과 속성들에 대한, 하나님과 인간에 대한 의무에 대한, 그리고 우리의 시조에게 주시고 그 후손들에게 전해진 위대한 약속, 즉 '여자의 자손이 뱀의 머리를 밟으리라'는 그 약속에 대한 명확하고도 숭고한 지식을 가지고 있습니다(창3:15).

3. 그러나 이방인과 유대인들의 천계법 위에 있는 것이 바로 세례 요한의 천계법 시대입니다. 그에게 훨씬 더 분명한 빛이 주어졌습니다. 게다가 그 자신이 바로 '타오르는 밝은 빛'이었습니다(요3:35). '보라 세상 죄를 지고 가는 하나님의 어린양이다'라는 말이 그에게 임하였습니다(요1:29). 그리하여 주님께서 친히 말씀하시기를 '여자가 낳은 자 중에' '요한'보다 큰 이가 없다고 하셨습니다(눅7:28). 그럼에도 불구하고 예수님께서 알려주시기를 '하나님 나라에서 가장 작은 자라도,' 이는 기독교 세대(천계법 시대)를 말하는데, '그(요한)보다 더 크다'고 하십니다(눅7:28). 플레처씨가 말하는 기독교 세대에 속한 자는 양자의 영을 받았고, '그의 영과 더불어 그가 하나

님의 자녀임을' 증거 하시는 하나님의 영을 받은 자입니다(롬 8:15-16).

이것을 더 심도 있게 설명하기 위하여 나는 하나님의 도우심을 따라 먼저 믿음의 여러 종류들을 지적하고, 둘째로 몇몇 실용적인 결론들을 도출해 내려 노력할 것입니다.

I. 나는 몇몇 믿음의 종류를 지적하려 합니다.

먼저 나는 몇몇 믿음의 종류를 지적하려 합니다. 이것들을 더 작은 수로 축소시키거나 더 많은 수로 나누는 것이 어려운 일이 아닐 것입니다. 하지만 그것이 가치 있는 목적들에 부응하는 것은 아닐 듯싶습니다.

1. 가장 낮은 단계의 믿음은, 그것을 굳이 믿음이라 칭할 경우, 유물론자의 믿음입니다. 이 자는 (작고한 Kames 경처럼) 이 우주 안에 오로지 물질만 존재한다고 믿습니다. 내가 굳이 믿음이라 칭할 경우라 한 것은 정확히 말해 이는 믿음이 아니기 때문입니다. 그들이 신이 없다고 믿기 때문에 그것은 '하나님에 대한 증거나 확신'이 아니고, 그들이 보이지 않는 것의 존재를 거부하기 때문에 보이지 않는 것에 대한 확신이 아닙니다. 혹은 그들은 체면상 하나님이 계시다고 하나 그분께서 물질이라 여깁니다. 왜냐하면 그들의 금언들 중 하나

가 다음과 같습니다.

'Jupiter est quodcumque vides - 네가 보는 모든 것이 신이다.'

'네가 보는 모든 것'! 보이고 만져지는 신! 꽤나 우수한 신성이지요! 참으로 정교한 난센스가 아닙니까!

2. 두 번째 믿음은, 당신이 유물론자도 믿음을 가졌다고 여긴다면, 자연신교도(deist)의 믿음입니다. 이 자는 물질과 다른 하나님이 계시다고 믿기는 하나 성경을 믿지 않습니다. 여기에도 두 종류가 있습니다. 한 부류의 자연신교도들은 인간의 탈을 쓴 짐승들입니다. 그들은 온전히 동물적 정욕에 사로잡힌 자들이고, 진흙과 섞이려는 노골적인 욕망을 가지고 있습니다.

다른 자연신교도들은, 대부분의 관점에서 볼 때, 기독교에 대해 불행히도 적대적 편견을 가지고 있긴 해도, 이성적인 자들입니다. 이들 중 대부분이 하나님의 존재와 그분의 속성들을 믿습니다. 그들은 하나님께서 세상을 창조하시고 다스리신다는 것과, 영혼이 육체와 함께 죽지 않는다는 것을 믿기는 하나, 그 영혼이 영원히 행복이나 불행한 상태에 머문다고 봅니다.

3. 다음은 이교도들의 믿음입니다. 이슬람교도들의 믿음이 여기에 속합니다. 내가 자연신교도들의 믿음보다도 이들의 믿음을 더 좋게 볼 수밖에 없는데, 그 이유는 이들의 믿음이 거의 동일한 대상들을 수용하기는 하지만, 그럼에도 그들의 믿음의 협소함 때문에 그들이

비난을 받아야하기 보다는 불쌍히 여김을 받아야 하기 때문입니다. 그들이 온전한 진리를 믿지 않은 것은 신실성의 결여보다는 빛의 결여에 기인합니다. 어느 한 사람이 늙은 인디언 추장 치칼리(Chicali)에게 물었습니다, '당신네들 홍인종들은 왜 우리 백인종들만큼 알지 못하오?' 그의 대답은, '그것은 당신들은 위대한 세계를 가지고 있고, 우리는 그렇지 못하기 때문이오'였습니다.

4. 이러한 해명이 수백만의 오늘날의 '이방인들'에게 적용 가능하다는 것은 의심의 여지가 없습니다. 그들에게 적게 맡겨진 이상 그들에게서 많은 것을 기대해서는 안 됩니다(눅12:48). 고대의 이교도들을 말하자면, 그들 중 수백만이 미개인들이었습니다. 그러므로 그들이 자신들이 받은 빛에 따라 사는 것 이상을 그들로부터 바라서는 안 됩니다. 그러나 특별히 개화된 민족들 중에서 많은 자들이 이교도들 가운데 살았지만 아주 다른 정신을 소유하였음을 우리가 아주 마땅히 기대할 수 있는데, 이는 그들이 하나님의 내적 음성에 의해 그분에 대한 가르침, 즉 참된 종교의 모든 근본적 요소들을 배웠기 때문입니다. 그렇습니다, 그리고 한 세기 전 하이 이븐 욕톤(Hai Ebn Yokton)의 생애를 쓴 아라비아 사람 저 이슬람교도가 바로 그러합니다. 그 이야기는 허구처럼 보입니다. 하지만 그것은 정하고 순수한 종교의 모든 원리들을 담고 있습니다(약1:27).

5. 우리는 일반적으로 확신을 가지고 유대인의 믿음을 이방인이나

이슬람교도들의 믿음보다 위에 둡니다. 내가 말하는 유대인의 믿음은 율법의 수여로부터 그리스도의 왕림 사이에 살던 자들의 믿음입니다. 이자들, 즉 그들 중에 신중하고 신실한 자들은 구약성서에 기록된 모든 것을 다 믿었습니다. 특히 그들은 때가 차면 메시야가 '불법을 종식시키고 죄를 없게 하여 영원한 의를 세우려고' 나타날 것을 믿었습니다(단2:24).

6. 우리들의 시대에 살고 있는 유대인들의 믿음에 대해 어떤 판단을 내리는 것이 쉽지 않습니다. '오늘까지 모세의 글과 예언서들을 읽을 때에 수건이 그들의 마음을 덮었음'이 분명합니다(고후3:15). 이 세상의 신은 여전히 그들의 마음을 강퍅하게 하고 그들의 눈을 가려서 '어느 때든지 영광의 복음의 광채가' 그들을 뚫고 들어오지 못하도록 합니다(고후4:4). 따라서 우리는 이 백성들에게 성령께서 그들의 선조들에게 하신 말씀처럼 말해줄 수 있습니다. '이 백성들의 마음이 완악하여져서 그 귀로는 둔하게 듣고 그 눈을 감았으니 이는 눈으로 보고 귀로 듣고 마음으로 깨달아 돌아와 나의 고침을 받을까 함이라'(행28:27). 그럼에도 그들에게 판결을 내리는 일이 우리에게 있지 않고, 다만 우리는 그들을 그들의 주님께 맡길 수 있을 뿐입니다.

7. 나는 세례 요한의 믿음과 그가 속해 있던 천계법 시대에 대해 더 길게 말할 필요를 못 느낍니다. 그 이유는 플레처씨가 잘 묘사했

듯이 이것들이 그 자신(요한)에게 특별한 것이었기 때문입니다. 그는 일단 제쳐두고, 로마 카톨릭의 믿음을 볼 때 일반적으로 그것은 옛날 유대인들의 믿음보다 더 상위에 있는 것 같습니다. 하나님께서 계시하신 것 이상으로 믿는 그들이 자발적인 믿음을 가졌다면, 그들이 하나님께서 구원에 필요한 것으로 계시한 모든 것을 믿었다고 해야 할 것입니다. 이 점에 있어 우리는 그들을 대신하여 기뻐합니다. 우리는 트리엔트 공의회에서 '이전에 성인들에게 전해진 믿음'에 새롭게 첨가된 것들 중 아무 것도 옛날의 신앙의 조항들에 실제적으로 위배되어 그것들을 철폐시키지 않아서 기쁩니다.

8 프로테스탄트들의 믿음은 일반적으로 말해 하나님의 신탁에서 명확히 계시된, 구원에 필요한 진리들만 담고 있습니다. 신구약 성경에서 명백히 선포된 것은 무엇이든지 그들의 믿음의 대상입니다. 그들은 성경에 분명히 기록되어 있거나 그것에 의해 증명될 수 있는 것 이상도 이하도 믿지 않습니다. 하나님의 말씀은 '그들의 발에 등이요, 그들의 모든 길의 빛입니다'(시119:105). 그들은 감히 어떠한 핑계를 구실로 그것에서 벗어나 좌로나 우로나 치우치지 않습니다. 기록된 말씀은 그들의 온전하고도 유일한, 행위뿐만 아니라, 믿음에 대한 법규입니다. 그들은 하나님께서 선포하신 것은 무엇이든지 믿고, 그분께서 명하신 것은 무엇이든지 행하겠다고 공언합니다. 이것이 개신교도들의 고유한 믿음입니다. 그들은 이것 외에 다른 것은 따르지 않습니다.

9. 지금까지 우리는 믿음을 주로 이러 저러한 진리들에 대한 증거와 확신으로 보았습니다. 이런 의미의 믿음을 오늘날 모든 기독교 세계에서 받아들이고 있습니다. 그러나 한편 (영원과 관계된 것이므로) 우리가 유의해야 할 것은 다음과 같습니다. 즉, 구교의 믿음도 신교의 믿음도 이것(다음 단락에서 언급될 것)을 갖고 있지 않거나 이러 이러한 진리들을 포함하고 있지 않으면 이슬람교도들이나 이교도들이나 자연신교자들이나 유물론자들의 믿음과 같이 쓸데없는 것이 되고 맙니다. 왜냐하면 이것이(진리에 대한 증거와 확신으로서의 믿음, 역자) '그를 구할' 수 있습니까? 그것이 인간을 죄에서 지옥에서 구할 수 있습니까? 그것은 더 이상 가룟 유다를 구원할 수 없었고, 마귀와 그의 천사들을 구원할 수 없었습니다. 이들 모두는 성경의 모든 주제들이 다 진리라 확신하고 있기는 합니다.

10. 그러면 정말로 구원에 이르는 믿음은 무엇입니까? 무엇이 그것을 끝까지 지키는 모든 사람을 구원받게 합니까? 그것은 바로 그것의 초급 단계를 소유한 자일지라도 '하나님을 경외케하고 의를 행하게 하는', 하나님과 하나님의 것들에 대한 너무나도 신성한 확신입니다(행10:35). 그 사도(베드로)가 선언하기를 이제까지 각 나라 안에서 믿는 자들은 누구를 막론하고 다 '하나님께서 받으십니다'(행10:35). 그는 사실상 그 순간에 받아들여진 상태입니다. 그러나 그는 현재 마땅히 하나님의 한 아들이 아니고 단지 하나님의 종입니다. 그러나 한편 우리가 주목해야 할 바는 '하나님의 진노'가 더 이상

'그에게 임하여 있지' 않다는 것입니다.

11. 약 50년 감리교도들이라고 불리는 설교자들이 이신칭의라는 위대한 영적 교리를 설파하기 시작했을 때 사실상 그들은 하나님의 자녀와 종의 차이를 충분히 알지 못했습니다. 그들은 '하나님을 경외하고 의를 행하는 자를 하나님께서 받으신다'는 것을 명확히 이해하지 못했습니다. 이 결과 그들은 하나님께서 슬프게 만드시지 않은 자들을 슬프게 만드는 경향이 있었습니다. 그들은 하나님을 두려워(경외)하는 자들에게 자주 질문했습니다. '당신의 죄가 사함을 받았음을 아십니까?' 그들이 '아니오'라고 말하자마자 '그러면 당신들은 마귀의 자식들입니다'라는 말이 나왔습니다. 아닙니다, 뒤에 나와야 할 것은 그게 아닙니다. 그것은 아마 다음의 말일 것입니다. '당신은 아직 하나님의 자녀가 아니라 종입니다. 당신에게는 하나님께서 그분의 영광스런 봉사에 당신을 부르셨기 때문에 이미 하나님을 찬양할 마땅한 이유가 있습니다. 두려워 마십시오. 그분께 부르짖기를 중단하지 마십시오. "그러면 당신은 이것들 보다 더 큰일들을 볼 것입니다"(요1:50).

12. 그리고 확실히 하나님의 종들이 도중에 멈추지만 않는다면 그들은 양자로 받아들여질 것입니다.(갈4:5) 그들은 하나님께서 당신의 독생자를 그들의 마음에 계시하심으로 하나님의 자녀들에 관한 믿음을 수용할 것입니다. 자녀의 믿음은 모든 하나님의 자녀들로 하여금

다음의 고백을 하도록 하는 거룩한 확신입니다. '나의 지금의 삶은 나를 위하여 자기 몸을 버리신 하나님의 아들을 믿는 믿음 안에서 사는 삶입니다'(갈2:20). 누구든지 이 믿음을 가진 자는 '성령께서 그의 영과 더불어 그가 하나님의 자녀임을 증거 하십니다'(롬8:16). 그래서 사도 바울은 갈라디아서에서 '너희가 믿음으로 하나님의 자녀들이 되었다'고 했습니다(갈3:26). '그리고 너희가 아들인고로 하나님이 그 아들의 영을 우리 마음 가운데 보내사, 하나님에 대한 유아적 확신과 그분을 향한 애정 어린 사랑을 주시어, 아바 아버지라 부르게 하셨느니라'(갈4:6). 그렇다면 이것이 바로 (바울이 하나님에 대해 배웠거나 성령에 감동되었을 때 기록하였을 경우) 하나님의 자녀와 하나님의 종을 구분하는 적당한 기준입니다. 하나님의 자녀로서 '믿는 자는 자기 안에 증거를 가지고 있습니다'(요일:5:10). 종은 이것이 없습니다. 그럼에도 아무도 그를 낙심시키지 않게 하고, 대신에 충실히 매 순간 그것을 기대하도록 권고하게 합시다!

13. 우리가 생각할 수 있는 모든 종류의 믿음을 전술한 것들 중에서 한 가지나 그 외 다른 것으로 축소시킬 수 있다고 말하기는 쉽습니다. 그러나 우리는 가장 좋은 은사들을 사모해야 하고 제일 좋은 길을 가야 합니다(고전12:31). 당신이 굳이 유물론자나 이교도나 자연신교도의 믿음으로 만족해야할 이유는 없습니다. 혹은 종의 믿음으로 만족할 이유도 진실로 없습니다. 하나님께서 그것(종의 믿음)을 당신으로부터 요구하시는지 나는 모릅니다. 이 종의 믿음을 당신이 가졌

다면 진실로 당신은 그것을 던져버려서는 안됩니다. 당신은 절대로 그것을 과소평가해서는 안 되고, 그 믿음을 소유한 것을 감사해야 합니다. 그럼에도, 다른 한편, 당신은 이 지점에서 멈추는 것을 경계해야 합니다. 양자의 영을 받기까지 긴장을 늦춰서는 안 됩니다. 성령께서 그대의 영과 더불어 그대가 하나님의 자녀임을 명확히 증거하실 때까지 멈춰서는 안 됩니다(롬8:15-16).

II. 둘째로, 전술한 것들에서 몇 가지 추론을 해봅시다.

1. 먼저, 나는 '자기를 값으로 사신 주님' 뿐만 아니라 '자기를 만드신 주님'을 부인하는 유물론자가 얼마나 끔찍한 상태에 있나 생각해봅니다! '믿음이 없이는 하나님을 기쁘시게 못하나니'(히11:6). 유물론자는 불가시적 세계를 믿지 않아서 하나님의 존재에 대한 어떠한 확신도 없으므로 - 왜냐하면 물질적인 하나님은 신이 아니기 때문에 - 어떠한 믿음(신앙)이나 불가시적 세계에 대한 어떠한 확신을 가질 수 없습니다. 당신이 나무나 돌로 된 것을 신이라 여길 수 없듯이, 태양이나 하늘을 하나님이라 여길 수 없습니다. 더 나아가, 모든 것들이 그저 물질이라 믿는 자는 당연히 모든 것들이 무시무시한 필연성의 법칙에 종속되어 있다고 믿어야 합니다! 필연성, 그것은 바람처럼 냉혹하고, 바위처럼 무정하며, 사람들, 즉 파괴된 배의 가련한 선원들에게 돌진해오는 파도처럼 무자비합니다! 그러면 가련하고 버

림받고 불쌍한 사람들이여 당신들이 도움이 가장 필요할 그 때에 누가 당신들을 돕겠습니까? 바람, 바다, 바위, 폭풍우! 이것들이 바로 유물론자들이 도움을 기대할 수 있는 것들입니다!

2. 가련한 자연신론자, 그가 아무리 많이 배웠고 아무리 윤리적이라도, 이자의 상태는 무신론자들 못지않게 절망적입니다. 자연신론자여, 당신이 인정하기 싫겠지만 그대도 마찬가지로 참으로 '이 세상에서 하나님 없이' 살고 있습니다. 당신의 종교, 즉 (내가 학교에 다닐 때에 차터하우스(Charterhouse)의 공공예배에 참가하는 것을 보았던 것으로 기억되는) 교묘한 월라스톤(Wollaston)씨에 의해 '묘사된 자연종교'를 보십시오. 그가 하나님을 근거로 하여 그의 종교를 세웠습니까? 그렇습니다. 그는 진리에 기초하여 세웠는데, 그것은 바로 추상적 진리입니다. 그러나 그가 말한 신이 정말로 신입니까? 아닙니다. 그는 하나님을 질문 범위 밖에 두고, 하나님과 그분 말씀의 도움을 받지 않은 채 허공에다 성을 쌓고 있습니다. 이 시대에 가장 만족을 주는 작가들 축에 드는 당신의 글래스고우(Glasgow)의 말 잘하는 웅변가를 보십시오. 그가 그의 체계를 세움에 있어 월라스톤보다 더 하나님과 관련지어 생각했습니까? 그가 하나님으로부터 '덕의 이데아'를 추론했습니까? 하나님을 빛들의 아버지로, 모든 선의 근원으로 보았습니까? 이와 정반대입니다. 그는 그의 모든 이론을 세움에 있어 추호도 하나님에 대해 관심을 보이지 않았을 뿐더러, 그 이론의 끝 부분에서 질문합니다, '어떠한 행위를 함에 있어 하나님을 바라

보는 것이 그 행위의 덕을 증가시키냐?' 그가 말합니다. '아니다! 절대로 그렇지 않다. 어떤 자가 덕스러운, 즉 선의의 행위를 함에 있어 하나님을 기쁘시게 해 드리려는 마음을 섞는다면, 이 마음이 강할수록 그 행위 안의 덕은 더 감소한다.' 하나님을 공공연히 부인하는 유대인이나 터키인이나 이방인들 가운데서조차 이 기독교인 교수처럼 도가 지나친 자를 나는 여태껏 보지 못했습니다!

3. 그러나 오늘날에 우리는 이교도들이나 이슬람교도들이나 유대인들과 아무런 상관이 없습니다. 단지 우리는 그들의 삶이 기독교인들이라 불리는 우리들 중 다수를 부끄럽게 하지 않기를 바랄 뿐입니다. 우리가 로마 카톨릭교도와 훨씬 더 많은 관계를 갖고 있는 건 아닙니다. 하지만 그들 중 다수가 캠브레이(Cambrai)의 대주교처럼 (많은 착오가 있음에도 불구하고) 사랑으로써 역사하는 믿음을 여전히 소유하고 있음을 부인할 수 없습니다(갈5:6). 그리고 국교회 성도들이든 다른 교파들의 성도들이든 불문하고 얼마나 많은 개신교도들이 이것(사랑으로써 역사하는 믿음)을 누리고 있습니까? 신뢰할만한 근거에 의하면 국교도들이나 비국교도들 가운데 이를 누리는 상당수의 많은 자가 전국 구석구석에 있습니다, (또한, 찬양 받으실 하나님!, 점점 늘어나고 있습니다.)

4. 하나님을 경외하고 의를 행하며 하나님의 종들인 여러분들께 내가 재차 권면합니다. 먼저, 뱀의 낯을 피하듯이 모든 죄에서 돌아서

십시오(계12:14). 약간의 죄의 기미가 감지되더라도 눈동자처럼 빠르게 말입니다.

당신의 힘이 닿는 한 의로운 일을 행하십시오. 경건과 자비의 행위를 많이 하십시오. 그리고 둘째로, 당신들이 더 이상 종들이 아니고 아들들이 됨을 인하여, 하나님께서 당신들의 마음에 그분의 독생자를 계시하시도록 부단히 그분께 외치십시오(갈4:7). 당신들의 마음에 부은바 된 하나님의 사랑과 (롬5:5), '하나님의 자녀들의 영광의 자유'(롬8:21)를 누리는 가운데 그리하십시오.

5. 마지막으로, 당신들 안에서 당신들의 영과 더불어 당신이 하나님의 아들임을 증거하고 계신 하나님의 영을 이미 체험하신 여러분들께 권면합니다(롬8:16). '모든 선한 일들, 즉 그리스도 예수 안에서 그것을 위하여 너희들이 지음 받은 그 선한 일들을 행하라'는 바울 사도의 권면의 말씀을 따르십시오(엡2:10). 그리고 나서 '그리스도도의 초보를 버리고, 죽은 행실을 회개함과 하나님께 대한 신앙에 관한 터를 다시 닦지 말고' 완전한데로 나아가십시오(히6:1). 그렇습니다. 그리고 당신들이 완전한 사랑을 성취하고, 하나님께서 당신들의 마음에 할례를 행하시고, 당신들로 하여금 온 마음과 뜻을 다해 그분을 사랑케 하셨을지라도, 거기에서 멈추겠다는 생각을 마십시오. 이는 불가능한 것입니다. 당신은 정지한 채 있을 수 없습니다. 당신은 일어서거나 넘어질 뿐입니다. 더 높이 오르거나 더 아래로 떨어질 뿐입니다. 그러므로 이스라엘 백성들과 하나님의 백성들에게 향하신 하

나님의 음성은 '앞으로 나아가라'입니다(출14:15). '뒤에 있는 것은 잊어버리고 앞에 있는 것을 잡으려고 푯대를 향하여 그리스도 예수 안에서 하나님이 위에서 부르신 부름의 상을 위하여 좇아가노라'(빌3:13-14).

스톡포트(Stockport)에서
1788. 4. 9.

6. 안식일 (139)

On the Sabbath

출 20:8
"안식일을 기억하여 거룩히 지키라."

'안식일이 창세 때에 제정되지도 않았고, 창세 때부터 모세 시대에 이르기까지 준수되지도 않았다는 주장과, 모세에 의해 유대인에게 전달되었으나, 도덕률로 지켜진 것이 아니었고, 마치 공적이나 사적 직무가 폐지되듯이 다른 제의들처럼 어떤 때에는 지켜지고 다른 때에는 지켜지지 않았다는 주장과, 성전 파괴와 함께 영원히 폐지되었다는 최근의 주장은 다 거룩하게 지키지 않아도 된다는 안식일관을 가진 자들의 주장입니다.

이러한 주장들과 그들이 내린 결론에 대한 대답으로 나는 다음과 같이 말하고자 합니다.;

I. 안식일을 거룩하게 지키라는 명령은, 그것을 명한 자 외에 그 누구도 그것을 폐할 수 없도록 하신 지엄한 주권자(authority)에 의해 현명한 목적을 위해 제정되었습니다.

II. 안식일이 제정된 목적들이 여전히 유효하므로 주권자께서는 아직 이것을 폐지하지 않으셨습니다.

III. 안식일을 거룩하게 지키는 것이 어떠한 것임을 밝히고자 합니다. 그렇게 지킴으로 우리는 이 계명에 순종하게 되고 그 목적들에 부응하게 됩니다.

I. 먼저 논증되어야 할 것이 바로, 안식일을 거룩하게 지키라는 명령이 그것을 명한 자신 외에 그 누구도 그것을 폐할 수 없도록 하신 지엄한 주권자에 의해 현명한 목적을 위해 제정되었다는 것입니다.

여기서 나는 이것이 아담에게 명해진 것이라든가, 모세 이전에 준수되었다든가, 유대인들의 풍습처럼 우리가 제7일에 안식일을 지켜야 한다든가, 주의 부활 이후 지금에 이르기까지의 기독교 전통에 따라 첫째 날에 준수되어야 한다는 등의 주장에 대해 논쟁하지 않을 것입니다. 나의 현재 질문은 오로지 이것입니다: 어떤 주권자께서 칠일 중에 하루를 거룩하게 지키라 우리에게 명하셨나? 또한 이 명령이 내려진 주목적은 무엇인가?

1. 이 계명을 제정한 권위는 바로 하나님의 권위입니다. 거룩한 시내산에서 이 모든 계명들을 말씀하신 분이 바로 하나님이시고, 그 계명들 중에는 '안식일을 기억하여 거룩히 지키라'는 말씀도 있습니

다. 거듭 거듭 '너희는 나의 안식일을 지키라, … 이는 너희에게 성일이 됨이라. 무릇 그 날에 일하는 자는 그 백성 중에서 그 생명이 끊쳐지리라'(출31:13-14)라고 말씀하신 분이 바로 하나님이십니다.

하나님 외에 그 누가 하나님께서 정해 놓으신 것을 폐기시킬 수 있습니까? 그분께서 이 법을 정하셨으므로 그분만이 그것을 폐기할 권한이 있으십니다. 그분께서 그것을 폐지하시기 전에는 그 법의 제정 이유를 인간들이 알든 말든 그것을 지켜야 하는 것이 그들의 의무입니다. 인간들이 순종해야할 매우 충분한 이유는 단 한 가지, 즉 인간들이 다른 이유를 모르더라도, 하나님께서 그 계명을 주셨다는 사실입니다. 그렇다고 우리가 논하는 것이 이 경우라는 말은 아닙니다. 이 계명이 주어진 현명한 이유들이 모든 인간들에게 제시되었습니다. 이 계명의 주요 목적들이 그 계명과 함께 온 세상 다 알려졌습니다.

2. 그 첫 번째가 창2:3에 나옵니다: '하나님이 일곱째 날을 복주사 거룩하게 하셨으니, 이는 하나님이 그 창조하시며 만드시던 모든 일을 마치시고 이 날에 안식하셨음이더라.' 또 출20장에 나옵니다: '이는 엿새 동안에 나 여호와가 하늘과 땅과 바다와 그 가운데 모든 것을 만들고 제 칠 일에 쉬었음이라. 그러므로 나 여호와가 안식일을 복되게 하여 그 날을 거룩하게 하였느니라'(출20:11).

이 말씀들에서 세 가지 사실을 확인할 수 있습니다: (1) 하나님께서는 세상의 창조주이십니다, (2) 그분께서는 6일 동안 창조하시고 제 7일에 일하시는 것을 멈추셨습니다, (3) 이 때 이 일곱째 날을 구별하시어 거룩하게 하셨습니다. 아울러 그분께서는 하나님의 형상에 따라 창조되고 하나님을 본받도록 창조된 인간들이 그분을 본받아 6일 동안 세상일에 진력하고, 제 7일에 이 모든 일에서 물러나 쉬며 좀 더 나은 세상에 거하라 명하셨습니다.

여기서 우리는 이 명령의 주된 이유, 곧 이것이 우리에게 주어진 위대한 목적을 알 수 있습니다. 이는, 하나님 닮기를 배워 그분의 창조 목적을 완성하는 것이고, 자기와 하늘과 땅을 지으신 분이 누구이신지 기억하는 것이고, 그분과 같이 6일 동안의 일을 마치고 나서 제 7일에 세상에서 물러나 마음과 정신이 그의 창조자께서 친히 그의 앞에 나와 계시는 곳, 즉 하늘의 하늘로 올라가는 것입니다.

3. 하나님께서는 이 계명의 또 다른 목적을 시내산에서, 그리고 오랜 세월 후에 그분의 선지자 에스겔에게 말씀하셨습니다: '나는 그들을 거룩하게 하는 여호와인줄 알게 하려 하여 내가 내 안식일을 주어…'(겔20:12). 비록 매우 자주 돌아오지만, 이 거룩한 날들이 하나님께서 인간들의 존재뿐만 아니라 그들의 덕과 행복의 창조주도 되신다는 중요한 지식을 인간들이 알게 해주고, 하나님께서 그분의 소생케 하시는 능력을 거두시면 그들이 본래의 흙으로 돌아가듯이 그분의 거룩케 하시는 능력을 거두시면 인간들이 죄와 비참함으로 떨어진다는 사실을 알게 해줍니다.

4. 인간들이 거룩함을 얻는 방법을 아는 대로 그것을 실제로 얻게

하려는 것이 바로 하나님께서 인간들에게 칠일 중 하루를 거룩하게 지키라 명하시는 세 번째 현명한 목적입니다. 우리는 하나님의 또 다른 선언, '너희는 거룩하라. 나 여호와 너희 하나님이 거룩함이니라'는 말씀 다음절에 '나의 안식일을 지키라'(레19:2-3)라는 말씀에서 이 안식일의 목적을 알 수 있습니다. 이 선언이 명백히 뜻하는 바는, 사람들이 안식일을 지켜야 하는 이유가 하나님께서 거룩하신 것처럼 그들도 거룩해지기 위함이고, 그들이 매주 칠일 중 하루를 그분께 드림으로 나머지 6일도 하나님의 눈이 정결하심으로 악을 참아 보지 못하심(합1:13)을 믿는 자들이 되어 살게 하기 위함이고, 그들이 항상 자신들의 삶의 특별한 때뿐만 아니라 삶의 전체에서 그분을 자신들의 모범으로 삼기를 애쓰게 되어, 하나님을 닮은 그들의 삶이 거룩하며 의로우며 선하게 되게 하기 위함입니다(롬7:12).

지금까지의 내용을 요약하면 이와 같습니다: 인간들에 대하여 자신이 기뻐하시는 바를 명령할 수 있는 확실한 권리를 소유하신 하나님, 그리고 그분의 명령에 대한 이유를 그들에게 말해야 할 의무가 없으신 하나님께서 '안식일을 기억하여 거룩히 지키라'는 명령을 그들에게 하셨습니다. 그분께서는 인간들에게 그 명령을 하실 수밖에 없었던 몇 가지 이유들을 밝히시기를 기뻐하셨습니다. 그 중에 중요한 것은 이것입니다: (1) 인간이 하나님의 하나의 특별한 행위(한 날을 정해 안식하심, 역주)를 모방함으로 그분의 창조주 되심, 인간 자신, 그리고 만유에 대한 좀 더 생생하고 지속적인 이해를 얻기 위함이고, (2) 인간이 자신의 창조주뿐만 아니라 자기를 성화시키시는 분이 누구이신지 알기 위함이고, (3) 인간이 모든 일에 하나님을 닮아서 그분의 자비, 정의, 그리고 거룩함을 자기의 모든 생각, 말, 행동의 모범으로 삼아야 하는 것이 자기 일생의 본분임을 항상 명심하기 위함입니다.

II. 따라서 그 다음 질문은 이 명령이 그것을 명한 권위에 의해 폐지되었는가와 이 명령이 주어진 목적이 여전히 유효한가 그렇지 않은 가입니다.

1. 첫째 질문에 관하여 살펴보면, 하나님께서 인간이 되셨을 때 그것을 완전히 폐지시켰다는 주장이 있습니다. 지금의 논쟁에 임하는 저명한 지도자 분께서는 이것을 논증하기 위해 다음의 주장을 통해 자신의 논리의 정당성을 우리에게 제시하려 합니다:

구세주께서는 바리새인들이 안식일을 오용하게 했던 그들의 완고한 헛된 행위에서 그들의 어리석음을 찾을 필요를 느끼셨습니다. 그들은 안식일에 허약자를 고치고 병자를 치료하며, 굶주린 자를 먹이는 것이 불법임을 가르쳤습니다. 그러나 그분께서는 자신의 행위와 논쟁을 통해 허약자들과 병든 자들과 굶주린 자들이 있는 가운데서 바리새인들을 여지없이 논박 하셨습니다. ... 그들이 그분의 주린 제자들이 안식일에 이삭을 따는 것을 비난하였습니까? 그분께서는 그와 같은 곤경에 처했던 다윗이 한 행위를 그들에게 주지시키셨습니다. 안식일에 그분께서 치료행위를 하셨는데, 이것이 그들이 안식일에 아이에게 할례를 행하고 매일 연고를 발라준 것보다 더한 일입니까? 허약자에게 자기 침상을 들고 일어나라는 그분의 명령이 황소를 구덩이에서 꺼내는 것보다 더한 노고였습니까? ... 하나님께서는 그런 말씀은 안 하시고 대신 인자가 안식일의 주인도 되시므로 그것을 폐하실 수 있다고 하셨습니다. 아니, 그분께서는 평일의 다른 모든 날보다 안식일에 더 많은 자선을 행하셨다는 말이 옳을 것입니다. 그리고 그중 몇몇 사항들은 그 안식일에 해야만 하는, 그렇지 않으면 그 사람이 죽었을 긴급한 일이 아니었습니다... 그러면 무엇입니까? 우리의 구세주께서 율법을 폐하러 오셨습니까? 아닙니다. 그분께서는 율법의 올바른 의미를 사람들이 깨우쳐서 서기관들과 바리새인들의 그릇된 교훈에 더 이상 넘어가지 않도록 하기 위해 오셨습니다...

(게다가) 안식일이 폐해져야만 했음이 다음의 이유 때문에 분명합니다: (1) 그것이 모세가 세운 제도였고, (2) 그것이 유대 나라에만 해당되는 특별한 제도였다는 것입니다.

이상이 바로 그 역사가의 말입니다. 그의 여러 주장들을 따로 떼어 면밀히 살펴볼 가치가 있으나, 나는 그의 마지막 주장에서부터 논의를 시작하려 합니다. 그것이 매우 중요한 내용이기 때문입니다.

'(그가 말하길) 안식일은 폐지되어야 했습니다. 그 이유는 (1) 그것이 모세가 세운 제도이고, (2) 유대 나라의 특별한 제도였다'는 것입니다. 자, 유대 나라에 특별한 모든 제도가 모세가 세운 것이라면, 우리가 질문해야 할 것이 바로 안식일을 거룩하게 하는 것이 모세가 세운 것인가 아닌가 하는 문제입니다.

나는 그렇지 않다고 봅니다. 그 이유는 안식일이 모세가 태어나기 2천 년 전에 제정되었기 때문입니다. 창세기 말씀이 이를 분명히 말하고 있습니다: '천지와 만물이 다 이루니라. 하나님의 지으시던 일이 일곱째 날이 이를 때에 마치니 그 지으시던 일이 다하므로 일곱째 날에 안식하시니라. 하나님이 일곱째 날을 복 주사 거룩하게 하셨으니 이는 하나님이 그 창조하시며 만드시던 모든 일을 마치시고 이 날에 안식하셨음이더라'(창2:1-3).

진실로, 우리가 이 말씀을 완전히 문자적 의미로 해석하는 것이 불합리하다는 것이라 단정하면, 그 말씀을 좀 약화된 의미로, 비유적으로 해석하여 '이것이 창조 때에 제정되었으나 창조 후 2400년 혹은 2500년이 지나 모세 시대에 만나가 내린 다음에 시행되었다'고 말해야 할 것입니다. 그러나 이 불합리가 발견될 때까지 우리는 단어 하나하나를 포기할 구실을 찾아서는 안 됩니다. 이 문제에서 불합리가 있을 수 없으므로, 우리는 안식일이 창조 때에 제정되었고, 그리하여 그것이 모세가 세운 제도가 아니다 라고, 또한 결론적으로 위의 가정은 명백한 오류이므로 그것으로부터 안식일이 폐지되어야 했다는 주장이 절대로 추론될 수 없다고 결론을 낼 수 있고, 그렇게 결론을 내야만 합니다.

2. 그러나 안식일이 실제로 폐지되었다는 것이 위에 언급한 다른 주장들로부터 추론되고 있습니다. 그 주장을 요약하면 이와 같습니다: (1) 바리새인들은 꼭 필요한 일이나 자선 행위조차도 안식일에 하는 것을 불법으로 여기고 있다. (2) 우리의 구세주께서는, 그러한 일이 어느 날이나 적법한 것이기 때문에, 그들의 생각이 그 점에서 그릇되었다고 하셨다. (3) 인간이신 하나님의 아들께서는 자신이 원하면 자신의 명령을 취소하실 수 있다. (4) 그분 자신께서는 다른 날보다 더 안식일에 필요불가결한 일이나 자선을 행하셨다. (5) 그분께서는 율법을 폐하러 오신 게 아니라 그것을 완성시키시고, 사람들에게 그것의 올바른 의미를 가르치시러 오셨다.

이 각각의 다섯 주장들은 다 맞는 말입니다. 그리고 이 다섯 주장들 중 어떤 것으로부터 그 결론을 이끌어 낼 것인가 알게 되기만 한다면 한없이 기쁜 일이 되겠지요. 바리새인들이 안식일에 대해 그릇된 견해를 가졌다고 해서 우리가 안식일이 폐지되었다고 말해야 합니까? 혹은 우리 주님께서 그들의 생각이 잘못되었다고 말씀하셨기 때문에 안식일이 폐지되었습니까? 또는 하나님께서 원하시기만 한다면 그것을 폐기하실 수 있으시기 때문에 그것을 정말로 폐기하셨습니까? 또, 그리스도께서 꼭 필요한 일이나 자선 행위를 안식일에 하셨다고 해서, 우리가 꼭 필요하지도 않고 자선 행위도 아닌 것을 이 날에 해도 됩니까? 마지막으로, 인자(예수님)께서 율법을 완성하러 오셨는데, 그래서 그분께서 이 율법의 한 가지를 잘라 내셨습니까?

내가 이 모든 주장들을 거부하며 하나님께서 안식일과 관련된 그분의 명령을 아직 폐기하지 않으셨다고 여전히 생각하고, 아니, 또 두 가지 이유, 즉 그분께서 아직 안식하시지 않으시고 그리고 안식을 인간들에게 주신 이유들이 여전히 유효하며 모든 것들의 종말 때까지 그렇게 유효할 것이므로, 큰 안식(the Great Sabbath)이 시작될 때까지 그분께서 안식일을 폐기하지 않으실 것이라고 생각하는 것이 용서받지 못할 억측이 아니길 저는 원합니다.

왜냐하면, 첫째로, 하나님의 모든 피조물의 창조주 되심을 사람의 마음 안에 항상 생생하게 간직하게 하는 이 안식일의 목적이 인간들이 이 땅에 살고 있는 한 조금도 약화됨이 없이 유효하기 때문입니다. 여러 방지 수단에도 불구하고 자신들의 창조주를 쉽게 잊고, 할 수만 있으면 핑계를 대서, 아니, 핑계가 없어도 자신들이 우연이나 자신들 스스로의 작품이라고 생각하지는 않더라도 적어도 그렇게 생각하고 있듯이 기꺼이 행동하려는 자들 중 하나라도 살아 있다면, 이 안식일을 지켜야 하는 이유는 충분합니다.

첫 번째 못지않게 두 번째 안식일의 준수 목적도 무효화될 수 없습니다. 인간이 자신을 창조할 수 없듯이 스스로를 성화시킬 수 없다는 사실을 항상 숙지해야 한다는 것은 언제나 가장 중요한 일이어야 합니다. 인간이 스스로를 도울 수 없다는 것을 기억하는 것과, 여자의 몸에서 나온 자는 하나님으로 말미암아 다시 태어나야하고 그렇지 않다면 하나님을 기쁘시게 할 수 없다는 이 위대한 진리를 항상 마음에 깊게 새기는 것이 인간의 최대 관심사이어야 합니다(히11:6).

3. 하나님을 닮는 것이 인간들 일생의 일이라는 것을 기억하는 것이 항상 모든 인간들의 관심사이어야만 합니다. 나는 그 어느 누구도 이 안식일의 목적이 그 유효성을 잃었다거나 창조시 처음 제정되었을 때의 그 완전한 유효성을 오늘날 소유하고 있지 못하다고 단언할 수 없을 거라고 생각합니다. 따라서 하나님께서 이 명령을 주셨고, 그것을 아직 취소하시지 않으셨으며, 그 목적들이 완전한 유효성을 소유하고 있어서 그분께서 그것을 폐기하실 가능성이 거의 없을 것이 분명하므로 우리가 밝혀야 할 남아 있는 모든 문제는 바로 다음의 것입니다.

III. 셋째, 이 명령에 순종하고 그 목적들에 부응하기 위해 안식일을 거룩하게 준수하는 것은 무엇을 의미하나?

셋째, 이 명령에 순종하고 그 목적들에 부응하기 위해 안식일을 거룩하게 준수하는 것은 무엇을 의미하나?

어떤 날이나 장소를 거룩하게 지킨다는 것은 바로 이것, 즉 그것을 종교적 용도로 사용하는 것을 말합니다. 이것이 그 말의 본래적이고도 상식적인 의미로 사용한 것입니다. '이 날이나 이 장소를 거룩하게 지킨다'라는 말은 식자나 무식자에게 공히 그것이 하나님께 성별되었으며 그분을 섬기는 일(service, 혹은 예배)에 사용됨을 뜻합니다. 한 장소나 날을 탈신성화 내지 세속화시킨다는 것은, 그러한 용도들을 위해 구별시켜 놓지 않고 하나님께 성별되지 않은 다른 것들처럼 사용하는 것이고, 그분을 섬기기 위해 사용되지 않는 것이며, 거룩한 날이나 장소에서 평시에 속된 장소에서 하는 일을 하는 것을 말합니다.

안식일을 거룩하게, 그리고 또한 세상의 상식으로 보아 본래적인 의미로 지킨다는 것은, 그것을 종교적 용도로 성별시키는 것이고, 하나님을 섬기기 위해서만 사용하는 것을 의미합니다. 이 말이 의미하는 바는 우리가 다음의 사항을 생각할 때 쉽게 이해될 것입니다: (1) 이 날에 우리가 무엇을 해야만 하며, (2) 우리가 무엇을 해도 되며 (3) 무엇을 해서는 안 되는가.

1. 우리가 정녕 이 계명을 지키고자 한다면, 우리는 이것이 우리에게 명해진 목적에 따라 지내야 하고, 이 날의 상당 부분을 하나님께 기도드리고 그분을 찬양하는 데 할애해야 합니다. 우리는 그분과 함께 이 낮은 세상에서 벗어나 궁창 위의 세계로 옮겨가야 합니다. 우리는 그분께서 만드신 다양한 작품들을 생각하고, 창조주의 선하심, 지혜, 그리고 능력을 생각해야 합니다. 또한 그분의 기이한 일들을 말하고, 그분께서 한량없는 자비를 베푸신 일들을 기억해야 합니다. 특히 그분의 자비로우신 사역 중에 이 땅을 날마다 새롭게 하시고, 타락한 인간을 용서와 평화로 회복시키시며, 그에게 보다 나은 제2의 거룩한 삶을 허락하신 일을 기억해야 합니다. 이러한 그분의 최후의 숭고한 은혜가 헛되지 않게 하기 위해 우리는 특히 그분과 함께 동행

해야 하고, 그분께서 거룩하신 것처럼 우리도 거룩해지기 위해 그분의 형상을 닮도록 열심을 내야 합니다. 우리는 우리의 영 안에 그분의 형상을 완성시키고, 인자와 진리를 우리의 목에 매고 그것을 우리 마음 판에 새기는 일을 우리의 특별한 삶의 과제로 삼아야 합니다(잠 3:3).

2. 이는 우리의 생각을 매순간 이 일에 집중시켜야 한다는 말이 아닙니다. 그렇게 되면 헌신이 짐이 될 것입니다. 아닙니다. 우리는 영뿐만 아니라 몸도 가지고 있습니다. 우리 주님께서는 이것을 고려하셨으나 바리새인들은 그렇지 못했습니다. 그래서 주님께서는 안식일을 부담스럽게 만들고 그 날을 무효화키시고 그것이 제정된 목적들의 성취를 방해하게 만든 바리새인들의 유전(전통)의 가혹함을 제거하셨습니다(막7:13). 그분께서는 안식일을 본래의 기준으로, 공의와 본성에 맞게 제자리로 옮기셨습니다. 따라서 그분의 말씀과 행동은 우리가 이 날에 필요불가결한 일과 자비를 실천하는 일, 즉 우리에게 점잖으며 적당한 레크리에이션이나 가축에게 물과 꼴을 주는 일(왜냐하면 이는 긴요하기 때문입니다)처럼 그 날이 아니면 할 수 없는 일과, 혹은 병들고 굶주린 이웃을 돌보는 일(왜냐하면 이는 자비의 실천이기 때문입니다)을 해도 됨을 보여주고 있습니다.

3. 이 일을 우리가 해야 합니다. 그러나 우리는 안식일에 이와 다른 일은 해서는 안 됩니다. 이 날에 불요불급한 것이나 자비를 요하

는 것이 아닌 일체의 일을 해서는 안 됩니다. 다른 날에 해도 되고, 안 해도 큰 불편이 없는 일, 혹은 좀 하루 정도 미뤄도 우리와 이웃에게 큰 손해와 고통을 주지 않을 일을 해서는 안 됩니다.

우리에게 제시된 안식일 준수의 목적들을 성취시키지 못하는 레크리에이션을 안식일에 해서는 안 됩니다. 레크리에이션 없이도 기쁜 헌신과 생생한 감사를 마음에 품을 수 있을 정도로 강한 성품의 소유자가 적으므로 몇몇 레크리에이션은 안식일에 허용됩니다. 그러므로 레크리에이션이 이 목적에 이바지하는 한 그것은 필요하고도 적당한 일입니다. 그러나 우리는 지나치면 안 됩니다. 우리는 이 목적에 부합하지 않거나, 우리의 헌신을 촉진시키지 않고 우리의 감사가 살아나게 못하는 그러한 정도나 그러한 종류의 레크리에이션을 해서는 안 됩니다. 여기 분명하고도 간결한 규정이 있습니다: 우리의 헌신을 돕는 모든 레크리에이션은 해도 됩니다. 이 대단히 중요한 안식일의 목적에 도움이 못되거나 방해되는 것은 이 날에 해서는 안 됩니다.

이 문제는 하나님의 날이나 하나님의 집에 똑같이 적용됩니다. 그렇기 때문에 의심의 여지없이 하나님께서 사람들에게 거듭 다음과 같이 말씀하셨습니다: '내 안식일을 지키고 내 성소를 공경하라'(레 19:30 ; 26:2). 우리가 성소에서 자선을 행하고 생명을 구한 만큼 그 성소를 공경한 것이 됩니다. 우리는 성전이 아니면 할 수 없는 일이나 그곳이 아니면 큰 불편이 있는 꼭 필요한 일들을 그곳에서 할 수 있습니다. 그러나 우리는 일상의 일을 그곳에서 해서는 안 되고, 그곳을 오락을 위해 사용해서는 더더욱 안 됩니다. 전자는 성소의 거룩함을 해치지 않으나 후자는 성전의 거룩함을 제거하고, 그것을 더럽히며, 속되게 합니다. 성전이나 하나님의 안식일을 장사하는 날이나 장소로 삼으면(요2:16), 머지않아 진리자체이신 분께서 그 날을 가증하다 하시며, 그 성소를 강도의 굴혈이라 선언하실 것입니다(마21:13).

지금까지 논증한 것으로부터 정리해보면, (1) '안식일을 거룩하게 지키라'는 이 명령은 하나님께서 인간의 창조주이시며 그를 성화시키는 분이시며 그의 모범이 되신다는 사실을 인간이 때마다 깨닫게 하려는 현명한 목적으로 인간에게 주신 것입니다. (2) 하나님께서 이 명령을 아직 폐하지 않으셨듯이 그것의 목적들이 지금 온전히 유효합니다. 그리고 마지막으로(3) 안식일을 거룩히 지키고, 이 명령에 순종하고, 그 모든 목적들을 좇아 사는 유일한 길은 불요불급한 일이나 자비의 실천이 아닌 일뿐만 아니라 모든 오락을 자제하여 하나님을 섬기는 일을 위해 하나님의 날을 구별하여 놓는 것입니다. 이것만이 그 날을 거룩하게 만들고 그렇게 유지하게 만듭니다. 그렇다면 안식일은 모세가 제정한 것도 아니고, 유대인에게만 특별히 주어진 것도 아니라, 그것을 준수하라는 명령과 또한 그 명령의 이유들이 온 세대 열방에게 주어진 것입니다. 그렇다면, 우리가 안식일 준수에서 후대 유대인들의 첨가된 전승을 제거하고, '안식일에는 아무도 그 처소에서 나오지 마라(출16:29)'(이 명령으로 하나님께서는 안식일을 목이 곧은 그들의 조상들의 불순종으로부터 잠시 동안 지키셨습니다)는 이 하나의 상황을 제거했을 경우, 우리는 나머지 아홉 계명뿐만 아니라 제 4계명에 대해서도 다음의 사실을 단언할 수 있습니다: 그리스도께서는 '율법을 폐하러 오신 것이 아니라 완전케 하러 오셨습니다. 율법의 일점일획이라도 반드시 없어지지 않고 다 이루어질 것입니다' (마5:17-18).

형제들이여, 나는 권고의 말씀 하나 더 드리고 싶습니다. 여러분 영혼을 위하여 경성하기를 자기가 회계할 자인 것같이 하는 자들은 악의적으로 여러분의 영혼을 그릇된 길로 인도하지 않을 것을 확신하시기 바랍니다(히13:17). 그래서 당신들과 우리가 큰 액수(회계)를 포기하더라도, 그것이 당신이 받을 정죄를 증가시키는 것은 아닙니다. 여기에 안식일을 거룩하게 지키는 것이 귀찮아 지키지 않으려 하고, 하나님을 예배하는 고역에 참여할 수 없다 말하고, 기도와 찬양과 명상과 경건한 대화가 하루에 다 하기에는 너무 버겁다 생각하여 적어도 이 날의 일부분을 오락이나 사업에 쓰겠다는 사람이 있다고 합시다. 나는 그러한 모든 자들에게, 한 가지만 하게 되는 모든 자들에게, 놀기보다 일하라고 권합니다. 특별히 부모인 여러분들께 권면합니다.

여러분들이 자녀들을 헌신적으로 기르는데 관심이 없으면, 그들이 교회에서 돌아왔을 때 거리나 시장으로 보내지 말고, 차라리 학교로 보내십시오. 여러분들께서 둘 중 어떤 것을 했나에 따라 무죄가 결정되지는 않습니다. 단지 후자가 더 사려 깊게 보일 뿐입니다. 여러분들이 저 바깥세상을 좋아하지 않는다면, 왜 이쪽 세상도 무시하는 겁니까? 왜 여러분들께서는 여러분 자신과 여러분의 자녀들의 영혼을 헐값에 팔아버립니까? 아마 팔고 나서 조금은 취하는 것이 있긴 하겠지요. 하나님의 명령 측면에서 보면, 여러분들은 그것에 관심도 없습니다. 그래서 두 면(건전한 오락과 긴요한 일만의 허용, 역주)을 다 거부합니다. 여러분께서는 안식일에 놀거나 일을 함으로 그 날을 거룩하게 지키지 못합니다. 그리고 그 날의 목적들을 살펴보건대, 여러분들께서는 그것들도 한 면이나 다른 면에 있어서 마찬가지로 훼손시켰습니다. 여러분들은 일상의 오락이나 일상의 일을 하며 하나님의 날을 더럽힘으로 여러분의 창조자를 기억하거나 그분의 은혜에 감사하려 힘쓰지 않았고, 그분의 거룩함을 좇아 살지도 않았습니다. 그러나 후자(일상의 일을 함, 역주)의 경우 여러분께서는 여러분의 영혼을 팔고 뭔가 받게 됩니다. 여러분께서는 여러분의 양심을 팔아 돈 얼마를 받게 됩니다. 여러분이 게으름이 아닌, 일을 통해 여러분의 손을 들어 하나님을 대적하면, 여러분께서는 그 반항 가운데 헛되이 마귀를 섬기지 않았다는 위안만 갖게 될 것입니다.

저는 하나님을 섬기고, 일상의 일과 오락을 금하여 그분의 날을 거룩하게 지키는 자들이 그들의 주인이신 분으로부터, 그리고 바로 이 세상에서 보상을 받기를 기대할 이유가 적다고 말하고 싶지 않습니다. 부자가 되기 위해 악해지기를 거부하는 자, 이익을 취하는 것보다 하나님을 더 사랑하는 자들에게 하나님께서 말씀하십니다: '만일 안식일에 네 발을 금하여 내 성일에 오락을 행치 아니하고, 안식일을 일컬어 즐거운 날이라 하여 이를 존귀히 여기고, 네 길로 행치 아니하며 네 오락을 구치 아니하며 사사로운 말을 하지 아니하면, 네가 여호와 안에서 즐거움을 얻을 것이라. 내가 너를 땅의 높은 곳에 올리고, 네 조상 야곱의 업으로 기르리라. 여호와의 입의 말이니라'(사 58:13-14).

부록

감리교인의 특색
Characteristic of Methodist
존 웨슬리 1739지음

독자에게

1. 이 이름이 처음으로 세상에 알려지게 되자 않은 사람이 감리교인이란 무엇이며, 그들의 주의는 무엇이고, 실행하는 바는 무엇이며, 또 세상에서 큰 반대를 당하는 이 교파의 특색은 무엇인가 하고 의심하였다.

2. 내가 이 이름을 먼저 들은 사람이요 또 이 이름을 듣는 사람들의 지도자인 것처럼 알려졌기 때문에 내가 세상의 모든 의심을 풀어줄 것으로 여러 사람이 믿었다. 나의 친구들과 또는 나의 대적자들이 다같이 내게 설명을 자꾸 요구하므로 나는 부득이 그들의 청을 들어 천지의 주인이시요, 심판자이신 이 앞에서 감리교인이라 불리는 사람들의 주의와 실행을 할 수 있는 대로 분명히 설명 하려 한다.

3. 내가 감리교인이라 -부르는 사람들이라'고 말하는 것은 이 이름을 그들 자신이 지어낸 것이 아니요, 남들이 그들을 흉보려고 지은 이름인 것을 밝히려 한 까닭이다. 이 이름은 처음에 옥스포드 대학에서 서너 학

생에게 준 이름이다. 이 이름의 내력을 보면 모든 병을 식사와 운동의 특별한 방법으로 치료할 수 있다고 가르치던 일파(一派)의 옛 의학자들을 그렇게 불렀는데 그것을 취한 것이거나 그 학생들이 공부하고 행동하기를 그 동년배보다 더 규칙적으로 하는 것을 비꼬느라고 지은 것으로 보인다.

4. 어떤 교파나 당파의 머리가 되겠다는 야심이 없는 나는 이 이름이 없어진대도 아까울 것은 없다. 그러나 이 이름이 계속된다고 하면 그 뜻을 알고 사용하기를 원한다. 어두움 가운데서 다툼을 그만두고 광명한 곳에서 얼굴을 서로 대하자. 그러면 내 변명만 듣고 나를 미워하던 사람들이라도 나를 사랑하게 될지도 모른다. 더 나아가서는 '내가 이미 얻었다 함도 아니요 온전히 이루었다 함도 아니라 오직 그리스도께서 취하신 뜻을 내가 이루려고 달음질'하는 나를 알게 될 것이다.

감리교인의 특색

1. 감리교인은 무슨 의견이나 딴 조직을 가진 사람들이 아니다. 우리는 '모든 성경은 하나님의 감동으로 된 것'임을 믿으며 이로써 우리는 불신자와 분별한다. 우리는 기록해 놓은 하나님의 말씀이 기독교인의 신앙과 실행에 대한 유일하고 충분한 표준이 됨을 믿으며 이로써 우리는 천주교회와 근본적으로 분별된다. 우리는 그리스도께서 영원하고 지극히 높으신 하나님이심을 믿으며 이로써 우리는 소시니파와 아리우스파와 분별된다. 그러나 기독교의 뿌리를 다치지 않는 모든 의견에 대하여는 우리는

상관 않는다. 그러므로 그 의견은 옳든 그르든 감리교인의 특색이 될 수 없다.

2. 감리교인의 특색은 어느 언사나 문구 사용법에 있지도 않다. 우리는 우리 종교를 어떤 기이한 수사법에 결탁하지 않는다. 우리는 하나님께 대하여 말할 때에 쉽고 분명한 말을 쓴다. 성경진리를 성경의 말로 하기 전에는 우리는 보통 언어법을 고의로 변경하지 않으려 한다. 영감받은 이들이 자주 사용한 것이 아니면 우리는 성경중 어떤 언사를 다른 것보다 더 자주 사용하지 않는다. 그러므로 감리교인의 특색을 그들의 언사에나 의견에 두는 것은 큰 실수다.

3. 우리의 특색은 행동이나 생활 방식에도 있지 않다. 우리의 종교는 하나님께서 명령하시지 않은 것을 행하고 하나님께서 금하시지 않은 것을 절제하는 데 있지 않다. 우리의 종교는 의복제도나 몸가짐이나 머리에 무엇을 쓰는데도 있지 않고 혼인을 하치 않는 데나 고기와 술을 먹지 않는 데도 있지 않다. 그러므로 누구든지 감리교인의 특색을 하나님의 말씀으로 결정할 수 없는 행동이나 생활 방식에 있다고 하면 그것은 잘못이다.

4. 또 감리교인의 특색은 종교의 어떤 부분을 강조하는데 있지 않다. 누가 말하기를 '감리교인은 믿음으로만 구원을 받는다 하니 그들은 종교의 어떤 부분을 강조하는 것이 아니냐'하면 나는 이렇게 답변하려 한다. 곧 비평자는 말의 정의를 모른다는 것이다. 감리교인은 구원이란 마음과 생활이 성결해지는 것이라고 믿는데 이런 구원은 참 신앙을 가져야만 되

는 것이다. 어느 기독교인이 이것을 반대할까? 이것이 종교의 어떤 부분만 강조하는 것인가? '그런즉 우리가 믿음으로 말미암아 율법을 폐하느뇨? 그럴수 없느니라. 도리어 율법을 굳게 세우느니라.'

5, 그러면 무엇이 그 특색인가? 나는 이렇게 설명하려 한다. 감리교인은 '우리에게 주신 성령으로 말미암아 하나님의 사랑이 우리 마음에 물 붓듯 하심을' 받은 사람이요. '마음을 다하고 성품을 다하고 힘을 다하여 여호와 하나님을 사랑하는 사람이다. 하나님께서 그들의 기쁨이요 그들의 영의 소원이니 그들의 영은 늘 '당신 외에 하늘에 누가 내게 있으리요? 땅에서 당신밖에 나의 사모할 자 없도다'하고 노래하고 있다.

6. 그들은 하나님 안에서 기쁨을 누린다. 그들은 그 안에 "샘이 되어 영생하도록 솟는"물을 가지듯이 항상 기쁘다. 온전한 사랑이 두려움을 내어 쫓았으므로' 그들은 '항상 기뻐하게 되었다. 그들은 '항상 주안에서 즐거워'하며 '우리 주 예수 그리스도로 말미암아 화목함을 얻었다.' 그들은 '그리스도안에 있어 그 피로 말미암아 구원함을 얻었으니, 이는 그 은혜의 풍성함을 따라 죄사함을 얻었으매' 그들은 기뻐할 수밖에 없고 그들이 '허물을 도말(塗抹)하기를 구름이 사라짐같이 하고 죄를 도말하기를 구름이 사라짐같이' 한 것을 돌아볼 때 기쁨 밖에 없다. 그들은 의롭다함을 입어 하나님과 평화를 맺고 또 성령이 자기 속에서 하나님의 자녀 된 것을 증거하는 현재 형편을 생각한 때에 기뻐하지 않을 수 없다. 또 그들은 '장차 나타날 영광'의 희망 중에서 미래를 내다보고 즐거워하니 그들의 영혼은 '찬송하리로다 우리 주 예수 그리스도의 아버지 하나님이 그 많으신 긍휼대로 우리로 하여금 거듭나게 하사 산 소망이 있게 하시며

썩지도 않고 더럽지도 않고 쇠하지도 아니하는 기업을 잇게 하시나니 곧 우리를 위하여 하늘에 간직하신 것이라' 하고 노래를 한다.

7. 이런 소망을 가진 사람은 범사에 감사하니 주께서 가져가시거나 다 주의 뜻인 줄 알아 주의 이름을 찬양한다. 그들은 '비천함에 처할 줄도 알고 풍부함에 처할 줄도 알아 모든 일에 배부르며 배고픔과 풍성하며 부족함을 익히 안다. '그들은 즐거움 중에 있거나, 안전 중에 있거나, 위험 중에 있거나, 어려움 중에 있거나, 병중에 있거나, 건강하거나, 자기들을 위하여 모든 선을 베푸시는 주께 충심으로 감사한다. 그리고 그들은 자기들을 위하여 염려하시는 주께 자기들의 염려를 맡기고 아무것도 염려하지 않는다.

8. 그들은 '쉬지 않고 기도한다' 그들은 '항상 기도하고 게으르지 말라'는 명령을 받은 사람들이다. 그들은 기도하는 집에 가는 것을 게을리 하지 않지만 기도하는 집에만 있어서 기도하는 것은 아니다. 그들은 주의 앞에 무릎을 꿇기를 게을리 아니하나 그렇게 해야만 기도를 하는 것은 아니다. 늘 입으로 부르짖어서 기도를 하는 것도 아니다. 언제든지 그들의 마음은 '영원한 영광의 주시여, 저의 마음은 말이 없으나 주께 고요한 가운데 아뢰나이다'하고 말한다. 그리고 그들의 마음은 언제든지, 어디에 있든지 하나님께 향하고 있다. 이렇게 함으로 그들은 기도를 늘 하게 되니 쉬거나 일하거나 이야기하거나 가만히 있거나 자거나 깨어 있거나 그들의 마음은 늘 하나님과 같이 있다.

9. 이렇게 그들은 쉬지 않고 기도하며 항상 기뻐하며 범사에 감사함으

로 하나님께 향한 그들의 사랑을 발표하는 중에 '하나님을 사랑하는 자를 또한 형제를 사랑할 것이라'하는 계명을 그들의 마음에 새겨 두었다. 그래서 그들은 자기 이웃을 제 몸같이 사랑하고 모든 사람을 자기 영혼처럼 사랑한다. 그들은 면식이 있다고 하여 사랑하고 면식이 없다 하여 사랑하지 않는 것이 아니다. 그들은 원수를 사랑하되 악하고 배은하는 사람까지 사랑한다. 만일 그들이 자기를 미워하는 사람들을 위하여 착한 일을 할 수 없으면 그들을 위하여 열심으로 기도하고 또 그들이 자기 사랑을 경멸하고, 박해하더라도 그들을 위하여 기도하기를 그만두지 않는다.

10. 그들은 '마음이 깨끗하다.' 하나님을 사랑하는 사랑이 그들의 마음 속에 있는 복수심과 시기심과 악의와 분노와 질투와 교만과 자존심을 다 깨끗이 씻어 버린 까닭이다. 그래서 지금 그들은 '긍휼한 마음과 자비와 겸손과 은유와 인내를 옷입듯 하여' '혹 누가 뉘게 혐의가 있으면 서로 용납하여 피차 용서하되 하나님께서 그들을 그리스도 안에서 용서하신 것 같이' 한다. 그들은 경쟁할 것이 없으니 그들은 세상이나 세상에 속한 것을 사랑하지 않는 까닭이다. 그들은 '세상을 향하여 십자가에 못박히고 세상은 그들을 향하여 십자가에 못박히고' 또 '육신의 정욕과 안목의 정욕과 이생의 자랑'을 다 버리고 오직 '그들의 모든 소원은 하나님과 그의 이름을 기억하는데' 있다.

11. 그들의 유일한 소망은 자기 뜻대로 되는 것이 아니라 하나님의 뜻대로 되는 것이다. 언제나 무슨 일을 하든지 자기를 즐겁게 하려는 생각은 없고 자기 영이 사랑하는 주를 즐겁게 하려는 생각뿐이다. 그들은 성한 눈을 가졌으니 그래서 '온 몸이 밝다.' 실로 영의 사랑하는 눈이 항상

하나님을 바라보면 아무 어두움이 없고 오직 '밝은 등불이 온 집을 비춰 듯이 완전한 빛을 가지게 된다.' 그러면 하나님께서만 그 몸을 다스리게 죄어 모든 것이 성결하게 된다.

12. 나무는 그 열매로 안다. 하나님을 사랑하는 사람은 그 계명을 지키되 더러만 지키는 것이 아니라 가장 작은 것이라도 다 지키는 것이다. 감리교인은 '온 율법을 다 지키고 하나를 범'한다고 만족해 하지 않고 다 지켜 '하나님을 대하나 사람을 대하나 항상 흠이 없는 양심을 가지려' 한다. 무엇이든지 그것이 크거나 작거나, 쉽거나 어렵거나, 즐겁거나 고통스럽거나 하나님께서 금하신 것이면 하지 않고 명하신 것이면 한다. 그들의 마음이 자유를 얻었기 때문에 하나님의 계명을 기뻐 지키나니 이것은 그들의 영광인 까닭이다.

13. 하나님의 계명을 그들은 힘을 다하여 지킨다. 그들의 순종은 그들의 사랑에 비례하나니, 마음을 다하여 하나님을 사랑하니까 힘을 다하여 그를 섬기게 된다. 그들은 항상 그들의 영혼과 몸을 하나님께 산제사로 드리되 그들의 가진 것, 그들의 재능을 다 하나님의 영광이 되게 바친다. 그들은 전에 자기를 죄의 마귀에게 바쳐 '불의의 병기'가 되게 하였었으나 지금은 '오직 죽은 가운데서 다시 산 자같이 몸을 하나님께 드리며…… 의의 병기가 되어 하나님께 드렸다'

14. 그들은 무엇을 하든지 다 하나님의 영광이 되게 하나니 그들의 법칙은 '무엇을 하든지 말에나 일에나 다 주 예수의 이름으로 행하고 저를 힘입어 하나님 아버지께 감사'라는 것이다.

15. 세상의 습관이 그들의 앞에 있는 '달음박질 마당에 달리는 것'을 방해하지 못한다. 그들은 '각인이 다 자기 행한 일을 하나님께 직고'할 것을 알매 '다수라도 따라 악을 행'하지 않으며 '날마다 호화로이 연락'하거나 '육신의 일을 예비함으로 정욕을 행'치 아니한다. 그들은 재물을 땅에 쌓지 않고 황금이나 보물로 몸을 장식하지 않는다. 그들은 악으로 기울어지는 경향이 조금이라도 있는 오락을 취하지 않으며 남을 보고 악평하거나 시비하지'않는다. 그들은 풍설을 만든다든지 중상하는 말을 하지 않는다.

그들은 '무릇 진실하며 무릇 경건하며 무릇 옳으며 무릇 깨끗하며 무릇 사랑할 만 하며 무릇 칭찬할만한' 일을 생각하고 말하고 행하며 모든 일에 우리 주 예수 그리스도의 복음을 장식하려 한다.

16. 마지막으로 그들은 시간이 있으면 모든 사람에게 선을 행하는데 이웃에게나 외국인에게나 친구에게나 원수에게 선을 행하되 육체에 요구되는 것만 제공할 뿐 아니라 영혼에 필요한 것을 더 힘써 제공하려 하여 그리스도의 속죄하는 피로 새로움을 받아 하나님과 평화케 만들려 한다.

17. 이상에 말한 것들이 우리 교파의 주의요, 실행이며 참 감리교인의 특색이다. 혹이 말하기를 '이것은 다 기독교의 보통이요 기본되는 원칙들이 아니냐?"한다. 실로 그렇다. 나와 내 생각을 따르는 사람들은 기독교의 보통 원칙으로 분별하는 이외에 다른 것으로 남과 분별되기를 절대로 원치 않는다. 내 전도를 듣고 믿은 사람은 이름으로만 기독교인이 될 뿐 아니라 그 마음과 생활로 기독교인이 된다. 그는 외부로나 내부로 하나님의 뜻에 일치 하려 하며, 생각과 말과 생활에서 예수그리스도에서 나타내

신 방법만 쫓으려 한다. 그는 그리스도의 마음을 품었으며 그리스도께서 걸으시던 대로 걷는다.

  18. 이 특색과 이 산신앙의 결과로써 우리는 우리와 믿지 않는 세상 사이에 분별점을 삼으려하며 또 그리스도의 음을 따라 생각도 아니 하고 살지도 않는 사람들과 분별하려 한다. 그러나 참 기독교인이면 어떤 교파에 속하였든지 우리는 그와 분별하려고 아니 한다. '누구든지 하늘에 계신 내 아버지의 뜻대로 하는 사잠은 내 형제요, 자매요, 부모다' 의견과 명사 까닭에 하나님의 사업을 깨뜨리지 말 것이다. 하나님을 사랑하고 섬기는가? 그러면 그만이다. 하나님을 위하여 우리는 우리의 맡은바 사명대로 열심으로 일할 뿐이다. '몸도 하나요. 성령도 하나니 이와같이 너희가 부르심을 입은 부름의 소망도 하나라. 주도 하나요 믿음도 하가요 세례도 하나요 하나님도 하나시니 곧 만유의 아버지시라. 만유 위에 만유를 통일하시고 만유 가운데 계시니라'

□ 역자 소개

김영선 교수는 목원대학교와 감리교신학대학교 신학대학원에서 신학을 공부하였고, 영국 런던대학교(University of London)에서 조직신학을 전공하여 신학석사와 철학박사(M.Th., Ph.D.)학위를 받았다. 현재 협성대학교 신학대학 교수로 있으며 2003년부터 신학대학장으로 일하고 있다. 또한 감리교 교육정책위원, 감리교 교역자 수급 및 목사 고시 위원으로 활동하고 있다. 학문적으로는 삼위일체신학에 정진하고 있으면서 판넨베르크와 웨슬리 신학, 그리고 영성신학에 관심을 갖고 신학의 길을 가고 있다. 저서로는 『예수와 삼위일체 하나님』(기독교문서선교회, 1996), 『생명과 죽음』(다산글방, 2002), 『존 웨슬리와 감리교 신학 』(대한기독교서회, 2002) 등이 있으며, 역서로는 『기독교신학입문』(은성, 1998), 『현대 웨슬리 신학 』(대한기독교서회, 공역, 1998), 『존 웨슬리』(상,중,하) (은성, 공역, 1997, 1998, 1999), 『기독교 구성신학』(은성, 공역, 2000) 『판넨베르크 조직신학』(은성, 공역, 2003)등이 있다.

열린출판사 신학신서
존 웨슬리 설교선집

지은이 / 김영선
펴낸이 / 김윤환
펴낸곳 / 열린출판사

초판1쇄 펴낸 날 / 2005년 2월 25일
수정중판 2쇄 펴낸 날 / 2013년 12월 10일
등록번호 / 제2-1802호
등록일자 / 1994년 8월 3일
주소 / 서울 중구 인현동2가 192-20 정암프라쟈 504호
전화 / (02)2275-3892   팩스(02)2277-6235

2013ⓒ김영선
저자와의 협의에 의해 인지는 생략합니다
잘못된 책은 바꾸어 드립니다.

ISBN 89-87548-56-2 93230

값 18,000원